KB020348

대심문관의 비망록

대심문관의 비망록

안토니우 로부 안투네스 소설

배수아 옮김

봄날의책

이 소설을 에르네스투 멜루 안투네스에게 바친다.
그는 지난 이십오 년 동안 나의 상관이었으며
남다른 용기와 정직함으로
항상 변함없는 내 모범이 되어주었다.

차례

첫 번째 비망록 11
알려지지 않은 한 마리 새처럼 공중을 날고 있는 어느 광대

두 번째 비망록 151
영혼 없는 사물들의 흉계

세 번째 비망록 255
천사의 현존

네 번째 비망록 373
도취 상태에서 벗어던진 두 개의 신발

다섯 번째 비망록 473
거의 유한한 영혼의 새들

옮긴이의 글 · 배수아 549

해설 · 김용재 563

첫 번째 비망록

알려지지 않은 한 마리 새처럼
공중을 날고 있는 어느 광대

진술

그리고 리스본의 법원에 들어서면서, 나는 팔멜라의 저택을 떠올렸다. 하지만 부서진 석상이 정원에 뒹굴고 수영장은 물 한 방울 없이 텅 비었으며 잡초가 개집을 차츰 뒤덮고 마침내는 화단까지 완전히 망가뜨리면서 무성하게 자라난 오늘의 팔멜라를 생각한 건 아니었고, 지붕의 기왓장이 떨어져나간 거실의 피아노 위로, 서명이 들어간 여왕의 사진 위로 빗물이 떨어지는 저택을 생각한 것도 아니었고, 체스 말들이 몇 개 빠져 있는 체스 테이블이나 양탄자 깔린 바닥의 벌어진 틈을 생각한 것도 아니었고, 내가 잠자리로 사용하려고 부엌의 난로 바로 옆에 설치했으나 밤새도록 깔깔거리는 까마귀들의 웃음소리 때문에 그 위에서의 잠이 고통스럽기만 했던 알루미늄 침대를 떠올린 것도 아니며

리스본의 법원에 들어서면서 내가 생각한 것은 오늘의 팔멜라가 아니라, 내 아버지가 살던 시기의 저택과 거기 딸린 토지, 그러니까 세투발이

(절망에 빠진 개들이 물어뜯는 바람에 너덜너덜해진 흐릿한 어둠 속에서 야외음악당 주변의 등불이 너울거리며 춤추는, 시골의 평범한 마을들과 마찬가지로 아무런 의미가 없는 도시)

아직은 저택의 정문 앞까지 뻗어오기 이전, 담장을 따라 자라는 수양버들나무에 닿을 만큼 팽창하기 이전, 대신 고깃배와 선술집 정도나 있고 도시의 모든 것이 강물을 향해서만 밀려가던 시절, 가정부가 일요일마다 나를 데리고 장을 보러 가던 세투발, 비둘기들이 극성맞게 몰려들면 내 팔꿈치를 잡고 자신의 몸 뒤로 끌어당기던 곳

내 아버지가 살던 시기의 저택과 거기 딸린 토지를 생각했으니,

화강암 천사상들과 담장을 따라 피어난 히아신스로 장식된 입구 계
단, 복도를 왔다갔다하는 하녀들의 흥분과 분주함은 지금 이곳 법원
입구에서 왔다갔다하는 사람들의 흥분과 분주함과 다르지 않았으며

　　(칠월이었고 태양 아래 서 있는 마르케스 다 프론테이라 거리의
나무들은 법원 정면을 향해 몸을 구부렸다)

　　겁에 질린 조급함으로 인해 엘리베이터 앞에 포도송이처럼 몰
려 서 있다가 다시 흩어지는 사람들, 증인들, 고발당한 자들, 법원 직
원들 사이에서 변호사가 내 스웨터의 팔꿈치 자락을 잡고 계단을 가
리키면서

　　"이쪽입니다, 엔지니어 선생님, 이혼은 이쪽이에요"

　　그리고 나는, 재판은 아무래도 상관없었고, 변호사는 아무래도
상관없었고, 오직 그 머나먼 칠월의 팔멜라로 내 머릿속이 가득했으
니

　　(나는 열다섯 혹은 열여섯 살이었을 텐데, 너도밤나무 옆에 막
새 차고가 들어섰고 트랙터가 채마밭 주변을 맴돌았으며 풍차의 쇠
날개가 뜨거운 열기 속에서 삐걱거리며 돌아가고 있었다)

　　그날 나는 예배당에서 새어나오는 소곤거림과 발자국소리, 웅
얼거리는 소리를 들었는데 그것은 닭들이 내는 소리가 아니며, 비둘
기나 까치의 소리도 아닌 사람의 것이었으니, 아마도 아제이타웅에
서 온 집시들이 도금한 성인의 조각상이나 촛대를 훔치러 숨어든 것
이 분명하다고 생각하여

　　(검은 옷을 입은 여인들, 커피 주전자 아래서 타오르는 불을 입
으로 불어서 *끄는* 남자들, 그리고 깊은 슬픔에 잠긴 비쩍 마른 노새
들)

　　그래서 나는 현관에 세워둔 항아리 속에서 산책용 지팡이를 꺼

첫 번째 비망록

내 손에 들고 빠른 걸음으로

"이쪽입니다, 엔지니어 선생님, 이혼은 이쪽이에요"

식탁보 위로 샹들리에의 유리알 그림자가 물방울처럼 뚝뚝 떨어지고 있는 식당을 지나, 화단의 극락조와 피튜니아 꽃들을 뛰어넘어 가보니 예배당 문은 열려 있는데 촛불은 불안하게 흔들리면서 아치형 둥근 천장을 비추었고, 아제이타웅에서 온 집시들은 보이지 않았으며

(검은 옷을 입은 여인들, 커피 주전자 아래서 타오르는 불을 입으로 불어서 끄는 남자들, 그리고 깊은 슬픔에 잠긴 비쩍 마른 노새들)

내가 본 것은 제단 위에 등을 대고 누워 있는, 차림새가 엉망으로 흐트러지고 목에는 여전히 앞치마를 맨 여자 요리사와, 입에 시가를 문 채 모자는 목덜미 뒤로 넘기고 그녀의 허리춤을 붙든 자세로, 낭패스러운 것도 아니고 화난 것도 아닌 눈빛으로 나를 바라보는 내 아버지의 시뻘겋게 달아오른 얼굴뿐, 바로 그 일요일, 아버지는 관리인과 가정부와 하녀들이 있는 미사 자리에서 신부의 라틴어에 고래고래 소리지르며 대답했고, 성찬식 도중에도 시가를 입에 물고 있다가, 미사가 끝난 후 나를

(바람이 불어와 말라빠진 달리아를 건드리고, 진흙이 숨을 쉴 때마다 커졌다가 작아지기를 반복하는 습지의 유칼립투스나무를 흔들었다)

창밖으로 난초 온실이 내다보이고 바다 쪽에서는 가벼운 산들바람이 불어 들어오는 그의 서재로 불러

"엔지니어 선생님의 부인이 제발 늦지 말아야 할 텐데요 안 그러면 판사가 심리를 정말로 영구히 연기해버릴 수도 있어요"

(하지만 갈매기들은 보이지 않으니, 이곳은 산을 향하고 있어서 갈매기를 볼 수 없기 때문에)

의자에서 일어서 책상을 한 바퀴 돌아 내 앞으로 와서, 조끼 주머니에서 휘발유 라이터를 꺼냈으며, 마치 축사에서 양이나 송아지를 점검할 때와 같은 태도로 쫙 펼친 손바닥을 내 목덜미에 척 얹고는 말하기를

"여자들이 원하는 건 뭐든지 다 해줄 수 있긴 하지만 무슨 일이 있어도 모자는 벗으면 안 돼 그래야 누가 주인인지 알 테니까"

아버지는, 쫙 펼친 손바닥을 관리인 딸의 목덜미에 척 올렸고, 맨발에 더러운 금발을 가진 새파란 나이의 소녀는 나무의자 위에 쪼그리고 앉아 소의 젖통이에 매달려 있는데, 소녀의 목덜미를 움켜쥔 아버지는 우유 양동이를 치우지도 않고 그대로 소녀를 함지박 위에 억지로 엎드리게 했으며, 다시금 얼굴이 시뻘게진 아버지는, 그 사이에도 불이 붙어 있는 시가로는 지붕 서까래를 겨냥한 채, 자신의 배꼽 부위로 소녀의 엉덩이를 짓이겼지만, 관리인의 딸은 아무런 항의를 하지 않았고, 관리인도 아무런 항의를 하지 않았고, 그 누구도 아무런 항의를 하지 않았고, 아무도 항의를 해야겠다는 생각조차 하지 않았으며, 손바닥을 내 목덜미에서 거둔 아버지는 경멸의 시선으로 부엌과 하녀들의 방과 팔멜라 농장 전체와 과수원을, 그리고 세계 전체를 가리키며

"여자들이 원하는 건 뭐든지 다 해줄 수 있긴 하지만 무슨 일이 있어도 모자는 벗으면 안 돼 그래야 누가 주인인지 알 테니까"

토요일 낮잠 시간이 끝난 뒤, 아버지는 운전수에게 마니옥 과자 이백오십 그램을 사서 팔멜라의 가파른 성벽거리에 있는 약사의 과부에게로, 창에는 코바늘로 뜬 커튼이 걸리고 장식장에는 고양이 석

고상이 놓인 집으로 가자고 지시했으며, 밤이 되어서야 싸구려 향수 냄새를 풀풀 풍기며 저택으로 돌아왔고, 반 시간도 채 지나지 않아 모자로 눈썹 부위를 덮은 자세로, 입에는 여전히 연기를 내며 천천히 타고 있는 그날의 마지막 시가를 문 채 거실 소파 위에서 코를 골았고, 정원 습지에서는 어린 올빼미들의 재잘거림이 들려왔으니 셔츠 색조와 양말의 색조까지 맞춰 입은, 비싼 변호사답게 차린 변호사는, 손톱 끝으로 손목시계의 시침판을 톡톡 두드리며

"만일 부인이 이혼심리시간에 맞춰 오지 않는다면 우리는 끝이에요"

변호사는, 나에게 한바탕 퍼부을 생각으로 저택을 찾아온 큰딸이 주선해주었는데, 큰딸은 유리가 깨어져나간 창문과 썩어서 무너진 마룻바닥을 보고 불쾌해했고, 그랜드피아노 위 여왕의 사진 곁에 차갑게 식은 수프 냄비를 보고 불쾌해했고, 양탄자 위에 떨어진 접시를 보고 불쾌해하며

"이런 돼지우리에서 어떻게 살 수가 있어요?"

비싼 변호사다운 헤어스타일을 한 비싼 변호사는, 비싼 그림과 비싼 장정의 책들이 비싼 서가에 가득하며 거의 내 아버지의 가구와 마찬가지로 비싼 가구로 꾸며진, 그의 비싼 아내와 비싼 아이들이 은제 사진틀 속에서 미소 짓는 비싼 사무실에서 나를 맞았고, 내가 벨트 대용으로 허리에 감고 있는 끈과 닦지 않은 구두, 고무줄이 없는 내 양말을 못 본 척하며, 내가 처음으로 이스토릴의 저택에 들어선 날 내 장모가 보여준 그 나른한 경멸의 시선으로 나를 대했으니, 그날 무척이나 당황한 나는 작은 술잔들을 쳐서 넘어뜨렸고, 친척 여자들과 카드놀이를 하던 장모는 화려한 반지들이 정신없이 번쩍거리는 손동작으로 브리지 패들을 주워 모으더니, 나를 향해 눈썹을 치켜

올리며, 테라스의 너도밤나무 생울타리를 잘못 잘라낸 무능한 정원사에게나 보이는 바로 그런 표정으로

"젊은이는 소피아의 평소 생활수준을 유지시켜줄 만한 재력이 있나요?"

초라하게 짧은 내 겉옷을, 드러난 바지 엉덩이 부분을, 우스꽝스럽게 짧은 내 콧수염을 민망하게 쳐다보던 변호사는, 구름처럼 자욱한 애프터셰이브 로션 향기 속에서 은으로 된 샤프펜슬을 손가락으로 굴렸고, 어떻게 하면 내 딸에게 실례를 범하지 않으면서 이 일에서 손을 뗄 수 있을까 방법을 모색하며

"지금으로선 결과를 지켜볼 수밖에요 엔지니어 선생님 더 이상의 약속은 드릴 수가 없군요"

사무실을 나가자, 여호와의 증인이나 백과사전 외판원을 쳐다보는 그런 눈빛으로 비서가 나를 쳐다보았고, 내 큰딸은 식기와 속옷이 한꺼번에 뒤섞여 있는 부엌의 서랍을 뒤지면서

(구부러진 포크, 푸르게 녹슨 숟가락, 아무것도 자를 수 없는 나이프)

"제대로 된 양복 한 벌도 없는 거예요?"

소피아는, 내 어깨를 손으로 살짝 털면서

"우리 어머니 보러 가는 건데, 좀 단정하게 차려입을 수도 있잖아요"

장모는, 내가 공 모양의 갓을 씌운 램프에 부딪히자, 카드놀이는 잊어버리고

"젊은이는 원래 그리 아둔한 건가요, 아니면 일부러 그런 척하는 건가요?"

리스본의 법원에서, 손톱 끝으로 손목시계를 톡톡 두드리는 변

첫 번째 비망록

호사와 함께 기다리는 동안, 나는 바람이 불어도 더 이상 움직이지 않는, 녹이 슬어 검게 변한 풍차의 날개와 텅 빈 개집, 먹을 것을 찾아 산속을 헤집고 돌아다니고 정원 습지에서 처량하게 울부짖는 셰퍼드들을 생각했고, 법원의 여직원이 와서 사람들의 이름을 부르고, 대답한 사람들의 이름을 연필로 체크할 때, 나는 그해 팔월 약혼녀를 데리고 팔멜라로 갔던 일, 남편이 병영에서 근무하는 오후 시간이면 세투발에서 버스를 타고 오는, 바로크 양식의 공단 의상 차림인 하사관의 아내와 마당 흔들의자에 앉아 레모네이드를 마시던 아버지를 생각했고, 내가 아버지에게

"소피아가 왔어요, 아버지"

그러자 아버지는 요리사를 관리인의 딸을 집시 여자들을 하녀들을 쳐다보는 그런 게슴츠레한 눈빛으로 소피아를 지그시 쳐다보면서, 손가락 끝으로는 모자를 더욱 깊숙이 눌러쓰더니

"여자들이 원하는 건 뭐든지 다 해줄 수 있긴 하지만 무슨 일이 있어도 모자는 벗으면 안 돼 그래야 누가 주인인지 알 테니까"

안절부절못하는 변호사는 시계를 내 눈앞에 들이밀며

"부인에게 무슨 일이 있는 건 아닐까요?"

부끄러움으로 얼굴이 빨개진 소피아는 동그랗게 땋은 머리를 매만지고, 까마귀들은 너도밤나무 위에서 큰 소리로 깔깔대고, 수영장 표면에는 저택의 그림자가 반사되어 어룽거리고, 하사관의 아내는 우리를 향해 대모님이라도 되는 양 너그러운 미소를 지어 보이는데, 아버지는 소피아를 계속 눈으로 훑어보면서, 남의 집 가축에 대해서 이야기하는 것처럼 건성인 말투로

"이건 원 옷걸이인지 해골인지 너는 암송아지 고르는 법을 아예 모르는구나"

순식간에 침착을, 순식간에 진지한 태도를 되찾은 변호사는 엘리베이터를 향해 몸을 돌리고 소맷부리를 단정하게 가다듬으며

"부인이 이제 도착했네요 엔지니어 선생님"

거기 소피아가, 머리를 동그랗게 땋지 않았고, 더 이상 스무 살도 아니고, 더 이상 부끄러움으로 얼굴이 빨개지지도 않고, 내 어깨를 손으로 털어주지도 않으며, 내 변호사와 너무 흡사하여 내 변호사가 거울에 비친 모습이라고, 내 변호사의 복제물이며 쌍둥이라고 착각할 만한 다른 변호사의 호위를 받으며 서 있었으니, 두 변호사는 모두 똑같은 비싼 이발소에서 머리를 잘랐고, 둘 다 규격에 딱 맞는 모직양복 차림이고, 둘 다 노련하고, 둘 다 엄격하고, 둘 다 똑같은 면도용 화장수 속에서 바다장어처럼 위엄있게 헤엄치는 모습이니, 약지에 자기 어머니의 반지를 끼고, 자기 어머니와 닮은, 깔보는 듯한 자신감을 풍기는 소피아는

("젊은이는 원래 그리 아둔한 건가요, 아니면 일부러 그런 척하는 건가요?")

나를 바라보지 않았으며, 나에게 미소를 짓지도 말을 건네지도 않았고

"우리 어머니 보러 가는 건데, 좀 단정하게 차려입을 수도 있잖아요"

나는 그녀의 변호사와 머리카락 한 올까지도 똑같아 보이는 내 변호사에게

"무슨 일이 있어도 모자를 벗으면 안 되는 건데 그랬다면 누가 주인인지 분명해졌을 텐데"

영문을 모르는 변호사는 모직양복의 고급스러운 세계로부터 고개를 수그리고

첫 번째 비망록

"뭐라구요?"

내 변호사는, 내 아버지의 시대에 팔멜라 저택을 찾아오던, 영구차처럼 내부가 보이지 않게 불투명한 창이 달린 차를 타고 대문을 통과하여 저택으로 향하는 사이프러스 길을 줄지어 올라오던 다른 변호사들, 은행가들, 경영자들, 국회의원들, 장관들과 다를 바가 없어 보이는데, 그들은 내 턱을 건성으로 만지면서, 내 얼굴을 보지도 않으면서

"많이 컸구나"

그들은 오후 내내 그랜드피아노가 놓인 거실에 틀어박혀 나오지 않았고, 흰 장갑을 낀 하녀들은 쟁반을 들고 끊임없이 왔다갔다했고, 가정부는 나를 집 뒤편으로 보내서 놀게 했고, 관리인은 까마귀들을 쫓았고 개들을 짖지 못하게 했으며, 그러다 해가 저물면, 변호사들, 은행가들, 경영자들, 국회의원들과 장관들은 다시 자신들의 차를 타고, 리스본을 향해 달려가버렸고, 그들을 까맣게 잊은 아버지는, 최후의 산비둘기마저 사라져버린 늪지의 호흡 소리에만 귀를 기울였으며, 자기 어머니와 닮은, 깔보는 듯한 자신감을 풍기는 소피아는 내 앞을 지나갔고, 아무것도 모르는 변호사는 내 말을 알아듣기 위해 허리를 굽힌 채

"뭐라고 하셨죠?"

나는, 이곳 법원이 아니라, 개구리의 울음소리가 천지에 가득한 팔멜라 저택에서 아버지에게 말하듯이

"무슨 일이 있어도 모자를 벗으면 안 되는 건데 그랬다면 누가 주인인지 분명해졌을 텐데"

그러자 변호사는 어이없는 얼굴로, 눈썹을 거의 머리 꼭대기까지 치켜올리며 다시 한번 더

"뭐라고 하셨죠?"

마치 그가 여기 법원이 아니라 이스토릴에 있는 것처럼, 카지노의 종려나무들이 보이는 이스토릴의 창가에서 브리지게임을 하던 중에 내가 눈앞에서 유리장식 샹들리에를 깨뜨려버리기라도 한 것처럼

"젊은이는 원래 그리 아둔한 건가요, 아니면 일부러 그런 척하는 건가요?"

내가 아버지와 함께 이스토릴의 저택을 방문했을 때, 아버지는 구리 시곗줄, 투박한 양가죽 장화, 머리에는 낡은 모자로 농부처럼 차려입었고, 이빨 사이에는 시가를 물었으며, 차고에 있는 그의 나시 자동차를 제복 차림 운전수에게 광을 내라고 시킨 뒤 자신은 팔멜라에 한 대뿐인 택시를 불러, 반짝이 차양이 달린 모자를 쓴 일종의 어릿광대가 운전하는 그 택시를 타고 갔는데, 운전수는 술집이 나타나기만 하면 엔진이 쉬어야 한다는 둥 온갖 구실을 달아 그 앞에서 무조건 차를 멈추고, 파리들이 잉잉거리는 포도 덩굴 아래서 몇 시간이고 빈둥거렸고, 아버지와 동행한 약사의 과부는 진주모 장식 카메오 브로치와 살이 떨어져나간 세빌랴 부채로 몸을 가리고, 날카롭게 짖어대는 극소형의 마이크로 강아지를 무릎에 안고 있었는데, 그녀와 내가 낡은 구두상자 냄새가 나는 택시 안에서 열기에 구워지고 있는 동안, 아버지와 반짝이 차양 모자의 광대는 밀짚부채가 돌아가는 냉각기 바람을 쐬면서 술잔을 마지막 한 방울까지 빨아먹었으며, 그래서 우리가 이스토릴에 도착했을 때는 이미 점심시간이 한참이나 지났고, 그들은 우리가 오지 않으리라고 진작에 포기한 상태로 해변과 갈매기가 내다보이는 테라스에서 브리지게임을 하고 있었지만, 이상하게도 장모는 과부와, 모직싸개를 두른 마이크로 강아지까지 집

첫 번째 비망록

안으로 끌고 들어온 내 아버지의 부족한 예의범절에 화를 내는 대신
에

"젊은이는 원래 그리 아둔한 건가요, 아니면 일부러 그런 척하
는 건가요?"

아버지가 마당에 세워둔 광대 운전수가 수국 화단을 건들건들
돌아다니고, 택시 시동을 쓸데없이 켰다가 끌 때마다 엔진이 폭발하
듯이 펄쩍 뛰거나 단말마의 고통에 부르르 떨곤 하는 사이, 아버지는
한 손에 찻잔을 들고서, 소피아의 어머니와 친척 여자들을 나른한 눈
길로 관찰했는데, 그것은 아버지가 요리사와 관리인의 딸과 집시 여
인들과 하녀들을 바라볼 때의 바로 그런 나른한 눈길이었고, 그 눈길
의 의미는, 이제 곧 아버지가 모자를 벗지도 않고 불붙은 시가를 입
에서 떼지도 않은 채, 그들 중 한 명을 가장 적절한 빈방으로 끌고 들
어가, 그들의 치마를 올리고 엉덩이를 옷장이나 화장대에 밀어붙일
것이며, 그 와중에 서랍들이 요란하게 삐걱거려서 방으로 들어오려
는 사람에게 모종의 신호를 보내게 된다는 것

"여자들이 원하는 건 뭐든지 다 해줄 수 있긴 하지만 무슨 일이
있어도 모자는 벗으면 안 돼 그래야 누가 주인인지 알 테니까"

찻잔을 든 아버지, 보기 싫은 개에게 과자부스러기를 먹이는 약
사의 과부, 그런데도 전혀 화를 내지 않는 장모, 조금도 기분 나쁜 기
색 없이, 관대하게

"아들이 당신의 유머감각을 물려받지 못했으니 참으로 유감이
군요, 프란시스쿠"

종려나무 뒤편의 바다와 부교 위에 앉은 갈매기들은 희고 고요
하니, 쥐어뜯는 소리로 까옥거리는 팔멜라의 까마귀들과는 참으로
다르게

"아들이 당신의 유머감각을 물려받지 못했으니 참으로 유감이군요, 프란시스쿠"

아버지는 아무런 대꾸 없이, 장화에 말라붙은 진흙을 주머니칼로 긁어내면서, 축사의 소들을 감정하는 눈길로 브리지 여인네들을 평가하고 있지만, 그래도 나는 아버지 당신을 사랑했습니다, 당신을 사랑했어요, 이런 말을 할 만큼 용기가 없긴 했지만, 하지만 그래도 당신을 사랑했어요, 소피아의 어머니는 아버지에게 버터 바른 토스트를 권했고, 아버지는 그걸 한 개도 거절하지 않고 다 받아먹으면서 발바닥에 말라붙은 진흙에만 집중하고 있는데, 소피아의 어머니는 선수를 치며 말하기를

"당신이 국무부장관일 때 내 오빠인 페드루가 은행에 무슨 문제가 있어 당신을 몇 번이나 찾아갔다고 해요 그러니 분명 페드루를 기억하실 걸요"

그리고 리스본의 법원에서는 변호사가 나에게

"판사가 당신 이름을 불렀어요 엔지니어 선생님"

변호사는 걱정스럽고, 불안하고, 간절해지며, 그의 모직양복은 갑자기 싸구려로 색이 바래고, 그의 머리 모양은 갑자기 페냐 드 프란사나 아마도라의 지하 쪽방 이발사가 건드려놓은 듯이 천박해지고

"심리가 진행되는 동안 절대 입을 열지 마세요 엔지니어 선생님 누가—주인인가 따위 이야기는 입도 벙긋하면 안 됩니다"

직원들이 타자기로 문서를 작성하고 있는 대기실, 코르크 보드에 핀으로 꽂아둔 소환장, 금연 안내장, 대기자들, 그리고 대기실 끝에는 붙박이 책장, 벽걸이 달력, 바닥에 깔린 서류들, 법전과 서류가 잔뜩 펼쳐진 법원 탁자, 그리고 우리에게서 자신을 보호하려는 듯 법

첫 번째 비망록

으로 보루를 쌓고 그 뒤에서 연필을 치켜든 판사는 종이 테이프로 페이지를 표시한 논문집으로 얼굴 아래쪽을 가리고 있는 학교 교사처럼 보였으며, 나에게 사죄하고 싶다는 눈빛으로 내 얼굴을 꼼짝 않고 응시했는데, 혁명이 발발한 지 일주일 혹은 이주일 후에 내가 아버지의 얼굴을 응시한 바로 그런 눈빛

(군인들 군대의 행진 무기 감옥 장모와 친척 여자들은 짐도 여권도 없이 스페인 마드리드 교외의 삼류 호텔 거기서 충격으로 제정신이 아닌 채 리스본으로 수없이 전화를 걸었으나 아무도 받지 않았고 거기서 자신들 소유의 토지로 전화를 걸었으나 전화를 받은 농부는 그들에게 욕설을 퍼부었고 장모와 친척 여자들은 스페인에서 모피코트 몇 벌을 겹쳐 입고 손목마다 금시계를 몇 개씩 차고 보험 회사에 있던 장모의 오빠는 권총을 든 민병대에게 굴욕당하고 장모의 오빠는 권총을 든 민병대에게 긴슈 해변에서 굴욕당하고 정육업자가 사용하는 작은 열차에 실려 카시아스로 보내지고 프니쉬로 보내지고 발르 드 유데우스 감옥으로 보내지고)

혁명이 발발한 지 일주일 혹은 이주일 후에 아버지가 우리를, 나와 소피아와 아이들을 팔멜라 저택으로 불러들였을 때, 저택의 창문을 전부 막고 그림과 은제품들을 숨기고 개집 문을 열어 셰퍼드들을 풀어주고 하녀들을 해고한 다음 사냥총을 팔에 끼고 주머니에는 탄창을 가득 채우고, 하지만 여전히 입에는 시가를 물고 머리에는 모자가 올라 있는 채로 테라스에 서서 우리의 도착을 기다리는 아버지를, 나는 바로 그런 사죄의 눈빛으로 응시했고

"공산주의자 놈들이 집을 기웃거리기만 해봐 당장 머리통을 박살내줄 테다"

늪지를 향해 위협하고 곡물창고를 향해 위협하고 과수원과 사

이프러스 가로수길을 향해 위협하고 화단에서 뒹굴며 수선화의 머리를 부러뜨리는 셰퍼드들을 향해 위협하고

"공산주의자 놈들 이 집을 기웃거리기만 해봐 당장 머리통을 박살내줄 테다"

그리고 다시 변호사의 나직한 목소리

"이제 앉아도 됩니다"

집 안으로 달려 들어간 셰퍼드들은 의자를 넘어뜨리고, 소파의 쿠션을 물어뜯고, 커튼을 찢어발기고, 냄비와 프라이팬까지 엉망으로 뒤집어놓은 후, 쿠션과 커튼, 식탁보 조각을 주렁주렁 몸에 매단 채 되돌아 나왔고, 아버지는 놀라서 날아오르는 까마귀들을 향해 총을 쏘아대면서

"공산주의자 놈들 이 집을 기웃거리기만 해봐 당장 머리통을 박살내줄 테다"

아버지는 나를 닦달하여 곡물창고와 채마밭, 차고, 개구리가 울어대는 늪지의 유칼립투스나무들을 순찰하는 데 따라나서게 하고, 허리에 차고 있던 리볼버를 내게 건네주며 눌러쓴 모자 아래서 말하기를

"공산주의자가 보이거든, 그대로 방아쇠를 당겨버려"

내가 일생 동안 보아왔던 그 어느 순간보다 더욱 고독해진 아버지, 여자도 없고, 친구도 없고, 부하도 없고, 공모자도 없는 아버지는, 총 개머리판으로 축사의 소들을 마구 쳐서 쫓아버리며, 숨어 있는 공산주의자를 찾겠다며 물통과 젖 짜는 양동이와 종자 주머니와 밀짚을 쑤셔댔고, 처음에는 무릎을 꿇고서 뒤지다가 나중에는 아예 오줌이 흥건한 바닥에 거의 배를 깔고 엎드린 자세로 농기구들을 치워가면서

첫 번째 비망록

"이상한 소리가 들린 것 같은데 이상한 소리가 들린 것 같은데 넌 이상한 소리 듣지 못했어?"

바깥에서 셰퍼드 한 마리가 길게 울부짖자 아버지는 일어서려고 애쓰다가 그만 바닥에 미끄러져 넘어지고 말았고

("아들이 당신의 유머감각을 물려받지 못했으니 참으로 유감이군요, 프란시스쿠")

다시 일어서려고 버둥거리면서

"공산주의자 놈들인가 보다"

개들은 계속해서 짖었고, 까마귀들은 계속해서 깔깔거리며 웃어댔고, 너도밤나무 숲은 계속해서 한숨을 내쉬었고, 아버지는 들통에 부딪히고 낫에 걸려 비틀거리면서 간신히 네 발로 기어 입구로 나오자마자

"쏘아라"

소피아는 그녀 어머니가 브리지게임을 할 때와 똑같은 음색으로, 마치 내가 이 자리에 없다는 듯이, 마치 나라는 존재는 아예 처음부터 자기 삶에 있지도 않았다는 표정으로 질문에 대답하는데, 변호사는 판사에게 신호를 보내며

"한마디도 해서는 안 됩니다 엔지니어 선생님 말은 내가 할 테니 입 다물고 계세요"

그러나 저택과 농장에는 사람의 그림자라고는 보이지 않았고, 리스본으로 향하는 도로에는 기관총을 든 민병대도 없었고, 저택 진입로에도 공산주의자는 없었으며, 유칼립투스나무 위 까마귀떼와 천사의 석상 말고는 아무것도 없었으니, 이혼을 한 이후 언젠가 멀리 떠날 생각으로 내가 차고에서 보트를 만들고 있던 시절에도 팔멜라 농장을 찾아온 사람은 아무도 없었고, 어느새 말을 멈춘 소피아, 교

사풍의 판사는 소피아에게 시험에서 낙제시키지 않을 테니 걱정 말라는 약속을 해주듯이 서류철 뒤에 가려진 입을 움직이니, 비싼 모직 양복을 입은 변호사가

"내 의뢰인의 유일한 재산은 값어치 없는 토지뿐입니다"

이스토릴에서 나를 본 장모는 카드놀이마저 잊어버리고 의심스런 눈길로 내 옷차림을 살피더니

"젊은이는 소피아의 평소 생활수준을 유지시켜줄 만한 재력이 있나요?"

바로 그 이유 때문에, 그들은 소피아와 결혼한 내가 은행에서 일하게 되자 월말이면 월급 명세서에 내 이름을 올리는 대신에 다른 아무런 기대나 요구를 하지 말 것을, 회의 중에는 아무런 말도 하지 말 것을, 근무시간에 나타나지 말 것을 조건으로 강요하다가, 마침내는 아예 사라져버리라고, 장모에게 내가 없는 사람인 것처럼, 내 아내에게 내가 없는 사람인 것처럼, 그리고 내 아이들에게도 보이지 않는 사람인 것처럼 그렇게 사라져버리라는 조건을 요구했고

"이런 돼지우리에서 어떻게 살 수가 있어요?"

나는 쓰러지다 만 떡갈나무 때문에 금방이라도 뭉개질 듯 위태로운 다 쓰러진 차고 속에서 보트를 만들었고

(가지는 지붕을 찍어 누르고 뿌리는 차고 바닥을 들어올리고 있으니)

보트를 만드는 이유는 언젠가 멀리 떠나기 위해서, 내 아버지처럼 축사의 소똥과 오줌 속에서 뒹굴지 않기 위해, 네 발로 입구를 향해 기어가며 허우적대지 않기 위해

"쏘아라"

입구에서 나는 죽어버린 들판을 만나게 되고, 팔다리가 잘려나

간 천사들을, 유리창이 깨어진 창문들을, 개들이 파헤쳐놓은 채마밭을, 장작이 없는 장작난로에 기댄 침대를, 텅 빈 방에서 울리는 내 기침의 메아리를 만나게 될 것인데, 변호사는 관련 법 조항의 산맥 위로 어떻게든 기어올라가보려고 시도하지만, 판사는 저 먼 정상에서 자신의 안경알로 더없이 희미한 불빛만을 드물게 반사시켜줄 뿐

"내 의뢰인은 아내의 가족 회사를 돌보기 위하여 자신의 건축사무소를 몇 년 동안이나 휴업했는데도 회사에서 해고될 때 정당한 법적인 보상금도 받지 못했습니다"

그런데 사실상 그들은 나를 정식으로 해고한 적이 없으며, 단지 사무실 사환에게 내 출입을 막으라는 지시만 했고, 그래서 내가 회사 로비에 나타나면 사환은 두 손을 들어올리며

"죄송합니다만 엔지니어 선생님 전 지시에 따르는 것뿐이니 화내지 마세요 나오시지 않아도 급료는 분명히 수표로 지불될 겁니다"

회사뿐 아니라 나는 그들의 집에도 출입이 금지되었는데, 이 일을 맡아 한 건 사무실 사환이 아닌 아내의 두 사촌으로, 그들은 이스토릴에서 나를 기다리고 있다가 집 정원으로 들어서려 하는 나를 막았지만, 적대적이거나 공격적이지는 않았으며 폭력을 쓰지도 않았고, 단지 평이한 어조로

"소피아가 자네와의 이혼을 원해 그래서 오늘 보험 회사에서 트럭을 불렀어 우리가 자네 물건들을 모두 실어서 팔멜라로 보내줄 거야"

가방 하나, 옷가지가 든 자루 하나, 앨범 한 권, 어머니가 남긴 상아 십자가 하나, 공구와 선박 설계도가 든 상자 하나, 그날 밤 이스토릴에는 비가 내렸으며 카지노의 종려나무들은 호텔 건물을 향해 가지를 축 늘어뜨린 자세였고, 나는 이러지도 저러지도 못한 채 손에

열쇠를 들고 그 자리에 서서

"도대체 왜들 이러는 겁니까?"

똑같은 질문을 은행 로비에서 사무실 사환에게도 했지만, 지나가는 전화 교환수와 비서들이 내 겉옷에 묻은 얼룩을 쳐다보며 동정의 눈길을 보냈을 뿐

(큰딸은 식기와 속옷이 한꺼번에 뒤섞여 있는 부엌의 서랍을 뒤지면서

구부러진 포크, 푸르게 녹슨 숟가락, 아무것도 자를 수 없는 나이프

"제대로 된 양복 한 벌도 없는 거예요?")

"도대체 왜들 이러는 겁니까?"

판사의 안경알이 서류철의 스프링 사이로 다시 한번 더 나타나 겁먹은 짐승처럼 우리를 건너다보기 전에, 거울상이며 복제품이며 쌍둥이인 다른 변호사가, 회계장부와 복사한 서류들과 숫자와 도표, 위쪽과 가장자리에 화살 표시가 된 스케치를 재빨리 제출하며

"경쟁관계에 있는 회사의 이익을 도모하기 위해서?"

나는 아무것도 도모하지 않았고, 내가 그곳에서 한 일이라고는 오직 그들이 가리키는 자리에 내 이름을 서명했을 뿐이고, 인사 책임자가 내 앞에 내미는 편지와 영수증의 첫 글자 정도만 살펴볼 수 있었고

"거기 수입인지 위에 부탁합니다, 엔지니어 선생님"

차관이니 어음이니 하는 영수증은 아무리 봐도 나로서는 알 수 없는 것들이었고, 인사 책임자가 은행의 돈을 갖고 요하네스버그로 달아난다는 것은 상상도 하지 못했고, 그때는 이미 카시아스의 감옥에서 페니체 감옥에서 그리고 발레 데 유데우스 감옥에서 석방된 장

첫 번째 비망록

모의 오빠들이 나를 회의 자리에 불러내고는, 의자에 앉게 하는 대신 내 코앞에서 한 다발이나 되는 부채 서류를 흔들어대며

"이게 도대체 뭔가?"

부채, 차용증, 계약서, 주식양도증, 거래명세서, 매각서, 외환단타매매, 파국을 낳은 투기

"이게 도대체 뭔가?"

법전 사이에서 판사의 안경알이 또다시 떠올라 잠시 동안 부유하다가 숨어버리고, 이제 그 당시의 자기 어머니처럼 나이 든 소피아, 바로 그날 카드놀이를 하다가, 브리지게임을 하다가, 나를 질책하던 자기 어머니와 같은 나이가 된 소피아

"젊은이는 원래 그리 아둔한 건가요, 아니면 일부러 그런 척하는 건가요?"

거울상이며 복제품이며 쌍둥이인 다른 변호사는 여전히 로션 냄새의 아쿠아리움에서 뻐끔거리면서, 더 많은 증명자료를, 더 많은 진술을, 더 많은 저당권과 대부금 서류를, 더 많은 달러 착복의 증거를 서류가방에서 꺼내며

"그가 경쟁관계로 끌어들인 회사의 이익을 도모하였던 겁니다 혹은 그 회사와의 경쟁을 각오하고 일을 벌인 것일 수도 있지요 하지만 이유는 중요하지 않습니다 우리는 그런 일은 잊어버릴 수도 있어요 내 의뢰인이 원하는 단 한 가지는 팔멜라 농장에 대한 저당권 확보입니다"

폐허가 되어버린 지금의 팔멜라는 소도 없고, 양도 없고, 트랙터도 없고, 돼지도 없으며, 괴물처럼 가지를 뻗은 늪지의 유칼립투스 나무들과 개구리의 울음에 서서히 집어삼켜진 상태로, 제멋대로 마구 뒤엉켜 자라난 이파리 없는 과일나무, 잡초로 뒤덮인 배수로, 까

마귀들이 엉망으로 찢어발겨놓은 너도밤나무와 사이프러스들이 차지한 스산한 풍경인데, 그 가운데 수영장의 고인 물이 죽은 눈동자처럼 우중충하게 썩어가고 있는 지금의 팔멜라는 그 옛날의 농장이 아니고 그 옛날의 저택이 아니니, 아버지가 살던 시절의 농장도 아니고 그 시절의 저택도 아닌 오늘의 농장과 저택, 여왕의 친필 사인 사진이 놓인 그랜드피아노는 단 하나의 건반도 소리가 나지 않으며, 바닥의 퇴색한 양탄자 위에는 그림액자들이 흩어져 있고, 담쟁이덩굴로 무성하게 뒤덮인 예배당의 성수반 속에는 도마뱀과 지렁이들이 둥둥 떠 있으며, 제단과 벽장 안에는 좀이 슬어 너덜너덜해진 성의가 들어 있을 뿐, 그런데 변호사와 소피아, 그리고 소피아의 가족들은, 내가 저지르지도 않은 일에 대해서, 설사 내가 그럴 마음이 있었다고 해도 방법을 몰라서 할 수 없었을 일에 대해서 복수하겠다고 나서니, 한푼의 가치가 없는 것에 대해서 저당권을 요구하고 나서니, 왜냐하면 지금 나는 옷가지가 든 자루 하나와 앨범, 상아 십자가, 그리고 어느 날 훌쩍 떠나기 위해서 만든 엔진도 없고 돛도 없는 보트 한 척이 전부이기에, 고장난 석탄 보일러, 날이 떨어져나간 탈곡기, 녹투성이 뼈대를 드러낸 채 바람이 불어도 움직일 줄 모르는 풍차처럼 아무 쓸모없는 보트 한 척이 전부이기에, 쌓아올린 법의 보루 뒤에서 언듯언듯 비치는 안경알과 가느다란 근시안의 목소리만으로 존재가 추측되는 판사는, 그들에게 팔멜라 토지의 저당권을 승인하고, 재앙의 그림자와 까치들의 연못에 대한 저당권을 승인하고, 따라서 앞으로 그들이 팔멜라 저택에 찾아온다면, 한때 변호사들 은행가들 경영자들 국회의원들 장관들이 타고 왔던 그런 호화로운 장의차를 타고 찾아온다면, 그들은 계단 위에 앉아 있는 나를 보게 되리라, 무성한 히아신스 줄기들 가운데 앉아, 굴속으로 사라져버린 토끼를 쫓아 주둥이

첫 번째 비망록

와 앞발로 땅을 파헤치는 셰퍼드들 사이에 앉아, 자신들을 기다리는 나를 보게 되리라, 아니 어쩌면 그들은 계단 위에 앉아 있는 나와 마주칠 일이 영영 없을지도 모르니, 나는 거기서 그들이 오기를 기다리다가, 하지만 그들의 소리를 듣지 못하고 그들을 보지도 못하고, 성채와 산 사이를 날아다니는 비둘기에게만 모든 신경을 쏟고 있다가, 마침내는 내 아버지와 마찬가지로 축사의 오물과 똥무더기 위를 네 발로 허우적거리며 기어다니게 될 가능성도 완전히 배제할 수는 없으므로

"아들이 당신의 유머감각을 물려받지 못했으니 참으로 유감이군요, 프란시스쿠"

젖 짜는 양동이에 나무통에 낫에 부딪혀가며, 그 와중에도 탄창도 없고 방아쇠도 떨어져나간 사냥총으로 계속 그들을 겨냥하고, 한 손에 든 손수건으로 얼굴에 묻은 진흙과 지푸라기를 닦아내면서, 세 투발과 아제이타웅에서 내 집을 침략하러 오는 기관총 혁명대원들, 법원과 사법부의 명령을 집행하러 오는 그들을 향해서 똥거름과 오물을 뒤집어쓴 채 고함을 지르게 되리라

"당장 꺼져버려 날 건드리지 마 당장 꺼져버려 공산주의자 놈들이 집을 기웃거리기만 해봐 당장 머리통을 박살내줄 테다."

추가 진술

사실이 그렇다고 당신이 주장한다 해도 나로서는 상관이 없지만, 그래도 주앙 도련님이 주인어른에 대해서 그런 끔찍한 얘기를 하는 건 이해할 수가 없다. 주인어른은 화를 잘 내는 무서운 성격인데다 아직 살아 있고, 발작을 일으켰지만 아마도 이제 서서히 회복될 것이 분명한데 말이다. 당연히 젊은 주인인 주앙은 상황을 다 알고 있을 것이다. 자기 아버지가 다시 회복되지 않는다는 확답을 받기 위해서, 그래서 자신의 삶이 나락으로 떨어질 가능성이 없다는 확신을 얻기 위해서 분명 의사와 자세히 이야기를 해보았을 테니까, 상황이 불확실한데, 누가 위험을 감수하려고 하겠는가, 총으로 세상 전체를 위협하려 드는 사나운 노인이 곧 자기 앞에 나타날지도 모르는데, 그런 건 많이 배우지 못한 나 같은 여자조차도 아는 사실이니, 나는 관리인의 딸이고, 채마밭과 축사가 내 삶의 무대 전부였으며, 어린 시절부터 소젖을 짜고, 비둘기장을 돌보고, 개밥그릇을 챙겨주고, 닭장의 닭들에게 모이를 주느라 책을 읽고 학교에 갈 시간이라고는 전혀 없었다. 우리 가족이 트라스 우스 몬테스를 떠나 주인어른의 저택으로 왔을 때 주인어른은 우리가 머물 수 있도록 곡물창고 한구석을 비워주었고, 판자로 칸막이까지 만들어서 옥수수와 사람이 한데 섞이지 않도록 해주었는데, 창고 안에는 박쥐들이 마음대로 드나들어 사람의 말소리를 내면서 날아다녔으므로, 우리는 거기다 지붕을 만들어 덮고 방구석에는 난로까지 설치하고 용변은 지하실에 있는 수조를 활용했던 것을 기억하고, 한여름 아직 어두울 때 잠에서 깨어나 늪지에서 울어대는 개구리 소리에 귀 기울이던 것을 기억하고, 잠 못 이루는 개들과 송아지들의 웅성거림, 풍차가 돌아가는 것과 똑같은 소리로 코를 골던 아버지, 주인어른의 서재에서 타오르던 등불, 마치 느리게 타오르는 성인의 등불처럼, 평화로운 팔월의 밤 속에서 환하게 빛나는 오렌지 같은 불빛을 바라보면서 나는 아늑함을 느꼈고, 나는 영원했으며, 나는 행복했으니, 시간이 영원히 그렇게 그대로 머물러 있을 것만 같았고, 그 누구도 죽지 않을 것만 같았기 때문이다. 하지만 아침이면 오렌지 등불은 꺼져버리고, 일을 시작한 트랙터가 요란한 소리를 내고, 그리고 다시 죽음이 있게 되었으니

(그래, 죽음보다 더 나쁜 것은, 바로 시간이겠지)

사람들은 일어나라고 나를 소리쳐서 깨웠고, 내 양손에 젖 짜는 양동이를 쥐여주어서, 도토리 줄기처럼 마르고 가느다란 나는 거센 바람에 쓰러질 듯하면서 양봉장과 거위들이 물 마시는 수조를 지나 축사로 들어서니, 벽을 마주 보고 서 있던 동물들이 머리를 돌려 나를 바라보았고, 그때 시멘트 바닥을 디디는 가죽장화 소리가 들리면서, 맡기만 하면 속이 역겨워지는 시가 냄새와 함께 나타난 주인어른의 손바닥이 내 목덜미를 꾹 누르며

"겁낼 것 없어"

나는 겁이 나서 몸을 움츠렸고

(그런데 주인어른의 건강이 다시 회복되기는 하는 건지, 주인어른이 다시 나아지지 않을 거라고 당신이 보장해줄 수 있는지, 만약 주인어른이 다시 건강을 회복한다면, 그런 일이 일어난다면, 나는 어떻게 되겠는가, 주인어른에게 늘씬하게 두들겨 맞지나 않을지?)

주인어른은 한마디 말도 없이, 양동이에서 부글거리는 우유 거품에도 신경 쓰지 않고, 씨앗 자루 위에 철퍼덕 널브러진 나를 가만히 바라보기만 했고, 나는 감히 그에게

"날 놓아줘요"

첫 번째 비망록

라고 사정할 엄두도 내지 못했고

"저리 가요"

하고 말할 용기는 더더욱 없었는데

그는 내 아버지에게 은혜를 베푼 사람일 뿐만 아니라, 장관이거나 혹은 그와 비슷한 높은 사람이었기 때문에, 더구나 일 년에 한두 번은 살라자르가 직접 찾아오기까지 하는 사람이기 때문에

(우리는 언제 살라자르가 오는지 미리 알 수가 있었는데, 그가 오는 날이면 이미 전날 저녁부터 농장 전체에 사복 경찰이 깔렸으니까, 경찰들이 농장의 일꾼들을 모두 쫓아버리고 사방을 샅샅이 뒤지고 다녔으니까, 우리가 잠자는 매트리스까지 뒤집어서 확인하고 우리의 신분증도 일일이 조사하고, 대문에는 공화국 근위대 지프가 한 대, 다른 한 대는 늪지에, 세 번째 지프는 담장 건너편에 서 있었고, 그리고 두 대의 오토바이가 요란한 사이렌을 울리면서 사이프러스 언덕을 올라오고, 그 뒤에 군용 차량이 한 대 따라오고, 그리고 다시 두 대의 오토바이가 나타난 다음 마지막으로 살라자르와 일행이 탄 자동차가 보였고, 사복 경찰은 장미정원 전체에 득시글거렸고 여름에도 외투를 걸친 살라자르는 안경을 쓴 어떤 신사와 동행했는데, 그 신사는 살라자르에게 문을 열어주고, 살라자르의 주변에서 춤추듯이 잰걸음으로 왔다갔다하면서 살라자르의 발길을 안내하는 역할을, 살라자르는, 멀리서 까마귀들이 요란한 비웃음을 터뜨리는 가운데 계단을 올라왔고, 그리고 다음 날 경찰들이 다시 와서 까마귀들을 쏘아 죽여버렸고)

"저리 가요"

하고 말할 용기는 더더욱 없어서

겁이 난 나머지 나는 그냥 몸을 웅크리고 있었을 뿐, 그가 은혜를 베풀어준 사람이기 때문에, 그가 부자이기 때문에, 그가 장관이거

나 혹은 그와 비슷한 높은 사람이기 때문에, 그가 리스본에 있는 높은 사람들까지 좌지우지하기 때문에, 나는 생각하기를, 만약 내가

"저리 가요 날 가만히 놔둬요 저리 가요"

(이런 말을 해도 절대적으로 안전하다는 보장을 해주지 못한다면, 그러면 아무 말도 하지 않으리라 설사 당신이 아무리 많은 돈을 준다고 해도, 내가 그 돈을 써보지도 못할 상황이 된다면 그게 다 무슨 소용이겠는가?)

라고 말한다면 주인어른은 공화국 근위대에 명령해서 나를 쏴버리라고 할 것이 분명했기에, 라디오에서 혁명군 뉴스를 들은 바로 직후에 주인어른은 사냥총을 꺼내 와서 전부 다 죽여버리겠다고, 정말로 총의 노리쇠를 벗긴 다음 우리에게 겨누고는

"공산주의자 놈들 모조리 나가"

어머니와 나는 서둘러서 옷가지를 챙겨 대문으로 달려갔고, 아버지는 벌벌 떨면서 두 팔을 활짝 벌리고는

"우리는 절대 공산주의자가 아니에요, 주인어른을 약탈하려고 들다니, 그런 생각을 조금이라도 했다면 지금 당장 내 눈이 멀어도 좋습니다"

셔츠 자락은 바지춤에서 삐죽 튀어나왔고 모자는 귀에 비스듬하게 걸린, 흐트러진 차림새의 주인어른은 트랙터 기사를, 운전수를, 가정부를, 하녀들을, 심지어는 주인어른과 함께 잠을 자는 사이이며 나를 유난히 미워하는 여자 요리사까지도 총으로 위협하여 쫓아내고, 개머리판으로 우리를 마구 내리치며

"꺼져"

그렇게 한 무더기를 이룬 사람들이 사이프러스 언덕길을 걸어 세투발 방향으로, 팔멜라 방향으로 내려갔고, 하늘 위에서는 까치들

첫 번째 비망록

이 놀라서 떠들어댔고, 겁먹은 비둘기들은 숨을 죽였으며, 목줄에서 놓여난 셰퍼드들이 비명 소리에 흥분하여 우리의 발꿈치를 물었고, 주인어른은 개들을 더욱 부추기며

"물어"

(살라자르가 마지막으로 오기 이 주일 전, 몇 대의 공화국 근위대 지프가 먼저 나타났는데, 그중 지휘자인 대위가 까마귀들을 향해 기관총을 쏘아댔고, 상당수의 까마귀들이 죽어서 채마밭에 떨어지자 대위는 그것들을 하나하나 발로 뒤집어보면서 "이것들도 이제는 수상각하를 비웃으면 안 된다는 걸 배웠겠지!")

셰퍼드 한 마리가 눈물을 흘리는 가정부를 덮쳐 쓰러뜨리자, 그녀의 가방이 자갈길 위에 떨어져 열리고, 개들은 그녀의 치마를 스웨터를 신발을 입에 물고 뛰어다녔고, 아버지가 가정부를 도와주려고 하자 주인어른이 노리쇠를 철컥거리며

"너를 죽여버리겠어 바보 천치 같은 놈 너를 죽여버리겠어"

(그래서 살라자르가 차에서 내렸을 때 농장은 새들의 무덤으로 바뀐 뒤였고, 비웃음을 날리는 자는 아무도 없었으며, 심지어는 늪지의 개구리들조차 진흙탕 물로 빵빵해진 목구멍을 벌리지 못했고)

주인어른은 으르렁대면서 한꺼번에 가방으로 덤벼들어 찢어발기는 셰퍼드들에게

"물어"

가정부를 몸으로 막아선 아버지는 개들의 입에서 치마와 스웨터를 빼앗으려고 애쓰면서, 금방이라도 울음을 터뜨릴 듯한 표정으로

"우리는 절대 공산주의자가 아니에요, 우리가 공산주의자라면 지금 당장 내 몸이 마비가 되어도 좋습니다 우리는 정치라고는 아무것도 몰라요"

풍차의 날개는 간절히 바람을 찾는데, 주인어른은 아버지를 금방이라도 내려칠 듯이 개머리판을 들어올리며

"꺼져"

(비서와 대화를 나누면서 계단을 올라간 살라자르에게 주인어른이 손을 내밀어 악수를 나누었지만, 주인어른은 단 한번도 모자를 벗기나 입에서 시가를 빼는 법이 없었고, 부동자세로 도열해 있는 공화국 근위대에게 조금의 시선도 주지 않던 살라자르는 집 안으로 들어서기 전 잠시 멈추어 서서 피튜니아 꽃을 보며 감탄을 표했고)

셰퍼드들은 채마밭을 엉망으로 짓밟고 다니며 닭들을 유린하고, 화분을 전부 쓰러뜨리고, 트랙터는 저 혼자서 장미정원을 갈아엎는 중이고, 짐보따리를 주렁주렁 든 하녀들은 세투발로 향하는 길 위를 비틀거리며 달아나고 주인어른은 증오에 차서

"공산주의자들"

허리에는 리볼버를 찼고, 주머니에서 탄창을 꺼내는 주인어른은 나를 가리키며, 나를 향해서

"거기 너"

사냥총으로 나를 어머니에게서 떼어놓고는 내 어깨를 움켜쥐었고, 가정부의 슬리퍼를 가슴에 꼭 끌어안은 아버지는 자갈길 위에 무릎을 꿇고 앉아 훌쩍거리는 목소리로

"내 딸을 죽이지는 않으실 거죠 그렇죠 주인어른?"

(정원 문을 통해서 나는 거실에서 차를 마시는 살라자르를 보았는데, 그때 사복 경찰이 나타나 나에게 턱짓을 하며

"꺼져")

트랙터는 온실 안에서 저 혼자 빙빙 돌고, 주인어른은 탄창을 꺼내면서 아버지에게

첫 번째 비망록

"꺼져"

길에 몰려서서 웅성거리는 하녀들, 셰퍼드들의 목에 달린 종소리, 수로를 넘쳐 흐르는 물소리, 장미 줄기가 짓이겨지는 소리가 들리는 가운데, 주인어른은 내 목을 움켜쥐고 축사로 끌고 가서는, 개들이 바로 옆에서 날뛰는 가운데 내 엉덩이에 총구를 대고 계속 안으로 밀어붙였고, 아직도 가정부의 슬리퍼를 껴안은 아버지는 문밖에서 나를 보고 있었으며, 그 순간 바람의 방향이 바뀌자 개구리들의 울음이 갑자기 커다랗게 부풀어 올랐고, 나는 주인어른에게 애원하고 싶었으나 차마 입이 떨어지지 않아

"제발 나를 죽이지 마세요"

어두컴컴한 축사의 똥무더기와 거름과 밀짚더미 위로 몸을 굽힌 주인어른은, 비둘기들이 잠들어 있는 서까래 기둥에 나를 밀쳐서 기대 세웠고, 그 바람에 지붕의 판자들이 우르르 흔들렸고, 주인어른은 내 옷 속으로 손을 더듬으며 나를 찾았고, 나를 발견했으며, 나를 잃었고, 나를 다시 찾아헤맸고, 그 순간 나는 그를 잊고 대신 오렌지를, 느리게 타오르는 성인의 등불처럼 팔월의 평화 속에서 환하게 빛나던 오렌지를 생각했고, 그러자 두려움이 사라지면서, 나는 아늑함을 느꼈고, 나는 편안해졌고, 나는 행복했으니, 시간이 영원히 그렇게 그대로 머물러 있을 것만 같았고, 그 누구도 죽지 않을 것만 같았으니까, 오렌지 등불이 갑작스럽게 꺼져버리고 죽음이

(그래, 죽음보다 더 나쁜 것은, 바로 시간이겠지)

다시 존재하기 전까지는, 시가 냄새가 좀 옅어지더니 내게서 한 발짝 떨어진 주인어른이

"이렇게 해두면 넌 나를 절대 못 잊겠지 너 망할 공산주의자 계집"

밖에는 셰퍼드들이 없었고, 비둘기들이 없었고, 까치들이 없었고, 장미 줄기들의 목이 잘려나가며 뚝뚝 끊어지는 소리도 들리지 않았고, 침묵 속에서 단지 트랙터가 최후의 디젤 한숨을 내쉬는 소리만이 들렸고, 어쩌면 공화국 근위대의 지프가 대문 밖에서 나를 체포하려고 기다리고 있을지도 모른다는 생각이 문득 들었지만, 문밖에 지프는 보이지 않았고, 비를 피하기 위한 간이 지붕이 달린 버스 정류장은 일요일처럼 쓸쓸할 뿐이었고, 우리는 휴일마다 종종 방문하던, 바헤이루의 어머니 사촌 집으로 찾아가 병원 뒤에 자리 잡은 작은 방 두 개짜리 그들의 아파트에서 묵었지만, 아버지는 유리 베란다에 하루 종일 앉아서 아무것도 먹지 않았고, 아무 말도 하지 않았고, 아직도 가슴에는 가정부의 슬리퍼를 꼭 감싸 안고 있었으니, 어머니의 사촌이

"에이토르"

그러나 아버지는 스페인 인형과 미니어처 꽃병이 놓인 선반 사이에서 침묵을 지키기만 했고, 어머니 사촌의 남편이 아버지에게 메드로뉴 술 한 잔을 권했으나, 원래 아버지가 무척 좋아하는 술인데도 불구하고 아무런 반응이 없었고, 어머니가 아버지의 품에서 슬리퍼를 빼앗으면

"에이토르"

아버지는 풀이 우거진 작은 섬으로, 곰팡이투성이인 테주 강의 배들로 시선을 돌려버리지만, 섬도 배도 바라보는 것은 아니며, 거리에는 불꽃놀이 로켓이 점화되고, 폭발음이 터지면서 붉은 띠를 늘어뜨린 화려한 섬광이 별처럼 창문으로 날아오며, 라디오에서는 파열하듯 노래가 터져나오고, 자동차들은 경적을 울려대며, 공장 노동자들은 지치지도 않고 하루 종일 휘파람을 불고, 카페 주인들은 거리에

첫 번째 비망록

서 아코디언을 연주하며 아내와 춤을 추기도 하고, 어머니 사촌의 남편은 메드로뉴 술을 마셔댔지만, 아버지는 아무것도 하지 않았고, 거리 전체가 마치 큰 장날이나 성 베드로 축제 날처럼 흥청댔으며, 시청의 근무자들은 떠났고 경찰서는 텅 비었고 리스본행 정기선은 선착장에서 신나게 몸체를 흔들었고, 인근의 라브라디우에서는 노동자들이 떠드는 소리가 들려오는데, 어머니의 사촌은 나에게 수프 한 접시와 사과 한 알을 주니, 다락방 창을 통해서는 병원 건물과 파자마 차림의 환자들이 내려다보였고, 그들이 걸친 파자마는 어머니 사촌의 남편이 일하러 가지 않는 날 낮에 하루 종일 메드로뉴 술이나 마시며 울분을 터뜨릴 때 입고 있는 파자마와 신기하게도 모양이 똑같았고, 나는 이미 주인어른을 잊었으므로, 수프와 사과를 먹었고, 다 먹은 후 아버지에게 가서

"아버지"

그는 나를 올려다보더니, 머리를 내 배에 기대고 눈물을 흘리기 시작했고, 나는 주인어른은 까맣게 잊었지만 소들은 잊을 수 없어서, 젖을 짜주어야 하는 소들, 구유에 곡식 한 톨도 남아 있지 않을 소들, 젖이 불어서 고통받고 있을 소들, 그리고 닭들도, 옥수수 모이가 다 떨어졌을 비둘기들과 공작도, 푸른색 보석이 박힌 귀걸이, 팔멜라 농장 단추상자 속에 두고 온 귀걸이, 그런 것들을 생각하면 내 안에서 뭔가 묘한 슬픔이 움텄고, 그래서 내가 눈물을 흘리지 않으려고 애쓰고 있는데 어머니가 신발을 벗고 발에 얼굴을 바짝 갖다 대며, 바늘을 이용해서 발에 박힌 가시를 빼내려고

"오데트 네 귀걸이는 어디에 있니?"

불꽃놀이 로켓뿐만이 아니라 폭음탄도 등장하여 건물을 뒤흔들고 뻐꾸기시계를 교란시키니, 시계는 쉼없이 시간을 알리고 또 알

리고, 문이 열리고 뻐꾸기가 몸을 숙여 절을 하고 울음소리를 낸 다음 다시 문이 닫히고 다시 문이 열리고 몸을 숙여 절을 하고 울음소리를 내고 문이 다시 닫히고, 머리를 내 배에 기댄 아버지가 울었고, 어머니 사촌의 남편은 뻐꾸기 때문에 화가 치밀어서 줄기차게 메드로뉴 술을 마셨고,

"늦어도 일 초 후에는 내가 저 물건의 목을 비틀어버리겠어"

검은 머릿수건을 쓰고 몸에는 지나치게 큰 숄을 두른 한 노파가 겨울 습기로 거무스름하게 곰팡이가 핀 유리 베란다의 한구석에 앉아 있는데, 어머니는 그녀에게 가시를 보여주면서

"도나 프라테르니다드, 이걸 한번 보세요, 이렇게 커다란 가시가 내 발에 박혀 있었다니까요"

하지만 가시에는 전혀 관심이 없는 노파는 시계의 뻐꾸기가 끊임없이 들락거릴 때마다 화들짝 놀라서는

"예수님 마리아님"

어머니 사촌의 어머니인 그 노파는 폭죽 로켓도 폭음탄도 소음도 음악도, 뭐가 뭔지 도무지 이해를 못 했으니, 이해하지 못할 뿐 아니라 이해하는 일 자체에 관심이 없었고, 나무로 만든 작은 새가 강박적으로 나타나고 사라질 때마다 깜짝깜짝 놀라며

"예수님 마리아님"

라브라디우에서는 지역의 모든 관악 오케스트라들이 저마다 자신들의 곡을 연주하며 다녔고, 청년들의 손에는 깃발이 들려 있으며, 푸른 물감으로 담장에 뭔가를 쓰는 물라토(흑인과 백인의 혼혈), 카페의 사다리 위에 쪼그리고 앉아서 대화에 열중해 있는 금속 작업 헬멧을 쓴 남자, 그리고 발에서 뽑아낸 가시의 크기 때문에 의기양양했던 어머니는 노파의 무관심 때문에 기분이 상하여, 눈물 흘리는 아버지

앞에서 핀셋을 흔들어대며

"이걸 한번 봐요, 에이토르, 이렇게 커다란 가시가 내 발에 박혀 있었다니까요"

어머니 사촌의 남편은 자꾸만 시간을 알리는 뻐꾸기 울음소리 때문에 결국 폭발해서 시계를 향해 술병을 집어던졌고

"미친 뻐꾸기 같으니라구"

그러자 뻐꾸기는 즉시 울음소리를 멈추고 교수형당한 사람처럼 스프링에 매달린 채 축 늘어졌고, 어머니의 사촌은 벽에 걸린 뻐꾸기시계를 못에서 빼내

(뻐꾸기와 뻐꾸기의 집과 추가 매달린 사슬까지 모두)

방수 식탁보가 깔린 식탁의 접시들을 치우고, 그 위에 마치 뼈가 부러진 환자를 옮기듯 조심스럽게 올렸고, 옆에서는 메드로뉴 술냄새를 풀풀 풍기는 남편이 후회막심한 표정으로 사과의 말을 더듬거리며

"내가 미리 몇 번이나 경고를 했다구 조용히 하라고 말이야 그런데 빌어먹을 뻐꾸기가 내 말을 안 듣지 뭐야"

튀어나온 스프링을 보고 감탄한 노파는 두 손을 번쩍 올리고는

"예수님 마리아님"

커다란 가시를 보여주었는데도 별다른 반응을 얻지 못해 상처받은 어머니는 낙담한 나머지 스페인 인형 쪽으로 시선을 돌리며

"내 장담하는데, 가시 때문에 분명 난 패혈증에 걸리고 말 거야"

그러자 아버지는, 여덟 달 동안의 잠에서 깨어난 사람처럼, 혹은 먼 여행에서 방금 돌아온 사람처럼 눈을 껌뻑이며, 어머니 사촌의 남편을 향해

"혹시 메드로뉴 술이 남았거든 나도 한 모금 마시고 진정을 좀

하고 싶은데"

　일주일 동안 부모님은 거실 바닥에서 잠을 잤고, 그 기간 내내 어머니는 패혈증에 걸려서 곧 죽게 될 거라면서 체온을 재야 한다고 수시로 체온계를 요구했고, 나는 베란다에서 노파와 함께 잤는데, 평소에는 항상 얌전하기만 한 노파가 밤만 되면 뻐꾸기시계를 살펴보느라 눈을 번득이니, 방수 식탁보 위에 펼쳐진 시계의 부속들, 스프링, 사슬, 추, 나뭇조각, 톱니 달린 핸들, 바늘, 이 전부를 탄복해서 샅샅이 들여다보다가, 안전한 곳에서 그것들을 손가락으로 오래오래 만져보기 위해, 몰래 머릿수건에 싸고, 숄 속에 숨겨넣으며

　"예수님 마리아님"

　그러다 아버지가 건설 현장 기계와 장비들을 지키는 경비원으로 취직하게 되자 우리는 같은 거리에서 다섯 집 떨어진, 환자들이 목발을 짚거나 코에 호스를 끼우고, 혹은 쇠막대 끄트머리에 주사액이 달린 주머니를 매달고 산책하는 병원 정원 바로 옆 건물 이 층으로 이사를 했고, 가시가 박힌 후유증으로 왼발에는 늘 슬리퍼를 신고 다니는 어머니는 미심쩍은 듯 내 귓불을 만지며

　"오데트 네 귀걸이는 어디에 있니?"

　나는 전선 위에 앉은 참새 혹은 강물 위의 갈매기를 하염없이 바라보고 있는 환자들이 불쌍하다는 생각이 들어

　"걱정 마세요 내일부터 달고 다닐게요"

　우리가 사는 집에서는 강물은 보이지 않고, 우리 집과 다름없이 낡은 다른 건물들, 수년 동안 산업공단의 매연에 찌들어 거무칙칙해진 벽들, 건축 현장의 벽돌더미나 높이 쌓아올린 건물 뼈대들이 시야를 가려서 이곳이 강가라는 사실을 알아차릴 수가 없지만, 그래도 리스본에서 오는 배들의 고동소리를 들을 수 있고 바다가 썰물일 때 드

러나는 갯벌의 썩는 냄새도 맡을 수가 있었으니, 한 건축가의 집에서 청소부로 일하는 어머니는 패혈증 타령을 잠시 멈출 때마다 내게 다가와 머리카락에 가려진 귓불을 만지며

"오데트 네 귀걸이는 어디에 있니?"

산업공단의 매연은 줄에 널린 빨래들을 변색시키고 부엌의 냄비들까지 시커멓게 만들었고, 우리가 부엌이라고 부르는 공간은 이파리 하나 없이 비쩍 마른데다가 굴뚝의 암모니아에 그을린 뽕나무밭으로 향하는 좁은 뒷방 통로였으며, 아버지는 어머니의 사촌의 남편에게서 선물로 얻은 뻐꾸기시계를 수리했고, 어머니의 사촌의 남편은 밤새도록 잠도 자지 않고 식구들을 괴롭히는 장모 때문에 도저히 참을 수가 없어서 밤새도록 놀라서 중얼거리는 장모 때문에

"예수님 마리아님"

메드로뉴 술병에 맞아 정신이 나가버린 뻐꾸기는 아무 때나 시간을 알리고 자기 멋대로 북쪽 나라의 정오를 치다가, 마침내는 나무집 속에 들어 있을 때조차도 계속 우리를 비웃기 시작했으므로, 아버지는 결국 십여 개나 되는 못을 박아 뻐꾸기가 들어앉은 상자를 아예 막아버렸고

"빌어먹을 뻐꾸기"

안에서 부리로 상자를 마구 쪼아대며 우리를 향한 분노를 표출하던 뻐꾸기, 그 소리가 잦아들고 난 다음에 아버지가 못을 뽑아내고 상자를 들여다보자 상자 안에는 나사와 톱니바퀴가 흩어진 바닥에 누워 두 발을 하늘로 번쩍 치켜든 자세로 새 한 마리가 죽어 있었으니, 우리는 악취가 나지 않도록 신문지로 새를 싸서 쓰레기통에 버렸고, 텅 빈 상자를 눈앞에 둔 어머니는 슬픔으로 코를 훌쩍거리며 가시 때문에 불평하던 것조차도 잊어버려서, 아버지는 어머니를 위로하며

"이레니 슬퍼하지 마 월급을 받으면 새 뻐꾸기를 사줄게"

그달 말에 아버지는 새 뻐꾸기를 사서 빨간색과 노란색으로 칠한 시계 상자 속에 넣었는데, 이 뻐꾸기는 전혀 울지 않는 새였고, 깃털 끄트머리를 나른하게 치켜올리고 밖으로 나와서는 부리를 벌리고, 절을 하고, 우리를 바라보며 마치 어깨를 한번 움찔거리는 척하고는, 아무런 소리도 없이 다시 들어가버리니, 아버지는 시계를 두드려도 보고 못에서 뺀 다음 세게 흔들어도 보았으나

"분명히 뻐꾸기가 울 거라고 목수가 장담했단 말이야"

그래서 사태를 좀 봐달라고 불려온 목수는 뻐꾸기의 양 날개를 잡고 확대경으로 꽁무니를 살피더니

"아마도 내가 실수를 한 듯하네 조각칼이 손에서 미끄러지는 바람에 본의 아니게 암컷이 되어버렸어 지난번에 사랑앵무를 만들 때도 같은 일이 벌어졌었는데"

목수 예술가의 말을 듣다가 화가 난 아버지는

"여기서 사랑앵무가 무슨 상관이야 내가 언제 사랑앵무를 주문했냐고 말해봐 비토르"

그러자 예술가는, 의심의 꼬투리를 조각칼로 깎아내버리듯이 경멸과 단호함을 담은 목소리로

"사랑앵무나 뻐꾸기나 나로서는 전부 같은 원천에서 나오는 거야 어차피 둘 다 옥수수빵이랑 곁들여 먹기에는 부적절하잖아"

수시로 떠들어대며 시간을 재촉하던 뻐꾸기가 조용해지니 적어도 밤에 잠자기에는 좋았고, 적어도 꿈을 꾸다가 새가 우는 소리 때문에 꿈의 내용이 산만해지는 일도 없었고, 집 안에서 들리는 유일한 소음은 아버지의 기침소리 말고는 수도꼭지에서 개수대의 에나멜 바닥으로 똑똑 떨어지는 물소리, 거리 어딘가에서 개가 쓰레기통

첫 번째 비망록

을 뒤지는 소리, 역에서 기관차들이 선로를 바꾸는 소리뿐, 한번은 거리에서 연설하던 공장 노동자들이 우리를 동지라고 부르며, 우리에게 무상으로 집을 주겠다고 약속하고, 우리가 이제는 자유라고 주장한 적이 있는데, 나는 그때 생각하기를

"무엇으로부터 자유라는 거지?"

지금도 불행은 예전과 다름없이 그대로 존재하며, 달라진 점이라고는 더 많은 비명, 더 많은 주정꾼, 경찰이 없어진 덕분에 더 많은 폭력, 반면 불꽃놀이의 폭죽과 폭음탄이 터지는 횟수는 점점 줄어들었고, 이제는 벽에 백묵으로 글자를 쓰는 사람도 없으며, 카페의 아코디언 소리는 그쳤고, 병원의 환자들은 다시 차례로 죽음의 행진을 재개했으며, 건축가의 집에서 돌아온 어머니는 머리카락 아래 가린 내 귓불을 만지고

"오데트, 너 설마 귀걸이를 팔아버린 건 아니겠지"

나는 일부러 기분 나쁜 척해 보이며, 소리 없이 절하는 뻐꾸기에게 허리를 굽혀 답례하면서

"맞아요, 바로 어제 팔아버렸어요 마님"

그리하여 내가 단추상자 속의 귀걸이를 다시 가져오려고 팔멜라로 찾아갔을 때, 바헤이루에서 출발한 버스는 아스팔트의 울퉁불퉁한 지면에 닿을 때마다 하늘로 곤두서다시피 했고 그때마다 내 신장은 찌르는 듯이 아팠으며, 아제이타웅에서 갈아탄 두 번째 버스에서는 볼륨을 최대로 높인 라디오가 가는 내내 떠들어대서 귀가 아팠고 운전석 거울 앞에는 곰인형이 매달려서 끊임없이 어지럽게 대롱거렸고, 마침내 팔멜라 광장에 도착하여 버스에서 내리자, 마침 어떤 가난한 장례식이 막 끝나 교회에서 나온 행렬이 국화꽃 다발을 들고 언덕길을 올라 묘지로 향하고 있는데, 오르막길을 가는 동안 죽은

이의 가족들은 관이 운구차에서 떨어질까 봐 팔꿈치로 관을 받친 채 따라가고 있는 것을 보니, 삶은 계속되는구나, 불꽃놀이 로켓이나 폭음탄이나 카페의 아코디언, 무상으로 나누어준다는 집과 자유가 있기 이전과 마찬가지구나, 벤치에 앉아 있는 은퇴자들은 변함이 없고, 생선을 팔려고 헛되이 애쓰는 손님 없는 생선 장수들은 변함이 없고, 십장의 온정만을 하염없이 기다리는 날품팔이 일꾼들은 변함이 없고, 사람 없이 텅 빈 시장은 변함이 없고, 여자들의 대화는 변함이 없고, 장례식의 국화꽃 행렬은 모퉁이를 돌아 사라지고, 그 뒤를 헬멧을 쓴 한 소방관이 손도끼를 든 채 따라가니, 팔멜라에는 공산주의도 없고 노래도 없고 깃발도 없고 목탄으로 낙서된 벽도 없고, 있는 것은 오직 가난한 한 남자, 자신이 묻힐 묘지로 힘겹게 올라가는 운구차 위에서 스스로를 가눌 능력조차 없는 가난한 남자와 산꼭대기의 성채, 그리고 끝없이 줄지어 선 버림받은 올리브나무들뿐, 양계농장을 지나 입구에 얼음물통을 놓아둔 노새몰이꾼 식당 뒤편에서 왼쪽으로 꺾어지면, 거기서는 저택의 대문이 보이고, 아줄레주 타일(포르투갈 문화의 특징으로, 도자기 위에 그림을 그려 만든 장식용 타일)에 새겨진 이름과 돌기둥들과 저택으로 향하는 사이프러스 가로수길은 여전하지만, 개 짖는 소리는 들리지 않고, 풍차는 돌아가지 않으며, 과수원의 오렌지들은 땅바닥에 떨어져 광택을 잃은 채 썩어가는 중이고, 무너진 온실의 폐허 한가운데 멈추어 선 트랙터는 옆으로 쓰러진 자세인데, 이미 몇 주일 전부터 뒷바퀴는 저 혼자서 헛돌고 있으니, 앞으로도 영원히 그러할 것만 같았고

　　(박살이 난 온실의 유리, 박살이 난 문틀, 박살이 난 화분, 커다랗게 벌린 붉은 보라색 입술처럼 축 늘어진 채 줄기에 매달려 있는 난초)

첫 번째 비망록

나는 토마토 관목 사이를 쿵쿵거리며 돌아다니는 셰퍼드들을 보았고, 텅 빈 구유를 절망적으로 핥아대는 축사의 소들을 보았고, 팔다리가 잘린 정원의 석상들을 보았고, 물이 말라버린 수영장을, 불타버린 곡물창고의 잔해를 보았지만 그 어디에도 푸른 돌이 박힌 귀걸이는 없었고, 단추상자의 행방도 찾을 수 없었으며, 나는 혼란스러운 비둘기들과 겁에 질린 까치들을 보았고, 태엽 감긴 자동인형처럼 상추와 히아신스 이파리를 끊임없이 쪼아대는 닭들과 개구리 울음소리를 내며 점점 차고에 가까이 다가가는 유칼립투스나무들, 활짝 열린 저택의 창문들, 성모상도 팔이 여러 개 달린 도금 장식 촛대도 사라진 예배당, 누더기가 된 테라스의 낮잠 의자들을 보았으며, 우리의 신분증 내용을 일일이 옮겨 적어가던 사복 경찰을 기억 속에서 보았고, 그래서 생각하기를

"공산주의자들이 주인어른을 데려가버렸구나"

나는 생각하기를

"불꽃놀이 로켓과 폭음탄과 아코디언과 가두연설과 함께 온 공산주의자들이 주인어른을 데리고 가버렸구나 그러니 이제 사냥총의 위협은 없구나 그러니 이제 겁먹을 필요가 없구나 이제 총 맞아 죽을 위험도 없어졌구나"

어머니 사촌의 집보다 더 작은 바혜이루의 우리 집, 어머니는 콩이 든 사발을 내려놓고 내게로 다가와서 귓불을 만지며

"귀걸이를 팔아버린 것 맞지 오데트"

병원 울타리 뒤편의 환자들이 그러듯, 자기들끼리 대화를 나누는 너도밤나무의 자그마한 군락지를 지나며 나는 생각하기를

"까마귀들은 어디로 갔을까?"

까마귀들이 조롱하며 웃어대는 소리가 들리지 않았고 땅바닥

에서 커졌다가 작아지기를 반복하는 까마귀들의 그림자도 보이지 않았으므로, 그리고 나는 차고 뒤편으로 돌아서 번쩍이던 크롬 몸체가 먼지로 뽀얗게 덮인 자동차를 지나 빨래용 수조로 갔고, 빨래집게가 도요새들처럼 조르륵 앉아 있는 빨랫줄을 보았으며

(그때 풀밭에 있던 공작새 한 마리가 갑자기 칼에 찔려 죽는 것처럼 날카로운 비명을 터뜨렸고)

혀를 밖으로 늘어뜨린 거위들이 마당에서 꽥꽥거리며 더러운 목을 쭉 빼더니, 잡아 늘인 목을 내 쪽으로 향했고, 나는 생각하기를

"까마귀들은 어디로 갔을까?"

다시 완두콩 사발로 몸을 돌린 어머니는, 붉은색과 노란색이 섞인 뻐꾸기가 소리 없는 인사를 마치고 상자 속으로 들어가 조심스럽게 문을 닫는 동안, 아버지에게 들으라는 듯이

"귀걸이는 최소한 삼천 에스쿠도(유로 도입 이전 포르투갈의 화폐 단위)는 나갈 텐데 속상해서"

침실 옷장을 온통 헤집으며 뭔가를 찾던 아버지는

"이런 빌어먹을, 넥타이가 왜 안 보이는 거야"

갑자기 화난 듯 완두콩 씻는 일에 몰두하는 어머니의 목덜미에는 정맥이 불쑥 튀어나왔고

"난데없이 넥타이는 매고 어디를 가려고 그래요 어떤 화냥년을 만나러 가길래 향수 냄새까지 진동을 하면서 귀걸이를 팽개치고 다니는 당신 딸을 야단칠 생각도 안 하고"

나는 생각하기를, 아마도 까마귀들은 셰이샬이나 아모라로 가버렸으리라, 하지만 까마귀들은 모두 떠나버리지는 않았고, 우물가 호두나무에 앉아 나를 훔쳐보고 있었는데, 예전처럼 백여 마리가 아니고, 오십 마리도 아니고, 스무 마리도 아니고, 기껏해야 열두어 마

리가 커다란 넝마 같은 날개를 퍼덕이고 있었으며, 오월의 황새 부부 한 쌍이 낡은 물통 위에 둥지를 틀었고, 아버지는 오래되어 초록색으로 변한 거울 앞에서 넥타이 매듭을 바로잡으며

"여기서 화냥년이 왜 나와?"

부엌으로 들어가자 그곳은 엉망진창 아수라장인데, 냉장고의 문짝은 떨어져나가고 화덕 위에는 기름때가 딱딱하게 눌러붙은 냄비들이 굴러다니며, 찬장의 방충망은 뜯겨지고 유리잔과 찻잔들은 흔적이 없고, 대리석 개수대 안에는 접시와 뼈다귀가 산을 이루었고, 커다란 유리그릇 속 젤리는 곰팡이 천지였으니, 식료품 저장실에는 거미줄의 레이스가 주렁주렁 매달려, 붉은색과 노란색이 섞인 뻐꾸기가 상자 문을 열고 밖으로 나와서 귀족처럼 예의를 차린 절을 했고, 콩깍지를 쓰레기통에 버린 어머니는 완두콩을 씻으면서 독을 품은 목소리로

"선착장에서 배표를 파는 그년 손톱에 번쩍거리는 금색을 칠한 년 토요일에 당신이 그년이랑 공원 산책하는 걸 사람들이 봤대 그러니 거짓말로 얼렁뚱땅 넘길 생각은 하지도 마라 못된 인간아"

벨벳 먼지가 곱게 덮인 복도의 콘솔, 개들이 찢어발겨놓은 바닥의 깔개, 책이 하나도 없이 텅 빈 책장, 너덜너덜 누더기가 된 전등갓, 조각조각 찢어져서 바닥에 굴러다니는 커튼과 식탁보, 일요일 양복을 차려입은 아버지는 노래의 멜로디를 휘파람으로 불면서 정성들여 가르마를 만들고, 면도를 하고, 살짝 벤 턱의 상처에는 밴드를 붙이고, 냅킨처럼 커다란 꽃무늬 넥타이를 매고, 행복감에 잔뜩 들뜬 아버지는 양파 바구니를 뒤지며 구두약을 찾았고 뾰쪽한 구두코를 스펀지로 문지르면서

"누구 만나러 가는 게 아니야 일하러 가는 거라니까"

살라자르가 저택을 방문할 때마다 가정부가 작은 접시에 담긴 과자나 버터 바른 토스트를 마치 성찬식 포도주라도 되는 것처럼 정중하게 내밀던 작은 거실은 여기저기 넘어진 꽃병들, 베란다에는 찢어진 양탄자 절반이 굴러다녔고, 칼자국이 숭숭 뚫린 병풍, 여기저기 널린 너덜너덜한 이불 조각, 케이스가 벗겨진 채 내부의 전구와 코일을 드러낸 라디오에서는 지지거리며 잡음이 흘러나오다가 멈추고, 다시 새로운 목소리가 부글부글 들끓는가 싶더니 영영 침묵하고 마는데, 그 안에 살고 있는 조그만 인간들이 물에 빠져 살려달라고 울부짖다가 마침내 영영 익사해버린 것 같았고, 완두콩의 물을 털어낸 어머니는 화덕의 불을 켜면서 가시를 떠올렸고 그래서 새삼스럽게 다리를 절기 시작하면서

"내가 언젠가 반드시 그년을 족칠 거야 반드시 그렇게 할 거야 언젠가 그년을 단단히 족칠 거야 머리끄덩이를 몽땅 뽑아버리겠어"

라디오는 완전히 죽어버렸고 안마당의 금이 간 수조에서는 물이 뚝뚝 떨어지는데, 그곳은 예전에 요리사가 사기그릇을 받치고 그 위에서 닭의 멱을 따던 자리로, 솟아나는 닭피를 보고 겁에 질린 나는 울음을 터뜨렸고, 나를 빤히 쳐다보는 동그란 홍채가, 뾰죽한 발이, 깃털이, 깃털을 뽑으면 나타나는 장미색 살갗이 무서웠고, 주인어른이 축사에서 그랬던 것처럼 요리사도 내 목을 움켜쥘까 봐 무서웠는데, 축사에서 내가 귀리와 종자 냄새가 코를 찌르는 소먹이용 건초걸이 위로 몸을 숙이고 있을 때, 주인어른에게 간절히 묻고 싶었으나 감히 입을 열지 못한 그 질문

"사기그릇에 내 피를 받으려는 건 아니죠?"

허리띠를 풀어헤치고 조끼를 풀어헤친 주인어른은 허벅지로 내 허리를 단단히 눌렀고, 소리내어 웃었으며, 시가 냄새 진동하는

첫 번째 비망록

주인어른의 입김이 내 목덜미 뒤편에서

"가만히 있어"

시멘트 바닥의 고랑으로 떨어지는 내 핏방울을 보고 나는 미칠 듯이 겁에 질렸고, 소들의 불안한 술렁임과 남쪽 방향으로 비틀비틀 돌아가며 커다랗게 삐걱거리는 풍차로 인해, 나는 간절하게 주인어른에게 사정하고 싶었으나 그럴 용기를 내지 못했고

"제발 약속해주세요 내 멱을 따지 않겠다고 내 목을 자르지 않겠다고 제발 내 목을 자르지 말아주세요"

서재에서 나온 종이들, 잡지와 신문, 앨범과 사진들은 모두 테라스에서 불태워졌고, 주인어른과 추기경님이 함께 찍은 사진 주인어른과 제독님이 함께 찍은 사진 연미복 차림에 가슴에는 훈장을 단 주인어른이 교황의 손에 입 맞추는 사진, 향수를 듬뿍 뿌려서 달콤한 냄새가 진동하는 아버지는, 문을 닫고 노래의 멜로디를 휘파람으로 불며 층계를 내려갔고

"내가 일하러 간다고 하면 그냥 일하는 가는 줄 알고 있어"

서재의 책상 서랍은 뽑혀서 바닥에 뒤집어져 있고, 내장을 몽땅 드러낸 몰골의 금고에는 돈도 보석도 없었으며, 양탄자 위에는 모조 대리석 흉상이 쓰러져 있고, 서류 보관함은 위기의 순간에 달아나면서 황급하게 들쑤신 흔적이 역력하니, 나는 선착장의 매표소 직원을 생각했고, 바닥에 쓰러진 흉상의 주인공이 누구일까를 생각했고

"그는 떠났어 그는 다시는 이곳으로 돌아오지 않을 거야"

어머니는 갑자기 앞치마를 휙 벗어던지더니

"조심해 조심하는 게 좋을 거야 못된 인간아 내가 가만히 참고 있을 줄 알아"

까치 한 마리가 사이프러스에서 나를 부르며 울었고, 흔들리는

데이지 꽃들은 앙상한 줄기를 서로 부딪쳤고, 옷장 속에는 빈 옷걸이들만 절렁거렸고, 그 여자의 머리끄덩이를 붙잡은 어머니

"이 나쁜년 같으니"

주인어른에게서 놓여난 나는 치마를 털면서도 여전히 피 때문에 걱정하고 있었는데, 거기에는 사기그릇도 없었고 칼을 손에 든 요리사도 보이지 않았으므로 마음이 놓였고, 매우 기쁘기까지 하여

"난 죽은 게 아니야"

그때 피아노 소리가 들려왔으니, 피아노를 연주하는 소리이긴 하지만 예전과는 다른, 예전에, 주앙 도련님은 악보를 피아노 뚜껑에 고정해놓은 후에 집게손가락으로 등받이 없는 의자를 빙글빙글 돌려서 높이를 올리고, 손가락을 구부렸다가 쭉 펴고, 구부렸다가 다시 펴고, 코를 피아노 뚜껑에 가까이 갖다 대고, 손가락을 구부렸다가 펴고, 곡물창고에서도 피아노 소리가 들려왔으니, 팔멜라 거리에서도 그 소리가 들려왔으니, 예전의 그런 날, 저녁식사의 수프는 평소와는 다른 맛이 났고, 모든 사물은 달착지근한 슬픔의 냄새를 풍겼으니, 마치 독감에 걸렸을 때 혹은 비가 내리기 시작한 구월의 오후와도 같았고, 그런데 지금 들려오는 피아노 소리, 그것은 예전처럼, 개들을 미치게 만들고 한밤의 오렌지를 더욱 환하고 강렬하게 만드는 그런 음색이 아니라, 흐느끼는 폭포이며 쿨럭거리는 진창, 짜디짠 선착장의 혼잡함, 아버지는 두 여자를 떼어놓았고, 그 와중에도 넥타이와 양복이 구겨지지 않도록 조심했으며, 맨발에 머리를 풀어헤친 어머니는 선착장 매표원의 목에 매달려서

"난잡한 년 같으니"

주인어른은 큰 거실에 있었는데, 그곳은 이제 커튼도 없고 소파도 없고 그림도 없고 체스 탁자도 없고 샹들리에도 없고 가구도 없

고, 테라스 밖으로 보이는 정원은 황폐하며, 화단의 꽃들은 시들었고, 무너진 비둘기장은 판자더미로 변했으며, 차고에는 타이어 없는 자동차가 녹슬어가고, 까치발을 들고 서서 상대편 여자의 뺨을 후려갈기던 어머니는 아버지에게

"이거 봐 이 더러운 인간아"

높낮이 조절이 가능한 등받이 없는 의자에 앉은 주인어른은, 쓸모없는 잡동사니가 폐허처럼 널브러진 거실 한가운데서 아무렇게나 건반을 눌러대면서, 마치 팔분음표에 함께 실려가는 사람처럼 몸을 좌우로 흔들었고, 넥타이에 얼룩이 지는 바람에 화가 치민 아버지는 어머니를 뒤로 밀쳤고, 그래서 엉덩방아를 찧으며 넘어지는 어머니에게

"지겹다 이제 그만 좀 해"

주인어른은 피아노 연주를 멈추지 않고, 점점 더 빠르게 몸을 흔들고 점점 더 빠르게 건반을 눌러대니, 양말만 신은 주인어른은 색바랜 셔츠에 색 바랜 바지, 턱에는 비쭉비쭉 자라난 흰 수염, 한 달 전보다 훨씬 나이 들어 보이는 비쩍 마르고 영락한 모습을 보니 이제는 나를 구유통에 엎드리게 눌러댈 힘도 없을 듯했고

"가만히 있어"

내 목덜미를 움켜잡고 치마 속을 뒤지며 나를 찾아낼 힘 없어 보이니, 나는 더 이상 주인어른이 무섭지 않았고 사기그릇도 무섭지 않았고 칼도 무섭지 않았고 시멘트 바닥에 떨어지는 핏방울도 무섭지 않았고 나는 아무것도 무섭지 않았고 아무것도 불쌍하지 않았고 아무것도 화나지 않았고 나는 아무런 감정이 없었고

"가만히 있어"

까마귀 한 마리가 창에 닿을 듯 가깝게 날아갔고, 두 번째 까마

귀가 이어서 날아갔고, 그리고 세 번째 까마귀, 새들의 날개가 기둥의 담쟁이덩굴을 쳤고 말라죽은 극락조화 화단을 쳤고, 과수원에서는 세퍼드가 처량하게 울부짖었으나 거기에 화답하는 암캐의 울음소리는 들리지 않았고, 너도밤나무 가지에 내려앉은 밤이 흐릿하게 어룽거리자, 곧 박쥐들이 날아다녔고, 빛 하나 없는 깜깜한 어둠 속에서 의자들이 삐걱대면서

"가만히 있어"

나는 아무것도 무섭지 않았고 아무것도 불쌍하지 않았고 아무것도 화나지 않았고 나는 아무런 감정이 없었고, 피아노가 갑작스럽게 침묵했으며, 우는소리로 푸념을 늘어놓던 어머니는 아버지의 등을 문지르며

"이 망할놈의 인간, 어떻게 그년 편을 들어 날 밀칠 수가 있어?"

피아노가 갑작스럽게 침묵했으며, 주인어른은 아무 말 없이 악보 너머로 나를 오랫동안 쳐다보기만 했고, 거실이 점점 어두워져서 시가 끄트머리의 불씨와 악보대의 작은 램프 불빛 이외에는 아무것도 보이지 않을 때까지, 마침내는 승리감에 도취되어 두 팔을 벌리고 흐느끼는 모자 쓴 허수아비의 윤곽 말고는 아무것도 보이지 않을 때까지

"네 공산주의자 친구들에게 가서 말해 이제는 와도 된다고 네 일당들에게 가서 말해 이제는 마음 편하게 돌아와도 된다고 이제 여긴 공산주의자 놈들이 집어갈 것이 하나도 남아 있지 않으니까."

첫 번째 비망록

진술

일주일에 하루는 배 만드는 일을 쉬었다. 그날 나는, 소피아의 사촌들이 카스카이스의 집에서 그랬듯이 팔멜라로 찾아와 나를 몰아낼 수 없도록 문을 단단히 잠근 후, 알발라드의 병원 단층 건물에 입원해 있는 아버지를 만나기 위해서 리스본으로 향하곤 하는데, 얼마 전까지만 해도 허허벌판이었던 알발라드는 울창한 나무들이 늘어선 길가에 빌라와 카페가 즐비하고 도로가 놓였으며, 그곳에서 아버지는 창가의 소파에 앉아 있지만, 말을 할 수가 없고, 마찬가지로 말을 할 수 없는 다른 노인들과 함께 한방에서, 다른 노인들처럼 목욕가운 차림에, 다른 노인들처럼 꼼짝도 없이, 다른 노인들처럼 손가락을 무릎에 올린 아버지는 불쾌한 빛이 어린 공허한 눈동자로 나를 쳐다보니, 내 아버지, 매일 저녁 두 명의 직원에게 붙잡힌 채 필사적으로 슬리퍼를 버둥거리며 침실로 끌려가는

"쉬야를 해야요 쉬야를 참 잘하는 착한 아기는 누구일까요?"

직원들은 아버지의 파자마 허리끈을 풀고, 앞섶을 열고, 꼬챙이처럼 비쩍 마른, 힘줄과 뼈만 남은 허벅지 사이로 환자용 요강을 들이밀며

"쉬야를 해야지요 프란시스쿠 쉬야쉬야 쉬쉬쉬쉬 아이구 쉬야를 했네 아아 착하지요 오늘 밤에는 멋쟁이 할아버지가 깨끗한 이불을 오줌으로 더럽히지 않겠네요 그렇죠"

턱이 축 늘어지고 볼기짝이 축 늘어진 아버지는, 떨리는 팔을 들어올려 옷소매로 콧물을 닦으려 하지만 직원들은 세심하게

"그러면 안 되지요 주머니에 손수건이 있잖아요 안 그런가요 프란시스쿠 할아버지 거기 보세요 손수건이 있지요 페르난다에게 말

하세요 페르난다가 꺼내줄 거예요"

　　아버지는 아무 말 없이 그들의 지시에 복종하고, 아무런 능력 없이, 시가 없이, 틀니 없이, 입술 없이, 모자도 없이, 마치 대나무 허수아비처럼 침대에 눕고, 직원들은 아버지의 이불을 똑바로 해주며

　　"잘 자요 멋쟁이"

　　복도로 나가고, 그리고 옆방에서 다시 이 모든 과정을 보이지 않게 같은 소리로 반복하니, 천과 천이 바스락거리고 에나멜과 에나멜이 달그락거리고, 나무벽을 통해서 흐릿하게 들려오는 목소리

　　"쉬야를 해야지요 소령 할아버지 쉬야쉬야 쉬쉬쉬쉬 아이구 쉬야를 했네 아아 착하지요 오늘 밤에는 멋쟁이 할아버지가 깨끗한 이불을 오줌으로 더럽히지 않겠네요 그렇죠"

　　또 다른 대나무 허수아비 하나가 침대에 눕혀지고, 또 다른 말 없는 멋쟁이 할아버지가, 복종하는 멋쟁이가, 아무 소용 없는 멋쟁이가, 그러고 나서 이제 목소리는 더욱 멀고 희미해지며, 하지만 그 말 안에 담긴 절정의 희열은 영원히 변하지 않은 채

　　"쉬야"

　　아버지는 머리를 베개에 묻고, 그의 뒤편 창밖으로 광장의 가로등이 평화로우며, 파사데의 일부가 보이고, 푸른 달빛이 넘실대는 잔디밭 위에는 미끄럼틀과 그네, 어린 시절에 내가 거실에서 나뭇조각 퍼즐 맞추기를 하고 있으면, 아버지는 읽던 신문을 옆에 놓고 조끼 주머니에서 회중시계를 꺼내 들여다본 후, 집게손가락으로 문을 가리키면서

　　"그 장난감 상자에 담아서 벽장에 넣고 당장 침대로 꺼져라"

　　알발라드 가로등 불빛의 평화로움, 나뭇잎들 위로 펼쳐진 보랏빛 하늘, 유리창에 날개를 펼치고 앉은 한여름의 나비, 저 먼 반대편

첫 번째 비망록

세계에서는 직원들이 변함없는 열성으로

"쉬야"

나는 거실에서, 어둠을 무서워하며, 도둑을 무서워하며, 늑대를 무서워하며

(가정부는 나에게 거짓말을 하니

"늑대는 없어요 늑대는 없어요 팔멜라 농장에서 늑대를 한번이라도 봤다는 말을 들은 적이 없잖아요")

나는 눈물을 삼키며

"이 퍼즐 하나만 완성하구요 약속할게요 이 퍼즐 하나만 마치고 자러 갈게요 오 분이면 돼요 아버지"

증기기관차처럼 씩씩대는 숨소리를 간헐적으로 내뱉는 아버지, 움푹 들어간 두 뺨, 침대 가장자리에 놓인 기다란 손톱, 두 다리를 꼬며 다시 신문 뒤편으로 사라진 내 아버지, 신문기사 위로 자욱하게 피어오르는 연기의 아우라 속에서 아련하게 흔들리던 모자, 내 아버지는 나를 죽음으로 몰아넣으며

(요리사는 내가 바보라는 듯이

"꼬마 도련님이 날 놀리는 거야 뭐야?")

내 아버지는

"당장 꺼져라"

어둠 때문에, 도둑 때문에, 늑대 때문에 죽을 만큼 겁에 질린 나는 어떻게든 살아남아보려고 발버둥치며, 할 수 있는 한 최대로 느리게 퍼즐 조각들을 모아 상자에 담는 동안, 괘종시계는 마침내 무서운 최종 판결의 시각이 왔음을 알렸고, 나는 퍼즐 상자를 들고 조금이라도 시간을 늦추어보려는 마음으로, 마치 유리잔을 가득 올린 커다란 쟁반을 들고 배의 갑판 위를 걷는 사람처럼 극도로 살금살금 벽장으

로 향하는데, 신문 뒤에서 불쑥 위협적으로 올라오는 모자

"일 초만 더 걸리면 내가 일어설 테다 주앙"

늑대들은 콘솔 탁자 사이에서 소리 없이 커다란 목구멍을 쩍 벌린 채 나를 기다리고 있으며, 마스크를 쓴 도둑들은 자루 주둥이를 펼치고, 나를 잡아서 아제이타웅의 집시 시장에 내다팔려고 대기 중이며

(그 시장에서는 사람들이 내 뼈를 만져보겠지 노새를 살 때 뼈를 만져보듯이)

나는 내 방과 나 사이에 있는 모든 전등의 스위치란 스위치는 전부 올리니, 늑대나 도둑이 불빛을 싫어하는 것쯤이야 누구나 다 알고 있으니까, 병원의 등받이 없는 의자에 앉은 나는 알약과 시럽이 가득한 사이드테이블 위에 양 팔꿈치를 받치고, 바람막이가 펄럭거리고, 직원들의 목소리가 다시 크게 들려오니, 목소리, 이마를 가린 앞머리, 모퉁이에서 나타난 앞치마 한 조각, 미소 짓는 립스틱

"아버님이 불쌍해요 무척 좋으신 분인데 참을성도 많구요 성인이나 다름없어요"

가슴을 불룩거릴 때마다 축축한 돌덩이가 덜컥덜컥 부딪히는 소리를 내며 누워 있는 성인은 나를 전혀 알아보지 못하고, 나는 그에게 있으나 마나 한 존재이니, 팔멜라는 그에게 있으나 마나 한 존재이니, 저택도 그에게 있으나 마나 한 존재이니, 공산주의자들도 그에게 있으나 마나 한 존재이니, 그는 허리에 차고 있던 리볼버를 내게 내밀지도 않았고

"쏘아라"

하나의 정강이뼈로 변해버린 성인, 한 쌍의 벌어진 콧구멍으로 변해버린 성인, 쓸모없는 손가락 인형으로 변해버린 성인, 그렇지만

첫 번째 비망록

나는 그로부터 한마디 말을 기다리고 있으니, 무엇이 될 것인지 내가 전혀 짐작도 하지 못하는 말을, 그러나 나오지 않았던 말을, 영영 나오지 않을 말을, 검사 결과를 설명하면서 뢴트겐 사진을 보여주던 의사는 내게 충고하기를, 뭔가 말을 하리라는 기대는 포기하는 편이 좋다고, 사진 속에 나타난 얼룩을 볼펜으로 둥그렇게 가리키면서 의사는

"당신 아버지의 병세가 여기서 크게 나빠지지 않는다면 그것만으로 행운인 셈이죠 더 이상 발작이 일어나지 않도록 애써볼 거요 가장 나쁜 건 가래가 생기는 겁니다 최악의 결과는 아버지가 폐렴에 걸리는 거예요"

의사는 검사결과서와 뢴트겐 사진을 갈색 봉투 속에 넣었고, 나는 최대한 빠르게 그곳을 나와 아버지가 와서 불을 끄기 전에 잠이 들려고 했는데, 일단 잠이 들면 도둑도 늑대도 더 이상 관심을 갖지 않고 우리를 내버려두며, 대신 다른 집에 사는 다른 아이들에게 덤벼들 것이기 때문에, 나무 장식장이 온몸을 뒤틀며 삐걱거렸고, 어둠 속 어딘가에서 살인자의 기침소리가

(식료품 저장실인가? 부엌인가? 아니면 서재?)

아버지가 문지방에 서서 전등 스위치를 끄면서

"그래, 어둠이 무서워서 바지에 똥을 싸는 그런 자식이 내 아들이지"

도둑에게 들키지 않으려고, 도둑이 침대 시트를 통째로 훔쳐가더라도 나를 찾아내지 못하도록 이불 속에서 몸을 조그맣게 웅크린 나는, 오줌이 가득 찬 방광을 꾹 참으며, 터질 것처럼 쿵쾅거리는 심장을 간신히 진정시켰고, 병실 담당자는 재미있다는 듯이 내 어깨를 가볍게 두드리면서

"벌써 새벽 한시예요 엔지니어 선생님 일어나세요 아니면 아예 여기서 사실 작정인가요?"

팔멜라 약사의 과부와 비슷하게 생긴 그녀는, 과부와 마찬가지로 뚱뚱하고, 마찬가지로 반짝거리는 공단 옷을 입었고, 마찬가지로 마이크로 강아지를 무릎에 안고 있으니, 분명 그녀도 집에 마찬가지로 동아시아 골동품을 꾸역꾸역 쌓아놓았을 것이고 마찬가지로 고양이 석고상을 갖고 있을 것이고

(만다린 오렌지 찻잔 접시들)

리스본의 교외, 올리바이스, 프리오르 벨류, 멩 마르팅스, 카셍, 고장난 잔디 깎는 기계실 심장에 들어앉은 허수아비처럼, 아버지는 혁명이 발발한 지 일 년 뒤, 폐허가 된 저택에서 공산주의자들을 기다리며, 모자를 눈썹까지 내려쓴 채로 거실에서 피아노를 치며, 불 꺼진 시가를 질겅이며, 그런 아버지를 향해 까치들이, 까마귀들이, 그리고 아하비다 산맥 때문에 길을 잘못 든 갈매기들이 조롱을 퍼부었고

"이제 여긴 공산주의자 놈들이 집어갈 것이 하나도 남아 있지 않으니까"

구리 램프가 켜졌고 코끼리 상이 놓인 복도에서, 품이 넉넉한 엷은 옷차림인 병실 담당자는 내가 외투 입는 것을 도왔고, 추위를 걱정해 내 목도리를 챙겨주며

"선생님의 누이동생이 어제 아버지를 보러 왔어요"

내 아버지, 주먹으로 피아노 건반을 두들겨대면서 나를 향해 고함치던

"이제 여긴 공산주의자 놈들이 집어갈 것이 하나도 남아 있지 않으니까"

첫 번째 비망록

개구리들이 들끓는 유칼립투스나무들이 아버지에게 다가왔으니, 만약 조만간 소피아와 그녀의 사촌들이 법원 서기를 대동하고 경찰관들을 끌고 법원의 명령서까지 지참하고 농장에 나타나 나를 쫓아내지 않는다면, 유칼립투스나무들이 요란하게 꽥꽥거리며 농장을 점령할 것이 분명하고, 농장 전체를 검은 이파리들로, 이파리들의 한숨으로 채워버릴 터이니, 문짝의 경첩이 항의하고, 춤추듯 발을 허우적대며, 접시와 꽃병이 산산조각 부서지는 동안, 나는 허물어진 벽들 사이 진창 속으로 가라앉을 터이니, 그때 앞머리를 내린 직원이 옆방에서 모습은 보이지 않은 채

"도나 세실리아 소령님이 꼼짝을 안 해요"

점심식사를 위해 소령을 작은방의 소파에 옮겨다 앉히고 모직 담요를 턱 밑까지 끌어당겨 덮어주었고, 그 방의 다른 허수아비들도 마찬가지로 모직 담요를 턱까지 끌어당겨 덮은 자세로 텔레비전을 중심으로 둥글게 모여앉아 연속극을 보고 있는데, 그 어떤 에피소드에도 마음을 빼앗기지 않고, 그 어떤 소리도 내는 법이 없고, 하나같이 앞니가 없는, 앞니뿐 아니라 그 어떤 이빨도 없으므로 갓난아기처럼 전부 한 숟갈 한 숟갈 떠먹여주어야만 하는 허수아비들에게

"입을 벌려야지요 건축가 선생님 먹기 싫어도 입을 조금만 벌리세요"

하고 귀에 대고 크게 소리 질러야만 하고, 그러다 어느 날 그중 누군가의 증기기관이 갑작스럽게 멈추어버리면, 잔디 깎는 기계가 갑자기 멈추듯이 그렇게 중지해버리면, 다음 주에 그 자리는 똑같은 다른 허수아비로 채워지니, 마찬가지로 말을 못하고 마찬가지로 모직 담요를 덮은, 다락방에 처박힌 낡은 인형처럼 다들 똑같이 맨들맨들한 머리통에는 한두 줌의 흰머리가 남아 있는 허수아비로, 병실 담당자

는 앞머리 내린 직원을 향해

"잠깐만 기다려요"

하고 대답한 후 내 숄을 바로 고쳐주며, 동그랗게 말린 속눈썹이 체념의 표정을 만들고

"내 운명이 이래요 엔지니어 선생님 여기서 한 달이나 버틴다면 그건 내가 운이 좋은 탓이겠죠"

소파에 앉아 있는 허수아비들은 항상 바뀌었지만, 내 눈에는 언제나 모두 똑같이만 보이니, 사람이란 나이가 들면 다들 비슷하게 변해버리는 탓인지, 그들의 손이며 코며 이마며, 똑같은 자세로 엉덩이에 변기를 대고 있는 십여 명의 허수아비들이

("쉬야 교수 할아버지 쉬야를 해야 착하죠")

십여 명의 또 십여 명의 허수아비들, 쌀밥과 국수, 수프를 먹으며 침을 질질 흘리던, 스펀지로 침을 닦아낸 자리에 파우더를 뿌려 보송보송하게 만들고, 토요일마다 면도를 해주고, 앙상한 갈비뼈를 커다란 양복으로 감싸고 비뚜름한 옷깃 아래 느슨하게 덜렁거리는 넥타이도 매어주고

("손자들이 와서 보라고 다들 예쁘게 꾸몄답니다")

면회 온 가족들과 만나게 되니, 마찬가지로 면회객인 내가 그날 밤 늦은 시간 병원을 떠날 때, 가로등 불빛과 관목의 습기 때문에 더욱 푸르게 보이는, 그네가 있는 푸른 잔디밭을 건너갈 때, 갑자기 내 앞에 자동차 한 대가 멈추더니, 차에서 뛰어내린 여동생이 내 목을 조를 듯이 덤벼들면서

"아버지가 여기 있다는 말을 왜 안 해줬어 아버지가 발작을 일으켰다는 말도 왜 안 해준 거야"

폐허가 된 농장의 잿더미 사이에서 까치와 까마귀들, 그리고 아

첫 번째 비망록

하비다 산맥 때문에 길을 잘못 들어 그곳에 오게 된 갈매기들의 조롱을 받으며 지내던 아버지는 텅 빈 수영장에서 물고기를 잡으려 하던 아버지는 흡족한 얼굴로

"이제 여긴 공산주의자 놈들이 집어갈 것이 하나도 남아 있지 않으니까"

여전히 승리감에 도취된 채, 나날이 더욱 행복해하며, 격렬하게 피아노 건반을 두드려대니, 천장의 샹들리에가 흔들리고, 여왕의 서명이 들어간 사진이 바닥에 떨어지고, 바람이 불어와 아버지의 모자가 날아가며, 시가가 아버지의 셔츠에 떨어지고, 피아노 소리가 갑작스럽게 멈추더니, 옷자락을 덜렁거리고 팔을 덜렁거리며, 나를 향해 두 눈을 찢어져라 크게 뜬 아버지

"아버지"

그때 갑자기 피아노가 저절로 소리를 내기 시작하니, 영원히 그치지 않을 듯한 소리를, 까치들이 침묵하고, 까마귀들이 침묵하고, 유칼립투스나무들이 침묵하고, 시간은 흘러가고, 연기를 피우며 굴러가는 시가는 재가 되어버리며, 등받이 없는 의자에서 일어선 아버지는 커튼을 향해 한 손을 뻗지만 잡지는 못하고, 나는 그런 아버지에게 다가가며

"아버지"

푸른 잔디밭에서 여동생은 내 숄을 붙잡고

"아버지가 여기 있다는 말을 왜 안 해줬어 아버지가 발작을 일으켰다는 말도 왜 안 해준 거야"

("쉬야를 해야지요 프란시스쿠 쉬야쉬야 쉬쉬쉬쉬 아이구 쉬야를 했네 아아 착하지요 오늘 밤에는 멋쟁이 할아버지가 깨끗한 이불을 오줌으로 더럽히지 않겠네요 그렇죠?")

망설이는 아버지, 꼼짝없이 굳어 있는 아버지, 기력이 다 빠져나간 채 배만 앞으로 불룩 내민 아버지, 나를 향해서 이름을, 단 한번도 입밖에 내본 적이 없는 이름을 부르는 아버지

"이자벨"

바닥에 쓰러지는 아버지

"이자벨"

까치들이 침묵하고, 까마귀들이 침묵하고, 유칼립투스나무들이 침묵하고, 수선화 꽃잎이 나비처럼 떨어져내리고, 아버지는 속삭이면서, 입술을 바닥에 댄 채, 배를 바닥에 댄 채, 입에서는 틀니가 떨어져나오는 아버지는 거의 감미롭기까지 한 목소리로

"이자벨"

한 마리 알바트로스가 거실의 천장 바로 아래를 날아가면서 큰 소리로 울었고, 분노를 참지 못하는 여동생은

"끝까지 숨겨서 오빠가 모든 걸 혼자 차지할 생각이었다면, 그건 단단히 착각한 거야 이 거짓말쟁이"

나는 사이프러스 가로수길을 달려 내려가, 팔멜라의 응급진료소까지, 그곳에는 병상이 하나, 그리고 구두닦이나 이발소의 의자처럼 위풍당당하게, 여왕의 남편이나 단두대처럼 위엄있게 자리를 차지한 치과용 의자가 하나, 붕대가 담긴 찌그러진 양철통이 하나, 그리고 그 정상에는 농부 하나가 의사용 가운을 걸치고, 쓰러질 정도로 취해서, 검둥이 추장처럼 위엄있는 왕좌에 느긋하게 드러누운 자세로, 먼 거리에서 나를 건너다보면서

"다리뼈가 부러진 거라면 좀 참고 있어요, 뜨거운 찜질이나 하면서, 의사는 다음 주나 되어야 오거든요"

암호문처럼 보이는 시력검사판, 팔멜라 축구팀 포스터, 거위처

첫 번째 비망록

럼 쉭쉭거리는, 주사기 살균용 알코올 버너, 베레모를 쓴 한 소년이
문간에 서서 화난 목소리로

"우리 대부님이 그러는데요 도대체 얼마나 기다려야 카드놀이
하러 올 거냐고 물어보래요, 카를로스 아저씨"

나는 여동생의 분노를 피해 알발라드의 작은 광장, 잔디 때문에
푸르게 빛나는 미끄럼틀과 그네 위로 올라갔고, 병원의 직원들은 협
조할 생각이 없는 소령의 시체를 붙들고 가족 면회용인 양복을 입히
려고 애를 쓰며, 의사 가운을 걸친 농부는 의자에서 느릿느릿 내려오
더니

"지금은 당신을 도와줄 수가 없겠는데요 응급환자가 생겨서 가
봐야 하니까"

여동생은 차로 돌아가서 핸드백을 방패처럼 집어들었고, 부부
한 쌍이 베란다로 나와서 피투성이 싸움을 기대하며 몸을 난간에 기
대니

(푸른 잔디밭, 푸른 미끄럼틀, 누구도 건드리지 않았는데 저 혼
자서 흔들리는 푸른 그네)

"날 때리려고, 주앙 오빠? 날 때리려고?"

마침내 나는 가운을 걸친 농부를 데리고, 뱀이 나올까 봐 잔뜩
겁을 집어먹고 배수구를 살피는, 베레모를 쓴 소년과 함께

"여기 뱀은 없겠죠?"

그리고 심지어 카드놀이하던 대부님 일행까지 몽땅 끌고, 카드
장들을 잔디에 그대로 뿌려놓은 채, 저택으로 돌아오니, 배고픈 송아
지는 축사 앞에서 미친 듯이 울어대고, 시시각각 몸집이 커지는 유칼
립투스나무 때문에 혼란스러운 참새는 어찌할 바를 몰라 탈곡 마당
에서 폴짝거리고, 가운 차림의 농부는 피아노를 향해서 달려가며

("이런 망할")

아버지의 몸 위로 허리를 굽히면서, 마치 뭔가 아는 사람처럼 표정이 심각해지더니

"내가 장담하는데 이건 포도주를 너무 많이 마셔서 생긴 증상입니다"

베레모 소년의 대부는 손가락의 반지를 번쩍거리며

"이 나라의 문제점은, 일 데시리터의 술도 감당을 못하는 인간들이 많다는 거야"

어린 시절의 나는, 뱀이 나올까 봐 잔뜩 겁을 집어먹고 배수구를 살피곤 했으니

"여기 뱀은 없겠죠?"

저수조 속의 줄무늬 뱀, 우물 속의 점박이 뱀, 늪지의 물뱀, 트랙터 보관소에서, 곡물창고에서, 축사에서 쥐를 잡아먹는 뱀, 어느 토요일, 군 복무 중이던 내가 휴가를 받아 집에 온 날, 아버지가 불러서 서재로 가보니, 아버지 곁에는 안경을 쓴 여자아이가 한 명, 화장기도 없고 비단옷을 입지 않았고, 작은 강아지를 안고 있지도 않으며, 어딘지 모르게 슬픔에 잠긴 타자수나 전화교환원 같은 인상을 풍기는 여자아이, 나는 생각하기를

"마지막 애인이구나 마지막 정복지구나"

(병원 직원들이 아버지의 담요를 바로 덮어주며

"멋쟁이 할아버지")

방금 들어온 사람처럼, 혹은 막 나가려던 사람처럼 소파 모서리에 엉거주춤 앉아 있던 여자아이, 베레모 소년의 대부는 비틀거리면서, 하지만 목소리는 단호하게

"내가 이 나라의 대통령이라면 제일 먼저 술을 금지시켜버리겠

어 싸구려 독주를 퍼마시고 자기 집 안에서 뻗어버린 이런 얼간이들을 한번만 보면 다른 생각은 하지 못할 거야 당신이 원한다면 우리가 이 작자를 들어다가 길거리에 갖다 놓아줄 수 있어요"

안경을 쓴 여자아이는 겁먹은 듯 새끼손가락을 들어 안경을 살짝 올렸고, 언젠가 한번 나는 테라스에서 길이가 삼십 센티미터인 뱀을 발견하여, 재봉실에서 하녀들에게 지시를 내리는 중이던 가정부를 억지로 끌고 테라스로 데려왔는데, 그사이 뱀은 채마밭으로, 혹은 차고 안으로 사라진 다음이고, 히아신스 꽃들은 한마디 속삭임이 없고 기둥에 앉은 비둘기는 깃털만 다듬고 있으며, 가정부는 펠라르고늄 화단을 발끝으로 건드려보면서 불만스럽게

"아니 도련님 나랑 장난치자는 건가요 내가 할 일이 없어 심심한 사람으로 보이나요?"

안경을 쓴 여자아이, 어딘지 모르게 슬픔에 잠긴 타자수나 전화교환원 같은 인상의 여자아이는 나를 감히 똑바로 쳐다보지도 못하고, 아버지는 당시 군복을 벗어던지고 목욕을 한 다음에 밖으로 나가고 싶다는 갈망 이외에는 아무런 생각도 없던 나에게, 마치 오늘 비가 온다거나, 혹은 리스본에 저녁 먹으러 나갈 예정이라고 알리는 목소리로

"인사해라 주앙 네 여동생이다"

어느 날 오후에 뱀이 재봉실 안으로 들어와서 빨래바구니 사이로 숨어버렸으니, 정원사가 갈퀴를 들고 와서 뱀을 잡으려 했고 가정부는 기절할 듯이 놀라서

"세상에 세상에"

그때 가정부가 일을 당장 그만두지 않은 것은 순전히 아버지가 문과 창틈을 단단히 막겠다고, 화덕 위의 환기구에 촘촘한 창살을 달

겠다고 약속했기 때문이지만, 그래도 이후로는 언제 뱀과 마주칠지 몰라 항상 목에는 십자가 목걸이를 걸고 손에는 빗자루를 들고 다녔으며, 군복 상의가 살을 찌르는 바람에 매우 불편했던 나는, 여자아이에게 입을 맞추어야 하는지 아니면 입을 맞추지 말아야 하는지 잠시 고민에 빠졌고, 얼굴에 미소를 지어 보였는데 그것은 사실상 미소가 아니라 얼이붙은 일그러짐에 불과했으니

"반갑다"

하지만 나는

"반갑다"

라고 말하는 대신에, 서재 유리창을 통해 바깥의 까마귀들을 바라보는 대신에, 가정부의 손에서 빗자루를 빼앗아 그 전화교환원 여자아이를 쫓아냈어야 했으니, 일 년에 한두 번씩 아버지를 찾아오던 여자아이, 제 나이보다 더 노숙해 보이게, 안경을 쓰고 정장을 차려입은 여자아이, 에나멜 핸드백을 양손으로 꼭 움켜쥐고, 방금 들어온 사람처럼, 혹은 막 나가려던 사람처럼 소파 모서리에 엉거주춤 앉아 있던 여자아이, 그 어머니가 누구인지 내가 모르는 여동생, 그런데 나 자신의 어머니에 대해서도 모르기는 마찬가지고

("이자벨"

아버지는 속삭이면서, 입술을 바닥에 댄 채, 배를 바닥에 댄 채

"이자벨"

아버지는 거의 감미롭기까지 한 목소리로

"이자벨")

나 자신의 어머니에 대해서도 모르기는 마찬가지며, 내 어머니가 누구인지, 내가 기억하는 것은 오직 싸움뿐, 싸움의 소란뿐, 현관 앞에 놓여 있던 가방, 리스본으로 향하는 사이프러스 길가에 서 있던

첫 번째 비망록

자동차, 그리고 층계 위에서 고함을 질러대는 아버지

"나가"

아무도 듣는 사람이 없고, 비둘기와 개구리를 제외한다면, 아무
도 그의 말에 관심을 갖지 않으니, 나는 부엌에 모여서 울던 하녀들
을 기억하고, 나를 침대로 데려가 잠들 때까지 전등을 환하게 밝힌
채 기다려주던 가정부를 기억하고

"주앙 도련님 주앙 도련님"

층계를 달려 내려와 이미 백 년 전에 떠나버린 자동차를 쫓아가
며

"나가"

분노로 활활 타오르던 아버지, 양팔을 마구 휘두르면서

"나가"

소리치던 아버지를 기억하고, 며칠 동안이나 서재의 문을 잠그
고 틀어박혀서, 전화도 받지 않고, 지시를 내리지도 않고, 채마밭도
축사의 가축도 살피지 않던 아버지, 하녀들은 점심식사와 저녁식사
를 쟁반에 담아 문 앞 양탄자 위에 두었지만, 아버지는 수프도 보온
병의 차도 건드리지 않았고, 물도 마시지 않았고, 하녀들이 갖다놓은
우편물도 열어보지 않았고, 베레모를 쓴 소년의 대부는 주머니에서
카드를 꺼내더니 피아노 의자에 앉아

"저 아이를 팔멜라로 보내서 맥주를 사오게 할 수도 있어요 그
리고 저기 저 늙은이가 깨어날 때까지 카드놀이나 하면서 기다리는
것도 나쁘지 않겠죠 어떤가요?"

나는 내 어머니가 누구인지 몰랐으며, 어머니의 얼굴도 어머니
의 목소리도 어머니의 몸짓도 기억하지 못하고, 단지 층계를 황급히
내려가던 밝은색 치마, 레인코트, 접힌 우산, 그리고 집 안에서 다 치

워져버린 사진들뿐, 막 사귀기 시작할 무렵 소피아가 물었으니

"당신 어머니는 어떤 사람이었어?"

소피아와 나는 무도회에 갔고, 저녁식사에 갔고, 자선바자회에 갔고, 요트를 타러 갔고, 일요일이면 그녀를 데리고 미사에 갔고, 미사 중에는 너무 피곤한 나머지 내 머리는 앞으로 꺾이기만 했고, 이 스토릴에서 테니스를 쳤고, 킨타 다 마린냐에서 말을 탔고, 장모는 브리지게임에서 사람이 모자랄 때마다 나에게 다섯 번째 순번으로 들어오기를 강요했고, 나는 게임의 코드를 이해하지 못했고, 트럼프 숫자를 계산할 때마다 틀렸으며, 그러면 장모는 담뱃대 끄트머리를 씹으면서

"정말이지 얼뜨기가 따로 없다니까"

소피아는 자외선 차단 크림으로 범벅이 된 채, 사촌들과, 여자 친척들과, 그들의 친구들과, 구인초 해변(포르투갈 카스카이스의 유명한 휴양지)에서 시간을 보내는데, 모두 나보다 키가 크고, 나보다 힘이 좋고, 나보다 잘생기고, 나보다 부자들인

("젊은이는 소피아의 평소 생활수준을 유지시켜줄 만한 재력이 있나요?")

구인초 해변에서 그들은 와플과 감자칩에 둘러싸여 나를 배재시키는 이야기들을 낄낄대고 속닥거리고

"당신 어머니는 어떤 사람이었어?"

호의적인 침묵, 예의바른 관심, 지나가는 증기선의 물보라 속에서 신부의 베일처럼 떠 있는 한 무리의 장미색 홍학들, 가운 차림의 농부는 맥주병의 코르크 마개를 따며, 피아노 위에서 카드를 섞고, 아버지, 마침내 서재에서 평소의 발걸음과 평소의 권위를 그대로 유지하며 밖으로 나온 아버지, 나는 해변 타월 위에 길게 누운 자세로

첫 번째 비망록

얼굴을 그들에게서 돌리며

"나는 어머니기 없어"

아버지는, 수의사와 대화할 때 두드러지는 특유의 심드렁한 경멸의 어조를 되찾았고, 저택 뒷마당에서 하녀들을 겁주었고, 손가락을 까닥이며 요리사를 불러, 말 한마디 않은 채 그녀에게 화덕을 떠나라고 지시했고, 그녀의 목덜미를 움켜쥐고, 소피아는 믿을 수 없다는 듯이, 뺨에는 자외선 차단 크림이 번들거리는 채로, 그런데 홍학 무리를 베일처럼 끌면서 강어귀 진입로를 통과하던 증기선은 한 척이 아니라 두 척이었고, 놀란 사촌들과 여자 친척들은 눈짓을 교환하고, 그들의 친구들은 민망하고 불편해하니

"처음부터 아예 없었다는 거야?"

말다툼과 싸움, 현관 입구에 놓인 가방, 리스본으로 향하는 길목의 자동차, 밝은색 치마, 서둘러 층계를 내려가던 발걸음, 레인코트, 접힌 우산, 그리고 나를 침대로 데려가 잠들 때까지 전등을 환하게 밝힌 채 기다려주던 가정부를 기억하지만

"주앙 도련님 주앙 도련님"

그렇지만 그 어떤 얼굴도 목소리도 기억나지 않으며

"나는 어머니가 없어"

요리사가 도마와 케이크 팬이 놓인 대리석 탁자 위로 가슴을 기대고, 아버지는 뒤에서 그녀의 치마를 걷어올리고 손으로 그녀의 몸을 성급하게 더듬는데

(뱀, 뱀, 뱀이야, 펠라르고늄 화단에)

마당에 있던 하녀들은 코를 유리창에 박은 채 뚫어져라 안을 쳐다보고, 아이인 나는 과자상자를 찾아다녔고, 그런데 과자상자에는 과자가 아니라 쌀이 들어 있다고 쓰여 있고, 이집트 콩상자에는 설탕

이, 콩상자에는 커피가, 그러다가 난데없이 그 둘이 서로 포개진 자세로 탁자를 흔들고 있는 광경을 보게 되는데, 부엌을 채운 생동감있는 그림자, 과자를 집어먹고 있는 내게 아버지는 훈육의 의미로 따귀를 가볍게 찰싹 때리며

"여자들이 원하는 건 뭐든지 다 해줄 수 있긴 하지만 무슨 일이 있어도 모자는 벗으면 안 돼 그래야 누가 주인인지 알 테니까"

슬픔에 잠긴, 나이를 짐작할 수 없는 아주머니처럼 차려입고 에나멜 핸드백을 든 전화교환원 소녀에게, 나는 단 한번도 입 맞추지 않았으니

"네 여동생에게 인사해 주앙"

일 년에 두 번 팔멜라를 찾아와, 새끼손가락으로 안경을 치켜올리던, 그 어머니가 누구인지 내가 모르는 여동생, 미용사의 딸인지, 매니큐어사의 딸인지, 재봉사의 딸인지, 혹은 내 어머니가 해고시킨 청소부의 딸인지, 그녀 때문에 싸움이 났던 것인지, 그녀 때문에 그 소란이 벌어진 것인지, 그래서 현관 입구에 가방이 놓였던 것인지 알지 못하는 나는, 피부를 간지럽히는 군복 윗도리 때문에 불편해하며

(뱀, 뱀, 뱀이야, 펠라르고늄 화단에, 펠라르고늄 화단에, 뱀이야)

나는 군복을 벗어던지고 목욕을 한 다음에 밖으로 나가고 싶다는 갈망 이외에는 아무런 생각이 없었고, 벨트가 내 방광을 짓누르고 있었으며

(뱀)

나는 내 방으로 돌아가고 싶었고, 잡지나 신문, 혹은 책이든 뭐라도 상관없이 읽고 싶었고, 그래서 사이프러스 길을 달려가던 자동차를 잊고 싶었고

"반갑다"

첫 번째 비망록

나는 소피아에게, 우리가 해변을 떠나 집으로 돌아가던 길에, 우리가 호텔의 계단을 올라가던 중에, 호텔 바에 있는 헬리버트 수족관으로 가는 길, 수족관의 유리에 우리 둘의 윤곽이 파도치며 어른거릴 때,

"나는 어머니가 없어 나는 형제가 없어 나는 외동아이야"

아버지는 입술을 거실 바닥에 대고, 배를 바닥에 대고, 가운 차림의 농부는 축제처럼 흥겨워하며 카드를 연구하고, 베레모 소년의 대부는 나에게 맥주를 더 권하며

"이번 판을 마친 뒤에 저 노숙자를 몇 대 때려서 깨우기로 하죠 그러면 저 작자는 두 번 다시 당신을 괴롭히지 못할 겁니다 내 장담해요"

그 작자, 우리는 그날 밤 서로 엎치락뒤치락 비틀거리며, 시끌벅적하게 노래를 부르면서 그 작자를 팔멜라로 데려갔고, 그의 뒤꿈치가 가시금작나무 사이 땅바닥에 질질 끌렸으며, 나와 가운 입은 농부가 양쪽에서 그의 겨드랑이를 받치고, 그의 머리는 아래로 푹 꺾인 채 흔들거리고, 우리는 그를 치과의, 구두닦이의, 혹은 여왕의 남편의 왕좌에 앉혔고, 우리가 기운 차리라고 그의 입에 넣어준 맥주가 전혀 입맛에 맞지 않았는지 맥없이 입 밖으로 주르륵 흘러나왔고, 베레모 소년의 대부는 아버지의 뺨을 살짝살짝 치면서

"만약 내가 이 나라의 대통령이라면 당장 술부터 금지시킬 거야 그러면 이런 꼴도 더 이상 볼 일이 없겠지 아무래도 이 작자를 교회 담벼락에 기대놓는 편이 좋겠어 내일 아침이면 추워서라도 정신이 들 테니까 그리고 우리는 카드놀이나 계속하면 되고"

그리고 아버지는 송아지가 태어나는 것을 보기 위해서 서재를 나갔고, 우리 둘만이, 나와 내 여동생만이 남겨졌으니, 마치 병원 대

기실에 있는 두 명의 환자처럼, 엘리베이터에 탄 두 명의 낯선 사람처럼 마주 보면서, 새끼손가락으로 안경을 치켜올린 그녀는 핸드백의 손잡이를 꼭 움켜쥐었고, 나는 배꼽을 긁적였고, 점점 더 숨쉬기가 불편해지면서 천장이 내려앉고 사방의 벽이 우리를 향해 조여오는 것만 같았으며, 선반 위의 시계는 거대한 구슬로 변해갔으니, 여동생은 핸드백을 열고 종잇장을 꺼내 부채질을 시작했고, 나도 주머니에서 손수건을 꺼내 코를 풀었고, 답답한 옷깃 때문에 여동생은 숨이 막혔고, 나는 넥타이 때문에 숨이 막혔고, 등줄기에서 땀이 흐르는 것이 느껴졌고, 머리카락이 축축해지는 것이 느껴졌고, 위장 속에서 요동치는 튀김 혹은 문어 샐러드가 불쾌감을 증폭시켰으므로, 내가 창문을 열자 까마귀들의 조롱소리가 우리의 면상을 향해 정면으로 들이닥쳤고, 트럼프의 에이스가 킹과 숫자 7을 무찌른 순간, 아버지가 구두닦이 의자에서 주욱 미끄러지자, 가운을 입은 농부는 카드놀이에서 패할 것이 두려워 우리의 주의를 돌려보려고

"이 노숙자를 병원으로 옮겨갈까?"

장미나무가 바스락거리는 소리가 들릴 정도로 창을 활짝 열었으나 여동생은 계속해서 종이로 부채질을 하고 있으며, 타자수도 전화교환원도 아니고 알카세르의 한 변호사 사무실에서 보조로 일하는 여동생은, 남편도 없고 아이도 없고 친구도 없고, 난파선에서 주워온 가구로 채운 어둡고 좁아터진 집 안에 홀로 들어앉아 살고 있으며, 지금까지 모든 게임에서 이기기만 했던 베레모 소년의 대부는 점수를 계산하려고 카드를 내려놓았고

"병원이라니 무슨 소리야 그냥 교회 담벼락에 기대놓으면 된다니깐 거기서 푹 자고 있으라고 해 어차피 자고 일어나면 말짱해지는 거잖아"

첫 번째 비망록

강가에 있는 여동생의 작은 아파트, 아마도 어머니의 유산으로 받았거나 아니면 이런저런 잡동사니를 갖고 고아Goa에서 돌아온 먼 친척에게서 물려받은 집, 해수면보다 낮게 위치한 집, 그래서 창밖으로는 날아다니는 새들이 아니라 오징어가 보일 듯한 집, 나무 대신에 산호초가 보이는 집, 노란색으로 굴절되는 빛, 창턱에 올라앉아 자신의 허영을 핥는 고양이, 자수 놓인 쿠션이 있는 집, 그 집에서 석탄 화로로 몸을 덥히는 여동생, 새끼손가락으로 안경을 치켜올리는 여동생은 과부처럼 서글픈 눈빛으로 나를 빤히 응시하니 나는 생각하기를

"아버지는 도대체 어떤 여자에게서 이 아이를 낳은 걸까?"
생각하기를

"그래서 싸움이 있었고 그래서 현관에 가방이 있었던 걸까 그래서 아버지가 고래고래 소리질렀던 걸까"

"나가"

여동생이 사는 알카세르의 집에는 그녀가 잠들 때 도와줄 가정부도 없고, 종이 타월이 가득한 부엌장에서 털실 보온 커버가 덮인 찻주전자를 꺼내 허브차를 끓여주는 가정부도 없으니, 그녀는 부모와 개구리들의 보살핌을 받고 자란 아이가 아니고, 카드놀이를 지켜보기가 지루해진 베레모 소년은 심심풀이로 아버지의 뺨을 손바닥으로 건드려보다가

"대부님 이 사람 차가워요 죽은 것 같아요"

그사이 운세가 바뀌어서 연달아 지고만 있던 대부는 덩달아 반지의 광채도 함께 희미해진 듯한데, 즉시 카드를 의자 위에 던져버리고는 잔혹한 눈빛으로 아버지를 곁눈질하더니

"저 나쁜놈 때문에 재수가 없었던 거야"

지금까지 패한 게임을 복수라도 하겠다는 듯 아버지를 잡아당기다가, 바닥에 쏟아진 맥주 위로 미끄러지고 말았으니, 두 사람은 주사기 더미를 뒤집어쓰면서 함께 응급진료소의 바닥에 쓰러졌고, 베레모 소년의 대부는 양동이에 머리를 부딪치기까지

"저 재수 없는 것이 날 밀었어 정말이야 저것이 날 밀었다구"

알발라드 병원의 의사는 고무망치를 내려놓으며

"환자가 발작을 일으킨 것이 어제라면 왜 오늘에야 데리고 온 거죠?"

알카세르의 작은 집에서 여동생은 내게 멜리사 차를 내놓았고, 옷장 서랍에서는 라벤더 향기가 났으며 고양이는 솜털처럼 가볍게 창턱에서 식탁으로 건너뛰었고, 나는 데이지꽃 모양의 사기 액자 속 어느 여자의 사진을 훔쳐보며

"저 사람이 너의 어머니야?"

어머니가 없는 나, 형제도 없는 외동아이인 나, 사진 속 여자는 우리 집 가정부를 닮았으므로, 내가 잠들 때까지 눈부시게 환한 전등을 끄지 않고 기다려주던

"주앙 도련님 주앙도련님"

가정부를 떠올리며

"아니면 혹시 너희 집 가정부?"

재봉사나, 혹은 여동생과 마찬가지로 슬픔에 잠긴 전화교환원의 얼굴을 가진 여자, 마찬가지로 안경을 쓰고, 마찬가지로 자기 나이보다 더 노숙해 보이는 옷차림, 나는 고양이를 쫓아내는 여동생에게 사진을 가리키며, 알카세르 강물이 광장을 집어삼키는 동안, 트럭을 집어삼키는 동안, 길거리 카페, 층계를 집어삼키는 동안, 아버지는, 바닥에 댄 입술, 거의 감미롭기까지 한 목소리로

첫 번째 비망록

"이자벨"

데이지꽃 모양의 사기 액자 속 슬픈 전화교환원의 사진을 가리키며

"저 사람이 너의 어머니야?"

어머니가 없고, 형제가 없고, 가족도 없는 내가

(내 큰딸은 식기와 속옷이 한꺼번에 뒤섞여 있는 부엌의 서랍을 뒤지면서

구부러진 포크, 구부러진 숟가락, 아무것도 자르지 못하는 나이프

"이런 돼지우리에서 어떻게 살 수가 있어요?")

나는 비둘기들의 소음을 견디면서 배를 만드니, 오직 먼 곳으로 떠나기 위해, 여러 명의 노인들이 내뱉는 증기기관처럼 요란한 숨소리, 목욕 가운을 걸친 여러 명의 허수아비들, 텔레비전 연속극을 둘러싼 채 숨이 꺼져가는 노인들, 앞머리를 내린 간병인이 아버지의 옷을 벗기며

"이 할아버지는 오줌 냄새가 진동을 하네 맥주 냄새가 진동을 하네"

시가도 없고, 틀니도 없고, 모자도 없는 아버지는, 떨리는 손으로 코를 풀려고 시도하지만, 병실 담당자가 얼른 눈치채고

"그러면 안 되지요 주머니에 손수건이 있잖아요 안 그런가요 프란시스쿠 할아버지 거기 보세요 손수건이 있지요 페르난다에게 말하세요 페르난다가 꺼내줄 거예요"

소파에 앉아 무릎담요를 덮은 여러 명의 허수아비들, 맨들맨들한 머리통에 한두 줌의 흰머리가 남아 있고 앙상한 다리에는 흰 털이 듬성듬성한 허수아비들이 불쾌한 빛이 어린 공허한 눈동자로 나를 빤히 쳐다보니, 방에 앉아서 나에게 소리 없는 비웃음과 조롱을 던지

는, 까마귀를 닮은 허수아비들, 의사는 고무망치를 내려놓으며

"환자가 발작을 일으킨 것이 어제라면 왜 오늘에야 데리고 온 거죠?"

방에 앉아서 나에게 소리 없는 비웃음과 조롱을 던지는 노인들, 알발라드의 작은 광장에 모인 수백 명의 노인들, 건물 위에, 가로등 위에 쪼그리고 앉아서, 미끄럼틀을 내려오면서, 푸른 잔디밭 위 그네에서 춤을 추면서, 수백 마리의 늙은 까마귀들이, 팔멜라 농장이 아니라, 채마밭이나 과수원이 아니라, 트랙터 보관소도 너도밤나무 숲도 아니라, 알발라드의 지하실에서, 알발라드의 지하실에서 나를 조롱하니, 갈퀴 손마디와 단단한 부리 같은 턱, 너덜거리는 팔다리, 깃털을 빳빳이 곤두세운 노인들이 나를 조롱하니, 심지어는 의사마저도 까마귀와 닮았고, 처방전을 써서 나에게 내밀며

"환자가 발작을 일으킨 것이 어제라면 왜 오늘에야 데리고 온 거죠?"

나는 갈퀴와 부리와 날개를 피하면서, 목쉰 울음소리를 듣지 않기 위해 귀를 막고, 베레모 소년의 대부는 술에 취해 비틀거리며, 반지가 번쩍거리는 손을 내 어깨에 올리고는

"우리가 조금 늦긴 했지요 의사 선생님 카드놀이를 마치려고 그랬던 것뿐이에요."

첫 번째 비망록

추가 진술

팔멜라의 농장에는 두 번, 많아야 세 번 가본 것이 전부다. 나는 소를 싫어하고, 돼지를 싫어하고, 모든 종류의 가축 오물이 풍기는 냄새를 싫어하고, 이미 십 년 동안이나 자기 아들의 아내로 살고 있는 나를 마치 처음 보는 사람처럼 매번 머리에서 발끝까지 훑어보는 내 시아 버지를 싫어하고

"비쩍 말라서 엉덩이라고는 찾아볼 수가 없네 너는 암송아지 고르는 법을 아예 모르는구나 주앙"

아무런 망설임도 없이, 뻔뻔하고 파렴치하게, 가정부나 하녀들, 아이들, 그리고 심지어는 자기 옆에 앉아 있는, 강아지를 데리고 있는 여자조차도 신경 쓰지 않고, 오십대인 그녀는 소름 끼치는 벼락부자 출신인데, 오후만 되면 알제스의 세례식에 가는 것처럼 옷을 차려입는 약사 혹은 공증인의 과부로, 나와 대화라도 나누게 되면 늘 나를 애야, 하고 친근하게 부르면서 내 팔을 슬쩍슬쩍 건드리는데, 나는 누가 나를 건드리는 것을 아주 싫어하고

짠

하고 그 여자가 나타나 내 팔을 만지작거리면, 나는 뒤로 한발 물러나고, 그러면 여자는 놀라서 당황한 나머지 살이 빠진 부채를 펼쳐 마구 부채질을 하며

"애야, 혹시 내가 널 아프게 한 거니?"

나는 주앙에게 눈짓으로, 이제 그만 가자고 신호를 보내지만, 그는 아무것도 알아차리지 못하고, 나는 이 여자의 친한 척하는 과장 행동이 딱 질색인데, 여자는 왜 그러는지는 모르겠지만 자꾸만 나더러 자기 개를 쓰다듬으라고 강요하고

"젊은 부인 안녕하세요 하고 인사해야지 네로"

멍청한 얼굴의 네로는 구역질나는 혓바닥을 내밀어 내 손가락을 핥아대고 앞발을 허공으로 내저으니, 나는 기분이 너무 나쁘고 토할 것만 같아서

"주앙"

그러자 입에 문 시가를 턱으로 늘어뜨린 시아버지가 생전 처음 보는 것처럼 나를 빤히 쳐다보면서

"너는 사람이랑 사귄 거냐 아니면 뼈다귀랑 사귄 거냐 주앙"

하지만 주앙은 아무런 대꾸가 없고, 자동차에 탄 주앙은, 뒷좌석에서는 아이들이 늘 그렇듯이 서로 창가에 앉겠다며 소리지르고 싸우는 동안, 그 어떤 일에도 열성적으로 덤벼드는 법이 없는 주앙은, 단지 예외라면 오직 한번, 혁명이 종식된 후 은행의 책임자가 되었을 때 내 가족들을 교묘하게 속였던 것이 유일한데, 그런 주앙은 자동차에서 나를 위로해주는 대신 자기 아버지를 변호하며

"아버지는 원래 말투가 그래 그건 당신도 알잖아 그러니 신경 쓸 필요 없어"

저택의 대문으로 운전해가는 동안 이런저런 새들이 끊임없이 자동차 앞을 가로질러 날아다녔고, 차창에 와서 부딪히기도 했으며, 커다란 소리로 울부짖고, 트랙터를 쫓아가고, 다리가 훤히 드러나게 치마를 걷어올리고 한 손에는 우유 양동이를 들고 축사에서 나오는 반라의 소녀를 쫓아가고, 새들은 우리를 죽이고 싶어서 차창을 깨고 차 안으로 들어오려고 하니, 나는 결심하기를 이제 다시는 이곳 팔멜라에 오지 않으리라, 나는 뒷좌석 아이들의 고함소리도 잊은 채 팔꿈치를 들어올려 얼굴을 가리며

"빨리 달려!"

첫 번째 비망록

그리고 도중에 작은 마을의 카페에서 차를 멈추고는 진정제를 마셔야만 했으니, 카페 바깥 벽에는 자전거들이 가득 세워져 있으며 카페 안은 그 자전거 주인들로 대만원이었고, 케이크 위에 앉아 있는 파리들로 대만원이었고, 한 명뿐인 웨이터는 속셔츠 차림으로 클럽 깃발들 사이를 요리조리 날렵하게 움직이고 더러운 탁자를 더러운 행주로 훔치며

"백포도주로 드릴까요 아니면 적포도주로 드릴까요 마담?"

아이들은 껌, 사탕, 초콜릿을 사달라고 조르고, 끈적이는 막대 사탕과 상한 생크림 케이크를 보고는 열광했고, 속셔츠 바람의 웨이터는 여기저기 널린 기절할 만큼 더러운 접시들을 치우고, 더러운 행주로 유리잔을 닦은 다음 다 낡아빠진 허름한 고무 호스에서 나오는 물을 컵에 담아 내밀며

"이곳 물에는 늘 약간씩은 흙이 섞여 나와요 우물이 공동묘지 바로 뒤편에 있기 때문에 어쩔 수가 없어요 마담"

아이들

불가피한 결과겠지만, 이미 주머니에는 웨이터와 마찬가지로 속셔츠 차림인 자전거 클럽 회원들에게서 얻은 곰팡이 핀 사탕을 가득 채운 아이들은 쉴 새 없이 욕을 쏟아내며 도미노게임에 정신을 빼앗기고 있고, 물을 뱉어내버린 나는 울고 싶은 심정으로 가슴이 터질 듯하니, 평화롭고 고요한 이스토릴 집에서 어머니와 함께, 오빠들과 함께 있는 시간이 그리워 눈물이 흐를 듯했고, 그곳에는 거칠고 무례한 시아버지도 없고 살이 빠진 부채로 부채질을 해대는 과부도 없고, 사나운 새들도 없고, 공동묘지의 우물도 없고, 화나는 일도 없으니, 결혼하지 않았더라면 얼마나 좋았을까, 혹은, 주앙이 아닌 누군가 다른 남자랑 결혼했더라면, 하지만 나는 이제 와서 내 입으로 불평을

할 수가 없으니 분명 가족들이 내게 경고를 했으므로

"처음으로 마주친 가난뱅이와 엮여서 인생을 망치려고 하다니 그런 바보짓을 정말로 저지른다면 우리로서는 더 이상 말릴 수가 없구나"

카페 주인은 한참 동안 입속의 충치를 쑤셔대던 성냥개비를 셔츠의 얼룩 위로 문질러 닦으며

"말씀드렸잖아요 수돗물은 마시지 말라구요 어떨 때는 작은 뼛조각이 나올 때도 있다니까요"

짧게 말해서, 나는 일생 동안 팔멜라의 저택에 두 번, 많아야 세 번 가본 것이 전부다. 한참 전에 나는 어머니와 함께 알렌테주에 간 일이 있는데, 우리 집에서 일하다가 결혼하여 그곳에서 살고 있는 재봉사 딸의 견진성사 때문이었고, 내가 그곳에서 본 사람들은 전부 천하의 바보들로, 수염을 기른 남자들과 머리를 땋은 여자들 모두 공통적으로 입을 커다랗게 벌리고 껌을 쩍쩍 씹어댔으며, 햄 샌드위치를 통째로 비닐봉지에 집어 담는 사람도 있었고, 너무나 놀란 내가 어머니의 치맛자락을 붙들자, 품위 없는 하인들을 대하는 여왕의 냉소를 지어 보인 어머니는 포기했다는 듯이 어깨를 한번 으쓱거리며

"우리가 이들을 위해서 아무리 애를 써도, 결국 이들은 조금도 변하지 않아"

수도원에서, 혹은 지붕도 없이 버려진 교회에서 보았던 이 모든 것들, 제단의 성한 부분에 걸린 성자와 순교자들 그림, 탁자 사이로 돌아다니며 닭고기 한 조각을 놓고 으르렁대는 개들, 고해성사대에 앉아 하모니카를 부는 맹인, 성물 관리인은 아니스 술병을 잡고 흔드는 대부에게 욕을 퍼붓고, 다른 여자들과 마찬가지로 음식을 가득 쑤셔담아 터질 것 같은 비닐봉지를 들고 있으며 모자의 깃털 장식이 얼

첫 번째 비망록

굴까지 내려온 재봉사는, 어머니의 모피코트 자락에 매달린 채 이쑤
시개가 꽂힌 돼지피 소시지 한 접시를 권하는데, 바로 그사이에 참새
처럼 폴짝이며 다가온 한 노파가 독수리처럼 날랜 동작으로 소시지
꽂힌 이쑤시개들을 자기 손가방 속으로 얼른 쑤셔넣으며

"점심은 맛있게 드셨나요 부인?"

어머니는 눈치채지 않게 몸을 긁었고

("거기 가면 분명 이를 잔뜩 옮아올 거야")

얼굴에는 표정도 미소도 없이, 바티칸의 스위스 근위병처럼 동
행하는 운전수에게 어머니는 신호를 보내며

"정말 맛있게 먹었어 아우로라"

이미 어머니는 무너진 교회 밖 마당에 나가버린 다음인데, 거기
에는 손님들이 데려온 아이들이 서로 돌을 던지며 싸움을 벌이고 있
었으며, 손풍금처럼 차려입은 한 무리의 소녀들은, 구레나룻을 기르
고 양가죽 장화를 신은 남자들의 시선을 의식하면서, 들뜨고 흥분한
가운데 서로 사진을 찍어주느라 소란스러웠고, 어머니는 분무기로
마치 살균이라도 하듯이 향수를 뿌리며

"냄새 정말 지독하군"

우리가 이스토릴에 돌아오자마자, 빈대와 병균, 그리고 튀김 기
름 냄새를 걱정한 어머니는 나를 욕실로 보내서 몸을 씻고 머리를 감
게 시켰으니, 팔멜라에 갔다가 돌아오는 날이면 나는 언제나 알렌테
주의 견진성사를 떠올렸고, 그때와 똑같은 사람들, 그때와 똑같은 수
선스러움, 그때와 똑같은 불쾌감을 느꼈으니, 훨씬 더 안락한 가구와
그림에도 불구하고, 이제는 산산조각이 나버려 다시 접착제로 이어
붙이지 않는 한 두 번 다시 보지 못할 도자기에도 불구하고, 살라자
르와 여왕의 사진에도 불구하고, 지금은 돌보지 않아 무성해진 채 정

원사의 가위질을 간절하게 갈망하는 장미나무와 너도밤나무에도 불구하고, 깡통소리를 내는 피아노에도 불구하고, 가식적인 거울에도 불구하고, 한 부대나 되는 형편없는 제복 차림의 하녀들에도 불구하고, 어느 날 내가 어머니에게 팔멜라의 이런 모습에 대해서 불평하니 막 마사지를 받으러, 혹은 가톨릭 부인회 모임에 나가려던 어머니는

"심지어 가난하지도 않은 그런 촌뜨기 야심가 무리에게서 뭘 기대하는 거냐?"

매주 수요일, 나는 가난한 사람 한 명을 얻을 수 있었으니, 그가 당장 나가서 위스키에 탕진해버리면 안 되므로 나는 그에게 돈은 한 푼도 주면 안 되고, 원래 가난한 자들이란 돈이 생기면 으레 그렇게 낭비해버리니까, 돈 대신 내가 사용하지 않는 신발이나 옷을 주어야 하고, 저녁식사로 먹고 남은 것 중에서 양념이 들어가 있어 해롭기도 하고 털의 윤기도 칙칙해지니 개에게는 먹이지 말라고 수의사가 일러준 그런 음식들을 주었는데, 그러다가 나의 그 가난한 사람이 결핵에 걸려 죽었을 때, 바람이 휘몰아치고 잡초와 쓰레기더미 사이에 하얀 꽃들이 핀 바닷가 언덕 위 그의 오두막, 그 집에는 전기도 없고 전등도 없는데, 천장에는 유리 장식이 주렁주렁 매달린 샹들리에, 대나무 새장에는 상추 이파리를 쪼는 카나리아, 때가 잔뜩 묻은 더러운 넝마가 깔린 바닥에는, 곤살루 오빠의 스웨터를 덮은 시체 하나가 누워 있었고, 나의 가난한 사람이 죽은 후에 나는 새로운 가난한 자를 얻었는데, 이번에는 좀 오래갈 수 있도록 건강하고, 기침도 하지 않고, 세례를 받았고 예방접종도 마친 자로 수도원장님이 추천해주면서, 그자는 그 어떤 악덕도 모르며 항상 존경심을 잊지 않을 거라고 했지만, 유감스럽게도 나는 바로 다음 성탄절 때 그자를 돌려보내야만 했고, 가톨릭 부인회에서 그자의 부족한 존경심에 대해서 불평을

첫 번째 비망록

털어놓을 수밖에 없었으나, 사실 나도 어리석은 행동을 하기는 했던 것이 그에게 십 에스쿠도를 주면서

"위스키 마시는 데 전부 써버리면 안 돼요"

라고 충고했는데, 그자는 손가락으로 동전을 계속 빙글빙글 돌리면서 참으로 이상한 대답을 하기를

"걱정 마세요 부인 아무런 걱정을 마세요 전 지금 당장 자동차 상에게 가서 알파 로메우를 살 거니까요"

그때 내가 깨달은 사실은, 가난한 사람들은 자신의 사회적 위치를 망각했거나 아니면 결핵에 걸려 있거나 둘 중 하나라는 것, 그래서 우리 얼굴을 향해 결핵균을 튀기거나 혹은 도저히 참아줄 수 없는 존재가 되거나 둘 중 하나라는 것, 왜냐하면 그들은 분노하고 있기 때문에, 바람이 휘몰아치는 바닷가 언덕 판자와 양철로 얼기설기 지은 오두막, 햇빛 아래서 번쩍이는 모든 가난의 증표, 텅 빈 통조림 깡통과 수풀 사이로 흩어진 깨진 유리조각에 둘러싸인 삶에 대해서 분노하고 있기 때문에, 그 이후로 나는 가난한 사람을 후원하는 일을 그만두었으니, 이미 내 삶에는 그것 말고도 다른 문제가 충분히 많았기에, 아무리 일러주어도 내가 원하는 모양으로 머리를 자르지 못하는 아둔한 미용사, 약물에 손을 대는 아이들, 아이들을 돌보는 건 순전히 내 몫이 되어버린 것이, 주앙은 악몽 같은 혁명이 지나고 시아버지가 병에 걸린 이후로 집시의 소굴처럼 변해버린 팔멜라로 가서 보트를 만든다면서 저택의 차고에 몇 주일이고 혼자 틀어박혀 있기 때문에, 도대체 난데없이 보트는 왜 만든다는 건지, 더구나 그 근처에는 보트를 띄울 강이나 시내도 없는데, 우리가 함께 사는 내내 주앙은 존재감이라고는 전혀 없었고, 브리지게임도 할 줄 몰랐고 셔츠에 어울리는 넥타이를 고를 줄도 몰랐고, 사람들과 함께 대화하는 자

리에서도 밤 한시만 넘었다 하면 혼자서 입을 벌린 채 잠이 들어버렸
고, 그런 사람인데도 마음이 너그러운 삼촌은 참으로 순진하게도, 오
직 주앙의 아버지가 장관이었고 가축과 새들이 있는 자신의 저택에
살라자르를 맞아들였다는 이유만으로 주앙에게 은행 감사실의 자리
를 마련해주었으니, 주앙의 일이란 것은 월말에만 출근하여 서명을
하고 수표를 받아오기만 하면 되었고, 그러던 어느 날 밤 올게 한 명
이 죽을 듯이 비명을 질러대는 바람에 나는 잠에서 깨었고

　　"러시아가 포르투갈을 점령했어 소피아 못 믿겠거든 라디오를
틀어봐"

　　그리고 이어서 다른 올케들과 여사촌들과 그리고 어머니까지

　　"아무 질문도 하지 마 히스테리 부릴 필요도 없어 서둘러라 아
이들을 데리고 당장 카스카이스로 가자 수도원장님이 우리들에게
피난처를 마련해주었어"

　　라디오에서는 승전 행진곡이 흘러나오고, 민중과 자유를 외치
는 노래, 빵을 달라는 노래가 흘러나오고, 그것은 수도원장의 설명에
의하면 인간이 저지를 수 있는 최대의 신성모독으로, 제복의 단추를
풀어헤친 수도원장은 난롯가 아버지의 소파에 앉아, 암에 걸려서 병
원에 입원하기 전에 항상 아버지가 영국의 골프 잡지를 읽곤 했던 소
파, 양손으로 머리를 감쌌고, 가운 차림의 어머니는 은제품들을 금고
에 몰아넣고 있으니, 주교님이 부활절에 우리에게 경고했던 대로, 조
만간 가난한 자들이, 우리가 그들에게 선행을 베풀어주면 줄수록 점
점 더 은혜를 모르고 날뛰는 가난한 자들이, 우리를 약탈하기 위해
언덕 위에서 몰려내려올 터이므로, 그리하여 우리의 침대에 눕고 우
리의 식당에서 음식을 먹은 다음 큰 소리로 트림을 해댈 것이므로,
여덟시 미사의 설교 때마다 그들에게 예의범절을 가르치려고 애썼

첫 번째 비망록

던 수도원장의 노력은 이렇듯 결국 허사로 판명났고, 가난한 자들을 위해 특별히 미련한 아침 여덟시 미사, 왜냐하면 가난한 자들은 일찍 일어나므로, 왜냐하면 가난한 자들은

행복하게도

카지노로, 주식시장으로, 극장으로, 혹은 죽도록 지겨운 토요일 저녁의 콘서트에도 갈 필요가 없기 때문에, 어머니가 늘 하던 말이 옳았던 것이, 우리는 가난한 자들을 부러워해야 한다고

(이런 말을 하는 것이 죄라고 생각될 수도 있지만 사실은 죄가 아니라고)

왜냐하면 가난한 자들은 사웅 빈센트 드 파울라 축하행사에 참석하여 소란을 견뎌내야 할 의무도 없고 파렴치하게 비싼 적십자 차를 마셔야 할 의무도 없기 때문에, 그들의 유일한 의무는 우리의 방문을 기다리는 것뿐, 혹은 결핵 진료소로 가는 것뿐, 그래서 거의 매일이 자유 시간이며, 마음 내키는 대로 아무 행동이나 할 수 있기 때문에, 구걸하고, 기침하고, 아이를 만들고, 쓰레기통을 뒤지고, 상처에 말라붙은 딱지나 만지작거리며 놀고, 자신의 이빨이 빠지는 걸 구경하면서 빈둥거릴 수 있기 때문에 그들이 부러워서 거의 질투가 날 지경이라고 어머니가 말하자, 수플레를 떠먹던 수도원장이 포크를 공중에 휘두르면서 비난조로

"그건 옳지 않아요 도나 필로메나 질투는 죄악입니다 보속으로 성모송 세 번과 주기도문을 외우세요 지금 당장요"

공산주의자들이 안으로 마구 침입해 들어오지 못하도록 어머니는 문과 창문을 닫아걸게 하고, 운전수에게 자동차를 차고에 숨기도록 시키고, 볼셰비키들이 회개하도록 묵주기도를 올리라고 하녀들을 전부 방으로 들여보내는 동안에도, 라디오에서는 성녀 마리아

를 모욕하는 노래와 노래 사이사이에 혁명군이 주교님에게는 프란시스쿠 샤비에르 성인과 동급에 해당하는 공화국의 대통령을 체포했다는 소식, 강간범들과 살인자들을 감옥에서 몽땅 풀어주었다는 소식이 들려왔고, 전화벨은 쉬지 않고 울렸으며, 전화를 건 것은 죽을 정도로 불안해진 사촌들로, 가엾은 그들은 보험 회사와 부동산 회사, 은행의 개인 사무실에서, 한두 푼의 소액을 취리히로 송금하려고 하던 참에 사환들과 사무원들이 허락도 없이 사무실로 밀고 들어와 아우성치는 바람에 커다란 곤란을 겪었고, 뿐만 아니라 강도나 파시스트 난동꾼처럼 사무실로 몰려온 직원들이 함부로 욕설을 내뱉으며, 사촌들에게 평소와 같은 존칭도 붙이지 않고, 마치 같은 집에서 자란 동등한 신분인 양, 이사님이나 박사님이라고 부르는 대신에, 그들의 손에서 포악스럽게 전화기를 빼앗고, 그들의 손목에 수갑을 채워 카시아스로 끌고 가 총살시키라고 군인들에게 요청하기까지 했다고 하니, 하지만 주앙은 이런 사태가 일어났는데도 전혀 걱정하지 않는 기색으로, 내 어머니에 대한 염려는 조금도 없이, 수도원장에 대한 존경심 또한 조금도 없이, 신발을 벗고 소파에 앉아 코나 골고 있었고, 이제 어찌할 바를 모르게 된 어머니는 그를 흔들었고, 십자가상을 주먹에 꼭 쥔 채 오직 간절한 바람은, 성인 엑스페디투스가 우리를 도우리라 우리를 폭력에서 구원하리라

"젊은이는 원래 그리 아둔한 건가요, 아니면 일부러 그런 척하는 건가요?"

주앙은, 적어도 이 점에 있어서만은, 러시아 촌놈들을 죽이겠다고 안전장치를 푼 사냥총을 꺼내들고 홀로 팔멜라 농장의 입구에 버티고 서서, 늪지를 지키고, 채마밭을 지키고, 비둘기장을 지키고, 놀라서 어지럽게 날아오르는 비둘기들 한가운데서도 흔들림 없는 엄

청난 용기를 발휘하며 예수를 수호하던 내 시아버지와는 아쉽게도 닮은 점이 전혀 없었으니

"공산주의자 놈들 이 집을 기웃거리기만 해봐 당장 머리통을 박살내줄 테다"

누더기를 걸치고 수염과 머리가 치렁치렁한, 소름 끼치는 군인들과 사무실의 직원들, 부동산 회사와 은행 직원들은 한패가 되어 내 삼촌들에게서 빼앗을 수 있는 것은 모조리 약탈해갔고, 시계와 가방까지 빼앗은 다음, 삼촌들을 마치 범죄자인 양 손목을 결박하여 카시아스로, 페니체로, 몬산토로 끌고 갔고, 원래 그곳에 갇혀 있던 살인자들은 풀려나와 가난한 자들과 함께 어울려 리스본의 저택들을 차지하고 들어앉았는데, 수도원장이 예전에 말한 대로, 가난뱅이에게 라파 구역의 아파트가 무슨 소용이며, 가난뱅이에게 프린시페 레알의 집이 무슨 소용이고, 가난뱅이는 어차피 사용하지도 못할 에어컨과 디너용 세트, 그리고 엘리베이터가 무슨 필요가 있을지, 우리는 강변의 감옥에 수감된 삼촌들을 면회하러 갔고, 온몸을 샅샅이 뒤지는 간수에게 어머니는 항의하며

"젊은이는 원래 그리 아둔한 건가요, 아니면 일부러 그런 척하는 건가요?"

삼촌들은 일생 동안 파리 한 마리도 괴롭힌 적이 없으며, 그러기는커녕 정반대로, 맹인을 위한 점자 학교와 두 다리를 못 쓰는 장애인과 곱사등이 고아를 위한 학교를 세웠고, 검둥이들을 우리와 같은 인간으로 여겨 엄청나게 많은 관심을 쏟았고, 신장 이식 환자들을 위해서 참으로 많은 일을 했는데, 그런 삼촌들이 넥타이도 없고, 벨트와 신발끈도 없는 채로 창살 저편에 앉아, 오빠와 사촌오빠들과 마이애미 런던 리옹의 문제들에 대해서 영어로 대화를 나누었고, 감옥 벽

에 철썩이며 부딪히는 강물 때문에 그들의 목소리가 잘 들리지 않아 어머니는 손을 조개 모양으로 동그랗게 만들어 귀에 대고

"마이애미에서 뭐가 어떻다고?"

그러자 한구석에서 몰래 수첩에 메모를 하던 수염 난 공산주의자 한 명이 갑자기 눈알을 부라리며 튀어나와

"지금 무슨 소리를 한 거야?"

곧장 테주 강으로 흘러들어가는 하수, 초록빛으로 변한 모래, 방파제 위의 어부들, 썰물일 때만 드러나는 담벼락의 벽돌들, 페드루 삼촌은 어머니에게 입을 다물라는 신호를 보냈고, 공산주의자를 향해서

"가족 문제입니다 동지 양녀 하나가 몸이 아파 제네바의 병원에서 수술을 받거든요"

공산주의자는 필사적으로 꾸며낸 죄목을 수첩에 써넣으며

"만약 어떻게든 혁명을 저해하려는 음모를 꾸미고 있다면 대단히 착각하는 거야 인민을 착취하는 것들은 모조리 끝장내버려야 해"

바로 그날 밤, 오월이고 날이 무척 더웠음에도 불구하고 여러 벌의 모피코트를 겹겹이 껴입은 우리는, 최대한 많은 반지를 손가락에 끼고 브래지어 속에는 금붙이와 목걸이를 터질 듯이 집어넣었으며 양팔에는 무겁게 절렁거리는 팔찌들을 빼곡하게 차고 계단을 내려와, 그득하게 들어찬 돼지저금통처럼 뒤뚱거리며, 트렁크에 동인도 회사의 그릇들과 이탈리아 샹들리에를 꽉 채운 두 대의 메르세데스에 간신히 비비고 올라타, 겁에 질리고, 밥도 굶은 채, 이제 앞으로 어떻게 해야 하는지 아무도 알지 못하면서, 일단 마드리드로 정신없이 달려갔는데, 이상하게도 도중에 아무도 우리의 차를 세우지 않았고, 알렌테주에서 대기하는 소련제 탱크도 보지 못했고, 아스트라칸

풍의 털모자에 코카서스 무용단 장화를 신고 발랄라이카를 연주하면서 도로를 점거한 군인들도 없었기에, 마드리드에 도착한 우리는 끔찍하게 작고 허름한 여관에서나마 묵을 수 있었지만, 그 여관의 일층 무도홀에서는 플라멩코 악단이 음악을 연주했고 포마드 기름으로 머리통 전체가 번들거리고 얼굴을 비극적으로 찡그려서 미소를 만든 수십 쌍의 남녀가 쉴 새 없이 바닥을 찍어대며 건물 전체를 진동시켰고, 세 명이 한 침대에 함께 누워야 했던 여관방에는 세면대조차 없었으며, 있는 것이라곤 오직 복도 끝에 달랑 자리한, 하루 종일 비는 순간이 없는 한 개의 화장실이 전부였는데, 화장실 물을 내릴 때마다 상처 입은 짐승과 같은 울부짖음이 터져나와서, 순간 차르추엘라 오페라(스페인 음악극의 한 종류로 말과 노래가 섞인 점이 오페레타와 비슷함)의 클라이맥스를 듣고 있는 것만 같았는데, 스페인제 캔디를 사러 다녔기 때문에 우리가 그나마 알고 있는 접경의 작은 마을 바다조스까지 왔다가, 마침내는 반지와 목걸이, 모피코트에 숨막혀 죽을 지경이 되어 카스카이스로 돌아올 수 있었으니, 정원사는 이빨 없는 입을 벌려 웃으며 우리를 기쁘게 맞았고

"그동안 잘 지내셨는지요"

화초에 물을 주는 정원사는 마치 아무 일도 없었다는 듯이 굴었지만, 이스토릴의 아케이드 상점가에는 군인들을 태운 지프가 서 있고, 언덕 위 오두막집에 살던 가난한 자들이 타마리스 해변으로 내려와, 유한계급의 표정으로 일광욕 의자에 길게 누워 마라시노 체리 아이스크림을 빨고 있는데 그 어떤 웨이터도 그들을 쫓아낼 생각을 하지 않았고, 게다가 해변에 즐비한 빌라들은 텅 비었고 우리가 아는 이웃들은 거의 대부분 브라질에 가 있으며, 은행에서 가져온 서류에 서명해야 하는 주앙은 소파에 곯아떨어진 자세로 고개를 들 생각도

안 하고 있으니, 하루 이십사 시간 내내 소파에 찰싹 붙어서 코 고는 일 외에는 눈을 뜨지도 않고 잠에서 깨지도 않고 심지어 서류를 읽어보지도 않고서 그냥 찍찍 서명을 갈기는 것이 고작인 주앙, 한번도 어머니를 가져보지 않았다고 주장하는 주앙, 하지만 그는 어머니가 있었으니, 어머니가 없다고 주장하는 그는 어머니가 있었으니, 우리 모두에게 자신은 어머니를 한번도 본 적이 없다고 주장한 그는 사실은 어머니를 본 적이 있으며, 계속해서 보아왔고, 미국 대사가 볼셰비키들을 소환하여 오금이 저리도록 준엄하게 꾸짖은 다음 내 삼촌과 수도원장을 풀어주라고 지시하고 나서야, 그들은 다시 가난한 자들을 위해서 애쓰며 카스카이스의 자애로운 가톨릭 부인회와 모임을 이끌고 다시 해수면 위로 솟아 있는 빈민들의 언덕 위 오두막집들을 방문할 수 있게 되었고

　　(그때는 칠월이었고 파도는 새파랗게 물결쳤는데, 아마도 당신은 그 새파란 바다를 도저히 상상할 수가 없으리라, 지금 내가 입고 있는 이 블라우스 색깔보다 더욱 새파란 푸른빛, 정말 맹세하건대 지금껏 단 한번도, 시칠리아에서도, 그리스에서도 그런 푸른빛은 본 적이 없으니, 나도 가난해서 그런 오두막집에서 살아봤으면 하는 바람이 들 정도로, 그런 푸른빛의 바다를 볼 수가 있다는 이유 하나만으로도 최고일 테니까, 그런데 참으로 딱한 낭비이자 모순인 것이, 그런 곳에 사는 사람들은 감수성이 결여되어 자연의 아름다움을 감상할 줄도 모르고, 아무리 꿈같은 풍경이라도 하잘것없는 동전 한 푼보다 더 소중하게 여기지는 못하기 때문에, 천상의 신이 어떻게 그런 예의도 모르는 무지렁이들을 상대할 수 있는지, 정말 엄청나게 골치 아플 것이 분명하니)

　　수도원장은 일요일마다 가난한 자를 위해 열리는 게임과 오락,

첫 번째 비망록

무료 수프 배급 후원을 재개했고, 우리도 당연히 그 행사에 참석하여 모양이 진짜 예쁜 앞치마를 질끈 동여매고 식탁에 앉아 있는 가난한 자들을 대접했으니, 마치 그리스도가 사도들의 발을 씻겨주었듯이 그렇게 우리가 가난한 자들의 시중을 든 것인데, 그들은 우리의 손에 입맞춤을 건네며 수프를 한 그릇만 더 달라고 애걸했고, 만약 우리가 그 청을 들어준다면 그들 모두가 수프 한 솥씩 전부 먹어치우려 들 것이 분명하니, 왜냐하면 그들은 성서에 관심이 없고 우편마차 박물관을 구경하는 것도 전혀 좋아하지 않으며, 그저 배를 그득하게 채우는 일에만 혈안이 되어 있기 때문에, 그래서 우리의 손에 입 맞추며 수프를 한 그릇 더 달라고 애걸하는 것이기 때문에

"정말로 감사합니다 아가씨"

다시 기가 죽었으며, 덕분에 존경심을 되찾고 그리하여 올바른 인간으로 돌아와 다시 고분고분해진 그들, 수도원장에게 내가 그 사실을 알리자 원장은

"마음이 약해지더라도 절대 속으면 안 됩니다 그들을 믿으면 큰일나요 그들은 유다와 같아서 겉으로 보이는 모습은 가짜일 뿐이죠 그러니 절대 고삐를 늦추면 안 돼요 그들을 신뢰하면 안 돼요 도나 소피아 나중에 실망하실까 봐 이렇게 미리 일러드리는 겁니다"

그의 말은 토씨 하나 틀리지 않고 전적으로 옳았으니, 우리가 음식을 주지 않으면 가난한 자들은 금세 태도가 바뀌어 반항심과 파렴치한 본성을 드러냈고, 그들에게 행복을 주려고 간 우리를 향해 분노를 터뜨렸고, 몇몇은 심지어 극도로 무례하게도 입에 담기 힘든 추잡하고 난폭한 욕설을 내뱉기도 했고, 그중에서도 몸집이 커다란 원시인 같은 한 남자는 잊히지가 않는데, 배에서 쓰는 밧줄을 자기 개의 목에 매달고 끌고 다니던 그자는 내 사촌인 필리파를 껴안으려고 했

고, 양배추 수프 그릇을 들고 있는 그녀를 향해 굵다랗고 걸쭉한 목
소리로

"아가씨 당신 진짜 끝내주는 여자야 끝내주게 탐나는 여자야"

머리끝까지 화가 치민 수도원장은 당장 경찰을 불렀고 당시 기
필코 사촌과 이혼하겠다고 마음먹고 있던 사촌의 남편까지도 자신
의 영향력을 보란 듯이 행사하여, 그 남자는 두 번 다시 우리 눈앞에
나타나지 않았으나 그의 개만은 목에 걸린 밧줄을 질질 끌면서 한두
번 정도 더 모습을 보였고 우리에게 다가와 다리에 코를 대고 킁킁거
렸지만 얼마 후에는 그마저도 완전히 사라져버렸으니, 그 둘은 벌을
받아 경찰서 유치장에 나란히 앉아 있는 신세가 되었을 것이 분명한
데, 수도원장이 필리파와 남편 누누를 달래기 위해 최선을 다했기 때
문에

"내 장담하지요 저자는 바로 지옥으로 직행할 겁니다 연옥은 냄
새도 맡지 못한 채로 말이죠 내 말을 믿어요 그렇게 되도록 기원하는
기도문을 미사 중에 벌써 바쳤으니까요"

도시의 모든 하수도관이 모여드는 곳, 미끌거리는 해초로 뒤덮
인 어부들의 방파제, 그곳 강어귀를 향해서 물 위로 비쭉 돌출된 감
옥 카시아스에서 삼촌이 풀려나자마자 나는 이스트렐라 지구의 회
사 사무실로 호출을 받았고, 그곳에서 사람들은 나에게 우선 진저 에
일을 한 잔 대접하더니, 산더미 같은 서류를 이것저것 보여주고, 온
갖 편지들을 들이밀고, 어음과 영수증과 차용증, 모두 빠짐없이 주앙
의 서명이 들어 있는 것들을 보여준 다음, 내 입에서 무언가 말이 나
오기를 무척 진지한 표정으로 한참 동안이나 기다리는 기색이었으
나 끝내 내가 아무 말도 하지 않자, 내가 금방 기절할 거라고 생각했
는지, 아니면 금방 과부가 된 여자처럼 가엾었는지, 다정한 페드루

삼촌은 내 팔을 붙잡고는 한참 동안이나 놓아주지 않았고, 나를 보살피는 것이 자신의 임무라고 여기는 삼촌은

"네 남편이 우리 돈을 훔쳤다"

사무실에는 죽음 같은 침묵이 흘렀으니, 소리 죽인 헛기침과 당혹스런 표정들, 사촌들은 넥타이를 매만지며 보이지도 않는 먼지를 쓸어냈고, 혹시 옷걸이 자국이라도 남아 있지 않은지 샅샅이 살폈으며, 그도 아니면 멍하니 천장만 노려보고 있는데, 갑자기 복도에서 어떤 목소리가

"이봐요 제 알프레두, 제 알프레두"

나는 삼촌이 보여주는 서류 나부랭이들을 한참 응시했지만 아무리 보아도 도무지 이해할 수 없는 숫자들의 끝없는 나열, 온갖 종류의 복사물과 사본, 다양한 색깔의 종이들, 이런저런 글자들일 뿐

"주앙은 요 몇 달 동안 매일 코나 골면서 지냈어요 깨어 있을 때도 반쯤 조는 상태로 사람들이 미리 연필로 ×표시를 해놓은 자리에 자기 이름이나 쓰면서 말이죠"

복도에서는 다급하게 종종거리는 발걸음들, 점점 더 커지는 목소리

"이봐요 제 알프레두, 제 알프레두"

페드루 삼촌은 내 팔을 놓았고, 나를 향한 동정심과 다정함이 그대로 분노가 되어 활활 타오르는 기세로 달려가 문을 벌컥 열어젖히며

"이 짐승 같은 놈아, 도대체 뭘 바라는 거야?"

되돌아온 삼촌의 얼굴은 벌겋게 달아올랐으며 진정하기 어려운 듯 숨을 씩씩거리며 손끝은 여전히 떨리고 있었지만, 그래도 삼촌은 셔츠 깃과 소맷부리를 가다듬으며 다시 나를 향해 팔을 뻗었고,

부드러운 손길로 나를 쓰다듬으며, 동정심에 가득 차서, 다정하게, 나를 걱정하는 기색이 역력한 말투로

"그렇게 반쯤 조는 상태에서 네 남편이 우리 돈을 훔쳤어 애야 거기 다 나와 있잖니"

더욱 깊은 침묵, 더욱 소리 죽인 헛기침, 더 많은 옷걸이 자국, 천장을 향하는 더 많은 눈길들, 아무리 보아도 흥미로울 요소는 전혀 없이 오직 흰 색깔뿐이며, 단지 지그재그로 금이 조금 나 있고, 마치 사팔뜨기 왕새우의 더듬이처럼 각각 끄트머리에서 하나의 원통으로 연결되는 두 개의 할로겐 램프가 매달려 있을 뿐인데, 서류가 의미하는 것을 조금도 이해할 수 없는 나는 사람들을 얼굴을 차례로 바라보며

"그가 우리 돈을 훔쳤다고요?"

이 순간 카스카이스에서 사촌들과 어머니와 함께 앉아서 브리지게임을 하고 있다면 얼마나 좋을까, 내가 카드를 나눌 때마다 마치 누군가 엉덩이를 바늘로 쿡쿡 찔러대는 듯한 표정인 어머니

"하트 소피아 하트 말이야 넌 어떨 땐 꼭 하녀들 같구나 어떤 일은 아주 능숙하면서 또 다른 일에는 맹추 같은 하녀들 말이야"

차라리 아이들과 함께 수영장에 갈 걸 그랬어, 혹은 미용실에 갔다면, 머리 자를 때가 지났으니까, 아니면 왁싱이라도 받으러 갈 걸, 내일 자동차 경주 대회를 참관해야 하니까, 아니면 도자기 경매에 갔다면, 그러면 쓸 만한 찻잔과 꽃병 몇 개 정도는 발견할 수 있었을 텐데, 지금이라도 얼른 택시를 집어타고 팁을 두 배로 집어준다면 꽃병 두어 개는 낙찰받을 수 있을 듯하지만, 장애물처럼 나를 막아서며 밖으로 나가지 못하게 하는 삼촌

"그가 우리 돈을 훔쳤다고요?"

첫 번째 비망록

그러니까 주앙은 공산주의자였고, 그러니까 러시아 놈들과 한 패였고, 그리니까 바로 볼세비키였고, 무자비하게도 우리를 시베리아로 보내버릴 생각이었으며, 순록들만 있는 땅에서 혹독한 추위에 덜덜 떨게 만들 생각이었으며, 곰에게 잡아먹히게 하려는 생각이었고, 그러니까 주앙은 우리의 적이며, 가난한 자들이 그렇듯이 우리를 증오한 거였으니, 지금도 기억나는 것은 언덕 위의 빈민촌이나 다름없이 쓰레기로 산을 이룬 몰락한 저택에서, 다 찢어진 구두에 허리에는 벨트도 없이, 빈민들과 다름없이 차려입은 주앙이, 다리가 세 개뿐이라서 난로에 기대 세워놓은 침대로 기어들어가 눕던 모습, 사나운 개를 데리고 다니던 석기시대의 혈거인과 머리카락 한 올까지 닮아가던 주앙의 모습, 페드루 삼촌은 여전히 신부님처럼 다정하게 내 팔을 쓰다듬고 있으며, 페드루 삼촌은 침착하면서도 반론의 여지없이 단호하게

"그런 사기꾼과 결혼생활을 지속할 수는 없다"

나는 곁눈질로 시계를 보면서 꽃병을 살 기회가 사라지는 것을 안타까워했고, 사람들이 나에게 말하는 것들을 전부 수긍했으며, 사람들이 나에게 받아들이라고 말하는 것을 전부 받아들였으며, 찻잔을 구입하러 경매장에 갈 수 있다는 조건으로, 이혼까지도 받아들였으며, 이스토릴의 바다를 생각했고, 이스토릴의 도요새를, 카지노의 종려나무를 생각하면서, 최대한 빠른 날짜로 삼촌의 변호사와 약속을 잡은 다음 물건이 다 팔려버리기 전에 경매장에 도착할 수 있도록 차를 빌려달라고 부탁하자, 페드루 삼촌은 다 이해한다는 태도로, 사무실 뒤쪽에서 속기사의 늘씬한 다리를 훔쳐보며 손바닥 가장자리로 옷깃만 쓰다듬고 있는 사촌 호드리구를 향해

"아우구스투에게 말해서 소피아가 쓸 로버를 얼른 대령하라고

시켜라 호드리구"

그래서 천만다행히도 나는 그날 장식장에 넣을 찻잔과 거실에 둘 꽃병을 살 수 있었으며, 그것들을 보고 아름답다고 감탄하지 않는 사람이 없을 정도였고, 내가 가격을 말해주면서 정말로 싸게 구한 거라고 하면, 다들 입이 딱 벌어져서

말도 안 돼

수도원장이 부활절 행사에 쓰겠다고 빌려가기까지 한 그 꽃병들을 주앙은 보지도 못했는데, 바로 그날 밤 우리는 그의 옷가지들을 팔멜라로 실어 보내버린데다가 오빠들은 내가 그와 대화 자체를 하지 못하게 막았고, 그가 카스카이스의 집으로 들어오는 것도 막았기 때문에, 주앙은 대문 앞에서 어쩔 줄을 몰랐고, 덤불 울타리 반대편에서 열쇠를 절렁거리며, 성당의 호키 성인처럼 두 팔을 벌리고 서서

"도대체 왜들 이러는 겁니까?"

지붕의 처마 아래 모인 하녀들은 석조 테이블과 야생 포도덩굴 뒤에 몸을 숨기고는, 이 소동을 조금이라도 더 자세히 들으려고 전부 목을 길게 빼고 있었고, 정원사는 정자 울타리를 고치는 척하면서 귀를 기울였고, 바느질하는 여자 또한 손가락에 반짝거리는 골무를 낀 채로 다락방 창에서 몸을 내밀고 있었음이 분명하니, 주앙은, 자기가 분명 우리 돈을 훔쳤으면서도 마치 아무 일도 모른다는 듯이

"도대체 왜들 이러는 겁니까?"

찻잔도, 꽃병도, 그리고 아이들의 친구들이 놀러 와도 나에게 방해가 되지 않도록 집 뒤편을 넓혀서 방음문이 달린 파우더룸을 따로 만든 사실도 알지 못하는 주앙, 뿐만 아니라 나는 수영장도 확장했고 테니스 코트에는 새로 합성 재질의 바닥을 깔도록 했는데, 그 이유는 적어도 아이들이 이편저편 나뉘어 공을 치며 노는 동안은 마

첫 번째 비망록

약에 손을 대지도, 위조 수표를 사용하지도 않을 것이기에, 적어도 그런 동안에는 학교 여자애들에게 음란한 마음으로 입을 맞추지도, 집시들에게서 조그만 흰색 꾸러미를 사지도 않을 것이기에, 왜냐하면 수도원장이 말하기를, 아이들이 그런 일을 저지르는 이유는 단 하나, 올바른 아버지를 갖는 행복을 누리지 못했기 때문이라고 하므로, 주앙은 아이들에게 규율을 가르치지 못했고 아이들을 야단친 적도 없고 아이들과 대화를 하지도 않았으며, 틈만 나면 팔멜라 농장으로 가서 자기 아버지의 외양간 일을 돕다가 밤에는 항상 새똥 냄새를 풍기며 돌아왔고, 이스토릴에 머물 때는 여름이나 겨울이나 늘 구인초 해변으로 나가서 춥거나 바람이 불거나 비가 오거나 상관없이 연을 날렸고, 심지어 번갯불이 사방에서 번득이는 날씨에도, 뼛속까지 흠뻑 젖은 알바트로스가 바닷가 성채에서 피난처를 찾는 날씨에도 연줄을 하늘로 풀어올려 종이별이 달린 연을 띄우고 있는 걸 보고 어이가 없어진 어머니는

"네 남편은 원래 저리 아둔한 거니, 아니면 일부러 그런 척하는 거니?"

우리가 밖에서 저녁식사를 하고 집으로 돌아오면, 경마장에서의 칵테일파티나 파두 공연의 만찬을 마치고 돌아오면, 주앙은 나를 쳐다보지도 않은 채 그대로 혼자 침대 속으로 들어가 불을 꺼버렸고, 내가 그를 만지려고 하면, 화들짝 놀라 침대에서 펄쩍 뛰어내리며 마치 어디서 불이라도 난 듯이 소리를 질렀으니

"뭐야 뭐야 무슨 일이야?"

그러면 나는 일어나 나이트가운을 걸치고 화장대로 가서, 창에 비친 나무들의 고요함을 응시하며 화장을 지우니

(검게 변한 화장솜 왜 화장솜은 내가 화장을 지울 때마다 이토

록 검어지는 것일까?)

그럴 때마다 내가 그를 건드렸다는 사실이 죽고 싶을 만큼 수치 스러웠으며

"아무것도 아니야 그러니 계속 자요"

(*"도대체 왜들 이러는 겁니까?"*)

싱당의 호키 싱인처럼, 정원 울타리에 기대 두 팔을 빌리고 신 주앙, 베고니아 화단 사이에 있어서 보이지 않는 오빠들은 주앙이 집 안으로 들어오지 못하게 막았고 목소리들이 잦아들었고, 저 아래쪽 바다 옆길에서 기차역으로 향하며 멀어지는 발자국소리, 그리고 어 마어마한 정적, 마치 우리 모두가 죽지 않은 채로 죽어버린 듯한 정 적, 마치 우리 모두가 숨 쉬기를 멈춘 채로 살아가게 된 듯한 정적, 담 쟁이덩굴은 꼼짝도 하지 않았고, 장미도 꼼짝하지 않았고, 제니스타 꽃도 꼼짝하지 않았고, 집 그림자도 꼼짝하지 않은 채로 어둠을 더욱 짙게 만들었고, 페드루 삼촌은 사무실에서, 엄지손가락으로 내 팔꿈 치를 쓰다듬으며

"너는 네가 해야 할 일을 한 것뿐이야 그러니 괴로워하지 말거 라"

그러나 나는 여전히 확신할 수가 없었는데, 그건 반드시 내가 주 앙을 좋아하기 때문은 아닌 것이, 나는 주앙을 좋아하지 않으니까, 이미 한참 전부터 그를 더 이상 좋아하지 않으니까, 혹은 어머니가 주장하는 대로라면, 나는 단 한번도 주앙을 좋아한 적이 없으니까, 그러니 열정 때문은 아니고 사랑 때문도 아닌 어떤 다른 요소 때문인 데, 어느 날 갑자기 잠에서 깨어 베개를 더듬으며 그를 찾았으나 발 견하지 못했을 때, 고독의 감정이 내 안에서 마치 샘처럼 터져나왔으 며, 내 불안의 깊은 심연 속에서 여전히 들려오는, 역으로 향하는 그

의 발걸음소리, 옷자락이 스치는 소리도 숨소리도 아닌, 텅 빈 밤길을 걸어가는 빌걸음소리, 그의 얼굴을 그의 손을 그의 목소리를 기억해내려고 할 때마다, 떠오르는 것은 오직 번갯불이 번득이던 하늘, 천둥과 바람, 바닷가 성채에서 피난처를 찾는 알바트로스, 그리고 겨울 사구 위 하늘에서 흔들리던, 줄 끝에 달린 별의 형상뿐, 내게 사랑의 감정은 없으므로, 그건 사랑의 감정은 아니며, 사랑은 끝나버렸거나 혹은 어머니가 주장하는 대로라면, 단 한번도 사랑은 없었고, 아예 처음부터 사랑이 아니었고, 그런 신흥 부유층에게 사랑을 느낄 수는 없는 거니까, 그런 사람들은 우리와 전혀 공통점이 없으니까, 비록 그의 아버지가 요직에 있기는 했지만, 살라자르의 친구이며 국회의원이고 장관이기는 했지만, 그래도 그 감정은 단순한 변덕이고 충동적으로 튀어나온 괴팍함이며 엉뚱함이며 질병이었을 뿐이고, 그건 그냥 동정심, 그래 분명 동정심, 페드루 삼촌이 늘 말하던 대로, 우리를 약탈하는 자는 전혀 동정할 가치가 없으며 타인의 신뢰와 호의를 이용한 대가로 벌을 받아야 한다고, 우리 가족은 타인을 신뢰하고 호의를 베풀고 돌봐주었다가 그 보답으로 감옥에 가게 된 입장이니, 테주 강물의 물살이 끊임없이 출렁이고 하수관과 방파제가 있는 카시아스에서 일 년 동안, 삼촌과 사촌오빠들은 공산주의자들에게 굴욕당하고, 짐승처럼 취급받고, 신발끈도 벨트도 없이 지냈으며, 그동안 보험 회사도 없었고 개인 사무실도 없었고 부동산 회사도 없었고 은행도 없었던 삼촌과 사촌오빠들은 볼셰비키들과 군인들로부터 욕설을 들었으므로

"파시스트"

그러므로 우리는 횡령에 대한 손해배상으로 팔멜라의 저택을, 아니 정확히 하자면 소들과 까마귀가 득실거리는 난장판을, 늪 아래

로 가라앉고 있는 거대한 저택이 들어앉은 그 자리를 얻게 되었고, 사촌 마르팅이 말해주기를, 우리는 농장의 모든 시설을 불도저로 싹 밀어버린 후 흙을 다져서 지반을 편평하게 만들고 그곳에 주말 별장과, 북으로 겨우 두세 걸음 떨어져 있을 뿐인 신비한 아하비다 산의 관광객들을 위해 숙박시설 타운을 세울 계획이며, 또한 사우나와 승마장과 골프장도 만들 거라고, 왜냐하면 테주 강 남쪽에는 그런 시설들이 하나도 없고, 저녁으로 먹은 지독한 양파 냄새를 풍기면서 파자마와 슬리퍼 차림으로 쓰레기통을 비우러 밖으로 나오는 인도인과 물라토들의 빈민구호 아파트가 전부이기 때문에, 이제 갈 곳이 없어진 주앙은 결국 가난한 이들이 널빤지와 양철조각으로 오두막을 짓고 사는 언덕 위 동네로 이사를 하게 될 것이며, 온갖 비참함과 통조림깡통과 풀밭 사이에 흩어진 유리 파편들 위로 태양이 눈부신 빛을 비추는 곳, 주앙은 결국 바닷가 빈민들의 언덕 오두막집으로 이사를 할 것이며, 그러면 어머니는 당연한 결과라고 말하겠지, 파도가 얼마나 푸른지 주앙은 알아차리지도 못할 테니까, 이 푸른색 블라우스보다 더욱 강렬한 푸른빛이라는 것을, 이탈리아에서도 그리스에서도 보지 못할 정도로 새파란 푸른빛이라는 것을, 실제로는 존재하지 않을 만큼 절대적인 푸른빛이라는 것을 주앙은 알아차리지도 못할 테니까, 주앙의 오두막은 전기도 수도도 없지만 카나리아 새장이 있으며, 대나무 새장 안에는 상추 이파리 하나, 그리고 천장에는 쓸모도 없는 샹들리에가 커다란 유리 귀걸이 장식물을 주렁주렁 매달고 있고, 누더기와 신문지, 찢어진 담요, 우비, 밑창이 떨어져나간 장화를 뚫고 북풍이 사정없이 휘몰아쳐 들어오는 오두막, 그 오두막 문에 선 나는, 와락 밀어닥치는 비참의 냄새에 죽을 만큼 괴로워하며

"주앙"

첫 번째 비망록

주앙은 수프가 든 냄비 속으로 기침을 토하느라 내 말에는 대답
힐 거를도 없으니, 나는 그 수프를 절대로 먹지 않으리라, 설사 돈을
산더미처럼 준다고 해도, 다 떨어진 바지에 허리에는 벨트 대신에 끈
을 하나 묶고 있는 주앙, 리스본의 법정에서 만났을 때처럼 거지 꼴
인 주앙은 일어서면서 눈물에 잔뜩 짓무른 눈으로 나를 쳐다보았지
만 나를 알아보지는 못했고, 손을 쭉 뻗은 자세로 비틀거리며 내게
다가왔는데 그건 손목에 기름때로 찌든 깁스를 하고 있었기 때문이
며, 나는 이가 옮을까 봐 그에게 너무 가까이 다가가지는 않은 채로
핸드백을 열고 십 에스쿠도 동전을 하나 꺼내 그의 손바닥에 놓아주
면서

　　"위스키 마시는 데 전부 써버리면 안 돼요"

　　주앙은 동전을 빤히 쳐다보더니, 동전의 무게를 가늠해보고, 무
릎에다 대고 반질반질하게 문질러보고, 신발끈과 놋쇠조각, 열쇠, 버
클 등, 가난한 자들이 흔하게, 이유야 알 길이 없지만, 열성적으로 주
워모으는 쓸데없는 잡동사니들이 가득한 주머니 속에 찔러넣으며,
이빨 없는 입으로 기쁘게 웃는 주앙은, 나를 향해 누더기가 매달린
꼬리를 흔드는 주앙은, 예의 없게도 소매 끝으로 코를 푸는 주앙, 단
일 초라도 더는 참아줄 수 없게 된 주앙은

　　"걱정 마세요 부인 아무런 걱정을 마세요 전 지금 당장 자동차
상에게 가서 알파 로메우를 살 거니까요."

진술

나를 쫓아내려고 그들이 올 것을 알고는 있었지만, 그래도 그런 방식으로 올 줄은 미처 생각하지 못했다. 내가 상상한 것은, 소피아의 가족들, 경찰, 제복 차림의 경호원들, 이혼 변호사들이 내가 보트 제작을 마무리하고 있는 차고로 들이닥치거나, 아니면 이른 새벽에 몰려와 부엌 화덕에 기댄 침대에서 잠자고 있는 나를 깨워서 저택 밖으로 쫓아내고, 부슬부슬 내리는 시월의 비를 맞으며 버스정류장에서 리스본이나 혹은 세투발행 버스를 기다리는 내 모습을 빤히 구경할 거라고, 어차피 내게는 어디로 가는 버스든지 상관없고 무조건 올라탈 수만 있으면 좋으니까, 팔멜라에서 아무리 멀리 떨어져 있어도 유칼립투스 이파리들은 나를 부를 것이며, 담쟁이덩굴 이파리들은 나를 부를 것이며, 파편처럼 들리는 피아노 건반 소리, 그러다 갑작스럽게 뚝 끊기고, 아무 소리도 들려오지 않는 정적. 법원이 판결을 내렸으므로 나를 쫓아낼 사람들이 언젠가는 올 것임은 잘 알고는 있었지만, 그래도 그런 방식으로 올 줄은 생각하지 못한 것이, 가죽 가방을 든 사복 차림의 조그만 남자 두 명이, 한마디 말도 없이, 쇠락한 소파의 위엄에 기가 죽고 깨어진 채 바닥에 조각조각 흩어진 황금색 나무 사진틀에 위축된 남자들, 내가 속이 드러난 구멍투성이 밀짚 의자를 그들에게 가리키며

"좀 앉으시죠"

때는 일월이었고, 햇빛을 가린 부겐빌레아 꽃들은 침묵을 더욱 깊게 했고, 아버지는 알발라드의 병원에서, 말할 능력도 상실한 채 허벅지 사이에 사기 요강을 끼운 자세로

"쉬어야 하세요"

텅 빈 그네가 이리저리 흔들렸고, 우물가의 풍차는 녹이 슬었으며, 소들과 돼지 닭들은 모두 사라져버렸고, 혹은 누군가가 다 훔쳐가버렸거나, 남아 있는 것은 까치와 비둘기, 그리고 언덕 사이사이를 돌아다니는 셰퍼드들뿐이니, 남아 있는 것은 차고에서 보트 제작을 마무리하는 나, 언젠가 그들이 와서 쫓아내주기를 기다리는 나뿐이니, 하지만 이런 식으로는 말고, 정말로, 이런 식으로는 말고, 두 명의 조그만 사내들이 말 한마디 없이 가방을 열고, 서류들을 뒤지더니, 퇴거명령서를 눈앞에 들이대는데 나는 그걸 읽지도 않고

"좀 앉으시죠"

희극배우 수염을 기른 남자 한 명이 주머니에서 펜을 찾으며

"여기 사인하셔야 합니다"

그들은 진짜 사람이라기보다는, 소피아가 아이들의 생일 때마다 부르곤 하던 익살 광대처럼, 부엌문으로 들어와서 식료품 저장실 속으로 숨던 광대, 점심식사 시간이 지나면 얼굴에 밀가루 칠을 하고 흰 장갑을 끼고 나타나 아이들에게 인사를 하고 색소폰으로 파소도블레 춤곡을 연주하던 광대처럼 보였으니, 그 광대는 집에서 일하던 하녀의 친척을 닮았고, 나중에 소피아는 부엌에서 하녀에게 촛불이 꽂힌 케이크 한 조각과 봉투 하나를 건네곤 했으며, 일을 마친 광대들은 악기를 케이스 속에 넣고, 담벼락에 바싹 붙어 걸으면서, 집으로 돌아갔고, 그래서 나는 이 법원 심부름꾼들이 스페인어로 우스갯소리를 떠들기 전에 말해줘야 한다는 생각이 들었고

"당신들은 착각한 겁니다 나는 촛불이 꽂힌 케이크가 없어요 나는 돈이 없고 내 생일도 오늘이 아닙니다"

양탄자 위에 둥그렇게 둘러선 아이들은 손뼉을 쳤고, 풍선을 터뜨리고, 광대들의 거대한 발을 잡아당겼고, 수염을 기른 광대의 웃옷

과 바지의 주머니는 책상서랍처럼 그 숫자가 무한정 늘어나는 것같이 보였는데, 내가 이런 종류의 익살을 재미있게 여겨주기를 희망하는 광대는 몽당연필 하나를 꺼내 내밀며

"여기 사인하셔야 합니다"

나는 울타리에 서서 광대들을 불렀고, 백색의 광대들은 밀가루투성이인 얼굴을 내게 돌리니, 가로등 불빛은 그 얼굴 본바탕의 남루함과 비굴을 적나라하게 드러내주었고, 중국산 나무들 저 너머에서 정원 저 너머에서 어둠을 침식하는 파도, 내가 광대들 각자에게 백 에스쿠도씩 건네자, 내 마음에 들어야겠다는 소망으로 그들은 한쪽 무릎을 인도에 꿇고 앉아 색소폰 케이스를 열며

"파소도블레를 한 곡 연주해드릴까요?"

눈먼 그들이 연주하는 음악을 듣고 있으니, 이유는 알 수 없으나, 내 눈에서는 눈물이 흘러나왔고, 기이한 그리움으로 떨면서 나는 집 안으로 달아나, 눈물을 닦았고, 그때 현관에서 은여우 모피를 걸치고 있던 장모는 이맛살을 찌푸리며

"이게 무슨 깽깽이 소리야?"

색소폰 소리는 점점 크게 울렸고, 시골 집에서 싸우는 소리, 말다툼 소리, 가방을 끄는 소리, 사이프러스 가로수길을 따라 멀어지는 자동차의 엔진 소리, 아버지의 고함소리

"나가"

풍차는 바람을 갈망하고, 옥수수밭의 트랙터는 배탈 난 내장처럼 혼자서 부르릉거리며, 온실 지붕에 나란히 한 줄로 앉은 비둘기들, 나는 눈물을 닦으며

"정말 아름다운 파소도블레예요, 안 그런가요?"

향수 냄새를 자욱하게 풍기는 장모는

"자네는 원래 그리 아둔한 건가, 아니면 일부러 그런 척하는 건가?"

수염을 기른 광대는 파소도블레로 나를 감동시키는 대신에 퇴거명령서를 체스 탁자 위에 놓으며

"여기 사인하셔야 합니다"

지붕 위의 돌 천사가 날개를 펄럭였으나 그것을 본 사람은 나뿐이었고, 어린 시절 어둠 속에서 늑대와 도둑을 본 것도 나뿐이었으며, 수염이 없는 광대는 내가 촛불이 꽂힌 케이크를 내놓지 않자 실망하여

"우리는 이곳의 모든 물건을 봉인할 임무를 띠고 왔어요"

까마귀, 바람, 개구리, 유칼립투스나무, 지나간 것들의 웅얼거리는 목소리, 봉인해버려야 할 것들, 제단에 누워 사지를 벌리고 있던 요리사와 바지를 발목까지 내린 아버지의 모습

"여자들이 원하는 건 뭐든지 다 해줄 수 있긴 하지만 무슨 일이 있어도 모자는 벗으면 안 돼 그래야 누가 주인인지 알 테니까"

병원에 있는 아버지 역시 봉인해버려야 하며

(*"쉬야 쉬야를 해야지요 프란시스쿠 할아버지"*)

수염을 기른 남자는 퇴거명령서를 한 페이지 한 페이지씩 들춰보이며

"여기 이것이 당신이 가질 사본이에요"

나는 그것이 마치 악보라도 되는 양 피아노의 악보대 위에 올려놓고

"무엇의 사본이란 말인가요?"

새들의 냉소와 함께 여기 남은 것은 숲과, 이제 곧 이월의 급류에 휩쓸려가버릴 진흙 벽뿐이었으므로, 그들은 우스갯소리 한마디

첫 번째 비망록

없이 엄숙한 태도로 창과 문짝과 유리가 없는 창문틀에 봉인을 붙이고, 흰 장갑 긴 손으로 내게 악수를 건네는 대신에, 피사 모레나를 합창하는 대신에, 방 하나하나마다 모두 테이프로 봉하고, 마침내는 정말로 까마귀, 까치, 개구리들의 흐느낌까지도 봉인해버렸고, 송아지들의 울음에도 봉인의 칠을 했으며, 사이프러스나무 한 그루 한 그루에 일일이 봉인의 딱지를 붙여나가다 보니 마침내 우리는, 묘지처럼 침묵하는 농장을 벗어나 큰길까지 내려왔고, 그래서 나는 광대들에게, 농부와 노동자들, 외판원들이 드나드는 카페, 지금도 내가 그 안으로 들어서면 마치 내가 내 아버지인 양, 그래서 그들 모두를 당장 체포하기라도 한다는 듯이, 모두 입을 다물어버리는 카페를 가리키며, 안에서 흘러나오는 음악소리에 어떤 그리움을 느끼며, 무엇을 향한 그리움인지 그건 알지 못하지만, 언젠가 내 생일날 오후를 이곳에서 보냈을 것만 같은 생각에

"케이크 한 조각 정말로 생각 없으신가요?"

국화꽃에 둘러싸인 장례행렬이 언덕을 올라가는 중인데, 운구차에서 관이 미끄러져내리는 바람에 뒤따르던 과부들 일행이 팔꿈치로 관을 받쳤고, 항상 그렇듯이 돌담 위에 걸터앉은 실업자들은 담배를 피웠으며, 항상 그렇듯이 생선 장수들은 손님이 하나도 없었고, 항상 그렇듯이 인간과 개들의 비참함, 수염을 기른 남자는 한발 뒤로 물러서면서 다른 남자의 옷자락을 잡아 뒤로 끌었고, 그사이 장례행렬은 구불구불 황금색 꽃잎의 소용돌이 모양을 이루며 멀리 사라져버렸으니

"저자가 무기를 가졌는지 어떻게 알아?"

그제야 광장 느릅나무 사이에 서 있는 관용차와 그 운전석에 앉은 세 번째 광대를 발견한 나는, 아마도 뒷좌석에 소피아의 오빠들이

타고 있으리라 생각했으나, 색소폰 연주자들은 마치 내가 허리에서 피스톨이라도 빼들고 마구 갈길 거라고 생각한 듯 내게는 눈길도 주지 않은 채 차에 올라타버렸고

　　(아버지는 채마밭의 양배추 머리통들을 밟다가 미끄러지며,

　　"방아쇠를 당겨 공산주의자 놈들이 온다 방아쇠를 당겨")

　　도무지 목표물이 어디 있는지 겨냥할 수가 없는 나는, 누군가를 다치게 하는 것이 무서울 뿐인 나는, 게다가 리볼버 총을 어떻게 다루어야 하는지 전혀 알지 못하는 나는

　　("방아쇠를 당겨 이 멍청아 방아쇠를 당기란 말이야")

　　총소리를 싫어하는 나는, 화약 냄새와 피를 싫어하는 나는, 어렸을 때 아버지가 토끼나 자고새 등을 사냥해오면 그것들을 건드릴 엄두를 내지 못했고, 동물의 죽은 눈동자를 바라보는 일조차도 힘에 겨웠을 정도이므로, 소피아의 오빠들이 탄 차는 리스본을 향해 속력을 내며 가버렸고 장례행렬이 남긴 꽃이파리만이 덤불 사이에 날리는 자고새의 깃털처럼 광장을 부유할 뿐, 미친 듯한 심장으로 마구 휘몰아치다가, 하지만 점점 약해지는 기세, 아무 소용없이 여기저기 뛰어다니다가 문득 부들부들 전율하고, 그런 후에 육체는 물질로, 마침내는 아무것도 아닌 무로 변해버리니, 아버지는 사냥총을 달각거리며

　　"가서 잡아라"

　　나는 가까이 다가가지만, 용기를 내어 손끝을 뻗어보지만, 마치 불에 덴 듯 다시 움츠러들고, 극심한 공포감에 휩싸이니, 이것이 다시 숨을 쉴 수도 있으리라, 이것이 갑자기 꼬르륵거리며 다시 피가 돌 수도 있으리라, 고장난 자명종시계를 마구 흔들어주면, 톱니바퀴가 문득 움찔거리면서, 되살아난 초침이 열에 들뜬 모양새로 다시 도

는 경우가 있는 것처럼, 나는 발과 부리가 뒤엉킨 덩어리를 향해 몸을 숙인 채, 아버지에게

"못하겠어요"

내가 다른 종류의 인간이었다면, 죽음이나 피를 두려워하지 않는 인간이었다면, 그렇다면 소피아의 오빠들은 팔멜라를 차지하지 못했으리라, 그렇다면 아마도 그들은 내 농장을 빼앗으려고 이런 광대들을 보내지는 않았으리라, 내가 아버지 같은 인간이었다면, 그렇다면 나는 총을 들고 계단 위에 버티고 서 있었을 것이고, 그렇다면 기관총도, 군인들을 실은 지프도 저택의 대문을 통과할 수는 없었으리라, 만약 병원에 입원해 있는 신세만 아니라면 아버지는 배를 불쑥 내밀고 사냥총을 이리저리 휘두르며 목소리를 높이지도 않은 채

"꺼져"

하고 말했으리라, 그러면 군인들과 공산주의자들과 소피아의 오빠들과 색소폰을 든 어벙이들은 벌벌 떨면서 용서를 구하고 꼬리를 감추었으리라, 아버지가 살라자르에게

"그게 좋을 것 같군요"

하고 말하면 살라자르는 고개를 끄덕이며 경청했고, 아버지가 살라자르에게

"그게 더 나을 것 같군요"

하고 말하면 살라자르는, 즉시 찻잔을 내려놓고 달려와 뭔가를 쓸 준비를 하는 비서에게

"프란시스쿠 선생의 의견을 적어두게"

장관들에 대해서, 국회의원들에 대해서, 미국에 대해서, 아프리카 정책에 대해서 아버지에게 의견을 구했던 살라자르, 아버지가 약사의 과부를 살라자르에게 소개한 자리에서 그녀는 티눈이 난 발이

아프다며 신발을 벗고 두 발을 문질렀는데, 살라자르는 예의 바르게

"뵙게 되어 반갑습니다"

살라자르의 비서는 더더욱 예의 바르게, 매니큐어가 떨어져나간 그녀의 손에 입을 맞추기까지 했고

"친애하는 부인 영광입니다"

그러자 질투가 난 그녀의 강아지는 비서를 물려고 했으므로 약사의 과부는 그런 강아지의 안색이 변할 때까지 목을 세게 눌러댔고, 그래서 목구멍이 찢어져라 깽깽거리며 달아나려는 강아지를 야단치기까지

"네로"

관용차량이 리스본으로 향하는 도로 저편으로 사라지고, 휘날리는 국화꽃잎들도 바닥으로 내려앉았을 때, 나는 교회 종소리를 들으며, 어린 시절에 저택에서 함께 살았고 장례식이 있는 날이면 나를 데리고 팔멜라 읍내로 나왔던 아버지의 사촌누이인 아주머니를 떠올렸고

"주앙, 저기를 한번 봐라"

관을 덮은 천과 운구차를 뒤따르던 소방 군악대에 매혹당한 아주머니, 바람이 불어와 냅킨을 살짝 건드리곤 하던 거실 한쪽의 식탁에서 우리와 함께 식사를 했으며, 예배당 옆에 붙은 조그만 방에서 지내던 아주머니, 아버지의 사촌이긴 하지만 재산이 한 푼도 없었고 낡아빠진 옷에 모자 깃털 장식은 부러졌으며 외출할 때면 구슬 핸드백을 들고 다니던 아주머니, 기나긴 하루 온종일 하녀들에게 경멸을 당하던 아주머니, 하녀들은 아무도 그녀의 침대를 정돈해주지 않았고 빨랫감을 세탁해주지 않았으며, 그녀가 뭔가를 시키기만 하면 라디오의 불륨을 높이거나 그녀의 침대에 죽은 쥐를 올려놓았고, 하루

첫 번째 비망록

종일 부엌 한구석 행주들 사이에 앉아 뜨개질이나 하던 아주머니, 마침내 그녀가 아무 쓸모없이 버티고 있는 깃이, 바닥에 굴러다니는 뜨개실 뭉치가 신경이 쓰여 견딜 수 없어진 가정부가 고함을 질러 쫓아내기 전까지

"일에 방해가 된다는 것 몰라요?"

내가 개구리와 노느라 정신이 팔려 있으면, 저녁 먹으라고 부르러 오던 아주머니

"주앙, 손 씻어야지"

진흙 웅덩이에 쭈그리고 앉아 바지와 셔츠에 물풀을 더덕더덕 붙인 나는, 터져나갈 듯 부풀어오른 개구리의 목구멍 속으로 갈대줄기를 꽂아넣으려고 애쓰면서

"이래라 저래라 하지 말아요"

아주머니가 내 팔을 붙잡고 집까지 끌고 가는 동안 빠져나가려고 발버둥치는 나

"엄마 불러줘"

물탱크 옆으로 나타나는 가정부의 실루엣

"아이를 놔줘요"

어느 날 예배당 옆 자신의 방으로 날 부른 아주머니는, 마치 체제 전복이라도 모의하는 사람처럼 은밀한 태도로 문을 잠그더니, 낡아빠진 옷이 들어 있는 트렁크를 침대 밑에서 끄집어내고, 종이상자를 뒤지고, 미사포와 사진, 편지다발, 가발이 반이나 떨어져나간 귀부인 도자기 인형, 신문지에 싸둔, 초록으로 변색한 은제 조가비를 한참 뒤적거리다가, 마침내 찾아헤매던 것을 발견한 그녀는 떨리는 손으로, 둥그런 후광에 싸인 한 여인의 옆모습이 세공된 진주 장식 벨벳 파우치를 내 손안에 꼭 쥐여주며

"이건 네 어머니 보석이었단다 그러니 이제는 네 것이야 주앙"

소피아는 진주 장식을 돌려 파우치를 열어본 다음, 실망스런 웃음과 함께 다시 내게 돌려주면서

"이따위 모조품을 어떻게 갖고 다니라고?"

보물들을 다시 트렁크 속에 넣고, 도자기 귀부인은 털모자에 싸고 은제 조가비를 잘 포장한 아주머니는 갈라진 목소리로

"그 진주 장식은 우리 할머니가 갖고 있던 최고의 보석이야 내가 가진 할머니 사진 중에는 그 보석을 달지 않은 사진이 하나도 없을 정도지"

하투 지역의 오 층에 살던 불쌍한 할머니, 할아버지의 연금을 받아서 그야말로 근근이 한달 한달 생계를 이어나갔으면서 이웃 여자들에게는 육군 소위였던 자신의 대부에 대해서, 한때 갖고 있던 짐수레용 말에 대해서, 나자레에서 보낸 휴가에 대해서, 거기서 공증인인 한 남자 친척의 팔에 안겨 해변으로 내려갔던 이야기를 늘어놓았고, 첼로 강습을 했으며 베자 시의 한 연감에 소네트를 발표하기도 했던 할머니, 소피아는

"내가 장담하는데, 아마도 이 몰취미한 물건은 케이크 살 때 공짜로 끼워주는 걸 거야 그러니 하녀 아무나에게 주어버려 주앙"

보물 트렁크를 다시 침대 아래로 밀어놓은 아주머니는, 부러진 깃털이 달린 모자를 다시 머리에 똑바로 세우며

"언젠가 네가 약혼을 한다면 그때 약혼녀에게 이 멋진 선물을 주거라 주앙"

이후 몇 년 동안이나 아주머니는 내게 보석에 대해서 물어댔고, 공모자의 눈짓으로 나를 복도 한구석으로 불러서는

"혹시 그것을 잃어버린 건 아니겠지 주앙 잃어버리지 않았다고

첫 번째 비망록

맹세해주렴 나처럼 늙은 여자에게 거짓말할 생각은 말고"

그래시 나는 소피아에게

"모조품이라니 이건 아주 오래된 보석이야 모르긴 몰라도 값어
치도 상당히 나갈걸"

그러자 소피아는 증인으로 올케 한 명을 불러서는 진주 장식을
가리키며

"마달레나 언니, 이게 뭐 같아요?"

소피아의 올케는 카드를 섞으며 점수를 계산하는 와중에 곁눈
으로 슬쩍 시선을 주더니

"소피아 네 정신이 이상해졌나봐 이제는 쓰레기통까지 뒤지고
다니는구나 소피아 아무래도 네 정신이 이상해졌나봐 가난뱅이 취
향으로 바뀐 거야?"

타마리스 해변에서 기차에 올라탄 나는, 기차가 강물 위를 지날
때 진주 장식 파우치를 열차 창밖으로 집어던져버렸고, 밤인데다가
열차 안에는 불이 환하게 밝혀진 탓에 나는 강가 돌벽도 물살도 보지
못했고, 오직 차창에 비친 내 얼굴, 그리고 레이스 칼라와, 부러진 깃
털이 달린 모자뿐

"혹시 그것을 잃어버린 건 아니겠지 주앙 잃어버리지 않았다고
맹세해주렴 나처럼 늙은 여자에게 거짓말할 생각은 말고"

역과 역이 지나가며, 플랫폼의 가로등과, 바다를 향하고 선 팔
각형 시계들이 점점 더 빠르게 한 덩어리로 뒤엉키는 사이, 나는 레
이스 칼라에 대해서 화가 치밀었고, 우스꽝스러운 모자에 대해서 화
가 치밀었고, 그래서 차장이 다가와 내 가슴 앞에서 검표기를 찰칵거
리며 차표를 보여달라고 할 때, 구슬이 떨어져나간 구슬 핸드백을 향
해서

"할머니의 보석은 한푼어치 값도 안 나가는 물건인데 천치 같으니라구"

어이없어하는 차장에게 내가 이렇게 내뱉는 사이, 더 많은 가로등이, 더 많은 시계가, 점점 더 커다랗게 보이는 더 많은 모래알이 나타났다가 사라져갔고, 차장은 비상벨을 울리기 직전인데

"할미니의 보석은 한푼어치 값도 인 나가는 물긴이야 똑똑히 들어 천치 같으니라구 할머니의 보석은 한푼어치 값도 안 나가는 물건이야 똑똑히 들어 할머니의 보석은 한푼어치 값도 안 나가는 물건이야 똑똑히 들어 천치 같으니라구"

우리 집에 함께 살았던 아버지의 사촌, 마침내 그녀가 아무 쓸모없이 버티고 있는 것이, 바닥에 굴러다니는 뜨개실 뭉치가 신경이 쓰여 견딜 수 없어진 가정부가 고함을 질러 쫓아내기 전까지

"일에 방해가 된다는 것 몰라요?"

그녀는 가정부의 말을 들은 척 만 척, 한마디 대꾸도 없이 침묵하며, 뜨개질하던 바늘을 그대로 멈추었고, 가정부는 대접을 그녀의 얼굴 앞에서 마구 흔들어대며

"일에 방해가 된다는 것 몰라요?"

바늘을 쥔 손을 움직이지 않는 그녀는, 뜨개질을 하는 것도 아니고 의자에서 일어서지도 않았고, 가정부의 말을 듣지도 않았으니, 하녀 한 명이 나서서, 가장 어린 하녀, 간혹 아버지의 서재에 들어가서 한참 동안 나오지 않던, 어디서 났는지는 아무도 모르지만 손가락에 루비 반지를 끼고 있는 그 하녀

(그건 사실이 아닌 것이, 나는 루비 반지가 어디서 났는지 알고 있기 때문에, 그녀가 자기 팔찌와 반지를 다른 하녀들에게 자랑하는 소리를 들었고 보았기 때문에

첫 번째 비망록

"이것 봐"

그러면 다른 하녀들은 그녀의 팔목을 들여다보고 그녀의 손가락을 들여다보았고

"말 잘 듣고 눈치 빠르게 굴어야 해 그러면 이런 물건들이 더 나올 수도 있으니까")

"귀먹었어요?"

처음에는 바늘이 바닥으로 떨어졌고, 다음에는 구슬 핸드백이, 그리고 이어서 아버지의 사촌이 바닥에 쓰러지자, 가정부는 황급히 뒤로 물러나며

"이봐요"

장례식에 참석한 나는 언덕 위에 있는 팔멜라의 묘지까지, 죽은 이들이 까치발을 들어야 바다를 바라볼 수 있는 묘지까지 따라 걸었고, 아버지는 고함을 지르지 않았으며, 그 누구에게도 화를 내지 않았고, 장례식 내내 불이 꺼진 시가를 질겅질겅 씹기만 했고, 기도문을 따라 외웠고, 무덤들과 무덤 위에 뿌리는 석회석 자루들을 바라보았고, 모든 절차가 끝나고 나자 가정부는 두세 번 코를 훌쩍였고, 우리는 묘지를 떠났고, 장례식의 꽃장식만 텅 빈 운구차에 매달려 흔들리고 있었으니, 곧장 온실로 간 아버지는 거기서 난초들을 순시하느라 점심때까지 나오지 않으면서, 내가 한번도 본 적 없는 동작으로 빗질하듯이 난초 꽃잎들을 하나하나 바로잡아주었고, 이 모두가 전부 나를 이스토릴에서 창피당하게 만든 아버지의 사촌 누이 때문이니

"이따위 싸구려로 뭘 하라고"

천하의 바보인 내가 그냥 넘어가버렸던 그녀의 거짓말

"그 진주 장식은 우리 할머니가 갖고 있던 최고의 보석이야 내

가 가진 할머니 사진 중에는 그 보석을 달지 않은 사진이 하나도 없을 정도지"

허접한 모조 보석으로 동화를 꾸며낸 그녀에게 넘어가는 바람에, 나는 소피아의 가족들 앞에서 놋쇠 장식이 달린 플라스틱 나부랭이를 진짜 진주 장식 은제품이라고 주장해서 정신병자가 되어버렸고

"언젠가 네가 약혼을 한다면 그때 약혼녀에게 이 멋진 선물을 주거라 주앙"

집에 도착하자마자 예배당 옆의 작은 방으로 간 나는, 침대 아래에서 트렁크를 꺼내, 차고로 끌고 가서, 휘발유를 붓고, 그 위에 성냥불을 던지니, 오 분이 지난 다음에 남은 것은 오직 잿더미뿐

"내가 장담하는데, 아마도 이 몰취미한 물건은 케이크 살 때 공짜로 끼워주는 걸 거야 그러니 하녀 아무나에게 주어버려 주앙"

마치 아버지가 팔찌와 반지를 주어버렸듯이

"말 잘 듣고 눈치 빠르게 굴어야 해 그러면 이런 물건들이 더 나올 수도 있으니까"

오 분이 지난 다음에 남은 것은 오직 잿더미뿐, 걸쭉한 덩어리로 변한 은색 조가비가 악취를 풍기는데, 요리사를 아버지와 함께 공유하던 운전수가 차고의 화염과 휘발유 냄새 때문에 걱정이 되어

"주앙 도련님, 무슨 일입니까?"

과연 아버지는 요리사와 운전수 사이의 관계를 알고 있었을까

"걱정 말아요 아무 일도 아니야 쓸모없는 것들을 좀 태워버린 것뿐이니까 이것들 좀 치워버려요"

아마도 알고 있었으리라, 분명 알고 있었으리라, 어머니의 일을 알고 집에서 쫓아낸 것처럼, 그들의 일도 알고 있었으리라, 알고 있

었기 때문에 결코 모자를 벗지 않았으리라, 그래야 누가 주인인지 알 데니까, 내가 기억하는 한 아버지는, 한번도 나와 대화라는 것을 나눈 적이 없으며, 한번도 나에게 입 맞춘 적이 없으며, 한번도 나를 무릎에 앉힌 적이 없는 것이, 어머니가 다른 남자와 간통하여 나를 낳았다고 믿었으므로, 운전수는 양동이에 재를 쓸어담으며

"휘발유를 이렇게 많이 쏟아붓고 불을 붙였는데 집이 몽땅 타버리지 않았다니, 도련님은 정말로 행운아예요"

운전수가 살던 방은 토끼 가죽을 벗기는 뒷마당에 면해 있었는데, 아침마다 그는 열린 창문 곁에 걸어둔 거울 앞에서 웃통을 벗은 차림으로 면도를 하면서 휘파람을 불었고, 요리사에게 윙크를 했고, 하녀들을 곁눈질했으니, 도대체 아버지가 왜 그를 해고하지 않는지 나는 도무지 이해할 수가 없었던 것이, 아버지는 그때그때 기분의 나침반 바늘이 가리키는 대로 하인들을 마구 해고해버리곤 했는데도, 기생충 같은 인간, 아무짝에도 쓸모없는 인간, 뚜쟁이나 다름없는 놈, 자동차 보닛을 플란넬 수건으로 느릿느릿 문지르거나 머리카락을 빗질하는 것 말고는 오직 여자들 꽁무니를 따라다니는 일만 생각하는 놈을, 나는 비둘기장으로 시선을 돌리며

"정말로 행운아가 있다면 그건 자네지 만약 집이 몽땅 불타버렸다면 자네는 월급도 못 받을 테니 말이야"

등 뒤에서 그는 입을 비죽 내밀고 투덜거리겠지, 날 증오하겠지, 할 수만 있다면 쓰레기 대신 나를 쓸어버리고 싶은 심정으로 빗질을 하고 있겠지, 자신에게 귀찮은 심부름을 시키는 나를, 팔멜라로 가서 편지를 부치고 오라고, 세투발에서 내 서명을 공증받아 오라고, 세탁소에서 외투를 찾아오라고, 아버지가 리스본에서 회의가 있어 집을 비운 어느 일요일 예정보다 일찍 집에 돌아온 나는, 그가 요리

사와 함께 풀장에서 깔깔거리며 즐기는 것을, 물을 분수처럼 튀겨가며 흥겨워하는 장면을 보고 말았으니

"이게 도대체 뭐 하는 짓이야"

완전히 발가벗고 있던 둘은 내가 나타나자 마치 지옥의 사자라도 본 듯이 화들짝 놀랐고, 당황하여 어쩔 줄 모르며 풀장 사다리를 정신없이 기어오르는 요리사의 몸에서 굵다란 물방울이 뚝뚝

"죄송합니다 도련님 죄송합니다 도련님 죄송합니다 도련님"

아버지가 왜 그녀를 예배당으로 불러들여서, 허리를 껴안고 앞치마를 들춰올리고 제단에 눕혔는지, 나는 도무지 이해할 수가 없었으니, 운전수가 조르는 대로 자신의 월급 전부를 털어 은제 넥타이핀을 사다 바치던 그녀는, 내 새 타월로 몸을 감싼 채 달아나면서

"죄송합니다 도련님 죄송합니다 도련님 죄송합니다 도련님"

운전수는 에어매트리스에 누운 채 입속으로 뭐라고 변명을 더듬거리더니, 약사 과부의 자외선 차단 크림과 아버지의 위스키 병을 주섬주섬 챙겨서 참회자 같은 걸음으로 창가에 면도 거울이 걸려 있는 자신의 작은 방으로 돌아갔고, 나는 아버지의 서재에서 손마디가 하얗게 변할 때까지 책상을 붙잡으며

"저 여자를 해고해요"

아무런 대답이 없는 아버지의 얼굴은 펼쳐든 신문 뒤편에서, 주름 갓을 씌운 램프 불빛에도 불구하고 완전한 그늘에 가려져 있는데, 갑자기 그것이 상처받고 허약한, 수년이 흐른 뒤 알발라드 병원에서 허벅지 사이에 요강을 끼고 있을 때의 무표정한 얼굴로 변하며

("쉬야 프란시스쿠 할아버지 쉬야")

아버지는 일종의 속삭임이라고 할 수 있는 목소리로

"세상에는 네가 이해하지 못하는 일들도 있는 거다 주앙"

첫 번째 비망록

차라리 고무장화를 신고 축사에서, 새끼 밴 젊은 암소 때문에 수의사와 다툼을 벌이다가, 처방전을 갈가리 찢어 바닥에 뿌리며

"이따위 헛소리는 집어치워"

하고 말하는 아버지가 더 나을 텐데, 리스본의 대학에서 강의하며 가축의 구강과 발굽병에 대해서 프랑스어로 책을 쓰기도 했고, 난데없이 폭발하는 난폭함으로 간호사들을 쥐고 흔든다는 점에서는 아버지와 유사한 그 수의사는, 아버지와 마찬가지로 몸집이 비대했고, 마찬가지로 무자비한 성향이었는데, 공손한 자세로 쇠똥을 피하려다가 질척한 오물 위로 크게 미끄러지고 말았고

"그럼요 프란시스쿠 선생님 당신 말씀이 옳습니다"

대위 아내의 목덜미를 움켜쥐고, 구두 끝으로 그녀의 무릎을 강제로 벌리면서 탁자 위로 상반신을 숙이게 하는 아버지가 차라리 더 나을 텐데

"여자들이 원하는 건 뭐든지 다 해줄 수 있긴 하지만 무슨 일이 있어도 모자는 벗으면 안 돼 그래야 누가 주인인지 알 테니까"

바로 그렇게 무방비로 나는 쫓겨났으니, 나를 쫓아내려고 그들이 올 것을 알고는 있었지만, 그래도 그런 방식으로 올 줄은 미처 생각하지 못했다. 소피아의 가족들, 제복 차림의 경호원들, 법원 심부름꾼, 판사, 변호사들이, 내가 보트 제작을 마무리하고 있는 차고로 들이닥치거나, 아니면 이른 새벽에 몰려와, 부엌 화덕에 기댄 침대에서 잠든 나를 깨워 저택 밖으로 쫓아낼 거라고만 생각했는데, 가죽 서류가방을 겨드랑이에 낀 조그만 남자 고작 두 명이, 사복 차림으로 와서, 말 한마디도 않고서 일을 해치우고, 게다가 나는 화도 한번 내지 않고, 분통도 터뜨리지 않고, 단 한번의 저항도 없이, 고분고분 그들을 따라 농장 밖으로 나왔고, 마치 얼굴에 밀가루를 바른 광대들과

색소폰 음악에 맞추어 걸어가듯이, 그렇게 역으로 왔고, 이곳 팔멜라의 광장에서 집시들과 실업자들과 손님 하나 없는 생선 장수들과 함께 앉아, 이곳 느릅나무 아래 벤치 위에서, 성채 아래 언덕길을 올라가는 장례행렬을, 꽃잎이 비처럼 쏟아지는 가운데 저 관 속에 누운 남자를 바라보고 있으니, 오후의 비둘기들을 바라보고 있으니, 내게는 아무래도 상관이 없어라, 그들이 내게서 농장을 가져가버리든, 내게서 저택을 가져가버리든, 식탁에서 나를 밀어내고 내 자리를 차지해버리든, 내 침대에서 잠을 자든, 내게는 아무런 상관이 없어라, 카스카이스의 생일 파티에서는 언제라도 익살 광대 한 명을 위한 자리쯤은 비어 있을 것이기에.

첫 번째 비망록

추가 진술

당연히 그것은 내게도, 내 가족에게도 썩 유쾌한 일이 아니었기에, 그래서 우리는 망설였고, 할 것이지 말 것인지 이리저리 재면서 결정을 미루었고, 그러느라고 심지어는 주앙이 우리에게 한 짓 자체를 잊어버리기까지 했지만, 우리 측 엔지니어들이 모델을 보여주면서 설명하기를, 팔멜라 농장에 주택 단지를 건설하면 상당한 수익이 기대된다는 것, 그래서 우리는 행동을 해야만 했는데, 하지만 그건 반드시 금전적인 매력에 현혹되어서가 아니라

물론 이 경우 예상되는 수익이 결코 적은 액수는 아니었지만

그보다는 그가 우리에게서 훔쳐간 것을 당연히 돌려받아야겠다는 엄밀한 계산이었고

(설사 주앙이 훔쳐간 것보다 우리가 훨씬 더 많이 돌려받게 된다 해도, 그건 어디까지나 우리가 그동안 인내해온 노고의 대가이며 신중한 경영과 기획 덕분에 추가로 벌어들이는 것뿐)

비록 혁명이 일어난 다음 우리가 포르투갈에서 도무지 이해할 수 없는 방식으로 학대받고, 모욕당하고, 정당한 재판 절차나 고소고발도 없이, 변호사를 선임할 권리도 박탈당한 채 체포되어, 끝내는 기가 막히게도, 세상에서 가장 고약한 악당들과 함께 카시아스의 감옥에 갇히기까지 했지만, 그럼에도 불구하고 우리는 테주 강 남쪽 지방에 관광산업과 농업을 일으켜서 일자리를 창출하겠다는 계획을 세웠던 것이니, 언제라도 우리를 짓밟고, 우리의 집으로 쳐들어와 우리를 죽이고, 우리 시체를 강의 오징어떼에게 먹이로 던져주려고 호시탐탐 기회를 노렸던 군인들과 공산주의자들, 그들은 우리의 여자들까지도 결코 봐주는 법 없이, 새벽 세시고 네시고 가리지 않고, 인

민을 위한 정의를 고래고래 외치면서 사보타주를 한다는 핑계로 우리를 괴롭혔고, 우리들의 집에 들어와 그림과 가구 식기류 등 마음에 드는 건 뭐든지, 18세기 유화나 엠파이어 스타일의 화장대가 파시스트와 무슨 관련이 있다는 건지 모르겠지만, 전부 다 집어들고 갔으며, 예를 들자면 나는

　　　　(나는 민주주의라는 이름의 이런 미친 짓이 불안했으며, 검둥이들이 자유를 얻게 되자 걱정이 생긴 것이, 그 원숭이들이 할 줄 아는 건 오직 선교용 달력 그림을 보고 좋아서 이빨을 번득이는 것이 전부이므로, 그런 자들이 독립을 한다니, 기가 막혀서 웃음도 나오지 않는다)

　　　　예를 들자면 나는 사무실에 가만히 앉아서, 스위스 지부의 대표들과 전화 통화를 하고 있었는데, 그건 어디까지나 외국에서 돈벌이를 좀 해볼 생각으로 달러 몇 푼을 스위스로 좀 보내볼까 생각 중이었기 때문에, 그런데 바로 그때 그들이, 사전에 노크도 하지 않고 심지어는 손잡이도 돌리지 않고 그대로 문을 벌컥 열어젖히고 들이닥쳤기에, 나는 비서가 들어온 줄로만

　　　　(침실 네 개 있는 리스본 외곽 카르나시드의 아파트는 제외한다고 해도)

　　　　바보처럼 너무 느슨하게 대해주었고 너무 많은 이탈리아제 옷을 선물로 안겨주었던 비서가 들어온 거라고 생각했으나, 그건 비서가 아니었던 것이, 비서가 사무실 앞을 지나가기라도 하면 이미 한 시간 전부터 내가 면세점에서 이만 에스쿠도나 주고 사다준 향수 냄새가 진동하는 것이 보통이므로, 들이닥친 것은 은행의 한 과장이었는데, 그는 직원들에게 잡동사니 물건을 나누어주는 회사 연말 파티에 자기 아이들을 데려오지 않은 자이며, 회사에서도 내가 지나갈 때

마다 일어서서 인사하지 않으려고 일부러 못 본 척하는 그런 얼간이였고, 나는 매일매일 아침 아홉시만 되면 한꺼번에 덤벼드는 골치 아픈 문제들을 처리하느라 그를 해고하는 것을 깜빡 잊어버리고 말았으니, 그의 뒤에는 피스톨을 든 열서너 명의 무뢰한들이 거친 고함을 토해내면서 눈을 희번덕거렸고, 나는 수화기를 손으로 가리며 취리히를 향해서

"잠시만 기다려주십시오"

너무도 갑작스런 사태에 어이가 없고 영문을 몰랐으며, 더구나 그들에게 빙 둘러싸인 비서가 나를 향해 보내는 겁먹은 신호는 도무지 무슨 의미인지, 하지만 그녀가 겁먹은 것이 나를 걱정해서는 분명 아니고

(왜냐하면 내가 자명종과 사진틀 사이에 수표를 끼워넣을 때마다 그녀가 내게 바친 사랑의 맹세를 나는 한번도 진실로 믿은 적은 없으므로)

아마도 내가 얼마 전에 첫 번째 할부금을 지불해준 그녀의 은색 혼다 이인용 오픈카를 걱정했기 때문이리라, 외곽 위성도시 거주자 특유의 어벙한 얼굴을 가진 은행 과장은 기껏해야 내 신발에 입 맞추는 것도 감지덕지해야 할 주제에, 벽에서 전화선을 거칠게 잡아 뽑더니, 예순일곱 살이라는 내 나이에 존경심을 표시할 생각 따윈 전혀 없이 타이핑한 하찮은 종이쪼가리를 내 눈앞에 불쑥 들이대고는, 피스톨을 든 패거리를 향해서 나를 가리키며

"여기 이 작자가 우두머리입니다"

나는 손에 수화기를 든 채로 그들을 바라보면서, 우리가 함께 떠나기로 한 시에라 네바다에서의 휴가가 불발될까 봐 제정신이 아닌 비서가 보내주는 손짓 모스 신호의 의미를 해독하려고 애쓰는 사이,

피스톨을 든 남자 하나가 덤벼들어 얼마나 거칠게 내 재킷의 속주머니를 뒤지는지 알파카 천이 찢겨버리고 말 정도였고

"일어서"

정확히 그렇게, 내 면전에서 반말을 내뱉는 천하의 상스러운 그자는, 조금의 과장도 없이 말해서, 태어나서 한번도 본 적이 없는, 전차에서 한번 마주친 적조차 없는 인간인데

"일어서"

나는 재킷의 속주머니가 찢어져서 너덜거리는 차림으로, 손에는 전화기를 든 채, 뽑혀나간 선을 뒤로 길게 끌면서, 귀에는 여전히 수화기를 대고, 피스톨을 든 작자에게 끌려가면서도 취리히와의 통화를 계속하니

"뭐라구요?"

오 분 뒤, 나는 아래층으로 내려와 누더기 군복을 걸친 한 무리의 군인들에게 둘러싸였는데, 나를 체포해온 그들에게 수납 직원들이 박수를 보냈고, 공산주의자들이 박수를 보냈고, 청소부 여자들이 박수를 보냈고, 심지어는 한심한 비서년조차, 잠시 망설인 뒤에 박수를 보냈으니, 금붙이를 잔뜩 낀 손으로 다른 누구보다 더욱 크게 박수를 쳤고, 지금도 불가사의한 것은 엄청나게 많은 보석 때문에 무척 무거웠을 텐데 손가락을 어떻게 그리도 재빨리 움직일 수가 있었는지, 밖으로 나서자 박수소리는 험악한 위협으로 바뀌었고, 사환 한명이 내 엉덩이를 걷어찼으며 사무실 심부름꾼은 침을 뱉었고, 여전히 귀에서 수화기를 떼지 않은 나는, 나에게 쏟아지는 욕설이 은행 직원들 입에서 나오는 것인지 아니면 취리히 지점에서 들리는 것인지 분간할 수가 없었으므로, 그들이 나를 군용차량에 태우는 중에도 여전히 수화기를 향해서

첫 번째 비망록

"뭐라구요?"

카시아스의 감옥에서 나는 동생과 조카들, 친구들을 만났고, 그들은 모두 나처럼 선이 매달린 수화기를 쥐고 있었으며, 몇 푼의 달러를 덴버로, 파리로, 도쿄로, 바르셀로나로 송금하고 있다는 착각에서 헤어나오지 못했고, 구두끈도 없이 넥타이도 없이, 다들 먹통인 수화기를 붙잡고 일제히

"뭐라구요?"

밤이 되자 그들은 나를 위층 어느 방으로 데려갔고, 하사관 한 명이 타자기의 자판을 집게손가락으로 한 글자씩 콕콕 쪼아먹듯이 두드려 치고 있었으며 안경을 쓴 족제비 하나, 내 아내가 데리고 있는 재봉사 여자의 남편 같은 그런 유형의 남자가 내게 해외 계좌의 번호를 밝히라고 명령했고, 전화기가 불통이라는 사실을 순간 잊은 나는 취리히를 향해서

"무슨 일이 있어도 계좌번호를 누설하면 안 돼요, 카르발류"

자판을 하나하나 집어 콕콕 쪼아서 치던 하사관은 손가락을 관자놀이에 대고 빙빙 돌리며 족제비에게 내가 미쳤다는 사실을 암시했지만, 하사관의 몸짓에는 관심도 없는 족제비는 나를 잡아먹으려는 듯 두 팔을 사마귀처럼 모은 자세로 다가와서는

"네가 계속해서 노동자를 착취할 수 있을 거라는 기대는 버리는 게 좋아"

정말이지 단 한번도 나는 노동계층을 착취한 적이 없으며, 도리어 그 반대로, 건널목에서 구걸하는 거지들을 매번 도와주었고, 빈민들을 위한 수프용 콩을 몇 자루씩 늘 기부했고, 게다가 레스토랑에서 식사할 때마다 항상 넉넉한 팁을 준 것까지 계산한다면 내 말이 결코 틀리지 않다는 것을 당신도 알 터인데, 문맹 같은 하사관과 짜증나는

족제비는 몇 주일 동안이나 노동자계층 착취 운운을 멈추지 않았고, 그사이 나는, 비록 저 먼 원시림에서는 인간처럼 생긴 검둥이들이 초가 오두막에 들어앉아서 자기들도 이제 뭔가 발언권을 가지게 될 거라고 좋아서 날뛰고 있기는 하지만, 그런데 실제로는 여전히 비굴하게 굽실거리면서 몽둥이찜질이나 얻는 것이 고작이겠지만, 그럼에도 국내 사정은 긍정적인 방향으로 돌아간다는 기분 좋은 소식을 들었는데, 단 아쉬운 것은 검둥이들을 몽둥이질하는 당사자가 이제는 우리가 아니라 러시아가 되리라는 점, 어쨌든 그래도 그사이 국내 사정은 긍정적인 방향으로 돌아간다는 기분 좋은 소식이 들려왔으니, 기독교인의 수난을 보다 못한 교회가 마침내 움직이기 시작했고, 미국이 우리를 그대로 방치하지 않으리라는 것, 나는 다리를 꼬고 앉아 침착하게 대답하기를

"계좌번호를 알고 싶으면 취리히에 전화해서 물어보시면 됩니다"

그러면서 측은한 눈길로 그자의 면 셔츠를 쳐다보았고, 그자의 면바지와, 재고 정리 세일에서 산 구두를 쳐다보았고, 운전수 방에서와 비슷하게 고기 경단과 차가운 담배 냄새가 나는 그자의 악취를 견뎠고, 하지만 이 하수인 작자에게서 내가 정말로 싫었던 것은 그자의 복장이나 입냄새가 아니라, 자신의 원래 모습이 아닌 다른 존재인 척하려고 기를 쓴다는 점, 이런 자들은 서로 비슷비슷해지는 것을 추구하기 때문에, 빚을 내서 가구나 피아트 자동차 등을 사들이고 축소형 어휘를 만들면서 신나 하는 족속이므로, 때는 구월, 카시아스의 해변에 속옷만 입고 몰려든 인파는 하수도 물에 들어가 첨벙대느라 돌고래들을 성가시게 했으니, 내가 늘 하던 말이지만 포르투갈을 문명화시키는 데 최대의 난점은 바로 더러운 것을 좋아하는 포르투갈인들

첫 번째 비망록

의 성향, 바로 그 성향 때문에 포르투갈인들은 검둥이들의 악취를 무난하게 견딜 수 있었고, 리스본에 백인들이 한 명도 남지 않는 그날까지 세계를 물라토들로 가득 채우며, 옥수수 껍질 치마 속에서 헤어나오지를 못하고, 북소리에 맞추어 춤을 추고, 코에 고리를 끼운 채 구운 바퀴벌레를 먹다가, 교외 위성도시에 사는 하수인으로 되돌아오는, 그런 자들은 유감스럽게도 결코 배우지 못하는 것이 있으니, 우리가 아무리 애를 쓰고 가르쳐도, 그들이 겉으로는 아무리 훈련된 듯이 보인다 해도, 여전히 그들은 매장이라는 말 대신에 파묻는다고 하며, 사망이라는 말 대신에 죽었다고 하며, 부인이라는 말 대신에 마누라라고 하고, 복부 대신에 배때기, 식사를 한다고 말하는 대신에 끼니를 챙긴다고, 그런 말버릇을 버리지 못하니, 우리는 그런 말을 들을 때마다 피부에 소름이 돋고 등줄기가 뻣뻣해짐을 느끼니, 멀리 예를 들 것도 없이, 만일 비서가 내 무릎에 올라앉아 나에게 자기야 어쩌구 이따위 싸구려 아양을 피운다면, 나는 적어도 한 달 동안은 발기를 할 수 없게 된다는 것, 털어놓기는 좀 곤란한 말이지만 솔직히 인간들은 세 종류로 분류할 수 있는데, 우리와, 우리처럼 되고 싶은 자들, 그리고 우리처럼 되고 싶은 자들을 출세한 사람이라고 부르는 자들, 그런 이유로

　나는 질문하기를

　민주주의란 과연 가능할 것인가, 내가 던지는 한 표가, 색기나 부릴 줄 아는 돌대가리 아낙네와 죽이 맞는 어릿광대 사내의 한 표와 동등하게 효력을 발휘하는 민주주의, 만나기만 하면 한 번이 아니라 두 번씩 입맞춤을 하면서

　"음 뭐 좋은 거 없어?"

　이렇게 묻고

"룰룰루"

하고 수화기를 내려놓는 여자, 내가 던지는 한 표가, 삶에서 바랄 수
있는 최대의 행운이 노란색 메르세데스 한 대에 불과하며 좀 괜찮
은 여자들에게는 무조건 예쁜이라고 부르는 그런 미친놈의 한 표와
어떻게 동등한 효력을 발휘할 수가 있겠는가, 내가 체험한 예를 들
자면, 뛰어난 실내장식가를 고용하여 카르니시드의 아파트를 멋지
게 꾸몄는데도 불구하고, 내 예쁜이는 거기서 멈추지 않고 모든 서가
와 선반을 도자기 오리와 자신의 사진으로 가득 채운 다음에야 만족
을 했으니, 자세 교정용 샌들을 신고 수영복 차림인 그 사진들은 모
기떼가 득실거리고 공공장소에서 태연하게 발톱을 깎는 스페인인들
로 북새통인 알부페이라 해변에서 휴가를 보낼 때 찍은 것으로, 거기
서 예쁜이가 묵었던 흉측한 숙소는 포르투에서 출장 온 판매상들, 보
석을 할부로 파는 여자들, 그리고 자동차 앞유리에 의료광고 스티커
를 덕지덕지 붙인 일반의들이 묵는 여관이었는데도, 그러고 나서 그
들이 이제, 혁명을 일으켰고 우리를 삼옥에 처넣은 것이니, 내가 체
험한 예를 들자면, 나는 이미 어린 시절에 민주주의란 불가능한 것임
을 깨달았는데, 어느 날 어머니에게 하녀가 멍청하다고 투덜거렸더
니 《파리 마치》지에 실린 어느 공주의 결혼 기사를 정신없이 탐독하
던 어머니가

　　(아버지는 항상 어머니에게 불평하기를, 당신은 왜 그리 프티
부르주아적인지, 마치 캄포 드 오우리크, 페나 데 프란사 동네에서
자란 것 같잖아)

　　"멍청하지 않으면 그 애가 왜 하녀겠니"

　　나는 살라자르 최대의 실수는 이런저런 소시민들, 페르난다와
파티마, 비토르 마누엘과 카를로스 알베르투들이 모두 부자가 되어

야 한다는 데 순진하게도 동의했다는 점, 그들 모두가 카쳄에 집을 사고 모두가 대학에 가고 장교가 되어야 한다는 데 동의한 점이라고 보는데, 엄청난 호의가 가져다준 결과는 지금 우리가 보는 대로, 번쩍거리는 금박 명함, 교통 지옥, 보기 흉한 공장들, 정치판의 주도권을 거의 장악한 공산주의자들은 아주다의 먼지투성이 산동네에서 노래와 연설로 축제를 열고, 농부의 아낙네들을 개종시키려고 북쪽 지방으로 여행까지 했지만, 자신의 소를 너무 사랑하여 다른 누구와도 공유하고 싶지 않았던 농부들은 마을 사람 모두가 합심하여 무신론자 전도사를 돌로 쳐서 때려눕혀버렸고, 그래서 공산주의자들은 도시의 대로변 화단에서 빈둥거리던 부랑자와 천민들을 부추겨 건물들을 점유했고, 그들은 누군가 입에서 강제로 맥주병을 떼어내지 않으면 자신의 것이 아닌 소파 위에서 하루 종일 널브러져 있게 되었으니, 그사이 나는 감옥에서 면회시간에 구매와 매각에 대해서 지시를 내림으로써 가족사업을 다시 돌볼 수 있었고, 그들이 국유화한 은행과 보험 회사의 몇몇 소소한 건들을 신중하게 은닉하는 방안에 착수했고, 회사 지부를 브라질로 이전했으며, 프랑스 측에 볼셰비키들의 돈줄을 조이라고 설득했고, 오스트레일리아로부터 자금을 지원받아 부동산 회사를 계속 유지시켰고, 조카 소피아의 한심한 남편, 다들 대놓고 비웃는데도 그 자신만은 아무런 눈치를 채지 못하는 바보를 약간의 회계 자료 조작에 이용했는데, 그 덕분에 우리는 간신히 숨을 쉬고 되살아날 수가 있었으니, 조카 소피아의 한심한 남편, 살라자르의 집행위원회와 내각에서 재산을 불렸고 거의 공짜나 다름없이 사들인 거대 규모의 팔멜라 토지에 돼지와 난초를 키우는 소시민의 아들, 솔직히 아하비다산 국립공원 인근에 있는 팔멜라 농장은, 제대로 개발만 한다면 엄청난 이익을 가져다줄 곳인데도, 그 소시민은 소똥이 허리까지 쌓인 그곳에서, 하녀들이나 건드리면서 세월을 보냈는데, 그 와중에도 모자는 절대 완전히 벗지 않고 관자놀이에 걸친 모양으로, 그래야 사람들이 그의 본모습을 알아보지 못할 테니까, 하지만 보지 못한다고 해도 사람들은 다 알고 있으리라, 누가 그를 엿 먹였는지, 카시아스에서 나는 가족을 살리기 위해 분투했고, 내 아내와 집안의 다른 여자들이 예전과 다름없이 헤어살롱과 고급 집시에 돈을 펑펑 쓰며 살 수 있도록, 내 멍청한 아들과 조카들이 예전과 다름없이 콧구멍에 코카인을 충분히 흡입할 수 있도록, 그래야 그들이 회사에 나타나 사업 구상이라며 이런저런 괴상한 아이디어로 나를 귀찮게 하지 않을 테니까, 그래야 그들이 자신들의 보유 주식을 계산하고 나를 내 자리에서 몰아낼 생각을 하지 않을 테니까, 바로 내가 과거에 할 일 없이 빈둥거리는 것에 싫증나고 정체된 자산이 점차 줄어드는 것을 바라보고만 있는 것이 고통스러워서 내 아버지에게 했던 것처럼, 그 당시에 나는 이런저런 사람들에게 특혜를 약속했고, 감사위원회의 자리와 몇몇 부서의 관리직, 약간의 승진, 불확실한 보증을 암시하여, 결국 오십이 퍼센트의 득표를 확보한 후에 특별 주주총회를 소집하여

　　(아버지는 어이없어하며

　　"특별 주주총회라니 왜?")

　　우리 모두는 큰 박수와 함께 만장일치로 아버지를 명예회장으로 임명해버렸고, 내 딸 마팔다가 그에게 엄청나게 비싼 베네치아산 크리스털 기념패를 건넸으며, 모피코트를 둘러서 곰처럼 보이는 몇몇 숙모들은 짙게 화장한 얼굴을 씰룩이면서 손수건 끝으로 눈물을 찍어냈고, 완전히 넋이 나간 아버지는 크리스털 기념패도, 가장 사랑하는 손녀딸인 마팔다도 거들떠보지 않은 채 내 옷소매를 잡고 매달

첫 번째 비망록

리면서

"명예회장이라니 닝예회상이라니?"

나는 마팔다에게 눈짓으로, 신경 쓰지 말고 명패를 건네라고 일렀지만, 마팔다는 명패를 바닥에 팽개치고 달아나버리고 싶은 표정이었고, 몇몇 사장들은 양심의 가책 때문에 동요했으며 동생 미구엘은 핏발 선 눈동자로 나를 쏘아본 후 방을 나가버렸고, 나는 박수치던 것을 멈추고 아버지를 포옹하며 감동에 겨운 아들의 표정을 지었으나 그의 귀에 입을 대고는

"나는 오십이 퍼센트를 확보했어요 여기서 아버지가 수락하지 않는다면 아버지 여생을 지옥으로 만들 겁니다"

내게서 시선을 떼지 않던 마팔다는, 크리스털을 건네줄 결심을 하고 몇 걸음 앞으로 나섰으나 앉은자리에서 꼼짝도 못 하는 아버지는 그것을 받을 생각도 하지 않아서, 나는 부드러우면서도 주의깊게 아버지의 어깨에 팔을 두르며

"아버지의 여생을 지옥으로 만든다고 맹세할 수 있어요 나는 아버지의 여생을 지옥으로 만들 거라구요"

더 많은 박수가 터져나왔고, 더 많은 눈물이 쏟아졌고, 더 많은 손수건이 눈물을 찍어냈고, 또 다른 동생이 절망하여 문을 닫고 사라졌으며, 머리에 아무 생각이 없는 내 아내조차 의아한 눈길을 보냈고, 마팔다는 다시 망설이기 시작했으므로, 나는 크리스털을 대신 받아서 동방박사 중 한 명이 그러듯이

(흑인 동방박사를 말하는 것이다 동방박사 중에서 가장 비루한 자, 왜냐하면 흑인이므로)

아버지의 무릎에 놓고는, 그가 넋이 나간 상태에서 또 정신없이 지껄이기 시작하기 전에 그의 이마에 얼른 입을 맞추었고

"명예회장이라니 명예회장이라니?"

미소 짓는 입술 사이로 분노와 냉소를 담아

"이 선물을 받으세요 나는 아버지 당신의 삶을 파멸시킬 수 있는 녹음 테이프를 갖고 있습니다"

노인은 나에게

"이 애송이가"

라고 말하려 했으나, 그럴 수 없었고 나를

"몹쓸놈"이라고 부르려 했으나 그럴 수 없었던 것이, 최소한 삼십 년 이상 가족의 재산을 횡령해온 사실이 밝혀진다면 돌이킬 수 없는 치명상을 입을 것이고, 그의 속임수를 알아차린 내가 마음만 먹으면 큰 힘을 들이지 않고도 그를 털도 뽑지 않은 채로 냄비 속에 지글지글 익혀버릴 거라고 알아차렸기 때문에, 그는 자신을 쏘아 죽이는 총알이나 마찬가지인 박수소리에 감사의 인사로 화답한 후 허둥대며 크리스털을 받아들었고, 장난감 인형처럼 자동으로 걸음을 옮겨, 흐물거리는 그의 겨드랑이를 집요한 정성으로 부축하는 나와 나란히 총회의실을 떠나 자동차에 올라탔는데, 나는 운전수의 도움도 거부하고 직접 그를 차 안에 앉힌 후 최후의 입맞춤과 함께 최후의 충고 또한 잊지 않으니

"멍청하게도 입을 벙긋하기만 하면 아버지의 연금은 그 자리에서 끝나는 것으로 생각하세요 아버지 애인인 그 매춘부와도 끝나는 건 말할 필요도 없구요"

아버지보다 마흔 살이 어리며 빵집 주인의 의붓딸인 그 타이피스트는 내 어머니보다 마흔 배나 더 많은 돈을 써대는, 끝내주게 뜨거운 금발머리 여잔인데 의용소방대가 주최하는 미스 살바테하드 마고스 미인대회의 당선자였고, 아버지를 따라 로마나 방콕으로 여

첫 번째 비망록

행하지 않을 때면 은행의 한 젊은 경제학자와 즐기는 사이였으니, 내 시무실로 찾아온 미딸디는 분노를 참지 못할 때면 늘 그렇듯이, 마치 홍역에 걸린 개처럼 윗이빨이 다 드러날 정도로 파르르 떨리는 입술로

"할아버지에게 그런 짓을 하다니 부끄럽지도 않으세요?"

그녀의 말을 못 들은 척한 나는; 느긋하게 여유를 부리며 위스키를 천천히 한잔 따라서 내밀지만, 그녀는 내 손목을 밀치면서 술잔을 거부하고, 말려 올라간 입술 아래서 이빨을 점점 더 많이 드러내 보이며, 얼굴은 거의 간질 발작을 일으키는 사람처럼 경련하면서

"할아버지가 무덤에 들어갈 때까지 괴롭힐 생각인가 봐요, 그렇죠 아버지?"

나는 인내심을 갖고 차분하게, 그녀는 아직 어리석어서 아무것도 모른다, 사실은 네가 생각하는 그런 게 전혀 아니다, 할아버지는 너무 나이가 많아서 회사를 경영하기가 힘들다, 정서적 스트레스, 심신쇠약, 사업상 갈등, 심장, 혈압, 당뇨, 최근 마요 병원에서의 검진, 이 모든 것이 할아버지에게는 휴식이 필요하다고, 이제는 과로를 피하고 건강에 유의해야 한다고, 사업 걱정으로 긴장된 생활을 벗어나야 한다는 결론을 내린 탓이다, 게다가 사람은 나이가 들면 기력이 쇠약해지고 속이 좁아지고 융통성이 없어진다, 할아버지는 새롭고 혁신적인 경영 방식을 고집을 부려 거부한 적이 있다, 가족 기업을 구멍가게식으로 운영할 수는 없다, 그렇다고 할아버지가 구멍가게 수준이라는 건 물론 아니다, 그건 말도 안 되지, 하지만 생각을 해봐라, 너는 머리가 좋은 아이잖니

(이건 거짓말이다, 그 애는 머리가 결코 좋지 않다, 다행히도 내 자식들 중에는 머리가 좋은 아이가 하나도 없다, 그들이 약간만 머리

가 좋다면

　머리가 뛰어나게 좋을 필요도 없이, 그냥 약간만이라도 좋다면

　그들은 벌써 백 년 전에 내게 크리스털 기념패를 선사했으리라, 내게 풍족하고 안락한 은퇴를 선사했으리라, 뭔가를 좀 아는 미스 살바테하 드 마고스를 데려와서, 삶의 기분전환 기회를 제공했으리라, 그리고 내게 실제로는 아무런 힘이 없는 명예회장이란 직함을 안겼으리라)

　너는 머리가 좋은 아이잖니, 그러니 내 생각을 이해할 거다, 그러자 안심한 마팔다는 드러낸 이빨을 감추고, 입술의 떨림도 멈추었으니, 그런 그녀를 보면서 나는 속으로, 순진한 바보를 안심시키기란 얼마나 쉬운가, 너는 머리가 좋잖니, 이것만 확신시켜주면 되는구나, 마팔다가 돌아간 다음 나는 다른 사무실로 가서 동생 미구엘과 곤살루를 만나 같은 말을 했고, 내가 그들에게 감탄하고 있다고, 그들을 신뢰하고 있으며 그들은 천재라고, 그들 각자에게 보험 회사와 은행 경영권의 한몫을 챙겨주겠다고, 구체적으로 말해서 지금보다 너 커다란 차를 내주겠다고, 레크리에이션 홀만큼 커다란 사무실을 내주겠다고

　(동생들이 원하기만 했다면 사무실 안에 맘보 오케스트라도 넣어줄 수 있었으리라)

　그리고 두 개의 텅 빈 머리통을 위해 더욱 으리으리한 직함까지 약속했고, 이후로 나는 아버지를 한번도 만나지 못했는데, 은혜를 모르는 늙은이는 매번 머리가 아프다는 둥 잠자리에 들었다는 둥 집에 없다는 둥의 핑계를 대면서 나를 만나기를 거부했기 때문에, 하지만 현관에 있는 나는 위층에서 미스 살바테하의 키득거리는 웃음소리를 들었으니, 크리스마스트리처럼 주렁주렁 꾸미고 어느 날 부동산

첫 번째 비망록

회사로 나를 찾아온 미스 살바테하는, 발목에 팔찌를 차고 엄지손가락에 반지를, 라이크라 섬유의 레오파드 무늬 원피스, 내 기억이 맞다면 나는 이미 한두 번쯤 그녀를 소박한 호텔로 데려간 적이 있는데, 침대 시트 사이에 숨어서, 왜냐하면 그런 대화를 나누기에 가장 적절한 장소이므로, 혹시 아버지가 수상한 음모를 꾸미고 있지는 않은지 들어보기 위해서였고, 그 타이피스트 여자에게 건네는 수표의 동그라미 수를 늘리기가 무섭게, 그녀는 아버지가 최근 몇 통의 전화를 하고서 화를 내며 수화기를 거칠게 내려놓았다고, 그리고 진을 홀짝이면서, 조카들의 불충함과 비겁함에 대해서 불평을 털어놓았다고 말했으므로, 나는 수표에 서명하면서

"그 조카들이 불충하지도 비겁하지도 않게 변하면 다시 내게 일러줘야 해"

내 사촌들의 변덕을 주시하는 건 어쨌든 무척 중요했기 때문에, 그들은 여자들 말에 이리저리 휘둘리는 천치이며 야망은 크고 지능은 바닥인 바보이니, 나에게 정말로 신뢰할 수 있는 친구가 단 한 명이라도 있었다면, 호텔은 나쁘지 않았고, 매트리스도 나쁘지 않았고, 서비스도 괜찮았고, 미스 살바테하는 내가 수표를 써준 이후로 줄곧 목구멍을 골골거리며 급속히 동지인 척 내 무릎을 어루만지더니

"날 못 믿는 거예요?"

깃털 이불 위에서 몸을 나른하게 뻗으며 자신의 미래를 대비하려고 하니, 왜냐하면 아버지가 영원히 살 것이 아니므로, 그녀는 무조건 한 남자를 위해서 살고 싶다고, 정말로 한 남자를 위해서 전 생애를 바치는 것이 좋다고, 그렇게 살지 못할 바에야 장님이 되어도 좋다고, 온몸과 마음을 바쳐 한 남자를 위해서, 한 남자를 위해서 살고 싶다고, 음반을 녹음하고, 무용을 하고, 연극무대에 서고, 이런 건

모두, 단지 그녀가 헌신을 바치는 대상 인물이, 속상하게도, 밖에서 일을 해야 하는 동안에, 그녀 혼자 시간을 때우기 위한 소일거리일 뿐, 게다가 재능있는 예술가이면서도 동시에 진실한 인간이 되는 것이 충분히 가능하므로, 예술가이면서 한 남자에게 지조를 지키는 것이 가능하므로, 무대에는 서지만 이후의 만찬을 빠지고, 바나 나이트클럽은 쏘다니지 않으면 되니까, 그녀가 얼마나 가정적인 여자인지 상상도 못할 거라고, 다정하게 잘해주는 신사를 만나기만 하면, 다른 어떤 남자에게도 한눈팔지 않는다고 맹세할 수 있다고, 그녀가 말하는 동안 나는 그런 그녀의 젖꼭지를 가지고 놀면서

"내가 아는 일류 공연 기획자를 만나서 이야기해볼게"

그녀는 손가락을 내 머리카락 속에 넣어 쓰다듬었는데, 두 번째로 시선을 주고 나서야 나는 그녀의 매니큐어가 인조손톱이라는 것을 눈치챌 수 있었고, 그녀는 말하기를

"당신 아버지와 있으면 나는 애인이라기보다는 딸 같아요 일종의 피보호자 말이에요"

그렇게 우리는, 피보호자의 의무와 노인의 전화통화에 대해서 심오한 이야기를 나누기 위해 종종 함께 호텔로 갔는데, 그때마다 나는 기획자가 공연 때문에 브라질에 갔다고, 일주일 동안 리우에, 일주일은 상파울루에, 또 일주일은 원시림 속에 사는 인디오들에게 셰익스피어를 보여주기 위해서 아마존에 머문다고, 하지만 우리는 서로 정보를 교환하며, 그가 포르투갈로 되돌아오자마자 새 작품 준비에 들어갈 터인데, 일종의 브로드웨이풍의 쇼로, 연기뿐만 아니라 노래와 춤도 곁들여질 예정이라고, 그래서 그녀의 사진을 보고 싶어 한다고, 최대한 빠른 시일 안에 그녀를 만나고 싶어 한다고 말했더니, 그녀는 봉투에 사진을 가득 넣어서 내게 건네주면서, 속옷 차림으로

렌즈를 향해서 살짝 미소를 띠고 있는 그 사진들은 살바테하 드 마고스 미인대회에 나갔 때 그녀의 사촌이 찍었고, 그런데 그 사촌은 동성애자이며, 그녀의 부모님도 함께 있는 자리에서 촬영한 거라고, 만일 내가 이 말을 믿지 못하겠거든

(당신이 내 말을 믿을 거라고 생각해요, 믿지 않을 이유가 없잖아요 그동안 내가 얼마나 품행이 단정한 여자인지 충분히 알았을 테니까요)

그녀의 부모님에게 직접 물어봐도 좋다고, 나는 봉투를 바지주머니에 넣었으므로 걸을 때마다 불편하여, 각양각색의 란제리 사진들을 휴지통에 버려야겠다고 마음먹었고, 그런데 도대체 살바테하 드 마고스가 어떤 곳인지, 나는 그 도시가 어디 붙어 있는지도 몰랐지만, 거기에도 우리 회사의 지부가 있어 어떤 어벙이가 창구를 지키고 앉아 있을 것이 분명하니, 나는 너그러운 몸짓으로 미스 살바테하 드 마고스를 물리치며

"네 부모님에게 물어볼 필요가 뭐가 있겠어 네가 하는 말이면 당연히 믿을 수 있는 걸"

나는 그녀를 믿었고, 그녀는 브라질에 가 있다는 기획자를 믿었으니, 마침내 내가 다른 누군가와 연계하지 않고 단독으로 가족 지분의 칠십 퍼센트를 얻게 되자, 그래서 더 이상 노인의 술수를 신경 쓰지 않아도 되고, 차츰 희망을 잃고 좌절한 노인도 크리스털 기념패만으로 만족하면서 등 뒤에서 나를 공격할 음모를 꾸미지 않게 된 어느날 오후, 나는 호텔방 거울 앞에서 구레나룻을 매만지면서 머리에 수건을 터번처럼 둘둘 말고 욕실에서 나오는 그녀에게 평소보다 두 배의 액수가 적힌 수표를 보여주며 통첩하기를

"오늘이 내가 여기 오는 마지막 날이야"

그녀는 내 칼라에 묻은 머리카락을 브러시로 떼어내고 나를 뒤에서 껴안으며

"우리가 살 아파트를 구했단 말인가요?"

나는 넥타이 매듭을 묶느라 시선을 거울 속에서 뗄 수가 없었는데, 단정치 못하게 느슨한 넥타이 매듭을 원래 질색하는 성격이라서

"당신은 아버지와 함께 사는 편이 더 나을 거야 아버지가 나보다는 시간이 더 많으니 당신의 배우 일에 신경도 더 많이 써줄 테고"

나를 안은 그녀의 팔에서 갑자기 힘이 빠지며, 내 목덜미에 닿는 그녀의 숨결이 거칠어지고, 그녀의 머리에서 터번이 스스로 풀리고, 혼잣말로 자신을 애써 위로하는 어린애 같은 목소리

"농담하는 거죠? 당신은 늘 농담만 하니까 농담하는 거 맞죠 그렇죠?"

내가 떠날 때, 그녀는 입을 멍하니 벌리고 침대에 앉아 결코 믿지 못하겠다는 듯 두 손바닥으로 머리를 감싼 자세로

"이렇게 멍청하게 속아넘어가다니"

그날 이후로 나는 그녀의 전화를 연결하지 말라고 비서에게 일렀고, 경비원들에게는 만약 그녀가 은행에 나타날 경우 길거리로 쫓아내라고 지시를 내렸더니, 그녀는 내게 틀린 맞춤법이 욕설보다 더 많이 들어 있는 협박편지를 써 보냈지만, 적어도 자신이 오직 한 남자만을 바라보고 사는 여자라는 그녀의 말은 거짓이 아니라고 인정할 수밖에 없는 것이, 그녀는 결국 짐을 싸들고 이스토릴로 돌아가서 지극한 정성과 지조로 아버지를 사랑하기로 마음먹었기 때문에, 내 누이들과 사촌들이 아버지를 방문하면 발목에 팔찌를 두르고 레오파드 무늬 라이크라 드레스 차림인 그녀가 나타나 환대를 했으며, 친절하고 상냥하게 의자를 권하고, 다정한 부부인 양 명예회장의 턱을

첫 번째 비망록

애무했으므로, 어이가 없어진 누이들과 사촌들은 황급히 변호사를 선임하여, 타이피스트 여자가 가족 행세를 하지 못하도록, 아버지가 가진 0.8퍼센트의 지분을 상속받는 일이 없도록, 그런데 누이들과 사촌들은 아직도 아버지가 29퍼센트의 지분을 갖고 있다고 믿는데, 그녀들이 그렇게 믿으면서 공연히 쓸데없는 의심과 불길한 추측을 하지 않아서 참으로 다행인 것이, 내 모든 행동은 오직 가족을 지키겠다는 목적 아래 행해졌을 뿐이니까, 나는 친척들이 은혜를 모르고 틈만 나면 시비를 걸고 덤벼든다는 것을 잘 알고 있었기에 그들이 보호받는다는 사실을 모르게 두는 편을 택했고, 누이들과 사촌들은 가난뱅이가 될지도 모른다는 불안감에 안절부절못하며 나를 찾아왔으니, 매년 내 돈으로 새 BMW를 구입하는 작자이며 대단히 교활하면서 외모도 멀끔한 수도원장을 따라다니며 매주 일요일 자신들이 손수 스웨터와 수프를 나눠주던 그런 가난뱅이들처럼 될까 봐, 누이들과 사촌들은 분 냄새를 풍기며 내 사무실로 몰려와서

"큰일났어요 이제 어떻하죠?"

나는 서류에 사인을 계속하면서, 한꺼번에 밀려온 중국 비단 드레스에 질린 나머지

"여든 살이나 된 아버지가, 자기 마음에 드는 방식으로 좀 즐길 수도 있는 일이지 왜 그걸 가지고 그리 소동을 벌이는 거냐?"

나는 변호사에게 일을 크게 만들지 말라고, 왜냐하면 일이 커지면 나는 멀미가 나기 때문에, 여성분들을 진정시키고 그녀들의 말에 귀 기울여달라고, 하지만 어떤 행동도 취하지는 말라고 지시했으나, 문제를 궁극적으로 해결하고 모두를 적당히 만족시키지 않을 수 없었으므로, 아버지의 의사와 약속을 잡고 점심식사를 함께하면서 노인의 당뇨와 혈압, 심장이 앞으로 얼마나 오래 버틸지, 혹시 동맥

을 고무장기로 교체하는 복잡한 외과수술이 노인에게 도움이 될지를 물었으니, 수술 후 회복기 몇 달 동안 수십 개의 기계와 연결되어 몸의 구멍이란 구멍에는 전부 수십 개의 호스를 꽂은 채 몇 숟가락의 죽으로 연명하다가, 마침내 폐렴의 도움으로 궁극의 구원을 얻은 다음에야 기계로부터 호스로부터 죽으로부터 해방될 수 있는 수술, 바로 며칠 전에 내가 보험 회사 부설 병원의 원장으로 임명한 의사는, 자신의 월급과 다 죽어가는 빈약한 의무감 사이에서 갈등하다가, 헤스텔루에 사둔 주택 할부금을 떠올리자 월급 쪽으로 마음을 굳혔지만, 그래도 남아 있는 한 줌 창백한 윤리 때문에

"외국에서는 그런 수술은 결과가 나쁘지 않아요 기술이나 경험이나 장비가 잘 갖추어진 나라는 말이죠 원하신다면 내가 로스앤젤레스의 병원에 연락을 해보겠어요 그러면 당신 아버지는 건강해져서 돌아오실 겁니다"

나는 단호하게, 바위처럼 굳건한 애국심으로

"위에서부터 모범을 보여야죠 환자들이 전부 로스앤젤레스로 가서 수술을 받는다면 우리나라는 언제 진보를 이룹니까 수술 기회가 아예 없다면 우리 외과술은 발전할 수가 없잖아요"

보험 회사 부설 병원 원장 자리가 아니라면 다시 공항 인근의 혼잡한 포르텔라 지역으로 돌아가야 하는 의사는

"스코틀랜드에서 전문의 과정을 마친 의사를 알고는 있지만, 과연 그가 당신 아버지 같은 고령의 심장 환자를 맡아줄지는 의문입니다 검사 결과를 보자마자 얼굴을 돌려버릴 것이 분명해요"

나는, 설득조로, 보험 회사 부설 병원의 침상 수를 늘리며

"우리에게는 매년 갓 대학을 졸업하는 수많은 의사들이 있습니다 그들은 모두 경험을 쌓기만을 기다리고 있어요 우리는 젊은 세대

에게 기회를 주어야 합니다"

그리하여 이제, 처음으로 얼굴에 수염이 돋아나기 시작한 새피란 젊은이가 결연한 표정으로 아버지를 수술대에 눕혔고, 아버지는 기계와 호스를 몸에 매달 기회도 없이, 폐렴의 도움을 받을 필요조차 없이, 최초의 마취제가 투입되는 순간

(물론 고통도 없이)

그대로 숨이 꺼져버렸으니, 내 최후의 시간도 그러하기를 바라노니, 일주일 내내 폐암으로 신음하던 사십사 킬로의 육신을 버리고, 순식간에 잠에 빠져들기를, 장례식 날 아첨꾼들과 위선자들로 이루어진 추모객들은 영원히 끝날 것 같지 않은 기나긴 장례행렬을 지어 이스트렐라 대성당으로 갔고, 나는 몇몇 능란한 전문가들을 이스토릴로 보내서 외교적인 임무를 수행하게 했으니, 그들은 이미 예전에도 나를 불편하게 만든 몇몇 사안을 솜씨 좋게 처리해준 프로들이어서, 그들이 첫마디를 꺼내자마자 나체나 다름없는 타조 깃털 드레스 차림의 타이피스트는 맥없이 소파에 털썩 주저앉아

"날 때리지는 마요 원하는 건 뭐든지 가져가도 좋아요 하지만 제발 날 때리지는 마요"

그런데 그들이 가져가려고 한 것은 바로 그녀 자신이기에, 그들은 깃털투성이 여자를 짐도 없는 채로 달랑 들어 택시에 태우고 살바테하 드 마고스로 보내버렸으니, 한 남자만을 위해서 헌신하는 삶을 살겠다던 여자는 분명 그곳에서 자신을 미의 여왕으로 뽑아주었던 소방관과 결혼했거나, 아니면 부모님이 있는 자리에서 레이스 속바지 차림으로 침대 위를 네 발로 기던 자신을 사진 찍었던 그 사촌과 결혼했을 것이 불을 보듯 뻔하고, 내가 늘 말하던 대로 우리가 최악의 구렁텅이에서 최선의 방안을 발견해낼 때, 삶은 아름다우니, 내

경험을 예로 들자면 나는 몇몇 건을 영리하게 이체하고 소피아의 남편에게 죄를 뒤집어씌우는 방식으로 감옥에서 93퍼센트를 확보할 수 있었고, 동생들과 사촌들에게는 그가 공산주의 사상에 물들었다고 했고, 판사에게도 그가 공산주의자라서 그런 범죄를 저질렀다고 설득할 수 있었으며, 그의 불법 사기 행각과 횡령에 대한 보상으로 소피아는 그의 토지를 받았고, 아니 정확히 말하면 우리 가족이 그의 토지를 얻었고, 아니 더욱 정확히 말하면 내가 그의 토지를 차지했으며, 이런 일이면 으레 따라붙기 마련인 비판자들을 조용히 만들기 위해, 그런 자들은 남들도 자기들과 같은 줄로만 상상하고 타인의 진지함을 영 이해하지 못하므로, 나는 자료를 우편으로 돌렸고, 이제 다음 달이면 주택단지 공사가 시작되니, 골프장과 테니스 코트, 수영장이 갖추어진, 아하비다 국립공원에서 십 분 거리, 우리는 그곳에 있던 저택의 폐허를 완전히 철거하고 잔디밭을 소각하고 제라늄 화단을 소각하고 늪지를 메웠으며 유칼립투스나무와 채마밭과 과수원을 없앴고 들개나 다름없이 돌아다니는 비쩍 마른 개 몇 마리를 발견하고는, 윗입술을 내 딸 마팔다의 그것처럼 떨면서 까마귀들을 향해 짖어대고 일꾼들을 물던 그 개들을 사살했으며, 까마귀와 까치 등 주변에서 득시글거리며 기분 나쁘게 울어대서 휴양객들을 성가시게 할 새들은 독을 놓아서 모조리 죽여버렸고, 지난주에 있었던 아버지의 영결미사에는 가족들과, 친구라고 불리는 모든 사람들, 직원들, 온갖 기회주의자들이 한 명도 빠짐없이 참석했으니, 식탁에서 떨어지는 빵 부스러기 하나라도 놓치지 않으려는 자들, 교활한 수도원장은 드라마틱한 몸짓으로 낙타와 바늘 구멍의 비유를 들어 설교를 하니, 헌금 접시는 금세 만 에스쿠도 지폐로 그득해졌고, 아스트라칸 양털 외투에 감싸인 아내가 나를 향해서 조용히, 우울증 때문에 심리학자에게 상담치료를 받는 내 아내, 종종 아침식사 자리에서, 체념과 원한의 눈길로 남몰래 나를 가만히 지켜보는 이내기 니를 항혜서 조용히

"차라리 죽어버리면 좋겠어요 차라리 우리 모두가 죽어버리면 좋겠어요"

거기에 대해 아무런 부정도 하지 않은 것이, 솔직히 말해서, 간혹 깊은 상념에 잠길 때는, 나 역시 그녀와 같은 생각이 들 때도 있으므로.

두 번째 비망록

영혼 없는 사물들의 흉계

진술

주앙이 울음을 터뜨린 다음에야 일이 커졌음을 알아차렸다. 나는 정
원에서 병든 장미들을 돌보느라 바람막이로 화단에 텐트를 설치하
는 중이었는데, 처음에는 아이가 나를 부르고 있다고는 생각하지 못
하고 삼나무 위에서 짝 잃은 비둘기가 우는 거라고, 혹은 우거진 회
양목 덤불 사이에서 길 잃은 거위일 거라고 생각했다가, 누군가 내
치맛자락을 잡아당기는 바람에 돌아보지도 않고서

"가만있어 아다마스토르"

갑자기 바람이 그치더니, 풍차의 날개가 움직임을 멈추었고 화
단의 제라늄과 극락조화의 술렁거림도 들리지 않았고, 단지 수영장
의 물줄기소리, 너도밤나무 위의 까마귀 울음, 내 치맛자락에 매달린
셰퍼드가 낑낑거리는 소리만이, 나는 발로 개를 쫓으며

"가만있어 아다마스토르"

그러자 옷자락에 매달린 눈물 젖은 목소리가

"아다마스토르가 아니고 나야 티티나"

나는 아이를 안고 무릎에 상처가 났는지를 살폈는데, 왜냐하면
아이는 항상 파라솔의 주사위 모양 밑동이나 석상에, 화단의 석조 울
타리에 걸려 넘어지곤 했기에, 나는 아이의 머리를 쓸어넘기며, 혹시
어디 피가 흐르지나 않는지 걱정이 되어

"어디서 넘어진 거예요?"

그런데 아무리 살펴도 상처는 보이지 않고, 피도 없었고, 긁힌
자국도 없으며, 피부에 말라붙은 딱지 하나 보이지 않는데, 아이는
손가락으로 어딘가를 가리키며, 내 목덜미에 코를 묻고 금방이라도
눈물이 터져나올 듯이

"어머니랑 아버지가 어머니랑 아버지가"

그렇게 주앙이 울음을 터뜨린 다음에야 나는 무슨 일이 생겼는지 알아차렸다. 오늘 와서 생각해보니, 그날 주인어른과 마님이 싸움을 시작했을 때 내가 뭔가를 했어야만 했던 건 아닌지, 그 둘은 모두 내 말이라면 귀를 기울였으니까, 예를 들어서 마님이 나를 불러 하녀들이나 지출 문제, 집안일 등에 의견을 묻지 않는 날은 거의 하루도 없었으니까

"어떻게 생각해 티티나?"

그리고 주인어른도, 나중에 사람이 완전히 달라지기 전에는, 나를 서재로 불러 마치 자기 손님이라도 되는 듯이 의자까지 권하고는, 축사라든지 채마밭 혹은 과수원 구조 변경 등에 대해서 물어보곤 했으니까

"나 좀 도와줘 티티나"

상처도 없고 피도 흘리지 않고 긁힌 자국도 없고 피부에 말라붙은 딱지 하나도 없는 수앙, 단지 손가락으로 어딘가를 가리키며 내 목덜미에 코를 묻고 금방이라도 눈물이 터져나올 듯이

"어머니랑 아버지가 어머니랑 아버지가"

병든 장미를 잊고 저택으로 발걸음을 옮기는 내 그림자는 아이의 그림자와 하나로 어우러졌으니, 마치 주앙이 내 아이인 양, 지금도 나는 종종 생각하는데, 주앙이 이미 어른이 되었고, 자기 자식들도 생겼고, 주인어른이 나를 쫓아낸 팔멜라 저택에서 다시 법원이 나의 주앙을 내쫓았고, 그 이후로 그를 다시는 보지 못했으나, 그래도 주앙은 내 아이였다는 것, 지금도 주앙은 여전히 내 아이라는 것, 내게서 최초의 걸음마를 배웠고, 말을 배웠고, 나와 함께 잠들었으며, 한밤중에 잠이 깨어 어둠이 무서울 때면 다른 사람이 아닌 나를 불렀

기 때문에

"늑대가 있어 티티나"

나는 그를 가만히 흔들어 다시 잠재우고, 늑대가 물러가고 도둑
들이 사라질 때까지 그의 손을 어루만져주고, 얼굴을 쓰다듬고, 그가
잠들었다고 생각될 때 가만히 그의 손가락을 풀고 일어나서 문으로
걸어가면, 뒤에서 들려오는 어린 주앙의 목소리

"티티나"

그는 나의 아이였으니, 주인어른이나 마님보다도 나와 함께 있
기를 더 좋아했으므로, 부엌에서 일하고 있는 내게 딱 달라붙었고,
재봉실에도 따라왔으며, 우체국에 빵집에, 그리고 팔멜라의 시장에
갈 때도 항상 나를 따라다녔기에, 내 가계부에 그림을 그렸고, 영수
증으로 내게 종이배를 접어주었으며, 내가 목욕을 시켰고, 내가 의사
에게 데리고 갔으며, 내가 과일을 깎아주었고, 깎은 과일을 다시 잘
게 썰어주었으며, 아스피린을 숟가락에 으깨어서 설탕을 올려 먹였
고, 내가 몸을 깨끗하게 닦아주었고, 옷을 입혔던 주앙, 비록 자식을
낳은 적이 없는 나지만 그래도 내 아이였던 그 애가, 온 힘을 다해서
내게 매달려오는데

"무슨 일인데요, 주앙 도련님?"

문이 활짝 열린 방에서 주인어른과 마님이 싸우는 것이 보였고,
마님이 서랍에서 꺼낸 속옷이 침대에 산더미처럼 쌓여 있고, 마님은
화장대에서 브러시를 꺼내고 옷장 속 옷걸이에서 옷들을 마구 벗겨
내고, 블라우스를 밟고, 비단 스카프를 밟고, 손님이 올 때마다 입는
아리따운 공단 바지를 밟고, 밟기만 하는 것이 아니라 구두 뒤축에
매달고 질질 끌고 다니며, 그런 마님이 한 명이 아니라 두세 명이나
방 안을 돌아다녔는데, 방 여기저기에 널린 거울 조각에 다양한 각도

로 비친 모습들, 그리고 주인어른도 마찬가지로 두세 명이나 있었으며, 마치 마님이 아니라 자기 스스로에게 화가 치미는 듯이, 다들 동시에 격한 몸짓을 하고, 마님의 길을 막아서고, 내가 한번도 보지 못한 모습인 마님은 헤어드라이어를 들고 주인어른을 위협하면서

"비켜요"

여러 명의 주인어른과 맞서고 있으니

"비켜요"

주인어른은 헤어드라이어를 빼앗아 화장대 위에 내리쳐 박살내면서

"어떤 놈인지 알아야겠어 도대체 어떤 놈이야 이자벨"

바닥에는 찌그러진 분첩과 향수병이 굴러다니고, 스탠드 전구가 박살이 나 있고, 주먹으로 주인어른을 때리는 마님은 벗겨진 한쪽 샌들을 찾으며

"비켜요"

두세 명이던 주인어른은 깨진 거울 조각들 덕분에 열 명으로, 스무 명으로 혹은 서른 명으로까지 늘어나 똑같은 말을 되풀이하고

"어떤 놈인지 알아야겠어 도대체 어떤 놈이야 이자벨"

마님을 잡고 흔들던 주인어른은, 어느 순간 거울에 비친 나와, 내 팔에 안긴 주앙, 그들의 아이가 아니라 내 아이인, 내 유일한 아들인 주앙의 모습을 발견하고

"꺼져 티티나"

마님도 우리의 모습을 쳐다보는데, 주앙이 그녀의 아들이 아니라고 말하는 듯하고, 주앙은 그들의 아이가 아니라 내 아이이니, 내게 안기고, 내 목에 코를 파묻으며 매달리고, 마님이, 아니 깨진 거울에 비친 마님의 한 조각이, 손, 다리, 이마, 그리고 턱의 일부분이, 가

방을 침대로 끌어당겨서 블라우스와 드레스와 신발과 숄 등을 쑤셔 넣다가, 문득 잠시 동안 우리를 쳐다보는데, 웨이브 진 머리는 마구 뒤엉켰고, 화장은 지워졌고, 립스틱도 매니큐어도 하지 않았고, 평소 전화로 택시를 부른 다음 스타킹의 매듭을 살피며 내게 이를 때와는 아주 딴판인 모습

"누가 묻거든 나는 팔멜라 읍내로 쇼핑 나갔다고 전해"

남편이 리스본의 장관실에 있는 동안, 마님은 사이프러스 가로 수길을 내려가, 길이 끝나는 지점 대문 바로 뒤 광장의 느릅나무 아래에서 기다리는 자동차에 올라탔고, 콧노래를 흥얼거리며 집으로 돌아왔으니, 아무것도 쇼핑하지 않은 빈손으로, 내가 저녁식사 메뉴를 의논하려고 하면, 춤추는 스텝으로 걸어 욕조의 수도꼭지를 튼 그녀는 목욕용 소금을 찾고, 겉옷의 단추를 풀어 머리 위로 벗은 뒤 손가락 끝에 걸고 빙빙 돌리면서

"아무거나 해요 티티나 나는 뭐든지 상관없으니까"

주인어른에 대해서, 하녀들에 대해서, 혹은 살림살이에 대해서 얘기를 해보려고 하면, 그녀는 발가락으로 마개를 열고 거품을 내게 튕기면서

"지금은 말고 티티나 지금은 듣고 싶지 않아 수건이나 좀 건네줘"

욕실의 타일에 김이 서리고 욕실 선반에 김이 서리고, 유리창에도 김이 자욱하게 서리고, 그래서 과수원도 까치들도 보이지 않고, 단지 유리창 뒤편으로 희미한 초록색 얼룩만이, 단지 그녀의 가슴에 희미한 멍자국만이, 그녀는 장난스럽게 웃으며 멍 위에 크림을 문지르고

"어떤 강아지가 날 물었지 뭐야 티티나 털이 복슬복슬한 귀여운

강아지가 말이야"

그녀의 팔멜라 쇼핑은 초창기에는 일주일에 한두 번이다가, 그 다음에는 서너 번, 곧 이어서 다섯 번까지 늘어났으며, 토요일과 일 요일에는 전화벨이 울렸고, 내가 받으면 말없이 끊어지는 전화, 주인 어른이 받으면 말없이 끊어지는 전화, 마님이 받으면 몇 시간이고 소 곤거리며 통화를 했고, 누구에게 온 전화냐고 주인어른이 물으면, 마 님은 아주 태연하게, 옛날 기숙학교 친구라고, 지난 십여 년 동안 한 번도 만나지 못한 친구, 당신도 한번 상상을 해봐, 세월이 얼마나 빠 르게 흘러가는지, 다음에 내가 코임브라로 이 친구를 방문하기로 약 속했어, 우리 함께 가서 며칠 동안 코임브라에서 휴가를 즐기는 건 어때 프란시스쿠? 그녀는 나날이 뻔뻔스러워졌고, 주인어른이 장관 실을 비울 수 없다는 것을 잘 알았기에, 그런 일은 점점 더 자주 생기 게 되었으니, 주말에 한 여자친구가, 얼마나 오랫동안 만나지 못한 친구인지 그리워서 죽을 지경이 되어, 팔멜라에서 전화를 했고, 키득 거리고, 고개를 끄덕이고, 속삭이면서 한참 동안 통화하던 마님은, 전화를 끊기 전 두 눈을 감고 수화기를 향해서 가벼운 탄식처럼

"나도 그래"

흔들리듯 몽롱한 발걸음으로 식탁으로 와서, 먹는 걸 잊은 채 손 으로 빵을 돌돌 말기만 하고, 채마밭에서는 까마귀들의 조롱이, 화단 에서는 제라늄의 비웃음이, 주인어른은 추호의 의심도 없이, 아내가 친구들에게 사랑받는 것이 흡족할 뿐

"생선이 식겠어 이자벨"

팔월에 마님은 환하게 빛나는 표정으로, 환하게 들떠서 나에게 입맞춤까지 하고는, 마치 백 년쯤 떠나 있을 사람처럼 엄청나게 많은 가방과 함께, 한 달 예정으로 코임브라로 여행을 갔고, 하지만 그곳

두 번째 비망록

에서 머물 주소를 가르쳐주지는 않았으니

"루시아네 집 주소는 몰라요 도착하면 내가 전화할게"

마님은, 아이를 쓰다듬으면서

"나는 그 친구의 이름밖에 몰라요 성은 모르니 자꾸 캐물어도 소용이 없어요 프란시스쿠"

마님은 친구들의 이름을 혼동하고, 친구들의 성도 혼동하고, 친구들과 있었던 일들, 학창 시절의 추억도 혼동하고, 집으로 전화를 걸지도 않았으며, 단 한번 스페인에서 엽서를 보내와, 코임브라에 잘 도착했다고, 그런데 다른 친구를 만나러 마드리드로 왔다고 썼는데, 주인어른은 그녀를 무척 그리워했고, 식탁에 홀로 앉은 그의 얼굴을 보면 단번에 알 수가 있으니, 거실에서 홀로 책을 읽거나 신문을 뒤적이는 그의 얼굴을 보면, 주머니에 손을 찌른 채 시가를 피우며 상처받은 영혼처럼 복도를 이리저리 서성이는 모습을 보면, 집에 돌아온 마님은 기분이 상해 있었고, 가방을 현관에 털썩 내려놓더니, 토할 것 같은 표정으로 이맛살을 잔뜩 찌푸리면서 인사 한마디 없이 소파에 몸을 던졌고

"완전히 지쳤어"

까마귀들은 죽어라고 웃어댔고, 개구리들도 죽어라고 웃어댔고, 주인어른이 곁에 와서 앉자 그녀는 누가 찔러대기라도 하듯이 옆으로 펄쩍 물러나면서

"날 좀 가만히 놔둬요 프란시스쿠 지쳤다고 했잖아요"

그녀는 벽에 걸린 그림들을, 가구들을, 피아노를 바라보았고, 마치 이 모든 것이 증오스럽다는 듯이, 마치 이 모든 것이 그녀를 화나게 한다는 듯이, 패션 잡지를 집어들었다가, 다시 옆으로 던져버리고, 담배를 꺼냈지만, 불을 붙이는 것을 잊은 채, 한숨을 쉬면서, 주인

어른이 내민 재떨이에 문질러버리고

"제발 왜 나를 한시도 가만히 놓아두지 않는 거예요 프란시스쿠?"

손님용 침실로 들어가 문을 닫아버리고, 열쇠로 문을 잠가버리고, 다음 날 아침 열한시가 넘어 남편이 장관실로 출근한 다음에야, 가운 차림에 얼굴에는 주름방지용 크림을 떡칠을 하고 테라스에 나타나, 정원사가 야생 포도와 회양목 덤불을 가다듬고 있는 걸 화난 듯이 바라보더니

"세상에 여기만큼 흉측한 곳이 또 있을까"

내가 똑똑한 사람이었다면 아마도 마님을 도와줄 수 있었으리라, 대학을 다녔더라면, 좋은 집안에서 교육을 받았더라면, 열두 살 나이에 파우스 드 페레이라에서 하녀 생활을 시작한 사람이 아니라면, 마님은 아이를 쳐다보지도 않았고, 찻잔을 건드리지도 않았고, 숟가락으로 잼 단지를 툭툭 쳤고, 버터 그릇을, 주전자를 툭툭 쳤고, 토스트를 한입 베어물더니 접시에 내려놓았고, 프랑스어로 뭔가 웅얼거렸는데, 입을 다문 까치들은 창턱에 앉아서 그런 그녀를 구경하면서, 겉으로는 깃털을 청소하는 척했고, 나는 빗자루로 얄미운 까치들을 쓸어버리고 싶었으니, 다행스럽게도 나는 빗자루로 까치들을 쓸어버릴 능력 정도는 있었으므로, 그럴 만한 힘은 아직 남아 있었으므로, 그런데 그때 전화벨이 울렸고, 벌떡 일어선 마님은 숟가락을 집어던지고, 갑자기 표정이 확 달라지면서

"내가 받을게 티티나"

트랙터 소리가 가까이 들렸고, 풍차는 너무도 빠르게 돌아가서 날개가 거의 보이지도 않을 정도였고, 거센 바람에 미쳐버린 금속이 일으키는 불꽃만이 보였으니, 기숙학교의 친구들과 통화를 하는 마

님은 한숨을 쉬는 대신에 속삭이는 목소리로

"니도 그레"

눈썹을 모으고, 내가 듣지 못하도록 입을 조그맣게 오므리며

"여기서 한시도 더는 참지 못하겠어 죽어도 못 참겠어 내일이라도 당장"

전화를 끊고 나자 그녀의 인생이 다시 밝아진 듯 보였으니, 식어버린 차를 마시고, 차갑게 식은 토스트를 먹고, 몸을 씻고 옷을 입고, 화장을 하고, 한 시간이나 공을 들여 매니큐어를 한 후, 택시를 불러서 팔멜라로 쇼핑을 나갔고, 나는 신경이 곤두서서 하녀들에게 욕을 퍼붓고, 보이는 것마다 잔소리를 퍼붓고, 요리사를 야단치고, 재봉사를 야단치고, 시든 수선화 때문에 정원사와 싸우고, 시곗바늘은 끊임없이 쏟아지는 우박처럼 달각거리며 시간을 삼키고 있으니, 마침내 배가 고프고 지친 주앙이 내 뒤에서 칭얼거렸고

"지금은 안 돼요 주앙 도련님"

너도밤나무 숲이 어두워지고, 사이프러스 가로수길이 어두워지고, 까마귀들은 늪지의 유칼립투스나무들 사이로 숨어버리고, 멀리 세투발의 불빛이 반짝이고, 산에서도 불빛이 반짝이고, 보이지 않는 바다가 있는 곳에는 환한 얼룩 같은 반점들이, 자동차가 저택 대문 안으로 들어섰고, 계단을 올라오는 발걸음소리, 주인어른은 서류가방을 현관 탁자에 올려두고 손님용 침실 문을 열어보고는, 당황하여 침실 문을 열어보고, 거실 문을 열어보고, 아이를 안아주고, 하지만 그의 아이가 아니라, 내 아들인 아이, 넘어지거나 어둠이 무서울 때 나를 찾는 아이, 주인어른은 넥타이를 풀면서

"티티나 마님은 어디 있지?"

예배당을, 온실을, 장미원을, 채마밭을, 저택 곳곳을 돌아다니

는 주인어른의 실내화가 시멘트 바닥과 벽돌, 자갈, 흙 위를 스치는 소리가 들렸고, 그의 핏발 선 두 눈은 크게 벌어졌으나, 나는 그를 도울 수가 없었으니, 나는 똑똑하지 못하기 때문에, 대학을 다니지 못했기 때문에, 열두 살 나이에 파수스 드 페레이라에서 하녀 생활을 시작했기 때문에

"티티나 마님은 어디 있지?"

주인어른은 수화기를 집어들었으나, 잠시 망설인 후 다시 내려놓았고, 나는 수치심을 느꼈는데, 왜 그런지는 나도 이유를 알 수가 없고, 내가 아는 건 단지 이런 모든 일을 목격하고 싶지 않다는 것, 그때 자동차의 불빛이 사이프러스 가로수길을 올라오니, 나무들 한 그루 한 그루가 환하게 드러나고, 점점 커지는 자동차의 엔진음, 계단을 디디는 마님의 구두굽소리, 순간 주인어른의 모습은 누구라도 동정심을 느끼지 않을 수 없을 지경이고

"이자벨 무슨 일이 있었던 거야?"

사람의 마음을 무너지게 하는 주인어른의 목소리, 만약 내가 마님이라면 동정심 때문에라도 결코 떠나지 못했을 텐데, 마님은 주인어른에게는 눈길도 주지 않고, 그의 말을 듣지도 않고

"저녁식사는 준비됐어, 티티나?"

식탁에 앉아, 냅킨을 펼치고, 아무 일도 없다는 듯이 물을 따라 마시니, 갑자기 나는 이 저녁식사가, 식당의 호화로운 가구들에도 불구하고, 마치 가난한 자들의 저녁식사처럼 무한히 슬프게 느껴지고, 주인어른은 잔을 들어올리며 떨리는 음성으로

"이자벨 무슨 일이 있었던 거야?"

마님은 잠시 그를 쏘아보지만, 곧 관심을 거두고는

"수프를 줘 티티나"

두 번째 비망록

주앙이 칭얼거리며 안아달라고, 사탕을 달라고, 오줌이 누고 싶
다고 보채지만 그 누구도 아이에게 신경 쓰지 않으며, 심지어는 니조
차도 아이에게 신경 쓰지 않으며

"티티나"

호기심에 겨운 하녀들은 부엌에서 수선스럽게, 비극의 예감 때
문에 흥분하여 어쩔 줄을 모르며

"분명 주인어른이 마님을 때릴 거예요 도나 티티나 때릴 게 분
명해요 주인어른이 마님을 때린다는 데 얼마 걸겠어요?"

까치들마냥 즐거워진 하녀들은 희열에 찬 몸짓으로 서로의 팔
을 붙들고

"분명 주인어른이 마님을 때릴 거예요 도나 티티나 때릴 게 분
명해요 주인어른이 마님을 때린다는 데 얼마 걸겠어요?"

비가 내리기 시작했고, 창과 지붕, 오렌지나무를 때리는 빗줄기
소리, 천사의 석상들이 사람의 목소리로 나를 부르니

"티티나"

창문틀에는 날개 달린 신들과 나뭇가지, 최초의 번갯불이 칠 때
마님은 손님용 침실로 들어가 문을 걸어잠갔고, 번개가 집에서 아주
가까운 곳에 떨어지는 바람에 집 안의 전등이 모두 꺼져버렸으므로,
방들은 가구들로 가득 찬 그림자의 미로로 변했고, 목재조각 프레임
속의 텅 빈 거울 안에서 얼굴들이 멀리 사라지고 있으며, 두 번째 번
개, 세 번째 번개, 개들의 높은 울음, 밤나무들이 고통스럽게 신음할
때, 바로 그 순간 하늘의 어둠이 확 걷히며, 손님용 침실 앞에 서 있는
주인어른의 실루엣, 마치 십자가에 못 박힌 사람처럼

"이자벨"

어둠 속에서 아이는 안아달라고 칭얼거리며, 사탕을 달라고, 오

줌이 누고 싶다고 보챘지만, 신이여 용서하소서, 이 순간만큼은 나는 주앙을 무릎에 올려놓을 수가 없었고, 대신 나는 아이의 아버지를, 주인어른을 껴안고, 그를 가슴에 힘껏 품으며, 그의 얼굴을 내 목덜미에 묻고, 그를 손님용 침실 앞에서 방으로 데려와, 그의 옷을 벗기고, 침대에 눕히고, 그의 손을 잡고, 그의 몸을 가볍게 흔들어주고 싶었으니, 그가 깊이 잠들 때까지, 그의 곁에 머물고 싶었으니.

두 번째 비망록

추가 진술

도나 티티나가 자기 추측을 말하는 거야 그녀의 자유겠지만, 사실 주인어른이 좋아한 여자는 마님이 아니라 바로 나였다. 주인어른은 입에 시가를 물고 모자를 쓴 채로, 엄지손가락을 바지 멜빵에 걸친 자세로 부엌으로 들어와, 손짓 한번으로 하녀들을 토끼나 닭을 잡는 뒷마당으로 내보냈고, 재봉사 여자에게도 나른한 눈짓을 한번 던지면, 그녀는 다리미를 놓아두고 복도로 사라졌으니, 그런 다음 돌로 된 탁자에서 밀가루 반죽을 밀고 있는 나를 턱으로 가리키며

"거기 너"

그래서 나도 식료품 저장실의 문을 열고, 젤리 병과 쌀자루가 가득한 그곳에 숨어버리려고 했으나, 주인어른은 내 앞을 막고 서더니, 그의 시가가 거의 내 코에 닿을 정도로 가까이

"가만히 있어"

그렇게 주인어른이 설거지대 위로 몸을 구부리게 한 당사자는 바로 나였으니, 그가 움켜쥔 머리카락도, 마님의 것이 아닌 내 머리카락이었으니, 나는 애원했고

"날 아프게 하지 마세요 제발 날 아프게 하지 마세요"

어린 주앙이 정원에서 우리를 남몰래 훔쳐보고 있었고, 주인어른이 마침내, 물에 젖은 개처럼 부르르 떨며 내게서 몸을 떼어내자, 나는 부풀기 시작한 반죽으로 다시 다가갔고, 재봉사 여자는 다시 다림질을 시작했고, 정오인데도 시계는 오후 다섯시를 알렸으며, 거실에서는 살라자르의 목소리가 주인어른을 향해서

"사과할 필요는 전혀 없습니다 장관실에 전화할 일이 있으면 당연히 해야지요 그걸 이해 못하는 사람은 없어요"

그러니, 도나 티티나야 자기 좋은 대로 말할 테고, 그녀가 뭐라고 하건 그건 내 알 바 아니니, 그녀는 마님이 집을 나가버렸기 때문에 주인어른이 나를 만지작거린 거라고 말했겠지만, 이미 그전부터 나는 주인어른 침대 시트를 빨 때 어떤 흔적도 얼룩도 보지 못했고, 그녀는 내가 유일한 여자가 아니었다고, 주인어른에게는 약사의 과부와 관리인의 딸, 게다가 리스본에도 어떤 무용수와 파두 가수 등이 있었다고 말했겠지만, 그거야 도나 티티나 자기가 좋은 대로 넘겨짚는 것뿐이고, 하지만 내가 아는 사실은

물론 주인어른은 결코 이런 말을 한 적이 없지만, 왜냐하면 주인어른은 절대로 말이 많은 남자가 아니었으므로

그가 좋아한 여자는 바로 나였다는 것, 주인어른과 함께 국가 통치 문제를 의논하려고 살라자르가 비서와 경찰들을 데리고 일부러 팔멜라까지 왔고, 지프가 농장을 돌며 순찰하고, 경찰이 트랙터 기사에게 신분증을 요구하는가 하면 붉은 탁구채를 든 사람들까지 멀찌감치 쫓아버리는 동안, 그들이 해외 식민지에 관해서, 미뉴에서 티모르까지, 분리될 수 없는 하나의 유일한 포르투갈에 관해서, 기독교문명에 관해서, 아폰수 드 알부케르크에 관해서, 파티마의 기적에 관해서, 무신론 공산주의에 맞설 최후 보루에 관해서 어떤 결정을 내리곤 했으니, 하지만 그중에서도 가장 핵심은, 아프리카를 검둥이에게 완전히 넘겨줄 것인가, 아니면 아프리카를 검둥이에게 넘겨주지 말아야 할 것인가, 그에 관해서 살라자르의 비서는

(아무리 생각해봐도, 태도에 스민 뉘앙스나 운전수에게 던지는 눈길 등으로 추측하건대 동성애자가 분명해 보이는 비서)

토스트빵을 내려놓고 어깨를 치켜올리며

"검둥이들은 자기들이 뭘 원하는지를 몰라요"

두 번째 비망록

잔디밭 위로 가벼운 삼월의 바람이 불어오고, 습기의 예감이 뼛속으로 ㄴ껴지는데, 살라자르는 만년필로 시류를 톡톡 두드리며

"뭔가 새로운 의견을 좀 말해봐 로드리게스 자신이 원하는 것을 아는 검둥이라면 당연히 아무 문제가 없겠지 그러면 그들은 백인일 테니까"

습기를 알리는 커다란 검은 얼룩이 우리 앞에서 점점 거대하게 부풀어오르고, 온실 지붕에 앉은 비둘기에게도, 이미 녹이 슬어 바스러지고 있는 내 발목 관절에도, 습기의 예감이 분명해지니, 살라자르는 아프리카를 검둥이에게 넘겨줄 것인가 말 것인가를 고민하면서 찻잔에 설탕을 넣고, 급작스럽게 밤이 되자, 급작스럽게 최초의 빗방울이 장미꽃잎에 떨어지고, 허리를 앞으로 숙인 도나 티티나가 등불을 켰고, 소파에서 몸을 일으킨 주인어른이 살라자르에게

"실례지만"

깜짝 놀란 비서는 내려놓았던 토스트를 다시 집어올리며 이해하지 못할 말을 입속으로 중얼거렸고

"내가 알았던 검둥이 하나는 안경을 쓴 프랑스어 교사였지요 이상하지 않습니까 수상각하"

화덕에서 쌀이 눌어붙지 않게 저어주고 있던 나는 살라자르의 대답을 듣지 못했는데, 갑자기 하녀들이 뒷마당으로 몰려나가고 재봉사는 복도로 나갔고, 막 수플레에 포크를 찌르고 있던 도나 티티나도 느릿느릿 주앙의 방으로 가면서 한 번은 높고 한 번은 낮은 두 가지 음색으로

"목욕할 시간이에요"

파리잡이 끈끈이가 허공에서 돌돌 말리면서, 광폭하게 내리는 비의 기세에 춤을 추니, 나는 화덕의 불을 끄고 수프를 준비하는데,

헛기침 소리와 함께 확 밀려오는 자욱한 시가 냄새, 그리고 바로 뒤에서 들리는 목소리

"거기 너"

내 치마를 들어올리며, 내 머리카락을 움켜쥐는 목소리

"가만히 있어"

세찬 바람 때문에 창문이 덜컹 열리면서, 춤추는 나뭇가지들이 부엌 안으로 사정없이 밀려들고, 파리잡이 끈끈이가 내 머리에 달라붙고, 경찰들과 경호원들은 화단에서 미끄럼을 타며, 내 뒤의 목소리는 다시 거실의 살라자르를 향해서

"중앙위원회에 알려야 할 사항이 있는데 깜빡했습니다"

또 다른 창문이 활짝 열리고, 차고의 지붕이 진흙 바닥으로 풀썩 내려앉고, 양탄자 위로 빗물 줄기가 뚝뚝 떨어지며, 주름 갓을 씌운 램프 불빛 아래 초록색으로 보이는 살라자르는, *서재의 한 사진 속에서 주인어른과 카에타누*(포르투갈의 정치가이자 교수, 장관, 의장, 부총리 등을 지냈다. 1968년 9월 와병 중인 살라자르를 대신하여 수상을 역임했으나 1974년 4월혁명으로 물러났다) 교수 사이에서 미소를 짓고 있는 그 살라자르, 머리로 떨어지는 두 번째 빗물 줄기를 피하려고 하면서

"어떻게 좀 해봐 로드리게스"

쉴 곳을 찾지 못한 새들은 너도밤나무 사이를 이리저리 날았고, 경찰의 지프가 천사상 하나를 깨뜨린 후 다른 석상들을 넘어뜨리는데, 테라스에 선 비서는 지프들을 향해서 화를 내며

"수상각하가 비를 맞고 계시잖아"

그래서 그들은 모두 네 발로 진흙 속을 기면서 구름을 향해 총을 겨누었으니, 도나 티티나야 자기가 하고 싶은 말을 할 수 있지만, 사실 주인어른이 좋아한 여자는 마님이 아니라 바로 나였고, 도나 티티

나는 마님이 나보더 더 아름다웠다고 말하겠지만, 마님의 가슴이 펑퍼짐하지 않고 우뚝 솟았다고 말하겠지만, 그건 마님이 엄소우리에서 잠을 잔 적이 없고, 베이라 마을의 들개들에게 물릴까 봐 겁에 질린 채 구걸을 다니지 않았고, 아제이타웅의 집시들에게서 산 뒷축이 떨어져나간 신발 두 켤레와 걸친 옷 한 벌 말고는 아무것도 없는 그런 시절을 겪은 적이 없기 때문, 그럼에도 불구하고, 마님이 집을 나간 후에 주인어른이 선택한 것은, 목걸이와 반지를 걸친 여자가 아니라, 바로 나였으니, 열다섯 살에 그 어떤 가족도 없이 혼자서 아이를 낳았던 여자, 주인어른이 이렇게 명령하며 선택한 여자

"거기 너"

내가 그 아이를 내 손으로 시냇가에 묻던 날, 나와 아이 모두는 서로가 흠뻑 젖었으며, 서로가 뜨끈하게, 같은 피를 흘리며, 내 허벅지를 손가락으로 아프게 누르며 주인어른은

"가만히 있어"

그래서 나는 가만히 있었으니, 내 몸은 공허했고, 내 딸이 내 몸을 떠나던 순간과 마찬가지로 텅 비었으니, 나를 부르지 않았던 내 딸, 나를 보지도 못했던 내 딸, 내 두 번째 딸도 마찬가지로, 주인어른과 도나 티티나 말고는 아무도 그 애에 대해서 알지 못했고, 하녀들도, 재봉사도 알지 못했고, 주인어른이 나를 좋아하면서 더 이상은 주지 않던 것, 그것을 내게 주었던 운전수도 알지 못했고, 주인어른은 두 번 다시는 부엌으로 와서, 바지 멜빵에 엄지손가락을 걸친 채, 도나 티티나와 하녀들과 재봉사를 밖으로 쫓아내지 않았으니, 그때 나는 무릎 사이에 그릇을 끼고 앉아, 그가 들어온 것을 모른 척하면서 닭털을 뽑는 중이었는데, 주인어른은 내 머리카락을 움켜쥐더니 손으로 내 배를 만졌고, 다른 존재 때문에 약간 부풀어 오른 배를, 닭

이 든 그릇 속으로 시가를 던져넣으며

"이게 뭐지?"

나는 그를 마주 보았고, 그러나 내가 본 것은 그가 아니라 돼지 상인, 주석그릇과 점토그릇을 파는 가판대 뒤편으로, 야생무화과나무가 우거진 학교 운동장 뒤로 나를 데리고 갔던 돼지 상인, 돼지를 모는 회초리로 내 엉덩이를 때리면서 자기 앞쪽으로 몰고 갔던 돼지 상인, 바람이 불지도 않았는데 무화과나무들은 두런두런 이야기를 나누었고, 혹은 그가 중얼거리며 돼지에 관한 말을 했고, 혹은 말하는 것은 내 목소리였으니, 목구멍에서 아무런 소리도 나오지 않았음에도 불구하고

"이러지 마세요"

주인어른은 마치 내가 새끼 밴 암말이나 암양인 듯이, 그렇게 내 배를 만졌고

"이게 뭐지?"

그날 밤, 철조망에 다리를 다친 세퍼드가, 개집 안에서 그칠 줄 모르고 계속 소리 높여 울었으며, 그리고, 옅은 새벽 안개가 물러간 다음, 추위 때문에 깃털을 곤두세운 첫 번째 까마귀들이 나타났으니, 양동이를 손에 든 관리인의 딸은 우물가를 돌아 내려갔고, 운전수는 세차를 위해 호스를 마당으로 끌고 왔고, 나는 현기증이 나면서 속이 울렁거렸고, 도나 티티나는 내 방문 앞에 서서

"주인어른이 서재로 부르셔"

도나 티티나야 자기 좋은 대로 말할 수 있고, 그녀가 뭐라고 하건 그건 내 알 바 아니니, 왜냐하면 어차피 그건 진실이 아니기 때문에, 나는 옷을 입었고, 그사이에도 현기증은 더욱 심해져서, 장롱에 몸을 지탱하고 간신히 신발을 찾았는데, 그 와중에도 벽에 걸린 성화

두 번째 비망록

가 연말 장터 마당의 놀이기구처럼 빙글빙글 돌았고

　　(나의 가장 큰 소원은, 보석가게에서 미뉴산 금귀걸이 한 쌍을 사는 것, 그러나 나는 돈이 없었고, 돼지 상인은 내게 돈을 주겠다고 약속했는데, 일이 끝난 후에 그는 약속을 지키지 않았으니, 돼지 상인은 나에게 말하기를

　　"나와 함께 가면 돈을 줄게"

　　나는 치마에 묻은 흙을 털어내며

　　"준다던 돈은 어디 있어 이 나쁜놈"

　　죽을 만큼 수치스러운 기분으로, 나는 치마의 흙을 털어냈고, 돼지 상인은 돼지몰이 회초리로 나를 치면서

　　"돈이라니 무슨 돈?"

　　그런 일은 그때 단 한번뿐, 나는 죽은 어머니를 걸고 맹세할 수도 있으니, 정말로 그것은 한번뿐이었다고)

　　성화들이 흔들림을 멈추었을 때, 나는 벽을 짚고 걸으면서

　　"쓰러질 것 같아"

　　복도가 빙글빙글 돌았고, 도자기 인형이, 터번을 쓴 무어인이 한 번은 가까이 다가왔다가, 다시 멀어지고, 목소리가 반복해서 울리고, 음절에 걸려 비틀거리고, 그렇게 내가 서재에 채 도착하기도 전에

　　"들어와"

　　책상에 앉은 주인어른은, 면도를 말끔하게 마치고, 넥타이에, 그가 포르투갈을 지휘할 때 입는 양복 차림으로, 신문 사진 속에서 국회의원들과 악수하고 병원 개관식에 참석할 때 입는 양복, 책상 위에는 책이 한 무더기, 살라자르의 사진과 여배우처럼 보이는 어느 여자의 사진, 긴 모피옷을 늘어뜨리고 쇄골을 훤히 드러낸, 공화국 대

통령, 추기경, 교황, 그리고 주인어른

"언제부터야?"

내가 모른다고, 일일이 날짜를 계산해보지 못했다고 대답하려는 순간, 질문에 대답하려고 너무 집중을 한 탓인지, 책상이 빙글빙글 돌기 시작했고, 공화국 대통령과 교황이 장터 마당의 놀이기구처럼 빙글빙글 돌았고, 나는 그저 바닥에 주저앉아 죽고 싶다는 소망 말고는 아무런 생각도 없었으며, 내 몸이 점점 커지는 것 같았고, 커지고 무한하게 길어지다가 다시 줄어들고, 그리고 다시 커지기를 반복하는 것 같았고, 뱃속에서 점점 자라난 공포는 광폭한 파도처럼 날뛰었고, 나는 전화기라도 붙잡으려고 손을 뻗었으나 전화기는 바닥에 떨어져버렸고, 스탠드를 잡으려고 했으나 손이 미끄러졌고, 주인어른은 의자에서 몸을 일으켜 옆으로 물러나면서

"그만해"

하지만 나는 이미 연말 장터마당의 범퍼카가 되어버렸으니, 책상을 빙 돌아서 주인어른에게 다가간 나는 그를 스쳤고, 다시 한번 더 빙 돌아서 그를 다시 한번 더 스쳤고, 노점에서 파는 돼지고기 샌드위치, 소 내장구이, 튀김, 음악, 도넛, 그리고 나는 내 아버지를 보았고, 내게 미뉴산 금귀걸이를 주겠다던 금세공사를 보았으며, 돼지상인도 보았고, 그에게 돈을 달라고 하고 싶었으나, 나를 사로잡고 있는 현기증 때문에, 나를 사로잡고 멀리 데려가버리는 현기증 때문에 그와 다툴 기운이 없었고

"준다던 돈은 어디 있어 이 나쁜놈"

나는 치마의 흙을 털어냈으나 치마를 발견할 수 없었고, 머리카락의 흙을 털어냈으나 머리카락을 발견할 수 없었고, 나를 향해 미소 짓는 교황과 눈이 마주쳤지만 교황은 사라졌으며, 주인어른에게 설

명해야겠다고 마음먹는데, 의자에서 몸을 일으켜 옆으로 물러난 주인어른은 서류가방을 들어 앞을 막으면서

"내 양복 조심해 내 양복 조심해"

나는 그에게 경고하려고 했고

"용서하세요"

그에게 설명하려고

"용서하세요"

그에게 애원하려고

"용서하세요"

주인어른이 나를 밀쳐내려고 애썼음에도 불구하고, 최초의 구토가 그에게 쏟아지고 말았으니, 칼라에, 넥타이에, 얼굴에, 병원 개원식을 위한 그의 양복 전체에, 서류에, 책더미에, 살라자르의 사진에, 내 구토물이, 방구석으로 피한 그는 겁에 질린 목소리로

"티티나"

나는 그에게 용서를 빌며, 맹세의 말을 바치니

"당신을 사랑해요"

주인어른은 발로 바닥을 구르고, 어린아이처럼 거의 울먹이는 소리로

"티티나"

나는 지금까지 단 한번도 어떤 사람을 사랑해본 일이 없고, 돼지 상인은 물론이고, 모르타구아의 성물 관리인, 교회 뒤로 가서 몸을 좀 만져보게 해주면 내게 자선함의 동전 몇 푼을 주겠다던, 그리고 스페인 전쟁에서 부상당한 상이군인도 사랑하지 않았지만

"거기 좀 보여줘 거기 좀 보여줘"

단 한번도 내게 보답으로 싸구려 팔찌 하나 준 적이 없는, 미뉴

산 귀걸이를 가진 금세공사, 내 아버지보다 더 나이가 많았던 남자, 한 손으로는 천식 펌프를 누르면서, 다른 한 손으로는 살짝 나를 불러서

"잠깐만 기다려"

캔버스천과 각종 케이스, 점심식사가 든 버드나무 바구니가 실린 트럭 짐칸으로 나를 밀어넣었지만, 그것이 되지가 않았고, 그래서 에너지를 모으려고 다시 천식 펌프를 눌러대면서 내게 손짓으로

"잠깐만 기다려"

이번에는 될 거라고 생각했지만, 아무 반응이 없었고, 동료들이 자기를 비웃을까 봐 겁이 잔뜩 난 그는

"배 속에서 감자가 말썽을 부려서 그래 정말이야 망할놈의 감자 때문이라니깐 아무에게도 이런 얘기는 하지 말아줘 그러면 다음에 올 때 작은 선물을 가져다줄게"

하지만 나는, 범퍼가 떨어져나가고 칠이 벗겨진 그의 트럭을, 돌길 위를 요란하게 덜그럭거리며 배기가스를 내뿜는, 미찬기지로 범퍼가 떨어져나가고 칠이 벗겨진 다른 트럭들 사이에서 두 번 다시는 보지 못했고, 도나 티티나가 교황과 추기경과 살라자르의 사진을 밟으며 들어왔고, 주인어른은 바닥에 누운 자세로 도나 티티나를, 아들을, 그리고 배 위에 올라탄 나를 쳐다보았으나, 그의 눈동자는 핀헬의 장님처럼, 그 누구도 보고 있지 않았고, 아이를 팔에 안은 도나 티티나는

"아이구 세상에"

사면의 벽과 천장이 서서히 움직임을 멈추었고, 양탄자는 단단한 바닥이 되었으며, 내 머리는 목 위로 돌아왔고, 다시 생각할 수 있고 목소리를 낼 수 있게 된 나는 주인어른에게 말할 수 있으니

두 번째 비망록

"당신을 사랑해요"

그러나 사랑하는 남자의 배 위에 올라탄 자세에서

"당신을 사랑해요"

이렇게 말하는 것은 불가능했고, 현기증이 사라지고 정신이 돌아온 나는 주인어른을 일으켜 세우고 엉덩이와 머리카락을 내 손수건으로 닦아주려고 했으나, 양초같이 뻣뻣한 남자에게, 촛농의 눈물을 뚝뚝 흘리는 남자에게

"당신을 사랑해요"

이렇게 말하는 것은 불가능했고, 양동이와 걸레를 가져온 도나티티나가 주인어른의 얼굴을 걸레로 미친 듯이 마구 문지르며

"아이구 세상에"

툭하면 아무것도 아닌 사소한 일에도 눈물을 쏟는 도나 티티나와는 달리, 나는 다른 사람이 전혀 알아차리지 못하게, 소나무가 송진 주머니로 액체를 떨구듯이 눈물을 흘리는데, 송진 주머니 하나가 가득 차려면 몇 년이 걸릴 정도로, 송진이 떨어지는 것은 눈으로 확인하기도 어려우니, 어린 시절 나는 소나무 사이에 앉아 몇 날이고 하늘의 구름을, 솔개를, 마차를 갖고 와서 도끼로 나무를 훔쳐 베어가는 사람들을 바라보았지만, 송진 주머니 속의 액체가 늘어나는 것은 거의 보지 못했으니, 항상 주머니 바닥에 걸죽하게 눌어붙은 약간의 분량 그대로, 변화가 없었고, 내가 그런 소나무 같다는 것을 주인어른이 알아차려주었다면, 내가 그를 사랑하지 않기 때문에 입 다물고 있는 건 아니라는 사실을 알아차려주었다면, 내가 그를 사랑하지 않기 때문에 운전수 등과 그런 일을 벌인 건 아니라는 사실을 알아차려주었다면, 운전수와의 관계를 받아들인 것은 오직 내가 당신을 사랑했기 때문이라고, 만약 주인어른이 내게

"그자를 차버려"

하고 말했다면, 나는 운전수를 차버렸을 텐데, 스페인 전쟁에서 부상당한 상이군인을 차버렸던 것처럼, 돼지 상인을 차버렸던 것처럼, 금세공사를 차버렸던 것처럼, 다른 남자들을 차버렸던 것처럼, 그가 말하기만 했다면

　　"그자를 차버려"

　　부탁할 필요도 없이, 그냥 이 말만 한마디 했다면

　　"그자를 차버려"

　　주인어른이 그것을 원하기만 했다면 나는 당장 운전수를 차버렸을 텐데, 주인어른이 그걸 바라고 있다고 내게 눈치만 주었어도, 나는 당장 운전수를 차버렸을 텐데, 왜 주인어른은 단 한번도 말하지 않았는지

　　"그자를 차버려"

　　왜 주인어른은, 내가 운전수와 동침하기를 원했는지, 왜 주인어른은 운전수 방의 등불이 켜진 것을 보고만 있었는지, 그 방에서 내가 주인어른 서재의 등불을 보고 있는 그 순간에, 왜 주인어른은 우리의 잠자리 소리를 듣고 우리가 잠자리에서 나누는 이야기를 듣고 새벽 두시에 내가 계단을 내려가는 소리를, 그의 방 앞을 지나가는 소리를, 그의 방 앞을 지나고, 다시 그의 방 앞을 지나가는 소리를, 혹시 그가 나를 부를지도 모른다는 희망을 안고서, 그의 방 앞을 지나가는 소리를, 그는 나를 부르지 않았고, 나는 희망을 안고서

　　"거기 너"

　　그의 손이 내 목덜미를 움켜잡으리라는 희망을 안고서, 그의 시가 냄새가 가까이 다가오리라는 희망을

　　"가만히 있어"

두 번째 비망록

그리고 몇 달 동안 아무도 나에게 질문을 하지 않았고, 차마 정면으로 물어볼 수가 없었기 때문에, 부풀어오른 내 배를 보고 깜짝 놀라, 내 앞에서 자기들끼리 수군거리기만 하고, 나는 요리하는 것이 힘겨워지고, 토끼 한 마리 손질하는 데 예전보다 두 배나 더 시간이 걸리게 되니, 도나 티티나, 하녀들, 그리고 재봉사는 아무것도 눈치 채지 못한 척 굴고, 아무것도 모르는 주앙 도련님, 진통이 오던 날 아침 나는 너무도 힘들어 걸음조차 떼기가 힘들었고, 유월, 차고는 완성되었고 온실에서는 아직 작업이 한창일 때, 내 몸에서 쏟아져 나온 물이 침대 시트를 흠뻑 적시니, 진짜 물이, 송진이 아니라, 물이, 마치 널빤지가 갈라지듯이 내 골반뼈가 갈라지고, 그 순간 나는 깨달았으니, 혈연이란 얼마나 커다란 고통인지, 더 많은 물이 쏟아져 흐르고, 더 큰 고통이, 내 몸은 이불을 차버리고 바닥으로 미끄러 떨어지며, 연골이 차례로 찢어지는 동안, 엉금엉금 앞으로, 주인어른은 내가 비틀거리는 것을 보았고, 내 앞치마가 젖는 것을, 내가 고통스러워하는 것을, 혈연의 고통을 겪는 것을 보았고, 그는 수화기를 들었고, 바깥에서는 정원사가 극락조화에 물을 주고 있었고, 까치와 까마귀들은 참새 한 마리조차 겁주지 못하는, 새로 세운 허수아비 위에 내려앉았고, 무언가 너무도 크고 막강한 것이 내 육신의 커튼을 찢고 밖으로 나오는 동안, 나는 주인어른에게 사정했으니, 그동안 내 안에서 자라나고 확장된 그것이 나를 죽이지 않게 해달라고 사정했으니, 그때 나는, 두 개의 진통 사이에 있었고, 그때 나는, 죽음을 눈앞에 두고 있었고

"제발 나를 도와줘요"

온실의 일꾼들은 고치 속의 애벌레처럼 꼬물거리며 난초를 함부로 다루었고, 비둘기들의 날갯짓으로 비둘기장이 둥그렇게 휘어

지며, 늪지의 표면은 개구리들로 부풀어오르고, 주인어른은 파열 직전의 꽃들 사이를 통과하여 나를 축사 안으로 이끌며

"걱정하지 마 의사가 대기하고 있으니까"

질서있게 늘어선 소들이 커다란 젤리 눈동자로 나를 쳐다보았고, 밀짚 다발과 양동이, 씨앗자루, 황새가 날고 있는 하늘 한 조각, 유리벽돌 저 너머의 매, 매보다 더 높은 곳에는 동쪽으로 빠르게 흘러가는 구름, 밝아오는 아침 햇살 속에서 먼지 알갱이들은 유리창에서 유리창으로 춤을 추며 떠다니고, 대문 앞 벤치에는 관리인의 딸이 앉아 있고, 지빠귀들이 사이프러스나무에서 날아오르자, 나무들은 새들도 없이 홀로 남았고, 소매를 걷어올린 수의사가 왕진가방을 들고

"도무지 무슨 일인지 알 수가 없군요 장관님 왜 그리도 급하게 전화로 날 불렀는지 모르겠어요 여기는 당장 송아지를 낳을 암소도 없는데 말입니다"

황새는 날아가버리고 매와 구름도 사라졌지만, 온실 일꾼들 작업소리와 유칼립투스나무들의 소리, 내 뼈가 으스러지는 소리는 여전했으니, 깜짝 놀란 수의사는

"도무지 무슨 일인지 알 수가 없군요 장관님 왜 그리도 급하게 전화로 날 불렀는지 모르겠어요 여기는 당장 송아지를 낳을 암소도 없는데 말입니다"

장관님의 눈꺼풀은 그가 내 목덜미를 움켜쥘 때나 나를 설거지대 위로 혹은 조리대 위로 눕힐 때면 항상 그렇듯이 졸린 듯 느슨하며, 펜치로 밀짚 다발을 묶은 철사를 끊은 장관님은 발로 밀짚을 바닥에 편 다음에 나를 그 위로 눕게 했고, 그때 매가 다시 하늘에 나타났고, 셰퍼드 한 마리가 내게 다가와 킁킁거리며 냄새를 맡았고, 통

두 번째 비망록

증이 밀려왔다가 지나가고 그리고 다시 왔고, 이제 내 눈에는 매가 더 이상 보이지 않았고, 시야는 오직 통증의 선홍색으로만 가득했는데, 그의 발끝이 내 이마를 건드리더니 밀짚 속으로 꾹 누르며

"당신이 잘못 본 겁니다 여기 새끼 밴 암소가 있잖아요 부탁이니 얼른 처리에 착수해주시오."

진술

나는 입을 다물고 아무런 질문도 하지 않았던 것이, 나중에 주인어른이 말해줄 것이기 때문에, 그것이 언제가 될지는 알 수 없지만, 하여간 그래서 나는 늘 하던 대로 내 일을 처리하고, 고용인들에게 지시를 내리고, 경비를 지출하고, 집안이 평소와 다름없이 유지되도록 신경을 썼고, 매주 월요일에 주인어른은 리스본에서 돌아온 다음 서재로 나를 불러 수입과 지출 내역을 점검했고, 그때 나는 필요한 것이 있으면 알렸고, 그는 집안일과 관련하여 자신이 원하는 것을, 그리고 원하지 않는 것을 말하곤 했는데, 영수증과 숫자들을 살펴보느라 바쁜 중에도 나는 그가 안경알 뒤에서 나를 남몰래 훔쳐본다는, 나에게 묻고 싶어 한다는 느낌을 받았으니

"이제 어떻게 하지 티티나?"

그가 어찌할 바를 모르고 고민에 빠져 있으면서도 아무에게도 도움을 요청하지 못한 것은, 그를 존중해주거나 그의 입장을 동정할 사람이 아무도 없기 때문에, 그는 늙었고 그의 육신은 탄력을 잃고 늘어졌으며, 머리칼은 듬성듬성 속이 드러났고, 밤이 나무 위에 둥지를 튼 다음에도, 주인어른은 고기와 생선, 가스, 그리고 지붕 수리 작업의 비용을 계산하고는 있지만, 자신이 합산하는 숫자에 관심이 없고, 돈의 액수에도 관심이 없고, 오직 미친 듯이 내 팔을 붙잡으며

"이제 어떻게 하지 티티나?"

밤은 나무 위에 둥지를 틀었고, 나는 그가 고통의 침묵에 잠긴 채 말하는 소리를 들었다는 생각에

"뭐라고 하셨어요?"

이렇게 되물어야 하나 말아야 하나 망설였고, 나는, 마찬가지로

안경알 뒤편에서, 그의 어깨 너머로 영수증들을 건너다보면서, 월급과, 제라늄 모종, 우유와 닭과 돼지의 판매대금을 각각 합산했고, 청각에 손상이 생겨서 잘 듣지 못하는 사람처럼 손바닥을 둥근 조개껍질 모양으로 만들어 귀에 대고, 말해지지 않은 말소리에 귀 기울였으니

"뭐라고 하셨어요?"

주인어른의 눈길이 한순간 허공을 응시하더니, 자신의 허약함을 깨닫고는 다시 제자리로 돌아왔고, 분노로 이글거리며, 항목과 항목을 짚어나가는 연필 끝을 따라가다가, 그만 길을 잃고, 잘못된 자리에 합계를 적어버리니, 내가 알아차렸다는 사실을 알아차린 주인어른은, 떨리는 입술을 들키지 않으려고, 시가가 입술을 태울 지경인데도 입에서 떼지 못하고, 영수증을 내게 내밀며

"오늘은 가계부 정리할 기분이 아니야 그러니 이것들을 내일 다시 가져와"

나는 서재를 나오면서, 내가 가버리는 것에 대한 그의 두려움을 들었는데, 마치 주앙이 어둠 속에 혼자 남겨지는 것을 두려워하는 것처럼, 그래서 나는 두 명이 동시에 나를 부르는 소리를 들은 듯하였고, 둘 모두 눈에 눈물을 그득 머금은 채 각자의 방구석에서

"티티나"

둘 모두는 내가 자신의 곁에 있어주기를, 불을 환하게 밝히고, 늑대로부터 보호해주기를 바랐으니, 잠이 그들을 공포에서 구원해줄 때까지, 어서 빨리 아침이 와서 다시 삶을 시작할 수 있을 때까지, 그들은 아직도 여전히 밤마다 나를 부르지만, 나는 그들에게 아무것도 해줄 수 없는 것이, 그들에게 가려고 일어서서 문 손잡이에 손을 대려고 하기만 하면, 알베르카 자선원의 작업치료사가

두 번째 비망록

"어디를 가려는 거예요 도나 알베르티나"
하면서 나를 다시 자수 방으로 종이꽃 만드는 방으로 데리고 들어가
버리므로, 하루 온종일 북으로 향하는 버스가 자선원의 벽을 뒤흔들
고 있는데도, 이곳에서 나와 내 동료들은 아홉시부터 낮 열두시까지,
그리고 두시부터 여섯시까지 테이블보와 침대시트 가장자리를 수놓
고, 데이지꽃잎을 섬세한 철망 구멍 속에 끼워넣고, 작업치료사는 나
를 억지로 의자에 앉히고 바늘을 쥐여준 뒤
   "여든 살이나 되어서 게다가 동맥경화도 있으면서 인생을 자유
롭게 즐기겠다는 생각은 설마 아니겠죠 도나 알베르티나"
   창밖으로는 알베르카의 거리가 내다보이고, 완공하는 걸 잊어
버린 고가도로의 기둥이 잡초 우거진 폐허 위로 무너지고 있고, 버려
진 건축물 잔해와 올리브나무가 흩어진 벌판을 향해 뻗어 있는 집들,
아프리카인 거지들이 냄비 몇 개와 속이 빈 매트리스를 깔고 사는
곳, 창밖으로는 저 아래 구름의 그림자가 흘러가는 땅에 버스 터미널
이 보이고, 나는 수를 놓다가 실수를 해버리니, 왜냐하면 내 마음은
알베르카에 있지 않으므로, 내 마음은 팔멜라의 저택에 가 있으므로
   "주인어른과 도련님은 내가 필요해"
   주인어른, 언제나 저녁식사 직전에 내가 위스키를 가져다줄 때
마다, 소파에 앉아 몸을 앞으로 굽힌 채 손으로 이마를 짚고 있었으
며, 나는 그의 잔에 얼음을 넣으며, 마치 무슨 말을 듣지 못했다는 듯
이
   "뭐라고 하셨어요?"
   동정심으로 가슴이 터질 듯하여, 이해해주시기를, 그와 대화의
물꼬를 트고 싶은 열망에, 의사가 메스로 고름주머니에 구멍을 내고
나면 편해지듯이, 진료소의 의사가 내 어금니에 구멍을 냈을 때 처음

에는 무섭고 싫었지만 곧 통증이 사라졌듯이, 펼쳐든 신문 뒤에 어린 아이를 감추고 있는 주인어른, 어린아이가 손바닥으로 얼굴을 가리듯이

"아무 말도 안 했어"

알베르카 고가도로 기둥은, 여기에 하나, 저기에 하나, 드문드문 서 있고, 마치 고대의 기념비처럼 보이니, 멀리서 온 사람들이 사진을 찍고 교수들이 위에 올라가서 고대 로마나 그리스에 관한 연설을 하는 기념비, 세월의 흔적이 더께로 앉은 돌들에 매혹된 사람들, 추한 몰골은 그렇다 치더라도 아무짝에도 쓸모없는 돌덩이, 게다가 앙상하게 드러난 철골에 벽돌과 시멘트 덩어리가 매달려 있고, 도대체 왜 저런 몰골로 방치되어 있는지 알 수 없고, 지금까지 그 어떤 수염 달린 멍청이도, 딱 부러지는 설명을 내놓지는 못했지만, 그래도 첫눈에 금방 이것이 페니키아 고대 사원과 관련있는 유적이라고, 누구나 알아차릴 수 있는 곳, 마찬가지로 아프리카 거지들의 무허가 오두막 또한, 아무도 주의를 기울이시 않는 바람에 아직 문화새로 보호받지 못하는 것이니, 작업치료사는 구멍을 제대로 맞추지 못하는 한 수용자의 손에서 데이지꽃을 넘겨받아 철망에 끼우며

"그들이 정말로 당신을 필요로 한다면 왜 이따위 소굴에 데려다 놓았겠어요 도나 알베르티나"

그거야 내가 여기 알베르카에 있다는 사실을, 주인어른이나 주앙 도련님은 상상도 못하고 있기 때문이지, 만약 그들이 알았더라면 진작에 나를 여기서 데리고 나갔으리라, 왜냐하면 내가 없이는 고용인들을 다스리지도 못하고 가계부를 정리할 수도 없고 집안 살림살이를 꾸려나가는 것이 불가능하니까, 특히 주인어른은 셔츠에 대해서 까다롭기 그지없고, 먼지에 대해서도 마찬가지여서, 새끼손가락

두 번째 비망록

으로 장롱 위를 슥 쓸어본 다음, 확대경을 들이대도 잘 보이지 않을 정도의 먼지를 내보이면서

"왜 이렇게 더러운 거야 티티나"

주인님은 바닥에 실오라기 하나만 떨어져 있어도 화를 버럭 내며 나를 불렀고, 양탄자가 이 센티미터만 삐뚤어져도, 접시에 손자국이 아주 조금만 있어도

"집안 꼬라지가 왜 이 모양이야 티티나"

내가 정신을 팔고 있다가 무늬를 혼동하여 비둘기 대신에 앵무새를 수놓자, 작업치료사는 내 자수의 실을 다시 풀면서

"생각을 좀 해봐요 도나 알베르티나 늙어빠진 할망구를 누가 필요로 하겠어요?"

농장의 비둘기, 셰퍼드가 들어가지 말라고 높다란 횃대 위에 집을 만들어주었던 비둘기, 그런데 셰퍼드가 아니라 까치들이 문제였으니, 그래서 비둘기장 안에는 서로 다른 새알과 새들이 뒤섞여, 옥수수알갱이를 차지하겠다고 서로 부리로 쪼아댔고, 나는 비록 나이가 들었지만, 그래도 고용인들의 질서를 잡는 사람이었고, 집안에 무슨 문제가 생기면, 주인들은 친구도 아니고 친척도 아닌 나를 찾았고, 늙었지만 그래도 내가, 늙은 내가

("티티나 아버지가 이걸 알게 되면 난 정말 끝장이야")

팔멜라에서 주앙 도련님의 벌금딱지를 지불했고, 늙은 내가

("티티나 이번 달 돈을 다 써버렸어 난 빈털터리야")

지갑을 탈탈 털어서 도련님이 학교에서 필요한 돈을 꾸어주었고, 하지만 단 한번도 주앙은 돈을 갚은 적이 없으니, 늙은 내가

("티티나 큰일났어 지금 막 주지사가 전화했는데 오늘 저녁 먹으러 온다는 거야")

저녁식사 직전에 테이블보를 새로 갈고, 테이블 장식을 하고, 식사 코스를 연장하고, 메뉴를 짜고, 늙은 내가

("살라자르의 경찰들이 우리 화단의 극락조화를 망치는 게 싫어")

빗자루를 직접 들고, 권총을 찬 경찰들을 몰아냈으며, 암살자를 수색한다면서 너도밤나무와 석상들 사이를 돌아다니는 그들을 빗자루로 두들겨서 농장 대문 밖으로 쫓아냈으며

"카페에 가서 오렌지에이드라도 한 잔씩 마시고 와요 여기서 얼쩡거리면서 내 눈에 띌 생각일랑 말고 살라자르가 떠날 때가 되면 내가 알려줄 테니까"

그렇기 때문에 나는 추호의 의심도 없으니, 주인어른과 주앙 도련님은 내가 알베르카에 있다는 사실을 언젠가는 반드시 알아내고 말리라, 나는 추호의 의심도 없으니, 그들은 범죄수사과에, 병원에, 무연고 사망자 시설에 전화를 걸어서 문의할 것이며, 푸들과 페르시아 고양이 때문에 과부가 오천 에스쿠도의 보상금을 걸고 신문에 광고를 냈던 것처럼, 언젠가는 반드시, 이 자선원에 모습을 나타내리라, 그리고 작업치료사에게 한마디 하리라, 내가 여기 있다는 사실을 왜 자신들에게 알리지 않았는지, 여기 이 에트루리아족 시멘트 덩어리의 땅에, 그리고 그들은 나를 여기서 데리고 나가리라, 내가 다시 그들 삶의 질서를 유지시켜주도록, 주인어른의 일요일 오후 삶은 항상 내 덕분에 반듯하게 유지되었으니, 장관 보고서를 망쳐놓은 타이피스트 앞에서 그가 절망적인 표정으로 철자 하나하나를 수정하고 있을 때, 나는 꽃병의 꽃을 갈았고, 요리사의 골방에서는 아기가 지빠귀처럼 울기 시작했으며, 어린 싹들이 죽어갈 때, 나는 줄기가 해를 입지 않게 하려고 애썼으며, 아기가 울었고, 하늘은 너무도 투명

하여 먼 산맥의 바위들, 뱀을 찾아 바위 위를 빙빙 맴도는 매까지도 모두 보일 정도였으며, 소파에 푹 파묻혀 조그맣게 변한 주인어른은, 보고서를 손에서 떨어뜨리며, 연필을 손에서 떨어뜨리며

"이 문제를 어떻게 좀 해결해줘 티티나"

리스본에서 부하들에게 명령을 내리는 주인어른이, 교황과 알고 지내고 바티칸에서 훈장까지 받은 주인어른이, 살라자르가 찾아와서 함께 포르투갈의 통치를 의논하는 주인어른이, 원하기만 한다면 전화 한 통으로 사람을 감옥으로 보내버릴 수 있고

("그 더러운 자식을 체포해버리시오 소령")

또 감옥에서 빼낼 수도 있는

("그 젊은이를 석방시키시오 소령")

그런 주인어른이, 나에게, 교황에게서 메달 한 개도 받은 적이 없는 가난한 나에게

"이 문제를 어떻게 좀 해결해줘 티티나"

유력인사를 알지도 못하고 영향력도 없고 지식도 없고 그 어떤 의미도 없으며, 할 수 있는 것이라곤 오직 꽃병의 꽃을 갈고 살림살이나 챙기는 것이 전부인 나, 히아신스를 앞치마 한가득 안은 나에게, 요리사의 방에서 울던 아기는 요람에 이리저리 흔들리면서 울음을 그쳤고, 요리사가 다락방 잡동사니들 틈에서 찾아낸, 고장난 종이 매달린 요람, 요리사는 밤에 소리내지 않으려고 애쓰면서 요람을 방으로 가져갔고, 그것을 본 나는 아무것도 모르는 척하며

"이달레트, 뭘 훔쳐가는 거야?"

요람을 방으로 운반하던 요리사는 다 죽어가는 사람처럼 거칠게 숨을 몰아쉬면서

"아무것도 훔치지 않았어요 난 도둑이 아니에요"

삼 주 전, 곡물자루에 싼 아기를 축사에서 안고 나오며, 그녀는 실내화를 휘둘러 호기심에 몰려드는 개들을 쫓았고, 마치 상처나 피부병을 남에게 보여주지 않듯이, 그 누구에게도 아기를 보여주지 않았지만, 나는 열쇠구멍을 통해서 그들을 지켜보았으므로, 아기의 검은 머리를, 두툼하게 부푼 눈두덩을 보았고, 요리사가 블라우스를 걷어 올리고 아기에게 젖을 먹이는 모습, 베개 천을 잘라내서 기저귀를 만들고, 아기의 입속에 엄지손가락을 넣고 빨게 하는 것을 보았으며, 진료도구를 챙긴 후 주인어른과 작별인사를 나누는 수의사를 보았으니

"더 이상 잘하는 건 불가능했어요 난 의사가 아니니까"

차의 속도를 급작스럽게 높여서 하마터면 대문의 기둥을 박살낼 뻔한 수의사가 대낮인데도 헤드라이트를 훤하게 켠 채로, 보드카를 세 병쯤 마신 것처럼 운전하며 사라진 다음, 나는 아기를 보았고, 밀짚 위의 핏자국과 양동이 속의 더러운 걸레와 젤라틴을 보았고, 관리인의 딸이 까지들에게 까맣게 둘러싸인 채, 늪지에 구덩이를 파는 것을 보았고, 주인어른은

"이 문제를 어떻게 좀 해결해줘 티티나"

감옥을 관장하는 소령에게 전화 한 통 할 수 있는데도 불구하고

"부탁 하나 들어줘 작은 문제가 있으니 해결해줬으면 해"

그렇게 한마디만 하면 해결되었을 텐데, 그러는 대신에 주인어른은 나에게, 지식도 없고 교황과의 연줄은 상상도 하지 못하는 나에게, 마치 내가 이 세상에 살아남은 유일한 인간이라는 듯이

"이 문제를 어떻게 좀 해결해줘 티티나"

말 한마디로 요리사와 아기를 카부 베르드 섬으로 보내버릴 수 있었을 텐데

두 번째 비망록

"내일 카부 베르드행 배가 있나?"

내 생각에는, 이런 일들이 생긴 건 주인어른의 잘못이 아니라, 전부 마님의 잘못이고, 팔멜라 광장 느릅나무 아래 서 있던 자동차의 잘못이고, 그 자동차의 주인이 누구인지는 나도 알고 있으며, 주인어른 또한 알고 있으니, 왜냐하면 마님이 떠난 바로 다음 날 그는 감옥 책임자인 소령에게 전화해서

"소령 까다로운 부탁이 하나 있는데"

시간이 흘렀고, 주인어른은 전화기 앞에서 기다리고 있는데, 소령으로부터는 전화가 걸려오지 않았고, 주앙 도련님의 놀이옷은 늘 그렇듯이 새까맣게 더러워졌고, 오늘까지도 내가 이해할 수 없는 건, 어떻게 주앙은 깨끗한 집 안에서 단 이 분 만에 그토록 더러워질 수가 있었는지

"바나나 줘 티티나"

너도밤나무들은 쉬지 않고 내 이름을 웅얼거렸고, 주인어른은 벽을 주먹으로 두들겨대며 소령에게

"뭐야 지금 농담해?"

이제 잎사귀를 술렁대며 내게 경고를 보내는 것은 너도밤나무만이 아니라, 사이프러스이며, 버드나무고, 글라디올러스 화단, 유칼립투스나무들이니

"너는 죽으리라"

저녁식사 시간이 되었으므로 주앙은 내 앞치마를 잡아당겼지만, 나는 그를 잊어버렸고

"바나나 줘 티티나"

이제는 유칼립투스나무뿐 아니라, 채마밭의 채소들, 나를 미워하는 과수원의 오렌지나무들, 꽃을 피우지 않는 모과나무들이

"너는 죽으리라"

저택의 담장 위로 가지들을 선명하게 드리우며

"너는 죽으리라"

주인어른은 주먹으로 벽을 치면서, 아들의 칭얼거림은 들은 척도 않고, 나무들의 위협은 들은 척도 않고

"뭐야 지금 농담해?"

심지어 이곳 알베르카에서도, 밤만 되면, 내 귀에는 여전히 유칼립투스나무들과 글라디올러스의 술렁임이 들려오니, 유칼립투스도 글라디올러스도 없으며 오직 올리브나무와, 아프리카인 거지들이 훼손한 고가도로 기둥만이 있는 이곳에서조차 내 귀에는 팔멜라나무들의 술렁임이 들려오니, 나는 자수를 놓던 손을 멈추고 가만히 귀를 기울였고, 그러자 당장 탁자 끝에 앉아 있던 작업치료사가

"일 안 하고 뭐 해요 도나 알베르티나?"

여기 알베르카에서조차 나무들은 나에게 말을 걸고 나를 위협하니, 내가 홀에 있을 때 아니면 저녁식사 후 한가롭게 앉아 있을 때

"너는 죽으리라"

창을 내다보면, 들판을 향해 죽 이어지는 버려진 집들 대신에, 팔멜라 농장과 저택이 보이고, 수많은 세월이 흘러 이제는 내가 그곳에서 행복했는지 불행했는지 기억나지도 않는 곳, 단지 겨울의 추위와 나선형 전선이 내장된 전기 스토브, 처음에는 창백한 색이다가 빨갛게 타오르곤 하던, 그래서 방심하고 있는 내게 경고도 없이 화상을 입힐 만큼 빠르게 뜨거워지던 스토브, 일월의 비, 주앙의 결혼식에 참석했던 일, 하녀들과 같은 줄에 서 있다가 성당 앞 광장에서 그에게 쌀을 던졌던 것, 가끔 내 심장이 문제를 일으킬 때마다 깜깜한 터널 속으로 빨려가는 기분이 들었고, 심장이 다시 뛰기 시작해서야 터

두 번째 비망록

널에서 빠져나오던 것이 기억나지만, 내가 그곳에서 행복했는지 불행했는지, 그것은 기억나지 않으니, 나는 주먹으로 벽을 내리치면서 소령에게 소리치던 주인어른을 기억하고

"뭐야 지금 농담해?"

불붙은 시가가 바닥에 떨어져 내 대부님이 준 양탄자에 구멍이 뚫렸고, 아, 미안, 내 대부님이 아니라, 깜빡 착각한 것이, 잡화점 주인인 내 대부님은 리스본에 사는데, 산책용 지팡이를 짚고 다니던 그는 내가 팔멜라에서 일하기 전에, 혹은 일을 시작한 직후에 죽었던 것 같고, 나는 소령을 기억하고, 그가 주인어른에게 하던 말을

"그 부탁은 들어드릴 수가 없습니다 장관님 우리도 건드릴 수 없는 일이 있거든요"

주인어른은 성냥이 손가락 끝을 태우는 것도 모른 채 소령을 노려보면서

"부탁을 들어줄 수가 없다고 부탁을 들어줄 수가 없다고 그럼 이제 나는 이 나라에서 아무것도 아니란 말인가 소령?"

시계가 노래하듯이 종을 세 번 쳤고, 그것은 곧, 지금이 저녁 열시라는 의미이니, 하녀들은 잠자리에 들었을 것이고, 생선은 다시 오븐에 데워야 할 것 같았고, 배가 고프고 지친 주앙은, 주인어른과 소령을 휘둥그레진 눈으로 바라보면서, 내 앞치마를 붙잡고 떨어지려 하지 않으니

"바나나 줘 티티나"

저녁 열시, 올빼미들이, 밝을 때는 어디 숨어 있는지 도무지 보이지 않던 올빼미들이, 소리 지르며 울었고, 내가 올빼미를 찾기 위해 헛간과 곡물창고, 야생무화과나무 그늘 아래의 세탁조를 하나하나 살피는 동안, 운전수 방의 전등이 꺼졌지만, 희미하게 반사된 빛

이 마당의 타일 위를 비추었고, 생선 기름으로 끈적이는 열쇠, 앞과 뒤에 경찰차를 따르게 하여, 리스본에서 이곳까지 달려온 소령은, 주인어른의 칼라에 손을 올리고 그를 진정시키며

"수상각하의 지시입니다 장관님 이 나라의 국시와 체제의 안녕을 위해서 불행하게도 우리가 결코 적으로 돌려서는 안 될 그런 몇몇 사람이 있습니다"

이 순간 나는 느릅나무 아래서 마님을 기다리고 있던 그 작자가 누구인지 주인어른이 알고 있음을 확신했고, 주인어른은 마치 메아리처럼, 스스로에게 암시를 걸 듯이

"내가 그 작자를 작살내겠어"

피아노 건반 하나가 갑자기 울리자 그것에 놀란 거실의 커튼이 굳어버렸고, 바람의 한숨에 벽난로 속 솔방울과 마른 가지들이 부르르 몸을 떨었고

"너는 죽으리라"

늪지에서 조그만 불빛이 어른거렸으니, 방종하게 움직이는 고통의 영혼들, 아니 어쩌면, 고통의 영혼이 아니라, 달빛이나 지붕에 매달아둔 전등 불빛이 반사된 것이리라, 주인어른의 분노를 가라앉히기 위해 그의 칼라에 손을 올린 소령은

"수상각하가 나중에 장관님과 얘기를 할 겁니다 수상각하는 마음이 몹시 괴로우시지만, 그래도 장관님이 정치적 상황에 해를 끼칠 경솔한 행동을 하지 않기를 바라십니다"

세투발에서 오는 여선생이 주앙 도련님에게 가르치던 피아노 곡들은, 듣고 있으면 자리에 눕고 싶어지고 눈을 감고 싶어지며, 독감에 걸리지도 않았는데 독감을 앓는 기분이 들었는데, 이곳 알베르카 자선원 라디오에서 그런 음악이 흘러나오면, 나는 수를 놓던 손을

두 번째 비망록

문득 멈추게 되고, 그러면 작업치료사가

"뭐 하는 거예요 도나 알베르티나?"

나는 수를 놓던 손을 멈추고, 내가 살아온 일생이, 이 세상 유일한 눈물방울의 내부에 잠긴, 눈물 없는 달콤함인 듯하고, 주인어른은 소령을 뚫어지게 주시하는 눈길을 거두지 않고, 정원으로 나가는 문을 열어주면서

"가"

자동차를 타고 온 넥타이 차림의 경찰관들은 바깥에서 서로 이야기를 나누고, 개집 안에서 낯선 이들을 경계하여 으르렁대는 셰퍼드들, 팔멜라 읍내의 불빛, 산꼭대기 성채 위로 은은하게 저물어가는 저녁빛, 산들의 윤곽, 나는 추호도 의심하지 않으니, 주인어른과 주앙 도련님은 언젠가 반드시 나를 찾아내서 데리고 가리라, 내가 여기서 늙어가도록 놓아두지 않으리라, 벌써 이십 년이나 흘렀지만, 그래도 나는 모습이 아주 많이 달라지지는 않았으니, 예전보다 훨씬 쉽게 피곤해지고 걷기도 힘들어졌지만, 그래도 살림살이 하나는 그들 마음에 쏙 들게 잘할 수 있으니, 빨래와 청소 실력은 조금도 녹슬지 않았고, 인사도 없이 내쫓는 주인어른 때문에 마음이 상한 소령은, 살짝 기분 나쁜 어투로

"이건 수상각하의 지시입니다 장관님 내 마음대로 정한 게 아니라구요 수상각하는 장관님이 애국적인 처신을 하실 거라고, 이 상황에서 경제계를 적으로 돌리는 행위는 절대로 하지 않을 사람이라고 확신하고 계십니다 지금 우리에게 자금원이 얼마나 중요한지 장관님은 누구보다도 잘 아실 거라구요"

주앙은 금방이라도 울음을 터뜨릴 것 같은 얼굴로, 내 옷자락에 매달려 있고, 소령은 두 팔을 활짝 벌린 자세로, 자신의 임무를 성사

시키지 못하는 유감을 표시하며

"그런데 장관님이 나를 이렇게 대하시면 안 되죠 우리의 우정을 짓밟아버리다니 내가 그 무엇보다도 가정의 질서를 우선시하는 사람이라는 것을 장관님도 잘 아시지 않습니까 내 마음대로만 할 수 있다면 나도 그자를 작살내고 싶죠 일생 동안 잊지 못하게 혼을 내주고 싶죠"

팔멜라의 하늘은 알베르카의 하늘보다 더욱 넓었고, 리스본의 하늘보다 더욱 넓었고, 더 많은 별들이 떴고, 더 많은 은하수의 길이, 더 많은 은하계가 펼쳐졌으며, 주인어른은

"가"

이후 주인어른은 두 번 다시 소령과 통화하지 않았고, 소령에게서 걸려온 전화를 내가 받기라도 하는 날에는, 전화기 바로 곁에서 다 들리도록 커다랗게

"나는 집에 없다고 말해버려"

하지만 주인어른은 끝내 그 돈 많은 남자에게 복수를 하긴 했으니, 살라자르가 알아차리지 못하게, 소령이 알아차리지 못하게, 심지어는 팔멜마의 느릅나무 아래서 기다리는 돈 많은 남자 자신도 알아차리지 못하게, 수년이 흐른 후 아무것도 모르는 주앙 도련님이, 그자의 조카딸과 결혼하여 저택을 찾았을 때, 하사관의 아내를 마치 자기 아내인 것처럼 옆에 나란히 앉힌 채 신혼부부를 맞은 주인어른은, 험악한 노동자풍으로, 혹은 식민지에서 돌아온 이민자풍으로 굴어서 신부를 경악하게 했고

"비쩍 말라서 엉덩이라고는 찾아볼 수가 없네 너는 암송아지 고르는 법을 아예 모르는구나 주앙"

아들의 장모를 만나기 위해 이스토릴에 갈 때는, 양가죽 장화

에 모자는 귀를 덮을 정도로 눌러쓰고, 조끼 위로는 시곗줄을 치렁치렁 늘어뜨린데다가 야사의 아내까지 데리고, 부유한 귀부인들과 대화하면서 촌뜨기 건달 같은 말투를 쓰고, 행동도 촌뜨기 건달처럼 하고, 그래서 주앙 도련님은 주인어른이 자신을 욕보이기 위해서 일부러 그런다고 생각했지만, 사실은 그게 아니라, 자그마한 복수의 잔여분, 자그마한 증오의 잔여분, 마님을 향한 그리움의 잔여분이었으니, 당신도 알다시피 주인어른이 사랑한 여자는 마님이니까, 저녁 식탁에서 그의 포크가 꼼짝도 하지 않고, 그의 눈동자는 광채를 잃고, 그의 생각은 어딘가 먼 곳을 방황하고 있어서, 뭔가 걱정거리가 있구나 짐작한 나는, 내 인생이 행복했는지 불행했는지는 모르지만 그래도 살림을 꾸려나갈 줄 아는 나는

"굴라시에 문제가 있나요 주인어른?"

내 자수 솜씨는 썩 좋은 건 아니고, 나는 플라스틱 조화를 철망에 꽂는 일도 할 수 없고, 그렇지만 집안살림에 관한 것이라면 잘 알고 있으니, 예를 들자면 이곳 알베르카의 식탁에는 포크가 빠져 있고, 유리잔은 요구르트 컵이나 젤리 컵으로 대체하며, 냅킨 대신에 마른 행주를 쓰고, 내 방의 전등갓에서 천장까지, 천장에서 전등갓까지 거미줄이 달려 있다는 것, 하지만 나는 여기서 오래 머물지 않으리라, 주인어른과 주앙 도련님은 내가 이곳 올리브나무와 교각의 기둥 사이에 계속 앉아 있도록 놓아두지 않으리라, 작업치료사에게 거미줄을 가리키자 그녀는 낯빛이 보라색이 될 정도로 격렬하게 웃어대며

"혹시 여기가 고급호텔인 줄로 착각하시는 건가요 도나 알베르티나?"

내 바람은 오직, 그들이 오월에 왔으면 하는 것, 우리가 모두 버

스 한 대에 올라타고 파티마로 소풍을 갈 때, 소시지빵을 파는 노점들이 해변에 빼곡히 들어찬 가운데 사람들이 무릎을 꿇고 앉아 있으니, 작년에 나는 거기서 한 남자를 보았는데, 거머리처럼 배를 깔고 엎드린 자세로 성물함을 향해 기어가는 그의 곁에서 그의 아내가 양산을 펴서 쏟아지는 비를 막아주고 있었고, 뱀이 되어 기어가느라 힘이 다 빠져버린 그가 잠시 쉬기 위해 몸을 일으켜 앉자, 화가 난 그의 아내가 양산으로 그의 엉덩이를 쿡쿡 찌르며

"당신이 천치같이 그런 맹세를 하는 바람에 최소한 한 달은 이 고생을 하게 생겼잖아"

소시지빵 노점과, 어둠 속에서 희부연 순무색을 띠는 성상에 축성해주는 값으로 이십 에스쿠도를 받는 성직자들, 휠체어에 앉은 병자들, 떠나올 때와 마찬가지로 수척한 몰골로 집으로 돌아가게 될 병자들, 단지 더 많은 기침과 비 때문에 더 심해진 허리 통증을 얻고서, 믿음으로, 기쁨으로 사로잡힌 작업치료사는 축제의 행사로 들뜬 나머지 젊고 생기발랄해져서 우리에게 탬버린과 하모니카를 나누어주더니, 민속무용단원처럼 신난 몸짓으로, 지쳐서 다 죽어가는 마흔 명의 우리 은퇴 노인들을 향해 손가락을 탁 튕기며

"자 이제 모두 박자를 맞추어서 함께 연주하는 거예요"

버스는 희부연 순무색 성상을 파는 성직자들을 휙 지나쳐가면서, 탬버린과 하모니카 소리로 그들을 깜짝 놀라게 하고, 모두가 떠나가버린 작은 도시, 노새의 시체가 길가에 버려져 있을 뿐, 나는 주인어른과 주앙 도련님이 시립 자선원에서 나를 찾아내 우리 모두 함께 팔멜라로 돌아갈 그 순간을 위해서 항상 깨어 있으려고 애썼고, 나는 팔멜라의 저택을 그리워했고, 농장을, 주앙 도련님을, 나를 자기 방으로 불러놓고서 차마 얼굴을 정면으로 쳐다보지는 못한 채 책

두 번째 비망록

장 선반에 놓인 지구본을 손가락으로 빙빙 돌리면서

"티티니 이번 달 돈을 다 써버렸어 난 빈털터리야"

그래서 나는 지갑을 탈탈 털어 그에게 학교에서 쓸 용돈을 빌려
줬고, 그는 돈을 갚는 걸 잊고 말았고, 지난 이십 년 동안 얼마나 많은
것이 변했을까, 수영장은 더 커지고 정원에는 더 많은 석상들이 들어
서고, 주인어른과 주앙 도련님은 아마도 아주 조금은 더 나이가 들었
겠지, 주름이 몇 개 정도는 더 생겼겠지, 흰머리가 한두 개 정도는 더
생겼겠지, 그러자 갑자기 요리사의 골방에서 울던 아기 생각이 났고,
새끼를 빼앗긴 지빠귀처럼 울던 아기, 소파에 조그맣게 파묻혀 있던
주인어른이 서류를 떨어뜨렸고, 연필을 떨어뜨렸고, 리스본에 부하
들을 거느린 주인어른이, 교황과 알고 지내고, 살라자르의 초대를 받
아 함께 포르투갈 국정을 논하는 주인어른이, 겁이 나서 덜덜 떨면서

"이 문제를 어떻게 좀 해결해줘 티티나"

나는 서재로 들어갔고, 아제이타옹에서 세투발에서 세이샬에
서 아모라에서 몬티주에서 세심브라에서, 집집마다 문을 두드리고
안으로 들어갔고, 상점에서, 외따로 떨어진 마을의 작은 가게에서 사
람들에게 말을 걸고 묻고 끈기있게 수소문을 했으며, 사정을 설명했
고, 그러다 마침내 남편도 아이도 없는 여자 재봉사를 한 명 알게 되
어서, 그녀에게 주인어른 이야기를 했고, 주인어른은 요리사를 서재
로 불렀으나 요리사는 자신의 골방 문을 잠근 후에 열쇠를 앞치마 주
머니에 감추었고

"싫어요"

주인어른이 골방으로 오는 것도 막았으며

"싫어요"

수백 년 동안 변함없이 미소 짓는 그림처럼, 요리사는 얼굴빛 하

나 바꾸지 않으면서

"싫어요"

주인어른을 죽일 수도 있고, 나도 죽일 수 있는 요리사는

"싫어요"

요리사를 옆으로 밀친 주인어른은 방문 자물쇠를 무릎으로 쳐서 깨버리고 침대 하나에 성화 하나, 텅 빈 장롱 하나가 가구의 전부인 좁은 골방 안으로 돌진해 들어갔고

(옷장 기둥에는 옷이 없는 옷걸이만 세 개)

다락방에서 가져온 낡은 요람은 녹이 너무도 많이 슬어서 산산이 바스라지기 일보 직전인데, 목욕 수건을 둘둘 말아 쿠션을 깔았고, 방 안의 물건이란 물건은 모조리 썩어가는 것들이고, 내가 허리를 굽혀 요람에서 아기를 안아올리자 요리사는 그제서야

"싫어요"

라고 말하던 것을 멈추고, 그대로 굳어버리며, 모든 것을 일시에 다 포기한 사람처럼, 멍하니, 반응 없이, 장롱과 침대 사이의 공간에 아무런 표정도 움직임도 없이 서 있다가, 우리 뒤를 몇 걸음 따라와, 비둘기들이 어지럽게 날고 있는 가운데, 우리가 계단을 내려가는 것을 지켜보았고, 운전수가 차고에 세워두었던 차를 몰고 와서, 눈동자 없는 눈먼 눈으로 글자 없는 책을 읽고 있는 천사상 곁에서 우리를 기다렸고, 저택의 담장 위로 선명하게 가지를 드리운 나무는

"너는 죽으리라"

차에 올라탄 우리는 사이프러스 가로수길을 따라 대문으로, 과수원과 채마밭, 축사 안에서 내다보는 관리인의 딸, 아기를 안은 나는 뒷자리에 앉아, 내가 이해할 수 없는 인간의 감정에 대해서 생각했으니, 자동차 배기가스가 시야를 가리는 뒤편, 장미들이 허공에서

흔들리는 뜨거운 대기 사이로, 계단 중간에 서 있는 요리사의 모습이 점점 작아지는 것을 지켜보았고, 우리가 멀어지는 동안, 그녀가 팔을 올리고, 공중에서 마치 작별인사를 하듯이 흔들었던 것을 기억하니, 그 어떤 충격도, 가슴 찢어짐도 없이.

추가 진술

장관님이 아침 일곱시에 전화를 걸어서 소가 새끼를 낳으려 한다고 농장으로 급히 와달라고 했을 때, 내가 전화기를 떨어뜨리는 바람에 잠에서 깨어난 아내가, 내가 팔을 뻗어 전화기를 집어올리는 사이 침대 곁 전등 스위치를 켰고, 수화기를 막으라고 내게 신호를 보내고는

"누구예요 루이스?"

하고 묻는 순간, 나는 내가 지난 삼십오 년간 괴물과 함께 살았다는 사실을 깨달았다. 나는 평소 아홉시에 자리에서 일어나는데, 그때쯤 이면 블라인드가 올라가 있고 방 안은 낮처럼 훤하며, 옷가지가 절반은 의자 위에, 절반은 바닥에 흩어져 있기 마련인 것이, 나는 밤에 불을 끈 다음 어둠 속에서 옷을 벗기 때문에, 그런 다음에야 어느 정도 빗질을 하고, 어느 정도 화장을 한, 어느 정도 참아줄 만하게 변한 어떤 인간이 가운 차림으로 내 팔꿈치를 흔들어서 깨우는 것이 보통이지만, 오늘 마주친 이 인간, 어깨 아래로 축 흘러내린 잠옷 차림에, 수화기를 막으라고 내게 신호를 보내는 이 인간, 혹시나 정신이 오락가락하는 자기 어머니가 발작으로 쓰러졌다는 소식일까 봐 두려워하면서

"누구예요 루이스?"

내 눈을 믿기 힘든 나는 주변을 둘러보았지만, 이곳은 내 침실이 분명했고, 눈에 보이는 것은 내 가구들이었고, 양탄자 위에 돌돌 말려 있는 재킷, 있지도 않은 성 니콜라우스의 날을 기다리는 텅 빈 신발, 만약 그런 날이 있다고 한다면, 내가 기대하는 생애 최고의 선물이란 바로 홀아비가 되는 것, 나는 베개 위에서 걱정스러운 목소리로

"장관님이 소 때문에 전화한 거야 당신 어머니 소식은 아니니까

안심해"

　블라인드 사이로 비치는 세투발의 햇빛은, 약물 과다 복용 사망
자의 얼굴을 한 그리스도가 벽에 걸린 채 자신의 해부 순서를 기다리
고 있는 시체 안치소의 불빛과 마찬가지로 완전한 호박색이고, 커튼
은 시체를 싸는 천과 같고, 대리석 화장대 위에는 상자와 브러시 등
이 법원 검시를 위해서 대기 중인 뼛조각처럼 줄지어 있고, 안심한
아내는 잠드는 문어가 촉수를 내려뜨리듯이 이불의 모래 속으로 가
라앉으며

　"그러면 다행이네요"

　나는 급하게, 아내가 매달릴까 봐 두려운 나머지, 서둘러서 옷
을 입었고, 잠이 덜 깬 아내의 목소리가 내게 묻기 전에

　"입맞춤도 안 해주고 가는 거예요 루이스?"

　그러면 나는 레이스 천에 싸인 이 흐물거리는 물건에게로 다가
가서, 땀으로 끈적이는 손이 내 귀를 잡아당기는 것을 꾹 참으며, 미
끈거리는 크림 범벅 이마에 턱을 문지를 수밖에 없을 테니까

　"나중에 봐요 루이스"

　검은 머리의 통통한 소녀가 내 손가락에 반지를 끼워주는 앨범
의 결혼 사진을 생각하면서 나는 주방으로 가서 커피를 만들었고, 슬
리퍼를 질질 끄는 아내가 주방까지 따라 들어오지 않기를, 나를 도와
서 가스불을 켜주겠다고, 설탕을 찾아주겠다고, 전자레인지 위쪽 찬
장문을 열어주겠다고 하지 않기를 간절히 기원했으니

　"당신은 도대체 찻잔이 어디 있는지 영 찾지를 못하잖아요 루이
스"

　현관 밖까지 나와서 나를 배웅하겠다면서, 늙은 소녀의 까불대
는 작별인사로 나의 아침을 망쳐버리지 말기를, 나는 걸으면서 신발

두 번째 비망록

끈을 매었고, 절룩거리며 정원을 지났고, 넥타이를 목에 걸친 채, 늘 그렇듯이 차고 벽에 배기가스를 왕창 뿜어대며 서둘러 차를 뺐지만, 이미 거실의 커튼이 연극무대에서처럼 서서히 열리며

"잘 가요 루이스"

나는 일을 마친 후 밤에 지쳐빠진 몸으로 집으로 돌아오는 내 모습을 상상해보았는데, 하루 종일 진료소 대기실에서 짖어대는 수백 마리의 개들을 돌보느라 기운이 하나도 없는 상태로, 그런데 복도에서 마주친 그녀, 기뻐서 어쩔 줄을 모르며 앞발을 내 가슴에 올리고 축축한 입으로 내 턱을 핥아대는 그녀, 그런 그녀를 한 손으로 물리치는 내 모습

"얌전히 있어"

그리고 달콤한 라이스푸딩을 먹은 후, 그녀와 목줄에 연결되어 동네를 산책하고, 마치 나무 앞에서 멈추어 서는 것처럼 양품점의 진열장마다 멈추어 서는 그녀를, 가죽끈을 잡아당기듯이, 팔로 잡아당기고, 텔레비전 연속극, 뉴스, 그리고 침대로, 베개에 파묻혀 가르릉거리는 그녀

"루이스"

하지만 들끓어오르던 그녀의 욕망은, 참으로 감사하게도 우리가 저녁으로 먹은 내장요리의 마취작용 때문에 희미하게 잦아들었고, 세투발의 빌라에서 멀어지면 질수록 나는 점차 활력을 되찾았으니, 거리의 색채가 점차 선명하게 눈에 들어왔고, 공장의 악취가 풍기는 가운데서도 강물 냄새와 어판장의 생선 냄새를 느꼈으니, 세상은 다시금 살 만한 곳으로 변하여, 나는 시인의 동상을 지나갔고, 공원을 지나갔고, 등교하는 소녀들을 살펴보기 위하여, 나이가 들면서 감탄과 갈망의 대상으로 바뀌기 시작한 소녀들의 다리를 훔쳐보기

위하여 여학교의 교문을 지나갔지만, 아침 일곱시밖에 안 되었으므로 교문은 아직 열리지도 않았고, 학교 맞은편 빵집도 아직 문을 열지 않았고, 그래서 내가 할 수 있는 것이라곤, 소녀들이 살 거라고 짐작되는 집들을, 창문에 붙은 스티커 장식 등으로 추측하여, 그곳을 올려다보면서, 미키 마우스나 찰리 브라운 등의 티셔츠에 덮인 소녀들의 벗은 몸을 상상해보는 것, 행복하게 운이 좋은 오후에, 간혹 어머니를 따라서 개를 데리고 동물병원에 오는 소녀들은, 좀처럼 가만히 앉아 있지 못하고, 나를 향해서는 거의 시선을 주지도 않고, 주사기를 가지고 장난을 치거나, 청진기를 가지고 장난을 치거나, 압박붕대로 장난을 쳤고, 진찰대 둘레를 빙 돌며 뛰어다녔고, 내가 뭘 하고 있는지 전혀 상관도 안 했고, 내가 그녀들의 딸을 쓰다듬고 싶은 바로 그런 손길로 짐승을 쓰다듬는 어머니들은

"혹시 회충이 있는 건가요?"

짐승은 안중에도 없는 나는 비타민이 첨가된 충치예방용 과자 상자에 걸려 넘어질 뻔했고, 사료 깡통과 간식용 뼈다귀에 걸려 비틀거렸고, 오직 물감 얼룩이 묻은 소녀들의 소매를 붙들고, 내 목에 걸린 목줄을 쥐여주면서 애원하고 싶은 욕망에 시달렸으니

"나를 끌고 가"

소녀들의 비밀의 세계, 색연필 그림이 그려진 공책, 만화책 시리즈, 오토바이 위에 올라탄 사내아이들, 입김을 불어넣은 유리창에 소녀들이 집게손가락으로 이름을 적는, 그런 세계를 탐험해보고 싶은 욕망으로 들끓었으니, 쉰여섯이라는 내 나이를 잊고, 랩뮤직과 풍선껌이라는 금지된 나라로 들어가는 신분증, 허벅지가 닳은 청바지를 입고 한쪽 귓바퀴에 귀걸이를 매달 준비가 된, 나는

"혹시 회충이 있는 건가요?"

두 번째 비망록

돼지콜레라와 같은 잔혹한 일상으로 떨어지고 말았으니, 내 삶은 깊이깊이 추락하여, 내 사촌이 고양이를 물탱크 속에 집어넣었듯이 나를 텔레비전 앞의 소파 속으로 밀어넣었고, 그런 삶 속에서 내가 매일 물약이나 처방하는 동안, 내 영혼은, 그 누구도 알아채지 못하는 사이, 한 방울 한 방울 종유석이 되어 사라지고 있었으니, 미뉴 동굴 속의 종유석처럼

"혹시 회충이 있는 건가요?"

어머니들은 가버리고, 개들도 가버리고, 여학교의 소녀들도 가버리고, 가슴 아프게도 가버리고

"뭘 기다리는 거야 크리스티나?"

조수는 진찰대를 닦으면서

"아직 열시밖에 안 됐어요"

그때 내 나이 또래의 한 여자가, 뚱뚱하게 살이 찌고 크기는 거의 황소만 한 세인트 버나드를 잡아끄느라 벌겋게 달아오른 얼굴로 병원으로 들어선다. 만약 장관님이 송아지 출산 때문에 팔멜라 농장으로 와달라고 전화하지 않았더라면, 그렇다면 나는 여학교 앞에 차를 세워두고 수업 시작 종이 울릴 때까지 기다렸으리라, 나는 여학생들에게 매혹당한 채, 가축의 구강과 발굽병에 관한 학술서적을 읽는 척했으리라, 혹은, 자동차 뚜껑을 열고, 배전판에 이상이 생긴 척하면서, 눈앞을 지나가는 수많은 발목들, 헤어스프레이를 뿌리지 않은 머리칼들, 이빨로 물어뜯은 손톱들을 보면서 행복감에 겨워 어쩔 줄 몰랐으리라, 그리고 우리가 처음 만났을 때 아내가 어떤 모습이었는지 기억해내려고 애썼으리라, 당시 나는 바르셀루스에 있는 약간의 토지를 팔아서 막 병원을 개원한 직후였는데, 병원 옆 문방구점의 포동포동한 여점원은 내게 유난히 친절했고, 용지에 병원 이름을 인쇄

하러 주문코자 들르면 남몰래 나를 동경의 눈길로 훔쳐보면서 다른 손님들은 신경도 쓰지 않는 눈치였으며, 그녀가 선반 위쪽에 있는 지우개를 꺼내려고 사다리를 올라갈 때 나도 그녀의 엉덩이를 평가할 수 있었으니, 손님이라곤 없는 동물병원에서 내가 운명을 저주하고 있던 어느 날, 갑자기 입구의 초인종이 울렸고, 나는 즉시 진료 가운을 걸치고, 앞머리를 단정하게 가다듬고, 수의학 전문가다운 이마주름으로, 눈썹을 가까이 모은 표정으로, 내 첫 번째 고객의 털을 깎아주러 나가보니, 입구로 들어서는 것은 향수 냄새를 풀풀 풍기는 문구점의 여점원, 목이 약간 깊이 파인 드레스 차림으로, 내 이름이 도드라진 활자체로 인쇄된 영수증 용지 한 다발을 내밀며

"가운을 입으니까 아주 멋있게 보이는 거 아세요?"

그래서 나는, 가운을 입으면 내가 멋있게 보인다는 사실을 알아준 것에 대한 감사의 보답으로, 그리고 다림질을 하다가 셔츠 칼라를 태워먹기 일쑤이며 세탁을 하면서 양말의 고무 밴드를 망쳐버리는 하숙집 생활이 지긋지긋해진 참이있으므로 그녀와 결혼을 했고, 그녀의 어머니는 흥분에 겨워 머리를 흔들었고, 내 어머니는 기나긴 결혼식이 끝난 후 피로연에서 한 무더기의 세투발 사람들이 한꺼번에 달려들어 대구 튀김을 순식간에 해치워버린 것이 화가 나서 머리를 흔들었고, 그들의 무지막지한 식욕에, 끝도 없이 밀려오는 꽃무늬 조끼와 깃털장식에 말문이 막힌 어머니는, 짜증이 묻어나는 속삭임으로 나를 한구석에 부르더니

"눈뜨고 봐줄 수가 없네"

어머니는 우리 부부와 결혼식 입회인들과 함께 사진찍기도 거부했는데, 그 이유는 어머니에게 '헤이 아가씨' 하고 농을 건 보급창고 담당 대위와, 좀이 슨 여우털 모피로 목을 졸라매고 서커스의 차

력사 같은 표정을 짓는 부인네들과 함께 서 있는 자신의 몰골이 사진관 진열장에 걸릴 것이 두려웠기 때문이고, 열차를 타고 바르셀루스로 돌아갈 때까지, 아주 마땅찮은 얼굴로

"눈뜨고 봐줄 수가 없네"

이후로 어머니는 나와 얼굴을 마주치고 말을 할 기회만 있으면 항상 투덜거렸으니

"눈뜨고 봐줄 수가 없네"

그 정도로 어머니의 실망감은 돌이킬 수 없이 컸고, 그래서 임종 시에도 이렇게 중얼거려 신부를 깜짝 놀라게 했고

"눈뜨고 봐줄 수가 없네"

내 아내는 아무런 미련 없이 문구점의 사다리를 떠났고, 나는 너덜너덜해진 옷가지를 챙겨 하숙집을 떠났고, 그즈음 들어 촌충과 혀의 백태까지 기승을 부렸으므로, 나는 역 주변의 집을 한 채 구입하였는데, 미처 예상하지 못한 것은, 포동포동한 여직원이 하루하루가 다르게 빠른 노화 증세가 있다는 것과 가운을 입은 나를 보기 위해서 아무 예고 없이 병원으로 불쑥불쑥 찾아온다는 것, 그래서 음악협회의 클럽하우스 쇼에 나갈 페키니즈를 붉은 리본으로 단장시키는 조수가 바로 곁에 있는데도

"가운을 입으니까 아주 멋있게 보이는 거 아세요?"

결혼한 후 우리는 고개를 돌리는 곳마다 세투발에서 온 포르투갈 관광객들이 득시글대는 스페인 마르벨라에서 몇 번의 팔월을 보냈고, 병원의 작은 탁자에서 동전을 세고 있는 도자기 거지 인형과 함께 장터 광장에서 구입한, 선홍색 합성수지 장작이 진짜 장작인 양 발갛게 타오르는 척하는 전기 벽난로 앞에서 몇 번의 겨울밤을 보냈고, 그러다 어느 순간 문득 모든 것을 멈추고 나 자신을 돌아보았을

즈음, 나는 내가 괴물과 함께 살고 있다는 사실을 깨닫게 되었다. 이 비극적인 깨달음이 이루어진 날을 기억하기란 쉬운 것이, 그것은 장관님의 송아지가 새끼를 낳게 되었으니 농장으로 와달라는 전화를 받은 아침이기 때문에, 그런데 내가 겨우 삼 주 전에 팔멜라에 갔을 때는 새끼를 밴 가축이 한 마리도 없었지만, 살라자르의 측근인 사람이 뭔가를 주장하면, 그것이 아무리 비논리적이라도 진실이거나, 혹은 다음 날 아침 신문에 진실이라고 발표되어서, 결국 진실과 차이가 없게 될 것이 분명했고, 만약 거기에 토를 단다면 경찰과 모종의 문제가 생길 것이니, 얼굴에 정면으로 헤드라이트가 쏟아지고, 경찰서장으로부터 가르침의 따귀 세례를 얻은 다음에야, 이 나라의 관심사가 어디에 있는지, 이 나라의 미덕과 상식이 무엇인지를 배우게 된다. 그런 이유로 나는 참으로 불행하게도, 등교하는 여학생들을 지켜보면서 내 서글픈 삶의 비애를 견뎌낼 기회를 잃었고, 대신 세투발을 관통하여, 곧장 팔멜라 광장으로, 친척들과 국화꽃더미가 소용돌이를 이루는 장례행렬이 묘지를 향해 올라가고, 그리고 다시 내려오는 광장으로

　　(친척들이 식당에 모여 위로의 말을 주고받는 사이 국화꽃 장식은 떨어져 종려나무 가지에 축 매달려 있으며)

　　오직 나만이 그런 행운을 나누어 받지 못했으니, 내 장모가 누워 있는 관을 슬픔에 잠긴 내 아내와 함께 뒤따르며 언덕을 올라가는 행운을, 광장에서는 시내와 성채와 산들이, 끝없이 지루하고도 변함없는 풍경이 한눈에 보였고, 왜 이 나라는, 제발 누가 나에게 설명을 좀 해주었으면, 왜 이 나라는 변하는 것이 하나도 없는지, 세투발을 관통하여 팔멜라로, 그리고 얼마 전에 거물급이 관련된 스캔들의 장소인 느릅나무길, 하지만 그 일에 관해서는 길게 이야기할 생각이 없

두 번째 비망록

고, 문제가 생기는 것이 싫기 때문인데, 안 그래도 내 인생은 골치 아픈 문제가 한둘이 아니기에, 예를 들자면 여학교의 교장이 나를 법원에 고소를 했는데, 어이없게도 그자는 내가 여학생들을 쫓아다닌다는 황당한 확신에 사로잡혀 있기 때문이고, 세투발과 팔멜라를 지나 광장 옆의 느릅나무길, 수상이 이 길을 자주 왕래하게 되면서 서둘러 아스팔트로 포장을 마친 길, 길의 끝에는 양쪽에 석주가 서 있는 대문이 있고, 그 뒤로는 사이프러스 가로수길이 저택으로 이어지지만, 장관님은 나를 단 한번도 저택 안으로는 초대하지 않았던 것이, 아마도 그는 리스본 대학의 교수인 나를 자기 집 고용인의 한 사람 정도로 여기는 듯한데, 그래서 수상각하가 와서 차를 마시며 포르투갈의 운명을 결정짓는 자리에 부르지 않았고, 집 주위를 경호하는 사내들은 닭장에서 닭들의 열을 재던 나를 붙잡아 내 자동차 보닛 위로 찍어누르며

"앞발 위로 올려 지금 당장"

그러고는 혹시 국왕 암살용 수류탄을 숨겨두었을지 모르므로 내 주머니를 뒤졌고, 오후 시간을 과수원 오렌지나무 아래서 함께 보내자는 초대를 한번도 한 일이 없는 장관님은, 나를 자기 부하 중 한 명처럼 여겼고, 그래서 토끼장이나 돼지우리 외양간 등을 제외하고는 출입을 금지시킨 듯했으며, 자기 의견이 있고 독서를 하며, 심지어는 장관님에게 포르투갈을 더 잘 다스리기 위한 약간의 조언 정도는 해줄 수도 있었을 나인데, 말이 나온 김에 계속하자면, 내가 보기에 이 나라 사람들에게 필요한 것은, 특히 나를 미친놈이라고 부르며 고소 건으로 나를 괴롭히는 여학교 교장 같은 사이코에게 필요한 것은, 단단히 조인 고삐와 채찍이니, 만약 멍청이 카에타누가, 이런 흐리멍텅한 자유 대신에 고삐를 적시에 조였더라면, 그리고 몇 대만 제

대로 후려쳤더라면, 그랬다면 한심한 혁명 따위는 일어나지 않았을 텐데, 그런 생각을 하면서 자동차를 곡물창고의 그늘에 세운 후 왕진 가방을 들고 내리자, 셰퍼드들이 나를 둘러싸고 화덕 위에서 끓는 기름처럼 펄쩍펄쩍 뛰어오르며

주둥이 눈 귀 짖어댐 앞발 꼬리

축사에는 관리인의 딸이 맨발로 똥무더기를 디디며 젖을 짜고 있었는데, 소 젖꼭지를 미리 씻어내지도 않고, 자기 손을 미리 씻지도 않고, 우유 양동이 속에는 지푸라기와 죽은 곤충들이 둥둥 떠 있고, 장관님은 내게 턱으로 그녀를 가리키며 으스대는 표정으로

"여자들이 원하는 건 뭐든지 다 해줄 수 있긴 하지만 무슨 일이 있어도 모자는 벗으면 안 돼 그래야 누가 주인인지 알 테니까"

머리칼이 덥수룩한 어린 여자, 초강력 사포로 몇 시간 동안 온몸을 세게 문지르고, 표백제를 푼 물에 일주일 동안 담가놓는다면, 그러면 아마도 좀 예쁘장하다고 다들 눈여겨볼 것이 분명한, 용마루 위에는 스무 마리 정도의 비둘기, 다락의 저장고에는 쥐들의 찍찍거림, 쫓아도 쫓아도 끈질기게 얼굴에 달라붙는 똥파리떼, 나는 중이염 걸린 송아지의 상태를 살피면서

"예쁜 아이로군요"

열한시의 햇살이 쏟아지는 가운데 널빤지와 낫, 삽들이 아무렇게나 널려 있어서, 걷다가 발이 걸려서 비틀거리고, 벽에는 녹투성이 소화기 한 대, 나는 생각하기를, 여긴 악취가 진동하는군 크레오소트로 바닥의 물때와 배설물을 소독해줘야 해, 바닥에서 나는 게 아니라면, 그렇다고 해도 전혀 놀랄 일이 아니지만, 이 악취는 저 아이의 몸에서 나는 것이 분명해, 부모님과 함께 곡물창고 한구석에서 산다고 했지, 불도 없이 깜깜한 데서 거미 뱀과 함께 옥수수와 어둠을 공

유하고, 벽에 테이프로 붙여놓은 호키 성인의 그림이, 모기떼와 가구 겸용인 상자들, 그리고 녹슨 항아리를 굽어보고 있는 곳, 까마귀들이 비명을 질러댔고, 장관님은 시가를 질경질경 씹으며 시선으로는 어린 님프를 더듬으면서

"저 정도면 나쁘지 않아 나쁘지 않아"

장관님은 리스본에서 예쁜 여자들과 사귈 것이 분명하지만, 예전 아내에게서 당한 일 때문인지 신분이 낮은 여자 고용인들에게 애착을 보였고, 그가 하사관의 아내나 약사의 과부 같은, 리본 달린 사탕껍질 옷을 입는 한심한 쓰레기들을 데리고 다니면서, 나는 한번도 들어오게 한 적이 없는 거실에서 그녀들을 맞이하여, 오렌지나무의 붉고 푸른 영롱한 빛 속에서 괴상망측한 그녀들과 어울려 한 박스의 술병을 비우면서 오후를 탕진하는 동안, 나는 비둘기장 안을 네 발로 기면서, 바싹 타버린 입과 깃털 알레르기 때문에 터져나오는 기침으로 숨이 막히면서, 비둘기 천연두를 퇴치했고, 돼지우리 속에 들어가 새끼돼지의 편도선에 물약을 발랐고, 그리고 지금 장관님이 아침 일곱시에 전화해서 소가 새끼를 낳으니 와달라고 하면, 무시당하는 존재, 경멸당하는 존재, 트랙터 기사나 운전수를 대하듯이, 장관님이 한번도 손을 내밀어 악수를 청한 적이 없는 존재인 나는, 어깨 관절이 쿡쿡 쑤시는데도 불구하고 자리에서 일어나 달려왔지만, 지붕 서까래 박쥐들에게는 밤이 아직도 끝나지 않은 축사, 무릎을 꿇고 주저앉은 소는 한 마리도 없고, 새끼 밴 가축은 한 마리도 없고, 진통을 겪는 가축은 한 마리도 없고, 나는 영문을 모른 채 젊은 암소들을 더듬어보면서

"어떤 소가 새끼를 낳는다는 겁니까?"

만약 세투발로 돌아가는 길에 집시 마차가 얼마 없고, 화물차도

얼마 없다면 그러면 나는 제시간에 도착하여, 발목들과 땋은 머리와 상처난 무릎을 음미하며 황홀경에 잠길 수 있으리라, 내가 장관님이라면, 이런 축사는 신경도 쓰지 않고, 이틀에 한 번씩 이 고장에 새로운 여학교를 세울 텐데, 그러나 인생은 공평하지 않으므로, 나는 축사에 서서, 호스의 물을 튀겨 내 신발을 더럽힌 관리인의 딸에게 묻기를

"어떤 소가 새끼를 낳는다는 거야?"

마음속으로는 세투발을 생각했고, 여학교를 생각했고, 시계를 들여다보면서 수업종이 벌써 울렸을까를 생각했고, 오직 한 가지 소망이 있다면, 운이 좋아서 오늘 오후에 엄마를 따라 개를 데리고 동물병원으로 오는 여학생들이 있기를, 나는 젊은 암소들을 하나하나 살피면서, 달려드는 똥파리들을 쫓으면서, 이대로 그냥 말없이 돌아가버려야 맞는지, 아니면 위쪽 저택에 한번 들렀다 가야 하는 건지, 내가 허락도 없이 저택으로 올라가는 계단을 디뎠다고 장관님이 화를 내면 어쩌나, 그러던 중 온실 모퉁이에서 장관님의 모자가 나타났고, 장관님은 어떤 여자를 부축하고 있었는데, 처음에는 그 여자가 이 집의 가정부라고 생각했던 것이, 여기 가정부가 앞치마를 매고 걸어다니는 모습도 그처럼 마치 엄청나게 무겁고 깨어지기 쉬운 물건, 개들을 흥분시키는 물건을 힘겹게 들고 옮기는 사람처럼 보이기 때문에, 그들이 양파 저장용 헛간에 도달한 다음에야 나는 그것이, 내가 돼지를 잡을 때 돕곤 하던 요리사임을 알아보았으니, 살라자르가 방문하여 농장 전체가 군인과 경호원들로 뒤덮이고, 비밀경찰들이 석상을 의심스러운 눈길로 노려보면서 화단을 이리저리 짓밟고 다닐 때, 그녀는 수프로 끓일 토끼나 닭을 고르려고 축사를 서성이다가 나와 몇 번 우연히 마주친 적도 있었으나, 지금 축사에 있는 소녀와

마찬가지로, 내 말에 한마디 대답도 없이 나를 빤히 쳐다보기만 했던 요리사, 장관님이 화를 낼까 봐, 혹은 까마귀들이

(혹은 까치들이, 혹은 공작새들이, 혹은 거위들이)

그녀들을 대신해서 대답해주기를 기다리는 것처럼

"안녕하세요"

인사를 걸어도 둘 다 말없이 침묵하기만 했고, 내가 한 발짝 가까이 다가가면 그녀들은 한 발짝 뒤로 물러났고, 하지만 나는 그녀들을 건드릴 생각은 추호도 없었으니, 그녀들을 건드리다니, 그건 집에 있는 괴물을 건드리는 일만큼이나 소름 끼치는 기분일 테니까, 신이여 용서하소서, 화가 난 어머니의 목소리가 내 안에서 말하는 것처럼, 그녀들은 전부

"눈뜨고 봐줄 수가 없네"

세상이 뒤집히는 일이 있어도 나는 하사관의 아내 같은 물건을, 사탕껍질처럼 차려입은, 약국을 유산으로 물려받은 과부를 건드리고 싶지는 않으니, 그리움을 달랜다는 이유로 강아지와 석고 고양이를 식탁에 올려놓고, 사방을 투명한 레이스로 터질 듯이 장식하는 여자, 장관님이 그런 소름 끼치는 물건들을 골라서 사귀고 다니는 이유는, 아마도 다른 소름 끼치는 물건과 관련하여 대단히 크게 상처를 받은 적이 있어서, 그래서 또다시 도시 전체의 조롱거리가 된다 해도 이제는 더 이상 크게 신경 쓰이지 않는 지경에 이른 듯하니, 그 일이 있을 당시에는 심지어 석탄으로 그린 성기 그림과 온갖 음란한 낙서가 벽에 쓰여 있을 정도였고, 그는 직접 스펀지와 미장이의 흙손, 석회 한 양동이를 들고 나가 그것들을 지웠으니, 상처를 붕대로 가려버리는 부상자처럼, 그러나 통증은 붕대 아래서도 계속되고, 배어나온 피는 붕대를 적시니, 나는 장담할 수 있는데, 그는 아직도 성기 그림

들과 낙서를, 비록 지금은 더 이상 눈에 보이지는 않지만, 머릿속에서 지우지 못하고 있을 것이 분명하고, 여전히 아픔은 남아 있을 것이니, 사라졌으나 사라진 것이 아니며, 도리어 더욱 크고 더욱 생생하게, 게다가 낙서 문구의 문법적 오류 때문에 굴욕감과 수치심은 더욱 치명적이어서, 관리인을 보면 관리인이 범인이라고 생각했고

"저자가 한 짓이야"

트랙터 기사를 보면 트랙터 기사가 한 짓이라고 생각했고

"저자가 한 짓이야"

장관님이 팔멜라의 주점에 들어서면 도미노게임을 하던 사람들, 카드놀이를 하던 사람들이 일제히 동작을 멈추었고, 손님들은 일제히 코를 유리잔에 처박았고, 주인은 테크의 라디오 다이얼을 이리저리 돌렸으니, 토지관리인 자리라도 떨어지지 않을까 부질없는 희망을 품고 사는 이런 실업자 군상들을 보면 그들이 한 짓이라는 생각이 들었고

"이들이 전부 나를 비웃었던 인간들이야"

그래서 장관님은, 이자들 모두에게 몽둥이찜질을 안겨주고 싶다는 열망을 느꼈고, 팔을 부러뜨리고 머리통을 터뜨려버리고, 톱밥 위로 쓰러진 몸통을, 바닥에 흩어진 내장을 보고 싶다는 열망을 느꼈고

"이들이 한 짓이야"

그러나 그들을 전부 죽여버린다 해도, 음란한 낙서는 사라지지 않고 여전히 그 자리에 있을 것이니, 석회로 덧칠한 아래에서 조롱의 함성을 지를 것이니

장관님 아내가 딴 놈이랑 붙었네

인간이 한번 당한 굴욕과 모멸감은 무슨 짓을 하더라도 완전히

지워지지 않기 때문에, 나는 아마도 그가 자기 애인들에게 나와 대화하지 말라고 지시했을 것 같은 의심이 드는 것이, 더 이상 자기를 비웃거나 조롱하는 낙서를 벽에서 보고 싶지 않으니까, 마찬가지로 역시 의심이 드는 것이, 애인들에게 나뿐 아니라, 가정부와 하녀들을 제외하고는 다른 누구와도 대화하지 말라고 시켰을 것 같다는 생각, 심지어는 자기 아들이나 살라자르와도 말을 하면 안 되고, 만약 저택을 방문한 살라자르와 마주칠 가능성이 있는 경우에는, 이건 어디까지나 내 추측이지만, 장관님이 살라자르에게 부탁을 해서, 비밀경찰이 약사의 과부를 감시하도록, 거실과 대문에 각각 한 명씩 요원을 배치하여, 그들이 과부뿐만 아니라 서로가 서로를 감시하도록 했으리라는 것, 서로의 행동에 관한 보고서를 작성하게 하여, 매주 장관실로 제출하도록 했으리라는 것, 장관님은 요리사를 부축한 채 축사에 있는 나를 향해 다가왔고, 요리사의 몸은, 마치 엄청나게 무겁고 깨어지기 쉬운 물건, 개들을 흥분시키는 물건, 당장이라도 깨어질 것만 같은 물건을 힘겹게 들고 옮기는 사람처럼, 차츰 앞으로 기울었고, 셰퍼드들을 쫓아버린 장관님은 축사의 문을 닫아걸었고, 이 미터 떨어진 곳에서 관리인의 딸은 여전히 젖짜기를 계속했으며, 지붕서까래에는 박쥐들이 매달려 있고, 용마루 위에는 비둘기들이 앉아 있고, 도랑을 따라 졸졸 흐르는 물줄기, 팔멜라에서 울리는 종은, 팔멜라의 종소리가 아니라 농장의 종소리이니, 농장 한가운데서 들려오는 죽음의 종소리, 공포에 사로잡힌 내 가슴 한가운데서

　　"난 할 수 없습니다"
생각했고
　　"난 하기 싫습니다"
생각했고

"이건 내 능력 밖이라구요"

가방 속에서 분만 겸자와 가위, 실을 찾는 중에도 나는 생각하기를

"난 할 수 없습니다 난 하기 싫습니다 이건 내 능력 밖이라구요"

장관님이 나를 요리사의 몸 쪽으로 밀치는 바람에, 양동이에 든 우유 거품이 흘러넘쳤으니

"이 암소에게 무슨 일이라도 생겼다가는 내가 자네 목을 비틀어버릴 거야 자 얼른 시작해"

이날 오후, 내가 하교하는 여학생들을 구경하기 위해 자동차를 여학교 앞에 다시 세운 것은 세시 이십분이었고, 나는 동물병원을 잊었고, 털깎기와 비타민이 첨가된 뼈다귀를 잊었고, 대기실에 득실거리는 옴과 촌충을 잊었고, 내가 늦게까지 돌아오지 않자 안절부절못하며 아제이타웅에 비상사태가 발생했을 거라고 제멋대로 상상하고 있을 조수를 잊었고, 나는 팔멜라를 잊었고, 장관님을, 십자가에 못박힌 자세로 시푸라기 위에 누운 요리사를 잊었고, 피를, 비명을, 요리사의 배에서 빠져나오던 최후의 공기를, 나는 세시 이십분에만 여학교 앞에 차를 세운 것이 아니라, 네시에, 다섯시에, 그리고 여섯시에도 굳게 닫힌 교문 앞에 서 있었으니, 일곱시 반이 되자 빵집은 인도에 내다놓았던 의자와 탁자들을 거두어들였고, 노란색 파라솔도 치워버렸으며, 창을 덧문까지 내린 후 집으로 돌아가버렸고, 그러자 거리에는 나 홀로, 가로등 불빛과 함께 남았고, 저녁식사를 준비하느라 환하게 불을 밝힌 창들, 커튼 뒤로 어른거리는 사람의 모습은 마치 옛날 극장에서 공연하던 그림자극과 같았고, 나는 자동차에 앉아서, 영원히 거기에 앉아 있기로 마음을 굳혔고, 여학교의 모습조차 보이지 않는 지금, 빵집의 모습조차 보이지 않는 지금, 창의 불빛은

모두 꺼졌고 여학생들은 더 이상 존재하지 않게 된 지금, 마음을 굳혔으니, 앞으로 영원히 세투발의 밤 안에서 머물러 있기로, 세투발의 밤 안의 밤 안에서, 세투발의 밤 안의 밤 안의 밤 안에서 머물러 있기로, 광장의 고요 속에서, 집들의 고요 속에서, 나무들의 고요 속에서, 한 마리 까마귀의 흐느낌이, 한 아이의 겁에 질린 흐느낌이 들려올 때까지.

진술

그날이 무슨 요일이었는지는 기억나지 않지만, 그날이 일주일에 한 번 예배당을 청소하는 날이었던 것은 분명하고, 그날 내가 주인어른의 서재를 지나갈 때, 창의 블라인드는 이미 올려져 있었던 것이, 문 아래로 불빛이 흘러나왔으므로, 안에서는 라디오 소리가 들렸고, 전화통화를 하는 주인어른의 목소리

"그게 무슨 소리야 도대체 그게 무슨 말도 안 되는 소리야?"

부엌의 시계가 몇 번인가 쳤고, 그것은 곧, 하루가 밝아왔다는 의미였다. 그날이 무슨 요일이었는지는 기억나지 않지만, 아직 사월이었던 것은 분명하니, 과수원 나무 위에 까마귀 새끼들이 있었고, 오렌지나무는 조그맣고 하얀 봉오리를 매달고 있었으며, 주인어른은 카에타누와 크게 다툼을 벌인 바람에 장관직에서 물러났고, 이후 카에타누가 한두 번 팔멜라로 찾아와서 복귀를 권유하려 했으나, 그는 피아노 위 여왕의 사진이 대화의 일부를 이루는 거실에는 들어서지조차 못했고, 대신 거실 옆 가구도 거의 없는 작은 방, 주인어른이 운전수나 트랙터 기사, 그리고 미사가 끝난 후 신부에게 지시사항을 전달해주는 방에서

주인어른은 미사를 주관하는 사람이나 밭을 경작하는 사람이나 화단을 가꾸는 사람을 모두 동급으로 인식했기 때문에

팔걸이 의자에 앉은 주인어른은, 카에타누에게 팔걸이도 없는 의자를 가리켰고, 내가 찻주전자와 찻잔, 버터 바른 토스트가 든 쟁반을 들고 들어가자, 주인어른은 카에타누가 뭐라고 말을 하기도 전에 손짓으로 나를 내보냈고

"이 수상각하는 차를 마시지 않아 티티나"

나라를 지휘하는 인물로 그를 선택하지 않은 제독에게 분노한 주인어른은, 카에타누가 텔레비전에서 자신을 향한 지지에 대해 감사의 연설을 했던 날, 제독과 주인어른이 함께 껴안고 미소 짓는 사진을 벽에서 떼어내버렸고

"이 꼭두각시 사진을 쓰레기통에 처넣어"

카에타누는 한 시간 동안이나, 자신이 왜 이런 모욕을 당해야 하는지 전혀 이해하지 못하는 것처럼 굴다가, 계단 위에서 작별인사를 하는 순간까지도 포기하지 않고

"만약 마음을 바꾸게 되면 언제든지 연락주세요 당신을 위한 자리로 국방부장관이나 외무부장관을 생각하고 있으니까요"

그러나 카에타누가 계단을 채 내려가기도 전에 이미 몸을 반쯤 돌리고 있던 주인어른은

"다음에 이 당나귀가 또 나타나거든 셰퍼드들을 풀어서 정강이뼈를 물어뜯게 할 거야"

주인어른은, 세계 전체를 목 졸라 죽일 기세로, 서재의 문을 얼마나 세게 닫았던지, 늪지의 비둘기들이 놀라서 다 날아가버렸고, 진열장의 도자기들이 폭포처럼 쏟아져내렸으나, 문은 곧 다시 활짝 열렸고, 주인어른은 석상들 사이에서 카에타누를 따라잡을지도 모른다는 희망으로 정원으로 달려갔으나

"사기꾼 같으니"

주인어른은 하루 종일 테라스를 서성이며, 엄청난 모욕인 듯이 똑같은 말을 중얼거렸고

"외무부장관이라니 외무부장관이라니"

제독이 전화를 걸어 주인어른을 바꿔달라고 하면, 그는 손톱으로 양탄자를 쥐어뜯으면서 수화기를 향해 소리치기를

두 번째 비망록

"수상 자리를 준다는 전화가 아니라면, 나 없다고 그래"

그리하여 카에타누는 주인어른을 더 이상 찾아오지 않게 되었고, 제독도 마침내는 주인어른의 생일날 치자꽃 바구니를 장교에게 들려보내는 정도로 만족하고 말았고, 주인어른은 꽃바구니를 받는 즉시, 충격에 눈이 휘둥그레진 장교 앞에서 그대로 늪 속으로 쏟아버리며

"사기꾼 같으니"

그리하여 더 이상 치자꽃 바구니도 오지 않게 되었고, 일요일이면 늙은 군인들과 예전의 동료들이 찾아와 머리를 맞대고 수군거리며 뭔가를 공모했고, 온실에 모여앉아 조그만 소리로

"여기는 마이크가 없겠지 안 그런가 여기는 분명 도청장치가 없다고 확신할 수 있는가?"

그들에게 음료수를 가져다주면서 내가 들은 것은 기침과 헛기침이 전부이고, 그들에게 잔을 건네주면서 내가 본 것은 셔츠 차림의 가난하고 무해한 노인들, 쭈글쭈글 말라빠지고 조만간 심장발작을 일으킬 예정인, 손수건으로 연신 땀을 닦아내며 혹시 도청장치나 도청기 코일이 있을까 봐 곡물자루와 화분의 흙까지 뒤지며 군인의 흔적을 찾는 노인들, 용맹한 통치를 약속했던 노인들, 모든 마을을 출발한 버스가 사웅 벤투 국회의사당 앞에서 멈추게 될 것이라고 예언했던 사람들, 트라스 우스 몬트스의 설교단에서 목이 터져라 외치는 덥수룩한 선지자들, 당신들은 보게 될 것입니다, 너무 간단한 일이에요, 나를 믿으세요, 의회가 할 겁니다, 만장일치로 말입니다

만장일치로 말입니다 내가 보장합니다

불법찬탈자를 몰아내기로 결정을 내리는 동안, 백 살 먹은 한 노인은, 코를 난초 속에 파묻고 캔버스천을 씌운 의자에서 졸고 있다

가, 가끔씩 코마 상태에서 깨어나 기지개를 켜면서 졸음이 묻은 음성
으로 까욱거리기를

"재무부장관이 되기 전까지는 여기서 절대 안 나갈 거야 재무부
장관이 되기 전까지는 여기서 절대 안 나갈 거야"

이런 회합이 밤까지 이어졌으니, 얼굴이 보이지도 않는 어둠속
에서, 그들은 장관직과 차관직, 외교 사절, 훈장 수여자, 중앙위원회
위원 등을 각자에게 할당했고, 포르투갈을 한 마리 양처럼 나누어 가
졌으며, 그 와중에도 백 살 노인은 지치는 법도 없이

"재무부장관이 되기 전까지는 여기서 절대 안 나갈 거야"

마침내 그들이 떠날 때도, 연못의 물고기 아가미 속에 숨겨진 도
청장치가 두려운 나머지 소곤소곤 대화를 나누었고, 정원의 정자와
닭장에 걸려 비틀거리는 바람에 닭들의 잠을 깨웠고, 어둠 속에서 흔
들리는 장미 가시에 찔렸고, 깊이 실망한 주인어른은 나에게

"노망난 노인네들이야 티티나"

서재에 포르투갈 지도를 길어놓은 주인어른은, 행정구역을 세
었고, 병영을 세었고, 국회의원 숫자를 세었고, 비밀통신 암호를 만
들었으며, 취임식 연설문을 작성했고, 정장을 세탁소에 맡겼으며, 나
에게는 흰 리본을 다림질해달라고, 훈장들을 서랍에서 꺼내 정돈해
달라고 부탁하며, 마음을 온통 빼앗긴, 감동으로 벅찬 표정, 신념에
가득 차서, 눈을 반짝반짝 빛내며 나에게 동의를 구하니

"어떨 것 같아 티티나?"

희열과 기대감, 하지만 하사관의 아내나 약사의 과부에게는 철
저하게 비밀로, 그들은 눈에 뭔가가 들어왔다 싶으면 손톱으로 끝까
지 후벼팔 것이기 때문에, 주인어른은 갑자기 십 년은 젊어 보이며

"다들 기다려 조국이 엄청난 변화를 겪게 될 테니까"

두 번째 비망록

그래서 나는, 그날 주인어른의 서재를 지나갈 때, 창의 블라인드는 이미 올려져 있었던 것이, 문 아래로 불빛이 흘러나왔으므로, 안에서는 라디오 소리가 들렸고, 전화통화를 하는 주인어른의 목소리를 들었을 때

"그게 무슨 소리야 도대체 그게 무슨 말도 안 되는 소리야?"

수년 전부터 그가 준비하던 그 엄청난 변화라는 것이 드디어 왔구나, 지방에서 시작된 변화의 물결이 의회를 집어삼켰구나, 주교들이 앞장서서, 조국의 배신자들을 황금 지팡이로 쫓아내버리고, 범포를 씌운 간이 의자 위 백 살 노인을 재무부의 수장으로 들어올리기 위해서, 그런데 나에게 재무부란, 돈다발로 터져나갈 듯한, 엄청나게 거대한 지갑 안에 재무부장관 아내의 즉석사진이, 가족 모두의 얼굴이 들어갈 수 있는 크기인 투명 비닐칸에 끼워져 있는 모습으로 그려지니, 나는 예배당 청소를 잊었고, 버릇 없는 참새들이 함부로 똥을 싸놓은 알록달록한 스테인드글라스 창문 청소를 잊었고, 그 자리에 멈추어 서서, 성상 청소용 모래가 든 병을 손에 든 채, 복도에 멈추어 서서 귀를 기울였는데, 주인어른의 고함소리는 라디오의 음악보다 더욱 커졌고

"그들이 우리 병력이 아니라니 말해봐 노게이라 대사 그들이 우리 병력이 아니라면 도대체 어느 편이란 말인가?"

주인어른은 라디오의 채널을 돌렸고, 하지만 어디나 다 같은 뉴스만이 흘러나올 뿐, 그는 물에 빠져 죽어가는 사람처럼 다급하게 나를 불렀으니

"티티나"

그는 포르투갈 지도 앞에 서서, 포르투에, 히바테주에, 알가르브에 푸른색과 붉은색 압핀을 꽂았고, 리스본 시대 지도를 책상에 펼

치고, 곳곳에 빼곡하게 십자가 표시를 하고 줄을 그었고, 아무도 받지 않는 번호로 이리저리 전화를 걸었으며, 수첩을 꺼내 번호가 맞나 확인한 후 다시 다이얼을 돌렸고, 내가 거기 있다는 사실을 알아차리지도 못한 채, 성상 청소용 모래가 든 병을 손에 든 나를 쳐다보지도 않은 채, 그의 시선은 나를 그대로 투과하여, 문 너머에서 나를 찾고 있었으니, 그는 시가의 재가 조끼에 지저분하게 떨어지는 것을 깨닫지도 못한 채

"티티나"

나는 생각하기를

"아들이 아버지를 여기 홀로 남겨두고 영영 떠나버렸구나"

왜냐하면 몇 년 전에 결혼하여 집을 떠나 카스카이스에 살고 있는 주앙 도련님은 한번도 우리의 안부를 묻지 않았고, 한번도 편지를 보내지 않았고, 한번도 팔멜라 농장을 찾아온 적이 없기 때문에, 다른 것은 떠나서 나는 주앙 도련님이 나 없이 어떻게 살아갈 수 있는지, 늑대와 도둑과 어둠을 어떻게 물리칠 수 있는지 그 사실이 믿어지지 않았고, 이제 동트기 전의 어둠이 무서워서, 까마귀와 너도밤나무의 커다랗게 어른거리는 그림자에 놀라서, 아직 아침 햇살이 비치지 않는, 혹은 햇살이 유칼립투스나무들을 통과하려고 헛되이 애쓰는 과수원 안에서 두려워 떨며 나를 부르는 것은 주앙 도련님이 아닌 주인어른이니, 그런 그가 전화기를 붙잡고 팔을 흔들며

"그럼 무슨 일이 일어났는지 아무도 모른다고 그게 말이 되는 거야?"

나는 원래 예배당을 청소해야만 했지만, 그러고는 얼른 부엌으로 가서, 내가 없다고 아무 일도 하지 않고 빈둥거리는 하녀들에게 너는 이것을 해라 너는 저것을 해라 너는 침대 시트를 갈아라 너는

두 번째 비망록

얼른 팔멜라의 정육점에 갔다 와라, 태산같은 할 일을 일일이 지시해
주어야 했고, 하녀들뿐만 아니라 닭들과 비둘기들도 나를 기다리고
있었고, 개집에 갇힌 개들도 철망 틈새로 코를 내밀면서, 밥그릇을
가져다줄 나를 기다리고 있었고, 트랙터 기사는 마당에서 엔진 부품
을 기다리고 있었고, 정원사는 내가 잔소리를 하지 않으면 보나마나
회양목 가지들을 엉터리로 잘라낼 것이고, 온 집안의 일이 나에게 달
려 있는데, 라디오 볼륨을 낮추는 주인어른의 시선은 나를 그대로 투
과하면서, 그의 입은 나를 찾았고

"티티나"

다시 라디오의 불륨을 높이고, 다시 지도 위 페나피엘에 압핀을
꽂았고, 몸을 돌려서, 급하게 수화기를 들었고, 내가 다림질하여 소
파에 걸쳐놓은 정장을 구겨버렸고, 충격을 받아 푸딩처럼 기운 없이
흐물거리며

"뭐라고?"

영예스러운 취임식에 입고 가기 위해 바로 조금 전에 비닐 커버
를 씌운 상태로 세탁소에서 찾아온 정장, 주인어른의 가슴에 매달려
그를 교황처럼 보이게 해줄, 중요도에 따라 순서대로 배열해놓은 훈
장들, 돌돌 말아서 포르투갈 국기와 같은 색 리본으로 묶어놓은 연설
문 용지, 질긴 야생 포도덩굴을 가위로 끈질기게 톱질하는 정원사는
악에 받친 희열의 휘파람을 불었고, 그 소리가 서재 안까지 흘러들어
와 넘실거렸으며, 창문 너머에는 하나씩 잘려 떨어져내리는 나뭇가
지들, 주인어른은 소파에 놓인 정장을 우악스럽게 손아귀에 움켜쥐
며

"침실에서 약을 가져다줘 티티나"

약병을 제대로 들 수도 없이, 그의 손가락들은 춤을 추면서 간신

히 마개를 뽑았고, 물이 무릎에 쏟아졌고, 정원사의 휘파람소리는 더욱 커져서 라디오소리를 덮었고, 전화벨소리를 덮었고, 마침내는 내 귀를 완전히 멍멍하게 만들어 두 손바닥으로 귀를 덮고 싶어질 지경이었으니, 갑자기 얼굴이 보라색으로 변한 주인어른은, 기어들어가는 소리로 간신히, 자신의 등을 좀 두드려달라고 내게 부탁하니

"약이 목에 걸렸어 티티나"

나는 혹시나 너무 센 것이 아닌가 걱정하면서, 그의 늑골 부분에 타격을 가했고, 처음에는 약하게, 하지만 횟수를 거듭할수록 점점 더 속으로 신이 나서, 왜냐하면 나는 그때 요리사를 떠올렸기 때문에, 하사관의 아내와 약사의 과부를, 사람들의 시선을 전혀 아랑곳하지 않고 그가 저지르고 다녔던 일들을 떠올렸기 때문에, 주앙 도련님 생각은 하지도 않고, 내 생각은 하지도 않고, 내 머리칼이 그의 얼굴을 스칠 정도로 가까이서 그에게 생선 가시를 발라주는데도 하사관의 아내와 약사의 과부와 이야기하는 데만 정신이 팔려 있던 주인어른, 나는 그를 세게 쳤으니, 그가 나를 다른 여자들만큼 가치있게 봐주지 않았기 때문에, 그의 견갑골과, 척추와, 신장을, 그는 손을 치켜올리며

"약은 벌써 내려갔어 그만 때리라구 티티나"

쉰 살이 될 때까지는 그래도 가끔 향수를 뿌리고, 굽이 높은 구두를 신었으며, 주름살도 거의 없었던 나, 그런 내가 바로 곁에 서 있는데도, 주인어른은 요리사를 가리키며

"거기 너"

겨우 지난주에 기차를 타고 베이가를 떠나온 가장 신참 하녀에게, 아직도 몸에서 굶주림과 염소똥 냄새가 가시지 않은 하녀에게, 주인어른은 피곤한 듯 속눈썹을 지그시 감으며 명령하기를

두 번째 비망록

"가만히 있어"

나는 바닥으로 가라앉고만 싶었지만, 빨래 바구니를 들고 분주한 척했으며, 나무딸기 병들을 챙기느라, 가계부를 정리하느라 아무것도 못 본 척했고, 하려고만 들면 모든 것을 분쇄기 속에 집어넣어 갈아버릴 수도 있었지만, 비굴하게도 복종의 종종걸음으로, 거실로 나갔고, 주인어른이 부르면 수영장으로

"티티나"

그의 애인들에게 커피나 레모네이드를 가져다주었고, 테라스에 의자들을 가져다놓고, 그들이 먹을 얼음과 초콜릿, 마니옥 과자 등을 차려주었으며, 약사 아내가 흉측한 강아지를 내게 넘겨주면서, 마치 내가 지신의 노예라도 되는 양 산책시키라고 지시하면, 강아지가 인색한 오줌 세 방울을 너도밤나무 아래에 떨어뜨릴 때까지 하염없이 끌고 다녀야만 했고, 주인어른이 마님과 결혼한 이후로 항상 그를 위해서 일해온 나는, 그를 돌봐주고, 그의 비누가 떨어지면 채워주고, 그가 허튼 곳에 돈을 쓰려 하는 것을 막고, 그가 부를 것을 대비해서 늘 그의 가까이에 머무를 권리를 빼앗기는 것보다는, 차라리 마님과 함께 그를 공유하는 편이 나았으니, 주앙 도련님조차도 이런 그를 이해하지 못한 채, 내게 작별의 입맞춤조차 없이 떠나가버렸고

"잘 있어 티티나"

그는 한번도 편지를 보내오지 않았고, 전화를 걸지도 않았고, 자기 아이들을 내게 보여주지도 않았고, 그 아이들은 내게 손자들인 셈인데, 마님의 손자가 아닌 내 손자, 주앙 도련님은 나를 보러 팔멜라로 오지도 않았고, 그리하여 주인어른과 나는 친척도 친구도 없는 외로운 부부처럼, 거대한 저택에서 고독하게 늙어가고 있었으니, 그는 나를 조금도 신경 쓰지 않았지만, 나는 그의 간이, 그의 폐가 원하

는 극히 사소한 욕구에도 전부 지극한 신경을 썼으며, 그의 요산 수치를, 그의 콜레스테롤을, 그의 기종氣腫 상태를 늘 주시하고 있다가, 주인어른이 칸막이 뒤편에서 옷을 갈아입는 동안 의사에게 소곤거리며

"심각한 건 아니겠지요 선생님?"

지금 그가 입이 삐뚤어져서 침대에 누운 채 수프를 받아먹으며 연명하고 있다는 생각은 절대로 떠올리고 싶지도 않고, 언젠가 그는 분명 나를 데리러 알베르카로 올 것이고, 그에게 어울리는 당당함과, 그에게 어울리는 위엄과, 그에게 어울리는 권위와 함께, 이 자선원으로 들어설 것이니, 작업치료사를 귀찮은 날파리처럼 쫓아버린 그는

"짐은 어디 있어 티티나?"

자수와 헝겊 데이지꽃 따위에는 눈길도 주지 않고, 그런 남자를 보고 황홀해하는 다른 여자 수용자들에게는 눈길도 주지 않고

"짐은 어디 있어 티티나?"

그런 남자, 온 리스본이 벌벌 떨던 남자, 살라자르가 포르투갈을 통치하기 위해 조언을 구하던 남자, 자기 마음에 거슬리는 인간을 체포하라고 시키고 자기가 원하면 풀어주라고 명령을 내리던 남자, 서재를 한 발짝도 떠날 필요 없이 오직 다이얼을 돌리는 것만으로

"아무개를 체포하시오 그리고 아무개를 풀어주시오 소령"

그러면 소령은, 의자에서 깊이 허리를 굽혀 절을 하느라 거의 바닥으로 꼬꾸라질 뻔하면서

"지당하신 말씀입니다 장관님 바르비에리에게 즉시 그리 하라 시키겠습니다"

뼈대가 드러난 고가도로의 시멘트와 벽돌 기둥들 사이, 다 찢어진 현수막 조각이 바람에 휘날리며 죽어가는 곳에 자동차를 세워둔

두 번째 비망록

주인어른이, 엘바스의 올리브만큼 커다란 진주알이 박힌 약혼반지를 내 손가락에 끼워주는 것을 본 자선원의 직원들은 돌처럼 굳어버릴 것이니, 그는 내게 문을 열어주기 위해 자동차를 한 바퀴 빙 돌아서, 귀족처럼 우아하고 상냥한 태도로, 모자를 손에 든 채, 자동차 문을 연 후에 내가 올라타서 편하게 자리 잡을 때까지 기다리고, 그런 다음 다시 자동차를 한 바퀴 돌아 운전석에 타고, 우리는 함께 길을 떠나니, 알베르카 시내를 통과하여 팔멜라 방향으로, 그날 서재에서 목에 걸리지 않고 알약을 무사히 삼켰던 주인어른이, 거위처럼 몸을 부르르 떨며 알약을 위장으로 운반시키는 동안, 마지막 야생 포도덩굴이 땅으로 떨어져내렸고, 식물의 목을 잘라내는 정원사의 휘파람도 서서히 잦아들다가 마침내 완전히 그쳤고, 주인어른은 포르투갈 지도를 잊었고, 리스본 시내 지도를 잊었고, 부상병처럼 힘들게, 엉망으로 구겨진 정장이 놓인 소파에서 몸을 일으켜, 전화기를 향해서

"공산주의 쿠데타라고 그런데 우리 군대가 전혀 방어를 하지 않는다는 건가 피나 장군 공산주의 쿠데타가 일어났고 우리 군대는 병영에서 나오지도 않는다고?"

스피커에서는 발포와 관련한 뉴스와 함께, 사람들에게 거리로 나오지 말라고, 발포 현장을 피하라는 알림이 흘러나왔고, 그 말을 듣는 즉시 나는 참호와 대포, 학살, 궁전 광장에 산더미처럼 쌓인 시신을 연상했고, 이제 정원사는 약간 떨어진 곳에서 휘파람을 불며, 형리의 냉정한 직업의식으로, 비단향나무와 튤립의 목을 잘라내고 있으니, 이러다가는 정원 전체가 꽃들의 무덤으로 변할 것 같아 나는 두려워졌으니, 그 정원은 마님의 정원이 아니었고, 주인어른의 정원도 아니었고, 나의 정원이었으므로, 내가 정원의 흙을 골랐고, 거름을 퍼다 날랐으며, 모종을 구입했고, 어린 식물들을 햇빛으로부터 보

호하고 잡초를 뽑았으며, 여름이면 아침저녁으로 물을 주었고, 하녀들이나 셰퍼드가 화단에 들어가지 못하게 했고, 주앙 도련님이 꽃을 한아름씩 뽑지 못하게 했으므로, 그러니 정원은 내 것이었고, 저택이나 살림살이 역시 마찬가지로 내 것이었고, 집 안의 모든 사물들은 내 것이었고, 주인어른도 물론 내 것이었지만, 단지 주인어른 자신은 그것을 알아차리지 못하고 있을 뿐, 머리가 허수아비처럼 텅 빈 하사관의 아내가 수영장 차양막 아래에서 마치 여주인인 척 도도한 포즈로 스팽글 달린 부채를 흔들면서

"레모네이드 한 잔 더 갖다줘 빨리 해 무지하게 덥단 말이야"

잡년처럼 다리를 꼬고 앉은, 잡년의 머리 모양을 하고 잡년에게나 어울릴 반지와 귀걸이를 한 하사관의 아내가

"레모네이드 한 잔 더 갖다줘 빨리 해 무지하게 덥단 말이야"

나는 대리석 귀퉁이에 얼음을 부딪쳐 깨면서, 부엌 청소용 독극물을 레모네이드 안에 섞기로 마음을 굳혔으니, 그러면 그들은 다리를 부들부들 떨면서 뻗어버리겠지, 그러면 끝나는 거야, 나는 해골 그림이 그려진 박스를 꺼내서 속 내용물을 확인하려고 흔들어보기까지 했으나, 그냥 제자리에 다시 넣어두었으니, 이렇게 하면 어차피 범인이 밝혀질 것이기 때문에, 대신 나는 설탕을 과다하게 넣었으니, 만약 그들 중 누군가, 이곳 알베르카에서 매일 요강에 검색지를 담가야 하는 몇몇 환자들과 마찬가지로, 당뇨병에 걸린다면, 앞으로 몇 시간 후에는 숨이 끊어질 것이며, 그때 그녀 옆에 있던 남편은 놀라서

"그라신다 그라신다"

그리고 경찰은 그녀가 부주의하게도 에클레어 케이크와 생크림 과자를 너무 많이 먹은 탓이라고 믿으리라, 나는 등나무 탁자 위

에 유리잔을 놓아주며

"더 원하시면 말씀하세요 마님"

비록 그 마님이란 여자는 사실상 창녀에 지나지 않았고, 그에 반해서 나는 오직 한 남자만을 위해 존재하는 그런 여자로, 난잡한 옷을 입고 돌아다니는 길거리 암캐와는 다르며, 그러므로 나야말로 진정한 마님인데, 하사관의 아내는 심지어

"고마워"

이 한마디조차 하지 않았으며, 주인어른도

"고마워"

이 한마디조차 하지 않았고, 마치 나라는 인간은 당연히 그들의 기분을 맞춰주기 위해서 태어났다고 생각하듯이, 나는 부엌에 할 일이 산더미처럼 쌓여 있고, 재봉실에도 끝마쳐야 할 일거리가 있고, 크리스털 샹들리에도 마른걸레로 닦아야 하고, 담장 수리도 신경 써야 하는데다가 차고 지붕 역시 마찬가지였고, 하사관의 아내는 손바닥에 입맞춤을 실어서, 창녀의 상스러운 몸짓으로 주인어른을 향해 살짝 날려보내며

"거기 계속 서 있을 거야 티티나?"

도나 티티나도 아니고, 그냥 티티나, 호칭도 없이, 그냥 티티나

"거기 계속 서 있을 거야 티티나?"

다른 사람들은 모두 나를 도나 티티나라고 부르는데, 그건 존경심이 있느냐 없느냐의 문제이며, 진실성이 있으냐 없으냐의 문제이니, 하사관의 아내는 나를 전혀 모른다고 할 수 있고, 나는 그녀와 같은 부류와는 아무런 공통점이 없는, 일하는 여자로, 그녀처럼 길거리 카페에서 친구들과 어울려 하루 종일 빈둥대면서 웨이터에게 눈웃음이나 치고 담배 피우고, 존경스러운 삶의 방식을 뒤에서 비웃는 그

런 여자가 아니고

"거기 계속 서 있을 거야 티티나?"

그런데 이제 그런 나에게 반말까지 함부로 하니, 나는 레모네이드에 독을 타지 않은 것을 후회할 수밖에 없었고

"나에게 레모네이드 한 잔 더 가져다달라고 하기만 해봐 진짜 뜨거운 맛을 보여줄 테니"

부엌 청소용 독극물을 하사관의 아내뿐만 아니라 주인어른의 잔에까지 타버릴 테다, 그녀가 내게 함부로 말하지 못하도록 주인어른이 제지했어야만 하는 법이니까, 이 하찮은 물건이 분수를 모르고 날뛰면 주인어른이 따끔하게 야단을 쳐야 하는 것 아닌가, 나는 눈물로 먹먹한 가슴을 안고 저택으로 돌아갔고, 나를 가엾게 여긴 셰퍼드들이 나와 동행하였으니, 최소한 짐승들은 인간의 어떤 마음을 이해하는 것이 분명하리라, 주인어른은 전화로 내게 지시하기를, 정장소파를 끌고 오라고, 정장소파란 그의 정장이 아코디언처럼 구겨져 있던 그 소파를 말하는데, 소파를 끌고 오는 일은 하사관의 아내가 할 일이 아니라, 바로 내 일이라는 것, 주인어른은 병에서 두 번째 알약을 꺼내 이번에는 물도 없이 씹어서 삼켰고, 평소에는 한번도 약을 씹어서 삼키지 못했던 주인어른

"우리 군대가 공산주의자 편에 넘어갔다니 똑똑히 말해보세요 지금 애들 장난하는 겁니까 아니면 영화라도 찍자는 겁니까 지금까지 당신은 그런 오합지졸을 군대라고 거느리고 있었단 말이오 장군?"

주인어른은 육군장관에게 전화를 걸었고, 하지만 아무런 답변을 듣지 못했고, 국방장관에게 전화를 걸었고, 역시 아무런 답변을 듣지 못했고, 왜냐하면 이미 장관실은 모두 텅 비어 있었기에, 게다

가 비밀경찰 본부에도 아무도 없었고, 아주다와 카르모의 부대 전화는 불통이었고, 라디오에서는 부도덕한 노래가 흘러나왔고, 스피커에서는 계속해서, 그들이 비행장과 텔레비전 방송국을 점령했다는 소식, 경찰 본부를 포위하고 있다는 소식, 리스본을 손에 넣었다는 소식, 지금까지 한 짓만으로는 부족하다는 듯, 정원사라고 불리는 불한당은 잔디를 망가뜨리고 비단향꽃무를 마구 학살하고 있었으며, 일이 없는 하루가 신이 난 하녀들은 식료품 저장고를 약탈하여 초토화시켰고, 주인어른의 비통한 속삭임이 수화기를 향해

"내게 솔직한 대답을 해주기 바라오 노게이라 대사 공산주의자들이 전부 다 장악했다는 말이 맞는 건지, 만약 그렇다면 우리는 당장 몸을 피해야 할 테니까"

그는 어깨를 한번 으쓱하면서, 냉소의 미소와 함께, 늘어놓은 훈장들을, 국기 색깔의 리본으로 묶은 취임식 연설문을 바라보았고, 서재의 사진들을, 마치 교황과, 추기경과, 교황 대사와, 그리고 불쌍한 살라자르, 그즈음에는 이미 이 세상 사람이 아닌 살라자르와, 작별이라도 고하는 것처럼, 하나하나 바라보더니, 소파의 정장을 집어 들고는 비닐 케이스와 함께 바닥에 내동댕이쳤고, 그 순간에야 나는 비로소, 이제 시대가 바뀌었음을, 이곳 팔멜라에서 오랜 세월을 보내는 동안 그와 나 우리는 둘 다 변해버렸음을 깨달았고, 그래서 주앙 도련님이 팔멜라로 찾아오지 않은 이유는, 자신이 떠날 때는 사람이었으나 어느새 두 명의 유령으로 변해버린 우리와 마주치기 싫어서라는 것도 알게 되었으니, 부엌에 있는 다른 라디오에서도 부도덕한 노래가 흘러나왔고, 시내 전체의 수백 개의 라디오가 전부 부도덕한 노래를, 우유 양동이를 든 관리인의 딸은 축사에 있었고, 비틀거리며 한 바퀴 회전한 풍차의 날개는, 두 바퀴를 회전하고는, 그 자리에 멈

추었고, 그렇지만, 그렇긴 하지만

　참으로 이상하게도

　내게는 마치 바람이 계속 불어오는 듯했고, 수국이 계속 흔들리는 듯했고, 풀들이 여전히 기울어진 듯했고, 전화기를 든 주인어른은 단 한번도 들어본 적 없는 낯선 톤으로, 심지어 집을 나가려는 마님을 설득하던 그때조차 들어보지 못했던 낯선

　"알겠어 알아들었어요 노게이라 피드(살라자르 독재시대 비밀경찰)가 해산되었고 정부 각료들은 감옥에 있고 오합지졸 군대는 공산주의자들에게 매수되었다니 그 의미는 곧 내일이면 바이샤까지 공산주의자들이 들이닥쳐서 우리를 가로등에 목매달거나 아니면 시베리아행 기차표를 사줄 거란 말이군 내 걱정은 할 필요 없어요 최대한 빨리 당신이나 몸을 피하도록"

　비둘기들이 어지럽게 날고 온실 지붕이 빛 속에서 커다랗게 드러난 것으로 보아 이미 시간이 꽤 흐른 듯했고, 구름 속에서 부서지는 빛의 반사로, 바다가 거기 있음을 짐작할 수 있었으며, 집안살림이, 내 왕국인 집안살림이 나를 기다리고 있었으니, 내가 없으면 전혀 작동하지 못하는 이 체제, 그 당시에 나는 이것을 거의 의식하지 못했고, 작업치료사 또한 아무것도 모르고 있음이 분명한 게, 내가 스무 명 이상의 사람들을 거느리고 일을 했다고 그녀에게 말했을 때, 작업치료사는 내게 입을 다물라고, 쓸데없는 말로 다른 수용인들의 주의를 돌리지 말고 얌전히 수나 놓으라고 했기 때문에, 주인어른은 금고를 열었고, 책상 서랍을 말끔히 비웠고, 혹시 소비에트 군인들이 벌써 농장 대문을 통과해 들어와서 곡물창고 위에 깃발을 걸어놓은 건 아닌지 창밖을 살폈으며, 라디오를 끄고 전화선을 잘랐고, 내게 저택의 문들을 걸어잠그고 개들을 풀어놓으라고 지시했고, 자신은

피스톨을 허리에 차고 사냥총을 꺼내오며

"이 집에서 나가줘야겠어 티티나"

그는 나를 밖으로 내몰았고, 다른 고용인들, 트랙터 기사와 관리인도 전부 밖으로 쫓아냈으며, 노리쇠를 벗긴 다음 삼나무 숲을 향해 총을 발사하니, 까마귀 한 떼가 놀라 하늘로 날아올랐고

"공산주의자 놈들 모조리 나가"

온실은 흰빛이었고, 비둘기들은 흰빛이었고, 하늘은 흰빛이었으나, 유칼립투스나무들은 더할 수 없이 검었고, 주인어른은 시가로 나를 가리키며, 사냥총 개머리판으로는 내 몸을 문밖으로 밀면서

"공산주의자 놈들 모조리 나가"

개들은 정원을 함부로 뛰어다녔고, 요란하게 짖으면서 방이란 방은 모두 들어가서 엉망을 만들었다가, 다시 밖으로 나왔고, 유칼립투스나무들은 더할 수 없이 검었고, 다시 한번 더 총의 노리쇠가 달각하고 내려왔고, 하지만 이번에는 삼나무가 아니라, 총소리에 놀라 삼나무 꼭대기를 빙빙 도는, 점점 숫자가 불어나는 까치들이 아니라, 바로 나를 겨냥했으니

"공산주의자 놈들 모조리 나가"

그때 나는 내 짐가방이 무게가 거의 나가지 않는다는 것, 그 안에 넣을 물건이 어차피 거의 없다는 것을 알게 되었고, 이곳 알베르카의 자선원에 도착한 첫날 작업치료사도 내게 묻기를

"짐이 정말로 이것뿐인가요 도나 알베르티나?"

나는 대답 없이 미소만 지었고, 어차피 설명해봐야 그녀는 이해하지 못할 것이기에, 내가 가진 것은 가방 하나가 전부가 아니고, 나는 팔멜라에 저택과 커다란 농장을 소유하고 있으며, 숲과 까마귀들, 그리고 축사도 하나 갖고 있다고, 게다가 돼지와 칠면조 토끼와 닭들

비둘기들도 있고, 수영장과 장미 정원과 난초온실, 하녀들을 포함해서 스무 명이나 되는 고용인, 그들 모두에게 나는 날마다 지시를 내리고, 몰래 빈둥거리지 못하도록 감시도 해야 했으니, 요즘 고용인들의 정신상태가 어떤지는 알 만한 사람은 다 아는 것이니까, 나는 몇 달 지나지 않아, 아니 몇 주 지나지 않아 이곳을 떠나게 될 것이고, 그러면 아프리카에서 온 거지들의 정원과 고가도로의 기둥을 바라보는 일도, 앵무새를 수놓는 일도 영영 작별일 터이니, 조만간에, 이르면 바로 내일이라도, 아니 어쩌면 오늘 저녁이 될 수도 있고, 주인어른이 자동차를 몰고 와서 나를 데려갈 것이므로, 차 문을 열어서 나를 먼저 태우고, 자동차를 한 바퀴 돌아 운전석에 가서 앉을 것이고, 다른 수용인들은 창문의 커튼을 붙들고 서서, 그가 나를 팔멜라로 데려가는 것을, 내게 속한 그 땅으로 데려가는 것을 지켜보고 있을 것이다.

두 번째 비망록

추가 진술

지금은, 점점 치솟는 실업률과 경제위기 때문에, 일자리가 생겼다 하면 길게 생각하지 말고 일단 받아들여야 하는 법이니, 나에게 알베르카의 자선원 작업치료사 자리 제안이 들어왔을 때도 예외는 아니었다. 아데리투와 이혼 후 나는 어린 딸과 함께 오디벨라스의 집에서 살았는데, 방이 두 개뿐이었으므로 거실방에 내 침대를 두고, 침대 곁에 소파와 간이탁자 장식장 등을 두니 정작 식탁을 놓을 자리가 없어서 나와 타니아는 부엌에서 식사를 했고, 아데리투와 함께 살 때 타니아는 아직 아기였으므로 우리 셋은 한 침실에서 함께 잤지만, 이제 딸도 열한 살이 되니 집은 점점 답답해졌고, 만약 이혼하지 않았더라면

신이여 보호하소서 신이여 보호하소서 신이여 보호하소서

나는 아마도 더 큰 집을 알아보러 다녀야 했겠지만, 천만다행히도 아데리투가 나가기로 결심을 해주었고, 하지만 그건 우리가 서로 사이가 나빠서가 아니라, 그런 건 결코 아니었고, 단 한번도 우리는 사이가 나빴던 적이 없었고, 단 한번도 싸우지 않았으며, 단 한번도 여자문제가 없었고, 만약 그랬다면 내가 결코 참지 못했을 테니까, 단지 우리의 문제라면, 내가 어떤 종류의 인간을 결코 참을 수 없을 때가 생긴다는 것, 일주일 내내 방구석에서 앉아 있는 인간, 과거를 떠올리면서 손가락 하나도 까딱하지 않고 시간을 보내는 인간을, 그러던 어느 날 나는 문득 깨달았으니, 그가 다른 누군가와 사랑에 빠져서 우리를 떠나주기를 내가 간절히 원한다는 것, 그래서 나는 그의 여자 동료들을 집으로 초대해서, 그가 누구에게 마음이 있는지 떠보려고 했으나, 그는 아무에게도 마음이 없는 듯했고, 내가 젊은 여자

들과 대화를 나누는 동안 아데리투는 입을 꾹 다문 채, 한마디 농담도 없이, 한마디 말도 없이, 한마디 질문도 없이 묵묵히 앉아 있기만 했으니, 그날 밤 그의 한 손이 내 가슴을 파고들자, 나는 그것을 밀쳐내며

"손 치워"

그러나 아데리투는 못 들은 척 포기하지 않았고, 나는 그를 다시 한번 더 밀쳐내며

"잠 좀 자게 내버려둬 하고 싶은 마음 없으니까"

그리고 다음 날, 나는 용기를 내어 여행사로 찾아가, 책상들로 이루어진 참호를 넘어, 버뮤다 휴가지 탕헤르 순례여행 포스터를 지나, 아데리투의 자리로 가니, 마침 그는 한 여자 손님을 맞아, 전화와 컴퓨터로 런던행 비행기표를 알아보던 중이었는데, 나는 활짝 펼친 손을 그의 책상에 너무 세게 내려놓는 바람에, 만약 손톱 강화 매니큐어를 바르지 않았더라면 새끼손가락 손톱이 부러졌을 뻔

"당신과 이혼할 거야"

여자 손님이 의자에 앉은 채로 몸을 돌리자, 온몸의 장신구가 잘랑거리는 소리를 냈고, 내 성격을 익히 아는 아데리투는 내가 오해했다고 생각하고는

"나는 이 여자분이랑 아무 사이도 아니야 리나 나는 이분을 오늘 처음 본 거야 맹세할 수 있어"

여자 손님은 그와 나를 번갈아 쳐다보다가

"당신들 전부 미친 거 아닌가요 당신들 전부 미친 거 아닌가요?"

그물 스타킹에 당구공만 한 장신구를 주렁주렁 매단 그녀은, 고래고래 고함치면서 매니저를 불렀고, 나타난 매니저는 대머리에 콧

수염을 기른 잘생긴 남자인데, 그와 나는 회사창립기념일 야외파티에서 석양 아래 나란히 앉았었고, 그때 그는 자신의 아이들 사진까지 내게 보여주면서, 다음주에 괜찮은 이탈리아 식당에서 단둘이 만나자고 제안하기까지 했지만, 이번에는 나를 전혀 기억하지 못하는 눈치로, 젊은 여자 손님의 푹 파인 가슴팍에만 정신을 팔았고, 화가 나서 펄펄 뛰는 여자의 허리를 달래듯이 붙잡은 그는

"무슨 문제라도 있나 아데리투?"

나는 열심히 속눈썹을 깜박거리며, 왜냐하면 나도 계략이란 것이 있으니까, 매니저와 그 여자가 살리트르 거리에 있는 한 여관에서 그날 오후의 나머지 시간을 오붓하게 보내기 위해 팔짱을 끼고 밖으로 나가기 전에 얼른

"아무 문제도 없어요 엘리아스 씨, 난 그냥 내 남편에게 이혼하겠다는 말을 하러 온 것뿐이에요"

그러자 계략이란 면에 있어서는 나에게 결코 뒤지지 않는 그 젊은 여자는, 더구나 잘생긴 남자가 허리를 잡아주는 것이 기분이 좋았던 나머지, 나를 무서워하며 뒤로 물러나는 척하면서, 그걸 기회로 삼아 러시아인형과 피오르 사진 액자 사이에 서 있는 매니저에게 몸을 밀착시켰고, 그러자 달랑달랑 소리를 내며 흔들리는 그녀의 장신구들, 황금색 메달들, 황금색 하트들, 말굽쇠들, 그리고 집게손가락과 가운뎃손가락 사이에 엄지손가락을 찌른 형태의, 커다란 손 모양의 부적까지

"당신들 전부 미친 거 아닌가요 당신들 전부 미친 거 아닌가요?"

오디벨라스의 집으로 돌아온 아데리투는, 부엌까지 나를 졸졸 쫓아다니면서, 냉장고에서 화덕으로 졸졸 따라다니면서, 생크림 소

스에 든 대구를 녹이려고 성냥불을 붙이는 나에게, 애원했다가 협박하고, 협박하다가 잘못을 빌며 사과하고, 잘못했다고 사과하다가 애정을 고백하고, 애정 고백을 하다가 갑자기 반항적으로

"내가 정말로 이혼해줄 거라고 생각한다면 그건 오산이야 내가 집을 나갈 거라고 생각해도 곤란해 내가 아니라 불만있는 사람이 나가는 것이 당연하지"

나는 며칠 밤을 소파에서 불편하게 보냈지만, 그는 침실에서 코를 골며 잘 잤고, 그가 일어나 기침을 하면서 복도에 불을 켜면 나도 잠이 깰 수밖에 없는 불편함, 하지만 그것이 전부가 아니라, 이 집은 방음이 좋지 않아 집집마다 소리가 다 들리는데, 침대 헤드로 벽을 쿵쿵 쳐대더니, 칼에 찔린 사람처럼 비명을 꽥꽥 지르는 산부인과 여의사가 자기 남편을 정신없이 몰아대기를

"계속해 제 계속해 제"

그러면 격렬하게 몸이 부딪히는 소리가 열 번 정도 들리고, 스프링 침대가 삐걱이는 소리, 기진맥진하여 잠시 동안의 휴식, 내가 양손 가득 장바구니를 들고 집으로 돌아올 때 계단에서 종종 마주치기도 하고, 슈퍼마켓이나 피자 배달 전단지를 자기네 우편함에서 꺼내 우리 집 우편함에 몰래 넣는 모습이 내 눈에 뜨인 적도 몇 번 있는 제라는 남자는, 다 죽어가는 소리로 애원하며

"물 한 잔 마셔야겠어 마리나 입안이 바싹 말라버렸어"

십 분 뒤에, 이 건물의 모든 집들이 젊은 남편의 행동에 주의를 기울이면서 응원을 보내는 가운데, 다시 침대가 들썩이면서, 헤드가 벽을 쿵쿵 찧어대고, 침대 스프링이 앞뒤로 삐걱이고, 몸이 부딪히는 소리가 한 번씩 울릴 때마다 내 소파까지도 흔들리지만, 여의사는 절대 지치는 법도 없이

두 번째 비망록

"계속해 제 계속해 제"

이들의 기록적인 정사에 자극받은 아데리투는, 나와 뜻을 함께 하고 싶어 했으니, 원래 이런 행위는 전염성이 있기 때문에

"가까이 좀 와 리나 기분 좀 풀어"

나는 평소에 재떨이로 쓰는 알렌테주산 접시를 방패로 이용했고, 수확용 낫을 든 접시 그림의 여인이 되어 그의 머리통을 박살내겠다고 위협하며

"손 치워"

단념한 아데리투는 파자마 바지의 단추를 채우며 침실로 들어갔고, 혹시 그가 다시 나올 때를 대비하여 나는, 수확녀의 손에 든 낫을 공중으로 높이 치켜올렸으며, 위층에서는 재앙의 뒤를 이은 비극적인 침묵이 깔렸고, 살아남은 자들을 위한 소소한 생활의 소음, 슬리퍼 질질 끄는 소리, 수돗물 트는 소리, 커다란 상자를 미는 소리, 주전자에서 찻물이 끓는 소리, 아데리투는 다시 사정하고, 위협하고 사과하고 사랑을 맹세하고 반항하기 시작했고, 나는 절대 굽히지 않았으며, 그가 선물이라고 들고 오는 꽃다발에도, 뚜껑에 사냥 장면이 있는 초콜릿 상자에도, 터키옥 반지에도 전혀 관심을 보이지 않은 채 변함없이

"당신과 이혼할 거야"

그러자 아데리투는, 부루퉁해져서, 싫으면 말든가, 하는 태도로 반지 케이스를 주머니에 집어넣고는

"이 집을 나가야 할 사람이 있다면 그건 내가 아니라 바로 당신이야"

아데리투는 내 부모님에게 전화해서, 내가 자신을 떠나려 한다고 눈물로 호소하며, 나를 저주했고, 내가 딸을 제대로 돌보지 못할

것이라고 주장했고, 열나흘 동안이나, 이 집을 나가야 할 사람은 내가 아니라 바로 당신이야, 마음에 안 드는 사람이 알아서 나가야 하는 거니까 이혼을 원하는 건 내가 아니니까, 이 말만을 고집스럽게 되풀이했으며, 그 사이사이 연극적인 장면을 연출했고, 소란을 피웠고, 둘 중에 누가 타니아를 맡는가 하는 문제로 싸움을 걸곤 했는데, 항상 똑같은 말로

"나는 내 아이를 데려가야겠어"

항상 똑같은 말로

"내 아이가 다른 남자와 함께 사는 건 절대 용납할 수 없어"

항상 똑같은 말로

"타니아가 자랄 때까지 기다리자 그래야 내가 타니아에게 네가 어떤 여자인지 설명해줄 수 있잖아"

나폴레옹과의 육년전쟁만큼이나 지겨운 싸움과 토라짐, 쾅쾅 닫히는 문, 음산한 저주의 예언이 물러간 다음에는 항상 이웃 여의사의 승마놀이가 요란스럽게 벌어지니, 나는 도무지 잠을 이룰 수기 없어서 완전히 지쳐버렸고

"계속해 제 계속해 제"

그러던 여의사가 드디어 작년에 임신을 하는 바람에, 이 건물의 밤이 조용해지며 모든 입주자에게 평화가 찾아왔으니, 그녀를 제외하고는, 신이여 감사하나이다, 다들 보통의 잠자리 취향을 가진 사람들이므로, 이제는 한두 번 쿵쿵거리는 소리가 나고, 그걸로 끝, 이 정도면 견딜 만한 수준 아닌가, 그제야 나는 침대로 돌아갈 수 있었고, 그 사이 아데리투는 여행사의 한 젊은 여직원과 사랑에 빠져서, 유선이 부은 탓인지 양쪽 젖가슴이 서로 바깥을 향하고 있는 그 여직원과 린쇼아 지구로 이사를 갔고, 역에서 한참 떨어진 곳, 진흙 웅덩이 가

두 번째 비망록

에 포도송이처럼 다닥다닥 붙어 있는 비스듬한 집들, 하수구 위에는 판자조각을 달랑 덮어놓았고, 나라면 설사 집을 공짜로 준다고 해도 결코 이사 가지 않을 그런 동네, 그 둘은 함께 오디벨라스의 집에 한 번 나타났는데, 이 집의 가구 절반과 그의 가족이 결혼식 때 해준 선물을 가져가려는 생각이었지만, 나는 변호사를 대동하고, 낫을 든 수확녀로 변신하여

"손 치워"

그런데 우리의 이혼이 성사된 후 변호사는 내게 청구서를 내밀어, 가구와 결혼선물에 해당하는 만큼의 금액을 고스란히 챙겨갔으니, 만약 당신이 이 책을 끝낸 후에 변호사에 관한 소설을 쓰고자 한다면, 녹음기를 준비해서 내게 오기만 하면 되고, 그러면 우리는 함께 조용한 곳으로 여행을 떠나, 북쪽 지방의 한적한 작은 여관 같은 곳에 주말 내내 머물며, 나는 이야기의 첫 장부터 마지막 장까지 전부 당신에게 구술해줄 수 있으니, 그 일이 끝난 다음에도 시간은 많이 남을 것이므로, 우리는 기마랑이스 시내를 구경하고, 성채에서 숨바꼭질을 할 수도 있으리라, 난 비록 서른세 살이지만, 당신이 안 믿을지 몰라도 이건 사실인데, 나는 여전히 어린 소녀이고, 나는 아직도

웃지 말고 들어보세요

천국이냐 지옥이냐 주사위 놀이가 재미있고, 내가 인도에 깔린 포석의 금을 밟지 않겠다고 가장자리에서 미친 여자처럼 폴짝폴짝 뛸 때마다, 타니아는 나에게 항상 핀잔을 주며

"그만해 엄마"

타니아와 함께 동물원에 놀러 가면, 타니아를 위해서가 아니라 나 자신의 즐거움을 위해서, 나는 몇 시간이고 우리 앞에서 신이 나

서 손뼉을 치고, 동물들에게 땅콩을 주고, 타니아는 그런 내가 창피
해서 어쩔 줄 모르며

"그만해 엄마"

그런데 이곳 자선원에서는 그렇게 놀 수 없다는 사실이 참으로
슬플 뿐이지만, 원장의 뜻은 강력하고, 나 또한 그가 옳다고는 생각
하니, 수용인들과 치료사들 사이에 너무 친밀한 관계가 형성되어서
는 안 된다는 생각, 마흔여섯 명의 여자 수용인들, 그중 몇몇은 도둑
이고, 몇몇은 약물중독자이고, 나보다 경험이 많은 열서너 살 매춘부
에서부터 골골대는 여든 살 된 노인까지 연령도 다양한데, 떠돌이의
본성을 가진 그들 모두의 한결같은 열망은 오직 하나, 알베르카를 탈
출하는 것, 식사와 잠자리를 제공해주는데도 불구하고 그들은 비참
한 노숙생활로 되돌아가고자 원하니, 자유롭기만 하다면, 총 맞을 자
유, 병에 걸릴 자유, 으깨진 머리통으로 뒷골목에서 깨어날 자유, 불
행할 자유만 있다면, 매일매일 제공되는 수프와 안전, 깨끗하게 세탁
된 침대 시트, 자수와 공예 실습을 통한 직업교육 따위는, 그녀들이
항상 주장하듯이 전혀 쓸모가 없고, 대강당 미사만큼이나, 그녀들에
게 위안을 주려고 혼신의 노력을 다하는 원장의 복음설교만큼이나
무의미하고, 하지만 이 장소의 분위기와 청결이 당신 마음에 들지 않
는다는 말은 하지 마시기를, 크게 대단해 보이지는 않겠지만, 그래도
이곳의 시야는 탁 트이고 여유가 있고, 주변에는 순환도로가 지나가
며 고가도로와 들판도 있고, 비록 약간이나마 테주 강도 흐르니, 내
생각에는 정서적인 휴식을 취하기에 약간의 테주 강보다 더 좋은 풍
경은 없고, 반면에 오디벨라스에서는 창밖의 거리를 내다보면, 눈에
들어오는 것은 자동차를 손톱으로 긁고 다니는 물라토 실업자들뿐,
술취한 주정뱅이들과 가난뿐, 당신은 왜 내가 블라인드를 내리고 커

두 번째 비망록

틈을 닫아버린 채 산다고 생각하는지, 주정뱅이들과 가난, 도로의 움푹 파인 구덩이에 빠져서 부속을 모두 도난당한 버스, 나는 창문마다 창살을 설치해야만 했고, 바람만 살짝 불어와도 알람이 울리는, 가격이 범죄에 가깝게 비싼 경보 시스템을 달았고, 도둑을 막기 위해서 걸쇠가 네 개나 되는 잠금장치를 추가로 설치했으며, 밤에는 리스본 시내의 극장이나 라이브 뮤직 바, 디스코테크, 쇼를 보러 갈 엄두를 내지 못하고, 저녁 여섯시에 딸을 발레 교습소에서 데려온 다음에, 우리는 함께 자신의 창살 안에, 자신의 잠금장치 안에, 자신의 공포심 안에 갇힌 조난자처럼 부엌에 앉아 시간을 보내고, 어쩌다 우리가 외출을 하려고 계단을 내려갈 때면, 집 계단 위까지 굴러다니는 주삿바늘, 내가 타니아의 받아쓰기나 지리 숙제를 도와주고 있을 때, 바람이라도 불어오면, 갑자기 알람이 울어대기 시작하고, 그러면 같은 층에 사는 이웃들이 서로를 채 알아보기도 전에 서로를 때리는 일이 생기고, 왜냐하면 누구라도 우리 집의 천장에 매달린 전등까지도 훔쳐갈 수 있음을 잘 알기 때문에, 이런 상황에서 어떻게 책을 읽을 마음이 생기겠는가, 어떻게 편히 휴식을 취할 수 있겠는가, 내게 정말로 간절하게 필요한 것은 마음의 평화와, 함께 대화를 나눌 파트너지만, 그래도 이곳 자선원에서는 최소한 쓸데없는 생각에 잠길 여유가 없고, 수용인들과 한데 어울리지만 않으면 화날 일도 없으니, 수용인들은 수를 놓고 헝겊 꽃을 만들고, 그녀들에게 자수와 헝겊 공예를 시키는 대가로 나는 월급을 받고, 그녀들이 다 죽어가는 늙은이건 약물중독자건 그런 건 전혀 상관없으니, 이것이야말로 진정한 사회주의, 완전한 평등, 모두가 긴 탁자에 둘러앉아서, 나는 모두의 정면에 앉아, 마치 초등학교 교실처럼, 정신을 놓고 게으름을 피우는 수용인의 팔을 건드려 의욕을 북돋아주기 위해, 막대기를 손에 들고

"뭐가 문제지요?"

마흔여섯 명의 수용인들, 젊은 수용인들은 나를 미워하고, 늙은 수용인들은 나를 한번도 쳐다보는 법이 없으니, 무슨 일이 일어나도 아무 상관이 없다는 그들의 멍한 얼굴, 간혹 웃기라도 하면 더더욱 나이 들어 보이는 늙은 수용인들은

"급해요"

일어서는 것을 부축해서 화장실로 데려가면, 그들의 스커트는 젖어 있기 일쑤이고, 그들이 앉았던 자리도, 바닥까지도 이미 흥건하니, 나는 그런 그녀를 야단치고

"도나 페르난다"

혹은 도나 메시아를, 도나 테레자를, 도나 마누엘라를 야단치고, 돌아오는 대답은 정신을 완전히 놓은, 인디오의 단단한 고집처럼 갑자기 튀어나오는 이빨 없는 외침일 뿐이니

"미네르비누"

이쯤 되면 내가 아침 아홉시부터 오후 한시까지, 그리고 다시 오후 두시부터 여섯시까지 겪는 고통을 상상할수 있으리라, 그 덕분에 내 월급은 세 배나 될 수 있는 것이리라, 내가 조금만 방심하면 매춘부들과 약물중독자들이 내 등 뒤에서 욕설을 퍼부으니

"창녀"

누가 그랬는지 알아낼 도리가 없는 나는, 자수를 놓는 죄 없는 여인들의 머리를 하나하나 바라볼 뿐, 헝겊 꽃잎 뒤에 숨은 죄 없는 작은 코를, 라디오의 노래를 따라 부르는, 한 점의 티끌도 없는 입들을 바라볼 뿐이니, 창밖으로 보이는 알베르카 고가도로, 짓다 만 집들, 리스본으로 향하는 도로의 화물차들, 햇살을 받아 반짝이는 강물, 내가 핸드백에서 손수건을 꺼내는 동안, 왜냐하면 슬픔이, 당신

두 번째 비망록

도 그런 상태를 이해할 터인데, 내 부비강염을 자극했기 때문인데, 그때 저 뒤쪽에서 가성으로 내는 어떤 목소리가

"창녀"

내가 그쪽을 향해서 막대기를 흔들자, 천사의 평화가, 요람과 같은 평화가 강당을 채우고, 나는 퉁퉁 부은 눈으로 욕실로 향하니, 당신도 이해하겠지만, 이런 일은 견디기 어렵기 때문에, 참으로 어렵기 때문에, 그들이 나에게 이런저런 욕을 해서가 아니라, 내 가슴이 아픈 이유는, 그로 인해 내가 변해가는 모습, 앞으로 이주일 후에 받아야 하는 초음파 검사, 이제 곧 스무 살이 되어 집을 떠나게 될 타니아

잘 있어 엄마

내 가슴이 아픈 이유는, 오디벨라스의 집, 일곱시만 되면 내 살을 갈가리 찢어발기며 울리는 자명종시계, 영원처럼 긴 토요일들, 특히나 영원처럼 긴 토요일들, 타니아와 내가 쇼핑센터를 헤매다가 지루해 죽을 지경이 되고, 텔레비전에서 〈신데렐라〉를 보다가 지루해 죽을 지경이 되는 토요일들, 그들이 원한다면 나를 창녀라고 불러도 상관이 없고, 그 정도는 참을 수 있기에, 하지만 오디벨라스, 자명종, 토요일들, 그리고 부모님 집에서 함께하는 저녁은 이제 그만이니, 어머니가 자기 다리의 하지정맥을 불평하는 소리로 가득 찬 저녁, 혼자 사는 여자의 토요일이 어떠한지 당신은 상상할 수 없으리라, 내가 버스에서 내리자마자, 내가 자선원 안으로 들어서자마자, 내가 자수와 헝겊 데이지꽃이 펼쳐진 탁자에 앉자마자, 내가 테주 강의 배에, 진흙의 강 저 너머로 희미하게 사라지는 배의 굴뚝에 주의를 빼앗기자마자

"창녀"

갈매기가 허공에서 똥을 잡아채듯이, 그렇게 욕을 잡아챈 늙은 여자 하나가

"나 급해 이 창녀야"

그래서 나는, 만약 타니아를 돌봐야 할 책임만 아니라면, 번개처럼 자선원을 사직하고, 스위스의 부자 남자와 결혼해 살고 있는 여자 친척을 찾아가리라, 그녀는 항상 나에게 자기 집에 와서 살자고 제안했고, 자기 아이들을 돌봐주면서 지내라고, 심지어는 타니아를 데려와도 좋다고까지 말했는데, 이상하게 생각할지 모르지만, 나로서는 그녀의 제안을 받아들이기가 쉽지 않았던 것이, 그러면 타니아는 할아버지 할머니로부터 영영 떨어지는 셈이고, 타니아에게 익숙한 환경, 친구들, 학교와도 이별하게 되므로, 타니아가 아는 세상인 오디벨라스의 거리와 사람들을 떠나면, 나는 타니아에게 제네바라는 낯선 세계를 강요해야 하고, 낯선 언어를 강요하고, 외국인의 삶을 강요하고, 완전히 다른 음식, 엄청난 눈을 강요하는 셈이니, 만약 타니아가 다른 종류의 소녀라면 아마도 별문제가 없으리라, 하지만 타니아의 지성을 생각할 때는 솔직히 두려운 심정이고, 불안감을 달래기 위해 작년에 나는 타니아를 심리학자에게 보내 테스트를 받게 했는데, 심리학자는 나중에 나에게 테스트 결과를 알려주며 아주 깊은 인상을 받은 듯

"타니아는 정말로 특별한 아이예요"

내가 이런 말을 하는 이유는, 타니아가 내 딸이기 때문이 아니라, 이것이 진실이기 때문에, 타니아는 정말로 특별한 아이이기 때문에, 성숙함과 관찰력을 갖추었고, 솔직히 털어놓자면, 내 말문을 막히게 할 정도로 영리한데다, 또한 풍부한 감수성을 갖추었지만, 그럼에도 불구하고 일요일 아침의 디즈니 프로그램을 절대 포기하지 못

하고, 일주일에 단 하루 내가 유일하게 늦잠을 잘 수 있는 날인데도 텔레비전의 볼륨을 최대로 높이며, 열한 개의 바비 인형뿐만 아니라, 바비 인형이 입을 옷과 삼 층짜리 바비 하우스, 플라스틱 정원과 베이비 바비, 리본이 달린 하트 모양의 바비 수영장, 거기다 마음이 아플 정도로 멍청하게 생긴, 사각턱을 가진 바비 인형의 남편을 다 사줄 때까지, 나를 끊임없이 들들 볶았고, 그 애가 의자에 붙여놓은 풍선껌은 돌처럼 딱딱해져서 칼을 써도 긁어낼 수가 없었고, 화장실 휴지를 복도에 오 미터씩 풀어놓고, 내 립스틱을 짓뭉개고 향수병을 텅비게 만들며, 그것도 돈을 아끼고 아껴서 간신히 마련한 프랑스제 향수를, 그리고 치약도

나는 특히 그런 일은 참을 수가 없으니, 왜 그런지는 묻지 마시기를, 그냥 나는 참을 수가 없다는 것

꼭지 바로 앞을 그냥 꾹 눌러버리고, 그럴 때마다 나는 타니아를 박살내버리고 싶은데, 타니아를 바비 인형들과 함께 포장하여 린초아로 보내버리고 싶은데, 아데리투와 그의 여자친구라면 타니아를 참아줄 수 있겠지, 의자란 의자에 모두 빈틈없이 풍선껌이 달라붙게 되기 전까지는, 그러면 나는 자유를 얻으리라, 그러면 나는 주앙을 오디벨라스의 집으로 들어오게 할 수 있으리라, 우리는 편안하게 저녁식사를 하고, 아름다운 음악을 듣고, 내 외로움은 상당 부분 사라지리라, 우리는 함께 대화를 나누고, 주앙은 젊지도 않고 아마 부자도 아니겠지만, 그는 허리에 벨트 대신에 끈을 매고 다니며, 구두는 닦지 않으니까, 하지만 그가 있는 편이 아무도 없는 것보다는 낫고, 그는 나를 돌봐주며, 나와 대화를 나누고, 자신이 농장의 저택에서 살았던 이야기를 들려주리라, 팔멜라에 있는, 아니면 아제이타웅인지 세투발인지의 농장, 그게 어디라도 어차피 아무런 차이가 없는

것이, 나에게는 테주 강 저편은 어디든 전부 쓰레기장이며, 푹푹 썩어가는 늪과 갈매기들의 땅이기 때문에, 어둠 속에서 겁을 집어먹은 소년처럼 무력해 보이는 주앙은

(여자들은 어둠 속에서 겁을 집어먹은 소년과 같은 남자를 본능적으로 알아볼 수 있으므로)

내가 알베르카의 자선원에서 일하면서 알게 된 남자로, 그는 매주 화요일마다 자기 어머니를 만나기 위해 병원 초인종을 눌렀고, 그런데 그의 어머니나 그는 서로를 잘 아는 것 같지는 않았고, 아니 정확히는 서로 거의 모르는 사이처럼 보였고, 매번 과자나 과일 바구니 등을 들고 온 주앙은 복도에서 주저하면서, 마치 고아처럼 겁먹은 눈으로, 그를 그림자 취급하며, 아니면 그가 아예 거기 없는 듯이 그냥 지나치는 직원들을 쳐다보고만 있었고, 그러지 않았던 유일한 사람인 나에게 묻기를

"도나 이자벨?"

어머니는 내가 어릴 때 아버지와 이혼했습니다 그래서 내게 남아 있는 어머니의 유일한 기억은

리나

싸우는 소리, 고함, 욕설, 계단 위에 놓인 가방, 리스본으로 향하는 길에 서 있던 자동차, 내게 남아 있는 어머니의 유일한 기억은, 소용돌이치며 날아오르던 비둘기떼, 장미꽃잎이 종이처럼 바스락거리던 소리, 바람을 기다리며 꼼짝 않던 풍차, 내게 남아 있는 어머니의 유일한 기억은, 집 안을 감돌던 정적, 부엌 하녀들의 소곤거림, 방에 들어가서 나오지 않는 아버지, 집 안 구석에서 눈물을 훔치던 티티나, 밤새도록 짖어대던 셰퍼드, 과수원에서 깔깔거리는 까마귀들의 웃음소리

두 번째 비망록

리나

그래서 나는 그의 어머니에게 몸을 숙이고

"도나 이자벨"

내게 남아 있는 어머니의 유일한 기억은 축사의 어둠 속에 서 있던 젊은 암소들, 부리로 휘파람소리를 내며 잔디밭에서 나를 쫓아오던 거위들, 요리사가 비정하게도

리나 리나

세탁조 속에 빠뜨려 죽인 새끼 고양이들, 한두 번 물거품이 수면으로 피어오르고 말았던, 그리고 목 잘린 닭, 발과 날개만으로 달아나고 또 달아나던, 아버지는 머리에 모자를 쓰고 수염이 덥수룩해져서

"아들이 왔어요 도나 이자벨"

고무 멜빵이 달린 바지 차림으로 요리사를 불렀고, 내게 남아 있는 어머니의 유일한 기억은 야생 포도나무의 바스락거림, 허리 숙인 히아신스, 달리아들의 대화, 풀숲에 파묻힌 석회암 천사, 마당에 숨어들어오던 집시와 도둑은

(밀수꾼처럼 검은 옷을 입었고, 죽은 자처럼 검은 옷을 입었고)

나를 잡아갈 자루를 짊어졌고

리나

나는 계속해서

"아들이 왔어요 도나 이자벨 아들이 여기 왔어요 도나 이자벨"

내가 정말 이상했던 것은, 갑자기 말문이 터진 도나 알베르티나가 폭포처럼 자신의 이야기를 쏟아놓아 나를 정신없이 만들었는데, 물론 나는 한마디도 귀 기울여 듣지는 않았지만, 그것은 그녀의 지난날, 위엄에 찬 세월, 소령과 경찰이 나오는 이야기, 도나 알베르티나

는 바늘을 든 손을 허공에 고정한 채, 주앙을 뚫어지게 쳐다보다가, 그를 껴안으려 했고, 그에게 입 맞추려고 했고, 그를 도련님이라고 부르며, 그가 자신을 데려가기 위해서 여기 왔다고

"우리 함께 가요 얼마나 오랫동안 도련님을 기다렸는지 몰라요"

그녀를 알지 못하는 주앙은, 당연하게도 지금껏 그녀를 한번도 본 적이 없으니까, 달라붙는 그녀를 떼어내려고 애쓰면서

"이거 놔요"

그것이 무언지

리나

나는 전혀 알지 못하니, 우는소리를 지르며 내게 매달린 그것이 무언지, 킥킥거리는 웃음을 터뜨리며 내게 매달린 그것이 무언지, 훌쩍거리면서 내게 매달린 그것이 무언지, 마침내 리나와 다른 직원 한 명이 그것을 억지로 떼어내서 방으로 데리고 가, 그것을 침대에 묶고 방문을 잠근 다음에도 나는 그것이 지르는 고함을 들었고

주앙 도련님 주앙 도련님

어떻게 그 늙은 여자가 내 이름을 알고 있는지는 도무지 짐작할 길이 없지만, 다행히도 곧 근무시간이 끝나서, 나는 리나와 알베르카의 카페로 가서 오렌지에이드를 마셨고, 아데리투에 관해서, 타니아에 관해서, 오디벨라스의 집에 관해서, 기나긴 토요일에 관해서 끝없이 긴 이야기를 나누었으며, 비록 내가 그녀보다 스무 살이나 더 많지만, 그래도 그녀는 내게 완전히 호감이 없는 것 같지는 않았으니, 아마도 나를 받아들일 수 있으리라, 나는 다음 주에 그녀와 그녀의 딸과 함께 저녁식사를 하러 가겠다고 약속했고, 그리고 우리는 페이라 포풀라르 놀이공원에 갈 것이고, 리나는 찻잔을 옆으로 밀치더니

손을 내 손 위에 올리고, 어둠을 무서워하느냐고 나에게 물었으니, 그러자 나는 비로소 위로받은 기분이 들었고, 어떤 기쁨을, 어떤 안심을, 기나긴 여행을 마친 다음 집으로 돌아온 듯한 안정감을 느꼈으니, 왜냐하면 어떤 여인이 남자에게 어둠을 무서워하느냐고 묻는다면, 그것은 그녀가 그의 곁에 영원히 있어주겠다는 암시이기 때문에, 그것은 그녀가 기나긴 세월 내내, 그의 곁에 머물겠다는 암시이기 때문에.

세 번째 비망록

천사의 현존

진술

내가 아홉 살인가 열 살이던 어느 날, 대모님이

"네 아버지가 내일 너를 만나러 오실 거다"

나는 전혀 아무런 감정이 들지 않았고, 왜냐하면 아버지라는 말의 의미 자체를 몰랐으니까, 어머니라는 말도 마찬가지였고, 물론 이웃에 사는 내 또래의 계집아이들이나 학교 친구들이 모두, 아버지라고 불리는 남자, 그리고 어머니라고 불리는 여자와 한집에서 산다는 것은 알았지만, 아버지나 어머니가 정확히 무엇인지, 그건 알지 못했는데, 다른 아이들의 아버지나 어머니도 내 대모님이 하는 일과 같은 일을 하고

(나에게 음식을 주고, 내가 자러 갈 시간이 되었다고 말해주고, 나를 돌봐주고 나를 혼내는 일)

아버지나 어머니가 하는 일을 지칭하는 단어와 대모님이 하는 일을 지칭하는 단어가 다르지 않고 같았기 때문에, 하지만 그럼에도 아버지와 어머니라는 관계에는 뭔가, 내가 이해하기 어려운 측면이 어느 정도 있는 건 사실이었고, 그 밖에도 내가 이해하기 어려운 것은 왜 내가 나이 든 여자와 남자도 없는 집에서 단둘이 살고 있는지, 집 안 어디에도 남자가 사용하는 물건들, 예를 들자면 욕실 선반의 면도기라든지 면도칼 가는 도구라든지 빗, 포마드가 없었고, 남자가 거주하는 데 필요한 물건뿐만 아니라 남자의 옷이나 남자의 기침소리, 의자 위에 놓인 신문, 그리고 그런 사물들 주변에 떠도는 남자의 냄새, 사무실의 냄새, 포도주 냄새, 포도주를 토한 냄새, 담배 냄새, 땀 냄새, 남자들이 일요일 카페에서 묻혀오는 시큼한 냄새, 남자들의 냄새, 남자들의 목소리, 부엌에서 들리는 남자들의 성난 음성, 남

자들은 여자들을 울리기 위해 화를 내곤 하므로, 그리고 여자들이 울면, 남자들은 더더욱 화를 내고, 나는 이웃집에서 그런 소리가 나는 걸 자주 들은 적이 있는데, 밤에 남자가 여자에게 고함을 지르고 여자가 울고, 그런 다음에 남자는 여자의 옷자락을 만지작거리고, 그리고 창밖에서 술렁이는 나무들 소리 외에는 아무것도 들리지 않으며, 어둠의 깊이와 강물의 거대함을 더욱 증폭시키는 그 기묘한 정적의 정체를 내가 알게 된 것은, 세월이 한참 지난 후 세자르가 내게

　　"여기 누워 봐"

하고는 내 몸을, 피의 메아리가 요동치는 침묵의 터널로 만들어버렸을 때인데, 우리 집에는 남자의 고함치는 소리도, 여자의 우는 소리도 난 적이 없지만, 그런 정적의 순간들은 점점 견고하게 압축되어, 기묘한 낯선 성질을 잃어버리게 되었고, 잠자리에서 듣는 나무 우듬지 새소리, 똑똑 떨어지는 물방울, 가구의 삐걱거림, 특히 여름철, 장롱과 궤짝이 내 이름을 부를 때와

　　"파울라 파울라"

　　별다른 차이 없이 느껴졌으니, 바로 그날 대모님이 이렇게 말했을 때도 마찬가지로

　　"네 아버지가 내일 너를 만나러 오실 거다"

　　나는 전혀 아무런 감정이 들지 않았고, 왜냐하면 아버지라는 말의 의미 자체를 몰랐으니까, 단지 우리 집에 남자가 온다는 그 사실 하나로 호기심이 생겼는데, 남자의 기침소리, 남자의 싸움, 남자의 냄새, 나는 우리 집 거실에 남자가 있는 광경을 상상해보았고, 부엌에, 뒷마당에, 내 방에 들어서기에는 몸집이 너무 커다란 남자, 내 눈에 남자들은 모두 덩치만 큰 무력한 거인처럼 보였고, 아홉 살 혹은 열 살이던 내 눈에, 남자들은 호령하는 목소리와 털투성이 몸을 가진

세 번째 비망록

혼란스런 폭풍이었으므로, 아버지를 갖는다는 상상은 행복하지 않았고, 아버지를 보고 싶은 마음도 들지 않았던 것이, 나는 아버지의 신문이, 아버지의 고함이 두려웠기 때문에, 나는 아버지가 우리 집에 와서 어떤 행동을 벌일까, 어떤 옷을 입고 올까, 그의 손이 내 뺨을 아프게 할까, 대모님과는 무슨 이야기를 나눌까, 혹시 나를 알카세르에서 멀리 데려가지나 않을까 긴장이 되었고, 정말로 그가 나를 데려갈지도 모른다는 생각에 더럭 겁이 나면서 눈물까지 흘렸으니, 이웃 공증인네 집 지붕에 둥지를 튼 황새만 바라보았고, 한 마리 황새는 둥지에 앉아 있고 다른 한 마리 황새는 꼼짝 않고 서 있는데, 날아오르려는 것도 아니고 그냥 꼼짝 않고 가만히 선 자세로, 부엌에서 화덕의 불씨에 부채질을 하는 대모님은

"파울라 왜 그래?"

아무도 나를 데려가지 않을 거라고 약속했고, 그래서 나는 손님이 올 거라는 사실을 잊었고, 날은 금방 어두워지며 거리에는 가로등 불빛이 공중을 향해 고요하고 둥그렇게 빛났고, 그 빛은 흘러가는 강물 위에서 부서지며 흔들렸으니, 잠시 후에 나는 잠이 들었고, 잠이 들자마자 다음 날 아침이 밝아서, 창문이 다시 나타났고, 광장이 다시 나타났고, 다리가 다시 나타났으니, 아마도 그 당시 내 잠은 길어야 일초 정도에 불과했을 것이므로, 그 짧은 시간 동안 그토록 많은 꿈을 꿀수 있다는 사실이 나는 항상 신기할 뿐이니, 꿈속에서 나는 아주 작은도약 한번으로 기나긴 거리를 날 수 있었고, 꿈속에서 나는 이마에 뿔이 나고 소의 몸과 인간의 얼굴을 한 짐승에게 쫓겨다녔지만 내 다리는 바닥에 딱 달라붙은 듯이 도무지 움직여지지 않았고, 그래서 짐승이 나를 막 덮치는 그 순간, 뺑, 태양이 창문을 환하게 비추고, 대모님이 내 침대 곁에 서 있고, 비로소 다리를 움직일 수 있게 된 나는

"짐승은?"

집 안은 조용했고, 나무들도 조용했고, 창턱에 앉은 고양이는 조용히 나를 내려다보는데, 그 모습은 진짜 고양이가 아니라 침실에 걸린 그림 속의 고양이처럼 아름다웠고, 혹은 과자상자의 그림처럼 아름다웠고, 그런 그림은 실제보다 백 배는 더 아름다운 법이니까, 대모님은 있지도 않은 머리를 찾아 두 팔을 들어올리는 암포라 항아리의 자세로, 목덜미에서 머리를 묶었고, 뿔이 난 짐승 따위에는 관심도 없는 대모님은, 내가 마실 우유를 데우고 빵을 잘랐고, 비단결같이 매끄러운 동작으로 창턱에서 내려온 고양이를 위해 먹이를 그릇에 부어주었으며

"서둘러라"

서랍에서 내 블라우스와 치마, 양말을 꺼내왔고, 내 앞머리를 빗겨주었고, 내 구두의 얼룩을 손가락으로 닦아냈고, 쪄죽을 듯이 더운 날인데도 나에게 모직 재킷을 억지로 입힌 다음, 도자기 인형처럼 조심스럽게 나를 의자에 앉히고는

"옷 구겨지지 않도록 조심해 네 아버지가 금방 도착할 거니까"

내 자세를 반듯하게 잡아주고, 허리의 리본을 잡아당겨서 크게 늘리고, 미사에 갈 때처럼 내 귀에 귀걸이를 단단히 달았는데, 나는 귀걸이 다는 것이 특히 싫었고, 언젠가 한번은 귀걸이 한 짝에 박힌 보석이 떨어져버린 일이 있었는데, 모래 알갱이보다 크기가 더 작은 광물, 우리 형편에 커다란 보석을 살 수는 없었으니, 우리는 그 보석을 찾느라 주말을 온통 허비했으며, 안토니우스 성인에게 기도를 올렸고, 주둥이를 벌린 가위를 바닥에 놓아두었고, 그렇게 하면 잃어버린 물건을 되찾는다는 말이 있으므로, 그래서인지 정말로 우리는 맨눈으로 잘 보이지도 않는 그 산호 알갱이가 양탄자의 올 사이에서 반

세 번째 비망록

짝이는 것을 결국 찾아내고 말았으니, 대모님은 내 리본을 바로 매어주고, 브러시로 내 속눈썹을 쓸어올렸고, 내 양말에 구멍이 난 걸 발견하고는, 돋보기를 쓰고 구멍을 꿰맸고, 내 칼라를 반듯하게 폈고, 내 치맛단을 넓게 펼쳤고, 비누와 젖은 손수건을 가져와 내 무릎을 닦았고, 방을 청소했고, 코바늘로 뜬 테이블보 위치를 바꾸었고, 고양이 화장실을 다른 곳으로 치웠고

"옷 구겨지지 않도록 조심해 네 아버지가 금방 도착할 거니까"

잡화점에서 탄산 포도주 한 병을 사와서, 앞치마로 반들반들하게 닦은 유리잔 하나, 마르멜로 빵과 크래커를 담은 그릇과 함께 식탁 가운데에 올려두었고, 빗자루는 세탁조 뒤에 숨겼고, 서둘러서 내 손톱을 깎아주었고, 좋은 냄새가 나라고 라벤더꽃잎이 든 주머니를 화장실 변기 가장자리에 걸쳐두었고, 금이 간 찻잔은 장식장 뒤쪽 구석으로 밀어넣었고, 가장자리에 카스텔루 드 비드 관광기념이라고 적힌 접시로 가려버렸으며, 실내화를 샌들로 바꿔 신었고, 그 샌들을 신을 때 대모님의 표정과 한숨소리로 추측하건대 분명 너무 꽉 끼는 것이 틀림없는, 쿠션에 달라붙은 고양이 털을 떼어낸 후, 나처럼 꼿꼿한 자세로, 문을 마주 보는 이인용 소파에 앉았는데, 그 소파의 쿠션은 엄청나게 불편하고 딱딱하여 엉덩이가 아프기에, 금세 다시 일어났고, 근심스런 얼굴로 창가로 다가가서는, 커튼을 반듯하게 바로 잡았다가, 다시 원래대로 돌려놓았고, 참회자의 표정으로 자리로 돌아와서는, 소파 때문에 아픈 엉덩이를 문질렀고, 나와 대모님이, 그렇게 두 개의 미라로, 주름 하나라도 흐트러질까 벌벌 떨면서, 금방이라도 누군가 노크를 하리라는 기대감에 차서 문을 노려보고 있는 사이, 열시가 되었고, 열한시가 되었고, 열두시가 되었고, 그때까지 우리는 영웅적인 의지로 꼼짝 않고 앉아 있었으나, 아무 일도 일어나

지 않았고, 배가 고픈 고양이는 우리에게 와서 몸을 비벼댔고, 대모님은 이빨 사이로, 입을 열면 머리 모양이 헝클어질까 두려운 나머지 턱을 아래로 떼지도 않고서

"가만히 있어 벤피카"

기분이 상한 고양이는 복도로 사라졌고, 오후 한시, 오후 두시, 오후 세시, 나는 목이 말랐고, 방광은 터질 듯했으며, 의자에 앉아 있는 것 자체를 더는 견딜 수 없었으나, 곁눈으로 나를 감시하는 대모님은

"가만히 있어 파울라"

온몸이 땀으로 범벅이었으니, 오후 세시의 태양은 열기의 절정이었고, 대모님의 얼굴에는 기름과 향수가 줄줄 흘러내렸지만, 그녀는 감히 일 밀리미터도 움직일 엄두를 내지 못했고, 세시 십분, 세시 십오분, 세시 삼십오분, 자동차의 엔진음이 가까이 다가왔고, 우리는 화들짝 놀라 가슴이 터질 듯하고, 하지만 자동차는 그대로 세투발을 향해서 멀어져갔고, 혹은 리스본을 향해서, 어느 쪽이면 무슨 상관이랴, 나는 코가 간질거렸지만, 코를 풀 수가 없었고, 등이 가려웠지만, 가려움을 참아야 했고, 햇살이 내 다리에 쏟아져, 양말과 치맛자락 사이에 빨갛게 화상을 입었고, 나는 죽어가는 사람처럼 신음하며, 당장 병원에 가야만 했고, 구급대에 전화해야만 했고, 응급처치를 위한 기계와 산소마스크 피하 주사액이 다급하게 필요했으니

"아마도 아버지는 날짜를 잊었나봐요 대모님"

역시 마찬가지로 피하 주사액이 필요해 보이는 대모님은

"가만히 있어"

이렇게만 말했고

"가만히 있어"

세 번째 비망록

대모님이 이렇게 말하는 순간

"가만히 있어"

누군가 문을 두드렸으니, 그것은 분명 문제의 해법이며 비밀코드, 신호였으리라, 대모님은 털끝 하나도 흐트러지지 않게 조심해서 나를 의자에서 내린 다음, 내 온몸을 반듯하게 쓸었고, 자신의 온몸도 반듯하게 쓸었고, 여왕처럼 위엄있게 느릿느릿 문으로 다가가, 경건한 미소를 띠고, 그 어떤 우스꽝스러운 대상을 향해서라도, 박수를 치고, 동의를 보낼 준비를 갖추고는, 성체실 문을 여는 사람처럼, 과장된 동작으로 문 손잡이를 돌리며

"들어오시지요 장관각하"

알카세르가, 강물이, 광장의 나무들이, 강 위의 다리가, 길거리 카페에 모인 알가르브 출신의 화물차 운전수들이, 그리고 모든 이웃들이, 호기심에 가득 차, 내 아버지를 보기 위해서 목을 쭉 뺐지만, 그건 장관님이 아니었고, 신부님 애인의 손녀였으니, 가운 주머니에 파티마의 성모 마리아 십자수 장식을 달고 있는 그 아이는, 완전 골칫덩이로, 학교에서 쉬는 시간이면 자로 나를 때렸고, 아무것도 아닌 일로 항상 나를 겁주고 협박했으며, 컴퍼스의 뾰쪽한 끄트머리로 내 눈을 찔렀고, 작년에는 아무 이유 없이 내 도시락에 귀뚜라미를 넣어놓기까지 했는데, 단지 내가

"네 할머니는 신부님 애인이잖아"

라고 말했기 때문에, 그러자 같은 반 여자아이들이 모두 그 아이 주변으로 몰려들어 책가방을 시끄럽게 두드리면서 한목소리로 합창하듯이

"네 할머니는 신부님 애인이잖아 네 할머니는 신부님 애인이잖아"

햇빛에 얼굴이 새빨갛게 달아올랐고, 방광은 쩨펠린 비행선처럼 터질 듯이 부풀었으며, 소변을 참으려고 안간힘을 쓰느라 허리가 거의 절반으로 꺾인 대모님과 나는, 문지방에 서서 이러지도 저러지도 못하고, 꾸미고 차려입은 것이 아무런 소용없게 되어버렸으니, 그건 아버지가 아니라, 못돼먹은 신부 애인의 손녀딸이니, 양 눈썹이 얼마나 가까운지 코가 시작되는 눈썹 사이 공간이 거의 없다시피 한 그 소녀, 이제 두 마리 황새가 모두 둥지 안에 앉아서, 부리를 캐스터네츠처럼 딱딱 맞부딪쳤고, 썰물이 시작되었고, 그러자 해변에는 발자국 하나 없는 기다란 땅이 제방을 따라 나란히 드러났으며, 신부님 애인의 손녀는 대모님에게

"우리 할머니가 혹시 달걀 두 개만 빌려주실 수 있는지 물어보라고 해서요 도나 알리스"

우리 집과 완전히 똑같은 신부님 애인의 집 뒤뜰에는 손바닥만 한 채마밭과 다 죽어가는 호두나무가 서 있었고, 이미 나이가 한참 많은 신부님 애인은 집 밖으로 나오는 법이 전혀 없이, 오직 집 안에서 신부님에게 맛있는 닭고기 수프나 죽 돼지고기 요리 빵가루를 입힌 대구튀김을 요리해주면서, 혹은 신부님의 제복과 띠를 다림질해주면서 살았고, 저녁식사 시간이면 딸기주 병을 겨드랑이에 끼고, 카페의 여종업원을 경멸의 시선으로 훑어보면서, 알카세르 골목길을 걸어가는 신부님의 모습을 볼 수 있었으니, 한마디 말도 없이 문 앞에서 손녀딸의 모습을 쳐다보기만 하는 대모님은, 꺼질 듯한 실망감에 물고기처럼 입만 뻐끔거렸고, 나는 지금 대모님이 내 편을 들어줄 이 기회를 이용해서, 얼른 자를 가져와서 저 아이를 때려줘야겠다, 컴퍼스를 가져와서 저 아이 눈을 찔러버려야겠다는 생각이 머리를 스쳤고, 얼른 집 안을 가로질러 방으로 가서 펜꽂이를 뒤지다가,

세 번째 비망록

문득 칼이 생각났으나, 아쉽게도 칼날이 너무 무뎌서 들지가 않았고, 그래서 대신 제도용 오구를 집어들었고, 커다란 바늘이 하나뿐 아니라 두 개나 달린 오구를 움켜쥐고는, 오직 신부님 애인의 손녀를 죽여야 한다는 일념뿐 다른 그 어떤 생각도 없이, 비록 아홉 살이나 열 살인 나이로 죽음이 무엇인지 명확히 알지는 못했으나, 당시 내가 알고 있던 죽음은, 신발을 신고 침대에 누워 구두굽으로 침대 커버를 망가뜨리는데도 다른 이들이 아무도 그를 제지하지 못하는, 그런 무례함과 동의어였고, 천으로 감싼 얼굴 위로 우글거리는 파리떼였고, 그런데도 사람들은 한숨만 내쉴 뿐, 샌드위치를 다 먹고 나면 그 무례한 자를 기숙학교로 보내버리니, 거기서는 더 이상 침대 커버를 망가뜨리지 못할 테니까, 혹은 그 무례한 자를 집시들에게 주어버리니, 집시들이 가진 물건은 어차피 이미 망가진 것들뿐이니까, 그들이 가진 여자들도, 노새도, 그리고 그들의 삶도, 방문 앞에 도달한 나는, 머릿속이 하얗게 되어, 거기 서 있는 대모님은 쳐다보지도 않고, 손가락으로 머리를 산만하게 매만지면서 딱한 마음이 들 정도로 당황하고 얼이 빠진 채 아직도 이렇게 중얼거리는 대모님은 쳐다보지도 않고

"들어오시지요 장관각하 들어오시지요 장관각하 들어오시지요 장관각하"

나는 팔을 위로 치켜든 순간, 신부님 애인의 손녀가 조금 전보다 더 커졌다는 느낌이 들었고, 머리에는 모자를 쓰고 있으며 입에는 시가를 물었고, 게다가 고무 멜빵까지 하고 있음을 알아차렸으니, 또한 이웃집 여자들과 길거리 카페에 있던 화물차 운전수들이 모두 휘둥그레진 눈으로 손녀를 뚫어져라 바라보고 있었고, 맞바람을 맞으며 두둥실 날아오른 황새들, 나는 정신없는 와중에도 경찰차 몇 대를 얼

핏 본 듯했고, 나무 아래 흩어진 채 광장을 감시하는 사복 경찰들, 나는 팔을 높이 치켜올리고, 굶주림과 갈증, 초조함과 분노로 가득 찬 채 팔을 치켜올리고

"죽어 죽어 죽어"

피가 솟아나리라고 예상했고, 천으로 감싼 얼굴을, 파리들을 예상하면서, 나는 온 힘을 다하여, 오구의 뾰족한 끄트머리를 내 아버지의 배 속으로 찔러넣었는데, 그는 신음 한번 없이 그냥 몸을 슥 문지르면서, 엉덩이를 목재 소파에 털썩 내려놓았고, 탄산 포도주 잔과 크래커, 마르멜로 빵이 담긴 쟁반을 받아들면서, 내 허리를 붙잡았고, 나는 창가로 달아나며

"싫어요 난 따라가지 않을래요 날 데려가지 말아요"

대모님은, 마치 이 지구가 오직 내 아버지의 기분에 따라서 움직이기도 하고 멈추기라도 한다는 듯이, 허겁지겁 사과의 말을 늘어놓았고

"파울리냐가 나쁜 뜻이 있어서 장관님을 오구로 찌른 건 아니랍니다 맹세할 수 있어요 파울리냐가 나쁜 뜻이 있어서 장관님을 오구로 찌른 건 아니랍니다"

아버지는 아직도 모자를 쓴 채로, 대모님이 장식장에서 둘도 없이 소중한 보물인 양 꺼내서 모셔놓은 카르텔루 드 비드 기념품 접시에 시가의 재를 털면서, 모종의 그리움이 담긴 눈길로 창밖으로 지나가는 배들을 바라보며, 손짓으로 대모님의 입을 다물게 한 다음, 뱃전에 닿아 부서지는 물결 소리에 귀를 기울였는데, 그 모습은 내가 아는 그 어떤 다른 아버지들과도 같지 않았으니, 신문도 없고, 시큼한 냄새도 없고, 포도주 냄새도 없고, 대신 경찰들이 창문을 통해 우리를 쳐다보았고, 우리를 보호하려고 집 주변을 빙빙 돌았으며, 창문

세 번째 비망록

에 매달려 있는 이웃 여자들을 쫓았고 길거리 카페에서 노닥거리는 공산주의자들을 몰아냈고, 익사한 자들을 다시 물속으로 처넣었으며, 고깃배가 정박하려는 것을 막았고, 공증인의 집 굴뚝을 기어올라가 거기 숨어 있는 공산주의자를 찾아내고 수갑을 채워

"그들이 당연히 가야 할 길로"

타하팔 수용소로 보내 죽을 때까지 처박혀 있게 했고, 바로 그 순간 누군가 위엄 찬 목소리로

"하나 둘 셋"

바깥에서 국가가 울려퍼지니, 그건 내가 다니는 학교 아이들로, 나처럼 일요일 정장으로 빼입고, 나처럼 새옷으로 차려입고, 나처럼 리본과 레이스로 치장하고, 솔질과 빗질을 하고, 그래서 나처럼 어색하고 뻣뻣해진 아이들이, 손에손에 붉은색과 초록색 종이 국기를 흔들며, 지휘를 하는 여교사의 인솔 아래 키 순으로 줄 맞춰 서 있고, 그 안에 신부님 애인의 손녀도 꽃다발을 들고 있는 걸 발견한 나는 속으로

"저 애를 죽여버려야지 경찰에게 말해서 쏘아버리라고 해야지 저 애를 죽이라고 말해야지"

그런데 거기 시장님이 나와서, 환영사가 적힌 두루마리를 풀었고, 성인 형제회 형제님들이 불타는 양초를 손에 들고 있었으며, 새 소방차를 몰고 나온 의용소방대원들이 사이렌을 울리며 아버지에게 경의를 표했고, 세투발행 도로에서 일하는, 인어 헤어스타일의 매춘부들은 한꺼번에 입을 모아 가슴이 터져라 큰 소리로

"장관님 만세 살라자르 만세"

아버지는 딱딱한 소파에서 한숨을 푹 내쉬며

"지겨워죽겠군"

국가 합창에 감사를 표했고, 꽃다발과 환영사와 소방차의 사이렌과 만세 소리에 감사를 표했고, 아버지는

"지겨워죽겠군"

시장님과 포옹했고, 시장님에게 학교를, 진료소를, 왕관과 왕홀을 갖춘 푸른 눈동자의 미의 여왕을, 기상관측소를, 그리스식 사원을, 시각시Visual poetry 전문 잡지를, 노동자 주택단지를, 브라질 공격수 한 명을 약속했고, 그래도 여교사가 국가 합창을 좀처럼 멈추지 않고 계속하는 사이, 아버지는 탄산 포도주를 마시며 스스로의 황폐함에 빠져 허우적대다가

"지겨워죽겠군"

경찰에게 명령하여, 세투발행 길가에서, 이도 없고 성병도 없는 매춘부 한 명을 찾아오라고, 그녀를 데리고 테헤이루 두 파수로 갈 거라고 하고는, 대모님과 나에게 작별인사를 하는 것도 잊은 채 떠나가버렸으니, 자동차에 올라탄 아버지는 합창하는 소녀들을 향해 건성으로 손을 흔들었고

"지겨워죽겠군"

우리를 향해 기관총을 겨눈 경찰 호위대는, 행렬에게 길을 재빨리 내주지 못한 외팔이 여자 복권 행상인을 밀쳐 길바닥에 쓰러뜨렸고, 여전히 계속해서 국가를 부르는 여교사를 떠밀어서 입을 다물게 했고, 실업자들과 생선 장수를 총검으로 밀어내고 대구 진열대를 뒤집어엎었고, 이윽고 자욱한 먼지와 파닥거리던 지느러미가 잦아든 다음, 광장에 남아 있는 것은 나와 대모님 둘뿐이었으니, 대모님의 손에는 크래커가, 내 손에는 신부님 애인의 손녀를 죽이려고 정신없이 집어든 오구가 여전히 들려 있었고, 그 밖에 눈에 보이는 것이라곤 굴뚝 위 둥지에 앉은 황새들, 그리고 갈짓자 걸음으로 행복하게

세 번째 비망록

비틀대며 멀어져가는 주정뱅이 한 명, 갈매기들의 욕설 사이로 들려
오는 그의 충만한 애국심

　　"살라자르 만세"

　　대모님과 나는 탄산 포도주를 한 모금씩 나누어 마셨고, 포도주
의 톡 쏘는 맛 때문에 혀끝이 쥐가 난 다리처럼 순간 얼얼해졌고, 그
러는 사이 밤이 점점 다가와 강물은 존재하기를 서서히 멈추었고, 나
는 카스텔루드 비드 접시 위의 시가를 보면서 생각하기를

　　"이런 것이 아버지로구나 이런 것이 아버지로구나"

　　환영사와 국가에 겁먹은 아버지는 두 번 다시는 알카세르로 오
지 않았고, 노동자 주택단지도, 진료소도, 기상관측소도, 그리스식
사원도 짓지 않았고, 알카세르에 브라질 공격수도, 라텍스 속눈썹을
붙인 미의 여왕도 보내주지 않았으니, 나는 텔레비전에서 대주교와
인사를 나누는 아버지를, 보이스카우트 대회에서 연설하는 아버지
를 보았고, 몇 달 뒤부터 기묘한 내용물을 토하기 시작한 우리 집 고
양이, 우리는 고양이를 정원 담벼락 아래 묻어주었는데, 다시 몇 달
뒤부터는 신부님 애인의 손녀가 더 이상 자로 나를 때리지 않았고,
대신 내 친구가 되어서, 눈썹 정리하는 법이나 다리털 깎는 법을 내
게 가르쳐주기까지 하고, 반지도 빌려주고, 진짜 금반지는 아니지만
금반지처럼 보이고, 진짜보다 더 커다란 다이아몬드도 박혀 있는 반
지, 나를 데리고 자기 사촌과 함께 아모라나 시네스의 댄스파티에도
갔고, 택시에 우리를 태우고 간 그 애의 사촌은 내 무릎을 쓰다듬으
며

　　"너 참 예쁘다 파울리냐"

　　세자르라는 이름의 그 사촌은 나에게

　　"여기 누워 봐"

나는 신부님 애인 손녀의 반지를 끼고, 신부님 애인 손녀의 목걸이를 하고, 대모님에게는, 일자리를 알아보러 그란돌라로 간다고, 세무서에 지원해보려고 빌라 프랑카로 간다고 둘러댔고, 세자르는 택시를 채석장에 세우고 뒷좌석을 가리키며

"여기 누워 봐"

그때 내가 느낀 것은, 절대 쾌락은 아니었으니, 만약 그것이 쾌락이었다면 나는 분명 눈물을 흘렸을 것이고, 소나무도 후투티도, 내 귓속으로 들어오던 대리석 먼지도 알아차리지 못했을 것이므로, 그리고 세자르가 내 옷의 단추 하나를 잡아채서 떨어뜨린 것도 전혀 거슬리지 않았을 것이므로, 하지만 나는 그것이 거슬려서

"단추를 떨어뜨리면 어떡해"

단 한번도 단추 따위에는 신경 써본 일이 없는 내가, 게다가 그건 블라우스에 매달린, 평범하기 그지없는 싸구려 플라스틱 단추였을 뿐이니 대모님은 전혀 눈치채지 못할 것이고, 나 자신도 개의치 않을 것이 분명했지만, 스스로 생각해도 정말 이상할 정도로 나는 화를 냈고, 도마뱀처럼 세자르의 몸 아래에서 빠져나오며

"단추를 떨어뜨리면 어떡해"

나를 보지는 않은 채, 손으로 내 몸을 더듬고 있던 세자르는, 순간 마치 새벽 다섯시에 잠에서 깨어난 사람처럼

"지금 몇 시야 아델라이드?"

자신이 집에 있다고 생각하면서, 한 손을 뻗어 있지도 않은 자명종을 찾았고, 있지도 않은 블라인드를 걸으려 하다가, 차츰 나를 알아보고는, 나와 같이 채석장 소나무숲 한가운데 있다는 사실에 깜짝 놀라더니, 마치 침실에 누가 갑자기 들어와서 당황한 사람처럼 자신의 앞머리를 쓰다듬으며

세 번째 비망록

"파울라"

빵집에서 만난 손녀는 기대감에 잔뜩 들떠서 내 귓가에 대고

"어땠어?"

다른 테이블에 앉은 세자르는 매우 진지한 표정으로 자신의 아내와 대화를 나누면서, 나를 향해 비밀스러운 미소를 보냈는데, 어느날 리스본에서 나온 두 명의 경찰관이 그를 잡아다 지서에 가두고 그의 택시 면허를 취소시키고 그의 얼굴을 끔찍하게 망가뜨려놓았으며, 이후 일주일 동안이나 절뚝거리면서 다녀야 했던 세자르는 다시는 나를 찾아오지 않았고, 내 편지에 답장도 하지 않았고, 내가 전화를 걸면 말없이 끊어버렸고, 하지만 그전에 겁에 질린 조그만 비명을 지르면서 애원하는 말투로

"날 내버려둬"

손녀 또한 경찰의 소환을 받고 직장에서 쫓겨난 후부터는 나를 피했으니, 내가 카페로 들어서는 즉시 나가버렸고, 나를 발견하면 길 반대 방향으로 가버렸고, 내가 그 이유를 물어보려고 그녀의 어깨를 건드리면

"가버려 꺼져버려 네 아버지가 날 죽이기 전에 말이야"

아버지를 한번도 만난 일이 없고, 아버지가 고아원 개원식에서 영국 왕자들을 맞이했다는 사실 이외에는 사실상 그에 대해서 아는 것이 없는 나는, 그제서야 불현듯 깨달았으니, 사람들이 나를 피하는 이유가 무엇인지, 그리고 나를 아예 피할 수 없는 입장이라면 다들 내 말에 무조건 서둘러서 동의하고, 다들 나를 겁내고, 그러는 그들의 얼굴에는 정반대로 나에 대한 증오가 이글거리는 이유가 무엇인지, 왜 나를 아가씨라고 부르며, 왜 잡화점이나 생선가게나 정육점에서 항상 나를 가장 앞줄로 가게 하고, 내가 계산을 하려고 해도 돈 받

기를 거부하는지

"이러지 마세요 아가씨"

법무사 사무실에서 남들보다 오분의 일 정도밖에 일을 안 하는 내가 월급은 남들의 두 배를 받았고, 상사는 아무런 조건도 이유도 없이 내게 휴가를 주었고, 내 의자에는 깃털 방석이 놓였으며, 사무실마다 살라자르의 사진이 걸렸고, 내 타자기는 매일 칼라 리본이 교체되었고, 상사는 십 분마다 내게로 와서

"피곤해서 몸이 힘들면 내일은 나오지 않아도 돼요 파울라"

시장은 새로 건설한 우물과 음악당에 내 아버지의 이름을 붙였고, 외부에서 손님을 맞을 때면 항상 나를 저녁식사에 초대하여, 내가 부자거나 유명인사인 것처럼 식탁의 가장 상석에 앉혔고, 내 면전에서 체제를 칭송하곤 했으니, 왜냐하면 내가 체제의 대표자이므로, 그제서야 나는 불현듯 깨달았으니, 왜 집주인이 우리에게 집세를 안 받는지, 시골에서 가져온 야채와 과일을 항상 우리에게 넘겨주는지, 어떤 사람을 병역의무에서 빼달라고, 어떤 사람이 리스본의 병원에서 탈장수술을 받도록 주선을 해달라고, 삼월 우기에 살고 있던 오두막집이 떠내려가버린 누군가의 숙모에게 살 집을 구해달라고, 왜 다들 나에게 와서 이런 부탁을 하는지, 왜 어떤 젊은 남자도 내게 희롱을 던지지 않는지, 그 모든 이유는, 누군가 나를 집적거리기라도 하면, 경찰이 불쑥 그 구애자를 찾아가서, 얼굴을 죽사발로 만들고 일주일 동안 다리를 못쓰게 해버렸기 때문에, 그 모든 이유를 비로소 알게 된 나는, 테헤이루 두 파수행 버스에 올라타고 곧장 정부청사로 향했고, 무릎 사이에 올려둔 종이컵이 떨어지지 않게 균형을 유지하면서 연주하는 아코디언 악사들과 거지들이 득시글거리는 테주 강변 아케이드 아래서, 날 들여보내려 하지 않는 청사의 사환에게

세 번째 비망록

"난 아버지를 만나러 왔어요"

비록 아버지에 대한 내 기억이라곤 머리에 쓴 모자와 시가, 고무로 된 바지 멜빵, 그리고

"지겨워 죽겠군"

한숨을 쉬면서, 국가와 꽃다발과 환영사와 소방차의 사이렌과 만세 소리에 감사를 표하고, 탄산 포도주를 마시며 황폐함에 빠져 허우적대던 것이 전부였지만, 청사 사환은 칼라에 은색 별이 더 많이 달린 다른 사환에게, 손톱 끝을 길게 뻗어 망설이듯 나를 가리키면서

"저 여자가 그러는데 자기가 장관님 딸이라는데요 아버지를 만나러 왔대요"

내 뒤편으로 펼쳐진 도시는 혈관을 드러낸 모습, 황동 장군, 비둘기, 길거리 가판대들이 테주 강으로 피를 쏟아냈으며, 페리보트는 디젤 엔진을 장착한 집처럼, 강변과 강변 사이를, 화물 운반 거룻배들과 함께 느리게 이동하고 있었고, 은색 별이 많이 달린 사환은 황금색 별이 단 한 개 달린 다른 사환에게 가서 허리를 굽혔고, 둘은 동시에 곁눈으로 나를 바라본 다음, 서로 마주 보았고, 마침내 황금색 별을 단 사환이 마지못해서 나에게

"신분증"

양복 옷깃이 가위로 자른 듯 네모반듯한 사람들이 나오고 들어 갔으며, 모든 것이 흉측했고, 모든 것이 쇠퇴했고, 모든 것이 알카세르 법무관 사무실과 마찬가지로 삐걱거렸으며, 칠은 지저분했고, 페인트가 벗겨졌으며, 한구석에는 낡은 철제 탁자가 산산이 분해된 채로 놓였고, 그렇게 쇠락한 사방의 벽에 둘러싸여, 쇠락한 가구들에 둘러싸여 있으니 재미있다는 생각이 들면서

"세자르는 이런 것이 무서웠단 말이지 신부님 애인의 손녀도 이

런 것이 무서웠단 말이지 생선가게 여자도 잡화점 주인도 정육점 주
인도 이런 것이 무서웠단 말이지"

　　이따위 쓰레기통에 의해서 이 나라가 좌지우지될 수 있단 말이
구나, 권력의 아케이드 아래서 거지들이 아코디언을 연주하는 곳에
서, 그러자 아케이드는 더 이상 석조 건물이 아니라, 서서히 풀어지
며 흐늘거리는 종이처럼 느껴졌고, 역시 마찬가지로 기운 없어 보이
는 사환에게 나는

　　"내 부탁은 하나뿐이에요 아버지에게 나를 가만히 내버려달라
고 말을 전해주세요"

　　서서히 풀어지며 흐늘거리는 종이 아케이드, 베니어판으로 만
든 왕의 동상, 범포 흙벽을 가진 성채, 정원에는 망해버린 약장수에
게서 헐값에 구입한 싸구려 공작새, 손녀가 이걸 봤더라면, 세자르
가 이걸 봤더라면, 법무사가 이걸 봤더라면, 알카세르의 시장이 이걸
봤더라면, 그러면 아버지는 얼마나 창피할까, 살라자르는 얼마나 창
피할까, 태엽 스프링이 고장난 약장수의 공작새는 우스꽝스럽게 회
전하고, 정부는 돈 한푼 없이 여기저기 떠돌아다니는 한물간 서커스
처럼 보였으니, 회의와 회의 사이 쉬는 시간이면 철거된 건물로 기어
들어가 잠잘 것이 분명한, 가엾은 청사 사환의 손에 매달려 흔들리는
처량한 인형극처럼, 그러니, 아버지의 이름을 따서 명명한 우물을 생
각해보라, 아버지의 이름을 따서 명명한 음악당을, 이 얼마나 한심한
코미디인가, 장관각하라니, 살라자르라니, 웃음밖에 나오지 않는구
나, 겁이 나서 감히 나에게 치근거릴 생각조차 못하는 남자들이라니

　　"내 부탁은 하나뿐이에요 아버지에게 나를 가만히 내버려달라
고 말을 전해주세요"

　　그리고 일요일이 되자 경찰관들이 알카세르로 와서, 나를 팔멜

라 농장으로 데려갔으니, 사이프러스로 둘러싸인 길, 채마밭과 오렌지나무들, 바람 한 점 불지 않는 날에도 꽃이파리들이 유리 종처럼 맑게 울리는 장미정원을 지나, 위쪽의 저택으로, 계단 위에 서 있는 아버지는, 나에게 입 맞추지 않았고, 나에게 미소 지어 보이지 않았고, 지금껏 단 한번도 내게 관심을 가진 적이 없고, 하녀들은 문틈으로 나를 훔쳐보았고, 검은 옷차림의 한 여자가 문틈으로 나를 훔쳐보았고, 앞치마를 걸친 요리사, 죽은 토끼와 칼을 든 요리사는

아마도 지금 내가 하는 말이 매우 이상하게 들리겠지만, 그래도 현실에서는 그런 이상한 우연이 종종 벌어지는 법이니까

내 것과 흡사한 모양의 코와 턱을 가졌고, 아버지의 서재 창을 통해서 나는 요리사가 토끼 내장을 꺼내는 장면, 요리사의 앞치마가 회색 토끼 털로 뒤덮이는 것, 토끼 내장이 담긴 그릇 위로 구부리던 내 코와 턱을, 즉 내 것과 구분할 수 없이 똑같은 코와 턱을 보았고, 하지만 그런 유사성에 관해서 아버지는 아무것도 알아차리지 못했고, 만약 누군가 그런 유사성을 지적해주었다면, 아마도 놀라서 입이 딱 벌어지고 말았을 아버지, 뭐라고, 내 딸의 턱이 요리사의 턱과 똑같이 생겼다고, 다시 한번 더 말해주시겠나, 세상에 그런 농담이 어디 있나, 지금 뭐라는 건가, 그런 말도 안 되는 소리를 하다니, 아버지는 당장 경찰을 불러서 그런 헛소리를 한 자를 잡아가도록 시킬 것이고, 그래서 제정신이 들도록 만들어주리라, 그때 한 젊은이가 서재로 들어왔고, 아버지는 나에게

"인사해라 네 오빠인 주앙이다"

나와 전혀 닮지 않은 코와 전혀 닮지 않은 턱을 가진 남자, 벨트 대신에 끈으로 허리를 동여매고 닦지 않은 구두를 신은 남자, 저택과 농장을 내 몫까지 몽땅 차지하려고 나중에 아버지를 병원에 입원시

켜버린 남자, 오페레타에 등장하는 거지처럼 분장하고 다니는 남자

　(*"인사해라 주앙 네 여동생이다"*

　그러자 그 남자는 닦지 않은 한쪽 구두로 다른 쪽 구두를 문질렀고)

　아버지가 죽더라도 내가 알지 못하도록, 아버지를 알발라드에 처넣어버린 남자, 나에게 한푼도 나누어주기 싫어서, 도자기, 그림, 은식기, 가구, 돈, 어느 것 하나 나와 나누기 싫어서, 아버지를 팔멜라에서 쫓아내버린 남자, 나는 여기 알카세르 광장에 있는 좁아터진 골방에서 홀로 살아가는데, 왜냐하면 대모님이

　그 얘기는 지금은 하고 싶지 않고

　나는 여기 광장에 있는 골방에서, 대모님이 떠난 이후 조금도 변하지 않은 그대로, 왜냐하면 내가 아무것도 건드리지 않았으니까, 깨진 찻잔, 카스텔루 드 비드의 접시, 소파, 판화, 그사이 오빠는 내 몫이 들어 있는 저택을, 내 몫이 들어 있는 농장을 팔아치웠고, 그 돈을 탕신해버렸으니, 내가 버스를 타고 팔멜라로 갔을 때, 축사와 곡물창고는 철거된 다음이었고, 오렌지나무들은 모두 잘려나갔고, 늪은 메워졌으며, 유칼립투스나무뿌리는 뽑혀나갔고, 풍차마저도 사라졌으므로, 이제는 바람이 어느 방향에서 불어오는지 알 도리가 없게 되었고, 언덕 위 비탈에 서서 우리를 쳐다보는 앙상하게 마른 셰퍼드들, 한때 화단이 있던 자리에는, 말 한마디 못하고 알발라드의 병원에 처박혀 있는 아버지의 허락도 없이 집들과 건물들이 들어섰고, 무너져내린 벽을 마주한 나는 화가 치밀어올랐고, 한때 지붕이었던 것의 잔해를 마주한 나는 화가 치밀어올랐고, 이제 뒷마당은 벽돌과 잔해들이 산더미처럼 쌓여 있을 뿐이며, 이제 내 것과 흡사한 코와 턱을 가진 요리사가 토끼 내장을 꺼내 점토 그릇에 담는 모습도 볼 수 없고,

세 번째 비망록

바로 그 순간

아니, 그 순간이 아니라, 좀 더 나중에, 내가 창살이 모두 떨어져 나간 농장의 대문을 통과했을 때, 풀숲에 쓰러진 문설주 기둥이 세투 발 방향을, 알카세르 방향을 가리키는 농장 대문을 통과하여 밖으로 나갔을 때

어쩌면 내가 착각한 걸 수도 있지만, 어차피 중요하지 않은 일이 니 그래도 별 상관은 없겠지만, 하지만 버스가 도착했을 때, 나는 분 명히 내 아버지의 집에서 일하던 요리사를 본 듯했고, 적어도 코와 턱이 나와 흡사한 점만 놓고 본다면 그녀가 확실하다고 맹세할 수 있 는데, 버스정류장에서 작은 꾸러미를 손에 든 채 나를 기다리고 있던 요리사는, 마치 나에게 말을 건네고 싶은 것처럼, 꾸러미를 내게 전 해주려는 것처럼 보였으나, 나는 정말로 요리사인지, 정말로 나를 기 다린 건지, 확인해볼 수 없었던 것이, 운전수가 자동문을 막 닫으려 했기 때문에 얼른 버스에 올라타야만 했고, 이 버스를 놓치면 늦은 밤에나 광장에 도착할 것이므로, 버스에 탄 내가 뒷 유리창으로 돌아 보자, 버스정류장은 모퉁이 뒤편으로 사라지고 있었고, 거기 서 있는 사람의 정체가 무엇이든, 어쨌든 나는 다시는 팔멜라로 올 생각이 없 으므로, 그 사람 또한 두 번 다시 만나지 못하리라.

추가 진술

루안다(앙골라의 수도)의 의사는 내가 아프리카 때문에 아이를 갖지 못하리라고 말했고, 나에게 아프리카란 이십육 년간 줄곧 앙골라의 정글을 의미했는데, 작은 도시도 아닌, 그야말로 정글, 정글 속의 정글, 전기도 없고 편의시설도 없고, 아무것도 없고, 단지 한때 포르투갈 장교가 살았던 텅 빈 집, 내 남편이 운영하던 매점, 주변에 득실거리는 것은 한 무더기나 되는 비참한 검둥이들, 게을러터져서 강가에서 뱃가죽이나 긁고 앉아 있는 검둥이들, 의사는 머리를 흔들면서 나에게

"이십육 년이나 아프리카에서 살았으면서 무슨 기대를 한단 말입니까?"

이십육 년 동안 빗물을 걸러서 마시고, 매점에서 팔리지 않은 말린 생선을 먹고, 한 달에 일주일씩은 말라리아로 죽을 고비를 넘기며, 베란다 기둥이 잡초에 완전히 뒤덮이고 창이란 창에 유리의 흔적조차 남아 있지 않은 빈집으로 이사를 가기 전까지는 매일 카운터 뒤 매트리스에서 잠을 잤다. 배달용 트럭을 타고 말란즈로 간 남편은 일주일 뒤에 고주망태가 되어 대형 폐기물 수준의 가구 대여섯 개를 싣고 돌아왔고, 새신랑처럼 의기양양하여 고함치기를, 자기가 나를 위해 전체 살림살이를 모두 구해왔다고, 그가 말하는 전체 살림살이란, 사용이 불가능한 쓰레기들, 심지어 물라토에게 공짜로 준다고 해도 그가 어느 정도 상식이 있다면 결코 받지 않을 그런 물건들이니, 골격이 앙상하게 드러난 소파, 앉는 자리가 떨어져나간 고리버들 흔들의자, 어느 쓰레기장에서 발견한, 버려진 통으로 만든 탁자, 남편은 우리와 마찬가지로 돈 한푼 없고 검둥이들과 다름없이 게을러빠졌

으면서 스스로를 우리 매점의 직원이라고 자칭하는 한 인도인의 도움을 받아, 가져온 잡동사니들을 바닥의 빈자리에 내려놓으며

　"당신은 이제 궁궐에서처럼 으리으리하게 생활하는 거야 알리스"

　정확히 그것은, 다 허물어져서 길거리나 마찬가지로 비가 새는 집, 바닥에는 덫처럼 커다란 구멍이 나서 자꾸만 발이 빠지는 집, 그리고 우리가 장롱으로 사용하는 녹슨 전신기, 간혹 자신의 옛 직업을 문득 떠올린 은퇴자처럼, 비실비실 몸을 움직여 긴급 구조신호를 치기 시작하는 전신기를 말하는 것인데, 환한 표정으로 흔들의자에 앉아, 엉덩이를 움직여 바닥을 이리저리 긁어대는 남편은, 숨결에서 풍기는 맥주 냄새가 천장에 달라붙은 도마뱀들까지 단번에 즉사시킬 만큼 고약했고

　"집이 궁궐같이 변하니 기분이 어때 알리스?"

　의사는 내게 비타민과 그리스로의 크루즈 여행을 권했지만, 당시 나에게 비타민이란 유서 깊은 돌무너기를 보려고 떠나는 크루즈 비용과 거의 동일하게 느껴질 만큼 비싼 물건이었고

　"이십육 년이나 악어와 모기떼를 겪은 이 마당에 무슨 기대를 한단 말입니까?"

　그러나 악어와 모기떼는 차라리 별것 아니었고, 여기서 살면 삼일열三日熱에 익숙해지며, 구슬 같은 눈동자 하나로 강물을 오르락내리락하다가 마치 목캔디를 삼키듯 검둥이를 꿀꺽 삼켜버리는 왕도마뱀에 익숙해지지만, 종종 그런 일이 일어나도 검둥이들에게는 크게 치명적이지 않은 것이, 검둥이는 신기하게도 금방 불어나니까, 그래서 내 생각에는, 검둥이 여자들은 임신을 하는 게 아니라, 밤마다 오두막 안에서 한 다스의 알을 낳고, 밤새 부화시킨 그 알에서 매일

매일 한 무더기의 검둥이 아이들이 나와서, 아침이면 수풀 사이를 뛰어다니는 거라고, 악어와 모기떼는 차라리 별것 아니었고, 진짜 심각한 문제는, 우리 매점에서 물건을 구입하는 사람이 아무도 없다는 것, 남편만을 제외하고는, 그러니 남편은 자기 자신의 유일한 고객인 셈인데, 한 박스나 되는 맥주를 인도인과 함께 앉은 자리에서 간단히 해치워버리니, 자신이 믿는 신처럼 팔이 여덟 개일지도 모르는 그 인도인은 술병 여덟 개를 한꺼번에 껴안고 니르바나에 도달하는 듯 보였고, 그 상태로 행복에 겨워 눈동자를 희번덕거리며 흥건한 침을 폭우처럼 뚝뚝 흘리니, 악어와 모기떼는 차라리 별것 아니었고, 진짜 심각한 문제는, 바닥 널빤지를 서로 얽어 만든 침대에 눕는 것, 여드레 동안이나 다리 사이로 폭포처럼 흘러내리는 생리혈에 잠겨 허우적대는 것, 치매에 걸린 전신기가 덜그럭대며 빈사 상태인 나를 화들짝 놀라게 하고, 십일월의 끈질긴 빗속에서 눈물로 녹아내리는 망고나무, 진짜 심각한 문제는, 말랑제에서 온 도매업자, 찌그러진 자선함의 틈새처럼, 쭉 찢어진 냉혹한 눈을 가진, 조그맣고 차가운 중국인은, 누군가 만약 어리석게도 자기 돈을 한푼이라도 빌려 갚지 않는다면, 설사 그게 자기 어머니라 할지라도, 중국식 볶음밥에 넣어 젓가락으로 먹어버릴 작자인데, 그가 항상 동반하고 다니는 다른 중국인은, 피둥피둥한 뱃살과 만족스러운 미소로 보아 아마도 이미 어머니를 잡아먹은 듯하고, 진짜 심각한 문제는, 이 둘이 우리에게 더 이상 물건을 외상으로 융통해주지 않는 것, 남편은 거의 무릎을 꿇다시피 하고

"맥주 작은 거 한 병만 남겨줘 부탁해 친구"

정글이 마치 리스본 시내인 양 천 신발을 신고 잘도 돌아다니는 중국인, 한마디 불만도 언급하지 않고, 백인들에게 굽실거리는 기

색도 전혀 없이, 이미 어머니를 배 속에 잡아먹은 동료 중국인에게, 상자를 가리키며

"맥주도 가져가"

그리하여 매점에서 더 이상 니르바나를 펼칠 수 없게 된 인도인은, 불행으로 인해 팔이 두 개로 줄었고, 맥주가 솟는 오아시스와 볶은 루핀 콩을 찾아 루안다로 떠났지만, 악어의 목구멍에 걸린 기침약이 되어 생을 마치고 말았고, 남편과 나는 검둥이들 한가운데에 남았고, 아이를 만드는 것 말고는 아무것도 할 줄 모르는 검둥이들, 부모 곁에 몰려들어 발을 긁고 앉아 있는 검둥이 아이들, 그들 주변을 빙빙 돌면서, 강가에서 발이 미끄러져 영양분을 제공해줄 낙오자를 기다리는 조그만 눈들, 나는 망고나무 이파리를 두드리는 처량한 빗줄기 소리에 귀 기울였고, 의사는 나에게, 인체 기관에 번호가 매겨진 백과사전의 한 페이지를 보이며 설명하기를, 내 나팔관이 쇠퇴했고, 세포의 길을 연필로 죽 따라가다가, 37이라고 매겨진 살색 다이아몬드 위에서 멈추더니

"아프리카에서 이십육 년을 살았다면 이제 아무 소용이 없어요 부인 여기 통로가 꽉 막혀버린 거예요"

맥주를 마시지 못하는 남편은, 적어도 내 생각에는 삶의 기쁨을 송두리째 잃었고, 한탄과 한숨으로 휘청거리며, 게을러터진 검둥이들 사이, 오두막촌의 마니옥 사이로 그의 우울감을 진하게 퍼뜨리고 다녔을 것이고, 집으로 돌아와서는 고리버들 방석이 떨어져나간 흔들의자에 앉아 극심하게 고통받은 손으로 이마를 감싸며

"아무 말도 하지 마 알리스"

아마도 그건, 침묵 속에서 괴로워하며, 자살을 궁리하기 위해서, 그가 일생 동안 유일하게 세운 계획이란 자살뿐이므로, 성공적인

세 번째 비망록

사업가로 도약하려는 찰나 중국인 때문에 꿈이 산산조각 난 남편, 나와 함께 동침하지도, 내 몸을 건드리지도 않는 남편, 한밤중에 잠옷차림으로 몽유병자처럼 달아나는 남편, 당시에 나는 생각하기를, 아마도 그건, 절망감이 너무 깊은 나머지, 자신을 악어에게 비타민으로 제공하기 위함일 거라고, 그러던 어느 날 나는 우연히, 처음 보는 몇몇 혼혈아이들이 풀숲에서 가게놀이를 하는 걸 목격하게 되었고, 어느 날 우연히, 밀크커피 피부색의 아이들이 카운터 뒤에 서서 매점 주인 역할을 하는 걸 발견하게 되었는데, 남편은 매일 점점 더 지쳐빠져서, 버들고리 방석이 떨어져나간 흔들의자에 앉아, 경제 불황의 우울증을 더더욱 확장하며

"아무 말도 하지 마 알리스"

남편은, 내가 목동의 지팡이만 한 코끼리 상아를 들고 다가오는 것을 보더니

"그 짐승 이빨을 내려놔 알리스"

그간의 고통을 잊었고, 다시금 삶의 의지가 되살아났지만, 의자에서 일어설 수가 없었고, 무릎을 세워 자신의 물라토 인큐베이터를 보호하려고 했고, 팔을 들어 파렴치한 얼굴을 가리며

"조심해 알리스 설마 날 아프게 할 건 아니지"

루안다의 의사는 백과사전을 책장의 다른 백과사전 사이에 꽂았고, 몸 안에 잉크가 채워진 오징어로 자신의 배를 잔뜩 채운 뒤 코를 골며 잠든 보좌신부처럼, 만족스럽게 우리의 내장에 자리 잡고 사는 뱀과 촌충 등 그림이 있는 백과사전들

"이십육 년 동안이나 아프리카에서 살았고, 그런 불행을 겪었으면서 무얼 더 바란단 말입니까?"

어쩌면 나는, 목동의 지팡이만 한 코끼리 이빨로 남편을 해쳤

고, 내 분노가 너무도 컸으므로, 그리고 코끼리가 너무도 무거웠으므로, 그런데 솔직히 말하면, 내가 기억하는 것은 남편의 비명뿐, 부서진 흔들의자뿐, 남편의 마지막 애원뿐

"알리스 살려줘"

정말 솔직히 말하면, 나는 풀숲을 가로질러 달려가던 남편을 기억하고, 허공을 응시하며 배를 긁던 검둥이들을 기억하고, 흥분과 충격으로 완전히 정신을 빼앗긴 검둥이들, 내가 베란다에서 강물을 내려다보니, 갈대숲 사이를 헤엄치는 조그만 눈들, 나는 강변 가까이 다가온 악어의 주둥이를 기억하고, 갑자기 하품하듯이 쩍 벌어진 주둥이, 나는 일종의 기쁨이라고 할 수 있는 감정으로 기억하니, 남편이 나무뿌리에 걸려 비틀거렸고, 예상하지 못한 공중제비를 넘으면서 그의 실내화 한 짝이 벗겨져 허공을 날았고, 나는 마치 오늘 일인 것처럼 선명하게 기억하니, 짐승의 식도로 빨려들어가기 일 초 전에 터뜨린, 남편의 마지막 외침을

"알리스"

루안다의 의사는 그때의 장면을 상상하면서, 내가 받았을 고통을 상상하면서, 위로의 몸짓으로 내 손바닥을 톡톡 두드리며 나를 달래주니, 감사하게도 세상에는 이렇듯 배려가 세심한 의사들이 있다는 것

"정말 안된 일이에요"

악어는 남편을 집어삼킨 입술을 닫은 후, 조용히 소화를 시키기 위해 진흙 강물 속으로 들어갔고, 그 순간부터 과부가 되었으며 오늘까지도 여전히 그런 상태인 나는, 정글의 검둥이들에게 살림 잡동사니를 넘겨주었고, 몸통을 긁어대는 검둥이들은 아무 관심 없는 경멸의 시선으로 쳐다보기만 했으니, 그것은 제국이 아니었으므로, 수십

세 번째 비망록

명의 혼혈아들을 충격적인 고아 신세로 전락시킨 후, 낯선 슬픔에 빠진 나는, 산더미 같은 쓰레기와 커피 농장주들 때문에 도심 전차의 길이 막히는 수도로, 강변도로의 종려나무마다 한 명씩 붙어선 매춘부들이, 섬의 더러운 담요에 싼 돈을 세탁하려는 농장주들을 넓은 아량으로 도와주고 싶어 하는 수도로 되돌아왔고, 그 도시의 검둥이들은, 애정 어린 발길질 혹은 적절한 순간에 부여되는 따귀라는 교육의 효과로, 정글의 검둥이들보다 배를 아주 약간 덜 긁었고, 정글의 검둥이들보다 아주 약간 더 많이 움직였으며, 그들에게 전염된 교육의 본능을 발휘하느라, 자신의 개들을 두들겨패면서 개들과 함께 떼를 지어 빈민촌에 모여 살았고, 바람이 슬쩍만 불어와도 푸딩처럼 흔들거리는, 함석과 골판지로 지은 판잣집 사이에 검둥이, 개들, 죽은 당나귀가 함께 어울렸고, 강 건너편의 모기도 식별할 수 있는 시력에도 불구하고, 특별하게 고급스러운 사치품이라고, 일요일마다 값비싼 이중초점안경을 걸친 검둥이들은, 손으로 더듬거리며 거리를 돌아다니고, 가로등에 코를 부딪치면서 아주 흡족해했고, 리스본행 증기선의 출발을 기다리는 동안 나는 쿠카 구역 세탁조 옆에 있는 내 사촌 알다의 집에서 지내면서 창밖 바오바브나무를 내다보았고, 포르투갈의 코바 다 피에다드가 그리워서 죽을 지경인 알다는

  "아 코바 다 피에다드에 간다면 얼마나 좋을까"

  코바 다 피에다드는, 내 개념으로는 앙골라와 다름없이 비참한 곳인데, 단지 차이라면 그곳에서는 우리가 검둥이가 된다는 것, 똑같은 쓰레기장, 똑같은 황무지, 똑같이 허름한 판잣집, 죽은 당나귀가 입구를 가로막는 똑같은 판잣집, 우리는 거기서 배를 긁고, 왜냐하면 일자리가 없으니까, 그릇과 뼈다귀를 핥으면서 먹을거리를 찾고, 알다의 남편인 이발사는, 포르투갈인 손님이 없자, 현지인 거주지인 이

윗 동네 주민의 목을 수건으로 졸라매고는

"이리 와"

정원사처럼 날렵하게, 전지가위로 그의 곱슬머리를 쳐냈고, 마찬가지로 아프리카 때문에 난소가 쇠퇴한 알다는, 하지만 아이를 특별히 아쉬워하지 않았는데, 그녀가 세상에서 원하는 유일한 소망은, 오직 한 가지, 루안다가 아닌 코바 다 피에다드에서 굶어죽는 것뿐이기 때문에, 우리가 검둥이인 그곳에서 굶어죽으면, 다른 이들이 검둥이인 곳에서 죽는 것보다 더 낫다는 것처럼, 학대받고 모욕당하고 얻어맞는 것이 그녀를 기쁘게 해주는 것처럼, 마치 포르투갈이

미안하지만 웃음이 터지니

살 만한 나라인 것처럼, 태양이 가난을 오색으로 물들이고 사방에서 바다가 보이는 곳, 특히 우리가 바다를 원하지 않는 곳일수록 더더욱 많은 바다, 바다가 적다면 우리가 순무를 키울 공간이 석탄을 구할 공간이 그만큼 더 많을 테니까, 바다가 적다면 우리는 거기 감자를 심어서 저녁밥으로 먹을 테니까, 이 나라의 정부가 현명하다면, 당장 그 염병할 바다와 뜨거운 열기를 돈 많은 스위스에 팔아치울 텐데, 아니면 집시들에게 팔아치울 텐데, 그들은 교활하니까 파도를 하나하나 떼어내는 방법을 어떻게든 찾아내겠지, 정부가 요오드에 혈안이 되어 있는 스위스에 바다를 판다면, 우리 모두에게 두툼한 말린 생선을 사줄 수 있을 텐데, 사촌 알다는, 코바 다 피에다드를 천국보다 더 그리워하며

"아 알마다에 간다면 얼마나 좋을까 페이조에 간다면 얼마나 좋을까 알리스"

그녀는 알카세르에 있는 나에게 크리스마스카드를 보내서, 자기 남편이 폐기종에 걸린 이야기, 폐가 부어서 더는 전지가위를 다룰

수 없다고, 현지인 거주지인 이웃 동네 주민의 목을 졸라서 끌고 올수 없다고, 곱슬머리를 정원처럼 다듬을 수 없다고, 대신 이제는 오후 내내 바오바브나무 아래 배를 깔고 누워 개구리처럼 헐떡대고 있다고, 알리스, 넌 아마 상상하기 힘들 거야, 목에서 꼬르륵 소리를 내며, 발을 질질 끌고 집 안으로 들어오는 그를 보고 있으면 마음이 얼마나 아픈지, 남편은 나를 향해 코를 벌름거리지만, 말을 할 수가 없고, 자기 가슴을 칼로 찔러 이 고통을 끝내달라고 나에게 애원하고, 언젠가 나는 이 악몽을 진짜로 끝장내야 하겠지만, 그래도 지금 당장 그렇게 해야 하는지 아니면 좀 더 기다려야 하는지는 아직 결정 내리지 못했으며, 그런데 코바 다 피에다드는 어때, 얼른 말 좀 해줘 알리스, 내 여동생은 어떻게 지내는지, 어머니는 어떻게 지내는지, 그래서 나는 알다에게, 그녀의 어머니가 별 불평 없이 지낸다고 답장을 썼는데, "공동묘지에서"라는 말은 굳이 덧붙이지 않았고, 누구라도 입에 흙이 몇 삽 들어가면 불평을 하기가 매우 어려워지니까, 나는 알다에게, 그녀의 여동생이 매우 보수가 좋은 공공 코뮤니케이션 일자리를 얻었다고, 그런데 아쉽게도 야간 근무라고 전했지만, 그 여동생이 레오파드 무늬 바지를 입고 아호이오스의 한 디스코테크에서 손님이 주문한 음료수의 몇 퍼센트를 할당받으며, 어떤 젊은 남자의 도덕적 후원 아래, 그녀 자신 또한 그 남자를 후원하면서 일한다고는 굳이 밝히지 않았고, 어차피 사랑이 교환관계라는 건 누구나 다 알고 있으니까, 그래서 그녀는 남자에게 영국제 양복과 노란색 오픈카 할부금을 대주는 거니까, 그러자 즉시 알다는 다음번 편지에서, 가족들이 여유있게 산다니 크게 안심이 되어

"모두에게 안부 전해줘"

나는 그녀 어머니의 무덤 앞에 쪼그리고 앉아 손가락 마디로 묘

석을 두드리며

　"알다가 안부 전해달래요 이모"

　그리고 노란색 오픈카를 향해 손을 흔들었고, 좌석이 낮으며 낮이면 헤드라이트가 가리개로 덮이는 종류의 자동차, 좌석에서 그냥 누울 수도 있어서, 쾌락과 행복을 주는 그 자세를 취할 수 있는, 레오파드 무늬의 여동생에게는 직업적인 이유로 유난히 익숙한 바로 그 자세, 나는 노란색 오픈카를 향해서 손을 흔들었고, 자동차는 혜성처럼 빠르게 코바 다 피에다드를 내달렸으니

　"알다가 안부 전해달래요 이모"

　내가 추측한 대로, 알다는 자신의 약속을 지켜서, 안락사의 충동을 느낀 어느 날 이발사의 배에 칼을 꽂았고, 감옥으로 갔고, 이후로는 두 번 다시 편지를 보내오지 않았으므로, 나는 손가락 마디에 멍이 들면서 묘석을 두드릴 필요도, 나를 거의 칠 뻔하며 달려가는 오픈카를 향해 손을 흔들 필요도 없었고, 게다가 가족의 의무를 이행하느라 오전 내내 허비하면서 알카세르에서 코비 디 피에디드끼지 갈 필요도 없어졌으니, 루안다에서 돌아온 다음 나는 알가르브 지방으로 운행하는 화물차들이 쉬어가는 광장 옆에 방 두 개짜리 집을 구했고, 다 죽어가는 뽕나무 아래 갈매기들의 신경질적인 욕설이 시끄러운 곳, 의사의 백과사전 37번 항목이 말해준 대로, 아이를 갖기를 포기했으며, 그 증명이라도 하듯 팔찌 몇 개를 샀고, 그것들은 항상 달랑거리며 내 가까이에 머물렀고, 얼마 지난 뒤에는 흰색 수코양이 한 마리까지 생겼으니, 내 가계부처럼 앙상하게 비쩍 마른 고양이는 생선 공판장에서 내가 전략적으로 구입한 장어 몇 마리에 이끌려 나를 따라왔고, 그리하여 이제 나는, 아이 없이 사는 삶을 받아들였는데, 어느 날 장관님의 가정부가 기사 딸린 자동차를 타고 와서 마

세 번째 비망록

을 과부들의 마음을 떠보기 전까지는, 아무리 기저귀를 찬 아이라 할지라도, 젖니도 나지 않았고 예방접종도 해야 하는 아이라 할지라도, 그래도 팔찌보다는 덜 외로우며, 게다가 야단도 칠 수 있고 기분 나쁠 때면 따귀도 때릴 수 있다는 장점이 있으니, 예를 들자면 수도관이 고장나거나 시장 아낙네가 바나나 무게를 속일 때 등, 그래서 나는 가정부를 따라 팔멜라로 가겠다고 했고, 새와 까마귀들이 하늘을 까맣게 덮은 그곳 기괴한 농장 저택에서 장관님을 만났고, 그때까지 내가 아는 가장 높은 사람은 해군 하사관이 고작이었는데, 그는 배에서 나에게 다가와, 인어인형과 탄산수 병에 든 미니어처를 선물했고, 아직도 나는 서랍 속 어딘가 금방 찾을 수 있는 곳에, 그 해적 같은 남자와 카스텔루 드 비드 축제에서 함께 찍은 사진을 갖고 있으니, 그는 얼굴을 그림판의 구멍에 넣고, 나는 《루지아다스Lusíadas》(포르투갈 시인 루이스 드 카몽이스의 서사시)의 아홉 번째 송가에 나오는 님프가 되어, 그의 그림 속 몸은 내 허리를 껴안은 바스코 다 가마였고, 비록 우리의 관계는 송가의 내용으로 들어가기는커녕 단 한번도 책표지조차 넘어선 적이 없었지만, 절반쯤은 다듬고, 절반쯤은 방치한 듯한 농장, 수많은 새들의 까욱거리는 소리에 내 귀가 멀 지경이었고, 수녀처럼 차려입은 가정부는, 수녀가 수녀복을 입지 않음으로써 더더욱 수녀처럼 보이는 그런 모습인데, 기둥이 늘어선 복잡한 구조의 집 안으로 나를 이끌었고, 부유한 사람들의 잡동사니, 크리스털 장식물들, 석상들, 그림들, 가구들, 냉혹함과 무감각한 표정으로 서로를 밀치며 쌓여 있는 사물들, 우리는 장관님의 서재에 도착했고, 가정부는 공손한 태도로, 누군가의 기관지가 투석처럼 기침을 쏟아내는 아치형 문 안쪽으로 고개를 들이밀고

"들어가도 됩니까 주인어른?"

그런데 실망스럽게도 장관님은, 폰트 루미노자 공원에서 카드놀이를 하는 은퇴자처럼 머리에 모자를 쓰고 있었고, 제복과 훈장, 장관의 왕관과 장관용 담비털 망토 대신에 약장수나 입는 멜빵 달린 바지 차림이었고, 손에는 장관용 왕홀이 아닌 악취나는 시가를, 그것도 알카세르의 어느 주점에 가더라도 몇 푼만 주면 살 수 있는 싸구려 시가, 장관님은 가정부에게

"이 여자야 티티나?"

만약 내 남편이 아프리카의 악어 배 속에 들어 있지 않다면, 당장 맥주병으로 장관님의 머리통을 한 대 후려쳐서 예의를 차리도록 만들었으리라. 살라자르와, 교황과, 제독과, 그 밖에 우리를 다스리고 어린아이들에게 입 맞추는 사람들과 함께 찍은 사진이 벽에 가득하고, 부성애 넘치는 미소로 팔에 안고 있는 아이들의 숫자로 즉시 권위를 짐작할 수 있는 사람, 장관님은 위 가장자리에 공화국 문장이 새겨진 서류철에서 종이 뭉치를 꺼내며

"이십육 년 동안 아프리카에 있었다고?"

맛있는 튀김요리 재료인 새들이 커튼을 쪼아댔고, 나는 어느새 그중 한 마리를 잡아 목을 비틀고, 빵가루를 묻혀 튀겨내는 상상을 하니, 앙골라에서 손에 넣었더라면 한입 간식거리밖에 안 된다고 생각했을 비둘기들 말고도, 군주제가 무너진 이후 한번도 기름을 치지 않은 우물가 풍차가 삐걱거리며 돌아가는 소리가 들리는데, 장관님은 내 전 생애가 기록된 종이를 앞에서 뒤로, 뒤에서 앞으로 훑어보았고, 카스텔루 드 비드의 바위, 살을 에는 겨울, 죽은 내 어머니가 코르크나무 아래서 내게 다가왔고, 남편이 내게 청혼하던 날, 그의 말을 그대로 믿었다가는 언젠가 반드시 후회할 거라고 미리 예감했던 내 생애의 운 나쁜 부활절 일요일

세 번째 비망록

(난 열여덟 살이었으니까요, 무슨 말인지 알겠죠?)

남편은 이리저리 왔다갔다하며 내 정신을 어수선하게 했고, 내 생애의 아둔함이 시작된 운 나쁜 부활절 일요일, 그와 함께 포도압착기가 있던 공증인의 집으로 산책 갔고, 혼인신고를 하러 가서는 눈물을 쏟으며 내 이름을 서명했으니, 내 의붓아버지는, 이미 내가 잃어버린 그 무엇이 아깝고 속상한 나머지 화가 나서 길길이 뛰면서

"이 바보 멍충아"

품행을 단정히 하지 못한 벌로 나는 리스본을 떠나 벵겔라로 가는 화물선의 창고에서, 토마토 자루 위에 사지를 뻗고 쓰러져 삼 주 동안이나 계속 토하면서, 다시는 포도압착기에 관심을 갖지 말아야 한다는 교훈을 얻었고, 마침내 육지에 도착하자 한 떼의 검둥이들이 순식간에 몰려와서, 너무도 친절하게 내가 감당할 수 없는 가방의 무게를 내게서 떼어내주니, 나는 가방을 두 번 다시는 보지 못했고, 그리하여 적어도 무거운 가방 때문에 고생하는 일만은 덜게 되었으며, 장관님이 내 생애 여기저기를 붉은 펜으로 밑줄을 긋는 동안에도, 튀김요리용 새들은 창에서 떨어질 생각이 없어 보였고

"거기서 설마 이상한 전염병에 걸려온 건 아니겠지요?"

장관님은 내 생애뿐 아니라 내 부모님의 생애, 형제자매들의 생애, 조카들의 생애, 사촌들의 생애까지 서류철에 모아두고 있었으니, 사바나와 진흙 구덩이를 가로질렀던 두 달간의 여행, 악몽 같은 고릴라들과 코뿔소, 궤양, 문둥병을 옮기는 원숭이, 우리가 탄 화물차의 바퀴는 우리의 희망처럼 떨어져나갔고, 그리하여 그곳 다 허물어진 매점에서 우리는 살기로 했으니, 더 이상은 앞으로 갈 수가 없었던 것이, 편평한 대지의 모양새로 봐서, 인근 어딘가 가장자리도 없는 깊은 심연에서 길이 끝나버릴 것이 분명했고, 잘못해서 그리 떨어졌

다가는 망망한 우주 한가운데 별들과 함께 헤엄치게 될 터이므로, 기름칠하지 않은 풍차의 날개는, 아주 작은 바람에도 방향을 잃고 이리저리 불안하게 삐걱거렸고, 소름 끼치는 올빼미 때문에 나무들은 잠을 빼앗겼으며, 질투에 불타는 장미꽃들이 술렁거렸고, 액자 속 교황은 근엄하고 진지했으며, 액자 속 추기경은 근엄하고 진지했으며, 장관님은, 은퇴자의 모자가 마치 왕관이라도 되는 것처럼, 약장수의 바지 멜빵이 마치 담비털 망토라도 되는 것처럼, 술집에서 파는 시가가 권위의 왕홀이라도 되는 것처럼, 그렇게 장관님은, 우주비행사나 탈세조사원에게 줄 법한 숭배와 경탄의 눈길을 자신에게 쏟고 있는 가정부에게

"요리사에게 아기를 데려오라고 해 티티나"

갈매기 한 마리가, 허공을 가로지르는 쥐떼 중 한 마리가, 너도밤나무 위를 날아갔고, 앞치마를 맨 한 사람이 슬리퍼를 질질 끌면서 담요로 싼 뭔가를 가슴에 끌어안고서 서재로 들어왔는데, 가정부는 앞치마를 맨 사람 뒤에서

"아기가 왔습니다"

유칼립투스나무의 중량이, 너도밤나무의 중량이 나를 무겁게 짓눌렀고, 나는 좀 이상한 생각이 들어서, 장관님이 요리사라고 부르다니, 저 앞치마를 맨 사람은, 그러면 아기의 유모가 아니었단 말인가, 이 집에서 일어나는 질서와 무질서가 동시에 나를 놀라게 했고, 갈대숲을 지나는 오리떼처럼 나란히 마당에 내려앉은 천사상이 나를 놀라게 했고, 우리 모두의 몸을 수의처럼 뒤덮고 있는, 산지를 알 수 없는 난초 향기가 나를 놀라게 했고, 그래도 나는 저 여자는 유모일 거라고 확신했으니, 알카세르에 온 가정부는 자기 집에 있는 고아 문제 때문이라고 말했으니까, 루안다의 의사가 백과사전을 보여주

세 번째 비망록

며 난소위축증에 관해 설명을 했으므로, 나는 결론을 내렸으니, 아기
가 있으면 팔찌보다는 덜 외로울 테니까, 장관님이 나를 보며

"아기를 데려가요"

나는 아기를 받아들었고, 저 아래쪽에서 한 소녀가 양손에 양동
이 두 개를 들고 축사로 향하고 있었으며, 가정부는 앞치마를 맨 사
람에게, 아기를 넘긴 다음부터는 날 죽일 듯이 쳐다보고 있는 유모
혹은 요리사에게

"주인어른 저녁 식탁에 올릴 닭 손질해야 하는 거 아냐?"

나는 밖으로 나오는 길에, 그녀가 주석 함지박 위에 닭 모가지를
놓고 막 칼로 자르는 것을 보았으니, 발버둥치는 닭과 씨름하는 동안
칼 끝에서 피가 사방으로 튀었고, 그녀는 마치 내 내장을 끄집어내듯
이 죽은 닭의 내장을 끄집어냈고, 나는 그녀를 전혀 알지 못하고, 단
한번도 본 일이 없으며, 그녀에게 뭔가 나쁜 일은 절대로 한 일이 없
는데도, 나쁜 일은커녕 그녀에게서 배앓이, 중이염, 기저귀, 울음과
같은 일거리를 덜어준 셈인데도, 그러니 내가 아기를 데려가준 것에
대해 그녀는 감사해야 하는데도, 얼음 같은 증오로 꽁꽁 뭉쳐 있으
니, 그녀의 고요한 분노에 따라 칼 끝이 춤출 때마다, 내 내장은 함지
박 속으로 들어갔고, 내 간이 함지박 속으로, 내 폐가 함지박 속으로,
마치 잘 때 벗어던지는 신발처럼, 한 짝씩 차례로, 나는 그녀를 도와
주었는데, 그녀는 복수심에 불타서 나를 갈가리 찢어발기니, 수십여
그루 사이프러스나무가 그녀의 칼과 나 사이를 가로막는 곳에 도달
해서야, 나는 팔멜라에 온 이후 처음으로 안도의 한숨을 내쉴 수 있
었고, 다음 달에 가정부는 침대 시트 한 뭉치를 들고 알카세르에 나
타나서는

"이것도 받아요"

뭐라고 떠들 줄이야 알지만 귀 기울일 줄은 모르는 팔찌를 제외하고는 애정을 기울일 대상이 아무도 없었던 나는, 아기를 좋아하게 되었고, 우리는 한 침실에서 함께 잤고, 번개가 치는 밤이면 함께 깜짝 놀라 깨어났고, 동일한 시기에 볼거리와 홍역을 함께 앓았고, 우리는 둘 다 고아였으므로, 오후에 강가를 산책했고, 호화 유람선을 따라다니며 스테이크를 훔쳐먹는 알바트로스를 바라보았고, 제방으로 밀려온 난파선 조각들을 바라보았으니, 어쩌면 남편에게 싫증난 악어가, 뱉어낸 남편을 다시 나에게로 돌려보내주었을지도 모르는 일이기에, 어느 날 밤 문 앞에서 누군가의 그림자가 보였고, 문지기처럼 뜨개옷을 걸친 살아 있는 그림자는, 이웃 여자도 아니고 집시도 아니고 거지도 아니고 도둑도 아니고, 식용유나 마늘을 빌리러 온 신부님의 애인도 아니고, 처음에는 문지방에 서 있다가, 거실로, 엉덩이가 아픈 목재 소파로, 머리에는 모자를 쓴 채 입에는 시가를 물고, 고무 멜빵, 집에는 탄산 포도주도 없고 크래커도 없고, 마르멜로 빵도 없고, 더구나 나는 집 안에서 입는 옷차림이며, 빗질도 안 했고, 낡은 실내화에, 장관님이 올 것을 조금이라도 예상했더라면, 청소도구함에서 물통을 꺼내, 물을 데워서 목욕이라도 했을 텐데, 손을 내려다본 나는, 얼른 장신구함으로 달려가 반지를 찾아서 끼고 목걸이를 해야겠다고 생각하고는, 앉아 있던 버들고리 의자에서 일어섰지만, 장관님은 경멸의 웃음을 흘리면서 나를 제지했으니

"가만히 있어"

장관님이 이런 초라한 가구들과 작고 초라한 성화들로 채워진 초라한 집에, 그제야 양탄자가 닳아서 구멍이 났음을, 찻잔의 손잡이가 떨어져나간 것을, 양치기 소녀의 양떼가 사라져버린 것을, 녹슨 수도관을, 깨진 전등을, 삐뚤어진 가스 화덕을 알아차린 나는 괴로워

세 번째 비망록

서 죽을 것 같았고, 장관님이 고양이가 잠들어 있는 침실로, 우리가 가진 유일한 침대에서, 우리가 가진 유일한 시트 위에, 우리가 가진 유일한 이불을 덮고 파울라가 잠든 침실로 향한 다음에도, 나는 에나멜 세탁조 때문에 부끄러웠고, 깨진 창유리 대신 발라놓은 종이 때문에, 흔들거리는 마룻바닥 때문에, 떨어져나간 기와 때문에 부끄러워서, 침실 앞을 막아서며, 그가 침대 시트를, 이불을, 침대를 보지 못하도록 했으나, 장관님은 나를 밀치며, 마치 내가 방해물인 듯이, 성가시게 거치적거리는 물건인 듯이, 마치 내가, 당연한 그의 권리를 저해하기라도 하는 것처럼

"내 딸을 보겠다는데 왜 그래"

하고 말했다.

진술

나는 내 권리를 찾고 싶을 뿐이다. 대모님이 알카세르에서 내게 베풀어줄 수 있었던 것, 강과 다리 사이, 화물차 운전수들이 쉬어가는 광장, 창밖으로 알가르브로 향하는 자동차들이 보일 때마다 그 차를 타고 떠나버리고 싶었던 그런 생활이 아닌 조금만 더 나은 삶, 리스본의 아파트 하나, 크든 작든 그건 상관이 없고, 어느 구역에 있는가도 상관이 없고, 다만 한 달 내내 동전 한 닢까지 계산할 필요가 없는 삶, 매일매일 제일 싼 슈퍼마켓을 찾아헤매지 않아도 되는, 간혹은 직접 요리하지 않고 레스토랑에서 점심식사를 즐길 만한 여유가 있는, 토요일 영화관에 앉아서, 집에 돌아가 문을 열었을 때 그 문 뒤에서 나를 기다려주는 사람이 아무도 없다는 생각에 울적해질 필요가 없는 삶, 내가 돌봐주고 속옷을 챙겨줄 그런 사람이 있는 삶, 칠월이면 그 사람과 함께 남부스페인으로 여행을 떠날 수 있는 삶, 요즘 남부스페인은 그리 비싸지 않으므로, 그곳에서 다른 외국인에게 우리 둘의 사진을 찍어달라고 부탁하고, 그 사진 속에서 동상 앞에 선 우리는 밀짚모자를 쓰고 팔짱을 낀 모습, 나중에 앨범의 보호용 투명종이 속에 보관할 사진, 우리는 여행지에서 사귄 다른 한 쌍과 함께 같은 여관에 묵고

    (다른 커플의 이름은 파티마와 펠리시아누, 페르난두와 디마스, 엘리제트와 아마데우)

    스테레오 기기와 세 권짜리 가정용 백과사전 사이에 앨범을 꽂아두는 삶, 내가 원하는 것은 점잖은 모양의 겨울 외투 하나뿐, 왜냐하면 내 외투는 유행도 지난데다 전혀 따뜻하지 않으므로, 생일날이면 미장원에 가서, 손님 혹은 그냥 파울라, 혹은 아가씨가 아니라, 도

나 파울라라고 인사를 받으며, 내가 원하는 것은 그렇듯 아주 약간만 더 나은 삶, 그런데 변호사는

"당신 아버지는 친부관계를 공식적으로 인정하지 않았군요 서류도 편지도 남겨놓지 않았어요 그러니 참 어렵습니다"

아버지는 친부관계를 공식적으로 인정하지 않았지만, 내가 그의 딸, 파시스트의 딸인 것은 모든 사람이 다 아는 사실이니, 혁명이 일어난 후, 바로 그 다음 날, 민주주의란 매우 성급하며 인내심 따위는 결코 없으므로, 그동안 내가 지나갈 때 무릎을 꿇지만 않았지, 거의 내 구두를 핥을 듯이 굴고, 나를 손바닥 위에 올리고 애지중지하던 법무사가, 옷깃에 망치와 낫 표시를 달고 나타나, 한 달치 월급이 든 봉투를 건네며

"끽소리도 하지 마 이 정도도 너에겐 과분해 그러니 그만 꺼져"

그동안 나와 사이좋게 지내며 종종 책도 빌려가던 신부님 애인의 손녀는 내 얼굴에 침을 뱉었고

"매국노"

이웃 여자들은 내 양배추를 짓밟았고, 내 병아리를 죽였고, 내 채마밭에 쓰레기를 통째로 쏟아버렸고, 내 유리창에 돌을 던졌으며, 나는 카스텔루 드 비드 접시를 접착제로 다시 이어붙였지만 그래도 깨진 자국은 눈에 띄었고, 광장의 꼬맹이들은 내가 지나가면 다리를 걸어 넘어뜨리거나 때리려고 했고

"착취자"

일생 동안 그 누구도 착취한 적이 없고, 단 한번도 남의 돈을 빼앗아본 적이 없는 나는, 욕조도 화장실도 없는 집에서 살았으며, 용변을 볼 때 이용하는 허름한 판자로 가린 구덩이는 이월이면 얼어붙을 만큼 추웠고, 우산을 펴든 채 양배추밭을 가로질러 터벅터벅 걸어

가야만 하는 곳인데, 그런데도 이웃 여자들은

"나치"

라고 내 담벼락에 써놓았고, 내가 빵집에 들어서면, 갑자기 모두들 입을 다물고, 범죄자라도 되는 양, 살인자라도 되는 양 나를 뚫어져라 쳐다보았고, 평소에는 느긋하기 그지없는 시뇨르 비르질리우는, 갑자기 정신없이 분주해지면서, 손님들을 접대하느라 너무 바빠서 나를 보지 못한 척하고, 아델라이드와 카운터 탁자에 나란히 앉아 커피를 마시던 세자르는, 한마디 말로 불쌍한 시뇨르 비르질리우의 얼굴을 홍당무로 만들어버리고

"언제부터 여기 파시스트가 드나들고 있는 건가, 페레이라?"

그때 탁자에서 불쑥 일어선 손녀는, 내가 나타나서 기분이 나빴으므로, 내 곁을 지나가면서 온 힘을 다해 내 등을 주먹으로 쳤고, 콩 페스트리 진열대 쪽에 가서는 온몸으로 혐오감을 표시하며 고함치기를

"페레이라가 비밀경찰이랑 내통하는 사이인 줄은 몰랐어"

그러자 시뇨르 비르질리우는, 바로 작년 십이월까지만 해도 나에게 덤이라며 억지로 안겨주려고 하던 케이크와 플라스틱 냅킨 지급기 등을 사람들이 때려 부술까 봐 겁이 난 나머지

"절대 안 될 말이지"

셀로판지와 푸른 리본으로 포장한 크리스마스 선물 바구니, 코르크 맛이 나는 포트 포도주를 내게 억지로 안겨주려 했던 시뇨르 비르질리우는, 무시무시하게 화를 내며

"꺼져"

동방박사 케이크가 들어 있는 크리스마스 선물 바구니에는 땅콩과 소나무 씨앗이 가득한 자루, 술이 든 초콜릿, 냉동 칠면조 날개

까지, 광장에서 나와 마주치면 미소로 얼굴이 녹아 흐르던 시뇨르 비르질리우

"선물 바구니가 마음에 드시나요 아가씨?"

알카세르 신문에 온갖 칭송의 미사여구를 동원하여, 내 아버지에게 바치는 장황한 찬가를 썼던 그가, 혁명이 일어나자마자, 나를 반말로 대하며, 집시들에게 하듯이, 다리를 저는 거지 소년에게 하듯이, 복권 행상에게 하듯이, 시뇨르 비르질리우는, 내가 그에게 구걸이라도 하러 온 것처럼, 혹은 뭘 훔치러 온 것처럼, 손가락으로 바깥 진열장을 가리키며

"꺼져"

이 년 동안이나 나는 입을 다물었고, 독약을 먹고 죽은 병아리에 대해서, 채마밭에 흩어진 쓰레기에 대해서, 박살난 가구에 대해서 한마디 불평도 없이 견뎠고, 그러다 마침내 어느 날, 도저히 더 이상은 앞날이 막막하여 아버지에게 도움을 청하려고 팔멜라로 찾아갔는데, 내 눈앞에 나타난 것은 무서울 정도로 쇠락해버린 농장, 온실도 장미 정원도 보이지 않았고, 여전한 까마귀들의 울음만이 내가 잘못 찾아오지 않았음을 알려주었으니, 갑자기 저 위쪽의 저택에서 나무들을 향해 발사된 총, 아버지가 계단 위에 서서, 사냥총을 휘두르며

"공산주의자들 나가 죽어라"

두 번째 총소리가 들렸고, 이번에는 낑낑거리며 달아나는 개, 내 발길 아래서 수로의 물줄기가 사방으로 갈라졌고, 아버지는 주머니에서 새 탄창을 꺼내 총신에 집어넣었고, 수로에서 튀어오른 시멘트 먼지가 눈앞에서 서서히 걷혀가고, 나뭇가지들이 우수수 떨어져 내리고, 우물가의 울퉁불퉁한 양동이 안에서 양철 메아리가 길게 울리고 있으니, 이 년 동안 모욕과 구박을 참아온 나, 더러운 유리창과

낙서로 범벅이 된 벽을 참아온 나는, 예전에 방세를 받지 않으려고 했던 집주인이

"이러지 마세요 아가씨"

이제 와서는 내가 저지른 일도 아닌데 나 때문에 손해를 입었다며, 법원으로 갔고, 우체국 직원은 의기양양한 기쁨의 미소와 함께 내게 소환장을 건넸으니, 법정에 몰려든 화물차 운전수들과 이웃 여자들은 나를 파시스트라고 부르며 주먹을 공중으로 치켜올렸고, 나는 전기도 수도도 없이, 돈 한푼 없이, 무엇을 먹고살아야 할지 막막할 뿐인데, 그나마 대모님은 이러한 파렴치와 돌팔매질을 당하지 않았고, 크나큰 모멸도 당하지 않았으니 얼마나 다행인가, 손녀는 앞에 나서서 인민의 정의를 외쳤고, 잉여가치와 독재를 설파하며, 모든 사람을 동지라고 불렀고, 그녀를 조용히 시키기는커녕 감히 대꾸조차 할 엄두를 내지 못하는 판사에게 고래고래 소리지르고 위협했고, 뭔가 이유를 대어 재판을 연기한 뒤 서둘러 자동차의 시동을 건 판사는, 코웃음치고 지팡이를 휘두르며, 침을 뱉어대는 사람들을 피해 달아나버렸고, 세 번째 네 번째, 그리고 다섯 번째 총소리, 계단 아래로 다가간 나는 화분에 몸을 기대며

"아버지"

아버지는 모자 챙 아래로 나에게 미소를 보내왔고

"이자벨"

나와 마찬가지로 전기도 수도도 없이, 전화도 없이, 나와 마찬가지로 돈 한푼 없이 지내는 아버지는, 나를 데리고 거실로 들어가 한때 의자였던 것의 잔해 위에 억지로 앉히며

"이자벨"

그 자신은 피아노 앞에 앉아서, 음표의 회오리에 사로잡혔고,

얼굴은 금방이라도 눈물을 쏟을 듯했으며

"내 곁에 머물러줘 이자벨"

내 생각에 아버지는 자신이 우는 모습을 내게 보이고 싶지 않을 것이기에, 나는 거실을 가로질러 나와 다시 계단을 내려갔고, 사이프러스 길을 절반쯤 지나왔을때, 피아노 소리가 그쳤고, 갑작스럽게 총의 약실을 꺾는 소리가 들리더니, 수로에 총탄이 가박혔고, 계단 위에 선 아버지는 금방이라도 쏠 듯이 총을 움찔거리며

"공산주의자들 나가 죽어라"

나는 변호사에게

"나는 내 권리만 찾고 싶어요"

변호사는 안경의 일부를 슬쩍 올려, 안경이 말 탄 자세로 코 위에 걸려 있게 만들고는

"당신에게 권리가 있다는 사실은 의심의 여지가 없습니다 그건 문제가 아니에요 내가 당신에게 묻고 싶은 건 단지 우리가 그 사실을 이렇게 증명할 수 있겠는가 하는 점이죠"

나는 부유한 사람들의 행동 양식을 전혀 알지 못했고, 부유해지고 싶은 마음도 전혀 없었으며, 내가 원하는 것은 단지, 아주 약간만 더 나은 삶, 대모님이 알카세르에서 내게 베풀어줄 수 있었던 것, 강과 다리 사이, 화물차 운전수들이 쉬어가는 광장, 창밖으로 알가르브로 향하는 자동차들이 보일 때마다 그 차를 타고 떠나버리고 싶었던 그런 생활이 아닌 조금만 더 나은 삶, 리스본의 아파트 하나, 크든 작든 그건 상관이 없고, 어느 구역에 있는가도 상관이 없고, 다만 한 달내내 동전 한 닢까지 계산할 필요가 없는 삶, 매일매일 제일 싼 슈퍼마켓을 찾아헤매지 않아도 되는, 간혹은 직접 요리하지 않고 레스토랑에서 점심식사를 즐길 만한 여유가 있는, 토요일 영화관에 앉아서,

세 번째 비망록

집에 돌아가 문을 열었을 때 그 문 뒤에서 나를 기다려주는 사람이 아무도 없다는 생각에 울적해질 필요가 없는 삶, 내가 돌봐주고 속옷을 챙겨줄 그런 사람이 있는 삶, 칠월이면 그 사람과 함께 남부스페인으로 여행을 떠날 수 있는 삶, 요즘 남부스페인은 그리 비싸지 않으므로, 그런데 오빠는 내게 거짓말을 했고, 평생 동안 나를 미워한 오빠는 핑곗거리를 대며

"재산이라곤 모조리 다 빼앗겼는데 뭘 나눠달라는 거야?"

그의 전 아내, 전 아내의 가족에 얽힌 동화를 꾸며내서 변명했고, 전 아내의 삼촌이 얼마나 영리하고 교묘하게 자신의 농장과 저택을 갈취해갔는지, 어떻게 여기저기서 도움을 받아 팔멜라를 통째로 삼켜버렸는지 주절주절 늘어놓았는데, 당연히 나는 그의 말을 한마디도 믿지 않았고

"믿는 자는 복이 있나니"

오빠는 가난한 역할을 얼마나 충실하게 해내는지, 길에서 그와 마주치는 사람은 불쌍한 나머지 동전 한 닢이라도 찔러주고 싶어질 정도이고

"이거 받아요"

오빠는 재산을 몽땅 가로채기 위해 아버지를 알발라드에 넣어버렸고, 나까지도 감쪽같이 속일 수 있으리라 생각했지만, 그가 사는 곳은 내 집에 비하면 궁전이나 다름없는 오디벨라스의 아파트이고, 그는 거기서 자기 딸 같은 나이의 한 요령 좋은 여자와, 그리고 자기 손녀 같은 나이의 딸과 함께 살았고, 그 아이는

(치과 진료실이나 은행 창구 앞에서 흔하게 마주치는 유형으로)

각자 어머니들의 눈에는 엄청나게 똑똑한 반면 나머지 세상 사

람들의 눈에는 그냥 버르장머리 없는 꼬마에 불과한 그런 아이 중 하나이고, 각자 어머니들이 보기에는 머리가 놀랄 만큼 뛰어나지만 나머지 세상 사람들의 눈에는 그냥 막돼먹은 것에 불과한 그런 아이 중 하나이며, 설사 그 꼬맹이가 아직은 입을 열어 뭔가 얄미운 소리를 내뱉기 전이라 할지라도, 꼬집기 딱 좋게 생긴 그 둥근 뺨을 붙잡고 공중에서 반 바퀴 회전을 하고 싶어 손이 근질거리게 되는, 그 정도로 신경에 거슬리는 아이, 진절머리나게 당돌하며, 안경을 쓴 경우가 흔하고, 입에 철사를 낀 경우도 있고, 거의 대부분이 금목걸이를 했고, 만사에 다 끼어들기를 좋아하고, 우리의 발을 밟은 다음에도 사과할 줄을 모르며, 사과는커녕 도리어 우리가 잘못해서 자신이 우리 발을 밟았다는 듯한 뻔뻔한 시선으로 우리를 쳐다보는, 그런 아이 중 하나, 나중에 나이가 들면 머리를 연한 보라색으로 염색하고, 은행 창구에서 일을 하면서, 한 시간 동안 기다렸다가 순서가 되어 다가온 사람에게, 립스틱이 묻어 필터가 새빨갛게 변한 담배를 내려놓으며

"잠깐만요"

그러고는 옆 창구의 동료와, 자신이 오늘 아침 헤스타우라도리스 광장 상점에서 본 스커트에 대해서 끝없는 대화를 시작할 것이고, 또 어떤 사람이 준비해온 서류가, 자기의 견해로는 항목 하나가 틀리게 적혔다면서 접수를 거부할 것이고, 어떤 사람에게는 모든 절차를 처음부터 다시 시작할 것을 요구하여 줄의 가장 뒤에 가서 다시 서게 만드는 그런 아이 중 하나, 오디벨라스의 일류 아파트에서 대나무 가구와 내게는 꿈만 같은 테라코타 바닥을 갖추고 사는 오빠는, 그 모두를 농장을 처분해 얻은 돈으로 샀고, 나는 머리가 우둔해서 아무것도 눈치채지 못하리라 착각하여, 뻔한 거짓말로

"이 아파트는 리나 것이지 내 것이 아니야 맹세한다니까 난 한

푼도 없어 그들이 몽땅 다 쓸어가버렸다구"

내 또래의 여자, 혹은 좀 더 젊을지도 모르는 여자가

"믿는 자는 복이 있나니"

키도 크고, 예쁜데다, 더구나 버스를 타면 리스본 시내나 다름
없는 오디벨라스에 잘 꾸며진 아파트까지 있는 여자가, 나이 많고 옷
차림도 형편없는, 돈 한푼 없는 뚱보와 결혼을 하다니, 만약 그 젊고
능력있는 여자가 빈털터리를 좋아하는 취향이라면, 후보자가 너무
많아 애를 먹었을 텐데, 왜 비슷한 또래의, 날씬하고 몸매도 좋은, 매
끈한 피부의 빈털터리를 선택하지 않았을까, 나는 오빠의 아파트에
있는 귀여운 아기곰 그림, 비디오 카세트 위에 놓인 점토 풍차와 모
형들, 크롬 도금된 몇몇 미니어처들을 살펴보았고, 유리벽이 달린 베
란다에는 잡지를 꽂는 바구니, 블라인드, 소나무 목재를 덧댄 천장,
식탁으로 사용하는 불투명 유리 상판의 테이블을 자세히 살펴보았
고, 그래서 내린 결론은

그래 분명히

"믿는 자는 복이 있나니"

오빠가 하는 말은 한마디도 진실이 아니야

예쁜 여자의 딸은 아라이올로스산 고급 양탄자 위에 앉아—잠
깐만 좀 들어보시기를—끊임없이 꼼지락거리며 오 초 간격으로 텔
레비전의 채널을 바꾸는 중이고, 시끄러운 소리 때문에 나는 미칠 것
만 같으니, 만화영화, 핸드볼 경기, 멕시코 연속극, 미인대회, 그러다
가 아이는 나를 향해서, 마치 내 평생 소원을 들어준다는 말투로

"내가 학교에서 공연한 연극 테이프를 틀어줄게요"

공허하게 울리는 사운드, 화면 위로 나타나는 이상한 띠, 미소
짓는 여선생의 불명확한 얼굴, 더 많은 띠들, 띠가 사라진 다음에는

토끼로 분장한 소녀들이 엉덩이에 꼬리 장식을 달고 등장하니, 흔들리는 카메라는 감동에 겨운 청중들 전체를 비추고, 나를 까맣게 잊은 오빠는 설치류들을 쳐다보느라 정신이 없고, 예쁜 여자의 딸은 필름을 정지시키더니, 깡총거리는 한 짐승 위에 손을 대면서 잔뜩 뽐내는 얼굴로

"이게 나예요"

이제 토끼들은 합창을 시작했고, 키 순서대로 줄맞춰 서서, 두 팔을 할 수 있는 한 최대로 이리저리 움직여대며, 뭔지 모를 바보 같은 노래, 예쁜 여자의 딸은 또다시 필름을 멈추고는, 오른쪽에서 여덟 번째 토끼, 팔목에 금색 팔찌를 차고 보라색 운동화를 신고 허리를 흔들며, 따귀 몇 대를 갈겨달라고 조르는 듯이 깡총거리는 설치류를 가리키면서

"이게 나예요"

예쁜 여자는 자랑스러움에 터질 듯한 표정이 되어 딸의 머리 리본을 고쳐 매었고

"선생님이 약속했잖아 네가 착하게 굴면 내년 공연 때는 여왕을 시켜주겠다고 토끼여왕을 하게 해준다고"

오빠는 농장을 처분해서 만든 돈을 이 몽골로이드 꼬마에게 토끼의상을 사주느라, 점토 풍차를 사고 천장에 소나무를 대느라, 장난감 자동차에 크롬 도금을 하느라 몽땅 허비해버렸고, 대나무 가구는 말할 것도 없고, 불투명 탁자는 말할 것도 없고, 소용돌이와 아라베스크 무늬가 가득한 침대, 텔레비전 잡지에 나온 연예인 집처럼 수많은 공단 쿠션들은 말할 것도 없고, 그리고 이 집 주변이 나무와 풀밭이 있고 물라토 아이들이 있는 조용한 거주지역이라는 사실은 말할 것도 없고

세 번째 비망록

사람들의 선입견과는 달리, 여유있는 생활을 하는 물라토들도 있으니까

인도에서 롤러스케이트와 자전거를 타는 물라토들, 변호사도 신기해했으니, 내가 보기에 그는 집값에 대해서도, 법률 구문에 대해서도 아는 것이 전혀 없어서, 내가 아무것도 모르는 채, 마치 투표장에서 투표를 하듯이 그를 고용한 것은 바보짓 중에서도 엄청난 바보짓이었으며

"오디벨라스의 침실 두 개짜리 아파트가 그 정도로 비싸지는 않아요"

기가 막히게 서투르고 엉성한 토끼들은 여교사와 나란히 서서 허리를 굽혔고, 이 아이들에게 안무를 가르치느라 아마도 최소 한 달 동안은 고생을 했을 여교사, 그들은 박수를 쳤고 작별인사로 손을 흔들며

스티로폼 종려나무와 플라스틱 해바라기 사이에서 엉덩이에 달린 술을 일제히 움직였고, 통일되지 않은 모습으로 허리를 굽혀 박수에 감사를 표했는데, 왼쪽 두 번째의 한 아이만이 예외로, 그 아이는 큰 소리로 엉엉 울면서 할머니를 찾았고, 리모콘을 쉴 새 없이 눌러대던 예쁜 여자의 딸은 허리 굽혀 절하는 마지막 스펙터클 장면에서 필름을 다시 정지시키고 테이프를 앞으로 감으면서 내게

"뭐가 뭔지 하나도 모르겠지 이 바보"

왜냐하면 나는 낡아빠진 흑백 텔레비전에 리모콘도 없었고, 그나마도 텔레비전을 몇 대 쳐야만 제대로 된 화면과 소리가 나올 정도라서, 어쩌다가 놓치지 싫은 인터뷰나 영화를 보려면, 저녁 내내 텔레비전 곁에 서서, 반복적으로 수상기를 때려야만 했으니, 내 텔레비전은 켜면, 처음에는 낯선 외국어가 웅얼웅얼 튀어나오고, 볼리비아

공화국 대통령의 연설이나 필리핀의 일기예보, 나는 팔이 부서질 때까지 텔레비전을 계속 두들겨대야만 하는데, 오빠의 재산에 홀린 예쁜 여자는 소파에 흡족한 얼굴로 앉아 있는 오빠의 대머리를 쓰다듬었고, 오빠의 텔레비전은 위성 안테나와 열두 개의 채널, 열세 개의 케이블 방송이 모두 스테레오 음향으로 나왔으니까, 하지만 내가 그것 때문에 오빠를 질투했다는 말은 아니며, 나는 결코 질투하지는 않았으니, 돈 많은 부자가 되는 것에는 어차피 관심이 없기 때문이고, 부자들이 돈다발에 질식하든 말든 그건 나와는 아무런 상관없는 일이니까, 내가 원하는 것은 다만, 내 권리를 찾는 것뿐, 약간만 더 나은 삶을 원한다는 건 절대로 과한 소망이라고 생각하지 않으니, 리스본의 아파트 하나, 한 달 내내 동전 한 닢까지 계산할 필요가 없는 삶, 매일매일 제일 싼 슈퍼마켓을 찾아헤매지 않아도 되는, 간혹은 직접 요리하지 않고 레스토랑에서 점심식사를 즐길 만한 여유가 있는, 토요일 영화관에 앉아서, 집에 돌아가 문을 열었을 때 그 문 뒤에서 나를 기다려주는 사람이 아무도 없다는 생각에 울적해질 필요가 없는 삶, 내가 돌봐주고 속옷을 챙겨줄 그런 사람이 있는 삶, 칠월이면 그 사람과 함께 남부스페인으로 여행을 떠날 수 있는 삶, 그건 정말이지 멋진 일이리라, 버스 티켓을 예매하고, 아침식사가 포함되는 숙소, 우리는 기분 좋은 사람들을 참으로 많이 알게 될 것이고, 그들은 여행 내내 탬버린과 트라이앵글을 치며 우리에게 셀 수도 없이 많은 무어인의 성채와 교회를 보여줄 것이고, 그 모든 가격은 놀랄 만큼 저렴하고, 남들은 그 정도로 많이 보진 않지만 그래도 나는 서른아홉 살인데, 삶을 즐길 권리가 있지 않겠는가, 그런 스페인 여행길에는 보통 독신남이나 이혼남이 있는 법이고, 보험 외판원이나 제약회사 영업사원, 혹은 엔지니어와 같은 직업의 남자들, 비록 내가 썩 예쁜

세 번째 비망록

편은 아니지만 그래도 육체적으로 불구라거나 무슨 결함이 있는 건 아닌데, 나보다 더 외모가 떨어지는 여자들도 군대의 선임하사관을 애인으로 두고 때로는 결혼까지 하는 걸 보면, 나라고 반드시 알카세르에서 혼자 살아야 한다는 법은 없을 것이고, 어느 날 극락조화 다발을 들고 법무사 사무실에 나타나 해명을 하고 사과를 하길래 다시 사이가 좋아진 손녀와 함께 빵집에서 일요일 하루를 온통 허비할 이유도 없으니

"사람들 말만 듣고 휩쓸려서 그랬어 지금 생각해보니 참으로 어리석었지 뭐야 용서해줘"

손녀와 다시 친해진 다음부터 우리는 상대의 집을 번갈아 방문했고, 함께 수다를 떨었고, 요리 레시피를 교환했고, 세자르가 기독교민주당의 지역의회에 입후보하는 것을 지켜보았는데, 그사이 세자르는 이미 세 아이의 아빠가 되었지만, 우리의 삶은 한마디로 지루했고, 참으로 멍청하게도, 대책 없이 함께 늙어가고 있었으니, 손녀는 근종이 생겨서 수술을 받았고, 나는 두통이 있으며 아침마다 혈압은 엉망으로 높아지고, 반면에 오빠는 오디벨라스의 아파트에서 강철같이 건강하기만 한데, 눈이 휘둥그레지는 아라이올로스산 양탄자에, 스카이블루색의 휴대폰, 내 변호사는 턱을 어깨 쪽으로 비트는 이상한 묘기를 부리며

"내가 볼 때 이 상황에서 당신이 시도해볼 수 있는 유일한 방법은, 아까 말한 그 병원으로 가서 아무 일도 없는 척하고 아버지를 자연스럽게 설득하는 겁니다"

나는 빵집에서 손녀에게, 내가 오디벨라스로 가는 이유를 말했고, 거기 사는 예쁜 여자에 대해서, 그들의 사치스러운 생활에 대해서, 대나무 가구에 대해서 말하고 어떻게 생각하느냐고 의견을 물었

을 때, 손녀와 시뇨르 비르질리우는 내 오빠의 이기심에 분노를 터뜨
리면서

"뭐 그런 개새끼가"

작은 광장에 면한 알발라드의 병원은 아베니다 두 브라질 거리
와 아베니다 드 로마 거리 사이에 있었고, 외양으로는 오디벨라스의
집보다 더 아름답고 멋진 건물들과 완벽하게 체계가 잡힌 근무자들,
그네와 미끄럼틀, 거기다 꼬마들이 올라가서 놀다가 떨어져 팔을 부
러뜨렸던 평균대가 몇 개 있어서, 나는 할 수만 있다면 평균대를 금
박 종이로 포장하여 얄미운 토끼에게 생일선물로 주고 싶을 정도였
고, 병원 입구의 간판에는 '재생 요양클리닉'이라고 씌어 있는데, 안
에는 앙상하게 마른 상태로 요양하며 재생을 기다리는 한 떼의 미라
들이 득실거렸고, 그들은 입 가장자리로 수프를 줄줄 흘렸고, 정신
나간 소리들을 지껄여댔고, 긴 내복을 입은 채로 오줌을 쌌고, 베사
멜 소스가 발효되는 냄새와 암모니아의 악취가 뒤섞인 우중충한 일
층에는 침대와 휠체어가 가득하고, 휠체어에는 파자마 바지 속에 기
저귀를 찬 상이군인들이 한 명씩 앉아서 힘을 키우려고 바퀴를 굴리
고 있었는데, 그들은 갑자기 너무 젊어지는 바람에 점심식사로 착각
하고 삼켜버리지 않도록 각자 틀니를 빼서 주머니에 넣어둔 상태였
으며, 나는 놀란 눈으로 이들 목발과 실내화, 요강과 광기의 공동묘
지를 응시했으니, 핀으로 고정한 간호사 모자 사이로 머리카락이 흘
러내리는 직원들은 가운 차림으로 묘지 위를 돌아다니며, 썩어가는
고깃덩이의 방광을 자극하기 위해 고래고래 소리를 질러

"쉬야 소령 할아버지 쉬야 그래 착하지 쉬야"

광채가 사라진 흐릿한 눈빛을 천장으로 향하고, 건조하게 말라
붙은 광대뼈 위로 흘러내린 한 줌의 머리카락, 전립선을 비우는 아름

다움, 요도의 미학, 신장에서 이루어지는 필터링의 완전무결함에 대하여, 아무런 의도도 갖지 못한, 썩은 고깃덩이, 소파 위에 던져진 물건, 문 닫은 맥줏집의 탁자 위에 다리를 위로 하고 쌓여 있는 의자들처럼, 썩은 고깃덩이들, 어느 자비심 많은 라디오 방송이 그 고깃덩이들 위로 생존자 한 명 없는 항공사고 뉴스나 댄스 음악을 하루 종일 흠뻑 뿌려주었고, 내 아버지의 골방은 한때 콩과 소시지를 쌓아두는 식료품 창고였을 것이 분명하지만 지금은 시치미를 떼고 방으로 환생하여, 재생을 원하는 환자들에게는 더없이 적당한 공간이고, 이제는 그 어떤 권위도 갖고 있지 않은 아버지, 뭔가 지시를 내려달라고 부탁하는 사람 또한 아무도 없으며, 이 나라를 어떻게 통치해야 하는지 아무도 묻지 않았고

"유럽의 정세에 우리가 어떻게 대처해야 할까요?"

그 밖의 문제 역시 아무도 묻지 않았고

"아프리카 문제를 어떻게 풀어야 할까요?"

아버지는 그 누구에게도 명령을 내리지 않았고, 아버지는 장관님도 국회의원도 주지사도 아니었으므로, 만약 그가 예전처럼 명령을 내린다면

"그놈을 잡아서 타하팔로 가는 배에 처넣어버려"

그러면 다들 아버지가 완전히 미쳤다고 생각해서 사정없이 비웃을 것이고, 만약 그가 예전처럼 명령을 내린다면

"그놈을 풀어주도록 해 그리고 칼바리오 지방의회 의장으로 임명하도록"

그러면 사람들은 아버지의 어깨를 가볍게 세 번 두드린 다음, 그에게 술을 끊으라고 충고하겠지, 흘리거나 토할 것에 대비해 갓난아기들처럼 턱받침용으로 시트 천을 목에 감은 채로 시럽과 과일조림

몇 스푼을 받아먹는 아버지에게, 나는 오직 내 권리를 찾고 싶을 뿐이라고, 알카세르에서보다 약간만 더 나은 삶을 원할 뿐이라고, 한 달 내내 동전 한 닢까지 계산할 필요가 없는 삶, 매일매일 제일 싼 슈퍼마켓을 찾아헤매지 않아도 되는, 간혹은 직접 요리하지 않고 레스토랑에서 점심식사를 즐길 만한 여유가 있는, 토요일 영화관에 앉아서, 집에 돌아가 문을 열었을 때 그 문 뒤에서 나를 기다려주는 사람이 아무도 없다는 생각에 울적해질 필요가 없는 삶을 원할 뿐이라고, 그리고 아버지에게 변호사로부터 받은 서류를 보여주면서, 그의 손가락 사이에 펜을 끼웠고

"그냥 사인만 해주시면 돼요 그냥 여기다 사인만 한번 하면 된다구요"

아버지는 건물들로부터, 지붕으로부터, 나무들로부터 머리를 돌렸고, 꾹 다문 아버지의 입가에는 듬성듬성 자라난 수염 사이로 주름이 가득 잡혔으며, 갑자기 아버지는 경직되면서, 커졌으며, 거의 자리에서 일어설 듯이 봄을 일으키더니, 잇몸을 훤히 드러내고는

"나와 함께 팔멜라로 가자 이자벨"

서류는 구겨진 채 바닥에 떨어졌고, 펜은 침대 밑으로 굴러들어가 마루 틈새 어딘가로 사라져버렸고, 핀으로 고정한 간호사 모자 사이로 머리카락이 흘러내리는, 가운 차림의 직원 하나가 방 안을 들여다보며

"무슨 일 있는 건 아니죠?"

아버지는 트림 소리와 함께 걸죽한 갈색 액체를 게워냈는데, 아마도 그건 아버지가 이 재생 클리닉에서 새로이 환생할 것이며, 그래서 곧 세투발로 돌아가 농장을 재건할 것이고, 수영장과 온실을 수리하고, 운전수를, 관리인을, 트랙터 기사를, 하녀들을 고용할 것이고,

세 번째 비망록

나와 함께 마당에 앉아 너도밤나무 숲을 건너다볼 것이고, 그리하여 나는 스페인으로 휴가를 떠날 돈을 얻게 되며, 버스비뿐 아니라 아침 식사를 포함한 숙박비까지, 여행길 내내 알렌테주의 노래를 합창하는 기분 좋은 사람들과 사귀게 되고, 그리하여 어느 날 내가 든든하게 자리 잡은 남자, 보험 외판원이나 제약회사 영업사원, 혹은 엔지니어와 같은 직업의 남자를 만나 결혼을 하는 날, 결혼식 증인으로 손녀를 초청하게 되리라는 계시와도 같았으니, 그날이 오면 나는 우리의 사진을 앨범에 보관하게 되리라, 아랍 교회당 앞에서 내가 밀짚모자를 쓴 그 남자를 포옹하는 사진, 내 생애 단 한번도 느껴보지 못했던, 행복하고 행복하고 또 행복한 마음으로.

추가 진술

간혹 아침에 일어나 커튼을 열면, 우리 집 바로 앞 바다에 닻을 내린 범선들이 보일 때가 있다. 그것들은 붉은색으로 칠한 구명정이 아니고, 고깃배도 아니고, 보트도 증기선도 아니고, 진짜 군주시대의 범선으로, 중세풍의 복장을 한 수염난 남자들이 자루와 통을 운반하고, 손가락에 굵다란 반지를 낀 왕이 벨벳 의자에 앉아, 시동과 유모, 점성술사와 난쟁이, 그리고 암캐들에게 둘러싸여서, 타조 깃털 부채로 부채질을 하고 있고, 그 앞에는 공작이 무릎을 꿇고 앉아 지도를 펼치며, 왕에게 인도를 설명하고 있는

  사웅 벤투 거리에서 구입할 수 있으며 액자에 담아 거실 벽을 장식하는 그런 지도, 고아 지방을 찾기 위해 굳이 소파에서 일어설 필요도 없는

범선들은 우리 집 바로 정면의 바다에서, 깃발과 문장들을 펄럭이며 정박해 있는데, 갑판 위에는 괴혈병과 열병으로 앞니가 망가진 선장들이, 옛날식 검을 허리에 차고 뱃전에 몸을 기댔으며, 나는 어머니에게

"어머니 저것 보세요 범선들이에요"

그러면 시네스의 직장으로 가는 버스를 놓치지 않으려고 꼭두새벽부터 일어나 집 안을 치우느라 분주한 어머니는, 아버지가 죽은 후부터 마치 일에 미친 여자처럼 한시도 손을 가만히 두지 않는 어머니는, 수건에 손을 닦으면서 내 방으로 들어와서는

"범선이라니 무슨 범선 말이냐 호메우?"

내 말을 믿지 않았고, 안경을 쓴 다음 커튼 사이로 몸을 내밀고 전혀 엉뚱한 방향을 바라보았으니, 어부들의 오두막이 옹기종기 늘

어선 곳, 교수대 하나와 맨발의 사람들만 보이는 곳, 그러면 나는, 햇빛을 피하기 위해 해변에 세워놓은 왕의 텐트를 가리키고, 거의 뿔까지 파도 거품에 싸인 세 마리 황소가 대포를 끌어 갑판으로 옮기는 모습을 가리키니

"저기 저쪽 바다 말이에요"

고정관념에 사로잡힌 어머니는, 알카세르에는 바다가 없다고 굳게 믿으며, 오직 강과 알가르브로 향하는 다리, 건물 몇 채와 다 무너져내린 성채가 알카세르에 있는 전부라고 생각했으므로, 피부에 와닿는 바닷바람을 느끼지 못했고, 검게 넘실거리는 파도도, 번쩍거리는 기구로 수평선의 거리를 측정하는 선장도, 회색빛 밧줄처럼 거친 선장의 머리칼과 그 위에 올라앉은 세 개의 뿔이 달린 뱃사람 모자도 보지 못했고, 그래서 어머니는

"얼른 병원 가야겠다 호메우"

어머니가 나를 데려간 리스본의 병원 대기실에는, 교회처럼 긴 의자에 사람들이 가득했고

"애가 또 엉뚱하게 범선 이야기를 하네요 의사 선생님"

어머니는 그것이 엉뚱한 이야기가 아니라는 걸 전혀 알지 못하고, 배들이 정말로 악몽처럼 느린 속도로, 브라질을 향해서, 인도를 향해서 출항 중이라는 것을 알지 못하고, 햇불을 든 승려들을 보지 못하고, 주교의 유향과 그레고리안 성가에 대해서 알지 못하므로, 의사를 향해 손가락을 머리에 갖다대고 빙빙 돌리는 식으로 남몰래 신호를 보내니, 의사는 손바닥으로 어머니를 톡톡 치며 진정시킨 후 나를 바라보며

"그러면 오늘은 어디 범선이 사라지게 하는 약을 한번 먹어볼까"

세 번째 비망록

약은 내게서 범선들뿐만 아니라, 기운까지도 사라지게 만드니, 내 다리를 후들거리게 하고, 혀를 마비시키고, 그래서 내가 서류에 고개를 박고 잠이 들어버리면 법무사는 화를 내며

"아예 베개도 달라고 하지 그러니 호메우 그래야 편하게 잘 수 있잖아"

그러면 미스 필로메나와 미스 파울라는 나를 보며 웃어댔고, 작년에 빵집 주인 시뇨르 비르질리우의 조카와 결혼하면서 나를 제외한 모든 직원을 결혼식에 초대하여 다 같이 춤추고 먹고 마시고 놀았던 미스 필로메나, 그리고, 아마도 안경을 쓴데다가 뛰어난 미인도 아니므로 아무와도 결혼하지 못한 미스 파울라, 그녀들의 웃음소리에 더욱 고무된 법무사는 유치원 교사처럼 살랑살랑거리며

"베개하고 고무 젖꼭지 갖다줄까 호메우?"

이번에는 미스 필로메나도, 미스 파울라도 웃지 않았으므로, 약 때문에 내 눈에는 바닥에 붙은 껌딱지처럼 조그맣게 어른거려 보이는 법무사는, 두 다리를 벌리고 서서, 목소리를 낮게 깔고, 황소의 뿔을 움켜쥔 투우사처럼 배를 불쑥 내민 자세로

"반 시간 후에 신청서를 완성한다 실수가 하나라도 있다면 넌 아홉시 이전에는 여기서 못 나갈 줄 알아"

법무사가 나를 해고시키지 못하는 건, 오직 죽은 내 아버지의 사촌과 그가 아는 사이이기 때문이고, 그리고 내가 불쌍하기 때문에

"불쌍한 것 제대로 할 줄 아는 것이 하나도 없군 그래도 내가 이 아이에게 일자리를 주지요 적선하는 셈치고"

그런 까닭에 내가 하는 일이란, 서류를 복사하고, 우체국에 다녀오고, 봉투에 우표를 붙이고, 미스 필로메나의 심부름으로 아스피린을 사오는 것이 고작이니

"머리가 깨질 것 같아 호메우"

하지만 미스 파울라는 아쉽게도 단 한번도 아스피린이 필요하지 않았고, 두통 때문에 찡그린 얼굴로 나를 부른 적도 없었고

"머리가 깨질 것 같아 호메우"

그러면 나는 그녀의 두통을 잠재우기 위해서 광장을 마구 달려갈 텐데, 나는 그녀를 좋아하니까, 미스 파울라는 더 얌전했고, 더 조용했고, 더 긴 치마를 입었고, 화장도 하지 않았으며, 미스 파울라는 대모님이 자살한 이후로 혼자서 살았고, 그녀의 대모님은 작은 의자 위에 올라가, 샹들리에에 밧줄을 걸었고, 그것으로 끝이었으니, 무게 때문에 샹들리에 줄이 아래로 처지기는 했지만, 그건 유리가 아니라 플라스틱 샹들리에였으므로 깨지지는 않았고, 마침 부엌의 수도꼭지를 고치러 잠시 들를 예정이었던 시뇨르 세자르는, 잠기지 않은 문을 밀고 집 안으로 들어갔는데, 문 바로 뒤에서 한 쌍의 신발이, 그의 바로 코앞에서 흔들리는 것을 목격했으니, 손에 스패너를 쥔 채로 곧장 법무사 사무실로 달려와 근시 때문에 안경을 종이에 거의 붙이다시피하고 서류를 읽는 미스 파울라에게

"네 대모님이 샹들리에에 목을 매달았어 파울라"

사무실은 순식간에 조용해졌고, 세상 전체가 순식간에 조용해졌고, 심지어 바다도, 갈매기도, 다리 위의 화물차도 조용해졌고, 나에게 잔소리를 하려고 다가오던 법무사는, 다리 하나를 허공에 치켜든 채 그 자리에서 얼어붙었고, 모든 것이 조용해졌고, 너무 조용해서 나무를 파먹는 벌레 소리조차 들릴 정도였으며, 널빤지를 꼼꼼하게 갉아서 뾰족하게 만드는 벌레의 작업소리가 들릴 정도였으며, 너무 조용해서 심지어는

착 착

세 번째 비망록

미스 필로메나가 속눈썹을 깜빡이는 소리가 들릴 정도였으며, 미스 파울라가 안경알을 서류에서 떼어내는 소리가 들릴 정도였으며, 그날 나는 처음으로 사무실에 먼지가 있다는 사실을 알아차렸고, 가구들도 너무 슬퍼한 나머지 팔월의 두시인데도 불구하고 전등을 켜야만 했고, 혼자 살고 있는 미스 파울라는, 일요일이면 빵집에서 케이크 한 조각과 레몬차 한 잔을 앞에 놓고, 미스 필로메나가 결혼한 후부터는 대화를 나눌 사람도 없이, 머릿속에 범선을 품은 나는, 간혹 어머니와 함께 빵집에 가는데, 여유가 있는 주말이면 거기서 저녁때 후식으로 먹을 왕관 모양의 케이크 이백오십 그램을 샀고, 미스 파울라는 페키니즈 강아지처럼 이마에 주름을 지으면서 손수건으로 안경알을 닦았고, 장님 여자만이 갖는 도도한 눈빛으로 사람들을 바라보았고, 나는 혹시 무게를 속일까 봐 저울의 눈금에 온 신경을 집중한 어머니를 팔꿈치로 밀었고, 지갑 속 동전이 마치 상처에 앉은 딱지라도 되는 양 하나하나 긁으면서 꺼내 시뇨르 비르질리우에게 지불하는 어머니에게, 군주시대의 범선이 지금 막 집 앞 바다에 닻을 내렸다고 알리는 사람처럼

"미스 파울라예요 어머니"

뒤에 있는 손님들이 밀치는 바람에 정신이 없는 어머니는, 관절염 때문에 몸을 구부정하게 굽힌 채로 시뇨르 비르질리우에게 포장을 묶을 끈 하나만 달라고 부탁했고, 새끼손가락에 끈을 걸치고 들고 가고 싶으니까

"어떤 미스 파울라 말이냐 호메우?"

내가 그쪽으로 고개를 돌린다면, 어머니는 강이라 말하지만 사실은 강이 아니라 바다인 곳으로, 그러면 나는 중세풍의 옷을 입고 자루와 통을 운반하는 남자들을 볼 것이며, 벨벳 의자에 앉아 시동과

유모, 점성술사와 앵무새, 난쟁이와 암캐들에게 둘러싸여, 타조 깃털 부채로 열기를 식히는 왕을 볼 것이며, 무릎 꿇은 공작을 볼 것이며, 거의 뿔까지 파도 거품에 싸인 채 대포를 끌고 갑판으로 옮기는 세 마리 황소를 볼 것이며, 어부들의 오두막, 교수대, 맨발의 사람들, 내가 여자들과 이야기하거나 사귀기를 원하지 않는 어머니, 그 이유는 두렵기 때문에

"그냥 이렇게 지금처럼 살아 그게 너에게 좋아"

여자들은 나를 이용해먹을 것이고, 나를 놀릴 것이기 때문에, 그래서 어머니는 신부님의 애인에게 인사를 건넨 후 내 팔을 잡아끌며

"집에 가자 호메우"

나는 미스 파울라에게 작별인사를 했고, 그녀는 자신에게 한 인사인 줄은 모르고 뒤를 슬쩍 돌아보았는데, 그녀 뒤에는 오직 벽이 있을 뿐이었고, 그래서 혹시 내가 사람을 잘못 본 것일지도 모른다는 생각에 그녀는 망설이듯 희미한 미소를 지어 보였고, 정신은 좀 산만할지언정 그래도 결코 눈치가 없는 건 아닌 어머니는, 이 미소를 알아차리자마자, 더욱 세게 내 팔을 잡아끌며

"집에 가자 호메우"

주점이 있는 건물 일 층, 처마 아래 탁구대가 놓인 안마당에 면한 오래된 아파트, 이십오 년 전, 내가 태어난 지 몇 달 뒤에 부모님이 세를 든 이 집, 들어서자마자 바로 입구에 있는 주방에서 우리는 식사를 하고 텔레비전을 보았으며, 침실 하나는 주방 오른쪽에 하나는 왼쪽에, 세탁조는 집 바깥에, 내 어머니처럼 나를 돌봐야 하고 나에게 끊임없이 훈계와 설교를 늘어놓아야 한다는 고정관념으로 똘똘 뭉친 과부들의 집합소

세 번째 비망록

"항상 조심해야 한다"

수시로 엉덩이뼈를 다쳐서 병원에 입원을 하고, 그럴 때마다 더 앙상하게 마르고 더 나이 들어서 돌아오는 과부들, 간호사들에 대해서 불평하고 주사에 대해서, 식이요법에 대해서 불평하는 과부들, 내가 어쩌다 조금이라도 집에 늦게 돌아오면, 당장 과부들 전체가 내 목에 매달리고, 머리카락을 쥐어뜯던 어머니는, 물 한 잔과 범선을 물리칠 약병을 갖고 와서, 한 다스나 되는 알약을 잔 받침에 쏟아놓으며

"이 알약들을 삼켜라 호메우"

너를 건강하게 만들어줄 조그만 알약, 여자들이 너를 이용해먹지 못하게 하는 조그만 알약, 엄마에게 다 이야기해보아라, 지금까지 누구랑 같이 있다가 온 거냐 호메우, 거짓말할 생각은 말고, 솔직하게 말해라, 여자들이 너에게 포도주를 주었더냐, 여자들이 너에게 담배를 주었더냐, 여자들이 너에게 마약을 주었더냐, 구두가게 여주인이 널 창고에 가두고 블라우스 단추를 풀었더냐, 과부들은 헐렁한 틀니를 침 속에서 춤추듯이 덜그럭거리며

"악독한 것들이 그저 순결한 인간이라면 가만히 놔두질 못하지"

그리고 저녁을 먹은 후 어머니가 식탁을 치우고 설거지를 하고 깃털이 무성한 앵무새를 꺼내놓는 사이 나는 잠시 텔레비전을 보고, 앵무새는 오 분 동안 복잡한 행복감에 겨워 뒤뚱뒤뚱 돌아다니며

"누가 세상의 주인인가? 살라자르 살라자르 살라자르"

열심히 소리를 지르다가, 점점 속도가 느려지고, 마침내는 한참 모자란 자의 표정으로, 말을 하다가 도중에 입을 다물고, 춤을 추다가 도중에 멈춰버리며, 나는 잠시 텔레비전을 보고, 어머니가 집 안

가득히 모아놓은 점토 인형들을 깨뜨리지 않기 위해, 할 수 있는 한 최대로 가만히 앉아 있고, 매번 냉장고가 사람인 양 잠결에 몸을 뒤척이고, 엎드린 채로 뭐라고 웅얼거리는 소리를 낼 때마다, 냉장고 위의 꽃병은 몸을 떨었고, 그러다 조그만 깔개 위에 놓인 양철시계가 열시가 되었다고, 알카세르 전체가 떠나가도록 고함을 치면, 어머니는 뜨개질하는 손을 멈추지 않은 채

"이제 잠자리에 들어라 호메우"

벽에는, 미숙하게 보이는, 아버지의 사진이, 만나는 사람마다 모두 내가 쏙 빼닮았다고 하는 아버지의 사진이, 넥타이와 칼라 달린 셔츠, 하지만 살찐 뺨에 파묻혀 셔츠의 칼라는 눈에 띄지도 않고, 깔개 위의 시곗바늘은 끊임없이 왔다갔다 움직이고, 이리저리 흔들리고, 어머니는

"침실로 가라 호메우"

이것은 변함없는 일상이니, 토요일, 일요일, 그리고 다른 휴일에도, 법무사, 안마당, 과부들, 텔레비전, 우리가 어머니의 고향 마을에서 보내는 구월의 열나흘을 제외하고는, 고향에 사는 어머니의 친척들은 아버지 때문에 아직도 어머니를 가엾게 여기는데, 그건 아버지가 낭비벽이 심했기 때문이 아니고, 아버지는 낭비벽이 심하지 않았으므로, 아버지가 어머니를 때렸기 때문이 아니고, 아버지는 어머니를 때리지 않았으므로, 아버지가 어머니에게 함부로 했기 때문이 아니고, 아버지는 어머니에게 함부로 하지 않았으므로, 그건 오직, 아버지가 혼자서는 정상적인 생활을 할 수 없는 사람이었기 때문에, 아버지는 어머니에게 어린아이를 하나 키우는 것만큼 많은 일거리를 주었기 때문에, 바로 지금 내가 어머니에게 주고 있는 것처럼, 친척들은 열나흘 내내 나를 보기만 하면 머리를 설레설레 흔들며

세 번째 비망록

"뚱뚱한 거나 아둔한 거나 딱 자누아리우 판박이로군"

마찬가지로 미숙하고, 마찬가지로 뚱뚱하며, 마찬가지로 덩치가 크고, 마찬가지로 셔츠 칼라를 뒤덮는 살찐 뺨을 가진 나는, 근심 어린 친척들 사이에서 무엇을 어떻게 해야 할지를 몰랐고, 정원으로 내려가는 계단에 앉아 올리브나무들의 숫자를 세었고, 열다섯 열여섯 열일곱 열여덟, 그러면 외가 식구들은 모두 화들짝 놀라 얼굴이 굳어지며

"아이구 세상에 자누아리우랑 어쩌면 저리 똑같을까"

열나흘이 지나고 기차가 알카세르로 향하면, 기쁨에 겨워 그네를 타는 앵무새

"누가 세상의 주인인가? 살라자르 살라자르 살라자르"

브라질과 인도로 향하는 범선들은 바다에서 나를 기다리고 있었고, 나는 열나흘 만에, 최대한 빠른 속도로 약국으로 달려가, 미스 필로메나에게 줄 아스피린을 샀고

"머리가 깨질 것 같아 호메우"

열나흘 만에, 타자기 앞에 앉아 있는 미스 파울라, 그녀의 머리 위로는, 마치 성인의 후광처럼 불빛이 휘황했고, 비망록을 작성하는 그녀는 안경알은 종이에 거의 닿을 듯이 가까웠으며, 그녀의 머리칼은 내 생각과는 달리 전혀 검지 않았고, 드문드문 흰머리가 섞인 갈색이며, 햇빛이 환한 날이 아니라 구름이 많았고, 으슬으슬한 날씨, 나무들 사이로 가벼운 바람이 불었고, 알카세르에는 비가 왔으며, 사무실은 평소보다 더욱 슬프고, 더욱 장례식 분위기였고, 마룻바닥을 디디면 널빤지는 병든 짐승처럼 울었고, 나는 올리브나무의 개수를 세듯이 미스 파울라의 흰머리를 세었으니, 열다섯 열여섯 열일곱 열여덟, 미스 파울라가 나에게

"처음 보는 사람처럼 뭐가 그렇게 신기해 호메우?"

알카세르에는 비가 왔으며, 어머니는 통풍으로 괴로워서 투덜거렸고, 새장을 열어주지도 않았는데 안에서 자꾸만 떠들며 팔짝거리며 춤추는 앵무새 때문에 짜증을 냈고

"누가 세상의 주인인가? 살라자르 살라자르 살라자르"

그리고 한 마리

아니

두 마리 갈매기가 사무실의 발코니에서 비에 젖은 몸을 털었고, 아니 세 마리 갈매기, 그사이에 한 마리가 까옥거리며 날아왔으므로, 독감에 걸린 법무사는 사무실에서 레인코트에 목도리까지 두른 채 기침을 했고, 나를 기분 나쁘게 여기는 미스 파울라는, 자기가 보고 있는 신문을 다른 사람이 어깨 너머에서 같이 들여다본다면 누구라도 기분 나쁘게 여길 테니까, 비망록에서 안경을 들어올리며

"처음 보는 사람처럼 뭐가 그렇게 신기해 호메우?"

두 마리 갈매기, 그사이 세 번째 갈매기가 강가 벽 쪽으로 날아가버렸으므로, 여전히 누군가 문을 열기만 하면 나는 목덜미에 와닿는 바람을 느꼈고, 그러면 맛이 고약하고 혀가 얼얼해지는 허브차가 떠올랐으니, 어머니는 체온계의 수은을 아래로 털면서

"이걸 겨드랑이에 끼도록 해라 호메우"

스물네 가닥의 흰머리, 거기다 귓가에도 기다란 것이 하나 있는데, 나는 그것이 흰색인지 갈색인지 명확히 분간할 수가 없었던 것이, 조명 상태에 따라서 어떨 때는 희게, 어떨 때는 갈색으로 보였기 때문에, 그래서 가까이 다가가자, 미스 파울라는, 꼼짝도 없이, 하지만 얼굴에는 점점 이해할 수 없이 기묘한 표정이 서서히 나타나는데, 마치 한번 죽었다가 다시 살아난 자의 표정과도 같고, 감사함으로 가

세 번째 비망록

득한 표정, 내가 짐작하던 것보다는 키가 더 작은 편인 미스 파울라는, 타자기 위에 올린 손가락을 꼼짝도 하지 않은 채, 입을 벌리고, 안경알 뒤편의 미스 파울라, 미스 필로메나는 가스 요금을 내기 위해 은행에 갔고, 그래서 사무실에는 우리 둘 말고는, 자기 방에서 코를 씩씩거리는 법무사뿐이었으니, 찾아온 의뢰인도 없었고 전화벨도 울리지 않는 시간, 그녀는 의자를 돌려서 내 얼굴을 마주 보면서, 내 손목을 움켜쥐더니

"호메우"

그건 흰색이었고, 그래서 흰머리는 모두 스물다섯 개, 왼쪽 편에만 스물다섯 개, 그러니까 오른편에 있는 스물다섯 개를 합하면 모두 쉰 개, 나는 엄지손가락으로 그녀의 턱을 잡고 얼굴을 정면으로 향하게 만들어, 내 계산이 맞는지 분명하게 확인하려 했고, 그녀는 저항 없이 내 손길을 따랐으니, 부드러운 태도로, 내 손목을 단단히 움켜쥔 그녀의 손을 제외한다면, 왁스로 만들어진 것처럼 부드럽게, 내 코에서 겨우 몇 센티미터 떨어진 곳에서

"호메우"

그녀의 무릎이 내 다리에 닿았고 딱딱한 구두 끄트머리는 내 발을 아프게 짓이겼고, 가슴이 오르락내리락 들썩였으며, 하트 모양의 진주모 장식이 달린 목걸이, 그 목걸이가

우습게도

가슴이 위아래로 움직일 때마다 따라서 같이 들썩였고, 그녀의 숨결에 목이 간지러웠지만, 나는 열한 개까지 흰머리를 세었고, 갈색 머리 사이에서 흰머리를 정확히 찾아내기 위해서 그녀의 머리를 옆으로 넘겼는데, 그때 미스 파울라는 눈을 감은 채, 내가 어디 있는지 모르는 사람처럼, 내 이름을 부르니

"호메우"

마침 불어온 바람에 창문이 크게 열렸고, 종이가 날리고 문이 쾅하고 닫혔으므로, 나는 창문을 닫고 종이를 주워모으고 사무실 문에 걸쇠를 걸고 종이더미를 다시 책상에 높이 쌓아놓았고, 방에서 나온 법무사가 재채기를 하고 코를 훌쩍거리며

"뭐가 잘못된 건 아니겠지?"

나는 생각하기를

"열한 개까지 세었어 열한 개를 잊으면 안 돼"

미스 파울라는 얼굴이 새빨개졌고, 항상 가스 요금을 내러 은행에 다녀온 다음에는 신세 한탄을 늘어놓는 미스 필로메나는 외투를 벗어 옷장에 걸었고, 옷장 안에는 내 외투와 함께, 모피 칼라가 달린 또 다른 재킷이 한 벌 걸려 있었는데, 우리는 아무도 그 옷의 주인이 누구인지 몰랐지만 그래도 옷을 치워버리지는 못한 것이, 혹시 나중에라도 주인이 찾아와서 자기 옷을 내놓으라고 할까 봐, 칼라의 모피는 좀이 슬었고 소매는 찢어졌는데도, 근무일지의 페이지를 넘기던 미스 필로메나가 미스 파울라에게

"너 얼굴이 왜 그래? 어디 아프니?"

이마 위 머리가 나기 시작한 부분 오른쪽에 흰머리 열한 개, 그러므로 아마도 도합은 최대한 서른 개 혹은 마흔 개로 추측할 수 있으니, 서른 더하기 스물다섯은 쉰다섯, 마흔 더하기 스물다섯은 예순다섯, 이제 발코니에는 갈매기가 한 마리도 없고, 강에도 없고, 햇빛 속에도 없고, 갈매기들을 분점分點 태풍을 피해 모두 성당이나 여관의 처마 밑으로 피신을 한 듯하고, 목도리를 칭칭 감고 방으로 사라진 법무사는 목의 통증을 가라앉히는 캔디 포장을 벗겼고, 자기 혼자만 앓는 것이 싫었던지 반가운 목소리로

세 번째 비망록

"감기 걸렸어요 파울라?"

미스 파울라는 몸이 아파도 허브차를 끓여줄 사람이 없고, 체온계의 수은을 몸에 밀어넣어줄 사람이 없고, 침대에 데려가 눕혀줄 사람이 없고, 열이 나서 괴로울 때 기분이라도 전환하라고 앵무새를 방에 넣어주는 사람도 없고, 신부님 애인과 마찬가지로, 이제 곧 늙고 고독하게, 불편한 몸으로 홀로 살아가게 될 것이 분명한 미스 파울라, 이미 피부의 다른 부분보다 두드러지게 창백한 그녀의 입가에는 눈에 띄게 주름이 잡혔고, 단 한번도 누군가와 전화를 하거나, 그녀를 찾는 전화가 걸려온 적이 없는 미스 파울라, 크리스마스가 되어도 그녀를 생각하는 사람은 하나도 없으며, 우편배달부가 단 한번도 엽서를 건네주지 않은 미스 파울라, 비는 서서히 그쳤으며 갈매기들은 다시 강물로 흘러드는 하수관을 주시하고, 구름 사이가 갈라지며 푸른 다이아몬드형으로 하늘이 드러났고, 광장에는 우산을 들지 않은 사람들, 나무들은 다시 단정한 모습을 되찾았으며, 어머니는 점토 인형들을 덮었던 방수천을 거두고, 걸레와 스펀지로 가구들을 닦았고, 사무실에는 미스 파울라, 만약 내가 그녀의 흰머리를 정말로 세밀하게 다 센다면 천 개도 넘을 것이 분명한 미스 파울라, 변호사와 상의해서 오빠를 고소하려던 생각을 포기해버린 미스 파울라, 어떤 여자와 어디선가 산다고 하지만 나는 알 길이 없는 그녀의 오빠, 세투발에 있는 어떤 농장 때문에 미스 필로메나가 사기꾼이라고 부르는 그녀의 오빠, 거리마다 엄청나게 많은 사람들과 수많은 카페와 공원과 스타디움과 군부대가 있는 거대한 도시 세투발, 칠 년 전에 나는 어머니와 함께 그곳에 간 적이 있는데, 어머니는 나에게 옷을 벗지 못하도록 했고

"가만히 있어 호메우"

다른 사람들이 하는 대로 따라서 옷을 벗으려는 나를 제지했고, 의사 가운을 걸친 한 군인과 다툰 끝에, 나를 데리고 발가벗은 남자들이 득실거리는 커다란 체육관 안으로 들어갔고, 손바닥으로 부끄러운 부분을 가리며 당황해하는 남자들 사이를 아무렇지도 않게 통과한 어머니 앞에, 역시 의사 가운을 걸친 다른 군인, 첫 번째 군인보다 나이가 더 많고 어깨에 황금색 견장을 단 군인이 나타나, 귀에 꽂아서 폐가 숨쉬는 소리를 듣는 고무 기구로 앞을 가로막으며

"왜 이렇게 시끄러워"

그러자 첫 번째 군인이

"여기 들어오면 안 된다고 말했는데도 막무가내예요 소령님 여기 들어오면 안 된다고 말했다구요"

젊은 남자들은 전부 다 손바닥으로 치부를 가리고 있었고, 어머니는 발끝으로 서서 황금색 견장을 한 군인에게 뭐라고 귓속말을 했고, 그러자 황금색 견장의 군인은 화를 가라앉히더니 내 옆모습을 살펴보면서 중얼거리기를, 몸무게가 신병 세 명은 합친 것만큼 나가겠는데, 황금색 견장의 군인은 우리를 창문도 없는 작은 방으로 데려갔는데, 그 안에는 사람이 기대서면 내장과 간이 꿈틀거리면서 서로 싸우는 광경이 비쳐 보이는 기계가 한 대 있었고, 황금색 견장의 군인은 담배 파이프를 입에 물면서 나에게

"그럼 어디 한번 볼까"

군화들이 달리는 소리, 멀리서 들리는 기수의 구령, 나는 어머니를 보면서 허락을 구했고, 만약을 대비해서 열쇠를 돌려 방문을 잠근 어머니는

"이제 보여드려도 된다 호메우"

황금색 견장의 군인은 나이 든 군인 두 명도 함께 데리고 들어

세 번째 비망록

왔는데, 그들 역시 마찬가지로 어깨에는 황금색 견장 입에는 담배 파이프를 물었고, 그중 한 명이 내 앞에 쭈그리고 앉더니 내 몸을 이리 저리 만지며 자세히 들여다본 후 알코올로 손을 씻었고, 다른 두 사람은 옆에 서서 함께 나를 관찰하면서 뭔가 기묘한 이야기를 나누었으며, 그러는 내내 어머니는 그들의 행동을 감시하듯 살피면서, 만약 그들이 내게 무슨 짓이라도 하려 들 경우, 언제든지 고함을 질러 사람들을 부르고, 우산으로 손톱으로 구두 뒷굽으로 그들을 위협하고 나를 지키려는 준비태세를 잃지 않았고, 알코올로 손을 씻은 군인은 공책에 뭔가를 기입했으며 나머지 두 동료들이 거기에 서명을

"옷을 입어라"

화물차 한 대가 체육관 아주 가까이를 지나가자, 상자들이 요동 쳤고, 유리병들이 일제히 달그락거렸고, 나는 어머니를 보면서 허락을 구했고, 어머니는 무릎에 올리고 있던 내 옷을 건네주며

"옷을 입어라 호메우"

그날 내가 양쪽 신발을 거꾸로 신었던 것을, 걸음을 옮기기가 힘 들던 것을 아직도 기억하니, 마치 짐승을 관찰하듯이 나를 관찰하던, 머리 허연 세 명의 군인들, 창문도 없는 골방에서 담배를 피우던 세 명의 늙은 군인들을 기억하니, 그날 내가 절룩거리며 체육관을 빠져 나온 것을 기억하니, 앞에서 걸어가면서 나에게 길을 만들어주던 어 머니를 기억하니, 셀 수 없이 많은 벌거벗은 젊은이들, 나와는 몸이 다르게 생긴 젊은이들, 벌거벗은 몸이 나와 같지 않은 젊은이들, 그 리고 세투발, 거리를 가득 채운 엄청나게 많은 사람들, 스타디움, 공 원, 참으로 측은해하면서, 우리를 기다리던 과부들, 참으로 측은해 하면서, 도미노게임에 나를 끼워주던 주점의 손님들, 어머니는 내 기 분을 달래주기 위해 앵무새를 새장에서 꺼냈고, 흡족한 앵무새는 뒤

뚱뒤뚱 돌아다니며

"누가 세상의 주인인가? 살라자르 살라자르 살라자르"

앵무새는 점점 더 느려지면서, 그리하여 문장의 도중에 팔짝거리며 춤을 추는 도중에 입을 다물어버렸고

"살라자르 살라"

한참 뒤처진 자의 표정으로, 몸을 숙였으니, 마치 사진 속의 내 아버지처럼, 마찬가지로 뚱뚱하고, 마찬가지로 몸집이 크고, 살찐 뺨에 파묻혀 셔츠의 칼라는 눈에 띄지도 않고, 앵무새는 절망적으로 몸을 움찔거리며

"뚱뚱한 거나 아둔한 거나 딱 자누아리우 판박이로군"

앞치마를 맨 어머니는 벽에 걸어둔 냄비를 내리고, 고운 종이로 테두리를 장식한 선반에서 기름병을 가져와 당근과 감자를 잘게 썰어 저녁으로 먹을 수프를 준비했고, 조개껍질과 점토 인형들 사이에 서서

"양복을 벗어라 호메우"

아버지가 입던 양복, 요즘에는 아무도 입지 않는 디자인의 바지, 요즘에는 아무도 입지 않는 디자인의 윗도리, 시럽 장수들이 입는 줄무늬 조끼, 물방울 무늬 넥타이, 사진 속 아버지가 입고 있던 보라색 셔츠, 나와 똑같아 보이는 사진 속 아버지, 단지 사진을 위해서 아버지의 입과 눈썹을 진하게 칠해놓았을 뿐, 둥근 면도 거울 속에 비친 나는 사진 속 아버지와 완전히 흡사하며, 놀란 과부들은 숄들로 이루어진 포도송이처럼 서로 모여 앉아

"자누아리우랑 얼굴이 저렇게 똑같다니 아이구 불쌍한 것"

어머니는 양복을 다리미로 다리고, 바지 주름을 반듯하게 잡고, 단추가 잘 달렸는지 살피고, 몇 군데 곰팡이 얼룩을 치과용 엘릭시르

제(알코올 성분이 함유된 물약 제제)로 닦아내고, 도둑의 눈을 피하기 위해 양파 사이에 숨겨두었던 리넨 주머니에 넥타이핀을 넣은 후, 텔레비전을 켰고, 나는 파자마로 갈아입고는 수프가 익기를 기다렸으며, 그사이 주점의 불은 꺼졌고, 강물은 어두워졌고, 교수대 주변에서, 왕의 범선 위에서 돌아다니던 사람들은 횃불을 밝혔고, 황소들은 파도의 거품 사이를 뿔로 쟁기질하며 대포를 옮겼고, 시계가 열시를 가리키자, 어머니는 뜨개질하는 손을 멈추지 않은 채

"이제 잠자리에 들어라 호메우"

곡식 알갱이를 가득 머금은 쿠션과 베개 위의 벨벳 강아지, 어머니는 알람시계를 꺼버리니, 그렇지 않으면 밤새도록 피를 철철 흘리며 도살당하는 돼지처럼 괴성을 지를 것이므로

"강아지 갖고 있지 호메우?"

강아지가 없으면 잠을 자지 못하는 나는, 강아지를 꼭 껴안았고, 꼬리 없는 짐승, 니스 칠한 눈동자, 몸체 어딘가에 구멍이 나는 바람에 속 내용물이 빠져나와 날이 갈수록 여위어만 가는, 방은 캄캄하고 환한 문 쪽을 등지고 선 어머니는 캄캄하고, 문 저편에는 화덕과 식탁 설거지통, 나는 내가 잠든 틈을 이용해서 강아지가 달아나지 못하도록 앞발 하나를 움켜쥐고

"응 엄마 강아지 갖고 있어"

이제 문 쪽도 캄캄해졌고, 화덕과 식탁과 설거지통은 어둠 속으로 사라졌으며, 강둑을 스치는 물소리, 존재하지 않는 바람이 나무 사이를 지나가는 소리를 들었고, 텔레비전에서는 말소리가, 음악이, 다시 말소리가, 텔레비전은 멀리 있었고, 어머니는 멀리 있었고, 집은 멀리 있었고, 내 삶은 나로부터 까마득히 멀리 있었고, 오직 강아지 때문에, 오직 방광을 가득 채운 오줌 평형수 때문에 나는 날아가

버리지 않는 거였고, 오줌이 마려웠지만 일어서지 않았으니, 알카세르에서 멀리 흘러가버릴까 봐, 조그만 털북숭이 씨앗처럼 허공에 둥둥 떠서 어디론가 사라져버릴까 봐, 그래서 어머니를 잃을까 봐 두려웠으므로, 왜냐하면 나는 속옷을 꿰맬 줄 모르고 요리도 할 줄 모르므로, 나는 내 월급 전부를 어머니에게 주어버리는데, 나는 고기를 살 줄도 모르고 신발끈이나 비누를 살 줄도 모르므로, 과부들은 나를 보기만 하면 하루도 빠짐없이 한숨을 쉬면서 물어댔으니

"나중에 어머니가 이 세상에 없으면 어떻게 살아가려고 그러니 호메우?"

그러면 주점 주인은, 백묵으로 칠판에 외상값을 계산하면서

"뭐가 걱정이야 장애인 시설이 얼마나 많은데 그런 데 들어가 살면 되지"

주점 주인은, 성 안토니우스 축일날, 하늘로 올라가는 로켓과 폭죽, 막대 화약으로 떠들썩한 불꽃놀이에 정신이 팔린 나를 어디론가 끌고 가더니, 거기 있던 도나 리베르다드의 아들에게 내 바지를 내리라고 시키고는, 나를 조롱할 작정으로 손전등을 내 몸에 비췄고, 포도주에 잔뜩 취한 그 둘은 나를 뚫어져라 살펴보더니

"다른 남자들이 너를 부러워할 한 가지 이유는 확실하네 호메우"

그들은 무릎을 치면서 소리내어 웃었고, 나는 소나무 숲 한가운데서, 웃음이 숲의 터널을 메아리치며, 마치 어둠 속을 달리는 기차처럼, 마른 소나무 잎들이 메아리를 점점 먼 곳으로 싣고 가는 한가운데서, 처음에는 한쪽 다리로 서 있다가, 다른 다리로 섰고, 그들을 따라서 함께 웃었으며, 그들처럼 나도 무릎을 쳤고, 그들과 함께 즐겼고, 그들은 내게 싸구려 브랜디, 그리고 맥주를 권했고

세 번째 비망록

"네게 많은 것이 나에게는 너무 부족하니 조금만 떼어주렴 호메우"

성채에서 노랗고 빨간 폭죽이 터졌고, 탑에서 푸른 폭죽이 폭발했다가, 톱니 모양 흙벽으로 눈물의 꽃받침이 되어 흘러내렸고, 나는 브랜디 병을 입에 대고 바닥에 누웠고, 소나무 잎들이 내 엉덩이를 따끔따끔 찔러대는데, 그때 갑자기 어디선가 어머니가 불쑥 나타나, 우산을 마구 휘둘러 도나 리베르다드의 아들을 후려쳤고

"이런 후레자식"

폭죽, 불꽃, 눈물의 꽃받침, 종이꽃으로 장식된 야외 음악당에서 관악 오케스트라가 연주하는 탱고, 화약 냄새 풍기는 로켓 껍데기가 내 바로 곁에 떨어져 있었고, 도나 리베르다드의 아들은

"내가 그런 거 아니에요 도나 올가 시뇨르 레비가 시킨 일이에요 그러니 새아버지에게는 아무 말도 말아주세요 호메우는 자기 스스로 바지를 내린 거라구요 보세요 호메우도 막 좋아하고 있잖아요"

나는 웃었고, 신나게 무릎을 쳤지만, 그건 좋아서 그런 게 아니라 도리어 불편했기 때문이고, 사실 구역질나게 불쾌한 경험이었으니, 어머니는 화덕에 불을 붙이고 커피를 끓였고, 올리브 기름 한 스푼을 내게 먹였고, 다시 한 스푼을, 또다시 한 스푼을, 내가 토할 수 있도록, 하지만 토하려고 애를 쓰면 쓸수록 나는 토할 수가 없었고, 단지 무릎을 치면서, 시뇨르 레비와 도나 리베르다드의 아들처럼 웃었을 뿐, 그냥 웃음만 계속해서 나왔고, 너무 격렬하게 웃은 나머지, 공격 자세를 취한 표범 도자기와 석고 소몰이 인형 하나를 건드려 넘어뜨렸고, 넘어지는 석고 소몰이 인형은 양의 주둥이를 가진 곱슬머리 황소에게 이쑤시개를 찔러넣었으며, 야외 음악당에서 탱고를 연주하는 관악 오케스트라는 점점 더 빈번하게 심벌즈를 부딪쳤고, 나

팔소리에 맞추어서, 엉터리로 부르는 시뇨르 비르질리우의 커다란 노래, 어머니는 내 목에 수건을 감아주며

"커피를 더 마셔라 호메우"

어머니는 시뇨르 레비의 부인을 찾아갔고, 매일 새벽 세시면 일어나 어판장에 일하러 나가는, 근육이 남자처럼 발달한 그녀는 농담을 이해할 줄 모르는 여자였는데, 당장 주점으로 달려가 빈둥거리는 개들과 도미노게임 패거리들을 발로 차서 쫓아버리고, 그런 다음 남편의 멱살을 움켜쥔 시뇨르 레비의 부인

"비역질이나 하는 개새끼"

무릎을 하도 오래 두들겨대는 바람에, 하도 많이 웃는 바람에, 싸구려 브랜디를 마시는 바람에 맥주를 마시는 바람에 피곤해진 나는 텔레비전을 크게 틀어놓은 채 그 앞의 방수 식탁보 위에 엎드려 잠이 들었고, 다음 날 아침이 되어서야, 조금이라도 편하게 자라고 어머니가 내 무릎에 놓아준 벨벳 강아지가 매달리는 바람에 깨어났으니, 앵무새는 횃대 위에서

"누가 세상의 주인인가? 살라자르 살라자르 살라자르"

야생 칠면조들은 북동쪽으로 날아갔고, 조그만 크리스털 태양이 나무들 사이에서 창백하게 어른거렸으며, 나는 폭죽을 기억했고, 푸른 불꽃의 공을 기억했고, 톱니 모양 흉벽에서 방울방울 흘러내리던 눈물의 꽃받침을 기억했고, 내 가슴은 재앙의 충격으로 떨렸고, 올리브 기름이 담긴 스푼의 촉감을 느꼈고, 그제서야 나는 구토를 했으니, 놀라서 잔뜩 부푼 내 아버지의 얼굴 위로, 어머니는 내가 게워내는 것을 잠시 멈춘 틈을 타 벨벳 강아지를 내게서 빼내며

"강아지 조심해야지 호메우"

바다에 닻을 내린 범선들, 교수대, 왕, 자루와 통을 나르는 중세

세 번째 비망록

풍 옷차림의 남자들, 지도를 펼치고 인도에 대해서 설명하는 공작, 깃발과 문장, 나는 한 마리 펭귄처럼 뒤뚱거리며, 부엌을 가로질러 어머니를 향해서, 환하게 밝은 표정으로

"엄마 저것 봐 범선이야"

미스 파울라, 변호사와 상의해서 오빠를 고소하려던 생각을 포기해버린 미스 파울라, 어떤 여자와 어디선가 산다고 하지만 나는 알 길이 없는 그녀의 오빠, 세투발에 있는 어떤 농장 때문에 미스 필로메나가 사기꾼이라고 부르는 그녀의 오빠, 미스 파울라는 타자기 위에 올린 손가락을 꼼짝하지 않고, 안경알 뒤편에서 입을 벌린 채, 하지만 얼굴에는 점점 이해할 수 없이 기묘한 표정이 서서히 나타나는데

"집에 서류를 두고 왔어 호메우 부탁이야 집에 가서 그걸 좀 가져다줘"

화장기 없는 미스 파울라의 뺨과 눈썹, 내 짐작보다 키가 더 작고, 뽕나무와 건물들, 갈매기, 화물차 광장에 면한 대모님의 집, 천장의 샹들리에가 아래로 늘어져버린 집, 고문과도 같이 딱딱한 나무 소파, 장식장 속 카스텔루 드 비드의 접시, 손잡이가 떨어져나간 찻잔, 이 모든 사물들을 지배하고 있는 일종의 서글픈 무감각, 갈색과 흰색이 섞인 미스 파울라의 머리칼, 왼편에만 스물다섯 개의 흰머리

"호메우"

가슴이 점점 다가오다가, 다시 멀어지고, 하트 모양 진주모 장식이 달린 목걸이가 오르락내리락, 그녀의 무릎이 내 다리에 닿았고, 딱딱한 구두 끄트머리는 내 발을 아프게 짓이겼고, 내 코에서 겨우 몇 센티미터 떨어진 곳에 미스 파울라가, 왁스처럼 부드럽게, 녹아서 기절해버리기 일보 직전의 모습, 내 손목을 단단히 움켜쥔 그녀의 손

만을 제외하고는

　"호메우"

　감은 두 눈꺼풀 아래서, 눈동자가 이쪽저쪽으로 움직이고 있는 미스 파울라, 내가 어디 있는지 찾을 수 없다는 것처럼

　"호메우"

　하지만 나는 바로 그녀의 집, 내 몸무게 때문에 삐걱거리는 그녀의 화장대 혹은 장식장에 기대 서 있으니, 나는 최종확인을 위해 그녀의 얼굴을 밝은 방향으로 돌리고 머리카락을 쓸어올렸고, 미스 파울라는 골반뼈로 내 배를 아프게 찔러내며, 내가 달아나지 못하도록 갈비뼈를 붙잡으면서

　"호메우"

　하지만 나는 그녀에게서 달아나고 싶지 않았고 그녀를 아프게 할 생각도 없었으며, 단지 나는, 그녀의 흰머리가 정확히 몇 개인지 세어보고, 그녀를 지나, 나무들을 지나, 알가르브의 다리를 지나, 모래곶 저 뒤편, 알카세르가 연장되는 지점을 바라보고자 했을 뿐이니, 광장의 카페들 너머, 왕의 범선들을 바라보고자 했을 뿐이니, 검은 바다에 닻을 내리고 서 있는, 검은 범선들을.

세 번째 비망록

진술

아버지가 죽은 지 석 달 뒤에 내 아들이 태어났는데, 그때는 이미 팔멜라의 농장도 저택도 사라진 다음이었고, 셰퍼드 한두 마리가 지금은 없는 개집을 찾아헤매고 다닐 뿐, 병원에 있던 나는, 슬프지도 기쁘지도 않았고, 나는 그저 관심이 생기지 않았으니, 창문 너머로 커튼 사이 한 조각 하늘만 무감각하게 바라보았고, 내 배에 청진기를 갖다 댄 산파들은

"통증은 좀 어떤가요 도나 파울라?"

이제 농장과 저택은 사라졌고, 이제는 제복 차림의 문지기와 빌라 단지, 그리고 잔디가 꾸며진 정원이 있으며, 예전에 늪지였던 곳에는 레스토랑이 서 있고, 예전에 곡물창고가 있던 곳에는 관리실이라고 이름 붙인 건물이 들어섰고, 예전에 축사였던 곳은 이제 바Bar라고 이름 붙은 탑이 세워졌고, 아버지는 죽었고, 그 어떤 신문에도 부고기사는 나지 않았으며, 그 어떤 라디오 뉴스도 그의 죽음을 다루지 않았고, 텔레비전 방송은 아버지의 사진을 내보내지 않았으며, 우리가 아버지의 관을 싣고 알발라드를 떠나는 날, 직원이 침대 시트와 베개 커버를 채 갈기도 전에, 이미 새로운 환자가 도착해서 아버지의 자리를 차지했고, 몸의 절반을 여행가방처럼 질질 끌며 파자마와 실내화를 신문지에 둘둘 싸서 팔에 낀 새로운 노인, 커튼 뒤편의 하늘, 산파는 이불을 내 턱까지 끌어당겨 덮어주며

"오늘이 이곳에서 보내는 첫 밤이네요 도나 파울라 내일 아침 의사 선생님이 상황을 설명해줄 거예요"

나는 슬프지도 기쁘지도 않았고, 평상시 일요일날 나무 소파 위에 앉아 있는 기분이었으니, 텔레비전을 켰다 끄고, 일어섰다가, 배

우들 이혼 기사가 나와 있는 잡지를 뒤적이고, 리스본으로 영화 보러 나가볼까 궁리하다가, 서랍을 뒤져 버스 시간표 안내책자를 찾았으나, 글자가 너무 깨알 같아서 도저히 읽을 수가 없으므로, 침실로 가서 돋보기를 가져왔는데, 하지만 그래서 알아낸 것은, 그건 지난해의 버스 시간표라는 사실, 그런 일요일, 나와, 오빠, 예쁜 여자, 예쁜 여자의 딸은 묘지에서, 예쁜 여자의 딸은 들떠서 어쩔 줄을 모르며 한시도 가만히 있지 않고 망자의 안식을 방해했으니, 사진을 옷자락으로 닦고 묘석 위에 올라가 탭댄스를 추고 무덤 앞에 놓인 작은 화병을 만지작거리고 침팬지 새끼처럼 십자가에 기어올라갔고, 예쁜 여자는

"타니아"

묘지 인부들이 아버지의 관을 구덩이 속으로 내렸고, 과부 하나가 빗자루를 격렬하게 휘두르며, 남편의 국화꽃을 털어내고 있는데, 예쁜 여자의 딸은 사방을 팔짝팔짝 뛰어다녀 망자를 놀라게 했고, 막 무덤에서 다시 살아난 사람처럼 양팔을 옆으로 빌리고는

"뻐꾹뻐꾹"

묘지 인부들은 석회 자루를 들고 내용물을 아버지 관 위로 쏟아부었고, 과부는 꽃가루 때문에 터져나오는 재채기를 주체하지 못하면서, 남편에 대한 분노를 터뜨리듯, 계속해서 국화꽃을 털어냈고

"죽은 다음에도 여전하구나 일거리만 안겨주는 영감이"

예쁜 여자의 딸은 마호가니 널빤지 사이를 손바닥으로 탁탁 치면서

"뻐꾹뻐꾹"

자기 딸의 활발함이 자랑스러운 예쁜 여자는

"타니아"

세 번째 비망록

누렇게 변색한 망자들은, 손가락을 가슴에 올린 자세로 눈을 깜박이며

"저리 가"

벨트 대신에 끈을 허리에 두르고, 닦지 않은 구두, 목매단 자의 밧줄 같은 넥타이, 집의 샹들리에에 걸려 있는, 목매단 자의 커다랗게 뜬 두 눈, 나를 빤히 지켜보고 있는

아니 아니에요 내가 실수를 했네요 그 말을 하려던 게 아니었다구요 그러니 방금 이건 기록하지 말아주세요

나는 더 이상 텔레비전을 쳐다보지 않으면서, 부엌으로 가서 케이크를 한 조각 가져다 먹을까, 아니면 뜨개질감을 가져와 짜던 숄을 마저 완성할까, 아니면 다음 주에 입을 옷을 다림질해둘까, 시간은 점점 더 빠르게 흘러 순식간에 월요일이 되었고, 전화, 사람들, 신청서, 필로메나는 팔꿈치를 타자기 위에 올리고 이마를 문지르며

"호메우 부탁이야 약국에서 아스피린 좀 사다줘"

가엾은 호메우는 의자를 우당탕 넘어뜨리며 일어서서, 광장으로 향하는 계단을 달려 내려갔으니, 그곳은 최소한 사람들이 호흡하고 이야기를 나누고 시계가 움직이는 세계, 내 몸이 서서히 맥박 뛰는 자루로 변해가는 사이 나는 창틀 안에 포획된 검은 하늘을 올려다보며 잠을 이루지 못했고, 내가 깨어 있는 것을 발견한 산파는

"수면제 드려요 도나 파울라?"

서두르느라 옷까지 다 흘러내린 호메우는, 아스피린과 거스름돈을 필로메나에게 돌려주면서, 잔돈이 맞나 세어보라고 고집을 부렸고, 만약을 위해서, 사람 일은 모르는 거니까, 욕실로 가서 컵에 수돗물을 받아 잔받침에 받쳐들고, 달그락달그락 떨리는 손으로, 허공에 걸린 오 미터 외줄을 걷는 사람처럼 주의해서 중심을 잡으며, 조

금씩조금씩 걸음을 옮겼고, 그동안 사무실은 서커스 무대를 지켜보는 것처럼 긴장된 정적이 흐르니, 오케스트라는 침묵하고, 관객들은 넋을 잃고, 나는 심장이 금방이라도 멎을 것만 같아

"저러다 사고라도 나면 줄에서 떨어져서 최소한 다리가 부러질 텐데"

묘지 인부들은 삽을 한데 모아서 들고 사라졌으며, 묘지의 한구석, 비석이라곤 하나도 없이 신선한 흙뿐인 곳에, 벽돌 조각과 철골, 사각형 박스 등을 깔아서 임시로 길 비슷한 것을 만들어놓았고, 예쁜 여자의 딸은 그 위를 깡총거리며

"왼발 오른발 왼발 오른발"

무덤들 사이를 돌아다녔고, 나무 위 지빠귀 한 마리는 양팔저울에 올라앉은 듯 흔들흔들 그네를 탔고, 얼굴을 찡그린 필로메나는 아주 많은 물과 함께 아스피린을 꿀꺽 삼킨 후, 이제 안심이라는 듯 두 눈을 감았다가, 새롭게 정신을 차린 표정으로 다시 눈을 뜨면서,

"고마워 호메우"

창틀 안에 포획된 검은 하늘, 내 손톱 아래서, 발목에서, 무릎에서, 피가 맥박치며, 세포막은 하나하나 차례로 파열하고, 움직일 때마다 휘파람 소리가 나는 화물엘리베이터, 옆 병동에서 울리는 벨소리, 전자시계가 알람을 울릴 때면 세자르는 항상

"아 열시네 젠장"

서둘러 자리에서 일어나 신발을 찾아 신고, 입으로는 내 목덜미를 쓸었고

"수면제 드려요 도나 파울라?"

알발라드 병원의 내 아버지 자리를 차지한 노인은, 금 세공사처럼 섬세한 솜씨로, 세 가닥의 머리카락을, 한쪽 귀에서 다른쪽 귀로,

세 번째 비망록

마치 세 줄 악보처럼 대머리를 가로지르게 배치했으니, 기름을 발라 반짝거리는, 두세 가닥의 귀하디귀한 머리카락으로 머리 전체를 덮을 수 있다는 주장, 노인의 옷은 손질이 잘되어 단정했고, 멋쟁이 넥타이, 새끼손가락에는 이니셜이 새겨진 반지, 내 아버지 자리를 차지한 노인, 직원들은 거친 태도로 그의 옷을 벗기고, 그의 손지갑과 안경을 뺏고, 그의 입에서 틀니를 빼내고

"쉬야 국장님 쉬야"

노인의 귀하디귀한 머리카락은 귀 아래로 축 늘어진 채 시들시들 말라갔고, 그는 떨리는 다리와 입술로 나에게 도움을 요청하니, 자신을 여기서 데리고 나가달라고, 직원들은 노인의 어깨를 힘으로 눌러서 강제로 휠체어에 앉히고, 노인은 그들에게

"싫어"

아버지의 관이 복도에 세워둔 장롱에 쿵쿵 부딪히며 건물을 빠져나가고 우리가 그 뒤를 따르는 중에도, 노인은 병실 문 앞에서, 머나면 외딴 농가에서 울부짖는 개처럼 슬프게 소리 높여

"싫어"

창틀 안에 포획된 검은 하늘, 화물엘리베이터가 멈출 때마다 들리는 금속성 달각거림, 조제실의 깜빡이는 전등, 나는 슬프지도 기쁘지도 않았고, 평상시 일요일날 배우들 이혼 기사가 실린 잡지를 읽는 기분이었으니, 산파는 내가 이 밤을 잊을 수 있도록, 수면제를 가져와 사이드테이블에 놓아주었고

"너도 아델라이드 성격을 알잖아 파울라 내가 저녁식사에 조금이라도 늦으면 그녀가 얼마나 신경질을 부릴지 상상이 갈 거야 저녁내내 나를 들들 볶아댈걸"

거대한 몸집의 호메우는, 배꼽 부분에서 구깃구깃한 셔츠 자락

이 삐져나온 거대한 배를 조심스럽게 움직여 내 책상 주변을 돌면서

"아스피린 사다드릴까요 도나 파울라?"

나는 불편한 심정으로 타자를 쳤으니, 호메우가 바로 손바닥 한 뼘 정도 떨어진 거리에서, 그 거대한 얼굴로 나를 빤히 쳐다보았으므로, 게다가 마치 내 머리에서 이라도 잡아주려는 듯이 양손을 공중에 들어올린 자세로, 친절이 넘치는, 비굴한, 경악 그 자체인 호메우, 어머니와 단둘이서 은퇴자용 오두막에서 사는 호메우, 나는 아직도 어린 시절의 일이 생생하니, 내가 어렸을 때, 분명히 기억나는 것은, 아직 대모님이 살아 있을 때, 호메우처럼 뚱뚱한 한 이웃 남자가, 호메우처럼 거대한 머리를 가진 이웃 남자가 어느 날 갑자기 미쳐버린 일을, 갑자기 거품을 질질 흘리고, 가구란 가구는 모조리 때려부수고, 정원의 담장을 막 넘어다니고, 닭들을 쫓아버리고, 나무 막대기를 휘두르면서 우리 집 부엌에까지 들어오고, 그때 다섯 살인가 여섯 살이었던 나는, 있는 힘껏 인형을 부여잡고 웅크린 채, 너무 겁이 나서 울 엄두조차 내지 못했고, 그때 나는 사시를 고치기 위해 의사가 눈에 부착해준 합성수지 장치를 달고 있었는데, 친구들은 그게 신기해서 나를 따라다니며

"한번 만져봐도 돼?"

이웃 남자는 조용해지더니, 내 팔을 잡았고, 눈물로 코가 막힌 나는 인형과 함께 그의 팔에 안겨서 생각하기를

"나는 이제 죽겠지"

예쁜 여자의 딸은 무덤 사이를 뛰어다니며 온갖 장난을 쳐서, 조그만 빗자루를 맹렬하게 휘두르는 과부의 부아를 돋우었고, 과부는 묘석 화병의 물을 갈기 위해 카르발레로스 광천수도 한 병 가져왔는데, 광천수에 꽂아두면 꽃이 더 오래 살기 때문에, 나뭇가지에는 백

세 번째 비망록

그램의 무게를 가진 지빠귀가, 오빠는 아버지의 무덤 앞, 푸른 바탕에 흰색 숫자로 87, 마치 집 번지와도 같은 숫자 87, 대모님의 경우는 35, 나는 장담하는데, 그 누구도 내 무덤을 신경 쓰지 않을 것이니, 검은색 상복이 아주 잘 어울리는 예쁜 여자는, 바로 그 순간, 지빠귀가 가지에서 날아가버리고, 빗자루를 든 과부가 작은 소리로 욕설을 퍼붓기 시작하자, 피비린내 나는 눈으로 과부를 흘겨보면서

"타니아"

병원에서의 하룻밤은 시체를 지키며 깨어 있는 장례식의 밤과 같았고, 숨죽인 소리들, 속삭임들, 문틈으로 스며드는 바람, 불편함, 나는 수면제를 향해 팔을 뻗었고, 이웃 남자를 붙잡아달라는 신고를 받고 출동한 소방관들, 사이렌 소리가 울리면, 도로의 자동차들은 모두 옆으로 비껴서고, 환자를 리스본의 병원으로 데려갈 구급차, 그들은 미친 남자가 나를 무릎에 안고 있는 광경과 마주쳤고, 망가진 가구, 나무 막대기, 그리고 가족을 모두 잊은 미친 남자는, 나에게 인형의 이름을 물었고, 나중에 누군가 훔쳐가버린 호자 마리아라는 이름의 그 인형, 미친 이웃 남자는 호메우와 아주 인상이 흡사했는데, 서툴지만 깊은 열성을 다해서 인형을 쓰다듬었고, 나는, 인형을 그와 나 사이에 두려고 애썼고, 지금 나와 호메우 사이에 타자기를 두고 있듯이, 지금 필로메나가 들을 수 있도록 큰 소리로

"서류 복사해달라고 말했는데 다 했어 호메우?"

그러자 호메우, 이웃 남자인 호메우는, 즉시 사과하며, 한겨울 신문지 아래 누운 거지처럼 몸을 잔뜩 웅크리고, 공포에 질린 표정, 내가 기분 나빠할지도 모른다고, 내가 자신에게 화낼지도 모른다고, 그래서 더 이상 자신에게 말을 하지 않을지도 모른다고 두려워하니, 호메우의 열렬함은 내 동정심을 자극하고, 목욕도 충분히 하지 않고

음식도 충분히 먹지 않는 호메우, 서류가 쌓여 있고 깨진 램프가 쓸모없이 서 있는 자신의 책상으로 물러나, 겨울잠을 자는 곰처럼 그 앞에 불쌍하게 쪼그리고 앉아

"당장 할게요 미스 파울라 잘못했어요"

이웃 남자, 호메우, 손목이 나올 구멍이 막혀 있는 셔츠 차림의 이웃 남자는 소방관들에게, 그리고 소방관들의 헬멧 위쪽으로 나를 건너다보고 있는 대모님

(87 그 앞에는 85, 그리고 그 뒤에는 아직 죽지 않은 89, 87이라니, 사람이 죽어 땅속에 묻히면 어떤 일이 일어나게 되는 것일까?)

이웃 남자는, 나를 제외하고는 내 인형에게 관심을 가지고 내 인형을 예쁘다고 여긴 최초의 인간인데, 갑자기 어떤 결심을 한 듯 서둘러 나무 막대기를 잡고는, 손도끼를 움찔거리는 소방관들에게

"이 아이가 함께 안 가면 나도 안 가"

매장이 끝난 후, 예쁜 여자의 신경을 점점 거스르고 있는 것이 분명한 오빠는, 나를 점심식사에 초대하여 우리는 오디벨라스로 갔는데, 그사이 그들의 집에는 저울이 더 많이 늘어났고, 더 많은 대나무를 사들였으며, 유리로 벽을 두른 베란다에는 분침이 나이프이고 시침이 포크이며, 시간을 알릴 때는 종 치는 소리 대신에 텅 빈 냄비를 두드리는 나무 숟가락 소리가 나는 새 시계가 걸렸고, 예쁜 여자의 딸이 씨앗을 뱉어내는 것처럼 입술을 일부러 뾰쪽하게 만들어 돌아다니는 가운데, 말없이 침묵하는 오빠와, 세 사람이나 되는 주둥이를 먹이기 위해 자신이 말처럼 일해야 하는 것이 불만스러운 예쁜 여자를 보고 있자니, 식탁 상석에 앉아서 한숨만 쉬면서 아내의 질문에는 대답도 하지 않는 저 남자가 나를 속이지는 않았다는 생각이, 땅에 대해서, 그리고 아버지의 유산에 대해서

세 번째 비망록

(87 묘지 담장 바로 아래 양지바른 곳 숫자 87이 딸린 달랑 한 줌의 흙 묘지 하나당 손바닥 하나 정도만큼의 땅만 할당되므로 왜냐하면 묘지는 이미 만원이기 때문에 세상에 죽은 자가 이리도 많다니)

아버지가 우리에게 남겨준 것은 까마귀와 바람, 그리고 아버지를 향한 내 미움이 전부이므로, 오빠는 예쁜 여자를 향해서 비굴에 가까운 사과를 했고, 오디벨라스의 눈부신 광채, 알카세르의 내 집에서도 정말로 누리고 싶은 광채가 오빠의 수염을 환하게 비추는데

"여섯 개의 구인광고에 답을 보낸 게 겨우 지난주야 여보"

나는 침대 속 세자르의 체취가 그리워졌으니, 아델라이드가 조카의 세례식에 참석하러 메르톨라로 갔던 주말, 나는 문을 잠그지 않았는데, 자정이 되자 세자르가 도둑처럼 몰래 들어왔고, 새벽 네시에 돌아갈 생각으로, 왜냐하면 알카세르처럼 작은 고장에서 이런 종류의 일은 소문이 빨리 퍼지니까, 메르톨라 덕분에 가졌던 그 주말, 나는 한번도 텔레비전을 켜지 않았지만, 내 옆에서 세자르가 텔레비전을 켰고, 내 옆에서 세자르는 배우들 이혼 소식이 실린 잡지를 뒤적이면서, 하품을 했고, 딱딱한 소파 때문에 하루 종일 화를 냈으며, 텔레비전 프로그램이 말도 안 되게 너무 빨리 끝난다고 투덜거렸고, 내가 다리를 그에게 갖다대면 자기 다리를 치워버렸고, 나를 부르는 법도 없이 혼자서 침대에 들었다가, 새벽 세시밖에 안 되었는데, 다섯시쯤 된 것처럼 벌써 일어나서는, 옷을 입었고, 나는 어둠 속에서 그의 잠든 숨소리를 들으며, 그가 시간을 잊어버리기를, 그래서 나와 함께 아침식사를 하기를 간절히 바라고 있었는데, 나는 알아차렸으나, 아무것도 알아차리지 못한 척 행동했고, 그가 나에게 화를 내기보다는 차라리 바보 취급하기를 바랐으므로

"이제 겨우 세시야 자기"

나는 이제 정말이지 버스를 타고 리스본으로 영화 보러 가는 것이 싫었고, 월요일이 싫었고, 호메우가 싫었고, 필로메나가 싫었고, 고객들이 싫었고, 법무사가 싫었고, 예쁜 여자는 사납게 식탁을 치우며 오빠에게

"당신은 정말로 이 나라에서 어떤 기업이 당신처럼 나이 든 남자에게 일자리를 줄 거라고 생각해?"

오빠의 수염을 환하게 비추는 오디벨라스의 광채, 알카세르의 내 집에서도 정말로 누리고 싶은 광채, 뿐만 아니라 이곳의 거리와, 보석가게 구두가게 화장품가게들, 설사 돈이 없다고 해도, 그 앞에 서서 구경하고 싶은 화려한 상점들, 오디벨라스의 환한 광채 속에서, 실제보다 더욱 늙어 보이는 오빠, 예쁜 여자의 딸은, 오빠를 놀리기 위해 다리 하나를 저는 불구자 흉내를 냈고, 양탄자 가장자리 장식을 헝클이며, 입으로는 조롱을

"늙은이 늙은이 늙은이"

보이지 않는 나팔을 불며 행진하는 군인처럼 자꾸만 반복해서 말하니

"아저씨는 늙었어 늙었어 늙었어"

만약 세자르가 원하기만 한다면, 나는 모든 주말을 그와 보낼 수도 있으리라, 모든 주말과 모든 주중의 날들을, 모든 계절과 휴가를, 단 한순간도 지루해하지 않고, 그란돌라로, 시네스로 소풍을 가리라, 극장도 즐겁게 가리라, 서로 팔짱을 끼고 영화를 보리라, 그의 사진을 침실에 걸어두고 우리가 함께 찍은 사진도 갈색 벨벳 작은 사진틀 액자에 넣어 화장대 위에 두리라, 그가 아주 약간의 관심을 보이기만 해도, 나는 직장에 선불을 요청해서, 더 큰 텔레비전과 위성 안테나를 사서, 세자르가 집에서 더 많은 채널을 즐길 수 있도록, 스포츠 방

송이나 미국 뉴스, 벌거벗은 여자들이 나오는 채널 등을 마음대로 고를 수 있도록 할 것이고, 그가 금요일 저녁에 친구들과 밖에서 식사 약속이 있다고, 그래서 늦게 들어올 예정이니 자신을 기다리지 말라고 해도, 꼬치꼬치 캐묻거나 신경질을 부리지 않으리라, 향수 냄새가 나는지 립스틱 자국이 묻어 있는 건 아닌지 그의 셔츠를 샅샅이 검사하지도 않으리라, 신이여, 이제 세자르는 옷을 다 입었고, 마치 여기서 나갈 수 있게 되어 좋다는 듯이, 얼굴에는 묘한 기쁨의 표정까지 띤 채, 하지만 입으로는 모두 자신의 전략 때문이라는 말투로

"만약 내가 여기서 나가는 걸 누군가 보고 아델라이드에게 일러바친다고 생각해봐, 그러면 얼마나 엄청난 소동이 일어날지 상상을 해보라고"

그는 식탁에만 앉으면 참새만큼 위장이 줄어드는지, 아니면 그냥 나랑 있는 것이 지루해서인지, 항상 어마어마한 양의 음식이 남았고, 아몬드, 초콜릿, 치즈, 그 메르톨라 주말이 지난 후 나는 그의 직장으로 전화를 걸어

"세자르 씨를 바꿔주세요"

다른 목소리 사이에 섞여 들리는 세자르의 목소리, 나는 언제 어디서든 그의 목소리를 즉각 알아차릴 수 있으므로, 하지만 상대방은 즉시 전화를 끊었고

"잘못 걸었어요"

나는 남은 음식을 플라스틱 밀폐용기에 넣어 전부 냉장고에 보관했으니, 혹시 메르톨라에서 또다시 세례식이 있게 되면 그가 또 나를 찾아올지도 모르므로, 예쁜 여자의 딸은 불투명 유리가 덮인 탁자 주변을 돌면서 마주르카를 추었고, 코만치족 인디언처럼 나와 오빠에게 소리를 질러댔으므로, 나는 하마터면 가까이 있는 저울을 집어

그 꼬맹이의 머리통을 갈겨버릴 뻔했고

"너희 둘 다 늙은이야 늙은이야 늙은이야"

아이들은 스케이트보드와 롤러스케이트를 신고 거리를 씽씽 달리며, 맞은편 건물에는 한 소녀가 펠라고니움 화분에 물을 주고 있는데, 예쁜 여자는, 자기 딸을 지켜보고 있었으면서, 자기 딸이 하는 양을 똑똑히 지켜보았으면서, 석회를 뿌리고 흙을 덮기 전, 묘지 인부들이 우리가 작별의 입맞춤을 하도록 열어 보여준 관 속의 아버지처럼, 한마디 말도 없이 입을 다물고만 있었고, 서로 엉킨 나무뿌리처럼 단단히 마주잡은 양손의 손가락, 그러나 그것은 더 이상 아버지의 손가락이 아니었으니, 만약 그것이 정말로 아버지의 손가락이었다면, 묘지 인부와 예쁜 여자와 그녀의 딸까지, 모두 체포하도록 지시했을 것이니, 세자르, 그 악당을 체포하도록 시킨 것처럼, 내 전화를 끊어버린 악당

"잘못 걸었어요"

세자르는 나와 관련해서 동료들에게 자랑을 늘어놓았고, 그들은 턱으로 나를 가리키면서 거짓말을 속닥이고 있으니, 나는 그들이 모여 있는 빵집 안으로 들어설 용기가 나지 않았고, 평소에 먹는 레몬차와 케이크를 주문하여 평소대로 광장이 내다보이는 자리에 앉아 있으면, 그들의 조롱하는 시선이 견딜 수가 없었고, 호메우와 그의 어머니가 시뇨르 비르질리우의 빵집으로 들어와, 너무 얇아서 단 두 입이면 사라질 케이크를 사서 집으로 가져갔고, 마치 그것만 있으면 진정한 후식을 즐기기에 충분하다는 듯이, 그때 나를 발견한 호메우는, 작별의 인사로 손을 흔들었는데, 그러자 거대한 호메우에 비하면 장난감처럼 보이는 다른 손님들은 냅킨으로 입을 가리며 터져나오는 웃음을 막았고, 호메우가 나에게 손을 흔들다니, 그것도 기뻐

서 어쩔 줄을 모르면서, 후식용 케이크를 사서 아주 자랑스러운 그의 어머니가 호메우의 소매를 잡고 문 쪽으로 끌었고, 항상 못된 장난을 칠 기회를 노리며 호메우 주변에 몰려드는 사내아이들을 우산을 휘둘러 막아내는 그의 어머니, 호메우의 순진함과 비만을 조롱하려고 몰려드는 사내아이들, 성 안토니우스 축일에는 호메우에게 맥주를 먹였고, 술 취한 호메우는 나무를 붙잡고 몸을 지탱하다가, 건물 앞 계단에 걸려 넘어졌고, 광장에서 쓰러졌고, 다른 이들과 함께 웃었고, 다른 이들처럼 무릎을 치면서 웃었고, 담배를 받아들었다가, 기침이 터져나왔고, 불꽃놀이 로켓과 폭죽이 벽을 흔들었으며, 나를 칭찬하는 산파

"수면제를 드셨군요 도나 파울라 잘하셨어요 내일 의사 선생님이 오시자마자 금세 다 해결될 거예요"

하지만 내가 느끼는 것은 피곤이 아니었으니, 슬프지도 기쁘지도 않은 것과 마찬가지로, 내가 느끼는 것은

(87 숫자 87이 도저히 머리에서 사라지지 않아 87)

아마 당신은 내 말을 이해하지 못하겠지만, 내가 느끼는 것은, 사람들이 나를 부르러 왔던 그날, 샹들리에가 천장에서 살짝 아래로 늘어졌던 날, 그때 내게 가장 처음으로 떠오른 생각은, 대모님에게 화가 난다는 것, 왜 그랬느냐고 대모님에게 물어야겠다는 것, 끈은 도대체 어디서 구했느냐고 물어야겠다는 것, 그날 내가 느낀 것은, 놀라움도 아니고, 걱정도 아니었으며, 그것은

"나는 혼자야 이제 어떻게 살아가나?"

대모님은 큰 불평없이 살았으며, 그녀의 연금은 앙골라에서부터 차츰 액수가 올라갔고, 입맛도 좋았고, 간혹 나는 그녀가 설거지를 하면서 휘파람을 부는 것도 들었으니, 대모님의 삶은 그리 나쁘지

않았고, 귀 뒤에 연필을 폼나게 꽂은 시뇨르 비르질리우와 함께 돌아온 세자르에게, 나는 뭔가 말을 하려고 했으나 실패했고, 생선비늘 벗기는 가위를 집어든 세자르는 등받이 없는 의자에 올라앉았다가, 순간적으로 균형을 잃는 바람에 하마터면 바닥에 벌렁 쓰러질 뻔했고

"나 좀 도와줘 페레이라"

문 쪽에는 점점 늘어나는 구경꾼의 무리, 모두 내가 아는 얼굴들이지만 지금 이름까지는 정확하게 기억해낼 수 없는, 나는 수년 전 우리 집의 나무 소파에 앉아 있던 아버지를 기억하고, 그때 아버지는 포르투갈을 다스리는 장관이었으며, 신문에는 아버지의 얼굴이 매일매일 등장했고, 사람들은 아버지를 무서워하여, 아버지는 한없이 짜증스러운 얼굴로 한숨을 쉬면서

"지겨워죽겠군"

우스꽝스러운 소동이 얼마나 오래 지속됐는지 마침내는 상황을 알아차린 호메우의 어머니는 주정꾼들에게 욕을 퍼붓고, 경찰을 부르겠다고 위협하면서 호메우를 데리고 집으로 갔고, 물론 그들이 사는 뒷마당 오두막 차가운 골방을 집이라고 부를 수 있다면 말인데, 강물의 악취에 찌들었고, 집 안 가득히 시장이나 집시 행상에게서 구입한 싸구려 인형이 가득한 곳, 망가뜨릴까 굳이 걱정할 필요가 없는 물건들, 어차피 처음부터 온전한 상태가 아니었기 때문에, 호메우의 어머니는 그의 팔을 잡아끌었고, 그는 여전히 웃는 상태로, 알아들을 수 없는 말을 횡설수설하면서, 빈사 상태로, 자신을 비웃는 군중들에게 작별인사를 하고, 한 명 한 명 모두 포옹하기까지, 그의 어머니는 우산을 휘둘러 친구들을 쫓았고, 마치 아기에게 하듯이

"잠자리에 들어야지 호메우"

결혼반지를 가운뎃손가락에 낀 여인, 아마도 그건, 그녀가 젊은

시절에는 지금보다는 덜 굶주렸기 때문일 거라고 나는 생각하며, 부유한 부인들이 크리스마스나 부활절에 수도원장의 기부함에 넣은 옷을 입고 다니는 여인, 하루 종일 학교 다니는 꼬마들로부터, 주점을 전전하는 건달들로부터 아들을 지키는 일에만 골몰하는 여인, 질 나쁜 인간들이 아들의 손에 싸구려 브랜디 병을 쥐여주고 바지를 벗겨서, 그게 뭔지는 모르지만 하여간 뭔가를 구경하려고, 혹은 그게 아니라면, 어쨌든 나는 알 도리가 없고, 그냥 막연하게 짐작만 할 뿐, 아니 알 것도 같은 것이, 내가 알고는 있다고, 그렇게 기록해주기를, 하지만 그 이야기를 굳이 꺼내고 싶지는 않다고, 주점을 돌아다니는 질 나쁜 인간들은, 그의 어깨를 툭툭 치면서 인사를 건네고, 웃음이 터져 말을 잇기조차 힘들어하는데

"거대한 호메우"

옛날 그 미친 이웃 남자처럼, 내가 어린 시절에, 소방관들이 그에게 입힌 셔츠는, 소매가 마치 몸통에 매달린 두 개의 소시지처럼 보였고, 거의 숨을 쉬지도 못하면서 나에게 인형을 달라고 사정하던 이웃 남자

호자 마리아

나에게 함께 리스본으로 가자고 사정하던 남자, 소방관들은 어떻게 해야 할지 논쟁을 벌이고, 나를 죽이려 하며, 또한 나를 죽이려 하지 않는 이웃 남자는, 화덕과 냄비들 사이 조그만 틈새에 쪼그리고 앉아 있던 나에게 다가왔으며, 대모님은

"가만히 있어"

호메우는 그 이웃 남자와 같았으니, 구급차 안에서 나를 뚫어지게 바라보던 남자, 수용소에서 풀려나자마자 부엌으로 들어가 나무 막대기로 나를 후려치는 일을 잊지 않기 위해서

퍽

호메우는 법무사 사무실에서 시체를 노리는 독수리처럼 내 주위를 빙빙 돌고 있으며, 나는 그런 그가 보이지 않는 척하고, 항상 타자기를 우리 사이에 배치하며, 광장의 플라타너스나무들은 빗물에 젖었고, 성벽은 구름 뒤편으로 사라졌고, 필로메나를 찾는 전화는 끊임없이 울리며, 법무사는 뒤쪽에 있는 자기 방에서 한 고객과 말다툼을 벌이는 중이고, 축축한 미소를 띤 호메우, 이빨 빠진 입속을 드러내며

"머리 아프지 않으세요 미스 파울라 약국에 가서 아스피린을 사다드릴까요?"

최소한 나에게 관심은 가져주는 호메우, 나를 걱정은 해주는 호메우, 어두컴컴한 자신의 구석자리로 돌아가기 전에 내 타자기 위에 캐러멜 한 알을 올려두는 호메우

"이거 먹어요"

그리고 내가 끈적거리는 포장지를 벗기는 것을 확인하고, 이렇게 되면 손이 더러워졌으니 씻으러 갈 수밖에 없는데, 달콤하고 끈적이는 사각형 내용물을 입속에 넣는 것을 확인하고, 입속에 들어가자마자 그것은 내 잇몸에 미친 듯이 달라붙어버리고 어금니에는 철사로 꿰뚫는 통증이 발생하니, 아무리 해도 잇몸의 내용물이 떨어지지 않으므로 나는 호메우에게 화가 나고, 마침내는 욕실로 가서 캐러멜이 입속에서 떨어져나와 내 손톱으로 옮겨붙을 때까지 잇몸을 긁어대야 하고, 그다음에는 솔로 손톱을 박박 문지르지만, 아무런 소용이 없고, 나는 손톱을 입속에 넣어 빨았고, 그러자 이제 한참 작아졌으나 여전히 끈질긴 캐러멜이 끔찍하게도 다시 내 어금니에 통증을 유발했고, 그래서 다시금 솔질과 다시금 손가락 빨기, 그리하여 장장

세 번째 비망록

삼십 분이나 지난 뒤 비로소 끈적이는 악몽에서 간신히 해방되어 내 자리로 돌아가면, 서류철 위에는 두 번째 캐러멜이 놓여 있으니, 나에게 공범자의 눈짓을 보내는 호메우의 흡족한 표정으로 미루어, 그는 어머니로부터 돈을 슬쩍해서 이 치명적인 물건을 산 것이 분명하고, 그러면 나는 캐러멜을 받아서 너무도 기쁜 척하면서, 소매치기처럼 재빠른 동작으로 캐러멜을 버드나무 바구니 속에 던져버리고, 그러나 캐러멜뿐 아니라, 내장이 뒤틀리게 만드는 먹지 못할 수준의 사탕 꾸러미, 한번 삼키면 오후 내내 셀로판지 조각을 뱉어내야 하는 박하맛 과자, 곰팡이 냄새가 나는 초콜릿 고양이, 내 혀가 고양이를 녹이려고 분투하는 동안 호메우는

"고양이 맛이 어때요 미스 파울라?"

사무실에 아무도 없을 때면, 고객도 필로메나도 법무사도 없을 때면, 호메우는 그 옛날의 이웃 남자처럼 나에게 다가오고, 나는 꼼짝도 못한 채 앉아 있으니, 소매 구멍이 없는 셔츠, 소방관들, 호자 마리아라고 불리는 인형을 생각하면서, 누가 가져가버렸는지 이제는 더 이상 기억도 나지 않는 인형

"그가 날 죽일 거야 그가 힘센 팔로 붙잡아 죽일 거야"

나는 겁이 나서 간이 콩알만 해진 상태인데, 호메우는 커다란 배를 책상에 올리고, 교회 오르골처럼 b 단조로 호흡하며, 내 머리를 만지고, 머리카락을 양쪽으로 가르고, 집게손가락으로 내 이마를, 귀 뒤쪽의 둥그스름한 굴곡을 쓰다듬고, 그의 입술은 소리없는 기도문을 외우듯이 움직이며, 작년에, 바로 이맘때쯤에, 황새와 야생 칠면조들이 떠나갔을 무렵, 나는 막 부탄가스병을 교체했고, 오레가노와 회향을 올려둔 선반의 라디오에서는 왈츠가 흘러나오고 있었는데, 그때 누군가 담을 넘는 듯한 소리가 들렸고, 발자국 소리와, 채마밭

의 야채 이파리가 뭉개지는 소리, 나는 생각하기를

　"저건 도둑일 리가 없어, 아마도 철조망 틈새로 들어온 닭들이 거나 토끼일 거야"

　왈츠가 끝나고, 오래된 라디오에서는 한참 동안 쉭쉭거리는 휘파람 소리만 들려오다가, 다시 새로운 왈츠가 시작되었고, 조용하게 시작하다가 서서히 부풀어오르며 활짝 피어나는 그런 종류의 왈츠, 그때 또다시 발자국 소리, 또다시 채마밭의 야채를 뭉개는 소리, 문손잡이가 돌아가면서, 밤의 어둠 속에서 불쑥 나타난 호메우, 유리창 밖에서 엄청나게 거대해 보이는 모습, 그의 미소는 평소보다 더욱 밝았고, 그의 손바닥에는 초콜릿 고양이, 리본과 코, 그리고 꼬리가 그려진 은박지에 싸였으나, 손바닥의 열기 때문에 녹아서 모양이 뒤틀린 고양이, 부엌에 들어선 호메우는 망설이면서, 그의 몸집은 내 화덕이나 가구에 비해서 너무도 거대했으므로, 주점에서 나오는 주정뱅이처럼, 그의 바지를 내리고 놀림감으로 삼기 좋아하는 학교 다니는 꼬마들처럼, 두 팔을 흔들흔들, 호메우는 내 머리카락을 집게손가락으로 건드리며

　"미스 파울라"

　장식장 속 찻잔의 번쩍임이 순간 강렬해졌다가 사그라들었고, 대모님은 죽었으니, 그 누구도, 소방관들도, 시뇨르 비르질리우도, 심지어 세자르도, 그 누구도 호메우가 나무 막대로 나를 후려쳐 죽이는 것을 막지 못하리라, 나는 거실에 있고, 나를 향해 고양이 초콜릿을 내보이는 호메우, 내 말은, 은박지와 함께 뭉개진 초콜릿 내용물, 나를 향해 끈적이는 캐러멜을, 바지 주머니에서 꺼낸, 포장종이를 뱉어내야 하는 과자를, 마치 보물인 양 내보이는 호메우, 나는 침실에 있고, 죽음의 두려움으로 머릿속이 하얗게 변했고, 호메우는 고양이

와 캐러멜, 박하향 과자를 함 위에 올려놓고, 나에게 가까이 다가오니, 내 입에서는 애원이 터져나왔고

"날 때리지 마 날 아프게 하지 마"

내가 산티아구 드 카셍에서 산 튤립 모양 보랏빛 램프의 스위치를 켠 호메우는, 내 목덜미를 잡고, 내 얼굴을 빛을 향하게 하더니

"미스 파울라"

나는 침대에 앉아 있고, 호메우의 주먹은 내 어깨 위에, 그의 숨결이 내 귓가에, 그의 다리가 내 다리를 짓누르고 있으며, 그는 내 머리카락을 쓰다듬었고, 머리를 한 줌 쥐고는 숫자를 세기 시작하니

"서른여덟 서른아홉 마흔"

나는 몸을 빼내려고 했고, 바깥 광장으로 달아나려고 했으나, 발목에 칭칭 감긴 침대 시트 때문에 불가능했고, 산파가 내 손바닥을, 내 허벅지를 붙잡아 매트리스에 누르고 있었으므로 불가능했고, 산파는 내게 잠들 것을 명하며

"편하게 쉬어요 도나 파울라 편하게 쉬어요 의사 선생님이 곧 올 거예요 그러면 아이 문제는 단번에 해결이 된답니다."

추가 진술

솔직하게 털어놓자면, 파울라가 원하는 게 무엇인지, 그리고 도대체 무엇이 불만인지, 나는 알 수가 없다. 그녀가 대모님에게서 물려받은 집은, 나도 부러워하는 최고급 가구로 꾸며졌고, 좋은 동네에 있으며, 그녀는 혁명 이전에 힘이 막강했던 아버지도 있고, 그 덕분에, 민주화 과정과 이 고장을 시끄럽게 했던 무질서한 공산주의로 인한 한두 건의 예외적 사건을 제외한다면, 아무도 그녀를 귀찮게 지분거리지도 않았고, 그녀의 삶은 늘 안정되게 굴러갔으니, 내 생각에 그녀는 은행에 어느 정도의 예금이 분명 있을 것이고, 그녀 오빠의 가족들은 엄청난 부자이니, 언제든지 그녀가 필요할 때 도움의 손길을 줄 수도 있고, 그러니 파울라가 집 밖을 나가지 않는 것이 나 때문이라고, 일요일에 집 안에 틀어박혀서 거미줄이나 만들고 있는 것이, 빌라 모우라에서 휴가를 즐기거나 외국으로 여행을 떠나지 않는 것이 나 때문이라는 말을 하면 안 되며, 더구나 파울라가 행복하지 않은 것이 나 때문이라는 둥 말해서는 더더욱 곤란하다. 또한 파울라가 당신에게 이야기한 내용은, 원칙적으로 나와는 아무런 관련이 없는 일이고, 나의 관심사도 아니니, 당신은 굳이 노트를 뒤져서 나에게 이런 걸 보여줄 필요도 없는 것이, 어차피 나는 그걸 읽지도 않을 것이고, 파울라보다 훨씬 더 중요한 일들이 많으니까, 당신이 내 말을 믿든가 말든가 그건 당신 마음이고, 그런데도 이렇게 내가 전후사정을 다 설명해주고 있으니 당신 입장에서는 얼마나 큰 행운인지, 나로서도 해명이 필요한 것이, 만약 아델라이드가 당신의 비망록을 뒤져서 내 이름이라도 발견한다면, 그리고 파울라가 나에 관해서 했던 거짓말 기록을 읽기라도 한다면, 그러면 나는 그날로 끝장일 테니까, 파울라가 아들을 낳기 한참 전부터, 우리는 그저 길거리에서 우연히 스치면서 보는 것이 전부인 그런 사이였으며, 그럴 때마다 나는 안녕, 잘 가, 이런 평범한 인사 말고는 다른 말은 건네지도 않았고, 입맞춤도 안 하고 악수도 안 하고 심지어 미소도 짓지 않았으니, 파울라는 내가 그저 심심풀이로 만난 여자에 불과한데, 수년에 걸쳐서 그녀가 자꾸 전화를 하는 게 귀찮기도 해서, 그러다 보니 한번씩 들러서 의무를 해치운 다음 얼른 빠져나오는 그런 관계가 되어버린 것이고, 사실 그녀는 내가 젊었을 때 사촌 여동생의 소개로 알게 되었는데, 당시 재무부 공무원 시험을 준비하면서 택시 운전수로 일하고 있던 나는, 파울라가 나에게 호감을 보이며 적극적으로 나오고, 넥타이도 선물하고 하니, 뭐 그러다가 내가 노는 날, 우리는 차를 타고 그란돌라인지 몬티주인지, 오월이면 아프리카에서 날아와 몸통이 썩어가는 보트와 갈대숲에 둥지를 트는 철새를 보러 갔고, 물가에 택시를 세운 채 엔진을 끄고, 썰물로 드러난 풀숲에서 플라멩코들이 일제히 공중으로 날아올라 방향을 바꾸는 광경, 시끄럽게 꽥꽥거리면서 서로 위협하고 싸움을 벌이다가 되돌아오는 광경을 보았고, 수풀 건너편, 물에 잠긴 올리브나무 너머로는 테주 강 아래로 가라앉은 굴뚝과 집들이 보였으니, 침몰한 노동자 거주지, 거기 살던 사람들의 뼈가 진흙 속에서 속삭이는 곳, 파울라는 에나멜 가죽 손가방을 열고 손수건을 꺼내 안경알을 닦았고, 파울라가 항상 갖고 다니던 에나멜 가죽 손가방, 딱 미용사의 대모님 스타일, 파울라는 예쁘다기보다 못생긴 편이었고, 솔직히 말하면 못생긴 중에서도 아주 못생긴 편이고, 게다가 엄청나게 두꺼운 안경을 써서 눈썹이나 눈이 잘 보이지도 않을 정도인 파울라는, 플라멩코에는 관심을 보이지 않았고, 대신 내 품으로 파고들면서

세 번째 비망록

"세자르"

그래서 내 몸이 달아오르기 시작하자마자, 누군가 손가락으로 창유리를 똑똑 두드리며

"시간 좀 있어요?"

우리는 황급히 옷을 추슬렀고, 그들은 아마 알코셰트로 가던 노부부거나, 아니면 수도원의 승합차가 고장나는 바람에 그 자리에서 무릎 꿇고 앉아, 우리가 나타나 그들을 리스본으로 태워다줄 때까지 주님께 찬미의 기도를 드리고 있던 프란시스쿠 수도사들일 텐데, 파울라는 브래지어를 바로하고 블라우스의 단추를 채웠고, 가라앉은 올리브나무들은 물속에서 진흙투성이 가지들을 흔들고, 야생 칠면조는 링크 바깥으로 걸어나온 스케이터처럼 수초들 사이를 뒤뚱뒤뚱 돌아다니고, 바지 지퍼를 올리다가 소중한 부분이 끼어버린 나는 터져나오는 욕설을 간신히 억누르면서, 금속 이빨 사이에 낀 피부를 조심조심 빼내려는데, 도와준다고 나선 파울라가 지퍼를 잘못 건드리는 바람에 내 살점은 더 많이 끼어버리고, 지긋지긋한 관절염과 높은 혈당수치라는 특징을 공유한 노부부는 우리 뒤에서 조바심을 부리며

"도대체 그게 오늘 안에는 끝나겠어요?"

우리는, 말하자면 그런 사이였고, 게다가 내가 나서서 주도한 사이는 결코 아니었고

(상황 설명만 들어봐도 그건 자명하잖아요)

그리고 신에게 맹세컨대, 나는 파울라를 좋아하는 마음 따위는 없었으니, 간혹 있는 흔하지 않은 휴일에 함께 여기저기 드라이브를 다녔을 뿐, 더구나 그때는 아델라이드가 만삭인 상태였으므로, 그러나 어느 날 저녁, 내가 택시를 차고에 넣고 오는 길에 공화국 경찰 대

장이, 범죄자를 잡으러 온 형사나 FBI 분위기를 풍기며, 플라타너스 나무 뒤편에서 두꺼비처럼 불쑥 나타나 나를 덮쳤으니, 내 말을 지금의 경찰 대장 말고, 당신도 알다시피 물론 지금의 경찰 대장도 예리한 개처럼 생기기는 했지만, 내 말은 예전의 경찰 대장, 마마 자국이 있고, 혈색이 좋아질 거라는 헛된 희망으로 마늘 환약을 복용하던 그 사람, 그러나 혈색이 좋아지는 대신 이 세계 전체를 악취로 가득 채워버렸던

"움직여 너를 만나고 싶어 하는 사람이 위병소에서 기다리고 있으니까"

위병소 앞에는 석 대의 관용 자동차가, 나무를 둘러싼 세 마리 개처럼 주둥이를 국기 게양대에 마주하고 서 있고, 대여섯 명의 사복 비밀경찰이 화물차 운전수들의 맥주잔을 단속하는 중이고, 그중 한 명은 교회탑 위로 기어올라가 황새 둥지의 결백을 점검했으며, 위병소 안에는 젊은 시절 살라자르의 초상화, 나이 든 제독의 초상화, 카드 상자 곁에는 주점에 반납해서 바구니와 병 값을 돌려받으면 세이샬에서 호사스런 점심식사를 즐길 수 있을 만한 텅 빈 오 리터 포도주병 바구니가 한 무더기, 군인들은 유치원 탁자에 둘러앉아, 혀로 입가를 축이며, 미취학 아동의 실력으로 주차위반 딱지를 작성하며, 내가 겨드랑이에 러시아 낙하산 부대를 통째로 숨겨두었을까 의심하는 사복 비밀경찰은, 내 몸의 구멍이란 구멍은 모조리 다 후벼파보았고, 저 건너편 창문 밖, 군인들이 잡초와 쥐들을 사랑스럽게 양육하는 정원, 냄비와 반창고 베토벤 흉상 등을 파는 행상들의 가판대와 망각된 사자들이 좀벌레에게 파먹히고 있는 서커스 천막 사이에 비좁게 틀어박힌 정원, 그리고 마침내 들어선 방, 그 안에는 모자를 쓴 한 남자가, 내가 들어온 것을 알아차리지도 못한 채 시가를 질

경질경 씹고 있었고, 그 밖에도 하사관 한 명, 나는 밤에 그자가 메드 로뉴 술에 취해서, 자신을 쓰러진 동상 정도로 여기는 비둘기들 사이 에서 잠들어 있는 모습을 몇 번 본 것이 기억나니, 나를 데려온 비밀 경찰 소속의 소령은 사진들이 붙어 있는 수첩을 뒤적였고, 모자를 쓴 남자는, 공손한 인사를 건넨 후 차렷자세로 꼼짝도 못하고 서 있는 경찰 대장을 향해서

"이 작자야?"

생선 장수 한 명이 예수의 제자인 양 물 위를 걸어 알바트로스 들을 당황시켰고, 그 바람에 수면은 잠시 근심 어린 이마처럼 주름이 잡혔다가 매끈해졌고, 하사관은 마치, 간경변과 고독을 앓는 영혼이 내지르는 비명처럼 크게 트림을 했고, 소령은 수첩의 한 페이지를 모 자 쓴 남자에게 보여주니, 모자 쓴 남자는 이상하게 낯이 익은데, 어 디서 본 사람인지는 기억나지 않았고

"그렇습니다 장관님"

아 그렇구나, 이 남자는, 텔레비전에서 소방관에게 훈장을 수여 하던 사람, 신문에서 장님들에게 격려의 메시지를 보내던 사람, 검 둥이들을 향해서 단지 아주 손쉬운 한 가지, 즉 굶어죽는다는 조건에 박수로 찬성과 감사를 표해주기만 한다면, 그들도 우리와 마찬가지 로 똑같은 포르투갈 국민이 될 수 있다고 장담하던 사람, 그리고 라 디오에 나와서, 소비에트 군이 이 나라에 쳐들어오면, 자전거 투어와 야외 미사를 금지하는 만행을 벌일 거라고 연설했던 사람, 황새의 애 국심을 점검하던 비밀경찰은, 장난기 많은 동료가 사다리를 갖고 사 라져버리자 욕설을 퍼부었고, 모자를 쓴 남자는 수첩 속 사진에는 눈 길도 주지 않은 채로 나에게

"왜 내 딸을 갖고 놀았던 거야?"

장난기 많은 동료는 저 멀리 가서 교회탑을 향해 사다리를 들어 보이며 손을 흔들었고, 황새 둥지를 살피던 비밀경찰은 이제 동료의 가족에게까지 욕설을 퍼부었고, 나는 아무래도 이건 뭔가 착각이 일어난 거라고, 도대체 이 사람의 딸이 누구인지 알 길이 없으니, 내가 학교를 다닌 건 일생 동안 고작 4년이 전부이고, 집안 형편도 너무 가난해서 엔지니어 정도 되는 사람조차도 한 명 알지 못하는데, 장관님 딸은 더더구나 알 리가 없고, 수의사나 판사의 손자들이 내게 거기 너 이봐 수염 난 놈 쿠스토디아의 조카 너 말이야 하고 함부로 말을 걸어도, 그들에게 꼬박꼬박 존대를 바치고, 내 편에서 감히 악수를 청할 용기도 내지 못하는 사람이니, 소령은 뭔가 보고서처럼 보이는 서류를 내밀며

"장관님이 묻고 있잖아 이 멍청아"

강물에서는 돌과 자갈의 호흡 소리, 프란시스쿠 삼촌이 철석같이 믿는 바에 따르면, 강바닥에는 아주 오래전에 자살한 사람들이 있어서, 그들이 우리에게 말을 걸고 있는 거라고, 삼촌은 나에게 조용히 하라고 시키고는 주의 깊게 강물 소리에 귀 기울이며

"네 이름을 부르는 소리가 들리지 않는단 말이냐?"

나는 내 이름을 부르는 소리를 들을 수 없었고, 그냥 젖은 날개가 퍼덕이는 소리, 공장의 사이렌, 학교의 종치는 소리, 강가 제방의 돌들이 하나씩 떨어져내리는 소리만이, 그러나 망자들이 나를 부르는 소리는 들리지 않았고

"망자들 소리는 안 들리는데요"

내 삼촌 체 프란시스쿠는 집게손가락을 입술 위에 대었으니, 자살자들은 우리의 말소리에 놀라버리기 때문에, 그래서 겁 많은 자살자들은 사방이 조용하지 않으면 우리에게 말을 걸지 않고, 한번 그렇

게 되면 설사 우리가 영원히 기다린다고 해도, 수초 뿌리 사이에 숨은 자살자들은, 그 어떤 소리도 내지 않는다고, 황새 둥지를 뒤지던 비밀경찰은 여전히 교회 탑에 매달린 채, 지금 당장 사다리를 가져다주지 않으면 이대로 땅바닥에 거꾸로 떨어질 거라고, 그러면 참 재미도 있겠다, 이 바보천치들, 하며 위협을 퍼부었고, 소령은 수첩으로 내 콧등을 치면서

"장관님이 묻고 있잖아 이 멍청아"

수첩에는 그란돌라에서, 몬티주에서, 나와 파울라가 처음으로 함께 있었던 채석장에서의 사진이, 당신도 알다시피, 그날 나는, 자살자들과는 다른 소나무의 소리, 희미한 송진의 출렁임, 흩어지며 퍼져나가는 한숨의 콘서트를 들었고, 택시 안에서 엉거주춤한 자세를 취한 파울라와 나의 팔꿈치와 다리, 나의 타투, 천체망원경만큼 두꺼운 파울라의 안경이 카메라를 알아차리지도 못하면서 빤히 응시하는 사진, 살짝 드러난 벗은 어깨, 살짝 드러난 배, 자살자들과는 다른 소나무들의 소리, 바늘 잎을 뒤덮은 더 많은 바늘 잎, 놀라서 얼어붙은 가지, 내려진 차창, 재깍거리며 돌아가는 요금기, 턱까지 끌어올린 그녀의 스웨터, 열리기를 거부하는 단추, 기어 손잡이가 내 바지에 걸렸고, 파울라의 구두가 내 목덜미를 눌러 질식시키니

"세자르"

소나무들, 마치 먼지 속에서 망치를 휘두르는 일꾼의 소리처럼, 키스투스 장미의 소리처럼, 뱀의 혓바닥 소리처럼, 그렇게 소나무들의 소리가 들리고, 산티아고 묘지 앞 광장에서 미나리아재비꽃 파는 여인이 꽃다발 뒤편에서 빤히 지켜보는 가운데 찍힌 나와 파울라의 사진, 신트라 숲, 담장에 기댄 파울라와 나, 거무스름한 차 색깔로 얼룩진 나무와 공작새들 사이에서

"세자르"

나는 소령에게

"잘못 보신 거예요 이건 장관의 딸이 아닙니다 소령님 이 여자
는 파울라라고 하는데 별 볼일 없는 가난뱅이에 불과해요 법무사 사
무실에 다니는데 광장에 사는 도나 알리스의 양딸이죠"

나는, 집에 들어가기 전에, 혹시 겉옷에 무슨 얼룩이나 머리카
락이 붙어 있지 않은지, 늘 세심하게 살폈고, 항상 페레이라의 빵집
화장실에 먼저 들러 푸른색 비누로 몸을 문질러 씻었으며, 파울라가
흥분하면 깨물어대는 수염도 잊지 않고 반듯하게 정돈하는 나는

"세자르"

칼라를 펴고, 빗으로 가르마도 다시 가르고, 페레이라에게 눈짓
으로 커피 한 잔을 주문하면, 질투로 새파래진 페레이라는 에스프레
소 한 잔을 가져다주며

"난봉꾼 같으니"

나는, 힘찬 걸음으로 집 안에 들어시서 큰 소리로 떠들면서, 새
로 바른 벽지에 연필로 낙서하고 있는 마리우 조르지의 따귀를 한 대
때렸고, 그러자 마리우 조르지는 울음을 터뜨렸고, 텔레비전은 울음
을 터뜨렸고, 암캐도 울음을 터뜨렸고, 언젠가 나도 한번 펼쳐봤더
니 근사한 몸매의 젊은 여자들이 광고에 나와서 마음에 들었던 잡지
《마리 클레르》를 읽던 아델라이드는

"무슨 일이야?"

처음에 사귈 때는 꼬챙이처럼 말랐지만 아이를 낳고 나이를 먹
으니 몸무게가 늘어나고, 몸집이 커지고, 그래서 서서히 최고 체급에
도달해버린 아델라이드는 은행에서 일하는데, 세무서에서 하루 종
일 미친놈처럼 서식이나 체크하고 있는 나보다 수입이 더 좋았고, 거

기다 종종 특별수당이나 보너스까지도 받았으며, 내가 신경을 써서 그때그때 의견을 분명히 말하지 않으면 어느새 혼자 집 안의 전권을 휘둘러버리는 여자, 소령은 주먹을 불끈 쥐어 보였고, 마리우 조르지는 발을 쾅쾅 굴러 양탄자의 털을 모조리 망가뜨리면서

"아빠가 날 때렸어"

황새 둥지를 뒤지던 경찰은 마침내 몸에서 이파리를 털어내며, 먼지를 털어내며, 사다리를 내려온 다음, 안전장치를 푼 피스톨을 장난친 동료에게 겨누었고, 모자를 쓴 남자는 손가락으로 바지 멜빵을 튕기며

"살살해 소령"

모자를 쓴 남자는 사진을 한 장 한 장 찬찬히 살피며, 애서가가 책을 건드리듯이 손끝으로 수첩의 페이지를 넘겼고, 서로 팔짱을 끼고 싸구려 호텔로 들어가는 파울라와 나, 서로 팔짱을 끼고 다른 호텔에서 나오는 파울라와 나, 서로 뒤섞인 흐릿한 이미지, 엉덩이인 듯도 하고, 미소인 것 같기도 한, 불분명한 윤곽의 둥그스름한 굴곡, 모자 쓴 남자는 불 꺼진 시가를 입에 문 채, 불이 켜진 라이터를 든 손을 한참 먼 곳에 고정하고는, 사진을 한 장 한 장, 세세한 부분까지 관심을 기울여 살펴보았고, 페이지를 다시 앞으로 넘기다가, 수첩을 닫은 후에 소령을 향해

"소령"

그러자 소령은, 단 한 점의 열정도 없는, 오직 피곤하고 지루한 목소리로

"네 장관님"

모자 쓴 남자는 그제야 나를 알아보았는데, 분노도 호기심도 없이, 오직 미소를 연상시키는 모종의 표정만을 띤 채, 하지만 그것은

진짜 미소라기보다는 사실상 드러낸 이빨이었고, 손을 나른하게 휘저어 시가 연기를 날려버리면서, 수첩을 다시 펼치고 사진을 들여다보더니, 멍하니 울리는 공허한 목소리로, 거의 다정하게, 거의 상냥하게

"애처로운 파울라, 가엾은 파울라"

그사이 누군가 방 안에 들어선 것이 분명하니, 왜냐하면 방 안 공기가 미묘하게 변했으므로, 모자 쓴 남자도 소령도 전혀 움직이지 않았는데, 바람 소리가 나직하게 들렸고 천장의 전등이 흔들렸기 때문에, 나는 아프지는 않았지만, 대신 기이한 피로감이 엄습했으니, 그냥 포기하는 마음, 어떻게 되든 상관 없다는 마음, 혀는 마비되고, 입 속에서 뭔가가 점차 확장되는 느낌, 모자 쓴 남자도 소령도, 수첩의 사진도 더는 보이지 않았고, 위병소도 사라졌으며, 경찰 대장도, 하사관도 없고, 쉴 새 없이 피를 뚝뚝 흘리는 수도꼭지도 없고, 아니 어쩌면 피를 흘리는 그것은 처음부터 수도꼭지가 아니었고, 내가 알기는 하지만 그 정체는 몰랐던 어떤 것이었을 수도 있고, 혹은 그것은, 내가 알기는 하지만 그 정체는 몰랐던 어떤 것이 아니라, 그것은 내 목구멍이고, 내 상반신이고, 나는 피와 이빨 조각을 씻어내기 위해서 샤워를 하고 싶지만 그럴 만한 힘이 없고, 도와주는 사람도 아무도 없었으니, 나는 눈이 안 보이는 채로 파울라를 향해 한 발짝 다가갔고

"파울라"

파울라, 나는 그것이 파울라라고 믿었고, 아니 정확히 말하면 내 멋대로 파울라일 거라고 생각해버렸고, 하지만 그건 파울라가 아니라 한 남자, 너무도 멀리 떨어져 있어서 내 눈에는 보이지도 않는 남자

세 번째 비망록

"애처로운 파울라, 가엾은 파울라"

내 뼈가 살갗 위로 드러났고, 평화와 안식이 분명 다가오리니, 삼촌 제 프란시스쿠는 입술에 손가락을 대고 나를 조용히 시키며

"잘 들어봐 세자르"

강바닥의 바위틈에서 내 이름을 부르고 있는 익사자는 나이가 나와 같았으며, 키도 나와 같았고, 생김새도 나와 흡사했고, 나는 강바닥 모래에 파묻힌 그를 향해 손을 뻗었으나, 내 손은 그를 비껴가기만 했고, 그의 손도 나를 비껴가기만 했고, 나는 그를 향해 손을 뻗었으나 그에게 가닿지는 못했고, 얼굴에 닿는 시멘트 바닥은 너무나 차가웠고, 사복 차림의 비밀경찰은 나를 노려보았고, 어둠과 어둠으로 이어지는 기나긴 세월, 그렇다, 셀 수도 없이 기나긴 세월이 흐른 후, 내가 과장한다고 생각하지만 말기를, 결코 과장이 아니라, 정말로 기나긴 세월이 흐른 후에, 내 침대와 침실 모습이 한 조각 한 조각 나타나기 시작했으니, 그에 따라서 차츰차츰 나도, 인대와 손가락 뼈와 신경과 근육, 그리고 핏줄로 이루어진 통증의 집합체로 탄생하게 되었으니, 아무렇게나 쌓인 것을 그대로 서로 이어붙여 용접한 파편의 덩어리처럼, 그래서 아플 수밖에 없는, 덜그럭거리는 파편들처럼, 사이드테이블에 놓인 라디오가 나를 아프게 했고, 처남에게서 사들인 도루 강의 배 그림이 벽에 걸린 채 나를 아프게 했고, 엷게 늘어지는 모슬린 커튼은 고리 위에서 나직하게 키득거리며 나를 아프게 했고, 육체의 굴곡과 파열하는 색채, 신음과 메아리가 어우러지다가, 서서히 하나의 아델라이드로, 불완전한 아델라이드 형상으로, 아델라이드의 스케치로 응고했고, 아주 느린 속도로 점점 명확해졌으며, 그에 따라서 장난감 기관차를 움켜쥐고 그녀의 치마에 매달려 있는 마리우 조르지의 형상도 서서히 나타났고, 아델라이드가 아닌 아델

라이드는

"당신이 잔뜩 두들겨 맞고 온몸이 엉망이 된 채로 문 앞에 버려져 있었어"

그 아델라이드는, 자세히 관찰해보니 목소리가 매정한 것이, 게다가 결혼반지와 내가 그녀의 생일날 선물해준 금목걸이까지 하고 있으니 진짜 아델라이드가 맞기는 한데, 게다가 앞치마에 있는 비글 보이스 캐릭터까지, 그건 내 무릎에 붕대를 감아준 병원 간호사인 친구 비토르도 마찬가지로, 그는 내 손목에 부목을 단단히 대었고, 바늘을 들고 사라졌다가 다시 나타나, 화끈거리는 크림을 발라주었고, 그래서 나는 도대체 이 크림이 어떤 용도인지, 바늘은 무엇 때문에 들고 다니는 것인지, 솜은, 부목은 왜 필요한 것인지, 그리고 나는 어쩌다가 잔뜩 두들겨 맞고 엉망이 되어서 문 앞에 있게 된 것인지, 생각해보려고 했고, 고무 장갑을 낀 비토르는 핀셋으로 내 왼쪽 귀 안쪽을 긁어내며

"가만히 있어"

방뿐만 아니라, 아델라이드뿐만 아니라, 화장대와 머리에 후광을 두른 성인들, 장롱과 그것이 풍기는 늙은이들과 망각의 서글픈 냄새, 나는, 사복경찰들에 의해 현관 앞 발받침대 위에 던져진, 마치 한 마리

"불쌍한 인생이야 세자르, 참 불쌍한 인생"

죽은 개처럼, 더 이상 입지 않는 헌 옷처럼, 쓰레기처럼, 불쌍한 인생 세자르는 비토르를 쳐다보았고, 아델라이드를 쳐다보았고, 익사자가 나를 쳐다보았듯이 그렇게

"가만히"

강바닥의 바위틈에서 나를 쳐다보았듯이, 나는 혼신의 힘을 다

세 번째 비망록

해 수면을 저어가려 했고

"가만히 있어"

마리우 조르지가 붉은 색연필로 벽지에 낙서를 하고 있었기 때문에, 푸른 버드나무 바구니와 푸른 메달 무늬가 있는 눈알이 튀어나올 만큼 비싼 벽지에, 그걸 벽에 바르느라고 나는 일요일 하루 온종일을 소비했고, 내가 하고 싶었던 말은, 색연필은 아무리 강력한 염소 소독제로도 지워지지 않는다는 것, 이것과 똑같은 벽지는 이제 더 구할 수가 없다는 것, 나는 아이의 따귀를 때리기 위해 일어서려 했으나, 그때 비토르가 내 콧속에 스펀지를 밀어넣었고, 수천 개의 가시가 달린 것이 분명한 스펀지는 그 안에서 요동치면서 내 뺨의 살갗까지 찢어발겼으니

"가만히 있어"

아델라이드는 곁눈질로 그를 바라보고 있었는데, 아델라이드의 손이 그의 어깨 위에, 아델라이드의 허리가 그의 허리에, 아델라이드의 엄지손가락이 그의 목덜미에, 나는 뭔가 이상하다고, 무례하고 파렴치하다는 것을 알아차렸으니, 동굴 벽화를 그릴 운명으로 태어난 마리우 조르지, 들소떼를 한 마리 또 한 마리 계속해서 벽지 위에 그리고 있는 마리우 조르지는 말할 것도 없고, 나는 저들 셋을 한꺼번에 씹어 삼켜버리는 기분으로

"지금 뭐 하는 거야?"

그런데 내게서 튀어나온 것은 분노의 포효가 아니라 보라색 침 줄기, 허약한 부글거림, 신석기인의 영감으로 충만해진 마리우 조르지는, 색연필을 주먹에 쥐고 이제는 내 파자마에 원시 동물들을 그려대기 시작했고, 아델라이드의 입은 비토르의 입을 누르니, 그들은 둘다 말도 안 되는 소리라고, 상처받은 목소리로 강력하게 부인하며

"네가 꿈을 꾼 거지 차라리 파티마랑 하는 게 낫겠다"

불행하게도 파티마는 아델라이드처럼 풍만하지 않고, 털북숭이 난쟁이라는 것, 물론 파티마는 괜찮은 여자고, 물론 파티마는 좋은 가정주부이며, 단지 개들을 겁주어 쫓아버릴 뿐, 아델라이드의 입은 비토르의 입을 누르고, 비토르는 내 몸을 솜뭉치와 이집트식 얼음물로 채운 뒤, 미라처럼 붕대와 반창고로 칭칭 싸맸고

"얼마나 흠씬 두들겨 맞았는지 머릿속까지 다쳐서 네 남편은 지금 우리를 보지도 못해"

창작의 희열에 사로잡힌 마리우 조르지는 네 발로 침대 위를 기면서, 침대 시트에 매머드를 그리기 시작했고, 그렇게 나는 열나흘 동안 빨대로 죽을 빨아먹으며, 소꼬리 수프와 야채 수프, 토마토 수프 등등, 알루미늄 포장재 맛이 나는 인스턴트 음식들로 연명했고, 곤돌라 사공처럼 지팡이에 의지해서 집 안을 돌아다녔고, 처음에는 버드나무 지팡이를 사용하다가, 나중에는 빈약한 내 육신을 짚고, 납처럼 무거운 발걸음으로 바닥을 일 센티미터씩 전진해나갔고, 무릎 담요를 덮고 텔레비전 앞에 앉아 노인용 죽을 먹었고, 숨이 차서 죽을 지경이 되어 페레이라의 빵집으로 들어가서, 한마디 말을 할 기운도 용기도 능력도 없는 상태로 미친 듯이 헉헉대며

"커피"

손님들은 탁자에 몰려 앉아, 병과 찻잔, 토스트빵을 먹었고, 데크 주변에도 손님들이 광장의 플라타너스나무처럼 알가르브의 버스처럼 가득했고, 지붕과 강물, 그리고 저 위쪽의 성채처럼 가득했고, 다행히 파울라는 나를 알아차리지 못했으니, 나는 모든 순교자들에게, 그녀가 제발 나를 알아차리지 못하도록, 일생 동안 두 번 다시는 나를 알아차리지 못하도록 간절히 기도했는데, 만약 그녀가 나를 향

세 번째 비망록

해 미소라도 보낸다면, 나에게 인사를 건네기라도 한다면

"안녕 세자르"

그러면 아델라이드는 다시 곁눈질로 비토르를 바라볼 것이고, 그의 등에 손을 얹을 것이고, 허리를 그의 허리에 갖다댈 것이고, 엄지손가락을 그의 목덜미에, 나는 그런 꼴을 다시는 가만히 보고 있을 수가 없고, 그런 파렴치함과 무례함을 참아줄 수가 없으며, 특히 가장 참을 수 없는 것은, 마리우 조르지가 들소를 마구 그려대서, 푸른 버드나무 바구니와 푸른 메달 무늬가 있는 눈알이 튀어나오게 비싼 벽지를, 그걸 벽에 바르느라고 내가 일요일 하루 온종일을 소비한 벽지를 못쓰게 만드는 일이었으니까.

네 번째 비망록

도취 상태에서 벗어던진 두 개의 신발

진술

어머니와 나는 프라사 두 쉴르 거리의 삶에 완전히 익숙해져 있었고, 그래서 우리가 어느 날 후아 카스틸류와 같은 호화로운 거리에서, 일층에는 엄청나게 비싼 프랑스 의류 부티크가 있고 제복 차림의 수위가 지키고 있는 이렇게 호화로운 건물, 우리 아랫집에는 루마니아 공작이 살고 윗집에는 리스본의 주교가 사는, 방이 여섯 개나 되며 실내는 극장처럼 꾸며졌고 공원이 내다보이는 굉장한 아파트에서 살게 되리라고는, 꿈도 꾸지 못한 것이 당연하고, 아침에 일어나 창을 열면 술렁이는 나무들과 마르케스 데 퐁발 후작의 동상이, 마치 우리집의 일부인 듯이 눈에 들어오고, 거기다 또 어머니가 알아차린 사실은, 밤에 창문을 열어도 마찬가지인 것이, 불이 밝혀진 네온 광고판이 한가득, 에나멜 부츠를 신고 수염을 유리 접착제로 숨긴 여장 남자들의 모습과 함께, 마치 콘솔 탁자 위의 장식품처럼 침실 안으로 들어온다는 것, 하지만 우리 집과 어울리지 않는다고 생각한 어머니는, 손을 휘저어 그들을 쫓아버렸고, 후아 카스틸류 거리, 강을 향해서 내리막으로 뻗어 있는 도시가 한눈에 내려다보이며, 강물 위를 떠다니는 배들의 모습까지, 그 광경은 해마다 크리스마스 때면 지역 관공서에서 만들어놓는 아기 예수 구유 모형 속, 양들과, 동방박사와, 순교자와, 미키마우스의 조카들, 크루스 신부, 갈색 종이 언덕에, 거울의 호수 수면 위에 놓여 있던 조그만 플라스틱 오리들을 연상시켰는데, 구유 모형에는 샤블론 활자로, '모든 이에게 축복을 나누는 축제의 의미로 프라사 두 쉴르의 스카우트 단원들이 자신들만의 힘으로 만들었다'는 안내판이 있었고, 나는 몇 시간 동안이고 서서 그걸 바라보기를 좋아했으며, 밀짚 요람에 누운 채 우리에게 축복을 내려줄 아기 예수, 무릎이 깨어져나가고 오른발은 반창고로 붙인 도자기 아기 예수를 한번 만져보기를 소원했고, 그럴 때마다 어머니는 내 손가락을 때리며

"아기 예수님은 건드리면 안 되는 거야 밀라"

후아 카스틸류 거리의 집, 어머니는 친척들을 초대해서 집 구경을 시켜주었는데, 눈이 휘둥그레진 친척들은 대성당의 제단 앞에라도 선 듯 경외심이 솟구친 나머지 감히 자리에 앉을 엄두조차 내지 못했고, 카모마일 차를 마실 엄두도 내지 못했고, 조심스런 발걸음을 천천히 옮기면서, 장례식의 행렬처럼 작은 소리로 중얼거렸고, 슬픔에 젖은 크리스털의 눈물방울이 허공에 응고된 샹들리에를, 바닥에 상표가 찍힌 은접시들을, 입을 딱 벌린 채 바라보았고, 자랑하고 싶은 마음이 가득한 어머니는 혹시 친척들이 알아차리지 못할까 봐

"접시 바닥의 상표를 봐, 호제리우, 은으로 찍힌 상표라니까"

나체의 여인들과 그녀들을 끌어안고 피리를 부는 숫염소가 있는 비단 침대 커버

"아이구나 세상에"

어머니는 내가 자랑스러워서 어쩔 줄을 모르며

"우리 딸, 보석 같은 우리 딸"

삼촌과 숙모들에게 기적 같은 물건을 하나하나 구경시키며, 할 수만 있다면 입장료라도 받고 싶다는 얼굴이었고, 불쑥 나온 배가 우리 할아버지를 닮은 부처상을 보여주었고, 특히 그 미소는 할아버지가 여섯 잔째의 체리주를 마신 다음, 노래를 부르기 시작하고, 우리를 때리기 시작할 때의 그것과 놀랄 만큼 똑같았으므로, 마지막으로 입을 쩍 벌리고 있는 호랑이 털가죽을 내보일 때는 어른들에게 눈짓을 하며, 어린아이들에게 설명하기를, 이 가죽의 이빨을 만지면 호랑

이가 잡아먹어버린다고 하자, 놀란 아이들이 무서워서 울어댔고, 영
국 여왕과 나란히 팔짱을 끼고 서 있는 프란시스쿠의 사진을 가리키
며, 어머니는 그 앞에서 거의 무릎이라도 구부리고 성호라도 그을 듯
한 자세로, 깊은 확신을 가지고 가슴에서 우러나오는 신실한 목소리
로

"장관님은 밀라의 수호자이십니다 내 새끼손가락이 예견하는
바에 따르면 이분과 밀라는 내년에 결혼할 거예요"

그러자 친척들은 얼른 담뱃불을 끄고, 손을 호주머니에서 빼내
고, 마치 프란시스쿠가 실제로 그 자리에 있기라도 한 것처럼 상체를
반듯하게 세운 뒤, 사진을 향해 목을 길게 빼었고, 나를 향해 목을 길
게 빼었고, 내 머리에 왕관이 올려졌다고 상상하면서, 호랑이 털가죽
에게, 혹은 부처상에게 보였던 것보다 더한 경외와 존경을 바쳤고

"아이구나 세상에"

그러면 어머니는, 거실 한가운데서, 나와 친근한 관계라는 특권
에, 장관님의 여자친구와 함께 산다는 특권에 감격하여, 내 스커트의
보이지 않는 먼지를 손가락으로 털어내었고, 내 뺨에 조그만 거머리
처럼 찰싹 달라붙는 입맞춤을 보내며

"우리 딸, 보석 같은 우리 딸"

그리고 어머니는 친척들에게, 자신감 가득한 목소리, 우리끼리
니까 해준다는 말투로, 살라자르와 추기경이 우리 집을 이틀에 한 번
꼴로 찾아온다고, 그들이 어머니에게 도나 도리스라고 부른다고, 우
리 집 앞 인도에는 경찰관이 한 명 상주하고 있어서, 못된 공산주의
자들로부터 우리를 지켜준다고, 그리고 살라자르와 추기경이 우리
집에 있을 때는, 이 구역이 수십 명 수백 명의 군인과 장교들로 가득
차며, 그들이 길에서 어머니와 마주치면 군대식으로 절도있게 경례

를 올리고, 더할 나위 없이 반듯하고 예의 바르게 시장바구니를 들어
준다고

"야채 꾸러미 들어드리겠습니다 도나 도리스,"

그러면 코딱지만 한 어두운 단칸방에서 사는 친척들은, 벌어진
입을 다물지 못한 채 머릿수건을 다시 고쳐 매며

"아이구나 세상에"

어머니는, 프란시스쿠가 모자를 쓰고 시가를 물고 양가죽 장화
차림으로, 그 특유의 소탈한 태도로 바지 멜빵을 튕기면서 우리 가게
에 처음 나타났던 날, 그는 원래 구두닦이나 신문 가판대의 점원처
럼, 매우 소탈하고도 꾸밈이 없는 것이 특징이니까, 그를 본 어머니
는

사람이란 얼마나 쉽게 바뀌는지

계산대를 주먹으로 두드리며

"어디서 저런 늙다리 촌놈을 낚아온 거냐 밀라"

그때 가게에서 고무밴드를 사고 있던 한 나이 든 여자는, 그녀
도 체질이 어머니와 비슷했는데, 간호사인 조카 덕분에 질병에 대해
서 지식이 좀 있었고, 그래서 늘 혈전증이나 삐뚤어진 입을 갖게 될
까 봐, 행여나 나중에 목발을 짚고 다니게 될까 봐 노심초사하고 있
는 처지였으므로

"그러면 안 돼요 혈압을 조심하세요 도나 도리스"

프라사 두 쉴르 거리에 태풍이 몰아쳤고, 건강검진센터 앞 말라
빠진 결핵 환자들은 가랑잎처럼 이리저리 휘날렸으니, 다음 날 새벽
이면 청소부가 빗자루로 쓸어서 내다버려야 할 정도, 보조미용사들
은 이층 발코니에서 아래를 내려다보며, 아래층 매트리스 가게 주인
과 농담을 주고받으며 희희덕거리니, 가게 주인은 미용사들에게, 석

네 번째 비망록

판처럼 단단하여 관절염 전문 병원에 뻣뻣한 목이나 굽은 등 증세로 상담하러 오는 환자 수를 다섯 배로 늘려주었던 특수 교정 베개를 추천하는 중이었고, 프라사 두 쉴르 거리는, 실내화를 신은, 거의 걷지도 못하는 노인들과, 그들과 부딪히는 장님들로 가득했고, 장님들은 노인들의 퉁퉁 부은 발과 타조처럼 뾰죽한 발톱을 무자비하게 밟았으며, 프란시스쿠 앞에 버티고 선 어머니는 그의 흰 머리칼, 그의 주름살, 이중턱의 상태를 점검했고, 그에게서 풍기는 늙은이 체취를 킁킁거린 후, 암탉처럼 종종걸음치며 황급히 계산대 뒤로 돌아와서는

"그래 참 잘도 골랐다 잘도 골랐어 동네 놈팽이들이랑 모조리 놀아나더니 이제는 어디 가서 늙어빠진 영감탱이를 집어온 거냐 그것도 네 아버지보다도 더 늙어빠진 물건을 하자 없는 남자랑은 아예 사귀지 못하는 이유가 도대체 뭐니 밀라"

나는 프란시스쿠를, 묘지 앞 알투 두 카스텔류 정류장에서 집에 돌아가는 버스를 기다리다가 처음 만났는데, 묘지의 대리석 담장에는 리스본 동부 묘지라고 적혀 있었고, 나와 내 어머니 같은 사람들이 사는 인근의 집들은, 창문 앞에 놋쇠 횃대를 설치하여 앵무새를 길렀으며, 나는 강을 내려다보고 있었고, 하지만 정기 여객선과 군함이 있는 에두아르두 7세 공원의 그런 강이 아니라, 그냥 싸구려 강, 우리 같은 사람들의 주머니 사정에 어울리는 강, 컨테이너와 화물선, 화물 하역장, 내가 가게에서 벌어들이는 돈으로 할부 구매할 수 있고, 프라사 두 쉴르 거리로 가져와서, 거실을 꾸미거나 텔레비전 위에 올려둘 수 있는 강, 그렇게 나는 버스정류장에 카를로스와 함께 서 있었으니, 어머니는 카를로스를 싫어했고, 이유는 그가 직업이 없기 때문에, 하는 일이라고는 오직 휴게소 클럽에서 당구 치는 것이 전부였기 때문에, 그때 차를 타고 지나가던 한 나이 든 남자가 주머

니에서 안경을 꺼내 쓰고는 나를 빤히 바라보았고, 그의 차를 운전하던 군복 차림의 상병은, 나이 든 남자가 뭐라고 지시하자 자동차를 내 바로 앞, 겨우 이삼 미터 떨어진 곳에 세웠으며, 나이 든 남자는 시가를 꺼내 입에 물고는, 시가가 안경보다 나를 살피기에 더욱 도움이 되는 도구라는 듯이, 계속해서 나를 바라보았고, 카를로스는 노인에게서 등을 돌린 채, 안락한 자동차 쿠션에 앉아 있는 그 노인이 뭔가 불편하기도 했고 또 상병이 자신을 체포할까 봐 두렵기도 했으므로, 이빨 사이로 나직하게

"저 영감탱이는 누군데 저러는 거지?"

노인의 자동차는 버스를 따라 모라이스 소아레스 거리를 달렸고, 버스와 함께 멈추었다가, 다시 출발했고, 멈추었다가, 출발했고, 거리 전체의 차들이 화가 나서 경적을 울려대는 가운데서도, 끝까지 우리를 따라왔으니, 버스에서 내린 우리가 파사데와 파사데를, 행상인들, 초라한 소규모 가게들을 지나는 동안, 성이 나서 미친 듯이 울려내는 경적들, 하시만 전혀 개의치 않는 노인은, 시가와, 안경, 불그스름하게 가장가리가 충혈된 눈을 내게서 떼지 않고 있으니, 카를로스는

"저 영감탱이는 누군데 저러는 거지?"

잔뜩 공포에 질려서, 노인은 형사가 맞을 것이다, 지난번 친구가 일주일만 맡아달라고 부탁한 일본산 시계 다섯 상자 때문에 뭔가 문제가 생겨서 그를 추적하는 것이리라, 친구는 그것이 자기 아내를 위한 깜짝 생일선물이라고 말했는데, 마음이 착한 카를로스는 친구의 시계를 맡아주었고, 하지만 나는 전혀 이해할 수가 없었으니, 왜 아내에게 생일선물로 하필이면 사백이십칠 개의 시계를 한꺼번에 선물한단 말인가, 경찰도 이해하지 못하는 건 마찬가지였으므로, 그

네 번째 비망록

래서 그들은 판사가 동석한 자리에서 카를로스와 대화해볼 필요를 느꼈고, 산토스에 있는 그의 아파트에 소형 화물차를 끌고 정기적으로 찾아와서, 그가 당구 친구의 부탁으로 맡아놓은 텔레비전과 라디오를 가득 싣고 가버리곤 했으니, 카를로스가 전자제품들을 방수천으로 덮어둔 것은 먼지를 막기 위함이지 결코 숨기려는 의도는 아니었고, 그의 당구 친구는 철두철미하게 정직한 상사 직원으로, 사장이 월급을 올려주어서 헤벨바에 있는 집으로 이사를 가야 하므로 짐을 맡겨둔 거라고, 우리는 거리 아래쪽을 불안하게 힐끔힐끔 살피며 미모자 두 쉴레 거리에서 달팽이를 먹었고, 나는 카를로스에게

"네 친구는 왜 그 많은 텔레비전이 필요한 거야 왜 그 많은 라디오가 필요한 거야?"

항상 식당에서 뒷문 가까운 곳의 자리만을 고집하는 카를로스, 그가 주장하는 바에 따르면, 그 자리의 공기가 다른 자리보다 훨씬 더 좋고 쾌적하기 때문에, 특히 뒷문이 불빛이 없는 어둑한 뒷골목과 바로 연결된다면 더더욱, 카를로스는 뭘 모르는 나를 답답해하면서, 떨리는 바늘로 달팽이를 껍질에서 꺼냈고

"네가 커다란 저택을 산다고 상상해봐, 그런데 시어머니랑 네 명의 어린 자식들이랑 함께 살아야 한다고 상상해봐, 그 상황에서 매일 저녁마다 채널 때문에 싸우지 않으려면 당연히 텔레비전이 여러 대 필요하지 않겠어"

입안에 달팽이를 넣자, 짭짤한 맛이 혀 전체에 퍼졌고, 카를로스가 가족 생활에 그토록 큰 관심을 갖고 있으며, 아이들을 그 정도로 세심하게 배려할 줄 안다는 사실에 감동받은 나는, 그의 발목 한 개를 내 다리 사이에 끼웠고, 그런 카를로스

세상이란 얼마나 불공평한지

지난주 신문기사에서, 그의 탈옥 사건에 대해 보도하면서, 사회적으로, 그리고 치료 목적으로 필요할 경우 헤로인을 허가해달라고 요구했다는 이유로 그를 무자비하게 체포하여 가두어버렸던 포르투 감옥에서 그날 총격전과 사상자가 발생했다고 하여, 그를 위험한 전과자라고 낙인찍었으니, 하지만 원래 하던 이야기로 돌아가기로 하자, 나이 든 남자와 상병이 탄 자동차는 우리를 알투 드 사웅 주앙에서 프라사 두 쉴르 거리까지 쫓아왔고, 나이 든 남자가 형사일 거라고 짐작한 카를로스는 공포에 떨면서, 친구가 아내에게 선물하려는 다섯 상자의 일본 시계 때문에 뭔가 오해가 생겨서 자신을 추적하고 있다고 겁을 먹은 나머지, 마침내 내 팔을 놓아버리더니

"내가 편지 쓸게 밀라"

내가 마음의 준비를 할 겨를도 주지 않고, 순식간에 올레가리오 마리아노 거리 모퉁이로, 골목길의 인파 속으로, 야채상의 삼륜차, 과일이 썩어가는 상자들, 다리 뒤편의 허물어진 낡은 집들 사이로, 그 누구도 살지 않는 폐허의 공간 속으로 사라져버렸고, 그 이후로 카를로스는 나에게 편지를 쓰지도, 전화를 걸지도 않았고, 휴게소 클럽의 절름발이 남자를 통해서 간단한 메시지를 전해오지도 않았으니, 네시에 이그레자 두스 안주스 성당에서 기다릴게, 점심시간에 내가 있는 후아 다 팔마 거리로 와, 일이 끝난 다음에 어떻게든 핑계를 대고 아호이오스 관청 앞으로 와 봐, 비단 천을 사야 한다는, 혹은 단추가 필요하다는 핑계를 대고 찾아온 절름발이 남자가, 어머니가 손님과 이야기하느라 한눈을 파는 사이, 구겨진 쪽지에 연필로 쓴 그런 메시지를 나에게 재빨리 남몰래 넘겨주고, 나는 이그레자 두스 안주스로, 후아 다 팔마 거리로, 혹은 아호이오스 관청으로 가고, 카를로스는

네 번째 비망록

"쉿 쉿"

문지방 위에서, 주의 깊은 시선으로 주변을 둘러보며, 언제라도 당장 마라톤을 시작할 수 있게 뛸 준비를 갖춘 카를로스, 경찰에게는 휴머니즘이란 것이 아예 없으니까, 카를로스의 너그러운 마음씨가 그들의 마음에 들지 않으니까, 친구의 깜짝 선물을 위해, 그리고 정직함 하나를 무기로 이 세계에서 성공을 거두려는 젊은이들의 이사를 돕느라 물건을 보관 중이었다는 사실을 전혀 고려하지 못하니까, 카를로스는 나에게 편지를 쓰지도, 전화를 걸지도 않았고, 휴게소 클럽의 절름발이 남자를 통해서 간단한 메시지를 전해오지도 않았지만, 그 대신 상병이 나나 내 어머니에게 꽃과 귀걸이, 반지를 선물로 전해주기 시작했으니, 상병은 그때마다 우리에게 길가 자동차를 가리키면서, 이 선물은 모두 장관님이 주는 거라고 알렸고, 나이 든 남자는 시가를 문 채, 주차된 자동차 안에서 충혈된 눈동자로 나를 빤히 응시했고, 상병은 뒤꿈치를 착 소리나게 붙이며 인사를 한 후, 다시 운전석에 앉아 알미란트 헤이스 거리를 따라 내려갔고, 어머니는 죽은 쥐라도 살피는 사람처럼, 분홍 리본이 달리고 셀로판지로 포장된 치자꽃 바구니를 가게 탁자에 올려 차근차근 관찰하더니, 의심스럽다는 태도로 미터 자를 든 손을 씰룩이며

"누가 우리를 가지고 장난치는 거 맞지, 밀라?"

벨벳 상자를 열고 보석을 꺼내어, 도저히 믿기 힘든 얼굴로 깨물어보았고, 귀걸이를 보고, 반지를 보고, 화를 내었으며, 왜냐하면 어머니는 내가 카를로스의 자선활동에 함께 동참한 것이라고 믿었으니까, 한번은 혈압이 상승한 어머니가 참지 못하고 자로 내 등짝을 내리쳐서 자가 부러져버릴 정도였고

"이건 진짜 금이잖아 밀라 도대체 무슨 일에 끼어든 거냐 얼른

털어놓지 못하겠니?"

치자꽃과 귀걸이와 반지뿐만이 아니라, 목걸이, 팔찌, 대성당의 향료보다 더 냄새가 좋은 일 리터들이 향수, 속에 리큐르가 들어간 벨기에산 초콜릿, 크리스털 낙타, 만틸라 숄, 어머니를 위한 침실용 물주머니와 속을 채운 포근한 슬리퍼, 그뿐 아니라 인도네시아산 신상들, 코르벳 전함 수채화, 노란 돌이 박힌 에그 타르트 크기의 브로치, 화구가 여섯 개나 있는 가스레인지, 우리 집 부엌에는 들어가지도 않는 대형 냉장고, 상병은 뒤꿈치를 착 소리나게 붙이며

"장관님의 선물입니다 아가씨"

나이 든 남자는 말 한마디 하지 않았고, 자동차 안의 쿠션에 앉아 시가와 안경을 나를 향해 겨누고 있을 뿐이었고, 어머니는 일요일마다 숄을 걸쳤고, 심지어 햇빛이 가장 뜨거운 팔월까지도, 속을 채운 슬리퍼를 신었고, 그래서 한여름에 에스키모처럼 둘둘 싸맨 어머니를 보는 사람이 도리어 땀을 줄줄 흘리도록 만들었으니, 어머니는 아침에 가게 문을 열자마자, 노란 돌이 박힌 브로치를 앞치마에 꽂았고, 탁자 앞에 서서는, 손님을 맞을 생각도 하지 않고, 예복 차림의 상병이 별무늬 포장지에 싸인 선물 꾸러미를 들고 가게 안으로 들어서기만을 기다렸으니, 어머니가 페냐 드 프란사로 집세를 내러 가자, 집주인은 수도관을 고쳐주겠다고, 지붕을 수리해주겠다고, 페인트 칠을 새로 해주겠다고 약속했으며, 평소에는 어머니에게 함부로 말하고 집세가 조금이라도 밀리면 당장 쫓아내버리겠다고 위협을 일삼던 바로 그 집주인이, 층계참에 서서 가슴을 잔뜩 부풀리고 고함을 치던 그 집주인이

"다음에 또 세가 밀리면 당신의 허섭스레기를 모조리 다 길거리에 내동댕이칠 테니 각오해 이 거짓말쟁이 여편네야"

네 번째 비망록

갑자기 친절해졌고, 예의 바르게 지난 잘못을 몇 번이나 사과했고, 세심한 배려의 태도로 어머니를 집 안으로 들여서, 소파에 널브러진 신문을 다 치워 자리를 마련했으며, 호의가 넘치는 집주인은 하녀를 불러, 어머니에게 바닐라 과자와 포도주를 가져오게 했고

"장관님이 이미 집세를 모두 지불했습니다 도나 도리스 장관님과 친척 사이라는 말을 왜 미리 하지 않았나요 그랬더라면 그동안 불필요한 갈등도 없었을 텐데 말입니다 도나 도리스 서로 얼굴 붉힐 일도 없었을 텐데 말입니다 도나 도리스 어제 나는 장관님에게 편지를 썼어요 늦어도 다음주까지는 당신 집의 변기 탱크와 수도꼭지를 교체하고 바닥의 양탄자도 치우고 마루도 새로 깔아주겠다고요 도나 도리스 장관님이 나에 대해서 좋은 인상을 갖기를 바랍니다 도나 도리스 나는 애국자거든요 선거 때마다 나는 항상 살라자르에게 투표했어요 맹세합니다"

만틸라 숄과 진짜 금귀걸이를 한 어머니는, 속을 채운 슬리퍼를 벗고 발을 주물렀는데

(그러자 집주인은 감동스러울 만큼 재빨리 문으로 달려가더니

"내 아내가 쓰는 티눈 약을 가져다드릴게요 끝내주게 잘 듣는 약이랍니다 도나 도리스 그리고 따뜻한 물도 가져다드릴게요 발을 담그고 쉬세요 그러면 훨씬 나아질 거예요 일단 먼저 라지 사이즈 티눈 약 밴드를 가져다드릴게요")

어머니는 추가로 녹슬지 않는 알루미늄 냄비와 금속 재질의 블라인드, 이중 잠금장치, 황금 백조가 들어간 타일, 복도에는 잔금무늬가 들어간 유리 조명을 요구했고, 집주인은 어머니에게 꺼지라고 소리치는 대신에, 창백하게 질린 낯빛으로 전부 받아적으면서, 감히 한마디 항의도 하지 못했고

"그럼요 당연하지요 도나 도리스 그럼요 당연하지요 도나 도리스 내일 아침 정각 아홉시에 일꾼들이 집에 도착하도록 하겠습니다"

발을 따뜻한 물에 담그고 기분 좋게 앉은 어머니는, 잔을 내밀어 두 번째 포도주를 채우게 했고, 이 기회를 이용하여, 현대식 초인종까지도 요구했으니, 미국 영화에서 나오는 것처럼, 누르면 저절로 카슈미르 코드가 울리거나 미뉴에트나 왈츠가 연주되는 초인종, 집주인은 어머니에게 빈티지 포트 포도주를 따라주었고, 다리를 닦으라고 깨끗한 새 수건을 가져다주었고, 하인처럼 발끝을 세우고 걸으며 그녀를 복도까지 배웅해주면서

"미국식 초인종을 구해볼게요 도나 도리스 미뉴에트 음악이 나오는 초인종을 구해볼게요 장관님에게 인사 전해주세요 도나 도리스 만약 다른 세입자가 괴롭히면 나에게 전화만 하세요"

어느 날 오후, 나는 캄푸 드 산타나 근처의 파수 다 하인냐 거리에 사는 손님에게 저지천 3미터를 배달할 일이 있었고, 그곳에 갈 기회가 있으면 늘 그렇듯이 가로수 아래 벤치에 앉아서, 가짜처럼 보이는 수염을 기른 거지를, 목이 물음표처럼 휘어진 백조들을 바라보고 있었는데, 갑자기 나이 든 남자를 태운 자동차가 내 바로 곁에 서더니, 쿠션 의자에 파묻힌 시가와 안경이 나를 빤히 응시했고, 손에 감송향 한 송이를 든 상병이

"장관님께서 이야기를 하고 싶어 하십니다"

장관님의 축축한 손가락이 시가를 눌러서 껐고, 내 몸을 눌러서 붙잡았고, 장례식용 감송향을 눌러 그 질병의 향기가 내 허벅지에 퍼져나가게 했고, 그사이 자동차는 시체 안치소를 지나 마르팅 모니스 광장을 거쳐 카이스 다스 콜루나스 부두로, 의족과 의수가 전시된 상점들과 부검대 위에서 검시의를 기다리는 자살자처럼 나체인 마네

네 번째 비망록

킹들, 카이스 다스 콜루나스 부두에는 알마다와 몬티주로 가려는 승객들이 가득했고, 광장에는 살라자르의 초상화, 제독의 초상화, 나이든 남자는 고개 숙여 인사하는 사람들은 본 체 만 체, 나보다 백 배는 더 근사한 머리 모양을 한, 나보다 백 배는 더 좋은 옷을 입은, 그리고 나보다 백 배는 더 어여쁜 여비서에게

"아무도 들여보내지 마 아멜리아"

벽에는 깃발 하나와, 포르투갈의 지도, 책장, 전화기, 편지함, 크롬 도금된 사자 문진은 재떨이를 집어삼키려는 모양새였고, 가까이서 관찰한 나이 든 남자는, 안경알 때문에 눈이 실제보다 더 커 보였고, 속눈썹이 지네의 발처럼 쉴 새 없이 움직이는 모양새가, 마치 안경 뒤편 눈동자가 머리에서 빠져나오려고 발버둥치는 것 같았고, 그렇게 튀어나온 눈동자는 재킷에서 바지로 흘러내리고, 바지에서 바닥으로 떨어져서 꿈틀거리다가, 바퀴벌레처럼 재빨리 가구 틈새로 숨어서, 내가 떠나기를, 그래서 다시 코의 양옆 자신의 제자리로 돌아가기를 조바심치며 기다리게 될 것 같았고, 축축한 장례식용 감송향 손가락이 내 손 위에, 내 어깨 위에, 어린아이처럼 애원하며 내 목덜미의 힘줄을 더듬었으니

"밀라"

나이 든 남자는 나를 껴안지 않았고, 내게 입 맞추지도 않았고, 카를로스와는 달리 나를 건드리거나 귀를 애무하지조차 않았고, 카를로스라면 겁이 난 내가 울음을 터뜨릴 때까지 내 몸을 마구 주물렀을 텐데

"카를로스"

카를로스라면 내 속치마와 블라우스를 찢고, 내가 아파하든 말든 신경 쓰지 않으면서 그의 무릎으로 내 무릎을 찍어눌렀을 텐데

"이런 제길 이런 제길"

감동도 없고, 찬사도 없고, 단지 열에 들떠서 서두를 뿐, 단지 이기적인 욕심뿐

"이런 제길 이런 제길"

그런데 나이 든 남자는 축축한 손가락으로 나를 가볍게 쓰다듬기만 하면서 계속해서

"밀라"

하고 내 이름을 부르기만 하니, 그의 축축한 손가락이 목 뒤편 어느 지점을 건드렸고, 항상 사람을 흥분시키고 간지럽게 하고 욕망을 불러일으키는 지점, 하지만 나이 든 남자가 건드리는 방식은 좀 달라서, 나는 아주 묘한 감정, 눈물이 솟구칠 때와 같은 감정을 느꼈고, 그러나 실제로 눈물을 흘릴 때보다는 좀 더 약한 감정, 다음 날 나는 주문이 있어서 파이바 코우세이루에 가야 했는데, 내가 밖으로 나오자 눈앞에 제복을 입은 상병의 자동차가 서서, 거리 전체의 교통을 완전히 막고 있었고, 그의 뒤로 길게 이어진 차들이 경적을 울려대는 가운데, 차창 안에서 나를 바라보는 안경과 가장자리가 붉게 충혈된 눈, 마찬가지로 장례식용 감송향 한 송이, 달팽이처럼 미끈거리는 손가락이 이곳저곳을, 카이스 다스 콜루나스 부두로 의족과 의수를 지나, 나체인 마네킹들을 지나, 어린아이 같은 애원

"밀라"

그리고 그가 내 목 뒤를 건드릴 때, 어제와 마찬가지로 기묘한 감정, 눈물이 솟구칠 때와 같은 감정, 다음 날은 자동차가 데스테후에 서 있었고, 그다음 날은 바라옹 드 사브로자에, 그다음 날은 예전에는 볼레로였지만 지금은 공사 중인 장소에, 단 한번 전화가 온 적도 있으니, 벨이 울리고 내가 수화기를 들자

네 번째 비망록

"여보세요?"

그 어떤 목소리도 대답하지 않았고, 전화선 저편에는 사람이 아예 없었고, 아니 정확히 말하면, 누군가 숨쉬는 소리, 숨죽인 흐느낌, 잠시 정적, 그리고 수화기를 내려놓는 소리, 나는 어리둥절하여

"여보세요?"

금요일, 그날은 아무런 주문이 없었기에 나는 가게의 진열대 앞에서, 지금 안경과 충혈된 눈두덩의 남자를 태운 자동차는 어디에 있을까 궁금해하며, 나이 든 남자가, 손에는 감송향 한 송이를 든 채

"왼쪽으로 꺾어 토마스 오른쪽으로 꺾어 토마스"

인도에서, 길거리 카페에서, 빵집에서, 할인행사 상점에서 나를 찾아다니는 것을 상상했고, 그러면서 나는 카를로스를 생각했는데, 여러 가지 일에도 불구하고 나는 그를 그리워했으므로, 그 누구도 살지 않는 폐허의 다리에서 그를 몰래 만나기를, 자동차 출입구에서, 극장에서, 나는 언제나 영화가 시작하기 전에 극장에 도착하고, 그는 영화의 중간에, 검은 선글라스를 쓰고 겉옷의 깃을 세운 채 들어오고, 내가 영화 속에서 서너 명씩 한꺼번에 쓰러지는 갱들을 보면서 한참 웃고 있을 즈음에 갑자기

"어머!"

내 귓속을 파고드는 혓바닥의 중얼거림, 우리 뒤편의 관객들은 기분이 상해서 양가죽 의자 위에서 비비적댔고, 여전히 나는 궁금증이 풀리지 않았으니, 자동차는 지금 리스본의 어디를 헤매고 있을까, 그런데 그 순간 나이 든 남자가 가게 안에 이미 들어와 있었고, 모자와 시가, 그리고 양가죽 장화, 손에는 감송향 한 송이, 바지 멜빵을 튕기며, 부은 눈두덩을 깜빡이며, 잔돈이 짤랑거리는 계산대를 향해 똑바로

"밀라"

충격의 뒤를 잇는 긴장감, 수백 년은 걸린 듯한 정적, 가게에 걸린 시계의 초침은 두 개의 금 사이에서 멈추어버렸고, 얼이 빠진 듯한 어머니의 얼굴, 기묘한 분노로 이글거리는 어머니의 얼굴, 이제 사정을 알겠다는 어머니의 얼굴, 어머니의 표정은 수면에 비친 그림자처럼 각 방향으로 일그러졌고

"어디서 저런 늙다리 촌놈을 낚아온 거냐 밀라"

어머니가 막 상대하고 있던 손님은 나이 든 여자인데, 체질이 어머니와 흡사한 그녀는 간호사인 조카 덕분에 질병에 대해서 지식이 좀 있었고, 그래서 늘 혈전증이나 삐뚤어진 입, 혹은 목발을 짚고 다니게 될까 봐 걱정을 하고 있는 처지였으므로

"그러면 안 돼요 혈압을 조심하세요 도나 도리스"

어머니는 카를로스를 미워했고, 마찬가지 이유로 페르난두와 아메리쿠도 미워했으니, 그들은 모범적인 이스테파니아 클럽에 춤추러 가지 않고 관공서에서 공무원으로 일하지도 않으며, 나와 외출하게 해달라고 허락을 구하지도 않고, 어머니의 위궤양 증세에 대해서 궁금해하지도 않고 효력있는 약초차를 추천할 줄도 모르며, 자정이 넘은 늦은 시각에 산발한 머리에 흘러내린 머리끈, 그리고 단추가 떨어져나간 나를 집에 데려다주면서, 단 한번도 부활절 선물이라며 리큐르 술병을 들고 오는 일도 없었기 때문에, 어머니는 진열대를 빙 돌아서 나이 든 남자 앞에 버티고 섰고, 그의 백발과 주름, 이중턱을 점검해보고는

"그래 참 잘도 골랐다 잘도 골랐어 동네 놈팽이들이랑 모조리 놀아나더니 이제는 어디 가서 늙어빠진 영감탱이를 집어온 거냐 그 것도 네 아버지보다도 더 늙어빠진 물건을 하자 없는 남자랑은 아예

네 번째 비망록

사귀지 못하는 이유가 도대체 뭐니 밀라"

내가 집시들이랑 엮인 거라고 당장 추측해버린 어머니는, 머릿수건을 뒤집어쓴 내가 푸성귀와 고약한 냄새 나는 장어가 실린 마차에 타고, 바이후 다스 콜로니아스 지역에서 비타민을 파는 광경을 떠올렸고, 내가 리스본 변두리의 텐트에서 석유 풍로 하나와 노새 한 마리를 데리고 살아가는 것을 떠올렸고, 내가 잠들었을 때 노새가 입으로 바람을 불어서 똥파리를 쫓는 광경을 떠올리면서

"네 아버지보다도 더 늙어빠진 영감탱이가 아니냐 하자 없는 남자랑은 아예 사귀지 못하는 이유가 도대체 뭐니 밀라"

상병은 가게 입구에서, 주인을 편들어주기 위해 언제라도 달려올 자세로 상황을 지켜보고 있었고, 나이 든 남자는 손에 든 감송향이 코끝을 스치는 자세로, 어눌한 사과의 말만 늘어놓고 있었고, 그 모든 장면을 내려다보는 나는, 손풍금처럼 손잡이를 돌리기만 하면 동전이 폴카를 추게 만들 수도 있는 계산대의 왕좌에 앉은 채로

"장관님이에요 어머니"

장관님, 어머니, 극장에도 아무도 살지 않는 폐허의 다리에도 콘스탄티누 정원에도 나를 데려가지 않았던 장관님의 축축한 손가락, 내 손에 감송향을 건네주며, 배들을 향해서, 테주 강을 향해서, 초록 노새에 올라탄 초록빛 왕의 동상으로 시선을 돌리던 장관님, 나이 많은 남자, 담배로 쉬어버린 목소리

"너는 내가 아주 오래전에 알던 누군가와 놀랄 만큼 닮았어 밀라"

그때 텔레비전과 신문에서 보았던 그의 얼굴을 기억해낸 여자 손님이, 이 영감탱이가 누구인지, 이 늙다리 촌놈이 누구인지, 이 하자 있는 남자가 누구인지를 알리는 몸짓을 보냈고, 시계의 초침은 다

시 움직이기 시작했으며, 상병은 여전히 문 옆에서 꼿꼿한 자세로 서 있고, 사물에게서 종종 나타나는 이해할 수 없이 변덕스러운 성질을 하필이면 이때 갑자기 드러낸 계산대는, 내가 단추를 누르지도 않았는데 저절로 서랍이 열리면서 지폐와 동전이 마구 튀어올랐고, 어머니는 여자 손님의 손짓 설명에 손짓으로 답하면서, 한쪽 다리를 들어 슬리퍼를 내보였고, 귀걸이를 반지를 반짝였고, 조그만 돌이 박힌 브로치를 반짝였고, 만틸라 숄을 잡더니 늙은 영감탱이의 소매에 매달리면서, 주교의 미트라 모자에 하듯이, 허리를 굽혀 절을 했으니

　"이건 내가 신어본 것 중에서 단연 최고의 슬리퍼예요 장관님"

　어머니는 발 하나로 서서 균형을 잡으면서, 슬리퍼의 두툼한 안감과 체크무늬 천을 내보였고, 여자 손님 덕분에 크게 고무된 어머니는, 마네킹처럼 의기양양하게 가게 안을 걸음으로써, 늙어빠진 영감탱이가 슬리퍼를 잘 볼 수 있도록 했고, 우리 집 문 손잡이를 돌려 연 다음에는, 이불을 반듯하게 정돈하고, 먹다 남은 음식 접시를 몰래 소파 아래로 밀어넣었고

　"집 안이 어수선해서 죄송합니다 장관님"

　소파에는 먹다 남은 음식 접시뿐만이 아니라, 냄비와 수저, 수프 그릇이 굴러다녔고, 바닥에는 헌 신문지와 뜨개옷, 타버린 전구, 창턱에는 행주, 찬장 옆에는 걸레가 든 양동이, 옷걸이 가장자리에는 거미줄, 탁자에서 굴러다니는 쥐털 뭉치, 어머니는 서둘러서 닦고, 쓸고, 문지르고, 양탄자를 털고, 숟가락과, 빵조각, 뼈다귀, 그릇, 쓰레기를 모조리 서랍 속에 몰아넣고, 방취제를 뿌리고, 환기를 시키고, 씻느라 정신이 없었고, 장관님, 나이 든 남자, 노인, 늙어빠진 영감탱이, 늙다리 촌놈이 손에 감송향을 든 채 조그만 거실 매트 위에 서서 기다리는 동안, 어머니는 부엌에서 찻잔과 유리잔 잔받침을 서

둘러 건조대 위에 덜그럭거리며 올리다가, 그릇들이 한꺼번에 쏟아져내리는 바람에, 바닥에서 산산조각이 났고, 어머니는

"가난한 사람들이 사는 집이란 게 다 이래요 죄송합니다 장관님"

나는 그런 어머니가 부끄러웠고, 나이 든 남자가 가엾게 여겨졌으므로, 말없이 그에게 다가가 축축한 손가락을 잡고, 그를 내 방으로 이끌어, 등 뒤에서 방문을 닫았으니, 프라사 두 쉴르 거리에는 밤이 내렸고, 어둠 속에서 나는 그의 얼굴을 볼 수가 없었고, 그의 표정도 인상도 눈동자도 볼 수가 없었고, 나는 그가 카를로스라고 상상하며 그의 나이를 잊었고, 그가 카를로스라고 상상하며, 그가 카를로스라고 온 마음을 다해 믿었고, 그러자 마치, 새로 태어나는 듯한 느낌이었다.

추가 진술

어느 날 딸이 자기가 장관님과 결혼할 거라고 했을 때, 솔직히 나는 그 말을 믿지 않았으며, 더구나 그냥 장관도 아니고 그토록 막강한 힘을 가진, 요직에 있는, 돈 많은 장관, 제독과 살라자르의 오른팔이며 매일 텔레비전과 신문에 나오는 장관일 거라고는 상상도 못했으니, 어느 날 딸이 자기가 장관님과 결혼할 거라고 했을 때, 내 머릿속에 떠오른 생각은 오직 하나

"또 거짓말을 하는구나 밀라 또 얼토당토않은 핑계를 꾸며서 카를로스를 만나러 나가려고 그러는구나"

딸에게 분노와 실망만을 안겨준 낙오자, 이 주일 동안이나 아무런 연락도 없이 모습을 감추어버리고, 한 달 동안이나 아무런 연락도 없이 모습을 감추어버리고, 그러면 딸은 등신처럼 그를 기다리며 방 구석에서 훌쩍거렸고, 전화벨이 울릴 때마다 번개처럼 달려가 전화를 받았고, 가게에서 일할 때도 일 분마다 한 번씩 발끝으로 서서 기대에 찬 눈빛으로 거리를 내다보곤 했고, 나는 불안정한 딸이 걱정되어서

"도대체 왜 그러니 밀라?"

남편이 리스본에서 일자리를 얻기 일 년 전, 우리가 아직 세이아에 살 때 얻은 외동딸, 당신은 절대 이해하지 못하겠지만, 그 작은 도시를 떠나는 것은 나로서는 무척이나 힘들고 어려웠으니, 나를 그곳에 묶어두는 것은 사람들이 아니었고, 죽은 친척들도 아니었고, 물론 죽은 자들이 우리의 발목을 잡는다는 말이 있기는 하지만

그건 사실이 아니고

죽은 자들이 나를 잡은 것이 아니라, 내가 떠나기 힘들었던 이유

는, 포도덩굴 아래의 그늘, 나무딸기 오솔길, 한여름의 푸른 소나무였으니, 우리는 외동딸의 요람을 바람이 들어오지 않는 부엌에 걸어두었지만 그래도 아기의 피부는 얼음처럼 차가웠고 눈동자는 커다랗게 벌어진 채, 마치 인형의 시체처럼, 그래서 나는 소름이 오싹 돋아

"아기를 치워버려 아우구스투"

예전에 나는 대모님으로부터 크리스마스 선물로 종이 상자를 받았는데, 안에서는 뭔가가 부스럭거리는 소리가 났고, 내가 포장 끈을 풀고 엷은 속지를 벗겨내자, 나타난 것은

기분 나쁘게도

나를 향해서 미소 짓는 죽은 인형, 나는 당장 그 자리에서 도망쳤고, 영문을 모르는 대모님은 내 팔을 붙잡고는

"인형 좋아하지 도리스?"

나는 인형을 좋아했지만, 살아 있는 인형일 경우에 한해서이지, 죽은 인형은 아니고, 특히나 그것이 수시로 속눈썹을 깜빡이면서 연신

"엄마"

라는 소리를 낸다면 공포스럽기만 할 뿐이니, 대모님이 인형을 앞으로 뒤로 기울이자, 인형은 눈꺼풀을 깜빡이며 연신

"엄마"

대모님은 나를 달래려고 인형을 내 품에 안겨주기까지 했고, 인형의 헝겊 몸과 합성수지 머리, 성모마리아에게 예수를 낳게 되리라고 알리러 온 천사처럼 곱슬거리는 금발, 만약 누군가 난데없이 나타나 나에게 그런 이야기를 한다면, 태어날 아기가 신이라거나 내가 여자로서 축복받았거나 하는 건 전혀 알 바 없이, 나는 아마도 당장 그

자리에서 기절해버리리라, 대모님은 비제우에서 사온 선물이 자랑스러워서, 포장지를 버스의 옆자리 승객들에게 보였고

"잘 들고 있어라"

인형을 내 무릎에 놓으며

"인형 좋아하지 도리스?"

인형은 색이 바랜 입술과 위로 희번덕 돌아가버린 눈동자를 한 채 악취를 풍기며 거실 한구석에서 썩어갔고, 나는 인형을 짓밟고, 찌그러뜨리면서 고함을 쳤으니

"나는 죽은 인형이 싫어"

머리 나쁜 거위처럼 방구석에서 훌쩍이는 밀라, 한없이 편지를 쓰고, 전화벨만 울리면 혹시나 해서 달려가는 밀라, 까치발을 들고 거리를 내다보는 밀라 때문에 나는 걱정스러울 수밖에, 바깥에는 지팡이를 짚고 지나가는 장님 하나 없고 야채상의 삼륜차도 지나가지 않는데

"밀라 뭐 하는 거야?"

그러면 한구석에 있던 딸은, 괜히 계산대를 열어서 잔돈 칸을 정돈하는 척하고, 동전을 모아서 싸고, 지폐를 액면가별로 구분하여 지폐 누르는 스프링 아래 끼우며, 딸은 계산기가 딸랑거리는 소리를 내게 만들어서, 괜히 분주한 척하고, 할 일이 많은 척하고

"아무것도 아니에요"

밀라는 친구 집에서 생일파티가 열린다는 핑계를 생각해냈고, 그런데 우연히 그 친구들은 모두

당연하게도

전화가 없고, 친구 집의 생일파티는 얼마나 자주 열리는지 그 횟수만큼 정말로 나이를 먹었다가는 친구가 고조할머니만큼 혹은 이

집트 미라만큼 나이가 많을 것이 분명했고, 밀라는 남몰래 화장을 했고, 남몰래 데오도란트 제품을 사용했으며, 남몰래 향수를 뿌렸고, 남몰래 새 옷을 입었고, 이런 모양새를 들키지 않으려고 거실로 와서 내게 입맞춤을 하지 않고 그냥 복도에 서서 작별인사를 했고, 건성으로 손을 한번 쓱 흔들면서

"다녀올게요"

밀라가 남기고 간 오드 콜로뉴 향수 냄새가 얼마나 강한지 머리가 어질어질할 지경이라 나는 창문이란 창문은 모조리 열고 행주를 휘둘러 냄새를 내보내야 했고, 밀라의 방에 들어가보면 카오스가 따로 없으니, 방바닥에는 스타킹과 벨트, 헤어스프레이, 뚜껑이 달아난 구두약 튜브가 침대보를 검게 더럽혔고, 액세서리 함이 바닥에 떨어져 있고, 코드가 꽂힌 헤어드라이어는 최고 레벨의 뜨거운 바람을 한참 토해내는 중이니, 나는 발판 위에 서서 프라사 두 쉴르 광장의 대답 없는 동상을 내려다보며

"밀라"

그러나 알미란트 헤이스 거리에도, 모라이스 소아레스 거리에도, 라르구 두 레아웅과 테크니쿠 공과대학행 전차정류장에도, 사람의 모습은 보이지 않고, 오직 향수 냄새만이, 점차 희미해지는 발자국처럼 허공 중에 퍼져나가고 있었고, 존재하지 않는 하늘을 떠받친 텔레비전 안테나, 한시, 두시, 그리고 세시에, 칠흑 같은 어둠 속 잠에서 깨어난 나는

"도둑이 들었구나"

열쇠가 열쇠구멍 안에서 살그머니 돌아가는 소리, 바스락거리는 옷자락, 바닥을 디디는 맨발, 자리에서 일어난 내가 전등을 켜면, 거기 양손에 신발을 벗어들고 서서, 당황하여 변명을 웅얼거리는 밀

네 번째 비망록

라의 모습

"한참 전에 집에 왔어요 한참 전에 집에 왔다구요"

밀라의 립스틱은 이마까지 번졌고, 눈화장이 뺨 전체에 얼룩졌으며, 스타킹은 위에서 아래로 길게 올이 나갔고, 블라우스 단추는 칸이 하나씩 밀린 채 채워졌고, 주머니에서 삐죽 튀어나온 손수건, 목에는 키스 마크가, 밀라는 황급히 머리를 매만지며 신문이나 잡지 등을 내보이면서

"정말이에요 한참 전부터 여기 있었어요 잠이 오지 않아서 뭐라도 좀 읽으려구요"

나는 속으로, 공원 벤치에서 읽었단 얘기겠지, 계단에서 읽었단 얘기겠지, 극장에서 읽었단 얘기겠지, 카를로스랑 데펜소레스 데 차베스에 있는 여관방에서, 시간 단위로 방을 빌려주는 더러운 여관 골방에서 읽었단 얘기겠지, 눈동자를 희번덕거리면서 입을 딱 벌린 밀라를 보니 나는 죽은 인형이 생각났고, 대모님은 내 품에 인형을 꼭 안겨주며

"인형 좋아하지 도리스?"

지금 이 순간 밀라는, 만약 내가 그녀의 몸을 앞으로 뒤로 움직여 본다면 정말로 사람의 것이 아닌 흐느끼는 목소리로

"엄마"

라고 말할 것만 같아서, 소스라치게 놀란 나는 얼른 그녀를 방으로 밀어넣어버렸고, 인형을 상자 속에 밀어넣듯이, 엷은 포장지로 둘둘 싸버리듯이, 리본으로 꽁꽁 동여매듯이, 두 번 다시 눈앞에 나타나지 못하게, 마침내 내가 평화를 찾을 수 있도록

"나는 죽은 인형이 싫어"

밀라의 숨결에서는 카를로스가 피우는 밀수품 미국 담배 냄새

가 났고, 맥주홀에서 먹은 해산물 냄새가 났고, 다크 서클은 가슴까지 내려와 있고, 그래서

어렵지 않게

상상할 수 있으니, 어떻게 밀라가 그런 것들을 먹고 마실 수 있었는지, 죽은 인형에 대해서는 아무것도 모르는 밀라는, 내 손길을 피하려 했고

"이러지 마요"

합성수지 머리를 베개에 붙이고, 속눈썹을 깜빡이면서, 헝겊의 몸을 이불 속으로 누이니, 그러는 중에도 나는 공포가 가시질 않았고, 그녀가 갑자기 침대에서 발딱 일어나 텅 빈, 떨리는 음색으로 자꾸만 반복해서

"엄마"

하고 말하게 될까 봐, 다음 날, 잠이 덜 깨 몽롱한 밀라는, 물수건을 얼굴에 대고, 지쳐서 축 늘어진 걸음걸이로 좀비처럼 집 안을 돌아다니며, 슬리퍼를 잃어버리고, 걷다가 의자에 부딪히고, 아스피린을 달라고 하면서, 방향을 잡지 못해 지그재그로 컵을 내밀었고, 캐러멜을 씹듯이 어눌한 발음으로

"커피"

나는 카를로스의, 카를로스 이전이었던 아메리쿠의, 아메리쿠 이전이었던 페루난두의 고환을, 눈 한번 깜빡 않고 그 자리에서 싹뚝 싹뚝 썰어버리고 싶었으니, 하나같이 아무짝에도 쓸모없는 종자들, 오후 내내 당구장에서 빈둥대고, 양치기가 지팡이에 기대듯이 당구 큐에 기대어 창밖 거리를 구경하면서, 앞머리를 내리거나 땋아올린, 맨다리를 발코니 아래로 늘어뜨리고 도발하는 보조미용사들에게 게걸스러운 눈길을 보내고, 집게손가락부터 새끼손가락까지 모두 은

반지를 낀, 속이 텅 빈 만큼 매력이 넘치는 여자들, 그런데 밀라는 완전히 반대의 스타일로, 앞머리를 내리지도 머리를 땋지도 않았고, 반지도 끼지 않으며, 하루 종일 피곤에 지쳐 계산대나 베개처럼 끌어안고 있을 뿐, 트럭에 실린 파인애플과 레몬 위로 햇살이 쏟아지고, 생선 장수와, 눈매가 단도처럼 예리한 행상인, 신문 판매소의 검둥이는 튀니지의 지진을 팔아치우느라 바쁠 때, 가게 탁자에서 레이스 천을 자로 재는 나는

"밀라"

그러면 밀라는 한숨과 함께 동전을 만지작거리며, 듣기 싫다는 듯이 한 팔을 휘저으니, 하지만 그건 팔이라기보다는, 손잡이 모양으로 생긴, 죽어가는 더듬이나 다름없었고

"잠시만이라도 날 내버려둬 제발 카를로스 금방 갈게"

밀라는 데펜소레 데 차베스의 여관방에 있는 것이니, 나는 당장에라도 사내애들이 득시글거리는 당구장 안으로 쳐들어가고 싶었고, 그들이 손에 백묵 조각을 쥔 채 서서, 천문학자처럼 진지한 얼굴로, 눈동자를 육분의처럼 사용하여 최종 충돌을 앞둔 행성의 궤도를 연구하는 당구장 안으로 쳐들어가, 방금 밀라의 입에서 나온 카를로스를 벽에 밀어붙인 뒤, 오늘부로 당장 내 딸에게서 떨어지지 않으면 빛의 속도로 위병소로 달려가 담당자에게 다 일러바칠 것이다, 밤중에 고양이를 끼고 카발레이루 드 올리베이라의 빨랫줄 아래를 걸어간 자가 누구인지, 고양이를 빨랫줄에 던진 자가 누구인지, 고양이가 발톱으로 긴 내복 바지와 셔츠를 움켜쥐게 하여 빨랫줄에서 벗겨낸 자가 누구인지, 그 고양이의 주인이 누구인지, 이웃의 혼수품을 집시들에게 내다팔아 돈을 번 자가 누구인지를, 그러면 카를로스는 양손을 넥타이 위에서 부채살 모양으로 펼치고, 아무것도 모른다는 표정

으로 말하겠지

"그게 나란 말인가요 도나 도리스?"

천문학자들은 그들의 붉은 행성과 흰 행성을 현미경으로 관찰하는 중이고, 발코니 위의 보조미용사들은 장미색과 황금색 비둘기처럼 거만한 자세로 외모를 과시했으며, 뱃사람의 동상은 단단한 수염 끄트머리로, 마치 자신이 발견한 섬이 표류하며 흘러간다는 듯이, 마르팅 모니스 광장을 가리켰고, 상점과 목재 구조물과 말과 작은 자동차들과, 퍼즐 조각이 떨어져나간 게임, 인형들, 그리고 인형을 불신하는 나는, 밀라의 가슴에 손을 대고 그녀가 아직 숨을 쉬고 있는지 확인해보려고

"인형 좋아하지 도리스?"

배를 누르면 구슬픈 웃음소리가 터져나오는 인형, 바닥에 내동댕이치면 떨어진 그 자리에서 톱밥의 피를 흘리며 영원히 치유하지 못할 양심의 가책처럼 사람을 빤히 올려다보는 인형, 아무것도 모른다는 표정의 카를로스는, 부채처럼 펼친 손가락으로 넥타이 위를 톡톡 두드리며

"그게 나란 말인가요 도나 도리스?"

밀라는 계산대를 베개처럼 끌어안고

"금방 갈게"

바로 그 순간, 정부기관 소속의 군인 하나가, 색깔있는 장식과 메달이 달린 군복 차림의 상병이 가게 안으로 불쑥 들어서서, 나에게 깍듯하게 군대식 인사를 했고, 밖에서 안을 들여다보는 사복 경찰, 기관총으로 무장한 지프가 여기저기, 사방에서 차량을 통제하느라고 분주했고, 보조미용사들은 놀라서 몸이 굳었으며, 천문학자들은 모두 뒷문으로 달아나버렸고, 우리 가게를 향해서 똑바로 걸어오

네 번째 비망록

는 장관님, 마치 왕자님처럼, 마치 내 남편 또래의 신사처럼, 하지만 남편보다는 훨씬 더 젊어 보이고, 훨씬 더 잘생기고, 훨씬 더 고상한, 그의 행동에는 다른 교육, 다른 삶, 다른 종류의 아우라가 드러났으니, 내 남편 또래의 신사, 하지만 남편이 입에 달고 다니던 저주의 욕설과 주정뱅이의 코를 갖지 않은, 그때 가게 안에 있던 여자 손님, 손님이라기보다는 거의 친구처럼 가까운 사이인데, 파스코알 데 멜로 거리에 사는 과부, 문방구점을 운영하는 그녀는, 진열대 위의 지퍼를 구경하는 척하면서, 내가 알아듣지 못할 정도로 작은 소리로

"장관님이야 도나 도리스"

모자를 쓰고 입에는 시가를 물고, 시골 이발사처럼 고무 멜빵을 걸친, 내가 살던 시골의 이발사 이름은 마테우스였고, 그의 아내는 올리비아, 내가 인형을 선물로 받던 당시, 그는 내 머리를 자르며 입으로는 습관처럼 웅얼거리는 소리를 냈으니

"꼬맹아 꼬맹아"

목에 수건을 두른 나는, 겁에 질려서 잔뜩 움츠러들었던 것이, 그는 이빨도 뽑아주고 팔뼈도 교정해주었으므로, 마테우스와 올리비아, 올리비아와 마테우스, 세이아의 공동묘지, 사람은 어느 날 아침 잠에서 깨어나면, 도리스 아주머니라는 호칭으로 불리게 되고, 주변의 모든 사람들이 자신보다 나이가 젊게 되니, 이것은 공정하지 못해, 게다가 나이가 같은 이들이 벌써 묘석과 화병을 앞에 두고 누워 있다니, 가득 몰려든 지프의 행렬, 경찰들, 내 가게로 들어선 장관님, 나는 밀라를 보며, 카를로스 때문에 너무 속이 상한 나머지, 손님의 말은 듣지도 못했고

"장관님이야 도나 도리스"

사람은 어느 날 아침 잠에서 깨어나면, 더 이상 그냥 이름만으로

불러주는 이가 아무도 없게 되고

나는 장관님이 행성 충돌을 연구하는 당구장 천문학자 중의 한 명이라고만 생각했고, 전축과 나체 여자들이 실린 잡지, 관세 떠가 붙어 있지 않으며 약국에서 파는 것보다 알코올 함량이 더 높은 밀수품 위스키로 월말의 청구서를 해결하는 천문학자, 나는

그 상황이 얼마나 난감했을지 상상이 되시는지

카를로스에 대한 실망 때문에, 혹은 페루난두나 아메리쿠에 대한 실망 때문에, 딸의 남자 취향이 백팔십도 달라진 거라고 단정해버리고는

"어디서 저런 늙다리 촌놈을 낚아온 거냐 밀라"

나의 우둔함과 무례함, 무식 때문에 손님의 얼굴은 절망으로 일그러졌고, 내가 체포될지도 모른다는 공포에 휩싸여서

"장관님이야 도나 도리스"

시골 이발사는 내 머리를 바로 하며

"머리를 자꾸 그렇게 움직이면 집게를 가져다가 네 잇몸까지 몽땅 뽑아버릴 테다 이 꼬맹아"

우리는 두레박이 달린 우물이 있었고, 우물가에는 메꽃과 밤나무가 서 있었는데, 우물 아래를 향해 고함을 치면, 소리는 마치 아래로 낙하하는 돌멩이처럼 우물 벽에 부딪히며 한없이 길게 메아리쳤고, 허리를 굽혀 우물 속을 들여다보면, 우물 밑바닥 일렁이는 수면에 비친 나를 볼 수 있었고, 그러면 이 둘 중에서 누가 진짜 나인지 혼돈스러웠으니, 졸음에서 깨어난 밀라는, 눈을 둥그렇게 뜨고 경찰을, 군인을 바라보았고, 여자 손님은 내가 체포될까 봐, 비행기에 실려 카부 베르드로 보내질까 봐 두려워하는 중에, 장관님은 손에 꽃을 들고 있었는데, 결혼식에 신부가 드는 흰 감송향이니, 나는 감송향을

본 것이 언제인지 기억도 나지 않게 아득하였고, 남편은 살아 있는 동안 단 한번도 내게 감송향을 선물해준 적이 없고, 그가 죽은 이후로는 나 또한 누군가에게 꽃을 선물하지 않았으므로, 하지만 이건 생각만 해도 웃기는 일이고, 여자 손님이 뭐라고 말했지만 나는 귀를 기울이지 않은 채 속으로 천문학자의 상상에, 내 딸이 그들과 함께 어울려 집집마다 돌아다니며 위스키를 팔고 검은 브래지어 차림의 여자들을 팔러 다니는 상상에 골몰하면서, 장관님의 주름살을 손가락을 이용해 헤아렸고, 손가락만으로 모자라 발가락까지 동원했으니

"이제는 어디 가서 늙어빠진 영감탱이를 집어온 거냐 그것도 네 아버지보다도 더 늙어빠진 물건을"

그러자 여자 손님은 거의 제정신이 아니었고, 이제는 자신까지도 카보베르데의 인적 없는 해변, 가시철조망으로 둘러진 노천 수용소에서 햇볕에 타죽게 될까 봐 무서운 나머지, 심장마비에 걸리기 직전의 표정으로 간신히 목소리를 내어

"제발 도나 도리스"

장관님은 가엾게도 열정으로 떨었고, 사실 나는 첫눈에 보자마자 그가 존경할 만한 신사이고 진지한 사람임을 알아차렸으니, 그의 손에 들린 감송향은 나와 밀라 사이에서 결단을 내리지 못해 머뭇거렸고, 당구장은 어느새 텅 비었고, 행성들은 움직임을 멈추었고, 큐는 바닥에 떨어진 상태이고, 여자 손님은 더 이상 참을 수 없다는 듯이 내게 귓속말로 다급하게

"몇 번이나 말해야 알아들어 장관님이라니까 도나 도리스"

감송향의 향기가 가게 안에 가득 퍼지자, 마치 결혼식이 열리는 성당 같았으니, 이것은 신부의 향기, 오르간 음악, 촛대, 행복에 겨워 쏟아지는 내 눈물, 밀라가 텔레비전에 나와 추기경과 인사를 나누고,

밀라가 텔레비전에 나와 교황의 스톨라 옷자락에 입을 맞추고, 남편
과 살라자르 사이에서, 천연 실크 옷에 프랑스 디자이너 작품인 챙
넓은 모자를 쓴 밀라가 텔레비전에 나와, 형편없는 옷차림에 몰골이
추레한 군인들에게, 신이여 그들을 축복하소서, 총을 어깨에 멘, 이
제 막 앙골라로 출발하는 군인들에게 입을 맞추고, 군인들을 말라리
아로부터, 검둥이들의 사악함으로부터 보호해줄 파티마의 목자 성
화를 건네주고, 밀라가 한번씩 나를 방문하러 올 때면, 운전수가 딸
린 자동차에, 주변에는 오토바이를 타고 사이렌을 울리는 경호행렬,
그들이 내뿜는 매연이 폐병 환자들을 모조리 몰아내버리고, 눈부시
게 아름다운 밀라, 인형처럼 완벽한 밀라, 대모님이

    "인형 좋아하지 도리스?"

    나는 하나뿐인 온전한 수프 그릇에 문어 스튜를 담아 식탁에 올
렸고, 집 안에 감송향 향기가 가득 차니, 결혼식이 열리는 교회의 향
기, 신부의 향기가 가득 차니 집은 더더욱 낡고 초라해 보여 나는 매
우 부끄러웠는데, 천장에 누른 종이 테두리는 모두 누렇게 변했고,
커튼은 연기 때문에 색이 칙칙해졌고, 예전에는 조그맣던 얼룩이 오
늘은 엄청나게 커다랗게 보이며, 예전에는 크다고 생각했던 방이 오
늘은 콧구멍만 하고, 친척들이 거리에서 집 안을 기웃거리며, 내 딸
의 손을 잡고 있는 장관님 얼굴을 한번 보려 했고, 목에 냅킨을 걸친
장관님이

    "밀라"

    모자를 벗자, 갑자기 자신의 아버지만큼이나 나이가 많아진 장
관님, 축 늘어진 뺨, 부들부들 떨리는 눈두덩, 갈색 반점, 대머리, 장
관님을 만나 이런저런 문제를 결정하기 위해서 살라자르가 후아 카
스틸류 거리의 우리 집에 왔던 날, 살라자르는 현관 앞 매트에 구두

를 문질러 닦았고, 나에게 맥박이 뛰고 있는 참새 같은 손목을 내밀며

"안녕하십니까 안녕하십니까"

밀라에게 마른 포도덩굴처럼 앙상한 손목을 내밀며

"안녕하십니까 안녕하십니까"

포르투갈을 독일의 손아귀로부터 구해낸 살라자르는, 내 딸이, 우리를 학살하려는 공산당의 음모를 막아낸 장관님의 약혼녀라는 사실을 분명 알고 있었고, 내 딸과 장관님이 내년에 결혼한다는 사실도 분명 알고 있었지만, 그래도 혹시 그가 너무 바빠서 잊어버렸을지도 모르는 것이, 그의 두 어깨에 나라 전체의 운명과 아프리카, 마카오의 운명이 걸려 있었으므로

왜냐하면 그와 같이 바쁜 사람은

당연히 잊어버릴 수 있으므로, 나는 그가 외투를 벗는 것을 도와주며

"장관님과 내 딸이 내년에 결혼한다는 것 알고 계시죠?"

살라자르는 어슴푸레한 복도의 어둠 속에서 매우 세심하게 고개를 끄덕이면서

"안녕하십니까 안녕하십니까"

복도의 탁자 위에는 신부의 튜닉을 벗으려는 황동 여인상, 제단 앞에서 쏟아지는 쌀알을 피하려는 밀라처럼

"장관님과 내 딸이 내년에 결혼한다는 것 알고 계시죠?"

앞쪽 거실의 발코니에서는 마르케스 데 퐁발 후작의 동상에서 테주 강까지, 나무들과 대로, 배들, 공원의 초록 잔디, 리스본 전체가 한눈에 내려다보였고, 살라자르는 나를 얼른 떼어버리려는 사람처럼

"안녕하십니까 안녕하십니까"

장관님과 내 딸이 결혼할 사이라는 것, 내 딸이 텔레비전에 나와 교황의 스톨라 옷자락에 입 맞추게 되리라는 것을 믿지 않는 사람처럼, 내 딸이

분명 그렇게 되리라고 나는 장담하는데

벨기에 여왕의 친구가 될 것이며, 아주 특별한 외모의 자그마한 강아지를 갖게 될 것이며, 그 강아지는 공작부인이나 여배우처럼, 털 손질을 돌봐주는 전담 수의사가 따로 있을 것이며, 내 딸은, 요란하게 짖어대는 털북숭이 무리에 둘러싸인 가운데 잡지의 표지에 등장할 것이며, 나는 그 뒤에서 미소를 지을 것이고, 우리는 발코니에서 리스본 시내 전체를 내려다볼 것이니, 지붕과 극장, 호텔, 밤이면 더욱 새하얗게 보이는 리스본의 건물들, 불이 밝혀진, 살아 있는 창들이 암시하는 비밀에 고무된 나는 커튼 틈새로

그들이 무엇을 하는지, 무슨 대화를 나누는지, 얼마나 권태로워하는지

나는 살라자르와 장관님이 차를 마시면서 서류를 검토하는 거실로 주저 없이 들어가서, 장관님을 향해

"살라자르님에게 말해주세요 장관님과 내 딸이 내년에 정말로 결혼할 사이라구요"

나이 든 장관님과 그의 동석자, 어마어마한 대장님, 장관님보다 더 나이 많은 상관, 이 두 명의 노인을 보고 있자니 나는 거의 카를로스가, 천문학자들이 그리워질 뻔했으니, 그들은 적어도 이처럼 느리게 걷지도 않고, 쿰쿰한 냄새가 나지도 않으니까, 무염 버터를 바른 토스트와 허브차를 사이에 두고 나라를 통치 중인 나이 많은 남자들, 낭패스러운 표정으로 침묵하는 장관님의 태도에 화가 치민 나는, 장

네 번째 비망록

관님의 어깨를 흔들면서

"얼른 살라자르님에게 말해주세요 장관님과 내 딸이 내년에 정말로 결혼할 사이라구요"

한치의 의심도 못했던 나는, 참으로 아둔하게도 장관님이 정말로 진지한 사람이라고, 다른 남자들과는 다르게 약속을 지키는 사람이라고 철석같이 믿었으나, 결국 드러난 사실은, 내가 뽑은 패가 이번에도 역시 질 나쁜 사기꾼이라는 것, 나는 찻잔과 토스트 위로, 선반에 놓인 도자기 고양이를 보면서, 저것을 깨뜨려버려야지, 진절머리 나지만 그래도 중국 수입산이고 가격도 상당히 많이 나가는 도자기 고양이를, 장관님은

"수상각하가 돌아가는 대로 그 문제는 우리끼리 이야기해요"

입에는 시가를 물고 고무 멜빵을 한 늙은 촌뜨기, 나는 도대체 왜 우리 건물의 수위가, 거지와 여호와 증인, 경찰로부터 몸을 피하려는 여장 남자들에게는 단호하게 손가락으로 거리를 가리키면서

"꺼져버려!"

하는 수위가, 월요일과 금요일에 밀라를 만나러 오는 이런 작자를 아무 말 없이 집 안으로 들이는지 알 수가 없는데, 덩치가 산만 한 수위는 내가 이 집에 처음으로 오던 날, 나를 보더니 책상에서 일어나 엘리베이터의 창살문 앞을 떡 가로막고 서더니

"무슨 일로 왔어요?"

내가 구걸을 하러 온 거라고, 혹은 집집마다 벨을 눌러 성서 이야기를 늘어놓거나 손금을 봐주겠다고 귀찮게 하는 그런 여자라고 생각한 수위는, 밀라를 처음 보고는, 밀라의 깊게 파인 옷깃에서, 밀라의 화장과 새빨간 핸드백, 그리고 조개껍데기 목걸이에서 눈을 떼지 못하면서

"집 잘못 찾았어 카바레는 여기가 아니고 두크 드 아빌라 거리
야 그러니 얼른 가"

칠면조를 쫓듯이 신문을 휘둘러 밀라를 쫓아내려 했고, 길에 서
있던 경찰관에게 신호를 보내서, 내 딸을 중앙경찰서로 데려가라고

"오후 세시부터 벌써 생식기관을 팔러 다니는 행상들이 판을 치
는 이 나라에서 진보가 어떤 식으로 구현될 수 있는지를 보여주시기
바랍니다"

일요일에 우리 집을 찾아오는 친척들을 건물 안으로 들여야 하
는 일은, 수위에게는 형벌과도 같은 괴로움이었으니, 그럴 때마다 그
는 내 친척들이 마치 길거리 광대나 부랑자 패거리인 양 쳐다보았고,
친척들 때문에 열대식물들이 시들어버릴까 봐, 친척들이 계단에 보
온병과 냄비, 라디오를 펼쳐놓고 싸움판으로 끝나는 피크닉을 벌일
까 봐, 바닥에 복숭아 씨를 뱉을까 봐 두려워했고, 수위가 보기에 우
리는 길들인 뱀과 조랑말과 함께 마차에서 사는 족속이나 마찬가지
였고, 카보 후이우의 컨테이너 뒤에 양배추와 완두콩을 심는 족속이
나 마찬가지였고, 늙은 영감탱이가 그에게 한마디한 뒤부터는, 감히
우리에게 뭐라고 시비를 걸지는 못했으나, 우리가 아예 눈에 보이지
않는 척 행동하면서, 내 질문에는 불분명한 웅얼거림으로 대꾸했고,
굴뚝 청소부나 미장이를 데리고, 미리 허락을 구하지도 않고 우리 집
부엌으로 불쑥불쑥 들어왔고, 밀라가 우연히 그 앞을 지나가기라도
하면 이유 없이 주먹으로 신문을 치고 다리를 꼬았다가 풀었다가를
반복하면서, 무슨 생각을 하는지 너무도 분명했고

"저런 옷을 입다니 차라리 벗고 다니지 그러나"

그런데 밀라의 옷차림은 나무랄 데 없이 우아하고 예뻤으며, 금
발에 회색 가죽옷, 색감이나 느낌도 아주 좋았고, 비록 나는 궁전에

서 태어난 건 아니지만 그래도 딸에게 품위와 예절은 충분히 가르쳤으므로

"안녕히 계세요 시뇨르 바르가스"

그러면 그 얼간이는 손톱으로 수위실 탁자를 치면서

"네 영감탱이가 너에게 싫증내기만 해봐라, 그러면 내가 너에게 본때를 보여주마"

하지만 나는 그자의 위협이 하나도 겁나지 않았으니, 그 영감이 내 딸에게 싫증을 낼 일이란 결코 없었으니까, 설사 영감이 자신의 약속을 지키지 않고 내 딸과 결혼하지는 않는다 해도, 지금처럼 여전히 월요일과 금요일에 장관실 업무가 끝난 다음 밀라를 만나러 오기는 할 테니까, 모자를 쓰고, 시가를 물고, 농부옷 차림으로, 고무 멜빵에, 결혼식 감송향을 들고, 월요일과 금요일에, 엄숙하고도 슬픈 얼굴로, 소파 위 밀라 곁에 앉아 있을 테니까, 축축한 손가락으로 그녀의 목과 뒷덜미, 어깨를 만질 테니까, 그사이 밤이 내리는 도시는 점차 어두워지고, 나는 복도에서 그들을 바라볼 것이고, 내 방에서 그들을 바라볼 것이고, 내 딸을 무릎에 앉히는 늙은 영감탱이를 바라볼 것이고, 미소 띤 얼굴로 눈을 크게 떴다가 감고, 몸을 앞으로, 그리고 뒤로 젖히는 내 딸을, 마치 죽은 인형과 같은 내 딸을 바라보리라.

진술

어떻게 설명하면 좋을지 잘 모르겠지만, 나는 장관님을 사랑한 건 아니고, 당신은 이해하기 힘들겠으나, 사람들이 누군가를 사랑할 때 느끼는 그런 감정이었다고는 말할 수 없기에, 그리움, 욕망, 전화하고 싶은 마음, 몇 시간이고 멍청하게 앉아 벽만 바라보면서, 오직 그를 만나고 싶다는 단 하나의 생각뿐, 그의 미소를 보면서 따라서 미소 짓고 싶고, 유치하기 짝이 없는 시를 써서 보내고 싶은, 그런 감정들, 장관님도 내가 사랑에 빠지지 않았다는 것, 자신을 사랑하지 않는다고 것을 알고는 있었으리라, 예를 들자면 우리 둘이 내 침실에 있고 그가 나를 애무할 때, 내 몸은 막대기처럼 뻣뻣하면서 모든 것이 끔찍하기만 했고, 이 시간이 얼른 지나가라고 이를 악물고 인내했으니, 내가 가만히 있을수록 그가 빨리 일을 마칠 테니까, 그런데 그는 내가 전혀 내켜 하지 않는 것을 알아차리고, 멍하니 허공을 응시하는 눈동자, 전혀 움직이지 않는 내 두 손, 그러면 그는 나를 놓아주었고, 시가를 향해 팔을 뻗으며, 하지만 나에게 화내는 기색은 조금도 없이, 단지 실망을 들키지 않으려 두 팔로 얼굴을 가리며

"너는 나를 단 한번도 사랑한 적이 없어"

나는 뭐라고 대답을 해야 할지 몰랐고, 그에게 기분 나쁜 말을 할 용기도 없고 싸움을 걸 엄두도 내지 못했기에

"아니에요 아니에요"

물론 내 가슴 위에 다 늙어 축 늘어진 가슴이 와닿는 것이 싫긴 했지만, 내 다리 사이에 말라빠진 다리가 들어오는 것이 싫긴 했지만, 내 입속으로 시들시들한 혓바닥이 밀고 들어오는 것이 싫긴 했지만, 내 체취에 늙은이 냄새가 섞이는 것이 싫긴 했지만

(오래된 서랍 냄새, 식물 표본의 냄새, 낡은 사전에서 나는 냄새)

저녁은 테주 강에서 불어오는 미풍이 되어 커튼을 가만히 흔들었고, 고깃배는 발코니 위의 새처럼 날개를 펄럭이며 멀어지는데, 나는 장관님이 불쌍하여, 카를로스를 생각하면 된다고, 카를로스를 생각하면 그리 어렵지 않다고 스스로를 다독였고, 그래서 카를로스를 생각했고, 카를로스와 함께 보냈던 극장에서의 밤을 생각했고, 카를로스와 함께 보냈던 계단 아래의 밤을 생각했고, 카를로스와 함께 보냈던 조국의 순교자 공원, 그때 갑자기 나타난 마약중독자들과 백조 때문에 깜짝 놀랐던 기억, 나는 카를로스를 생각하면서, 살그머니 발을 내밀어, 살비듬이 잔뜩 일어난 발목을 살짝 건드리고는, 번개에 맞은 듯 화들짝 놀라 다시 움츠러들었고, 그러자 내 옆에서 다 죽어가는 지네 눈꺼풀을 움찔거리던 장관님은

"너는 나를 단 한번도 사랑한 적이 없어"

티모르 사람들이 썰물 때 쓰레기를 모으듯이, 장관님은 옷가지를 주섬주섬 챙겼고, 찢어진 신문지 셔츠, 너덜너덜한 바구니 바지, 넓적한 아가미가 달린 구두, 천천히 걸음을 옮기는 장관님은 유모차를 미는 것처럼 배꼽을 불쑥 앞으로 내밀었고, 저녁은 테주 강에서 불어오는 미풍이 되어 커튼을 가만히 흔들었고, 고깃배는 지느러미를 흔들며 창에서 멀어졌고, 장관님은 적선받은 돈을 길에 떨어뜨려 버린 장님처럼, 양탄자 위를 손으로 더듬어 시가를 찾았고, 목매다는 자살자처럼 칼라를 꼭 조이면서

"너를 닮은 그 사람 역시 나를 한번도 사랑하지 않았어"

집 뒤편에 있는 아래층 출입구가 닫히는 소리, 사납게 쾅하고 닫힌 것이 아니라, 최후의 망자 위로 덮이는 관 뚜껑처럼, 체념의 여운

네 번째 비망록

을 남기는 닫힘, 나는 거울에 얼굴을 바싹 갖다대 코를 납작하게 찌부렸고, 그렇게 만들어진 나 같지 않은 얼굴에 깜짝 놀라버렸고, 외부 세상을 향해 드러난 내 모습에 놀라버렸고, 이게 바로 나야 이게 바로 나야, 반복해서 자꾸만 말함으로써, 그 모습에 익숙해지려 했고, 그때 거울 가장자리에서 나타난 어머니, 다행스럽게도 최소한 겉과 속이 같은 모습, 노란 돌이 박힌 브로치를 단 어머니, 나는 어머니가 잠잘 때나 목욕할 때도 브로치를 빼지 않는다고, 나라면 아무리 많은 돈을 준다고 해도 결코 걸치고 싶지 않은 이 맷돌 조각을, 단 일 분도 몸에서 떼어놓지는 않으리라고 장담할 수 있으니, 속이 비치는 검은 블라우스 위에 앞치마를 입은 어머니는

"영감탱이와 무슨 일이 있었길래 그가 사형선고 받은 사람처럼 나간 거냐 밀라?"

매일매일 불안해하며 공포에 떨었던 어머니, 우리가 당장에라도 다시 프라사 두 쉴르 거리로 돌아가야 하고, 단추와 천을 팔아야 하고, 손님의 비위를 맞추어야 할까 봐 죽을 만큼 두려웠던 어머니, 그래서 끊임없이 나에게 잔소리를 해댔으니, 장관님에게 부탁해서, 후아 카스틸류 거리의 집을 내 이름으로 명의변경해준다는 각서에 공증을 받으라고

"정신차려야 한다 저렇게 나이 든 남자가 영원히 멀쩡할 수는 없는 거야"

그리고 장관님이 은행에 계좌를 만들어야 하고 내게 매달 주는 용돈 액수도 올려야 한다고, 어머니는 이 건물에 사는 그 어떤 입주자로부터, 심지어는 수위에게서도, 차 한 잔 마시자는 초대를 받은 일이 없으며, 인사를 해도 아무도 대꾸가 없고, 계단이나 엘리베이터에서 어머니와 마주치기라도 하면, 건물 직원이나 구걸하러 온 거지

인 것처럼, 다들 못 본 척 어깨를 치고 지나가버리며, 우리보다 위층에 사는 사람들도, 자기들의 층수를 먼저 눌러버리고, 천장만 쳐다보면서, 열쇠만 만지작거리며, 삼 층 사 층 오 층을 올라가는 동안, 말한마디하지 않고 심각하게 굳은 표정으로 침묵을 지키니, 수위의 아내가 화분에 물을 주거나 로비의 대리석을 걸레질할 때 우리가 건물로 들어서면, 그녀는 무슨 수를 써서든 우리의 발치에 물을 뿌려서젖게 만들고, 우리가 솔에 걸려 비틀거리도록 만드니

"제발 당신의 구두가 망가지기를 신께 기도한답니다"

그래서 우리가 돌아보면, 승리감에 도취된 의기양양한 얼굴, 이백 개의 송곳니와 도전적으로 허리에 받친 팔, 손수건으로 스타킹의물기를 닦는 어머니는 차마 대항할 용기를 내지 못하고, 손수건으로외투의 물기를 닦는 나는 차마 대항할 용기를 내지 못하고, 나는 침대에 비스듬히 누워, 코를 거울에 대고 납작하게 누르며, 기괴한 형상에 놀라고, 이게 바로 나야 이게 바로 나야, 주저하는 질문, 과연 이게 정말로 내가 맞단 말인가? 진짜 내 모습이 되는 것은 의미가 없고,눈썹과 뺨, 광대뼈, 턱, 모두 의미가 없고, 스물세 살의 여자인 것은의미가 없고, 금발로 염색한 머리도, 암세포가 한창 번성하는 환자처럼 나온 신분증의 사진도 의미가 없고, 어머니의 공포도 의미가 없고

"영감탱이와 무슨 일이 있었길래 그가 사형선고 받은 사람처럼나간 거냐 밀라?"

어머니의 등 뒤로 커튼이, 커튼 사이로는 새처럼 날개를 펄럭이는 고깃배가 나를 몰래 훔쳐보고 있었고, 화장대, 일꾼들이 화장대를마치 크리스털 물건처럼 조심조심 트럭에서 내리던 날, 수위는 버럭화를 내면서

"장관의 창녀 따위에게 고급 화장대라니"

네 번째 비망록

화장대의 고리에는 은 조가비가 달렸고, 기다란 목의 백조를 향해 몸을 숙이고 있는 상아 소녀상, 장관님은 이 화장대를 선물해주던 날 내 허벅지에 축축한 손을 올리고는

"이건 그리스 신화의 장면이다 밀라"

오리와 사랑에 빠지게 된 소녀의 신화라니, 웃기는 소리, 오리는 욕정에 사로잡혀, 주둥이를 소녀의 등에 열렬하게 문지르는 중이고, 어머니가 소파에서 손뼉을 치자, 장관님은 우스꽝스러운 동작으로 일어서서 내 주변을 돌며 팔꿈치를 들었다 내렸다

"꽥꽥"

장관님은 다리를 넓게 벌리고 엉덩이를 씰룩거리며, 뒤뚱거리며, 과장되게 열광하는 어머니의 호응에 고무되어

"우스워서 못 참겠어 우스워서 못 참겠어"

뾰쪽하게 앞으로 잡아뽑은 입술을 내 쪽으로 내밀고, 광대놀음을 해야 한다는 강한 사명감으로, 입술을 내 목에 갖다대고는

"꽥꽥"

바로 그때 이웃집에서 빗자루로 바닥을 쿵쿵 쳐대는 소리, 그러자 장관님은 번개라도 맞은 듯 그 자리에 쿵 쓰러지니, 나는 이런 바보짓이, 웃기는 광대놀음, 늙은이가 벌이는 헛짓이 짜증날 뿐이었고, 그래서 어머니에게 가만히 있으라고 손짓을 했지만, 어머니는 장관님에게 잘 보이려는 속셈으로 함께 바닥에서 뒹굴었고, 다시 가게로 돌아가게 될지도 모른다는 공포 때문에, 행복이 몸에서 빠져나가지 못하게 붙잡아두려는 사람처럼 가슴을 과장되게 움켜쥐고는

"우스워서 못 참겠어"

다시 엉덩이를 흔들기 시작한 장관님의, 바지 솔기가 뜯어져버렸지만

"꽥꽥 꽥꽥"

그는 내 주변을 돌며 춤을 추었고, 페르시아 양탄자의 연못에서 헤엄치며, 내 입 가까이 다가와 머리를 흔들며

"아기 오리에게 입 맞춰줘 밀라"

나는 할 수 없이, 신은 아시리라 얼마나 큰 희생이 요구되는지, 이런 장난이 역겨워 견딜 수가 없음에도 불구하고, 오리 머리를 붙잡고, 그의 이마에 할 수 있는 한 최대로 재빨리, 입을 맞추었고, 그런 다음 얼른 소매로 입을 문지르고 이를 닦고 싶은 마음을 힘겹게 억눌렀고, 늘 그렇듯이 이번에도, 카를로스를 생각했으며, 카를로스의 거짓말을, 카를로스의 약속을 생각했고, 노란 돌이 박힌 브로치가 그 소동 속에서도 온전한가 살피는 어머니

"예쁜 아기 오리에게 한번 더 입 맞춰줘 한번 더 안아줘 부끄러워하지 말고 밀라"

예쁜 아기 오리는 탁자에 앉아, 나에게 수표를 써주었고, 무신경한 어머니는 내 어깨 너머로 수표의 동그라미를 세어본 후 내게 공범자의 발길질을 했으며, 수표를 날름 가져가서는 엄지손가락으로 접어 블라우스 속으로 감추며, 볼 때마다 수위가 치를 떠는 투명한 일요일용 블라우스

"저 꼴을 좀 보라지"

그리고 어머니는 능란하게

"내가 보관하는 편이 더 나으니까요 장관님 내 딸은 너무 덤벙대서 이런 돈을 간수할 수가 없어요 잘 아시겠지만"

어머니는, 내가 구두를 벗기가 무섭게, 실내 가운을 걸치고 텔레비전 앞에 앉기가 무섭게, 눈앞에서 맹렬하게 허리를 흔들어대던 노인이 간신히 사라진 지금 약간이나마 평화와 안식을 누려보려는

네 번째 비망록

찰나, 앞치마 주머니에서 수표를 꺼내 보이며

"늙은이에게 조금만 더 다정하게 굴었으면 이 액수가 최소 두 배로 올라갔을 텐데 밀라 입맞춤 한번 더 해준다고 뭐가 그리 대수라고"

이미 말한 대로, 나는 장관님을 사랑한 건 아니고, 그리움이나 욕망을 느끼지도 않았고, 식욕을 잃지도 않았고, 몇 시간이고 멍청하게 앉아 벽만 바라보면서, 오직 그를 만나고 싶다는 단 하나의 생각뿐, 그의 미소를 보면서 따라서 미소 짓고 싶고, 그가 무엇을 말해도 다 재치있게 들리는, 그런 감정이 아니었고, 하지만 반면에, 좋은 면도 있었으니, 극장처럼 널찍한 집에서 살 수 있고, 목걸이를 선물받고, 여자 마사지사가 집으로 오고, 여배우나 신을 법한 슬리퍼를 신을 수 있고, 그 대가로 월요일과 금요일에 두세 시간 동안 카를로스를 떠올리면서 즐거운 척하고 있으면 되니, 게다가 장관님은 나에게 한번도 무례하게 군 적이 없었고, 단지 내 팔을 붙잡고 격한 숨을 몰아쉬며

"너는 내가 아주 오래전에 알던 누군가와 놀랄 만큼 닮았어 밀라"

아마도 그의 어머니나 아내, 혹은 그의 딸이나 애인이었을 여자, 그게 누구라도 나는 상관이 없고, 어느 날 장관님은 헌옷이 한 벌든 플라스틱 상자를 가지고 나타났는데, 그것은 숙모님이 처녀 때 찍은 사진 속에서 보았던 옷, 혹은 78 회전 레코드 표지에서 여가수들이 입고 있는 옷과 비슷하고, 장관님은 뭔가 더듬더듬 설명을 했는데 앞뒤가 맞지 않아 횡설수설이고, 도무지 무슨 말인지 알아듣기가 어려웠으니, 그래서 내가 먼저 장관님에게, 왜냐하면 일단 나로서는 그와 무슨 짓을 하더라도 상관이 없기 때문에, 분장을 하든지 변장을

하든지, 그리고 또한 어차피 뭔가 바보짓을 해야만 한다면, "먼저 시작할수록 먼저 끝난다"란 속담도 있듯이, 무조건 빨리 해치우고 싶었기 때문에

"그러니까 이 옷을 입으라는 말이죠?"

장관님은 코르셋과 핸드백, 좀이 슬고 벌레가 먹어 엉망이 된 악어가죽 구두도 가져왔으므로, 나는 기우뚱한 구두굽 위에 엉거주춤 올라타고

"그러니까 이 구두를 신으라는 말이죠?"

장관님은 또한 엄청나게 큰 목걸이, 오페레타 귀걸이, 곰팡내 나는 향수, 돌처럼 굳어진 루주도 가져왔는데, 루주는 거의 보라색이라서 바르니 서커스 광대와 같았고, 할머니 스타일의 금반지는 손가락에서 닳고 닳아 아주 얇아진 상태이고, 그리고 장관님은 내 머리를 백금색으로 염색하도록 시켰고, 옛날 초상화 속 후작부인처럼 머리 모양을 만들라고 했고, 나에게 올이 나간 스타킹을 신기고, 가슴을 동여매야 하는 고래뼈 코르셋을 착용시키고, 은 손잡이가 달린 구멍 투성이 양산을 들리고, 그리하여 나는 이런 카니발 복장으로 거실을 왔다갔다했으니, 흡족한 장관님은 행복한 표정으로 내 손에 끝이 뾰족한 장갑을 끼워주며

"이자벨"

어머니는 문지방 위에 우뚝 멈추어 서며

"세상에 기가 막혀서"

장관님은 나에게, 집 안의 오랜 하인에게 하듯이 어머니에게 인사하라고 강요했고

"내 아내입니다 도나 도리스"

아주 당당하게, 그 어떤 슬픔의 기색도 없이, 장난기도 없이, 꽤

꽥 소리도 내지 않으며, 그는 어머니의 앞치마에서 노란 돌이 박힌 브로치를 떼어내어, 내 옷깃에 꽂아주었고

"오늘 밤 우리는 팔멜라에서 보낼 겁니다 도나 도리스 그러니 저녁식사는 필요 없어요"

마치 어머니가 우리 집에서 일하는 사람인 것처럼, 어머니가 장보기와 청소를 담당하는 가정부인 것처럼, 후아 카스틸류 거리의 집을 관리하는 사람인 것처럼, 경악에 찬 눈으로 내가 걸친 의상을 쳐다보고 있는 어머니

밑창이 닳아빠진 구두, 잠금장치가 없이 열려 있는 핸드백, 누더기가 된 드레스, 핀을 찌르고 리본을 달아 우스꽝스럽기 짝이 없는 머리 모양, 플라멩코 무희를 연상시키는 화장, 이러고 나갔다가 혹시 정신병원에 끌려가는 건 아닌지 겁이 더럭 난 어머니는

"설마 그렇게 차려입은 채로 나가려는 건 아니겠지 밀라?"

하지만 엘리베이터는 아래로 꺼지듯이 그대로 풀썩 사라져버렸고

"세상에 기가 막혀서"

로비에는 실내화를 신은 수위의 아내가 수선화 화분들에게 물을 주고 있었는데, 나는 굽이 부러진 구두를 신고 대리석 바닥을 비틀거리며 걸었고, 귀걸이에 찔린 귀가 아픈데다 반지를 낀 손가락은 이미 보라색으로 변했고, 코를 찌르는 지독한 향수 냄새에 오 층에 사는 이웃 사람들은 물론이고, 가스 회사에서 나온 엔지니어, 그리고 수위의 아내까지도 정신이 혼미해지는 모습이었는데, 장관님은 내 팔을 마치 카를로스처럼 굳건하게 붙들고, 마치 카를로스처럼 넘치는 힘으로, 나를 자동차 안으로 밀어넣으니, 마치 카를로스가 극장에서 내게 했던 것처럼, 그리고 평소보다 더 서두르는 말투로

"팔멜라로 가 토마스"

한 팔을 내 어깨에 올리고, 그의 무릎을 내 무릎 위에, 손은 게처럼 내 허리를 더듬어 올라왔고, 나는 이날 처음으로 그에게 입 맞추는 일이 힘들지 않았으니, 나는 이날 처음으로 허약한 자가 그러듯이 몸을 그에게 온전히 맡겼고, 구멍 난 베일 아래서 한숨을 쉬자, 먼지와 거미줄의 맛이 느껴지면서, 나는 하나의 늪으로 변했으니, 내 말의 의미는, 게의 집게발이 내 옷의 천을 찢어낼 때, 게의 집게발이 가터 벨트의 고리를 옆으로 밀쳐낼 때, 나는 어디론가 흘러가고 있었다는 것, 그리고 사람이 사랑에 빠졌을 때 갖는 모든 감정을 느꼈으니, 그리움, 욕망, 전화하고 싶은 마음, 몇 시간이고 멍청하게 앉아 벽만 바라보면서, 유치하기 짝이 없는 시를 쓰기 위해 노트를 사고, 아마도 나는 바로 이 순간에 사랑에 빠지게 된 것이리라, 아마도 이것이 사랑이리라, 팔멜라의 저택은 어마어마하게 컸고, 머리를 틀어올린 여자가 눈썹을 치켜세운 표정으로 우리를 맞더니, 못 볼 것을 보기라도 한 듯 고개를 설레설레 흔들었고

"티티나 이자벨에게 인사해"

팔멜라는 나에게, 굽이 부러진 구두를 신고 넓은 거실을 하나하나 비틀거리며 가로질러 가는 곳, 유니폼을 입은 하녀들 수십 명이 도열해 있는 방과 방들을 비틀거리며 가로질러 가는 곳, 반대편에는 바다가, 흔들리는 요람과 같은 파도소리, 장관님은 뚫어져라

"이자벨"

자신의 애인을, 혹은 어머니를, 혹은 아내를, 혹은 딸을 바라보았으니, 이 카니발 의상과 장신구의 원래 주인이었을 여자, 나는 이제 이 곰팡내 나는, 온몸이 가려워지는 잡동사니에서 벗어날 방법이 없을 터였고, 목을 조이는 칼라를 느슨하게 풀 때, 천이 힘없이 풀썩

주저앉는 소리를 들었고, 내 오른 발목은 엉망이 되었고, 반지를 낀 손가락은 이미 시커멓게 죽어 있으며, 디디나는 우리의 뒤를, 무덤 속처럼 느린 속도로 따라오면서, 불행 가득한 얼굴을 설레설레 흔들었고, 아무 말 없이 우리에게 양고기를 내왔으니, 거울 속에서 붉게 달아오른 내 뺨, 거울을 보면 볼수록 점점 내 모습과는 멀어지는 얼굴, 그리하여 거울의 호수 한가운데서, 마침내는 나 아닌 것이 되어버리는 나, 장관님은 걱정스럽게

"피곤한 건 아니지 피곤한 건 아니지 이자벨?"

나는 카를로스를 생각하지 않았고, 어머니를 생각하지 않았고, 프라사 두 쉴르 거리를 생각하지 않았고, 우리 가게를 생각하지 않았으며, 나는 78 회전 레코드판 표지를 닮았고, 카네이션과 비둘기로 테두리가 장식된, 어느 방에 있는 그림엽서를 닮았고, 그 방에는 내게서 나는 것과 같은, 좀약과 죽은 라벤더의 냄새가 났고, 그 방에는, 감송향이 꽂힌 화병 곁에, 내 나이 또래 젊은 여인의 사진이 있는데, 지금 내가 신고 있는 구두를 신었으며, 지금 내가 걸친 핸드백과 귀걸이 반지, 지금 내가 입고 있는 옷을 입은 여인, 한 남자와 팔짱을 낀 젊은 여인, 자세히 들여다보면, 장관님과 흡사하게 생긴 남자, 거울과 똑같은 사진 액자, 나는 코를 사진 속 여인의 코에 대고 납작하게 누르며, 이게 바로 나야 이게 바로 나야 이게 바로 나야, 자꾸 반복해서 말했고, 침대에 누운 나는 사진 속으로 완전히 빠져들어, 장관님이 까치발로 다가와, 다정하게 이불을 덮어주며, 내 이마에 입 맞추는 것을 알아차리지 못할 정도였고

"티티나는 그런 일은 영영 없을 거라고 말했지만, 그래도 나는 네가 언젠가 돌아오리란 걸 알고 있었어 이자벨"

그리고 감송향의 향기에 취해 어느새 잠이 든 나는, 인조 속눈썹

이 내 뺨 위로 천천히 떨어져내리는 것을, 고독한 광대의 눈물이 내 뺨을 타고 흘러내리는 것을, 알아차리지 못했다.

추가 진술

창녀만으로는 부족하단 말인가, 포주와 여장 남자가 차고 넘치고 마약중독자는 나날이 늘어나고 결혼한 남자들이 아내를 차에 태우고 공원을 돌면서 다른 이들의 성행위를 구경하는 시대, 레즈비언이, 도둑이, 변태성욕자가 부족하단 말인가, 난데없이 사람을 불러세우고는 갑자기 걸치고 있던 레인코트를 활짝 열어, 양말과 구두만 신은 나체를 보여주는 늙수그레한 남자들, 주정뱅이가 부족하단 말인가, 거지들과 공원을 배회하는 젊은이들, 돈 몇 푼이면 모든 종류의 변태 행위를 지저분한 고객들에게 제공할 준비가 된 아이들, 하루 종일 빗자루를 휘둘러 그런 치들을 쫓아내거나 경찰에 신고하는 것이 내 일인데, 이 건물의 호화로움에 비하면 한없이 초라하여 동굴이나 다름없는 뒷마당 골방에서 내 아내와 함께 사는 나는, 밤만 되면 몰려든 고양이들이 본능에 따라 밤새도록 야옹거리는 덕분에 도저히 잠을 이룰 수가 없었으므로, 독약 한 스푼을 고기 경단에 섞어 냄비에 담고, 목을 골골 울려서 고양이들을 불러

"무쉬 무쉬 무쉬 무쉬"

고양이 시체들은 나중에 삽으로 치울 수 있겠지, 그것들을, 복수의 달콤함이여, 전부 쓰레기통에 갖다 버릴 수 있기를, 아내는 소매로 눈물을 훔치며

"불쌍한 것들"

조만간 나는, 아내에게 따끔한 따귀 한 대를 선사하게 될 터인데, 얻어맞자마자 그 자리에서 이빨 한두 개쯤은 뱉어내야 하는 그런 종류로, 이유는 가족의 화목을 위해서, 그리고 간혹은 그녀에게 눈물을 흘릴 이유를 만들어주어야 하니까, 안 그러면 그녀는 아무것도 아

닌 일로 툭하면 울음을 터뜨릴 것이므로, 지금도 겨우 고양이 때문에 징징대니, 정말이지 들어줄 수가 없고, 그녀가 로비의 화분에 대고 실컷 눈물을 뿌릴 수만 있다면, 그러면 나는 최소한 화분에 물 주는 일만은 안 해도 되는 것이니까, 안 그래도 나는 여단장 때문에 골치가 아픈데, 그자는 아무리 청소를 해두어도 자꾸만 계단이 더럽다고 하고, 그러면 나는, 그의 부대를 가득 채운 시골 출신 장병들이 어떨지 상상할 수밖에 없는데, 원래 염소들과 지붕을 공유하고 사는 데 익숙한 젊은이들이 아닌가, 또 주교 때문에도 골치가 아픈데, 그자는 아무리 청소를 해두어도 자꾸만 엘리베이터 안에서 이상한 냄새가 난다고 하고, 아마도 그는 두 손을 모은 채 자욱한 제단의 향불 연기에 감싸여 로비에서부터 꼭대기인 육 층까지 그대로 올라가고 싶은 것이리라, 성 베드로가 기다리고 있다가 현관 매트 위에서 자신을 포옹해주는 곳, 거기다 쇼이에르만 병과 척추 때문에 중앙의료원에 가서 맞는 주사만으로도 나는 충분히 괴로운데, 이런 와중에 장관님까지 가세하여, 내 영역에 두 마리 부엉이 모녀까지 데려다놓았으니, 이 도시의 어느 지하실, 바느질을 하던 재봉틀을 덮으면 그대로 카드 테이블이 되고 저녁 식탁이 되는 지하실 방에 살던 모녀, 올라 앉은 높다란 대 위에서 금방이라도 떨어질 듯한 나이 든 부엉이는, 징그러운 정맥류가 발목을 회오리 나사 모양으로 뒤덮었으므로, 슬리퍼를 신은 발을 통째로 벽에 박아넣고 싶게 만들고, 크리스마스트리처럼 장신구를 주렁주렁 달았으며, 젊은 부엉이는 싸구려 가수처럼 차려입었는데, 후아 카스틸류 거리의 무대에서 엉덩이를 흔들어 캐스터네츠 소리를 냈으므로, 젊은 부엉이의 섹스 어필 때문에 고객들을 빼앗기게 된 여장 남자들의 분노를 샀고, 이 두 부엉이가 건물의 명예를 손상시키는 것은 분명했으므로 나는 행정실로 가서 불만을 표시

네 번째 비망록

했으나, 행정실 관리인은 주변을 조심스럽게 둘러본 뒤 나에게 소리를 낮추라고 지시하면서

"자네 왜 그래 감옥에 가고 싶은 거야 레안드루?"

관리인은 내 팔을 잡고 구석 자리로 끌고 가더니, 만약 장관님이, 내가 그 두 모녀에 대해서 험담을 하고 다니는 낌새를 아주 약간이라도 눈치채게 된다면, 그 즉시 나를 페니체 감옥에 넣어버릴 거라고, 거기 들어가면 고문대에 앉아야 할 것이고, 오줌에 찌든 지푸라기 위에서 자야 한다고, 관리인은 입을 내 귀에 바싹 붙이다시피 계속 설명하기를, 만약 장관님이, 내가 그 두 모녀에 대해서 험담을 하고 다니는 낌새를 아주 약간이라도 눈치채게 된다면, 즉시 그 또한 페니체 감옥에 넣어버릴 거라고, 왜냐하면 그가 공산주의자 따위에게 수위 자리를 맡겼다고 생각할 테니까

"그분들을 조심해서 모시지 않으면 우리 둘 다 감옥행이야"

공원 가장자리를 느린 걸음으로 어슬렁거리는 창녀들 중에는, 정말로 예쁜 여자들도 몇 명 있었고, 정말로 풍만한 여자들, 내가 스무 살이기만 하다면, 미혼이기만 하다면, 당뇨병에도 불구하고 기능이 작동하기만 하다면, 그녀들이 입맛 당긴다고 하고 싶은데, 손에 드라이버를 들고 괜히 자물쇠를 고치는 척하면서, 내 눈의 각도는 미인들의 뒷모습에 꽂혀 있을 때, 후각 하나는 사냥개처럼 발달한 내 아내, 그래서 훌쩍거리고 있지 않을 때면 나를 지옥처럼 들들 볶아대는 아내가

"어디 쳐다보는 거예요 레안드루?"

정말로 끝내주는 여자들, 지난겨울에 단속을 피해 로비 화분들 사이에 숨어 있던 그 여자처럼, 그날은 경찰 단속반 차량이 지나가면서 공원의 여자들을 백합꽃 뽑듯이 화단에서 마구 끌어내는 중이었

고, 그녀는 팔다리를 버둥거리고 핸드백을 휘두르면서 끌려가는 동료들을 가리키며

"저 차들만 가버리면 여기서 나갈게요 그러나 고발하지 말아주세요 제발"

독감에 걸린 아내는 침대에 누워서, 물에 녹여 먹는 아스피린과 꿀을 일 킬로는 들이켜고는 내 잠옷을 걸친 채 널브러졌는데, 경찰차를 피해서 숨어든 여자가 바로 내 코앞에 있었으니

"고발하지 말아주세요"

나는 그때 로비 앞쪽에 전구를 갈려고 나갔었는데, 갑자기 그런 횡재를 만난 것이니, 건강하고 주름살 하나 없이 탱탱한 여자가, 내 팔에 매달리며

"고발하지 말아주세요"

그런 일이 있을 거라고 조금이라도 짐작했다면 나는 턱을 말끔하게 면도했을 텐데, 그녀에게 몸이 밀착된 나는, 이 사실을 좀처럼 믿을 수가 없었고, 풀과 나무 향기가 풍기는 그녀의 몸, 탄력있는 살, 흐물거리는 지방은 하나도 없이, 경찰은 그녀의 동료들을 차에 밀어넣었고, 나는 내 어깨로 그녀의 어깨를 지그시 눌렀으나, 그녀는 저항하지 않았을 뿐 아니라, 그걸 알아차리지도 못한 것이, 바깥 경찰차들의 움직임을 살피는 데 온 신경이 가 있었으므로, 혹시 곤봉을 치켜든 경찰이 그녀를 체포하러 이쪽으로 오지 않을까 잔뜩 겁을 집어먹은 상태이므로, 그런데 바로 그 순간에, 담요를 산더미처럼 뒤집어쓰고 쿨럭거리는 아내가 골방에서

"레몬차 갖다준다더니 어떻게 된 거야 레안드루"

그건 무자비하게 칼로 찔리는 기분과 다름없었으니

"레몬차 갖다준다더니 어떻게 된 거야 레안드루"

네 번째 비망록.

화들짝 놀란 나는, 장례식에 가는 사람처럼 고개를 숙이고 골방으로 들어가, 양동이 위에 걸쳐둔 행주인 듯, 축 늘어지고 비틀린 얼굴과 마주쳤으니, 오직 주름살뿐, 통통 부은 불그스름한 살갗뿐

"레몬차 갖다준다더니 어떻게 된 거야 레안드루"

켤 때마다 펑 소리가 나는 바람에, 언젠가 한번 폭발하여 이 건물 전체를 날려버릴 것이 분명한 가스 화덕을 점화시키고, 물을 데우고, 레몬 껍질을 넣고, 설탕도 첨가하여, 컵을 침대 곁 탁자에 놓아주며

"금방 올게"

다시 로비로 나가보니, 경찰차는 이미 경찰서로 향하는 중이고, 계단에 깔린 고무판 위 화분들 사이에서 밤의 거리를 내다보던 여자의 모습은 흔적도 없고, 오직 엉성하게 밟아 끈 담배 꽁초 하나, 완전히 꺼지지 않은 가느다란 연기가 한 줄기 위로 피어오르며, 나를 비웃는 것만 같았고, 나는 연기를 혹은 연기가 피어오르는 그 자리만 뚫어지게 보고 있었을 뿐, 건물 관리인은 부엉이 모녀에 관한 장광설을 이제야 마감하는 참이니

"내가 한 달 내내 빵과 물만으로 살 수 있을 거라고 생각하는 거야?"

나이 든 부엉이의 친척들은, 단체 버스를 타고 구경 오는 시골뜨기 관광객 몰골로, 일요일마다 떼를 지어 후아 카스틸류 거리를 방문해서는, 허리만 겨우 가린 옷차림으로 수풀에서 막 튀어나온 야만인처럼, 자동문을 보고, 엘리베이터를 보고, 타일 바닥을 보고, 변호사나 국회의원이나 장군의 이름이 적힌 우편함을 보고 소스라치며 놀랐고, 친척들이 데리고 온 아이들은 모두 양복에 넥타이까지 매고, 거기다 모자만 쓴다면 어린 나이에 벌써 군대에 들어간 줄로 착각할

정도로, 그런 꼬맹이들이 자꾸만 전등 스위치를 눌러서, 섬세하게 조각된 크리스털 샹들리에에 불이 들어오는 모습을 구경하려고 했고, 화재 경보기를 눌러서, 건물 전체가 충격의 비명을 지르는 모습, 도끼를 든 소방관들이 건물 입구를 부수고 들어오고, 은식기와 도자기 꾸러미를 등에 짊어진 입주자들이 계단으로 밀려 내려오는 것을 구경하고 싶어 했고, 나로서는 그 친척들이 복잡한 건물 복도에서 길을 찾느라 미국인 관광객처럼 사전과 시내 지도를 손에 들고 있더라도 전혀 놀라지 않을 터인데, 한 손에 빗자루를 든 관리인은 나를 도와서, 소방관들이 만든 난장판을 청소하고 부서진 잔해들을 치웠고, 주변에 아무도 엿듣는 이가 없음을 확인한 후에

"장관님에게는 한마디도 불평하지 마 레안드루 페니체 감옥을 생각하라고"

벽돌과 유리 조각, 부서진 대리석, 여기저기서 눈처럼 날리는 소화용 이산화탄소, 그때 젊은 부엉이가, 교황의 대관식에라도 다녀오는 듯한 차림으로, 벤틀리 승용차에서 막 내리고 있었으니, 그녀의 뒤에는 고급 부티크 쇼핑백을 너무 많이 들고 있어 허리가 구부정해진 상병이 따라왔고, 관리인은, 숭배를 바치는 시동의 자세로, 그녀의 발에 입이라도 맞출 듯이 살랑거리는 미소와 함께

"안녕하십니까 아가씨"

상병의 뒤에는 비밀경찰 하나, 공포에 질린 여장 남자들은 플라타너스나무와 한몸이 되어 딱 붙어 있고, 주삿바늘 중독자들은 벼락 맞은 해골들처럼 한꺼번에 공원 반대편으로 달아나버렸고, 젊은 부엉이에게 잘 보이고 싶은 관리인은 나에게

"아가씨 쇼핑백을 들어드려 레안드루"

만약 다른 일자리를 찾을 수만 있다면, 나는 이 건물 전체를 기

네 번째 비망록

필코 박살내버리리라, 속으로는 젊은 부엉이에게 저주를 퍼부으면서, 사파리 행렬의 검둥이처럼, 그녀의 잡동사니를 등에 짊어져 날랐고, 가슴에 양궁 과녁만 한 브로치를 단 늙은 부엉이는, 나를 호랑이 통가죽이 깔린 방으로 인도하더니, 노예에게 지시를 내리는 말투로

"이건 두 번째 서랍에 넣어줘요 레안드루"

늙은 부엉이는 나뭇조각 장식이 있는 마호가니 문을 옆으로 밀며

"저건 오른쪽 선반에 얹어주시구요 레안드루"

옷장 안에는, 드레스와 바지, 블라우스, 코르사주, 숄, 외투, 가죽 재킷, 프린트가 들어간 면옷, 스팽글 의상, 리넨 셔츠가 차례로 나타나는데, 선량한 스파르타쿠스는 자신이 사는 골방을 떠올리지 않을 수가 없었으니, 찌부러진 철제 옷장 하나만 있을 뿐, 호랑이 털가죽은 구경도 할 수 없는 일 층 구석의 골방, 늙은 부엉이는 일을 마친 내 손에 갈색 동전 하나를 쥐여주니, 내가 마치 카페마다 돌아다니며 휴지와 복권, 얼룩제거제 등을 파는 상이군인인 것처럼

"이거 받아요 레안드루"

나는 서서히, 공산주의자가 되는 사람들의 심정을 이해하게 되었고, 공산주의자들은 정권을 잡는 즉시 부자들을 목매달 테니까, 적어도 그들은 모든 인간들이 똑같이 슬픈 고아가 되어 황량한 눈 속에서 벌벌 떨거나, 사람들로 초만원인 아파트에서 다 같이 비좁게 살기를 바라니까, 나는 동전으로 모욕해주어 참으로 감사하다고 인사를 했지만, 속으로는 늙은 부엉이의 턱뼈를 펜치로 박살내서 그녀의 목구멍 속으로 쑤셔넣고 싶은 심정이었고

"감사합니다 부인"

질풍처럼 내 집으로 달려내려간 나는 동전을 변기 속으로 집어

던졌고, 얼마나 세게 던졌는지 아직도 그 자리에는 홈이 남아 있으며, 내 아내는

"변기를 돌로 쳐죽이려는 거야 레안드루?"

나는 아내를 좀 더 엄격하게 다루었어야 맞지만, 실제로 그렇게 하지는 않았으니, 변기의 홈집을 쳐다보던 그녀가

"방금 갔다 온 집에서 찬장의 유리잔들은 때려부수고 싶지 않았어 레안드루?"

그렇게 말하는 아내를, 내 나이만 아니라면, 당뇨만 아니라면, 생선 비늘 벗기는 칼로, 그 자리에서 바로 저세상으로 보내버렸을 텐데, 목요일마다 자신의 장님 여동생을, 검은 안경을 썼다는 점만 다르고 나머지 생김은 자기와 흡사한 여동생을 저녁식사에 데려오는 인간, 마침내 내가 집의 주인이 되는 시간, 영수증과 우편물을 다 처리하고, 다리를 꼬고 앉아 국가의 상황에 대해서 알아보려고 스포츠 신문을 펼치는 시간, 그때 장님 동생이 나타나, 텔레비전 앞에 앉아 코를 쿵쿵대고, 내 소매를 흔들면서

"지금 영화 하는 거 맞지 레안드루?"

괴상망측한 문화적 취향을 가진 장님은, 나를 찾느라 지팡이로 내 발을 툭툭 치면서

"지금 나오는 영화 설명 좀 해줘 레안드루"

나를 엄습하는 당뇨만으로는 충분치 않다는 듯이, 알약에서 캡슐로 전전하다가, 그리고 이제는 캡슐을 넘어 세상이 흐릿하게 보이는 백내장, 그리고 마침내는 신장 폐색이 와서 좋아하는 체리 리큐르도 마실 수 없게 되었는데, 여전히 비밀경찰을 대동하고 다니는 부엉이 모녀, 그래서 그들이 멀리서 모습을 보이기만 하면 겁먹은 공원의 여자들이 모두 달아나버리는 바람에, 유일한 낙이 사라져 음울한 상

네 번째 비망록

실감에 시달리는데, 이 모든 불행만으로는 충분하지 않다는 듯이, 아직 목욕도 못했고, 이제 겨우 로비의 고무나무 이파리에 삼나무 기름을 문지르려는 찰나, 갑자기 사위가 쥐죽은 듯 조용해지며, 나무들과 거리, 도시 전체가 숨을 멎은 듯

자동차 사람들 목소리들 쓰레기통 두드리는 소음 경적소리

다름 아닌 살라자르가 수녀처럼 사뿐사뿐 가볍게 건물에 들어섰기 때문에, 화분을 향해서 투명한 손가락을 흔들어, 꽃들이 자신에게 박수를 보내는지 확인하면서, 살라자르가 있다면 그 곁에는 당연히, 내 짐작이 맞다면, 바스코 다 가마처럼 꾸민 수행원들에게 둘러싸여 커다란 가위로 개축식의 보이지 않는 리본을 자르던 제독이 있는 법이고, 제독이 있다면 그 곁에는 당연히, 내 짐작이 맞다면, 성녀처럼 잦은 금식과 고행으로 바싹 여위고 창백한 추기경, 그리고 추기경이 있다면 그 곁에는 당연히, 내 짐작이 맞다면, 비밀경찰의 수장이며, 홀아비 은행원처럼 음산하게 비틀리고 고독한 소령이 있는 법인데, 그들이 모두 한꺼번에 무리를 지어 부엉이 모녀의 집으로 올라가는 중이니, 거기서 파티마의 기적과 수용소 문제를 결정하기 위하여, 관리인은 나를 옆으로 부르더니, 처량할 만큼 겁먹은 속삭임으로 천장을 가리키면서

"그 사람들 갔어 레안드루?"

엘리베이터의 램프가 붉게 바뀌었고, 화살표가 일 층을 가리키며 깜박거리며, 유리 고치 속에 사람 형상의 애벌레가 보이자, 관리인은 재킷 단추를 단정하게 잠갔고, 나도 책상 앞에서 재킷의 단추를 잠갔고, 셔츠를 다려주지 않은 아내에게 화가 치밀었고, 관리인은 헛기침을 하면서, 이제 곧 커다랗게 만세를 부를 준비를 했지만, 내려온 것은 살라자르도 제독도 추기경도 아니고, 소령도 장관님도 아니

고, 그건 보기만 해도 끔찍한 늙은 부엉이로, 앞치마에는 양궁 과녁만큼 커다란 브로치를 달고, 자기가 무슨 공작부인인 것처럼 빼기면서

"혹시 녹차 티백 갖고 있나요 레안드루?"

일 년 내내 안감이 들어간 슬리퍼와 스팽글이 달린 검은 블라우스 차림, 그래서 그런 허접한 물건을 좋아하는 내 아내는 샘이 나서 어쩔 줄을 모르고

"혹시 녹차 티백 갖고 있나요 레안드루?"

자기가 이 세계 전체를 모두 가진 귀부인인 양, 단지 자신의 딸이 장관님의 정부라는 그 이유만으로, 단지 자신의 딸이 살라자르의 측근으로부터 지원을 받는다는 이유만으로, 과묵하고 투박한 인간, 내 인사를 단 한번도 받아주지 않았으며, 건물 안으로 들어올 때마다, 화분에다 재를 털고 시가를 눌러 끄던 인간

그 시골뜨기에게 이런 말을 그대로 전해도 됩니다 하나도 겁나지 않아요 그 시골뜨기에게 전부 다 알리세요 난 하나도 겁나지 않으니까

관리인은 늙은 부엉이를 백작부인처럼 응대하면서, 나에게

"녹차 티백 갖고 있지 않아? 부인께 빌려드릴 녹차 티백 말이야"

그런데 이런 관리인도, 귀부인에 대한 예의범절을 버리는 순간이 왔으니, 어느 날 장관님이 더 이상 집세를 내지 않게 되었을 때, 아파트의 전기와 가스, 수도가 끊기고, 구두가게 의상실 보석상 미용실 정육점의 점원들이 청구서와 경고장, 법원의 명령서 압류장을 들고 찾아오기 시작한 이후, 경찰차 두 대가 와서, 탁자와 화장대, 소파, 수채화를 아파트에서 실어갔을 때, 모녀가 집 밖으로 나올 엄두를 내지

못하고, 초인종이 울려도 대답할 엄두를 내지 못하고, 집 안에서는 말소리도, 슬리퍼 끄는 소리도, 그릇소리도, 서랍을 쿵쿵 여닫는 소리도 낼 엄두를 내지 못할 뿐만 아니라, 그 어떤 소리도 감히 낼 수 없었을 때, 관리인은 내가 영화를 설명해달라는 장님에게 시달리고 있는 골방으로 찾아와서는

"부엉이 모녀를 쫓아내야겠어 레안드루"

불안을 느낀 장님은, 내 바짓가랑이를 붙잡고, 목소리가 나는 쪽으로 코를 쿵쿵대며

"이거 포르투갈 영화 맞아 레안드루?"

카니발 모녀의 아파트 문은 잠겨 있었고, 관리인은 주머니를 뒤져 열쇠뭉치를 꺼내며

"미스 밀라 도나 도리스"

그때 나는 감송향 향기를 느낄 수 있었으니, 그건 마치, 아직 바다에 도착하지는 않았지만 미리 바다 냄새를 느끼는 것과 비슷하니, 나는 감송향 향기를 느끼기 시작했고, 관리인은 열쇠를 하나하나 구멍에 끼워보면서 입으로는 제기랄 제기랄

"미스 밀라 도나 도리스"

창문 쪽으로 다가가면, 마르케스 데 퐁발의 동상이 가로등으로 이루어진 얕은 바다에 떠 있는 것을 보게 되리라, 마르케스는 관리인과 마찬가지로, 나에게 등을 돌린 자세인데, 연신 제기랄 제기랄 하고 내뱉으면서 다른 집 열쇠들을 따로 분리하고, 하나하나 점검하고, 헛되이 열쇠구멍에 꽂아보는 관리인처럼, 제기랄 제기랄 되뇌면서, 수건으로 목덜미의 땀을 닦는 관리인처럼

"미스 밀라 도나 도리스"

하지만 나는 아마도 부엉이 모녀는 끝내 대답하지 않으리라 생

각했으니, 왜냐하면 그들은 이미 죽었을 테니까, 가스 밸브를 틀어놓고, 혹은 수면제를 먹고 죽어 있을 테니까, 나는 감송향의 우울한 향기를 느끼며, 엎드린 채 쓰러진 두 개의 시신을 상상해보니, 비틀린 관절, 갑자기 나타난 벗은 몸의 은밀함, 구두보다도 더한 무생물로 변한 다리, 빈 약병과 바닥에 고인 채 발효되고 있는 걸쭉한 웅덩이를 상상하면서, 나는 그들을 쳐다보지 않으리라 결심했고, 관리인은 새 열쇠꾸러미를 가져와서, 제기랄 제기랄, 마르케스(마르케스 데 퐁발, 1699~1782, 1755년의 리스본 대지진 이후 도시 재건설로 유명한 후작)의 동상이 석주에서 떨어져, 기둥에서 내려오더니, 빈혈 환자처럼 흔들거리며 강쪽으로 걸어내려갔고

제기랄 제기랄

그 자신의 명령에 따라 철거되고, 소금이 뿌려진 집들 위로 항해를 나서니, 갑자기 감송향 향기가 강해지면서, 문 손잡이가 돌아갔고, 어느새 아파트 현관에 들어선 우리의 눈앞에 펼쳐진 광경, 못만 남아 있는 벽은 균열이 생겼고, 그림은 시리지고 그림이 있던 자리뿐, 옷들은 사라지고 옷이 있던 자리뿐, 탁자는 사라지고 탁자가 있던 자리뿐, 바닥에는 종잇조각들, 남겨진 먼지들, 지저분하게 어지럽혀진 모습, 한때 스웨터였던 것이 누더기로 변하여, 바람이 불어올 때마다 의자 등받이에서 들썩였고, 관리인은 제기랄 제기랄, 텅 빈 방들을 하나하나 돌아다니니, 커튼이 떨어져나간 창문, 파엔차 도자기의 잔해가 부서진 선반 구석에, 술 달린 스톨라 하나가 널브러져 있고, 수정 눈동자가 빠진 호랑이 털가죽의 머리가 나를 돌아보니, 마치 내 장님 처제처럼

"지금 영화 하는 거 맞지 레안드루?"

이 영화는 누구도 살지 않는 아파트에 관한 것이니, 꽃향기와 칠

월의 그림자만이 일렁이는 아파트, 보험 회사의 전광판 불빛만이 일렁이는 아파트, 현재 온도와 시각을 번갈아 나타내는 네온 빛은 규칙적으로 미끄러져내려와, 오데콜론 병과 거북 등껍질 상자와 매니큐어와 빗과 솔, 크림 등이 여기저기 마구 쌓여 있는 바닥을 비추니, 부엌에는 화덕도 없고 보일러도 없고 냄비도 접시도 없고, 찬장은 그 어떤 그릇도 없이 텅 비었고, 식료품 창고에는 텅 빈 통과 봉지들, 관리인은 손으로 입을 막은 채 샅샅이 뒤지면서 제기랄 제기랄

"미스 밀라"

구석구석의 궤짝도 빈틈없이

"도나 도리스"

감송향의 향기는 더욱 널리 퍼지면서, 점점 진해졌으며, 우리가 침실로 들어설 즈음에는 거의 폭발할 듯했는데, 침실에는 매트리스도 시트도 베개도 커버도 없는 침대가 달랑, 남아 있는 것은 침대 헤드 부분과 매트리스 지지대, 침대 사면의 널빤지뿐이니, 그 옆방도 마찬가지로 사이드테이블과 에나멜 꽃병에 든 화초 줄기뿐, 그리고 한 금발 여인의 사진, 사진 속 여인은 내가 젊었던 그 옛날 여인들의 복장을 하고 있는데, 내가 미혼이던 시절, 여자들이 극장이나 카지노에 입고 가던 그런 옷차림, 사진 액자 속에는 튤립 모양의 구식 드레스를 입은 금발 여인이, 부끄러운 듯한, 살짝 조롱하는 듯한 시선으로, 눈동자에는 어딘지 모르게 비굴한 다정함을 담고, 나를 빤히 쳐다보고 있었다.

진술

지금 내가 당신에게 이야기하려는 일이, 언제 일어났었나? 십오 년 아니 이십 년 전인가? 아니 그보다 더 오래되었나? 이십오 년? 삼십 년? 만약 그것이 삼십 년 전이라고 당신이 말한다면, 아마도 삼십 년 이 맞겠지, 나는 기억이 나지 않으니까, 나는 이제 날짜를 정확히 세지 못하고, 어머니가 죽은 이후로는 교류하는 사람들도 없으니까, 나는 혼자 살고, 혼자 힘으로 가게를 꾸려나가며, 굳이 조수를 채용할 필요도 없는 것이, 몇 주일 동안 손님이 하나도 없었고, 가게는 물건 도 거의 없이 텅 비었으며, 나는 그저 프라사 두 쉴르 거리를 내다보며, 계산대 앞에 앉아, 내 그림자가 가게 바닥을 이동하여 선반에 가 닿기만을 기다릴 뿐이고, 그러면 자리에서 일어서서 창의 덧문을 닫고, 가게 문을 자물쇠로 잠그고, 집으로 돌아가니, 이제 집에는 나 말고는 아무도 살지 않으므로, 예전보다 더 작아진 이 구역에서, 이 집은 저절로 커진 셈이니, 예전에 매트리스 가게였던 자리에는 슈퍼마켓이 생겼고, 미용실은 없어졌고, 잡지에서 오려내어 창에 덕지덕지 붙여놓은 얼룩덜룩하고 흐릿한 헤어스타일 사진들도, 나막신을 신고, 발코니에서 맨다리를 드러낸 남자들에게 추파를 던지던 보조미용사들과 함께 자취를 감추었고, 그녀들은 결혼을 했거나 죽었거나 멀리 떠났으리라, 당구대가 사라진 자리에는 제과점이 생겨서, 세례식이 끝난 후 간단한 음식을 먹거나 결혼식 하객들에게 케이크를 제공하는 곳이 되었는데, 네 단이나 다섯 단으로 이루어진 케이크는 가장 꼭대기에 오렌지꽃이나 마지판 장미로 테두리 장식을 했고, 한가운데에 설탕으로 만든 신랑 신부, 이 지역에서 내가 아는 사람은 대부분이 나이 든 이들뿐이고, 그냥 나이가 좀 있는 사람이 아니라, 완전한 노인들, 아주 늙은 여자들, 검은 머릿수건을 쓰고 다니는 여자들, 원래는 검은색이었으나 하도 오래되어 색이 갈색으로 바랜 머릿수건, 목을 창밖으로 내밀고, 불신과 악의로 세상을 바라보는 여자들, 거리의 무관심을 향해 분노의 앞니를 드러내는 여자들뿐이다. 나와 이야기를 나누지 않으며 나도 그들과 이야기를 나누지 않는 늙은 여자들, 끝없이 이어지는 똑같은 창구멍을 따라 끝없이 이어지는 늙은 여자들, 전부 똑같이 표독하고, 전부 똑같이 경계하는, 전부 똑같이 창살 사이에 오징어 뼈를 꽂아둔 앵무새 새장을 내건 늙은 여자들, 만약 어머니가 살아 있다면 비슷한 또래일 늙은 여자들, 내가 계속해서 산다면, 몇 년 뒤에 바로 내 모습이 될 늙은 여자들, 그들이 말을 하려고 하면, 공기가 먼저 그들의 폐 깊숙한 곳 먼지투성이 동굴을 관통한 다음, 뱉어내진 말의 덩어리로 변하여 한꺼번에 왈칵 튀어나오므로, 누구도 그것을 알아듣지 못하고, 분노와 저주에 찬 그들의 한탄에 그 누구도 귀 기울이지 않고, 쥐꼬리만 한 연금으로, 삼륜차 행상이 싣고 다니는 벌레 먹은 사과나 바다장어 한 토막을 사는 늙은 여자들, 동전 한 닢 한 닢을 전부 세어서 자루에 넣어둔 그들의 연금, 기억이 가물거리기 때문에, 혹은 갑작스럽게 분노가 폭발하기 때문에, 불쑥 고함 지르는 늙은 여자들

"누가 내 돈을 훔쳐갔어 네가 가져갔지 네가 내 돈을 가져갔지"

구불구불 무리를 지어, 일곱시 미사를 향해 절뚝거리며 가는 늙은 여자들, 자기 자신을 어깨에 짊어지고 가는 것처럼 휘어진 허리, 그들은 저녁이면 앵무새를 보물인 양 엄숙하게 집 안으로 들였고, 끊임없이 내지르는 앵무새의 고함, 낚싯바늘 같은 주둥이, 비틀거리는 걸음걸이는 그들과 흡사하니, 늙은 여자들은 전당포에서, 구멍투성이 침대 시트를 펼쳐 보이고, 짝이 맞지 않는 포크, 크루스 신부의 점

토 조각상, 상아 묵주를 들이밀며

"성모마리아님은 이해하실 거예요 도나 아눈시아사웅"

틀니가 소원인 늙은 여자들, 그래야 크리스마스 때 정육점에 가서 갈색 종이에 싼 꼬리 백오십 그램을 사게 해달라고 기도할 수 있으니까, 잠이 힘든 늙은 여자들, 관절의 반란, 천식의 발작, 쇠약한 심장과 싸워야 하는 그들의 잠, 공포에 질린 채, 최후의 순간에 죽음의 가장자리에서 뛰쳐나오게 되는 그들의 잠, 쪼글쪼글하게 필사적인 투지로 삶에 매달려 있는 늙은 여자들, 그런 늙은 여자들과 앵무새를 제외한다면, 나는 이 지역에서 아는 사람이 거의 없고, 그 일은 십오년, 이십 년, 이십오 년, 삼십 년 전, 그러니 삼십 년 전이라고 한다면, 아니 거의 삼십 년 전, 이 문제로 다툴 이유는 없는 것이, 나는 어머니와 내가, 장관님이 나를 위해 임대해준 후아 카스틸류의 집에서 나와, 프라사 두 쉴르 거리로, 그사이 악취 나는 파이프와 좀벌레투성이가 된 가게로 돌아온 다음부터는, 세월을 계산하지 않았으므로, 천사처럼 하얀 날개를 가진 수천 마리의 나방이 가게 안에 가득 날아다니고 있었고, 진열대 위에는 꼼지락거리는 수천 마리의 애벌레들, 나무판자 틈새마다 빼곡하게 들어찬 수천 개의 알주머니, 그리고 여전히 쌓여 있는 저지천과 벨벳 크레톤 직물 뭉치, 모직 상표가 붙은 천, 우리는 손님들에게, 그것이 진짜 모직이라고 장담했고

"상표를 보시면 알잖아요 설마 영국인들이 거짓말을 할까요 포르투갈이 아니라 영국제라구요 설마 영국인들이 거짓말을 하겠어요?"

하지만 그건 당연하게도 모직이 아니라 합성섬유였고, 이제 천 뭉치들은 실오라기만 남은 해골 같은 몰골이었으니, 실의 갈비뼈와 너덜너덜한 혈관은, 건드리기만 해도 먼지가 되어 공기 중으로 휙 날

아가버렸고, 어머니는 세라핌(기독교의 천사 계급 중 하나) 애벌레와 알을 없애기 위해 엄청나게 많은 양의 독극물을 뿌려댔으므로, 근처 늙은 여자들이 모두 신선한 공기를 찾아 허겁지겁 창밖으로 고개를 내밀며 기침을 토해낼 정도였고, 건강검진센터의 결핵 환자들은 아스팔트 바닥에 배를 위로 하고 쓰러져서 말라빠진 다리를 허공에서 허우적거렸고, 그렇게 죽은 천사와 천사의 후손들을 빗자루로 몽땅 쓸어버린 다음 주에, 어머니는 가게 진열대 앞에 자리 잡고 섰으며, 나는 계산대의 왕좌에, 어머니는 일요일에 입는 블라우스 가슴에 돌이 박힌 브로치를 달았으며, 나는 합성수지 복숭아와 파인애플 장식에 다 떨어진 베일이 부착된 모자를 썼고, 튤립 드레스, 나일론 스타킹, 허리에서 자꾸 미끄러져 내리는 검은색 가터 벨트, 잠금 장치가 고장난 핸드백, 굽이 부러진 악어가죽 구두, 너무 꼭 끼어서 손가락이 보라색이 되어버리는 반지, 우리는 이렇게 가게를 지켰으나, 찾아오는 손님은 하나도 없었고, 단 한 명도, 초라한 단추 한 상자나 바늘 한 쌈, 고무줄 몇 센티미터를 사러 오는 초라한 손님 한 명도 없었고, 원래는 한두 명 정도는 찾아와서 소소한 물건들을 사거나, 사지는 않더라도 오후 내내 수다를 떨러 오는 손님이 한둘은 있을 법했는데도, 카를로스, 아메리쿠, 페루난두 등이 나를 보려고 가게 입구에서 기웃거리며, 나에게 눈짓으로, 라르구 두 미텔루에 세워둔 버스에서, 혹은 캄푸 드 산타나 공원의 거위들이나 왕관을 쓴 작은 성인상들 곁에서 나를 기다리고 있겠다고 신호를 줄 법했는데도, 나만 보면 허겁지겁 껴안으려 하고 허겁지겁 입 맞추려고 하던 카를로스, 아메리쿠, 페루난두

"이런 젠장 이런 젠장"

카를로스, 페루난두, 아메리쿠는 아마도 감옥에 있는 것이리라,

네 번째 비망록

아마도 스페인으로 도망을 갔으리라, 아마도 알렌테주 어딘가에서 숨어 지내면서 속죄를 하고 있으리라, 친구를 도와 보석 약간과 텔레비전 몇 대, 라디오 몇 상자를 보관한 죄를 보속하기 위하여, 돌을 갉아먹으며 견디고 있는 것이리라, 그들은 그 물건에 어쩌다가 손을 댄 것이고, 뭔가 과정상 오해 때문에 훔친 것으로 되어버렸고, 그렇다고 해도 시골의 친척들에게 선물할 생각으로 한 짓이 분명하고, 어머니는 진열대 앞에, 나는 계산대의 왕좌에, 계산대의 서랍은 아무 이유도 없이 저절로 입을 쩍 열면서 지폐를 달라고 졸랐고, 그때마다 나는 자꾸만 서랍을 닫아주어야 했고, 어머니와 나는, 그렇게 버려진 거리를 내다보며 저녁 일곱시까지, 일곱시가 되면 프라사 두 쉴르 거리는 사람의 발길이 뚝 끊기고, 늙은 여자들은 창에서 앞니를 거두어갔으며, 도나 카타리나 도나 메르세스 아니나스, 도나 아눈시아사웅, 늙은 여자들은 어둠 속에서 한숨을 쉬며, 수염을 기른 장교들 사진, 라벤더 주머니, 반창고로 고정한 부러진 안경테, 녹슨 메달 사이를 어슬렁거렸으며, 어머니와 나는, 서로 얼굴을 마주 보았고, 좁은 집들 사이에 있는 좁은 집을 바라보았고, 도나 루르데스와 도나 사라의 창구멍을, 연신 구슬픈 입맞춤 소리를 내는, 다리가 하나뿐인 처량한 앵무새들과 창들을 바라보았고, 여름이면 벌들이 윙윙대는 세탁조를 바라보았고, 잠을 이루지 못하는 밤에는, 아버지가 말없이 나타나 기분을 끔찍하게 만들었으니, 아버지는 방수 식탁보 위로 팔꿈치를 괴고 앉아 있었는데, 나는 아버지에 대한 기억이 거의 없는 것이, 어린 시절의 기억 자체가 없기 때문에, 생각나는 것은 단지 금이 간 벽틈새를 따라 양쪽 방향으로 행렬을 지어 기어가던 개미들, 늘 머스캣 포도주 한 잔만 달라고 애걸하던 병든 할머니, 할머니는 머스캣 포도주 한 잔이면 병세가 호전된다고 믿고 있었기 때문에, 내가 항상 발끝을 세워서 걸었던 일, 그래서 조금이라도 키가 크고 조금이라도 나이 들어 보이고 싶었으므로, 하지만 그중에서도 가장 생생한 기억은, 차례차례 바닥의 틈 속으로 사라져버리던 개미들, 그리고 다시 마찬가지의 열성과 마찬가지로 무의미한 결단력으로, 틈새에서 차례차례 기어나오던 개미들, 개미들은 생생하게 기억나지만 아버지는 기억나지 않으니, 그의 몸짓이 어땠는지 그의 목소리가 어땠는지, 또한 그가 어떤 음식을 좋아했는지, 돼지고기 튀김, 오징어 튀김, 양파를 넣은 달팽이 요리, 말린 대구, 믿을 수 없게 걱정이 많은 개미들은, 오랜 세월이 흐른 다음에도 항상 마찬가지일 것이고, 어머니와 나는 좁은 집들 사이에 들어앉은 좁은 집 안에서, 그리고 어머니가 죽은 다음에는 나 홀로, 좁은 집들 사이에 들어앉은 좁은 집 안에서, 수염을 기른 장교의 사진도 없고, 라벤더 주머니도 없고, 반창고로 고정한 부러진 안경테도 없고, 녹슨 메달도 없이, 한때 방이 일곱 개이며, 이빨을 번득이는 호랑이 털가죽이 있었고, 창살 사이에 오징어 껍질과 함께 초라한 앵무새 우리를 걸어두지도 않았던 후아 카스틸류의 집에서 살았던 나, 화덕으로 되돌아가던 어머니는 내 차림새를 어느 정도 경멸스런 표정으로 바라보면서

"이제 그렇게 차려입을 필요는 없잖니 밀라"

튤립 드레스, 굽이 부러진 악어가죽 구두, 베일이 달린 모자, 뺨에는 동그랗고 새빨간 연지를 바른 나는, 미뉴산 여자 농부 도자기 인형처럼 보였고, 성당의 순교자, 동화책에 나오는 공주님처럼 보였으며, 어머니는 화덕 앞으로 다가가서 국수를 뒤적였고, 개미들은 열성적이고 집요하게, 마룻바닥에서 홈을 따라서 행진을 계속했고

"이제 사기꾼 장관님을 위해서 그렇게 차려입을 필요는 없잖니 밀라"

네 번째 비망록

장관님은, 우리를 그 집에서 내보내기 전날, 나를 테주 강이 내려다보이는 이스토릴 절벽 꼭대기 살라자르의 성채로 데려갔는데, 그곳 절벽 안쪽 깊숙한 바위동굴에서 파도가 부서지며 흰 거품을 만들어냈고, 귀걸이는 내 귀에 무겁게 매달려 있었으며, 모자의 베일은 내 시야에 들어온 세상을 작은 사각형으로 부수었고, 부러진 구두굽의 못 하나가 내 발바닥을 찔렀고, 종려나무 사이로 부는 바람은 홍벽에 가 부딪히며 외마디 울음소리를 냈고, 내 머리핀을 날려버렸으며, 향수 냄새를 모조리 흩어버렸고, 그런 곳, 테주 강 절벽 꼭대기의 성채

(도나 카타리나 도나 메르세스 도나 아니냐스 도나 히타 도나 아눈시아사웅)

황동 대포가 두세 발 울려퍼지자 성벽에서 해초들이 떨어져내렸고, 장관님은 바지 멜빵을 손으로 튕기면서, 내 허리를 집게발 손으로 감싸안았고

"이자벨"

테주 강은 바위동굴 속에서 미친 듯이 날뛰었으며, 나는 강의 고뇌를 이해할 수 있었으니, 울음소리를 내는 종려나무 사이에는 수염 달린 작은 물고기들이 노니는 연못이 하나, 창문에 기대고 앉은 늙은 여자들처럼 투명한 수염을 단 물고기들, 늙은 여자들처럼 수초 사이로 숨어다니는 물고기들, 프라사 두 쉴르 거리, 전당포에서도 괄시받는 싸구려 귀중품들과 광채 잃은 기적들로 가득한 골방에 숨어 사는 늙은 여자들처럼

(도나 아도진다)

연못 뒤에는 살라자르가 추기경과 함께 우리를 기다리고 있었고, 나는 손에 감송향을, 좀 시들어서 줄기가 이미 기울어지기 시작

한 감송향을 한 송이 들었고, 장관님은 자랑스럽게

"내 아내입니다"

장관님은, 나를 한 번씩 볼 때마다, 자신의 나이를 계속 바꾸면서 변했고, 내가 그에게 미소를 짓는지 여부에 따라서, 머리숱과 주름살이 많아지기도 하고 적어지기도 하고, 배가 나왔다가 들어가기도 하며

"나를 사랑하는 거 맞지 이자벨, 그렇지?"

보험 회사 광고판이 나타내는 현재 시간과 온도, 가로등의 불빛, 공원의 나무들이 반사하는 불빛과 배들의 조명이 천장에 일렁일 때마다, 겁에 질려 라이터를 찾았고, 어린아이 같은 질문이 베개 위를 떠돌아 듣는 사람의 마음을 아프게 했으니

"나를 사랑하는 거 맞지 이자벨, 그렇지?"

우리가 함께 있는 것이 자랑스러운 장관님은, 살라자르에게, 부서지는 파도소리 너머로, 종려나무의 울음 너머로

"내 아내입니다"

(도나 라비니아 도나 오르텔린다 도나 에스테르, 그리고 내 어머니의 사촌, 심지어 구두를 즐겨 신고 다니고, 캄폴리드에 살았던, 귀오마르 다 콘세이사웅 페드로자라는 이름의 이모, 항상 비스킷 봉지를 무릎에 안고 다녔지만 그 누구에게도 권하지 않았던, 귀오마르 다 콘세이사웅 페드로자, 그녀는 비스킷의 남은 부스러기를 잇몸의 각질로 씹기 전에, 항상 봉지의 입구를 감싸쥐었으니, 누군가 그걸 뺏어갈지도 모른다는 두려움 때문에, 귀오마르 다 콘세이사웅 페드로자, 그녀는 의사에게 갈 때면, 원래는 커튼이었던, 꽃무늬가 화려한 숄을 둘렀고, 자신의 입에는 너무 큰 남편의 틀니를 찼고, 귀오마르 다 콘세이사웅 페드로자, 비스킷 봉지를 팔에 끼고, 아르쿠 두 카

르발랴웅에서 전차를 탔고, 자꾸 튀어나오려 하는 죽은 자의 어금니 수십 개를, 혀와 손을 이용하여 안으로 밀어넣으려고 헛되이 애썼고, 도나 귀오마르 도나 리디아 도나 셀레스트, 도나 마리아 두 세풀크 루)

참새처럼 가늘고 높은 목소리의 살라자르는, 비단결 같은 손끝으로 내 손을 가볍게 스치며

"반갑습니다"

나라 전체의 운명을 결정하며, 군대와 교회의 운명을 주관하는 살라자르는, 나에게 질문을 던졌고, 나를 신경 써주었으며, 나와 있는 것을 즐겼고, 내게 토스트를, 음료수를, 아이스크림 케이크를, 딸기가 든 접시를 권했으며, 살라자르는 가느다란 다리를 가지런히 모으고, 무릎에 냅킨을 깔며, 나에게 프라사 두 쉴르 거리에 대해서 이야기해달라고 부탁했고, 내 어머니에 대해서, 우리 가게에 대해서도 궁금해했으며, 살라자르는 나에게 예의를 차려 부인이라는 호칭으로, 혹은 아가씨라는 호칭으로 불렀고, 파도는 성채의 지하터널에서 산산이 부서졌다가, 다시 밖으로 나갔으며, 등대는 누구인지 알 수 없는 이를 위해서 초록 눈물을 흘렸고, 바깥의 종려나무들은 여전히 울부짖고 있었고, 나는 살라자르가, 사람들을 체포하고 고문하고 배에 태워 아프리카로 보내서 그곳에서 독사에게 물려 죽게 한다는 말을 도무지 믿을 수가 없었으니, 살라자르는 참으로 편하고, 교양있고, 사려 깊은 사람으로, 그는 내 손을, 불안해하는 소녀처럼, 느린 손길로 잡았고, 살라자르는, 내가 말을 멈추고 입을 다물기라도 하면, 너무나도 궁금해 죽겠다는 표정으로, 계속 이야기를 해달라고

"오 정말입니까?"

살라자르는, 누구에게도 잘못을 저지르지 못할 사람이었고, 엄

지와 집게손가락으로 과자를 집으며, 미국인과 영국인의 몰이해에 대해서 불만을 털어놓았고, 교황의 순진함에 대해서 한탄했으니, 로마의 공산주의자 주교들이 자신을 속이는데도 교황은 현실판단을 전혀 못하고 있다고, 아프리카의 검둥이들이 백인을 칼로 찔러 죽이는 판인데도 검둥이들을 변호하고 나선다고, 파도는 알바트로스를 돌멩이처럼 유리창으로 내동댕이쳤고, 등대의 불빛은 학생들의 배은망덕을 한탄하는 추기경을 초록으로 물들였다가, 수평선으로 꺼져버리니, 그러자 추기경이, 종려나무가, 성채가, 장관님이, 영국인과 미국인이, 토스트가, 음료수가, 아이스크림 케이크가, 그리고 대통령 선거에서 반대파 후보였던 장군이, 대통령 선거에서 반대파 후보였던 장군의 수행원들이, 불빛과 함께 사라져버렸고, 나는 등대가 사람들을 모두 다시 온전히 데려다놓기를 기원하면서, 마치 지금 프라사 두 쉴르 거리의 가게에서처럼, 홀로 남아서 기다렸으니, 이제 곧

(도나 밀라 도나 밀라)

나는 거리를 향해 거대한 앞니를 내보이게 되리라, 싸구려 귀중품을 냄비 뚜껑 아래 감추게 되리라, 벨렝 탑이 새겨진 유리 문진을

(도나 벨렝)

말라버린 불가사리를, 기름 얼룩이 져서 못쓰게 된 젊은 시절의 내 사진을, 커튼 고리를, 빌라 두 콘드에서 보내온 사촌의 그림엽서를

(그리운 사촌에게 나는 이 엽서가)

잠금고리가 사라진 알카파 금속 귀걸이를 감추리라, 그리고 앵무새가 서글픈 입맞춤 소리를 내는 새장의 철창에는 오징어 뼈를 끼워주리라, 이제 곧 나는 하마처럼 힘겹게, 통풍에 찌든 관절을 삐걱

네 번째 비망록

거리며, 이리저리 움직이게 되리라, 장관님은 나를 제독에게 소개했고, 눈동자가 얼굴이 아니라 안경알에, 두 개의 동그란 종잇조각처럼 딱 붙어 있는 비밀경찰 소령에게 소개했고

"내 아내입니다"

소령은 마치 그 말을 믿는 것처럼 미소를 지었는데, 미소 짓는 것은 그의 입뿐 눈동자는 여전히 종이처럼 무표정했고

"반갑습니다"

토스트를 한 손에 든 소령은, 장관님이 자리를 뜨기가 무섭게, 장군의 운명에 대해서 살라자르와 대화를 나누었고

("살해냐 체포냐 살해냐 체포냐 최선의 방법은 죽이는 것 그러니 살해하시오")

선거에서 반대파 후보로 나왔던 장군의 운명, 나는 흔들리는 찻잔을 들고 소파에 앉아, 알바트로스와, 도요새, 종려나무와 파도에 둘러싸여, 나는 튤립 드레스 차림, 베일이 달린 모자, 무릎에는 감송향 한 송이, 구두굽에 튀어나온 못이 내 발을 찔렀고, 근육과 힘줄과 뼈를 찢어발겼고, 나는 장갑을 벗을 엄두를 내지 못했고, 코르셋을 느슨하게 할 엄두를 내지 못했고, 베일을 들어올릴 엄두를 내지 못했고, 나는 구멍투성이 나일론 스타킹 차림으로

("내 아내입니다")

스푼으로 생크림을 힘겹게 떠서, 베일의 구멍 속으로 운반하고 있었으니, 발 아래 동굴에서 파도가 사납게 요동칠 때마다, 가구들이 덜덜 떨었고, 책장의 선반이 내려앉았으며, 책들이 바닥으로 쏟아졌고, 소령은 나를 향해, 죽은 눈동자의 미소를 보내며, 입꼬리 한쪽을 이용해, 완벽하게 신사적으로, 야유의 속삭임을

"얌전하게 굴어 그렇지 않으면 당장 카시아스에 처넣어버릴 테

다 이 창녀야"

　　그러면서 소령은, 미소를 멈추지도 않은 채, 내 발을 밟았고, 엄지손톱으로 내 목을 누르며, 내 찻잔에 설탕통의 설탕을 몽땅 쏟아부었고

　　"얌전하게 굴어 그렇지 않으면 당장 카시아스에 처넣어버릴 테다 이 창녀야"

　　갈매기가 날고 파도가 부서지는 수평선, 그 위로 예인선들이 떠 있었고, 느리게 테주 강으로 들어오는 유조선 한 척, 한 걸음 한 걸음 목발을 짚고 걷는 사람처럼, 새장 안에서 날개를 활짝 펼치고 기우뚱하게 비틀거리는 프라사 두 쉴르 거리의 앵무새처럼 느린 속도로, 살라자르는 다시 나와 대화를 시작했으며, 나와 함께 웃었고, 장군의 체포를 지시할 때만 잠시 말을 멈추었고,

　　"살해냐 체포냐 살해냐 체포냐 최선의 방법은 체포하는 것 그러니 체포하시오"

　　소령은 장관님에게, 호의 넘치는 태도로, 옷깃에 떨어진 머리카락 하나를 털어주었고, 소령은 매너 좋게, 팔 하나를 내밀어 내가 소파에서 일어서는 것을 도왔고, 소령은 장관님에게 깊이 허리를 굽혀 정중하게 인사했고, 죽은 눈동자를 나에게 향하고는, 내 손가락을 조이고 있는 결혼반지에 입을 맞추면서, 발끝으로는 몰래 내 발을 더듬으며, 다시 한번 더 짓이겨버리려 했고

　　"부인이 참으로 매혹적이십니다 내가 장관님을 얼마나 부러워하는지 상상도 못하실 겁니다"

　　나는 소령을, 후아 카스틸류의 집에서 나올 때 항상 볼 수 있었는데, 그는 상점의 마네킹들을 구경하는 척했고, 외출을 마친 내가 후아 카스틸류의 집으로 들어갈 때도 항상 볼 수 있었는데, 그는 거

네 번째 비망록

리의 동성애자들을 구경하는 척했고, 내가 밤에 창밖으로 내다볼 때도 그는 항상 거기에 있었는데, 그의 모습을 드러내기도 하고 숨겨주기도 하는 네온 불빛은 그를 오렌지색으로 물들여놓았고, 소령은 텔레비전에 나오지 않았고, 외국 손님을 영접하지도 않았으며, 병원이나 학교의 행사에 등장하지도 않았고, 그의 사진은 신문에 나오지 않았고, 그러므로 소령은 존재하지 않으면서 존재하는 사람이었고, 살아 있지 않으면서 사는 사람, 소령은 맹수 같은 식욕을 드러내며 나와 장관님에게 작별인사를 했고

"부인"

도요새들이 퍼덕이는 가운데, 죽은 눈동자로 나에게 경고를 보냈고

"당장 카시아스에"

못은 살을 뚫고 이제는 내 뼈까지 박살내고 있었고, 나는 부러진 구두굽 위에서 비틀비틀 걸었지만, 자갈길에서 굽은 완전히 떨어져 나갔으며, 자동차까지 가는 십 미터가 십 킬로미터와도 같았으니, 이제 나는 더 이상 걷지 못하게 되리라, 한 발짝도 더는 걷지 못하게 되리라, 종려나무의 울부짖음, 파도가 동굴 벽을 칠 때마다 성채 전체가 흔들렸고, 살라자르와 추기경은 익사하는 사람처럼 흉벽에서 손을 휘저었으며, 나는 돌아가서 그들을 구하고 싶었고, 그들을 데려가고 싶었지만, 내 발은 그런 내 마음을 외면하니, 내 눈은 갑작스럽게 가라앉는 성직자의 예복을, 등대 꼭대기에서 밀려나는 남자를 계속 응시했지만, 그는 곧 내 시야에서 완전히 사라져버렸고, 귀걸이는 내 귀를 찌부러뜨렸고, 나일론 스타킹은 다리를 찢어발겼고, 코르셋은 갈비뼈를 부숴뜨릴 듯 눌렀으며, 감송향은 내 손에서 시들어갔고, 결혼반지는 내 손가락을 죽게 만들었는데, 장관님은 내 손을 잡으며

"팔멜라로 가 토마스"

장관님은 내 귀에 대고

"나를 사랑하는 거 맞지 이자벨, 그렇지?"

프라사 두 쉴르 거리에는 오직 창들과 앵무새, 그리고 늙은 여자들뿐

도나 루시아 도나 안드렐리나 도나 플라비아 도나 베닐드 도나 알지라

경멸의 코웃음을 치며 앞니를 연마하는 늙은 여자들뿐, 도나 나티비다데가 죽었을 때, 망자의 집 문을 모두 열어두었고, 싸구려 꽃다발을 벽에 기대두었고, 관이 있는 방의 사방 귀퉁이에 네 개의 촛불을 켜두었지만, 누구도 그녀를 보러 가지 않았고, 촛불은 벽에 걸린 성화들 위에서 일렁였으며, 조그만 에나멜 비데, 자전거 타이어, 석탄 난로를 비추는데, 도나 나티비다데의 앵무새는 새장 속에서 흔들거리며, 깃털을 치켜들었고, 오징어 뼈를 쪼았고, 몸을 뻗으며, 입맞춤 소리를 내보려고

"츄"

도나 나티비다데는, 어린이용 관 속에서 고독하게, 하늘을 향해 앞니를 내보였고, 문은 그 주일 내내 열려 있었으며, 황무지에서 온 집시 혹은 거지가, 꽃다발과 석탄난로를 훔쳐가버릴 때까지, 두 가지 물건이 사라진 자리는 빙글빙글 회전하는 똥파리들이 대신 차지했고, 앵무새는 오징어 뼈를 쪼으며 꾸르륵거렸고, 발톱 하나는 여기에, 다른 발톱은 저기에, 창가에서 부드럽게

"츄"

바로 그와 똑같은 과정을, 앵무새들은 이제 곧 나와 함께 시작하게 되리라, 내가 잇몸으로 수프를 우물거리게 될 때, 영원히 같은 모

네 번째 비망록

습이 아닌 내가, 살라자르가 고개를 끄덕이며 인사를 하던 당시와는
많이 달라진 내가

"반갑습니다"

살라자르가 아이스크림 케이크와 생크림 케이크와 허브티를
건네주던 내가, 제독과 알고 지내던 내가, 썩은 감자를 썰어 냄비에
넣고, 몇푼의 연금으로 벌레 먹은 사과와 장어 토막을 사면서 행상인
의 저울을 의심하게 되리라, 빈 국수상자와 빈 콩봉지와 빈 쌀포장
지와 함께 선반에 놓인 야광 플라스틱 마돈나 상에게 기도를 올릴 때
기도문을 혼동하여, 아무 연관이 없는 문구들을 두서 없이 뒤섞게 되
리라, 내 어머니가 뱉어내던 욕설, 어린 시절에 알던 노래, 누가 예쁜
배를 보았나, 나는 올해가 몇 년인지 무슨 달인지, 시간이 몇 시인지
내 이름이 무엇인지 더 이상 알지 못하리라, 까마득한 옛날에 죽은
내 부모를 떠올리며 분노하게 되리라, 내 것이 아닌 개를, 분명 내 것
이 아니었던 개를, 어쩌면 내가 길렀을지도 모르는 개를, 한번도 길
러본 적이 없는 개를, 과거에 내 것이었던 개를, 휘파람으로 부르게
되리라, 나는 죽은 자들이 바로 옆에 있는 것처럼, 그들과 다투게 되
리라, 내 말에 반박하고, 내가 나가지 못하게 막고, 나를 고발하는 죽
은 자들과, 나는 성당으로 가는 도중에 길을 잃게 되리라, 그리하여
오후 내내, 마르팅 모니스 광장 주변을 빙빙 돌고 있으리라, 공공우
물을 성수라 생각하고, 집게손가락을 담그리라, 인텐덴테 역에서는
트럭 운전수들과 카드놀이를 하는 남자들과 싸움을 벌이게 되리라,
그들이 나를 모욕하고 조롱했기 때문에

"어이 아가씨 예뻐 죽겠네"

그들을 향해 내 몸보다 더 무거운 지팡이를 휘두르며 저주를 퍼
붓다가, 균형을 잃는 바람에, 간신히 층계 난간을 붙잡고, 거기 있던

고양이들이 뛰어 달아나니, 내 입에서는 한번도 들어본 적도 없고 배운 적도 없는 지저분한 욕이 터져나오리라

"똥돼지새끼들아 니 에미 똥구멍이나 쑤셔라 구더기 좆 같은 놈들"

디스코테크의 네온 간판에, 바의 광고판 불빛에, 검은 안경알에, 색색의 그림이 박힌 티셔츠와 카보베르데 건설 인부의 주석 팔찌에, 방향을 잃고 어지러워하던 나는, 마치 비둘기가 집으로 귀환할 때처럼, 한 줌의 향기, 혹은 공기의 아주 미세한 변화에 이끌려, 이른 아침 여명이 밝아오는 프라사 두 쉴르 거리로 돌아오게 되리라, 처참하게 속이 드러난 차가운 매트리스에 둥지를 틀고 앉아, 조그맣고 더러운 앞발에 든 한 조각의 빵을 접시 밑바닥에 남은 수프 찌꺼기에 담그는 동안, 횃대 위의 앵무새는 싸구려 위스키에 취한 듯 불안하게 흔들리면서 오징어 뼈를 쪼아대리라

"츄"

장관님은 내 손에 들린 감송향을 바로 세워 킁킁거리며 향기를 맡았고, 의자 등받이에 몸을 기댔고, 내 모자와 목걸이를 바로 해주면서 귓가에 속삭였으니

"나를 사랑하는 거 맞지 이자벨, 그렇지?"

그는 나를 이자벨이라고 부르면 안 되는 것이, 내 이름은 이자벨이 아니니까, 그것은 그의 어머니나 애인, 그의 딸이나 아내의 이름일 테니까, 누구의 것이든 나와는 아무런 상관이 없지만, 그래도 그는 나를 이자벨이라고 부르면 안 되는 것이, 내 이름은 이자벨이 아니니까, 내 이름은 밀라니까, 도나 밀라, 나는 곰팡내 나는 레이스 장식과 한 개뿐인 이빨을 가진 노파들의 창, 그리고 앵무새 새장이 길게 이어지는 골목에 살고 있는데, 도나 카타리나 도나 메르세스 도나

아쿤시아사웅, 팔멜라의 느릅나무, 산들, 광장의 실업자들, 머리를
틀어올린 여자

　(티티나, 그래 티티나였어)

　계단 위에 서서 실망감을 감추지 못하고 머리를 설레설레 흔드
는 여자, 정원의 정자, 온실, 예배당, 차려진 식탁, 갑자기 전화벨이
울렸고, 장관님의 안색이 변하니, 주름살이 얼굴 전체를 뒤덮고, 증
오심이 얼굴 전체를 뒤덮고, 장관님은 나를 노려보며

　"언제부터 집을 나가려고 생각하고 있었지 거짓말할 생각은 하
지 마 이자벨"

　머리를 틀어올린 여자는

　(티티나, 그래 티티나였어)

　어색하게 양손을 앞치마에 비벼댔고, 칠면조떼를 몰듯이, 하녀
들을 부엌으로 쫓아보냈으며, 전화벨은 단조롭고도 집요하게 울렸
고, 장관님은 냅킨을 벗고, 분노의 회오리에 사로잡힌 채, 내게 다가
와서

　"저 전화는 네 애인이 저 아래에서 기다린다는 신호지 이자벨
네 애인이 널 데려가려고 기다리는 거지 거짓말할 생각은 하지 마 이
자벨"

　장관님은 나에게 말하는 것이 아니라, 그의 어머니, 그의 애인
그의 딸 혹은 그의 아내에게 말하고 있는데, 누구에게 말하는 것이
든 그건 나와는 아무 상관이 없고, 그는 곰팡이 핀 가방과 진흙투성
이 궤짝에, 내가 입고 있는 튤립 드레스만큼이나 낡은 옷, 내가 걸치
고 있는 핸드백과 장갑과 구두만큼이나 낡은 핸드백과 장갑과 구두,
지금 내 이마로 미끄러져내리는 우스꽝스러운 모자만큼이나 오래
된, 합성수지 과일과 꽃장식이 달린 우스꽝스러운 모자를 쑤셔넣고

는, 내가 처음 보는 한 남자에게 고개를 끄덕이니, 벨트 대신에 끈으로 허리를 묶은 그 남자는, 식당 입구에 서서 놀라 휘둥그레진 눈으로, 장관님을 주시했고

"네 어머니가 우리를 버리고 집을 나가겠다는구나 주앙 네 어머니는 이제 우리가 싫다는구나"

남자는, 금방이라도 눈물이 떨어질 듯한 눈으로, 영문을 모른 채 나를 쳐다보며, 고아처럼 처량하게

티티나

석고 천사들이 고개를 돌려, 계단을 내려가는 나를, 곰팡이 핀 가방과, 진흙투성이 궤짝을 질질 끌고 걸어가는 나를, 부러진 구두굽 때문에 비틀거리며, 황급히 저택을 떠나는 나를, 개 짖는 소리에 놀라, 사이프러스 가로수길을 쫓기듯이 걸어가는 내 뒷모습을 지켜보았다.

추가 진술

당신이 무슨 소리를 하는지 잘 모르겠다. 나는 장교이며, 예비역 중령인데, 더 높은 계급으로 올라가지 못한 것은 업무 성과가 부족해서가 아니라, 내가 처음부터 완전한 밑바닥에서, 일개 사병에서 출발했기 때문이니, 학교를 겨우 삼 년 다닌 다음에 입대를 해서, 처음에는 이병과 일병, 그다음에는 상병과 하사의 단계를 밟았기 때문이고, 마흔 살에야 장교 후보생, 마흔여섯에 소위, 쉰에 대위, 그러니 내가 더 높은 계급으로 올라가지 못한 이유는, 그건 순전히, 사관학교를 차지한 부잣집 아들들, 가난을 한번도 경험해보지 못했고, 굶주림을 한번도 경험해보지 못했고, 요람에 있을 때부터 이미 삶이 우아했던 부잣집 아들들이 내 앞길을 가로막고 있었기 때문에, 항상 나를 찌푸린 코끝으로 내려다보고 있었기 때문에, 자기들이 무슨 공작님이라도 되는 양 교만하게 굴면서, 나를 하찮게 다루었기 때문에, 굴욕스럽게 나를 구박했기 때문에, 장교 미사에서 나에게 말도 걸지 않았고, 카드놀이나 주사위포커게임에서 사람이 하나 빌 경우라도 나를 초대하지는 않았으며, 책략과 음모 속임수를 쓰고, 지휘권자인 그들의 대부에게, 육군 소장인 장인에게, 장군인 삼촌에게 영향력을 행사하여 내 승진을 방해했기 때문에, 그런데 나는, 지휘권자인 대부도 없고, 육군 소장 장인도 없고, 장군 삼촌도 없기 때문에

　　(내 아내의 할아버지는 비제우에서 선반공이었으며, 내 어머니의 오빠는 세르파의 술꾼으로, 일 년 중 대부분의 시간을 경찰 초소에서 맥주의 숙취를 달래는 데 허비했고, 그런 내 친척들은 대체로 스패너나 술병을 다루는 데 아주 능숙하긴 했지만, 그들 중 한 명이라도 국방부장관의 결정에 어떤 영향을 미칠 수 있었을 거라고는 생

각하지 않는다)

　　그리하여 대부도 장인도 삼촌도 없는 나는, 예비역 중령으로 끝이 나버렸고, 마드레 드 데우스의 이 집, 내가 이 집에 사는 것을 당신이 어떻게 알아냈는지는 모르겠지만, 왜냐하면 전화번호부에는 내 이름이 아니라 집주인인 아내 이름이 나와 있으니까, 내가 아내를 처음 만났을 때 그녀는 바로 몇 달 전에 부모를 잃은 상태였고, 이 집은 원래 저소득층을 위한 2가구용 주택의 절반에 해당하는데, 비록 서민주택이긴 했지만 내가 보기에는 꽤 괜찮은 집이었고, 앞마당에는 베고니아 화단이, 뒷마당에는 베고니아 화단 이외에도, 내가 담장에 바짝 붙여 심어놓은 약간의 상추밭, 늦은 오후면 나는 의자와 잡지《포병》, 파라솔을 가지고 나와 여기서 시간을 보내고, 저녁식사도 야외에서 하니, 선글라스를 쓰고 이마와 코에 선크림만 좀 바르면 아무 문제가 없고, 여기 앉아 상추를 바라보면서 유탄포에 대해서 약간 공부도 하고, 세르파에 대한 회상에도 잠기고, 뭐 세르파가 특별히 좋았다거나 거기 추억이 많아서는 결코 아니지만, 그래도 만약 나에게 세르파를 회상하거나 지금의 내 삶을 생각해보거나 둘 중의 하나를 선택할 기회가 주어진다면, 그러면 나는 세르파 쪽이 훨씬 더 마음에 드니, 세르파에서는 적어도 하루에 스무 번씩이나 나를 통신회사의 과장과 비교하며 비웃는 사람은 없었으니까, 그 과장은 몸무게가 110킬로였는데, 내 아내는 황금색 하트 모양 펜던트 안에 그의 사진을 넣어 항상 걸고 다녔고, 그래서 나는 어떻게 사람이 그 거대한 지방덩어리를 갈비뼈 위에 걸고도 숨을 쉴 수가 있는지 신기할 뿐이었고, 통신회사의 과장은, 셀라스의 영매가 닭발 모양의 다리를 가진 탁자에서 주선해주는 대로, 매주 목요일마다 딸과 장거리 통화를 했고, 천국과 연결해주는 대가로 상당한 액수를 요구하는 영매는 꽤 그

네 번째 비망록

럴듯한 논리를 펼쳤으니, 미국과 장거리 통화를 하려면 비싼 요금을 주어야 한다, 그에 비하면 하늘과의 통신이란, 미국보다 훨씬 더 먼 곳이므로 훨씬 더 비싼 것이 당연하니, 킬로미터를 한번 생각해보세요 도나 에밀리아, 킬로미터에 단위요금을 계산해보시고, 그다음에 우리 더 이야기해보도록 해요, 다른 말로 하자면, 아내 아버지의 연금은 모두 저세상과의 통신요금으로 날아가버린다는 뜻이고, 나는 오직, 아내와 집을 내 연금으로 부양할 의무만 있다는 것, 정확히 말하면, 나를 처음 만난 그날에 대한 끊임없는 불평을 들어주는 대가인 이 집을 부양할 의무, 또한 내가 집 전체를 내 총기 수집품으로 가득 채우고 있으니까, 그중의 단 한 자루라도 어느 날 갑자기 발사되어 지붕이라도 뚫어버리면, 그 소음은 둘째치고라도, 화약의 악취, 그리고 정원에 난데없이 박격포 유탄이 떨어져 닭들을 가루로 만들어버리는 바람에 화가 난 이웃의 원성에 시달리게 될 것이라고 끊임없이 성화니, 깃털만 남은 닭들, 이제는 그 원천을 추적할 수 없는 꼬꼬댁 소리로만 남은 닭들, 뿐만 아니라 빨랫줄의 빨래들이

와서 이것 좀 보라구요 도나 에밀리아

전부 구멍투성이가 될 거라고, 나는 매일 여러 시간 동안 총기를 손질하는데, 모든 살아 있는 것에는 먼지가 쌓이는 법이니까, 내 말은, 가장 깊이 숨겨진 감정들이라 해도, 무섭도록 빠르게, 온갖 종류의 먼지를 뒤집어쓸 수밖에 없는 거니까, 찬장 깊숙한 곳에 넣어둔 물건들이 나중에 어떤 모습인지 한번 상상해보면 이해가 쉬우리라, 하여튼 나는 매일 여러 시간 동안 총기를 손질하는데, 어느 날 갑자기 쾅 하는 커다란 소리가 들리면서, 연기 기둥이 치솟고, 베아투 지역의 교회에서 엄청난 소동이, 자동차들이 무더기로 박살이 났고, 마르빌라의 어느 바비큐 레스토랑의 닭들은 순식간에 모두 까맣게 타

버린 지방덩어리로 변해버렸으니, 이 일로 식당 주인은 적어도 숯값만은 절약하게 된 셈이고, 내 아내는 나와 비교하여 죽은 자를 칭찬하면서, 그가 비록 엄청난 둘레를 갖고 있긴 했지만 원래는 평화를 사랑하는 얌전한 사람으로, 주변에 단 한번 폐를 끼치는 법 없이 오직, 나비와 우표수집만 하면서, 다행히도 말이 없는 그것들과만 어울려 조용히 살았다고, 그는 지방덩어리로 쪼그라든 닭이나 화염이나 폭발을 아주 싫어하여, 가스불을 켜지 않으려고 심지어는 목욕조차 한 일이 없었다고, 그렇게 늦은 오후가 되어, 아내의 잔소리에 견디다 못한 내가 의자와 잡지 《포병》, 그리고 파라솔 하나를 꺼내와서, 검은 선글라스를 쓰고 이마와 콧잔등을 보호하기 위해 약간의 선크림을 바르고 있을 때, 갑자기 박격포 유탄이 창문으로 쉬익 하며 날아온다면 어깨를 움츠리겠지만, 그 포탄이 산타 아폴로니아 역이나 유대인 묘지를 박살내버린다면, 열차나 묘석들을 푸딩처럼 짓뭉개버린다면 기쁨에 넘쳐서 두 팔을 들어올릴 것이고, 저녁식사 시간이 될 때까지 그 자리에 계속 앉아서 상추를 바라보며, 유탄포에 대해서 공부도 조금 하고, 세르파에 대한 회상에도 잠기고 있겠지, 용설란과 산비둘기, 엉겅퀴, 야외 음악당에서 신선한 공기를 즐기던 모이주머니, 나란히 앉은 십여 개의 불룩한 모이주머니들, 그리고 당신이 하는 이야기는, 다시 한번 더 고백하지만, 솔직히 나는 당신이 도무지 무슨 말을 하는지 짐작조차 할 수가 없으니, 살라자르니 이스타두 노부(포르투갈어로 '새로운 국가'라는 뜻. 1933~1974년까지 포르투갈에 있었던 권위주의적 정치 체제로 살라자르가 이 기간 중 실권자였다)니 장관이니 장관의 애인이니, 후아 카스틸류 거리의 집이니, 나는 전혀 모르는 것들이고, 하지만 그런 이야기들이 당신에게 중요하다면, 내가 해줄 말은, 혁명이 일어난 시기에 내가 하사관이었던 것은 사실이고, 하사관이 되기

네 번째 비망록

전에는 상병이던 시절도 있었으며, 상병 계급일 때 운전병 역할을 하는 건 지극히 일반적이고, 그런데 당신은 책을 쓴다면서, 막 일병에서 상병으로 진급한 사람이 무슨 생각을 하는지 따위가 왜 필요한지 나로서는 알 수가 없고, 그래, 당신 말대로, 내 이름은 토마스가 맞고, 까마득한 옛날에 테레이로 도 파소 정부청사로 발령받은 것도 맞고, 그런데 아무래도 당신이 앉을 의자와 파라솔을 좀 가지고 오는 편이 나을 듯하니, 그래야 우리가 이런 얘기를 나눌 필요 없이 오후를 느긋하게 즐길 수 있을 테니까, 귀를 기울이면 숲에서 공작새 울음이 들려오지 않는가, 우리는 굳이 대화를 나눌 필요가 없고, 이제 어두워지면 어차피 보이지도 않으니, 당신은 종이와 녹음기를 가방 속에 집어넣고, 아무짝에도 쓸모없는 과거 파헤치기는 집어치우고, 질문도 하지 말고, 그대로 가버리는 것이 옳은 듯하고, 모든 것을 잊고, 나라는 인간은 한번도 만난 일이 없는 것으로, 평화롭게 숟가락을 놓은 살라자르는 살라자르로 놓아두고, 어딘가의 병원에서 평화롭게 빈둥대고 있을 장관님도 장관님으로 놓아두고, 날이 어두워져 우리가 서로의 얼굴을 더 이상 볼 수 없게 되면, 당신은 나를 잊고, 나도 당신을 잊고, 그걸로 끝, 나는 이렇게 계속해서 마지막 날까지 상추들이나 신경 쓰면서 조용히 늙어가고 싶으니, 당신이 이미 알아차렸는지 모르지만, 상추이파리가 눈부시게 반짝거리는 것, 레몬나무에 윤기가 도는 걸 보셨는지, 저녁이 되어 어둠이 내리기 직전이면, 모든 사물이 선명하고, 지붕의 윤곽, 창들의 윤곽이 또렷해지며, 커튼은 놀란 수면처럼 잔물결 치고, 벽에 난 지극히 미세한 균열이나, 평소에는 결코 보이지 않는 아주 작은 곰팡이 얼룩이 커다랗게 눈에 들어오고, 당신이 이미 알아차렸는지 모르지만, 저녁이 되어 어둠이 내리기 직전이면, 소리와 음성의 색채가 변하니, 훨씬 더 은밀해지고, 더 가까우면서 더 불안하고, 마치 실루엣과 메아리로 이루어진 유리 항아리 속처럼, 구월에 장관님을 팔멜라로 태우고 갈 때면 나는 종종, 삼나무 사이를 둥둥 떠다닌다는 기분이 들곤 했는데, 보이지 않는 철사줄에 매달려 허공을 걷는 기분, 한여름 세르파의 하늘을 활공하는 독수리나 솔개가 된 것 같았고, 아침에, 다음 날 아침에, 그리고 다음 날 아침과 다음 날 아침에, 항상 같은 자리를 날던 독수리와 솔개는, 분명 지금도 그 자리에 있을 것이니, 지금도 간혹 나는 팔멜라에 있는 것 같은 기분이 들고, 개집과 장미나무 사이, 쇠창살에 매달려, 체념과 슬픔의 눈동자로 나를 응시하던 셰퍼드의 숨결, 한 손에 먼지털이를 들고 다른 손으로는 틀어올린 머리를 매만지던 도나 티티나가 층계 위에 서서

"수프 한 그릇 드실래요 토마스?"

나는 정원사와 트랙터 기사와 함께 식탁에 앉았고, 그사이 장관님은 프라사 두 쉴르 거리의 한 가게에서 건져온 여자애를 허수아비처럼 꾸며 입히고 온 저택을 의기양양하게 돌아다니니, 그애는 아름답지도 않고 귀엽지도 않고, 그렇다고 깔끔한 것도 아니었고, 나이는 많아야 장관님의 절반밖에 안 되어 보였고, 특별히 눈에 띄는 구석이라고는 찾아볼 수 없었고, 길거리에서 우연히 마주쳤더라면 분명 좀 통통하다고, 좀 안짱다리로 걷는다고, 좀 느릿하다고 여겼을 여자애, 그러니 무엇을 보고 남자가 정신을 빼앗겼을지 도무지 알 수가 없는, 그애가 머리가 좋았거나 어떤 호감을 풍기는 인상이었다면 또 모르지만, 물론 이건 내 개인적인 의견일 뿐이고, 하지만 여자애는 그 어느 쪽도 아니었으니, 그냥 수줍음덩어리, 깜짝 놀라서 움찔거리는 덩어리, 겁먹고 덜덜 떠는 덩어리에 불과했지만, 장관님은 굽이 닳아 삐뚤어지고 썩은 냄새가 진동하는 구두를 신고 뒤뚱거리는 허수아

네 번째 비망록

비와 나란히, 자랑스럽게 온 저택을 돌아다니며, 최대로 배려하고, 최대로 신경 쓰고, 최대로 예의를 차리면서, 혹시라도 상할까 두려운 마음에 여자애를 감히 건드리지도 못했지만, 다리 짧은 여자애가 없는 카이스 다스 콜루나스 옆 정부청사에서, 다시금 자신의 분노와 권위와 경멸감을 회복한 장관님은

"경찰과 함께 스페인으로 가서 장군을 체포해오도록 해"

외국 번호판이 붙은 자동차 석 대와 내 옆자리에 앉은 여단장, 거인처럼 키가 큰 인도인인 그는 자동차를 타고 가는 내내 내 어깨를 두드리면서, 타하팔과 페니체에 대해서, 미쳐버리는 바람에 자신이 동 아폰수 엔리크 왕이라고 믿었던 수감자와, 목 매달아 죽은 자, 소변을 손에 받아서 마신 자들의 이야기를 떠들었고, 그러다 우리는, 내 어린 시절 이후로 변함없이 독수리와 솔개가 허공에 가만히 정지한 채 코르크와 올리브 들판 위에 떠 있는 곳을 지나게 되었으니, 어린 시절 어느 날 내 삼촌은 우물 밑바닥에서 발견되었고, 우리가 우물 속을 들여다보자 그 아래에서 우리를 향해 일그러진 미소를 지어 보이던 삼촌의 얼굴, 아침에 일어나 면도를 할 때면, 갑작스럽게 거울 속에서 삼촌의 푸른 이빨이 나를 향해 번득이는 순간이 있으니, 푸른 잇몸 위로 나란히 박힌 푸른 이빨이 나를 조롱하며, 독수리와 솔개, 노란 올리브나무들, 생쥐들, 침묵, 이 모든 것이 빌어먹을 세르파와 너무도 흡사하고, 세르파만 생각하면 나는 급작스레 치솟는 구토감을 참기 어려운데, 인도인은 자꾸만 자기 오줌을 마신 사내 이야기를 하며, 지옥불처럼 뜨거운 타라펠 감옥을 네 발로 쿵쿵거리며 기어다니면서, 자신의 똥을 찾아 허우적거린 사내 이야기를, 너무도 배가 고파 똥이라도 먹고 싶었으니까, 올리브나무가 사라지고 이제는 드문드문 서 있는 산들이 나타나며, 서리 맞은 곡식, 강물 위의 나무

다리 하나, 강을 건너자 갈대처럼 생긴 식물들과 사용할 수 없는, 기둥에 묶인 보트, 강을 건너자

　(지금 상추들이 반짝이는 것이 보이시죠? 레몬나무의 광채는요, 창들과 커튼, 담장은 어떻구요, 주의해서 한번 보세요, 모든 것이 선명하고 또렷해지는 이 순간을, 밤을 향해서 자라나는 사물들을)

　강을 건너자 절벽들이 나타났고, 그리고 풍차, 두세 그루의 소나무, 꿀벌들로 그득하여, 재채기를 하는 것처럼, 터져나오는 황금빛 점들, 햇빛에 바랜 국경검문소, 인도인은 신분증을 보여주었고, 국경 반대편의 풍차와 대칭을 이루듯 다시 하나의 풍차가 나오고, 황금빛 꿀벌들, 그리고 두세 그루의 소나무들까지, 그래서 나는 마치 우리가 방금 온 여정을 다시 되풀이하는 것만 같았으니, 올리브나무들, 서리 맞은 곡식, 날개를 펼치고 하늘에 고정되어 있는 새들, 지금은 어딘가의 병원에서 빈둥대고 있을 장관님이 사무실로 나를 불렀는데, 그 곁에는 소령이, 서류와 사진, 편지 등을 그에게 보여주고 있었고

　"날 대신해서 경찰을 스페인으로 데려가 장군을 잡아오도록 해"

　가짜 콧수염을 달고 가발을 쓴 배가 불룩한 장군은 여비서와 함께 여관에 묵었고, 우리는 그들이 관광객처럼 느긋하게 걸어오는 것을, 안으로 들어가는 것을, 방으로 향하는 계단을 오르는 것을 보았고, 그들이 오줌을 받아 마시는 것을, 똥을 먹는 것을, 선 채로 질문에 대답하는 것을, 플래시를 그들의 눈에 똑바로 비추자, 흉물스러운 사내가 어둠 속에서 비명을 질렀고, 우리는 블라인드가 내려지는 것을, 발코니의 불이 꺼지는 것을 보았고, 이제 타라펠이나 페니체 이야기를 떠들어대지 않는 인도인, 이제 리스본에서 배를 타고 도착하는 죄수들 이야기를 하지 않는 인도인, 이제 더 이상 설사나 말라리아, 시

네 번째 비망록

체 냄새를 떠들지 않는 인도인, 이제는 시체를 떠올리면서 더 이상 희희덕거리지도 않고 내 등짝을 치지도 않는 인도인, 그 인도인은, 왜인지 이유는 알 수 없었지만, 불 꺼진 블라인드 뒤편, 가짜 콧수염을 달고 가발을 쓴 배가 불룩한 장군을 향해, 증오심에 사무친 목소리로

"개새끼"

인도인은 거의 흐느끼면서

"저 새끼를 죽여버릴 거야"

인도인의 손톱이 자라는 소리가 들릴 정도였고, 그의 수염이 자라는 소리가 들릴 정도였고, 인도인은 재킷 주머니에 손을 넣어 무기를 꺼내더니, 장군을 위협하여 머리를 손바닥으로 감싸고 울게 할 생각으로, 그대로 여관 안으로 들어가려 했고, 우리는 그에게 매달리면서

"기다려요"

다음 날 이른 아침 우리는, 소령이 지도 위에 지정해둔 장소, 공장 굴뚝이 하나 서 있고 수풀 사이로 꿩들이 춤추듯 돌아다니며 바위 틈에는 한 무리의 염소가 풀을 뜯는 곳에 자리를 잡았고, 나는 피곤해서 쓰러질 것 같았으나 분노로 이글거리는 인도인은 벤치 위에서 몸을 펄떡이며

"저 새끼를 죽여버릴 거야"

떡갈나무 위의 후투티, 생쥐를 잡는 뱀, 멀리 보이는 안테나와 도시의 집들, 삼촌은 우물 밑바닥에서 나에게 푸른 이빨을 드러내며 일그러진 미소를 보냈고, 정원에서 울부짖는 수탉 혹은 개의 아득히 오래된 메아리, 남자들은 삼촌의 몸에 밧줄을 묶어 끌어올린 다음 집 앞에 가져와 눕혔고, 엄지손가락으로 눌러 그의 손목시계 뚜껑을 열어보았더니, 바늘은 여섯시에 멈춰 있었으며, 할머니는 삼촌의 넥타

이를 잡아당기며

　"아폰수"

　삼촌은 할머니에게 신경 쓰지 않았고, 우리에게 신경 쓰지 않았고, 신부님에게도 신경 쓰지 않았고, 삼촌은 말없이 웃고만 있었으며, 할머니는 계속 삼촌의 넥타이를 잡아당겼고

　"아폰수"

　토마토가 자라는 온실이 이백 미터, 최대 삼백 미터 떨어진 곳에, 키 큰 풀이 우거진 교차로, 바람의 머뭇거림으로 미루어보건대, 근처 어딘가에 산호초가 있는 듯했고, 그 어디에서도 엔진 소리는 들려오지 않았고, 자동차 배기가스도 없었으며, 내 옷자락을 잡아당기는 인도인 혹은 할머니, 인도인은 푸른 이빨로 내 옷깃을 잡아끌며

　"저 새끼를 죽여버릴 거야"

　위장약의 껍질을 벗긴 경위는, 재떨이에 종잇조각을 모았고, 지도 위에서 약지로 도로망을 따라가다가, 연필로 십자 표시를 한 지점에 멈추고는, 지도 가장자리에 킬로미터를 합산하고, 교회 종탑을 기준으로 방위를 재차 확인하고는, 지도를 가방 속에 쑤셔넣었고, 인도인은 메뚜기 한 마리를 잡아서 아래에 라이터 불을 대고는, 메뚜기 다리를 하나씩, 머리핀을 뽑듯이 뽑아냈으며, 꿩들은 땅 위에서 사라졌고, 금속성의 섬광이 솟아올랐다가 꺼졌고, 엔진 소리가 백 걸음, 오십 걸음, 스무 걸음 떨어진 곳에서, 경위는 차에서 뛰어내렸고, 인도인은 차에서 뛰어내렸고, 나는 차에서 뛰어내렸고, 사람들이 우물에서 꺼내온 삼촌이 나를 보던 바로 그런 눈빛으로, 영문을 모르는, 경악에 빠진, 바로 그런 눈빛으로 쳐다보았으니, 신문을 들고 있던 남자가, 씩 웃으면서 명령하기를

　"저자를 죽여"

네 번째 비망록

가짜 콧수염을 달고 가발을 쓴 배불뚝이 장군은 갈색 혹은 회색인 공증인풍의 양복 차림이었고, 장군 곁에 있던 여자는, 어깨에 핸드백을 메었고, 장군과 여자는 우리 쪽으로 다가오는 중이었는데, 그때 또다시 아득히 오래된 수탉 혹은 개의 메아리가, 온실의 플라스틱 덮개는 햇빛을 받아 은색으로 반짝였고, 내 방광이 가벼워지면서, 내 다리는 축축해졌고, 이어서 양말과 구두까지, 마치 늪에라도 빠진 것처럼, 꿩들이 여기저기 눈에 띄었고, 손을 앞으로 뻗은 장군은

　　"동지들"

　　생쥐 잡는 뱀은 돌 틈새에, 후투티는, 날아가는 모양을 보아서는 후투티가 분명하고, 그러니까 후투티라고 불러도 무방한, 파도치는 소리와 함께 날개를 펄럭인 후투티는, 요란하게 울면서 떡갈나무 위에서 한 마리씩 차례로 날아올랐고, 할머니는 샌들을 벗어 삼촌의 가슴팍을 치면서

　　"아폰수"

　　풀들이 몸을 떨었을 뿐, 교회 종탑은 아무런 소요를 일으키지 않았으며, 어깨에 핸드백을 멘 여자는 경위를 빤히 쳐다보았고, 인도인을 빤히 쳐다보았고, 그러다 갑자기 위기를 느낀 듯, 소리 없는 저항의 표시로 입을 벌렸고, 배불뚝이 장군은 풀숲에 발이 미끄러졌다가, 다시 몸을 일으켰고, 바지를 툭툭 털고는, 가발을 바로했고, 콧수염도 바로했고

　　"동지들"

　　그러자 인도인이

　　"개새끼"

　　권총의 안전장치를 풀었고, 갈색의, 회색의 공증인 양복을 움켜잡았고, 날카로운 외침, 빙글빙글 돌아가는 눈동자, 우리 앞에서 빙

글빙글 돌며 빠르게 날아가는 검은 나비들, 시곗바늘은 여섯시에 멈추었고, 장례식 내내 드러낸 푸른 이빨, 나는 장담할 수 있는데, 아마도 그 이빨은 땅속에서 지금까지도 생생하게 웃고 있을 터이니, 어깨에 핸드백을 멘 여자는

"이게 무슨 짓이에요 이게 무슨 짓이에요?"

총소리는 들리지 않았고, 그것은, 적어도 나는 아무런 총성도 듣지 못했단 의미이고, 모든 일은 수족관처럼 고요한 가운데, 바다장어의 느릿한 속도로 일어났고, 마지막 몸짓과 움직임, 쓰러짐은, 루페를 통해서 보는 듯한 슬로 모션, 장군은, 배를 푹 꺾으며, 자신의 내부를 비워냈고, 코에서는 기묘한 거품이 흘러나왔으며, 한쪽 신발이 달아난 장군은, 산비탈에 배를 깔고 엎드린 자세로, 가발이 벗겨지고, 가짜 콧수염도 벗겨지고, 머리통의 삼분의 일도 없는 상태였고, 경위는, 아니 인도인은, 지금 다시 생각해보니 인도인이 맞는데, 그를 껴안고는, 장관님이 허수아비 여자애에게 매달려 입 맞출 때 하는, 그린 애타는 말투로

"나를 사랑하는 거 맞지 이자벨, 그렇지?"

후투티는 떡갈나무를 뜯어냈고, 하늘을 하얗게 채우는 수천 마리의 후투티가 떡갈나무를 뜯어냈고, 교회 종탑은 시계추처럼 왔다 갔다했으며, 왔다갔다, 갔다왔다, 바닥에 주저앉은 여자는 우리를 손바닥으로 막으면서

"이게 무슨 짓이에요 이게 무슨 짓이에요?"

총구가 그녀의 입속에 들어박히자, 그녀는 나오던 말이 막혀버리고, 인형처럼 팔다리를 버둥거리기만 했고, 내 재킷에는 붉고 걸죽한 것이 잔뜩 달라붙었고, 그것은 내 턱에도 묻어 흘러내렸고, 바닥에 붉은 거머리처럼 떨어졌고, 나는 그것을 밟아 없애는 대신에, 자

동차에 기대 울기 시작했으니, 카이스 다스 콜루나스 옆 정부청사의 장관님, 한쪽에 제독의 사진, 다른 쪽에는 살라자르의 사진, 장관님은 필기를 멈추지 않은 채, 아무런 감정 없이 침착한 목소리로

"그래서 시체는 어떻게 처리했나 토마스?"

토마토 온실은 아주 먼 곳이고, 떡갈나무는 언덕 뒤편으로 사라졌고, 후투티는 말이 없으며, 도시의 집들은 보이지 않고, 코르크 농장은 소리를 지르면 들릴 만한 거리, 지금 토마토 온실은 그때보다 더욱 멀어졌지만, 햇빛에 번쩍이는 플라스틱 덮개 때문에 나는 아직도 눈이 부시니, 인도인이 자동차 트렁크를 열고 다른 사람들과 나에게 삽을 하나씩 나누어주는 광경을 거의 보지 못했고

"파묻어"

햇빛에 번쩍이는 플라스틱 덮개 때문에 나는 아직도 눈이 부시니, 인도인이 자동차 트렁크를 열고 삽들 사이에서 생석회가 든 자루를 꺼내는 광경, 생석회가 붉고 걸쭉한 물질을 없애고, 소매 하나를 집어삼키고, 벨트 하나, 그리고 반지처럼 보이는 뭔가를, 목덜미 일부분을, 여자의 핸드백을 집어삼키는 광경을 거의 보지 못했고, 햇빛에 번쩍이는 플라스틱 덮개 때문에 눈이 부셔 자세히 보지는 못했으나, 어쨌든 우리는 구덩이를 흙으로 메웠고, 수상쩍은 냄새를 맡은 개들이 몰려들지 못하도록 나뭇가지로 덮은 다음, 인도인은 삽과 생석회 자루를 거두어들였고, 돌아오는 길에 나는 맞은편에서 오는 자동차의 헤드라이트만 보면 구역질이 치밀었고, 가로등 불빛에 현기증이 일었으며, 마을의 불빛들, 길가 레스토랑의 불빛에 속이 좋지 않았으니, 우리를 향해서 내뻗은 손

"동지들"

한쪽에 제독의 사진, 다른 쪽에는 살라자르의 사진이 걸린 카이

스 다스 콜루나스 옆 정부청사에서 장관님은 필기를 멈추지 않은 채, 아무런 감정 없이 침착한 목소리로

"생석회는 토마스?"

나는 그에게 떡갈나무 이야기를, 토마토 온실 이야기를, 나를 눈부시게 했던 플라스틱 덮개 이야기를, 이리저리 흔들리던 교회 종탑 이야기를 해주고 싶었고, 내 재킷과 셔츠에 달라붙은 붉고 걸쭉한 물질, 내 턱에서 흘러내려 붉은 거머리처럼 바닥에 떨어지던 그것에 대해서, 내가 그것을 밟지 않고, 자동차에 기대서 울기 시작했던 이야기를 해주고 싶었고, 가짜 콧수염과 가발, 그리고 자동차 트렁크를 열고 나에게 삽을 건네주던 인도인 이야기를 해주고 싶었고, 수족관 물속처럼 고요한 가운데 우리를 향해 내뻗은 팔에 대해서 이야기해주고 싶었고

"동지들"

장관님은 자리에서 일어섰고, 손짓으로 나에게 입을 다물라고 명령했으며, 바지 멜빵을 손으로 뷩기며 책상을 빙 돌아, 허수아비 드레스와, 허수아비 구두, 허수아비 장갑을 끼고 소파에 앉아 있는, 오래된 궤짝과 콜론 향수 냄새를 풍기는 허수아비 여자애에게 다가갔는데, 그 여자애는 내가 어린 시절 보았던 세르파의 약사 마누라를 연상시켰고, 장관님은 주저하듯 머뭇거리며, 수줍은 동작으로, 그녀의 손을 잡았고, 내가 차렷자세로 서 있는 사이, 장관님은, 아픈 발목을 주무르느라 그에게는 신경도 쓰지 않는 여자애에게 매달리듯 짧게 입 맞추면서, 그를 경멸하고 오직 짐스럽게만 여기는 여자애에게

"나를 사랑하는 거 맞지 이자벨, 그렇지?"

소파 앞의 등받이 없는 의자에 쪼그린 장관님에게는, 장군과 어깨에 핸드백을 멘 여자의 목숨 따위는 아무래도 좋았고, 경위와 인도

네 번째 비망록

인이 총을 쏜 일에도 아무 관심이 없었고, 인형처럼 팔다리를 버둥거리며 말이 막히던 육체와 뼈 위로 뿌려지던 생석회도 아무런 의미가 없었고, 오직 구멍투성이의, 올이 나간 스타킹을 간절히 쓰다듬으며

"나를 사랑하는 거 맞지 이자벨, 그렇지?"

그런데 허수아비 여자애는, 다시 말하지만 전혀 예쁘지가 않았고, 사실은 상당히 못생긴 편인데, 그렇다고 고상하거나 품위있는 인상도 아니고, 도리어 정반대로 시골에서 올라온 하녀처럼 보였고, 실제로도 프라사 두 쉴르 거리의 소매점에서 일했으며, 게다가 이름도 이자벨이 아니라 밀라, 미나 혹은 미카 뭐 이런 비슷한 종류였고, 그런 허수아비의 무릎 위에는 이파리가 다 떨어져나간, 결혼식날 신부들을 위한 감송향이 시들어가고 있었으며, 그녀는 장관님의 말에는 대꾸도 없이, 시선을 창밖으로 고정한 채 셰이샬로 향하는 배들만 하염없이 바라보았고, 장관님은 그녀의 귓가에 대고

"나를 사랑하는 거 맞지 이자벨, 그렇지?"

이제 녹음기와 사진기로 더 이상 나를 괴롭히지 말아주시기를, 서류를 들이밀며 귀찮게 하지 말고, 내게 더 이상 아무런 말도 하지 말고, 아무것도 묻지 말아주시기를, 어차피 나는 당신이 무슨 소리를 하고 있는지 모르니까, 나는 예비역 장교이고, 마드레 데 데우스 거리, 앞뜰에 베고니아 화단이 있고 뒤뜰에도 베고니아 화단이 있는 작은 집에서 살고, 나는 여생을 오직 조용하게 보내고 싶은 나이 든 남자이며, 단 한 가지 소원이라면 조용히 이 의자에 앉아서,《포병》잡지나 읽으며, 해변 파라솔 아래, 선글라스를 쓰고, 이마와 코에 선크림을 조금 바르고, 저녁식사 시간이 될 때까지 상추들이나 바라보는 것, 내가 할 수 있는 일이라고는 의자를 이곳으로 가져오는 것, 선글라스와 선크림을 가져오는 것, 그리고 당신을 초대하는 것 정도, 하

지만 미리 말하는데, 나와 함께 여기서 저녁이 내리는 광경을 보고 싶다면, 당장 마이크를 가방에 넣어주시기를, 당신이 이미 알아차렸는지 모르지만, 어둠이 내리기 직전이면, 모든 사물이 선명하고, 지붕의 윤곽, 창들의 윤곽이 또렷해지며, 커튼은 놀란 수면처럼 잔물결치고, 벽에 난 지극히 미세한 균열이나, 평소에는 결코 보이지 않는 아주 작은 곰팡이 얼룩이 어떻게 변하는지, 당신이 이미 알아차렸는지 모르지만, 저녁이 되어 어둠이 내리기 직전이면, 소리와 음성의 색채가 변하고, 훨씬 더 은밀해지고, 더 가까우면서 더 불안하고, 우리가, 즉 당신과 내가, 보이지 않는 철사에 매달린 것처럼, 독수리와 솔개처럼, 허공에 둥둥 뜬 채 어디론가 날아가고, 모든 것을 잊고 떠나가는 것처럼, 잊는 것처럼, 모든 것을 영원히 잊는 것처럼, 당신은 쓰려고 한다는 책과 살라자르와 장관님을 잊고, 나는 당신에게 아무것도 말하지 않았으니, 당신도 내가 아무것도 말하지 않았음을 잘 알고 있고, 설사 이 세상의 모든 돈을 준다고 해도 나는 당신에게 아무 말도 하지 않을 테니까, 나는 세르파를 잊은 적이 없고, 내 아내를 잊은 적이 없고, 하늘에서 아직도 전화 통화를 하는 망자를 잊은 적이 없지만, 나는 스페인을 잊었으니, 왜냐하면 내 단 하나의 소원은 스페인을 잊는 것이기 때문에, 내 단 하나의 바람은 가발과 가짜 콧수염을 잊는 것이고, 내 단 하나의 바람은 우리를 향해 뻗은 팔을 잊는 것이기 때문에

"동지들"

이제 곧 누군가 한 자루의 생석회를 뿌려 지워버리게 될 그 팔을.

네 번째 비망록

다섯 번째 비망록

거의 유한한 영혼의 새들

진술

내 아들이 아직 어릴 때, 나는 일요일이면 아들과 함께 농장 곳곳을 산책 다녔다. 풍차의 날개는 바람을 찾아 한 번은 오른쪽으로 한 번은 왼쪽으로 돌아가는데, 나는 아들의 얼굴에서 그대로 드러나는 나 자신의 표정이 괴로웠고, 그 감정은 내 육체가 나를 괴롭히는 것과 같았으니, 사람들이 내 육체라고 말하지만 사실은 내 것이 아닌 육체, 창가에 앉아 작은 광장의 그네와 미끄럼틀을 내다보는 사람은 내가 아니기 때문에

   "쉬야 프란시스쿠 쉬야 깨끗한 잠옷을 더럽히면 안 되겠지요 안 그런가요 프란시스쿠?"

   손들이 나를 들어올리고, 나를 눕히고, 나를 씻기고, 나를 먹이고, 내 다리 사이에 요강을 갖다 끼우고, 그러면 금속성 빗소리와 함께, 내가 요강으로 흘러내리니, 만족한 그들은 돌아가면서 내 턱을 꼬집고, 요강 속에 들어 있는 나를 가지고 복도로 사라져버리고

   "잘했어요 프란시스쿠 쉬야도 잘하고 아주 착해요"

.   나는 그네와 미끄럼틀이 있는 작은 광장으로 난 창가에 앉아, 바로 코앞에 바다가 있음에도 감옥의 벽 때문에 보지 못하던 모사메데스의 죄수들을 떠올리니, 스무 명의 죄수에게 할당된 침대는 널빤지도 대지 않고 각목으로만 엮어 만든 나무틀 다섯 개뿐, 토할 것 같은 기분을 억누르면서, 나는 소장과 함께 그들 사이를 돌아다녔고, 옴에 걸린 그들 피부, 그들의 기침 사이를, 함석지붕의 관리실에서 그들을 심문할 때는, 긴 막대기 위에 무릎을 꿇으라고 명령했는데, 지금의 나처럼 구멍투성이 바구니 같았던 그들의 몸, 살갗은 너덜너덜한 궤짝 같고, 갈비뼈는 찌그러진 철망, 그들은 소장을 보지 않았고, 그들

은 나를 보지 않았고, 그들은 상처에 달라붙은 똥파리나 구더기를 보지 않았고, 그들의 시선은 오직 창밖의 바다에만 고정되어 있었으니, 그 표정은 마치 바다가 그네나 미끄럼틀이라는 듯이, 아무런 감정의 동요 없이, 오직 무심하기만 했고

　"맑은 수프예요 조금만 드세요 프란시스쿠 건더기를 몽땅 거른 맛좋은 야채 수프랍니다 대구 한 조각도 들어갔어요 가시는 단 한 개도 없으니 걱정마세요 가시를 골라내느라고 시간이 얼마나 많이 걸린 줄 알아요 그러니 짜증나게 하지 말고 먹어요 여기 익힌 배도 있답니다 아빠를 위해서 한입 그리고 이번엔 엄마를 위해서 한입 그리고 이번엔 좀 더 빨리 나를 위해서도 한입 아 왜 또 이러는 거야 늙은이가 나를 위해서 한입 먹어줘도 좋잖아 그리고 이건 당신의 아들 양반을 위해서 한입 다음 면회일에 그가 왔을 때 당신이 너무 말랐다고 불평하면 안 된단 말이야 귀신처럼 뺨이 움푹 들어간 얼굴을 보고 당신 아들이 충격받으면 어떡하라고 미라 같은 몰골을 보고 당신 아들이 충격받으면 어떡하라고 그러니 착하게 굴어야지 프란시스쿠 꿀꺽 삼켜요 이런 망할 늙은이가 이빨을 앙다물어버리네 그러지 말고 삼켜요 꿀꺽 아 정말 삼키겠다는 거야 말겠다는 거야"

　모사메데스의 바다와 모래는, 옴에 걸린 피부와 이와 기침에도 불구하고, 득실거리는 쥐들에도 불구하고, 자신들의 평화를 감옥 벽 속으로 스며넣었고, 나는 막대기 위에 무릎을 꿇고 앉아, 손가락을 몸 아래에 깔고 있으니, 함석지붕 관리실 오두막에서 숟가락이 내 잇몸에 상처를 냈고, 포크가 내 잇몸에 상처를 냈고, 나이프가 내 턱뼈를 갈라놓았으며, 내 옆자리에는 나처럼 비쩍 마르고 나처럼 늙은 한 사형수가, 잔디는 푸르고, 그네와 미끄럼틀, 거위들은 스파게티 목을 움직이며 꾸륵거리고

다섯 번째 비망록

"안 삼키고 버티나 보겠어 말 안 듣는 영감 같으니 당신이 안 삼키고 버티나 보겠어 짜증나는 늙은이"

티티나는 빗자루로 거위들을 쫓았고, 관리인은 하늘을 올려다보면서, 뭔가를 궁리하는 눈치였고, 그는 구름이 끼었더라도 하늘만 보면 정확한 시간을 알 수 있을 정도였으니, 과자 한 상자를 들고 온 내 아들은, 감히 내게 입 맞출 용기가 없었고, 내가 자신의 말을 들었는지 아닌지 확신하지 못한 채, 어색한 미소만 지었으며, 만약 내가 팔을 움직일 수만 있다면, 당장에라도 얼굴을 한 대 갈겨주고 싶은 그런 미소

"오랜만에 안색이 아주 좋네요 아버지"

벽 저편에서는 파도의 피곤이 들려왔고, 내가 타고 온 지프가 태양 아래서 구워지고 있으며, 종려나무들은 이파리를 커다란 누더기 부채처럼 흔들었고, 내가 자신을 해고할까 봐 두려운 소장은, 죄수의 배를 승마용 채찍으로 사정없이 쑤시며

"이자들은 원래 이래요 장관님 아메바성 이질에 걸린 척하죠 우리가 그걸 믿을 거라고 생각한답니다 그런데 실상은 아주 건강하거든요 우리 감옥의 환자동에는 환자가 한 명도 없다니까요"

죄수가 죽는지 안 죽는지 내가 관심을 갖기라도 하는 것처럼, 범포를 씌운 천막에 솜이 든 더러운 그릇, 한구석에 놓인 하나뿐인 접이식 간이침대, 말벌이 둥지를 지어놓은 구멍투성이 모기장이 시설의 전부인 감옥 환자동이 이질 걸린 공산주의자들로 만원인지 텅 비었는지 내가 관심을 갖기라도 하는 것처럼, 팔멜라의 셰퍼드가 낑낑 울면서 화단에서 뒹굴거나 밥도 먹지 않으면서 배수로 위에 기운 없이 축 처져 누워 있다면, 나는 그런 개 앞에 버티고 서서 장화로 한번 걷어차보고, 지팡이로 찔러본 다음에, 티티나를 불러, 사냥총과 서랍

속 실탄 약간을 가져오라고 시키고, 트랙터 기사에게는 우물 옆에 구덩이를 하나 파라고 지시하고, 그러면 티티나는 한두 번 몸을 움찔거리며 떨었고, 나는 흡족한 심정으로 집 안으로 들어갈 수 있었으니, 수의사에게 들어갈 쓸데없는 비용을 절약했으므로, 사냥총을 사이드테이블에 기대 세워둔 다음, 정원의 정자로 나가 앉아, 다시금 질서를 되찾은 농장을 바라보며, 작은 광장의 그네와 미끄럼틀을 바라보며, 아들은 바닥에 쪼그리고 앉아 죽은 개들을 끌어안고, 개들을 데리고 내게서 달아나보려 하고, 트랙터 기사에게, 개의 꼬리를 붙잡고 우물가 구덩이로 끌고 가지 말아달라고 사정하고, 아직도 아들은, 내가 그네와 미끄럼틀이 있는 작은 광장 앞에서, 잠옷에서 꺼내든 권총으로 자신의 배꼽을 쏘아서 죽일까 봐 겁먹고 있지만, 이곳 사람들이 나를 입히고 씻기고 면도시키고 먹이는 것은 전부 내 아들 때문, 그래야 아들이 만족한 마음으로 집에 돌아갈 수 있으니까

"아이구 이런 쉬야를 잘했네요 프란시스쿠"

금속성 빗소리와 함께 내게서 흘러나와 요강으로 쏟아진 것들

"아버지는 뇌졸중 발작 때문에 뇌에 이상이 온 거 맞죠? 그래서 사람들이 말하는 것을 이해할 수 없는 거죠 그렇죠?"

내 아내가 집을 나가기로 결심했을 때, 그래서 자기 방 장롱에서 속옷을 꺼내 여행가방과 트렁크에 싸고 있었을 때, 바로 그 순간에 나는 지체 없이 똑같은 일을 했어야만 하는 건데, 병든 셰퍼드들에게 했던 바로 그 일을, 그런데 나는 반대로 비굴하게 애원이나 했고, 그녀가 몇 시간 동안이나 전화기를 붙잡고 통화를 하도록 내버려두었는데, 그녀는 내 말에는 대꾸도 하지 않았고, 나와는 대화를 하려 하지도 않았고, 내가 다가가면 밀쳐버리기만 했고

"생리 중이란 말이에요 오늘은 머리가 아파요 피곤하니까 내버

려두세요"

그때 나는 즉시 티티나를 불러서, 사냥총과 서랍 속의 실탄을 가져오라고 시켰어야 하는데, 트랙터 기사에게는 우물가에 구덩이를 파라고 명령하고, 그러면 티티나는 내 입장을 생각하여 몸을 몇 번 움찔거렸을 것이고, 비둘기들은 내 입장을 생각하여 그 자리에서 멀리 날아가버렸을 것이고, 그러면 회양목 울타리들을 망가뜨리는 일도 더는 없었을 텐데, 아니 그보다, 어쩌면 소령을 집으로 오라고 해서 그녀를 즉시 배에 태워 모사메데스로 보내라고 지시하는 편이 나았을지도, 항해 내내 화물칸 막대기 위에 무릎을 꿇고 앉게 하고, 손가락은 몸 아래에, 내 아내에게 그런 벌을 주었어야 하는 건데, 소령에게 그런 벌을 주었어야 하는 건데, 그가 도와달라는 내 요청을 거절했을 때

"수상각하의 분명한 지시가 있었기 때문입니다 참으로 유감입니다 장관님"

하지만 소령은 전혀 유감이 아닌 것이 분명했고, 건성으로 핑계를 대면서 내 부탁을 물리쳐버렸으니, 지금 이 시기의 상황상, 우리가 결코 적으로 만들면 안 되는 그런 사람들이 있습니다 장관님, 지금 이 시기의 상황상, 우리가 결코 포기할 수 없는 관계 말입니다, 수상각하는 장관님의 이해심에, 장관님의 애국심에, 장관님의 뛰어난 인간성에 간절히 호소하고 계십니다, 그때 나는 깊은 애국심과 뛰어난 인간성으로, 티티나를 불러, 사냥총과 실탄 한 자루를 가져오게 해서, 그들을 모조리 죽여버렸어야 했는데, 관리인에게 명령하여, 그들의 머리통 아래 아직 남아 있는 여분을 우물가로 끌고 가서, 시체의 영양분으로 풀들이 더욱 우거지도록, 개들과 함께 묻어버리라고 시켰어야 했는데, 그놈이 내 아내를 버렸을 때, 아내를 찾아헤매지

말고 그놈이 있는 은행으로 곧장 찾아가서, 국회의원과, 주지사와, 시의원과 한통속이 되어 나를 우스개감으로 삼지 못하게 막았어야 했는데, 내 아내는 엘리베이터도 없는 좁디좁은 집에서, 요리사도 없고, 하녀도 없이, 벽지가 떨어져나간 거실, 내가 들어서자 그녀는 탁자 위의 사진을 서둘러 감추어버렸고, 아내의 머리는 헝클어졌고, 손질하지 못한 손톱, 소매와 어깨에 마가린 얼룩이 묻은 남자용 싸구려 실내 가운 차림으로, 여위고, 화장기 없이, 립스틱도 칠하지 못한 내 아내는, 배수로에 비스듬하게 걸쳐 쓰러진 병들고 비루먹은 셰퍼드처럼, 수의사에게 쓸데없는 치료비를 지불하지 말고, 사냥총을 겨누어서 자신을 죽여달라고, 그래서 우물가에 묻어달라고 애원하는 셰퍼드처럼, 나를 빤히 쳐다보았으니, 돈 한푼 없는 이 가엾은 짐승은 가슴 위로 가운의 깃을 여미며

"내게 입 맞추지 마세요"

초라하고, 늙고, 고독한 짐승은, 버들고리 소파에 앉아, 사냥총으로부터, 나로부터 자신을 보호하려는 듯, 다리를 꼬고 팔짱을 끼었고, 창턱에는 통조림 깡통 하나와 빈 향수병, 가엾은 짐승, 화단에 쓰러져 입을 벌리고 죽어가는 셰퍼드처럼, 나를 머리부터 발끝까지 빤히 쳐다보며

"내게 입 맞추지 마세요"

세상에, 나는 입 맞추려고 하지도 않았는데, 나는 그녀에게 입 맞추고 싶지 않았는데, 해골처럼 앙상하게 마르고, 생기 하나 없이 지쳐빠지고, 짖을 힘도 없고 도망갈 힘도 없고 심지어는 주둥이를 들어올릴 기운도 없이 다 죽어가는 암캐에게 누가 입을 맞추고 싶어 하겠나, 차라리 그녀의 폭 퍼진 엉덩이 주위를 어지럽게 날지만 그녀가 쫓을 생각도 안 하고 있는 파리나 방구석의 개미에게 입을 맞추는 편

다섯 번째 비망록

이 낫지, 셰퍼드 주둥이에서 흘러내리던 피거품에 입을 맞추는 편이 낫지, 혹은 창턱에 놓인 통조림 깡통이나 빈 향수병에, 아무것도 신지 않은 맨발에, 설거지통에 쌓인 더러운 접시와 스푼에, 맞은편 집 발코니에는 카니발용 종이 테이프를 아래로 집어던지고 있는 한 아이, 어떻게 내가 다 늙어빠진 암캐에게, 보기만도 역겨운 암캐에게 입 맞추고 싶어 한다고 상상을 할 수 있었을까, 만약 그때 내가 사냥 총을 갖고 있기만 했더라면, 실탄을 갖고 있기만 했더라면, 당장 티티나를 불러서, 그걸 가져오라고 시킬 수만 있었다면, 버들고리 소파에 앉은 내 아내는

"울지 마요 울어도 아무 소용 없으니까 울지 마요 울어도 아무 소용 없으니까"

세상에, 나는 울 생각도 안 했는데, 내가 눈물이나 흘리는 남자인 것처럼, 그녀 없는 내 인생이 비참하게 굴러가기라도 한 것처럼, 도리어 그 반대로, 나는 이제 아무것도 신경 쓸 필요가 없게 되었고, 저녁식사 시간에 맞춰서 집에 오지 못할 경우에도 더 이상 예전같이 시시콜콜한 해명이나 이런저런 변명을 지어낼 필요가 없는데, 그런 내가 울다니, 상상할 수도 없는 일이고, 울다니, 시내의 재봉사들이나 살 만한 좁아터진 끔찍한 집에서, 통조림 깡통과 빈 향수병 때문에 울다니, 트랙터 기사는 셰퍼드들을 구두 밑창을 이용해 밀었고, 개들은 헝겊 공처럼 사뿐히 구덩이 안으로 굴러떨어졌으며, 기사는 삽을 들었고, 나는 그가 일하는 모습을 보라색 꽃송이가 늘어뜨려진 정원의 정자에서 바라보고 있었으니, 가슴과 배의 벌어진 상처에 이미 거미가 집을 짓고 들어앉은 암캐는, 팔짱을 끼고 다리를 꼬고 버들고리 소파에 앉아 있고, 회색 머리칼을 가진, 늙은 암캐, 내가 뻣뻣한 손목을 들어 자신에게 사냥총을 겨누기를 기다리는 암캐, 욕실에

는 플라스틱 커튼, 크림이나 펜슬도 없이 텅 빈 유리 선반, 함부로 눌러 짠 치약, 유리에 꽂아놓은 칫솔은, 티롤식 모자에 달린 앵무새 깃털처럼 보이고, 머리카락으로 막힌 세면대, 옷장에 기대놓은 여행 가방 하나, 왜 너는 내 곁에 머물지 않았는가, 왜 너는 나와 함께 집으로 돌아가지 않는가, 티티나가 침대 커버를 갈고, 수건을 갈고, 손님 접대를 위한 식탁을 차리고, 우리가 편히 저녁을 보내도록 아이를 잠자리로 데려가는데, 세투발에 가서 파파야를 사오고, 크림 소스를 얹은 대구 요리를 해주고, 파슬리를 뿌린 달걀, 무른 반죽으로 만든 케이크, 속을 채운 빵을 구워줄 텐데, 너는 살이 더 붙어야 하고 제모도 해야 하고, 너를 가꾸어야 해, 내가 너를 돌봐줄 것이니, 너는 바이샤로 나가서 새 옷도 사야 해, 그렇지만 수로에 비스듬하게 쓰러진 귀먹은 짐승에게 누가 이런 말을 해줄 것인가, 이제 곧 무화과나무 아래로 사라져버릴 병든 암캐에게, 꼰 다리와 깍지 낀 팔에게 어떻게 이런 말을 할 것인가, 나를 밀쳐내고, 나는 거부하고, 나를 경계하는

"내게 입 맞추지 마세요"

"아이구 쉬야를 정말 잘했네요 착하네요 프란시스쿠"

"내게 입 맞추지 마세요 프란시스쿠 입 맞추지 마세요"

"맑은 수프예요 조금만 드세요 프란시스쿠 건더기를 몽땅 거른 맛좋은 야채 수프랍니다 대구 한 조각도 들어갔어요 가시는 단 한 개도 없으니 걱정 마세요 삼십 분 동안이나 가시를 발라냈거든요 그러니 짜증나게 하지 말고 먹어요 여기 익힌 배도 있답니다 아빠를 위해서 한입 그리고 이번엔 엄마를 위해서 한입 그리고 이번엔 좀 더 빨리 나를 위해서도 한입 아 왜 또 이러는 거야 늙은이가 나를 위해서 한입 먹어주어도 좋잖아 이런 망할 늙은이가 이빨을 앙다물어버리네 그러지 말고 삼켜요 꿀꺽 아 정말 삼키겠다는 거야 말겠다는 거야"

다섯 번째 비망록

"울어도 아무 소용 없어요 프란시스쿠 그러니 울지 마세요 나는 잘 지내요 정말이에요 잘 지내고 있으니 조금도 걱정 마세요 당신에게 돌아가지 않을 거니까 그런 말은 꺼내지도 마세요 아무 말도 꺼내지 마세요 울어도 아무 소용 없어요"

한 사람의 하녀도 없고, 요리사도 없고, 이 돼지우리를 치워줄 청소부도 없고, 너를 도와서 빨래를 하고 다림질을 하고 너를 돌봐주고 쓰레기를 길거리로 내다놓을 가정부도 없고, 게다가 이 건물에는, 계단을 청소하고 현관의 화분들을 챙기고 고장난 엘리베이터를 손볼 수위조차 없으니, 수도관이 새서 바닥의 양탄자가 젖으면, 화장실 변기에서 물이 넘치면, 수도꼭지의 고무 패킹이 닳으면, 화장실 변기 받침이 찢어지면, 너는 그럴 때 청구서를 처리해줄 누군가가 필요해, 네가 몇 시간이고 전기회사 창구 앞에 줄을 서서 기다리고, 거기 서서 기다리는 다른 여자들이 그렇듯이 계속 담배를 피워대면서, 한숨을 쉬면서, 다른 이들의 불만에 동조하면서, 줄 서 있는 다른 사람들이 머리를 흔들어대면 따라서 머리를 흔드는, 그런 광경은 상상할 수가 없어, 너는 누군가가 필요해, 네가 의사가 필요할 때 불러줄 사람, 주사를 맞아야 할 때 간호사를 불러줄 사람, 네가 잘 지내고 있는지 전화해서 물어주는 사람, 너를 돌봐주고 너에게 관심을 쏟아줄 사람이 필요해, 내 수표를 받아줘, 너에게 음식을 보내게 해줘, 이 집의 벽을 새로 칠하도록 장관실에서 사람을 보내게 해줘, 다 썩어버린 바닥 양탄자를 바꿀 수 있도록 해줘, 제대로 된 커튼을 달고 제대로 된 오스트리아 의자 몇 개를 갖다놓을 수 있게 해줘, 냉장고를 살펴보고, 보일러를 살펴보고, 집주인과 협의해서, 그가 지붕을 손보고, 습기를 제거하고, 빗물 홈통을 땜질하도록 만들 거야, 하지만 어떻게 통조림 깡통과 빈 향수병과 이야기를 할 수 있겠는가, 어떻게 조그만 버들고리 소파와 이야기를 할 수 있겠는가, 꼰 다리와 깍지 낀 팔과 어떻게 대화를 나눌 수 있겠는가, 나를 밀쳐내고, 나를 거부하고, 나를 동정하는 눈길로 바라보는

"당신을 보니 정말 불쌍해 프란시스쿠"

티티나는 두 손을 눈 위에 갖다대며 눈물을 삼켰고, 트랙터 기사는 내 앞발을, 내 꼬리를, 내 머리통 아래 아직 남아 있는 여분을 붙잡고, 한 손으로는 나를 질질 잡아끌면서, 다른 손으로는 달려드는 파리떼를 쫓았고, 내 아들은

"아버지는 사람들이 하는 말을 전혀 못 알아듣는 것이 맞죠?"

삽을 들고 와서, 트랙터 기사를 도와, 나를 파묻으려고, 내 몸은 이미 구덩이 가장자리에 걸쳐서 흔들거리는 중이고, 헝겊 공처럼 사뿐히 구덩이 안으로 떨어지니, 구덩이 바닥에서 내 몸을 일으킨 직원들은, 나에게 화를 내면서, 나를 다시 작은 광장의 그네와 미끄럼틀이 보이는 자리에 앉히고, 내 몸을 새끼돼지처럼 의자에 묶고, 손목과 배, 발을 고정하고, 잠옷 소매로 내 입기에 흘러나온 침을 닦이네며

"망할 늙은이 다리라도 부러지기 전에는 우리가 쉴 틈이 조금도 없다니까"

내 이마에 생긴 무엇인가를, 습포로 소독하니, 습포는 금세 불그스름하게 변했고, 그다음 반창고를 가위로 잘라

(반창고 한 조각, 손가락에 달라붙고, 사방에 다 달라붙는, 털어버려도 떨어지지 않는 반창고, 마치 뇌리에서 영영 사라지지 않는 어느 음악처럼, 나는 언젠가 거의 일 년 내내 어떤 노래에 절망적으로 시달리고 있었는데, 내각회의에서, 국회에서, 내셔널 유니온 모임에서, 외교 사절을 맞는 자리에서, 교황이 방문했을 때도, 나는 머릿속

으로 오직 그 커피 광고 노래만을 부르고 있어야 했으니, 정치문제 토론 자리, 아프리카의 전쟁이나 해외 식민지, 학생 소요 사태, 참으로 슬프지만 동시에 불가피한 검열에 대해서 이야기하고 있을 때, 내 의견이 무엇인지, 혹은 내 의견이 아닌 것은 무엇인지 질문을 받으면, 나는 마이크를 잡고, 헛기침을 한 다음, 손을 가슴에 대고, 어이없어 하는 청중들 앞에서, 약간의 가성을 섞어, 목청 높여 노래를 불렀으니, 모캄보 커피로 하루를 시작하세요)

직원들은 내 머리를 뒤로 넘기며

"가만히 있어요"

그들은 복수하듯이 내 이마에 반창고를 붙였고, 손목과 배, 발에 묶은 끈을 더욱 세게 조였으며

"여기 피가 안 통해 파랗게 변할 정도이니 도저히 빠져나갈 생각은 못 하겠지"

그리고 내 아내가 살던 방보다 더 작은 방, 더 어둡고, 더 더러운 방, 거기다 더해서 배설물의 악취, 파라핀 시럽과 차갑게 식은 음식의 냄새가 배어 있는 방, 직원들이 나를 앉혀놓은 소파, 어제 세상을 뜬 이 방 주인을 앉혀놓던 소파, 그는 어젯밤 내내

"테레지냐"

슬피 탄식했고

덕분에 잠을 자지 못한 직원들은 이 방 저 방에서 투덜대며

"테레지냐가 어떤 년이야"

그러다 그가 조용해지기가 무섭게, 이번에는 직원들은 조용하게 쑥덕거리기 시작했고, 복도를 오가는 발자국소리가 몇 배로 분주해졌으며, 두런거리는 대화도 몇 배로 늘어났고, 직원들은 주석 병정처럼 뻣뻣해진 그의 몸을 담요에 둘둘 싸서 데리고 나갔고, 방 안의

침대는 두 개, 거지 오두막에서 훔쳐온 화장대가 하나, 화장대 가득히 유효기간이 지난 알약과 캡슐, 바늘이 막힌 주사기, 부러진 카테터, 망가진 관장용 호스, 밤새도록 켜놓는 스탠드 하나, 밤이 되면 외부는 더욱 깊어지고, 건물은 거대해지고, 그네는 거대해지고, 미끄럼틀은 어마어마하게 커지고, 푸른 잔디 위의 하늘은 종이와 같은 회색빛, 침대 시트에 싸인 십여 명의 노인들은 둔한 금속성 빗소리와 함께 자기 자신으로부터 나와 요강 속으로 흘러내리며, 한 명씩 차례차례 비통스럽게

"테레지냐"

마치 농장의 수탉들이 서로를 따라서 차례로 목청을 울리듯이, 네가 너의 통조림 깡통과 빈 향수병을 버릴 수만 있다면, 조그만 버들고리 소파와 욕실의 합성수지 커튼을, 네가 감춘 사진을 버리고 나와 함께 팔멜라로 떠날 수만 있다면, 너는 그 남자에 대한 사랑을 멈출 필요도 없고, 그를 만나는 일조차도 멈출 필요가 없고, 그에게 전화를 해도 되고, 언제든지 그를 봐도 좋으니, 내가 필요한 것은 난지 거실에 놓인 너의 인테리어 잡지, 장롱서랍 속 너의 옷들, 네가 잠자리에 들 때마다 손가락에서 빼놓는 반지, 거울에 걸어놓는 네 목걸이, 이것 봐, 네 결혼반지를 나는 아직도 주머니에 갖고 있어, 아주 잠깐만 반지를 한번 끼어봐, 이걸 다시 끼고 다니라는 말은 아니야, 네가 싫다면 반지를 끼고 다니라고 강요하지 않아, 그러라고 간청하지도 않겠어, 그냥 잠깐만 끼고 있기만 해봐, 내가 보고 싶으니까

"내게 입 맞추지 마세요"

"망할 노인네가 이빨을 앙다물어버리네 이러다가는 다섯시 버스를 놓치겠어 하필이면 오늘처럼 집에 가서 할 일이 많은 날에 이빨을 그렇게 꾹 다물고 있으면 어떻게 해요 입을 좀 열어봐요 이걸 좀

다섯 번째 비망록

삼키라구요"

팔멜라 광장의 느릅나무, 소령은 음울하고도 의기소침하게 두 팔을 벌리며

"안타깝지만 우리로서도 할 수 있는 일이 없습니다 장관님 수상 각하가 분명히 지시를 내렸어요 관계가 틀어지면 어렵습니다 국내 상황이 아주 복잡해요 현 체제의 채무에 관련된 문제예요"

소령은 마치 내가 과부라도 되는 양 문까지 배웅해주며, 과장된 동정심과, 과장된 호의를 보였고, 마치 내가 불행 때문에 관절염에 라도 걸린 양, 너무 슬퍼서 목발이 필요해졌고 고독 때문에 불구자가 되었다는 듯이, 내 겉옷 자락을 잡고는 문 가까이 끌어당겼고, 쓸데 없이 자비심이 넘쳐서 나에게 문까지 활짝 열어주었는데, 그의 눈 속 에는 나를 조롱하고 싶은 욕망이 이글거렸지만, 입으로는 이것을 은 폐하며

"우리는 어디까지나 장관님 편이라는 것을 확실히 말씀드립니 다 장관님의 일을 잘 기억하고 있다가 지금의 복잡한 상황이 나아지 는 대로 장관님의 문제를 해결할 수 있는 적절한 방법을 찾아보겠습 니다"

경위들도 동의하면서 코를 끄덕였고, 하지만 얼굴 근육을 움직 이지 않으려고 머리를 울타리에 갖다댔으니, 안 그랬다가는 웃음을 터뜨릴 수도 있었으니까, 그들이 내 등 뒤에서 손가락으로 오쟁이진 표시를 만드는 것을 알았지만, 나는 감히 뒤돌아서 그들과 정면으로 대응할 용기가 없었고, 소령의 조롱 섞인 애도에서 벗어나기 위해 최 대한 빠른 걸음으로 무작정 앞으로 걷다가, 돌부리에 걸려 비틀거렸 고, 순간 나를 에워싸던 커다란 조소, 강으로 향하는 후아 두 알레크 링 거리, 비둘기들을 쫓아버리며, 팔멜라의 침실로 돌아온 나는 커다

란 소리로 티티나를 불러서, 사냥총과 서랍 속의 실탄을 꺼내오라고 시켰고, 거울 속에 비친 병든 개를 바라보았으니, 머리에는 모자를 쓰고 입에는 시가를 물고 고무 멜빵을 한 병든 개, 내 뒤를 따라와, 자신을 죽여달라고 애원하는, 온몸에 개미와 똥파리가 득실거리는 몰골로, 배수로 위에 비스듬하게 쓰러져 누운 병든 개

"울어도 아무 소용 없어요 그러니 울지 마세요 제발 울지 마세요 울어도 아무 소용 없다니까요"

입을 벌리고, 짖을 힘도 없이, 화단에서 나를 바라보고 있던 개, 헌신과 감사를 표시하며 내 손가락을 핥을 힘도 없고, 반항할 힘도, 내게서 달아날 힘도 없는 개, 털은 다 빠지고, 그 자리를 상처와 종기가 뒤덮었고, 나는 큰 소리로 트랙터 기사를 불러, 우물가에 구덩이를 하나 파라고 시키고, 거울 속을 가리키니, 티티나는 몸을 한두 번 움찔거리며 떨었고, 오렌지나무들은 몸을 한두 번 움찔거리며 떨었고, 모자를 쓰고 시가를 물고 고무 멜빵을 한 남자, 아니 그 개, 아니 남자, 아니 그 개, 산산조각이 난 거울은 폭포수처럼 바닥에 쏟아졌고, 나는 사냥총을 사이드테이블에 기대 세우고, 정원의 정자로 나가 앉아 다시금 질서를 되찾은 농장, 까마귀들의 까욱거리는 항의 아래서 영원한 질서를 구축한 농장을 바라보았다.

다섯 번째 비망록

추가 진술

장관님이 팔멜라에서 사라진 이후로, 내 체스 상대가 되어주는 사람은 한 명도 없었다. 장관님은 내 사촌 여동생의 소개로 알게 되었는데, 이미 노인인 그는 연신 시가 재를 털어댔고, 그래서 넥타이에도 항상 흰 재가 소복했고, 우리를 향해 기침을 터뜨리고는 폭풍 같은 사과를 쏟아놓곤 했으니

"미안해 미안해"

레이스에, 스팽글에, 반짝이는 가죽 구두에, 헤어스프레이를 뿌린 머리로 치장한 사촌 여동생은, 그의 셔츠를 부드러운 손길로 바지런하게 털어주며

"사랑스러운 사람"

거미가 거미줄을 짜듯이 정성스럽게 그를 보살펴서 넋을 빼놓고, 그를 포획하기 위해 그의 등에 쿠션을 받쳐주고, 그가 달아나지 못하도록 꼭 등받이 있는 의자에 억지로 앉히고, 지치지도 않고 박쥐처럼 그의 주변에서 내내 날개를 퍼덕이며, 이빨을 드러내며 웃다가, 이윽고 벽에 구부정한 그림자가 지며, 그녀의 손목시계가 처형의 순간을 알리면

"사랑스러운 사람"

범죄자 수준의 박애정신으로, 그의 그릇에 감자와 소스를 가득 담아주고, 노인은 도살을 앞둔 소의 순박함으로, 석고 고양이가 빤히 쳐다보는 가운데, 텅 빈 식탁을 둘러싼 굶주린 열두 사도가 허기진 시선으로 노려보는 부조 장식 앞에서, 죽음을 향해 빠르게 끌려가니, 장관님의 그런 모습을 보고 있으면 얼마나 불쌍한지, 무릎은 사랑에 빠진 약혼녀의 엉덩이 아래서 으깨지고, 뺨은 그녀의 사마귀 집게발

에 잡혀 찌그러지고

"사랑스러운 사람"

불쌍한 늙은이는 산소가 부족해 얼굴이 새파래지고, 눈부시게 번쩍이는 세빌랴 무희의 귀걸이가 눈을 가려 거의 장님이 될 지경이므로, 보다 못한 내 아내가 사이에 끼어들어 둘을 떼어놓으며

"노인이 쓰러질 것 같잖아요"

장관님, 예전에는 산비탈의 농장에서 살았지만, 지금 그곳은 영국인들을 위한 휴양시설이 들어섰고, 예전에 그가 사냥총을 들고 하녀들과 개들에 둘러싸여서 오후를 보내던 저택, 승마용 마구간이랑 골프장, 테니스 코트로 변했으며, 살라자르 집권 시절에 장관이었던 이 노인은, 살라자르가 물러난 다음, 자신이 나라의 통치자로 선출되지 못한 사실을 받아들일 수가 없었고, 제독이 자신을 불러서

"이 똥덩어리 나라를 대신 좀 맡아주세요"

자신을 불러서

"이 걸레 뭉치처럼 꽉 막힌 문제들을 속시원하게 좀 풀어주세요"

부탁하지 않은 사실을 견딜 수가 없었으므로, 이제 면직되고 무해한 이 노인은, 마찬가지로 면직되고 무해한 다른 노인들과 함께 온실에 모여 음모를 꾸몄고, 포상이 딸린 훈장, 국가 부처의 요직, 시장과 사령관의 직위를 연세 지긋한 늙은이들에게 나누어주었고, 배신자를 대하듯 분노로 이글거리는 총구를 석조 천사상에게 겨누었으니, 면직되고 무해한 장관님은, 계단 위에 서서, 면직되고 무해한 다른 장관들과 결별하면서, 집게손가락을 왕홀처럼 치켜들고

"꺼져"

산책용 지팡이를 더듬거리며, 난초 이파리와 비둘기 똥으로 뒤

덮인 길을 내려가는 그들 오합지졸의 무능함에 실망했기 때문에, 장관님은 내 사촌 여동생의 집에서 은혜를 모르는 이 세상을 한탄했고, 끝이 뾰쪽한 모자와 부러진 갈퀴를 들고 정원 화단에 서 있는 난쟁이 인형들을 그것에 대한 증인이라고 불렀으며, 이제 카이스 다스 콜루나스 옆 정부청사의 제독에게로 가서, 자신에게서 갈취해간 것들, 이 나라 전체와 아프리카, 인도와 또 무슨 반도, 거기 사는 한 무더기의 중국인들까지, 몽땅 내놓으라고 요구하겠다고 큰소리쳤고, 내 사촌 여동생은 덩달아서, 자신의 애인이야말로 이 똥덩어리 나라를 다스리고 걸레뭉치처럼 꽉 막힌 문제들을 속시원하게 풀어낼 사람인데 그러지 못하고 있다는 것은 국가적인 스캔들이라며, 그의 목을 다정하게 조이며 위로했고

"사랑스러운 사람"

이건 내 견해일 뿐이지만, 이 견해를 반박할 만한 사람 또한 아무도 없을 것이니, 내 사촌 여동생은, 이런 부드러운 공격으로 전 남편인 약사를 죽인 것이 분명하고, 그 불쌍한 남자는, 항상 소다 브롬산 화합물의 안개에 휩싸여 있었으므로, 누구라도 그의 곁에 서 있기만 해도 소화가 촉진되고 후두가 뻥 뚫리는 효력이 있었는데, 그런 그가 문지방에 발을 디디기가 무섭게, 자신도 모르는 사이 아내가 목에 매달려 있었고, 이건 그녀가 음험하게도 황금색으로 번쩍이는 냉장고 뒤에 숨어 있다가 남편이 나타나면 눈사태처럼 덤벼들어 껴안으면서 질식시키기 때문이었고

"사랑스러운 사람"

약사는 산더미 같은 목걸이와 팔찌, 어깨를 받치는 쿠션, 레이스와 반지에 파묻힌 채, 바닥에서 사지를 버둥거리며 거품을 물고

"살려줘"

광부의 숙명을 타고난 약사는, 아내라는 형상의 산사태에 매몰되었고, 바로 같은 날 저녁, 국화꽃의 피라미드 아래서 팔멜라 교회에 누워 있었으며, 그다음 날 아침에는 사각형 대리석, 이름과 십자가 표시 아래, 약사는 살아서나 죽어서나 영원한 지하의 존재로 저주받았고, 내 사촌 여동생은 여분의 국화꽃으로 무장하고, 만약을 위해, 확실하게 하기 위해, 혹시라도 그가 지상으로 올라오게 되면 껴안아서 다시 지하로 돌려보내려고 몇 달 동안이나 무덤 앞을 지켰고

"사랑스러운 사람"

오 년이 지나, 내 사촌 여동생이 성모상과 화병으로 더욱 무겁게 눌러놓은 묘석 아래 묻힌 약사가 지상으로 올라와 뭐라고 항의를 할 가능성이 매우 희박해졌을 때, 그녀는 마치 은행 금고처럼 밀폐된 서랍들 사이에 자리 잡은 밀폐된 서랍 한 칸으로 약사를 옮겼고, 그리하여 있을지도 모르는 부활의 불길함으로부터, 어느 날 갑자기 어떤 부담스러운 얼굴이 풀 위로 아주 약간 고개를 내밀고 버드나무 뿌리 사이에서 그녀를 향해 미소를 보낼지도 모르는 사태로부터 안전해졌다고 느낀 여동생은, 오 년이 지난 후에 과부의 베일을 벗고 목이 까마득하게 깊이 파인 블라우스와 통이 좁디좁은 치마, 새빨간 새틴, 부적과 깃털 장식으로 갈아입었으며, 탁자 한가운데에 놓을 고양이와, 집 앞 화단에 놓을 난쟁이 장식물을 샀고, 약사의 사진은 장롱 가장 밑바닥으로 망명을 보냈으며, 그 자리는, 예복과 실크햇 차림으로, 가슴에는 훈장을 단 살라자르 시절의 장관님, 지방 의회와 병원, 레저클럽 등을 마음대로 휘젓고 다니던 시절의 장관님 사진이 차지했고, 그녀가 어디서 어떻게 발굴해냈는지는 알 길이 없지만, 아니 어쩌면 장관님이 그녀를 발굴한 것일 수도 있고, 어쨌든 약사의 자리는 그렇게 장관님으로 채워졌으며, 눈꺼풀이 축 처지고 하루 종일 기

분 나쁘게 중얼거리는 늙은이는, 당시는 그래도 지금보다는 더 살이 찌긴 했지만, 너도밤나무 숲 앞 저택의 베란다에서 까마귀들이 놀라 지켜보는 가운데 그녀를 맞았는데, 그러면 내 사촌 여동생은, 흥분한 칠면조마냥 온몸을 부르르 떨어대면서

"사랑스러운 사람"

늙은이는 이마에 주름을 잡고 체스판을 들여다보더니, 폰(체스 말 중 가장 약한 종류)을 하나 무조건 앞으로 밀어내며

"내가 할 순서인가 아니면 자네 순서인가?"

늙은이는, 내 대답은 기다리지도 않고서, 아직 나는 그 어떤 말도 움직이지 않은 상태인데도, 내 퀸을 판에서 가져가며, 나를 향해서 불쌍하다는 듯이 씩 미소를 짓고는 선언하기를

"자네가 졌어"

그가 나이트나 비숍, 룩이 없는 상태이고, 내가 그의 킹을 꼼짝 못하게 둘러싸고, 이제 폰 하나만 살짝 움직이면 승리를 거두게 될 순간, 늙은이는 아주 대범하게도

(애인이 자랑스러워 견딜 수 없는 내 사촌 여동생은, 놋쇠 장신 구를 번쩍거리며 그 곁에 앉아서

"사랑스러운 사람")

모른 척하고 말들을 다시 판 위에 정렬하고, 한꺼번에 두 개의 말을 움직여버리니, 나는 감히 그 앞에서 뭐라고 항의를 할 용기가 없고

"복수할 기회를 주지 마르팅스"

장관님의 마음의 상처는, 제독이 자신을 정계로 불러주지 않고 무시해버렸다는 것, 자신을 불러서 부탁하지 않았다는 것

"이 똥덩어리 나라를 대신 좀 맡아주세요"

그를 궁정으로 부르지 않았고, 그의 옷깃을 움켜쥐고, 공모라도

하는 사람처럼 왁스칠한 마룻바닥을 살금살금 걸어, 다른 사람이 보지 않는 곳으로 끌고 가서, 조용히 하라고 시킨 다음에, 조심스럽게 좌우를 살피고, 틀니를 손으로 가리면서

"이 걸레 뭉치처럼 꽉 막힌 문제들을 속시원하게 좀 풀어주세요"

부탁하지 않았다는 것, 우유부단한 오합지졸, 겨우 열 명도 안 되는 검둥이들을 상대하는 아프리카 전쟁에서 이기지도 못하는 자들, 말 한마디도 제대로 못하는 무리들, 공산주의자들에게 따귀 몇 대 시원하게 갈겨준 다음 감옥에 처넣을 용기도 없는 우유부단한 무리들, 카시아스는 거의 텅 비었고, 페니체는 거의 텅 비었고, 타하팔은 거의 텅 비었고, 사웅 니콜라우는 거의 텅 비었고, 한탄만 나오니, 감옥 안에서 굶주림으로 말라죽어가는 죄수가 거의 없고, 감옥 안에서 온몸을 긁적이는 죄수가 거의 없으니, 전부 아마추어들뿐, 걱정이 되어 견딜 수 없는 제독은 늙은이를 붙들고

"이 똥덩어리 나라를 대신 좀 맡아주세요"

작동을 멈추어버린 검열 때문에, 노동조합에 채찍질을 하지 못하는 경찰 때문에, 한마디도 못하는 끄나풀들 때문에, 월급의 십분의 일이라도 나가서 일할 생각은 않고, 즉 사람들을 조금이라도 고문하거나, 장난으로 동상놀이를 하게 만들거나, 며칠 정도 잠을 안 재우거나, 약간의 전기 쇼크를 주면서 임무를 다할 생각은 없이, 그냥 끼리끼리 몰려앉아서 카드놀이나 하면서 시간을 때우는 정치경찰들 때문에, 뻔뻔스럽게도 하고 싶은 소리를 모조리 다 쏟아놓는 신문들 때문에, 비도덕적인 영국과 스웨덴을 맹신하면서, 인민을 잘못된 길로 호도하는 제안이나 내놓는 반대파 때문에 걱정이 되는데, 보잘것없는 노동자 몇 명은 전단지를 뿌리고 다니니, 자신들이 월급도 못

받았고 그래서 굶주리고 있다는 내용, 세상에 어떻게 그런 말이 있을 수가 있나, 굶기를 밥 먹듯이 하고 좁아터진 셋방에는 한 다스나 되는 아이들과 옷가지로 발 디딜 틈이 없고, 수돗물도 없고 창문도 없는 집, 그렇게 사는 것이 바로 노동자의 바람이 아니던가, 그래서 제독은 걱정이 되어 견딜 수 없어서, 늙은 장관에게, 이 나라의 도덕적 타락을 해결해달라고 부탁해야 했으니

"이 걸레 뭉치처럼 꽉 막힌 문제들을 속시원하게 좀 풀어주세요"

하지만 제독은, 장관님을 부르지 않았을 뿐만 아니라, 비서나 자문관, 혹은 부관을 통해서도, 심지어는 청소부 여자를 시켜서도, 우라지게 기분 나쁘게도, 장관님의 전화나, 메모, 편지에 단 한번도 답을 하지 않았으며, 틀니를 손으로 가리면서 장관님에게 근심에 찬 목소리로 부탁하지도 않았으니

"이 똥덩어리 나라를 대신 좀 맡아주세요"

내 사촌 여동생은, 장관님과 한마음이 되어, 루비를 잘랑거리며, 금박 천을 펄럭거리며, 그의 주변을 어지럽게 돌며 피치카토 기법(현을 손가락으로 뜯는 연주 기법)의 입맞춤을 퍼부었고

"사랑스러운 사람"

늙은이는 사냥총을 팔 아래 끼고, 내 재킷을 붙잡으면서 나를 체스판에서 잡아끄니, 그때 나는 막 엄지와 집게손가락 사이에 하얀색 킹을 잡고, 그가 한꺼번에 대여섯 개나 움직여버린 상대편 말을 피해서 달아나려는 참이었는데, 그는 내가 말을 옮기기를 기다리지 않고, 다시금 일 톤이나 되는 브뤼셀 레이스와 목걸이로 그를 덮치려는 사촌 여동생이, 공격하기 전에 일단 숨을 들이마실 목적으로 살짝 물러앉은 바로 그 순간을 이용하여, 나를 잡아끌었고, 늙은이는 그렇게

나를 팔멜라 광장의 버스정류장까지 끌고 가서는, 버스 안 바구니와 시골 여자들 사이 자신의 옆자리를 가리키며

"마르팅스 여기 앉아"

그리고 총신에 장식이 들어간 사냥총을 꺼내 보이며

"내가 오늘 본때를 보여주겠어"

강물을 향해 기울어진 경사로인 카이스 다스 콜루나스는, 이미 썰물의 치명적인 악취를 풍기고 있었고, 바로 곁에 돌처럼 깊은 잠에 빠진 정부청사 건물이 나타나자 늙은이는 실탄을 찾으며

"여기 있는 배신자들을 모조리 죽여버릴 거야 마르팅스"

우리는 종이박스와 자루, 짐가방, 닭장과 토끼장으로 발 디딜 틈 없는 버스에서 내려, 관용차량과 경찰관, 색소폰을 연주하는 거지, 서류를 한쪽 팔에서 다른 팔로 옮겨 드는 문서 담당관과 서기, 공고문과 지시사항, 죄수들 명단, 금지와 권고가 나붙은 코르크 게시판을 지났고, 이윽고 붉은 양탄자가 깔린 어느 복도에 다다르자 장관님은 바지 멜빵을 길게 잡아딩겨 앞쪽 방향을 가리키면서

"여기 있는 배신자들을 모조리 죽여버릴 거야 마르팅스"

계단의 터널 앞, 산타 아폴로니아 역과 화물선 사이에서 회오리치며 날아오르는 마지막 비둘기들, 뜨개바늘처럼 달각거리는 타자기, 사방에서 울리는 전화벨, 열리고 싶어 하지 않는 서랍, 제복을 입은 수위가 팔을 쭉 뻗어, 마치 거지를 대하듯 경멸의 몸짓으로 늙은이를 제지하며

"도대체 여기가 어딘 줄 알고 함부로 들어오는 거야?"

당황한 늙은이는 저도 모르게 잡고 있던 바지 멜빵을 놓았고 입에서 시가가 떨어졌으므로, 나는 몸을 구부려 그것을 주우려고 했지만, 시가는 계단을 데굴데굴 굴러내려가, 나는 네 발로 기면서 시가

다섯 번째 비망록

의 뒤를 따라 거리까지 내려왔고, 구두와 양말, 발목들, 군인들의 각반, 깜짝 놀라 펄쩍거리는 다리들과 부딪혔고, 제복을 입은 수위는 무릎으로 장관님을 툭 밀치며

"꺼져"

장관님은 시가와 마찬가지로, 계단을 한칸 한칸 굴러서, 머리에 쓴 모자가 행인들의 구두와 양말, 발목들, 군인들의 각반, 깜짝 놀라 펄쩍거리는 다리들과 발들과 같은 높이에 이르게 되었고, 우리들 머리 위로는, 산타 아폴로니아 역과 화물선 사이에서 회오리치며 날아오르는 마지막 비둘기들, 보도에 배를 깔고 엎드린 장관님은, 사냥총을 지팡이처럼 활용하여 몸을 일으켰고, 바지의 흙을 털었고, 시가를 집어들었고, 반으로 부러졌지만 여전히 타고 있으면서, 비둘기들을 향해 굴뚝처럼 위엄있는 연기를 날리는 시가를, 못을 박듯이 단 한번에 이빨 사이에 박아넣었고, 사냥총을 팔에 끼고, 모자를 바로한 뒤, 넥타이를 바로한 뒤, 바구니와 시골 여자들 사이를 헤치고 다시 버스로, 내 옆, 올 때와 똑같은 자리에 앉아, 차창을 향해 시가 연기를 뿜어냈고, 차창 밖으로 스쳐지나가는 마차, 자전거, 염소, 시냇물, 다 쓰러져가는 식당, 빨간 불이 깜박이는 선로 건널목, 길가 수풀 속 창도 문짝도 없이 버려진 녹슨 열차의 소녀들이, 붉은 신호기를 든 팔을 뻗었고, 팔멜라에 도착한 다음 장관님은, 체스판 위의 내 퀸을 가져가며, 그가 병원과 신분증, 식민지에서의 귀향, 감옥을 모두 관장하던 살라자르 시대의 바로 그 목소리로, 약간의 동정심을 담아서

"자네가 졌어"

사이프러스 잎새 사이로 흐릿한 저녁빛이, 까치들의 날개 사이로 흐릿한 저녁빛이

"자네가 졌어"

진술

모든 것이 얼마나 생생한지 놀라울 뿐이다. 나는 지금 팔멜라에 있지 않지만, 그곳의 모습이 내 눈앞에 그대로 보이니, 나는 지금 집을 떠나왔지만, 집이 내 눈앞에 고스란히 나타나고, 지금 너는 내 곁에 없지만, 내게 등을 돌리고 침실 거울 앞에 앉은 네 모습, 귀걸이를 떼내려고 고개를 살짝 앞으로 숙인 자세, 내 쪽에서 볼 때는 오른편이지만 거울 속에서는 왼편인 손으로 머리를 빗질하며, 거울 속에서 내게 미소 짓는 모습까지, 그 미소의 뒤편에는

(모든 것이 얼마나 생생한지 놀라울 뿐이다)

내가 잃어버렸다고 생각한 또 다른 미소가 있으니, 다른 집들과, 다른 손, 그리고 다른 목소리들, 네 미소의 뒤편에는, 마당에 떨어져 죽은 비둘기, 비 내리는 일요일, 나는 정원에 있고, 어머니가 나를 식탁으로 부르는 소리

"프란시스쿠"

식당의 전등 불빛은 유리잔과 컵 속에서 아주 조그맣게 반짝이고, 내 목에 냅킨을 감아주는 어머니

"장난치지 마라 그러다 수프를 흘리겠다"

빵조각을 뜯어 손으로 굴려, 조그만 회색빛 구슬을 만들던 아버지는, 일어서서 조끼 주머니에서 열쇠를 꺼내 벽시계를 열고, 여죄수는, 우리 중 아무도 그녀를 건드리지 않았는데도, 저 혼자 사 층 창문으로 다가가서

"안녕하세요"

두려워하지도, 화내지도 않는 침착한 목소리로 나를 향해서

"안녕하세요"

창턱에 몸을 기울이더니, 콰당 소리와 함께 길로 떨어져버리고, 아, 모든 것이 얼마나 생생한지, 너의 머리칼, 너의 미소, 너의 향기, 눈가의 그늘에 자리 잡은 너의 유일한 주름, 두 명의 요원이 여죄수의 팔과 다리를 붙잡고, 마당 뒤쪽의 방으로 데리고 들어갔으니, 셔츠와 재킷, 바지가 그녀의 피로 범벅이 된 의사는, 그녀의 물렁물렁한 머리와 부러진 척추를 만져보고

"여자를 병원으로 데려가게 구급차를 불러요"

당직 장교의 방, 책상과 의자, 방구석에는 접이식 탁자, 경위는 손에 수화기를 들고 나에게 허락을 구하며, 의사는 여자의 목을 돌려보고 작은 손전등으로 눈동자를 비추어보면서

"얼른 구급차를 불러야 해요"

그래서 나는

(오, 모든 것이 얼마나 생생한지 놀라울 뿐이다, 이 자리에서는 네가 내 앞에 있고, 거울 속에서는 나에게 등을 돌린 자세로, 느린 동작으로 손에 든 브러시를 나를 향해 뻗었으니, 마치 브러시가 너 자신인 듯이, 브러시의 세공된 황동 손잡이가 네 미소의 연장이라는 듯이)

그래서 나는 브러시를 받아들었고, 너의 손가락 위에 내 손가락을 올렸고, 경위에게 대답하기를

"아니 구급차 부르지 마"

손가락과 손가락, 사이드테이블 위 너의 손목시계, 사이드테이블 위 내 손목시계와 넥타이핀, 블라우스 단추 사이로 보이는 가슴 한 조각, 내게서 멀어져 커튼을 닫으러 가는 너의 향기

"이웃 사람들이 보는 건 싫어요"

커튼을 닫고, 하늘거리며 내게로 다가오는 너의 냄새, 나는 막

다섯 번째 비망록

조끼를 벗었고, 구두를 벗었고, 너의 향기는 여전히 하늘하늘 춤추며, 두꺼운 쿠션과 이불을 바닥으로 밀어놓고, 침대 시트를 펼쳤고, 경위는 수화기를 도로 내렸고, 바지에 피가 묻은 의사는 손전등을 끄며

"구급차 안 부를 겁니까?"

너의 향기는 매트리스 위에, 마치 잠이 든 척, 흐트러진 자세로 누웠고, 감은 눈꺼풀이 파르르 떨렸으며, 배와 엉덩이, 벌어진 허벅지, 그리고 나를 식탁으로 부르는 어머니

"프란시스쿠"

빵가루를 굴려 회색 구슬을 만들던 아버지, 의사는 손전등을 집어넣으며, 여죄수가 아직 숨을 쉬고 있는지 확인하면서, 나에게, 경위에게, 그리고 또다시 나에게

"구급차 안 부를 겁니까?"

민간인 사환이 양동이와 걸레를 들고 나와 거리를 사람들을 쫓았고

"할 일들이 그렇게 없어요 어디 구경 났나?"

아스팔트를 쓸고 바닥을 박박 문질러서, 심지어 비둘기들조차 그 자리에서 무슨 일이 있었는지 눈치채지 못하게, 여죄수의 흔적, 한 조각의 옷, 신발끈, 머리핀, 돌 틈새에 희미하게 남은 물자국, 아무런 정보도 주지 않는 그냥 물자국, 잠시 뒤면 다 말라버릴 물자국, 나는 의사의 몸에 팔을 두르고

"불필요한 문제를 굳이 병원으로 가져가 귀찮게 만들 필요가 있을까요 더구나 저 여자는 바닥에 떨어지면서 이미 죽어버렸는데 말입니다"

너의 향기는, 매트리스 위에, 마치 잠이 든 척, 흐트러진 자세로

누웠고, 배와 엉덩이, 벌어진 허벅지, 그리고 거울 속의 두 번째 너는, 정반대 방향으로, 두 번째 나를 향해서, 흐트러진 자세로, 배를 움직이고, 엉덩이와 허벅지를 벌린 채로 누워 있고, 옷을 모두 벗은 첫 번째 나는, 마찬가지로 옷을 모두 벗은 두 번째 나를 바라보았으니, 우리 둘 모두 자신을 향해 미소 짓는 몸뚱이를 바라보는 셈이었고, 그곳은 내 방인데, 서로 똑같은 것이 아니라 대칭인 두 개의 절반으로 이루어진 방, 시간조차 서로 다르며, 이곳은 12시 20분이지만, 반대쪽은 1시 20분 전이고, 다시 손전등을 켠 의사는 여죄수의 맥박을 체크했으며, 나 때문에 겁을 내며, 간신히 입술을 움직이며 조그맣게

"이 여자 아직 안 죽었습니다 장관님"

그리고

(오, 모든 것이 얼마나 생생한지 놀라울 뿐이다)

첫 번째 나는 거기 누워서 두 번째 나를 바라보고 있었고, 두 개의 너는 등을 맞댄 자세로, 두 개의 나를 각각 빤히 바라보고 있었고, 경위는 의사를 옆으로 밀어내고는, 여죄수의 목 연골을, 검사하듯이, 혹은 애무하듯이, 혹은 더듬어보듯이, 혹은 눌러대듯이, 안간힘을 쓰는 일그러진 표정을 지었고, 우리가 코르크 마개를 딸 때 짓는 그런 표정, 요원들은 시선을 이리저리 돌리며 허공을 보았고, 사환은 양동이와 걸레를 창고에 집어넣었고, 나는 천장에 생긴 기묘한 형태의 틈새에 정신을 빼앗겨버렸는데, 그건 마치 지도 위에 푸른 줄로 묘사된 과디아나 강과 모양이 똑같았기 때문에, 기절할 만큼 놀라 창백하다 못해 투명해진 의사는 더듬거리며 손수건을 꺼냈고, 그가 얼마나 투명해졌는지, 피부 아래 그의 혈관과 힘줄, 근육이 수축하는 것이 눈으로 보일 정도였고, 손바닥을 오므렸다가 다시 편 여죄수의 표정은 평화로웠으며, 안간힘을 쓰던 경위의 얼굴도 마침내 순결한 축복의

표정으로 바뀌었고, 나는 천장의 틈새를 올려다보던 시선을 의사에게로 옮기며

"저 여자는 바닥에 추락하는 순간에 죽은 것이 맞겠지요?"

두 개의 나는 침대 시트에 싸여 힘껏 발버둥쳤고, 너희들의 호응에도 불구하고, 너희들의 도움에도 불구하고, 너희들의 입맞춤에도 너희들의 손길에도 우리를 맞아들이려는 너희들의 오목한 허리에도 불구하고, 두 개의 나는 기다리기만 하다가, 시가에 불을 붙이고, 다시 시도했는데, 그것은 굳게 닫힌 문을 두드리는 행위와 같았고, 빈틈 없이 단단한 문의 허술한 구석을 찾으려는 시도였고

(오, 모든 것이 얼마나 생생한지 놀라울 뿐이다)

너희들이 우리를 의문의 눈으로 바라보는 사이, 두 개의 나는 서로 의논을 나누었고, 커튼 사이로 걸려 있는 삼각형의 하늘, 집들이 없고 구름도 없는 두 개의 하늘, 두 개의 텅 빈 공허한 터널, 시계가 주장하는 두 개의 시간, 내가 알지 못하는 단정적이면서 서로 모순되는 시간

"무슨 일이 있었어요 프란시스쿠?"

"피곤해서 그래요 프란시스쿠?"

"하기 싫은 거예요 프란시스쿠?"

여죄수는 당직 장교의 침대에, 귓가에는 검붉은 얼룩이 굳었고, 입가에도 검붉게 응고한 얼룩이, 곱슬머리는 베개 위에 넓게 흩어져 있고, 그것은 밧줄을 풀어놓은 머리카락이었다가, 진열장 마네킹의 머리카락이 되었고, 다시 턱 아래에 보라색으로 길게 멍이 든 인형의 머리카락으로, 눈길을 거둘 수 없는 싸구려 반지, 장애인처럼 다리 하나가 더 짧았고, 결혼반지처럼 보이지만 심지어 은도 아닌 싸구려 반지는, 다 닳아빠졌고, 너무 낡아서, 거의 바스라질 지경이고, 오

랜 세월 동안 피부와의 마찰로 거무스름했으며, 여죄수는 평범한 회색 스웨터에 평범한 회색 치마, 귀에는 어린 시절에 바늘로 뚫은 구멍, 저기 어딘가의 시골집에서 할머니나 어머니가 그녀를 움직이지 못하게 붙들고 있는데, 어린 그녀는 울음을 터뜨렸고

"가만히 있어"

("무슨 일이 있었어요 프란시스쿠?")

싫다고 울었고, 싫다고 반항했고, 싫다고 고함을 질렀고, 너희들 하고 싶은 대로 다 하라고, 하지만 내 몸에 상처를 입힐 생각은 말라고, 나를 아프게는 하지 말라고, 내 귓밥에 구멍을 뚫지는 말라고, 나를 놓아달라고, 평범한 회색 스웨터, 평범한 회색 치마, 농부 아낙네 옷차림은 아니고, 사무원의 옷차림, 간호사나 초등학교 여교사의 옷차림, 깔끔하게 손질된 손톱, 다듬은 눈썹, 흠 없는 치아, 면도한 다리, 멍이나 상처도 없고, 경위는 의사의 어깨를 잡았고, 의사는 힘겹게 입을 열어 웅얼거리며 나에게 동의했으니

"이 여자는 바닥에 떨어지면서 즉사한 것이 맞아요 상관님 이 여자는 바닥에 떨어지면서 즉사한 것이 확실합니다"

의사는 손전등을 끄는 것을 잊고 그냥 재킷 주머니에 넣었으므로, 천을 통해서 비치는 손전등의 초록색 불빛이 보였고, 경위는 장난스럽게 의사의 옷 위로 탁 때려서 스위치를 꺼버렸고, 아내들이 하듯이 정성스럽게 의사의 옷깃을 다듬어준 후, 엄지와 집게손가락으로 그의 턱을 잡으면서

"내가 만약 젊은 여자라면 우리 의사 선생님이 좋아지고 말겠어요 장관님"

그러자, 차마 턱을 잡아빼고 자유를 되찾을 용기가 없는 의사는, 사오 년 동안이나 경찰 본부에서 일하며, 취조 과정에서 정신을

놓아버린 수감자들을 디기탈리스 주사로 살려내고, 혈압을 재면서, 항상 흰 가운과 검은 안경으로, 거꾸로 매달린 사람들, 잠을 못 자서 지친 사람들로부터 자신을 숨겼고, 쇼크를 주는 전압을 올려 밀고에의 유혹을 자극했고, 설사약과 관장약을 활용하여 자백을 도왔으며, 법원 공판에 대비해 뼈를 다시 맞추고, 찰과상을 치료하고 상처를 꿰맸고, 말 많은 변호사가 상처를 감은 붕대를 트집 잡을 경우, 거기에 대해서는 판사가, 그건 재판과는 아무런 관련이 없는 개인적인 사안이라고 판단함으로써, 법정 모독이라고 변호사를 윽박지르고, 우리에게는 충고하기를, 변호사들은 항상 처음에는 약간 혼을 내줄 필요가 있다고, 의사는 구슬 같은 땀방울을 뚝뚝 흘리며 경위에게서 벗어나지도 못한 채, 경위를 따라서 함께 웃었고, 경위의 칭찬에 감사를 표했고, 나는 그 소동을 종결 짓고 자리를 뜨는 대신에 팔을

(오, 모든 것이 얼마나 생생한지 놀라울 뿐이다)

뻗어, 여죄수가 손에 낀, 결혼반지처럼 보이지만 은도 아니며, 닳아빠지고 낡아서, 거의 바스라지기 직전인, 오랜 세월 동안 피부의 마찰로 인해 거무스름하게 변한 싸구려 작은 반지를 뽑았고, 안경을 쓰고 자세히 들여다보니 반지에는 줄무늬와 장식들, 뱀과 도마뱀 등 이집트 상형문자를 모방한 문양이 찍혀 있었고, 보아하니 애인과 북아프리카 여행 중에 몇 푼을 주고 구입한 싸구려 기념품인 것이 확실했고, 그들은 비행기표와 호텔, 그리고 한 달 뒤에는 구리가 벗겨지고 놋쇠 몸체만 남을 구리 항아리, 한 달 뒤에는 올이 닳아 해어져서 버리게 될 양탄자 등을 살 돈을 모으느라 최소 한두 해는 절약을 했음이 분명하니, 튀니지나 알제리, 혹은 모로코에서의 일주일을 위해, 고기 경단을 맨손으로 집어먹으며, 기름에 튀긴 과자를 우물거리며, 어이없게도 행복해하면서, 검은 곱슬머리에는 밀짚모자를 눌러쓰

고, 목에는 목걸이 대신 가죽끈을 걸고, 형편없는 취향이 고른 긴 옷
을 걸쳤으리라, 나는

("무슨 일이 있었어요 프란시스쿠?")

나는 그녀가 부러웠고, 아니 그건 부러움이 아니라, 소망에 가
까웠으니, 그녀와 단둘이 손을 잡고 걷고 싶다는 소망, 당신은 내가
한 말을 정확히 그대로 옮겨야 하니, 나는 부끄럽지 않다고, 나는 너
무도 오랜 세월 동안 부끄러워했으므로, 이제는 조금도 부끄럽지 않
다고, 당신은 내 말을 그대로 옮겨야 하니, 내 소망은 그녀의 손을 잡
고 끔찍하게 더러운 뒷골목들을 누비고 다니는 것이었다고, 끔찍하
게 더러운 사기꾼들이 감언이설로 끔찍하게 더러운 똥덩이를 팔아
넘기고 있는 뒷골목에서, 우리는 깊이 감동하면서 최후의 동전까지
모두 긁어모으고, 점심식사와 탕헤르 방문 계획까지도 취소하면서,
그 똥덩이를 집어가기 위해서, 복잡한 산술을 동원하여 동전들을 계
산하고, 페드로우수스의 방 세 개짜리 아파트를 모직 벽걸이와 버드
나무 바구니로 장식할 꿈에 부풀 것이니, 그것과 똑같이 생기고 똑같
이 끔찍한 물건들을 이곳의 모든 허름한 시장에서, 모든 지하철역에
서 살 수 있다는 사실은 생각도 하지 않은 채, 나는 그녀의 손가락에
싸구려 반지를 끼워주지만, 그해 겨울, 나는 점점 전화하는 횟수가
줄고, 극장에 그녀를 데려가는 일도 점점 줄고, 토요일의 저녁식사
자리에도 참석하지 않으니

"아무래도 독감에 걸린 것 같아 잘못하면 네게 옮길지도 모르잖
아"

"어쩌지 산타렝의 부모님을 만나러 가야 하는데"

"결산처리를 하면서 실수를 하는 바람에 그걸 메우려면 남는 시
간을 꼬박 그 일에 매달릴 수밖에 없어"

다섯 번째 비망록

나는 그녀를 피했고, 그녀와 만나는 일을 피했고, 그녀의 편지에 답장하지 않았으며, 그녀 친구들이 연락을 해서, 크루츠 케브라다에서 생일파티가 열리고, 갈매기들이 날고 하수관이 테주 강으로 흘러드는 그곳에서 사촌 한 명이 기타 연주를 할 거라고 초대를 해와도, 나는 직장의 동료들에게

"나 없다고 해"

그리고

(오, 모든 것이 얼마나 생생한지 놀라울 뿐이다)

우산을 펼쳐들고 집으로 돌아왔다가, 로비에서 나를 기다리고 있던 그녀의 검은 곱슬머리와 싸구려 반지와 맞닥뜨렸고, 뼛속까지 흠뻑 젖은 모습, 너무도 젖어서, 눈물방울을 구별할 수 없을 정도이므로, 그녀에게 눈물은 결코 보이지 않았으니, 물이 뚝뚝 흐르는 머리카락과 함께, 싸구려 반지는 입술을 깨물며 손목을 비틀었고, 커다란 천가방 속에서 물에 흠뻑 젖은 담뱃갑과 성냥을 꺼냈지만, 너무 젖은 성냥은 불이 붙여지지 않았고, 그러자 작은 반지는 머리를 한 번 흔든 다음에, 구두 뒷굽으로 빙그르르 돌아서서, 한마디 말도 없이 가버렸고, 한마디 말도 없이 빗속으로, 어깨를 움츠리는 법도 없이, 꼿꼿한 자세로, 서두르지도 않았고, 버스정류장을 향해 달리지도 않았고, 내가 문을 열자, 집 안에는 양탄자와, 코팅이 벗겨진 냄비들, 선반 위의 사진 하나, 튀니지나 알제리 혹은 모로코에서 찍은, 나는 그 모든 것을 멜랑콜리에 젖은 고고학자의 눈으로 둘러보았으며, 경위에게는

"의사에게 사망 확인서에 서명시켜 카자카"

겁에 질린 의사는, 우리가 그에게 자살이라도 강요할까 봐, 요원들의 냉소적인 박수를 받으며, 사환이 옆구리를 찔러 힌트를 주는

대로, 아무런 반항의 기색 없이 서류에 심장마비, 뇌종양, 혹은 폐색
전증, 아무거나 병명을 써넣었고

　"내가 만약 젊은 여자라면, 의사 선생님을 밤이고 낮이고 졸졸
따라다닐 텐데"

　달리 방법이 없으므로, 사망자 검시 따위의 절차는 생략되었고,
가족에게 인도된 관은 이미 못질이 되어 있었고, 장례 기간 내내, 그
리고 매장할 때도 우리 요원이 곁을 지키면서, 관을 열지 못하게 감
시했고, 나는 장관실로 가져온 반지를 탁자 위 시가 상자 안에 넣었
고, 그 싸구려 반지를, 나는 장담하건대, 누군가 그 반지를 가져가서
뭔가 다른 용도로 사용했을 것이니, 정확히 무엇인지는 알 수 없지
만, 비둘기 발에 끼우는 반지, 크리스마스 케이크 속에 숨겨놓는 반
지, 어쩌면 그들은 반지를 버렸을 것이니, 내 서류와 내 책들을 버렸
던 것처럼, 첫 번째 나와 두 번째 나는

　(오, 모든 것이 얼마나 생생한지 놀라울 뿐이다)

　동시에 입을 움직였고, 음절을 동시에 발음했고, 하나의 목소리
로 동시에 사과를 했고, 이 앞의 침대에 있는 너를, 그리고 다른 쪽의
너를 향해서, 두 개의 동일한 침대에 누워 두 개의 동일한 놀라움의
감정으로 나를 빤히 쳐다보고 있는 두 명의 동일한 너를 향해서

　"나도 모르겠어 왜 이러는지 나도 모르겠어 이상해 그러니 기분
나빠하지 마 미안해"

　항복해버린 두 명의 나는, 베개를 깔고 벌러덩 누웠고, 그러자
거울 속의 두 번째 네가 사라져버렸고, 나를 떠나버렸고, 첫 번째 너
는 욕실로 사라져버렸고, 물건들을 건드리는 소리, 서랍을 여닫는 소
리, 폭포처럼 쏟아지는 수돗물 소리, 그 소리들 때문에 나는 인도에
쓰러진 육신의 소리를, 의사의 펜이 사망진단서 종이 위로 사각이는

다섯 번째 비망록

소리를 듣지 못했고, 이제 혼자가 된 두 명의 나는, 서로를 응시했으며, 레인코트를 입은 네가 거울 속에 나타날 때까지도 서로를 계속해서 응시하고 있었으며, 거울 속에서 다시 사라져, 문 손잡이를 돌리는 순간까지도

"오늘 늦을 거예요"

그리고

(오, 모든 것이 얼마나 생생한지 놀라울 뿐이다)

그때 나는, 당시에는, 아니, 바로 그 순간만큼은, 아니 미안, 다시 말할 테니 고쳐주기를, 그때 내 확신으로는, 이제 너를 잃어버리게 되겠구나, 우리는 이렇게 서서히 멀어지겠구나, 이제 우리는 저녁 시간을 소파에서 보내는 것이 아니라, 각자 일인용 안락의자에 따로 따로 앉아, 서로 몸이 닿을 위험도 없고, 네 다리가 내 다리를 건드릴 일도 없고, 내 팔이 네 팔을 건드릴 일도 없고, 신문 반쪽은 네가 읽고, 다른 반쪽은 내가 읽고, 그러면서 서로 속으로는, 자신이 가진 신문에 브리지게임이나 십자말풀이가 있기를 기대하면서, 우리는 각자의 물잔으로 각자의 수면제를 삼키고, 연극적으로 과장된 큰 하품을 하면서, 실제보다 훨씬 더 피곤한 척 시늉을 하고, 내 생각에 그때 우리가, 아니 이렇게 고쳐주기를, 내 확신으로는, 아마도 그즈음해서 네가 그 남자를 알게 된 듯하고, 그의 감언이설에, 꽃다발에, 그의 끈질긴 공세에, 편지에 굴복하여, 그와 만나기 시작한 듯한데, 그때부터 너는, 일을 마치고 돌아오는 나보다 훨씬 더 늦게 귀가하기 시작했고, 그럴 때마다 말도 안 되는 엉뚱한 변명을 늘어놓았고, 교통체증이 심했다고, 그곳의 도로는 교통량이 거의 없는데도, 차가 고장났다고, 정비를 마친 지 며칠 지나지도 않았는데, 이전에는 한번도 이름을 들어본 적이 없는 고등학교 시절 가장 친한 여자친구가 우울증

이 너무 심한데, 너와 함께가 아니라면 절대 병원에 가지 않겠다고 해서 어쩔 수 없었노라고, 그런데 그 병원의 주소는 오 초마다 바뀌었고

"아니 왜 이상하게 자꾸 캐묻고 그래요 내가 거리 이름이나 주소를 잘 기억 못하는 건 당신도 알잖아요"

나는 확신하는데, 그때부터 수화기를 들고 소곤거리고, 키득거리고, 한숨을 쉬는 전화 통화가 시작되었고, 하녀들조차 대화의 정체를 파악할 수 있을 정도였고

예를 들자면

"나도"

예를 들자면

"물론이지"

예를 들자면

"대답이 뭔지는 당신도 알면서"

날착지근한 목소리, 녹아 흐르는 억양, 비밀의 교환, 나는 신문에 정신을 집중하려고 애쓰면서 네 말소리에 귀를 기울였고, 십자말풀이를 풀면서 네 말소리에 귀를 기울였고, 네가 목소리를 죽이면 죽일수록 내 귀에는 더욱 또렷하게 들려왔고, 네가 말수를 줄이면 줄일수록 나는 대화의 내용을 더욱 분명히 이해할 수 있었고, 조각난 파편들을 모아 계획을, 감정을, 약속을 구축해보았고, 이편에 있는 너도, 거울 속의 너도 커튼을 닫지는 않은 채, 나를 빤히 보면서 침대에서 몸을 나른하게 뻗었고, 조만간 너의 배는 완전히 없어질 것 같았고, 네 엉덩이 다리도 마찬가지, 너는 함부로 구겨놓은 형상, 물처럼 흐르는 실루엣일 뿐, 피곤한 기색으로 무심하게 나를 스쳐지나가는, 장관실에서 업무가 끝나면 나는 운전수에게 팔멜라로 가자는 말을

다섯 번째 비망록

할 수가 없으니, 거실이나 온실 아무 곳에서도 너의 모습이 없을까 봐 두렵기 때문에, 나에 대한 경멸처럼 바닥에 아무렇게나 던져놓은 네 옷가지에 걸려 비틀거리게 될까 봐 두렵기 때문에, 당황하고 주눅 든 티티나를 마주할까 봐 두렵기 때문에, 그래서 팔멜라가 아닌 아베니다 위쪽 경찰 본부로 올라갔고, 소령은 자기 사무실 문을 열고 깜짝 놀라서

"장관님 여기 어쩐 일이십니까?"

내 편지를 뜯어본 소령, 내 전화와 대화를 도청하고, 내 친구들을 감시하고, 팔멜라에는 내 행동을 보고하는 정보원들까지 심어놓고 있으며, 아마도 그건 정원사일 가능성이 높고, 아니면 무능한 수의사거나, 혹은 운전수, 내가 이미 알고 있다는 사실을 숨기기 위해서, 나는 그들을 해고하지 않았고, 소령은 식당에 있는 나를 촬영했고, 캄포 데 오우리크에 있는 내 피후견인 여자의 집에서 나를 촬영했고, 프라사 두 쉴르 거리의 내 피후견인 여자의 집에서 나를 촬영했고, 내가 의심하자 소령은 불같이 화를 내면서, 완전히 상처받아, 불쌍할 정도로

"제발 부탁이니 그런 모욕적인 말씀은 거두어주세요 장관님"

입구의 대기실을 지나, 슬프고도 좌절한 얼굴로 나를 사무실 안쪽 문서 보관실로 이끌어, 파일이 가득한 서랍을 하나하나 열어 보여주며

"내 말을 믿지 못하겠다면 얼마든지 뒤져보셔도 됩니다 담당자를 불러드릴게요 그가 이 파일 무더기를 조사하는 일을 도와드릴 겁니다"

소령은

(오, 모든 것이 얼마나 생생한지 놀라울 뿐이다)

나라 전체를 파일로 만들어 서류 캐비닛 속에 보관했고, 공산주의자들이나 외국인 같은 국가의 적들뿐 아니라, 우리를, 이해가 되는지, 우리 모두를, 심지어는 살라자르까지도, 심지어는 제독까지도, 심지어는 추기경까지도, 우리를, 우리 모두의 정보를, 담석과 전두골 염증까지 모두, 상처받은 소령은 슬프고도 좌절한 얼굴로

"마음대로 살펴보십시오 담당자를 불러드릴게요 그가 이 파일 무더기를 조사하는 일을 도와드릴 겁니다 장관님"

자신없는 말투로 운전수에게 팔멜라로 가자고 웅얼거리는 대신에, 나는 아베니다 위쪽 경찰 본부로 올라갔고, 영문을 모르는 소령은 내 뒤를 따라오며, 한 번은 왼쪽으로 한 번은 오른쪽으로, 두 음절로 이루어진 사인을 정신없이 보냈고, 이마의 머리가 회색인 소령은, 입술도 회색이고, 안경도 회색이었으니

"도대체 무슨 일입니까 장관님 도대체 무슨 일입니까 장관님 도대체 무슨 일입니까 장관님?"

나는 아베니다 위쪽 경찰 본부로 올라갔고, 계단을 질풍처럼 뛰어 올라가, 취조실 안으로 들어갔고, 지하 유치장, 행정실, 암호 해독실과 인체 측정실, 식당, 주점, 루아 이벤스 거리로 나가는 비밀 통로를 뒤졌고, 캐비닛들을 열어젖혔으며, 서랍과 탈의실을 샅샅이 검사했고, 기관총들을 치워보았지만, 아무것도 발견하지 못했고, 소령은 영문도 모르고 내 뒤를 따라왔고, 경위는 영문도 모르고 내 뒤를 따라왔고, 여단장도 어안이 벙벙한 표정, 의사는 죄수의 잇몸에 치과용 드릴을 박은 채 동작을 멈춰버렸고, 너는 세심브라의 한 호텔 침대에서, 사지를 나른하게 펼쳤고, 세심브라의 한 호텔 방에서 미소를 지었으며, 너는 세심브라의 한 호텔 방에서 나체로, 왼쪽과 오른쪽, 서로 대칭인 두 개의 절반으로 이루어진 방, 그러나 당시의 내가 찾고

있던 것은 실제의 너도, 거울 속의 너도 아니었고, 그것은 싸구려 반지, 튀니지나 알제리 혹은 모로코에서 산, 결혼반지처럼 보이는 조그만 싸구려 반지, 닳아빠지고 낡아서, 거의 바스라지기 직전인, 오랜 세월 동안 피부의 마찰로 인해 거무스름하게 변한 반지, 안경을 쓰고 자세히 들여다보면 줄무늬와 장식들, 뱀과 도마뱀 등 이집트 상형문자를 모방한 문양이 찍혀 있는 반지, 아니 잠깐만, 기다려요, 내가 착각을 했으니 수정해주시기를, 이야기를 처음부터 다시 해야겠어, 이번에는 정말로 정직하게

"쉬야 프란시스쿠 쉬야 아이구 정말 착하게 잘했어요"

정직함이란 그리 나쁘지 않은 것이, 정직해지기 위해서 별 비용이 드는 것도 아니고, 그러니 이렇게 기록을 하시기를, 내가 찾던 것은 반지가 아니라, 평범한 회색 스웨터, 평범한 회색 치마, 빗물에 흠뻑 젖은 검은 곱슬머리, 꼭 다문 아랫입술, 단단히 모은 두 손, 거친 캔버스 천가방, 젖은 담뱃갑, 층계참에서 불을 붙이려 했으나 성공할 수 없었던 성냥, 아무리 그어대도 사포 위에 빨간 줄만 남을 뿐, 마침내 사포는 다 망가지고, 갈기갈기 찢어져버렸으니, 내가 찾던 것은 머리를 흔들고, 구두 뒤축으로 빙그르르 뒤돌아서서, 말없이 가버린 여죄수, 의사는 자기 자신이라도 삼키는 것처럼, 커다란 소리로 침을 꿀꺽 삼켰고, 재킷 주머니 속에는 손전등이 켜진 채 불빛을 밝히고 있는 것도 알아차리지 못한 채, 그는 힘겹게 입을 열어 웅얼거리며 나에게 동의했으니

"이 여자는 바닥에 떨어지면서 즉사한 것이 맞아요 장관님 이 여자는 바닥에 떨어지면서 즉사한 것이 확실합니다"

여죄수는 비가 쏟아지는 밖으로 나갔고, 꼿꼿한 자세로, 버스정류장을 향해 걸었으며, 심지어 달리지도 않았고, 내가 문을 열자,

페드로우수스 거리의 집 안에는 양탄자와, 코팅이 벗겨진 냄비들, 선반 위에는 선글라스를 쓰고 찍은 사진, 나는 그 모든 것을 멜랑콜리에 젖은 고고학자의 눈으로 둘러보았으며, 망설이면서 생각하기를

"지금 나가면 그녀를 따라잡을 수 있을 거야"

내 머릿속에는 생각들이 소용돌이쳤으며, 공포와 불안이 나를 가득 채웠고, 현기증이 났고, 나가야 하나 말아야 하나, 나가야 하나 말아야 하나, 문으로 다가갔다가, 포기했다가, 다시 다가갔다가, 열쇠를 집어들었다가, 다시 열쇠에서 손을 떼었고, 의자에 앉았고, 리스본을 떠나 테주 강을 따라 카스카이스로 향하는 열차 소리가 들려왔고, 노란색 사각형 알로 이루어진 묵주의 떨림이 바닥으로, 내 뼛속으로 전달되었고, 내가 취조실로 되돌아가자, 요원 두 명이 탁자에 앉아 있었고, 그들 앞에는 한 남자가 비틀거리며 서 있었는데, 남자에게서는 수면 부족과 토사물의 냄새가 났고, 나는 그 자리에 죽은 듯이 움직이지 않고 서서 생각하기를

"그녀는 아마도 버스를 놓쳤을 거야 그래서 정류장에서 기다리고 있겠지"

죽은 듯이, 몸을 움직일 수도 없는 상태에서 생각하기를

"지금 당장 얼른 아래로 내려가자 그녀에게 잘못했다고 하고 돌아와달라고 하자 이렇게 사과하면 분명 바보 같겠지만 그래도 그녀는 사과를 받아주고 돌아올 거야"

내 레인코트를 걸친 그녀는, 젖은 머리를 손수건으로 닦으며, 맨발로, 구부러진 엄지발가락에, 사이가 지나치게 벌어진 발가락, 유감스럽게도 내가 결코 좋아할 수 없는 발, 왜 나는 발 따위에, 중요하지도 않은 신체 부위에 그토록 집착하는 걸까, 보통 사람들 눈에는 잘 띄지도 않는 작은 정맥류, 어깨의 백반증 반점, 맹장수술 자국, 왜

다섯 번째 비망록

나는 어린아이처럼, 말도 안 되는 흠을 잡아 누군가를 거부하게 되는 걸까, 말할 때 입술을 움직이는 모습, 포크와 나이프를 쥐는 모습, 코를 푸는 모습, 그런 사소한 특징들을 즉시 커다란 결함으로 만들어 그 사람을 피하는 구실로 삼으며, 그 사람과는 몸이 닿는 것도, 함께 사는 것도, 사랑을 나누는 것도 거부하고, 그리하여 혼자가 될 수밖에 없는 자신에게 엄청난 분노를 느끼고, 자기연민에 빠지고, 그러다 보면 자기연민이 마치 위로인 것처럼, 자기연민에 빠진 나로 인해 기분이 좋고, 처음에는 순전히 흠을 잡기 위한 구실이었지만 그 효과는 참으로 강력하여, 결국에는 그 사람의 피부나 목소리, 몸짓, 태도까지도 모두 견딜 수 없어지고, 그 사람의 모든 것이 거슬리고, 성가시고, 지루해지고, 도대체 내가 왜 그녀에게 끌렸던 걸까, 사랑에 빠졌다는 생각은 혼자만의 상상이었음에 틀림없어, 도대체 나는 왜 지하철 거지에게서 산 하찮은 싸구려 반지 하나에 그토록 열광하고, 은조차도 아닌 그것이 뭔가 특별한 물건이라도 되는 양 생각했을까, 도대체 어떻게 나는, 그냥 평범할 뿐인 회색 스웨터와 회색 치마에 사로잡히게 되었을까, 한마디 말도 없는 소녀의 검은 곱슬머리에 정신을 빼앗겼을까, 시내 모퉁이마다 수십 명씩 돌아다니는 그런 소녀 중 하나, 그런 소녀를 만나고 싶으면 빵집만 들어가도 되고, 관공서나 동네 미용실만 들어가도 충분한데, 여섯시 퇴근시간에 맞춰 전차정류장의 긴 줄에 서 있기만 하면 되는데, 도대체 왜 나는, 다 해어져서 올이 드러난 양탄자를, 코팅이 벗겨진 냄비를, 설사 그냥 준다고 해도 집시들조차 가져가지 않을 허접한 넝마를 잊지 못하는 걸까, 아무 생각도 할 수 없게 된 나는, 운전수에게 자신 없는 어조로 팔멜라로 가자고 하는 대신에, 아마도 잡지와 광주리, 혹은 카드놀이가 나를 기다리고 있을 팔멜라로, 그리고 침실에는 네가 나를 기다릴 것이니,

두 명의 네가, 이편에서, 그리고 거울 속에서, 잠든 척하면서 눈꺼풀을 파르르 떨 것이고, 침대 시트 속에서 팔다리를 나른하게 뻗은 자세로, 그런 팔멜라로 가자고 하는 대신에 매일 저녁 경찰 본부로 향했으니, 나는 왜인지 이유를 모르는 채, 유치장을 뒤졌고, 행정실과 복도, 캐비닛 속을 살폈고, 영문을 모르는 소령은 내 뒤를 따라오며, 한 번은 왼쪽으로 한 번은 오른쪽으로, 두 음절로 이루어진 사인을 정신없이 반복해서 보냈고, 이마의 회색 머리, 회색 입술, 회색 안경의 소령은, 내 인생을 파일로 정리해, 언젠가 나를 공격할 때 사용하려고 보관 중이었고, 그런데 그가 몰랐던 것은, 나는 일생 동안 내 인생을 나 자신을 공격하는 용도 이외에는 한번도 사용한 적이 없으니, 소령은 손짓으로 여단장을 진정시키면서

"도대체 무슨 일입니까 장관님 도대체 무슨 일입니까 장관님 도대체 무슨 일입니까 장관님?"

두 명의 요원 앞에 남자가 서 있던 취조실, 몇 시간 동안이나, 아니 며칠 동안이나, 어쩌면 몇 주일 동안이나 두 명의 요원 앞에 계속해서 서 있었을 것이 분명한 남자는, 이리저리 비틀거리며 간신히 몸을 지탱하고 있는데, 한쪽 눈썹이 갈색이었고, 코는 너덜너덜하게 찢어진 그 남자는 공산주의자, 국가의 배신자, 더러운 개새끼였으며, 휴가를 보내러 굳이 북아프리카로, 튀니지와 모로코로 간 미친놈이고, 이 더러운 배신자는 분명 손가락에 싸구려 반지를 낀 어떤 더러운 여자와 그렇고 그런 사이일 것이므로, 나는 그자에게 미친 듯이 욕설을 퍼붓기 시작했고, 두들겨패기 시작했고, 창가로 밀쳤다가, 창턱 위로 그의 몸을 구부려, 길거리로 던져버리려고 했으니, 요원들이 달려와 그자를 내 손에서 억지로 떼어내버릴 때까지.

다섯 번째 비망록

추가 진술

토요일 저녁, 모두가 돌아간 후에

　(내 삼촌과 숙모들, 대모님, 사촌들, 아버지의 동료들, 아직 생존해 있는 아버지의 사관학교 시절 친구들, 그리고 그 자리에 참석할수 있어서 고마워하는 가난한 사람들이 포도주잔을 손에 들고 있었는데, 하지만 감히 마실 엄두는 내지 못하고, 자리에 앉을 엄두도, 대화에 끼어들 엄두도 내지 못하고, 과거 아버지의 당번병들, 아버지를중령님이라고 부르는 그들에게 아버지는 편하게 이름을 부르며 반말을 했고)

　토요일 저녁 모두가 돌아간 후에는, 제멋대로 자리를 옮겨놓은소파, 바닥에 흩어진 신문, 수북한 재떨이, 그리고 기묘한 감정이 남게 되는데, 뭔가가, 어떤 사물이나 사건이 결여된 듯한 느낌, 비어 있다는 공허함, 슬픔의 느낌

　모두가 돌아간 후에, 우리만이 남게 되면, 아버지와 나는 베란다에 앉아서, 세하 드 신트라 산을 바라보았으니, 산 뒤편으로는 아제냐스 해변의 바다, 아드라가 해변의 바다, 사나운 파도 위 물새들이 분노의 눈물처럼 춤추며 날아다니는 두 개의 광폭한 바다, 눈에보이기도 전에, 두려움에 몸을 떠는 소나무들 사이로 그 존재를 먼저느낄 수 있었던 바다

　한 손에 위스키 잔을 들고 다른 손으로는 술병을 든 아버지는 혼잣말을 하면서, 계속해서 술을 마셨고, 정원의 담장을 응시했고, 하지만 담장을 보고 있지는 않았고, 나무들을 응시했고, 하지만 나무들을 보고 있지는 않았고, 불그스름해진 눈자위로 나를 응시했고, 하지만 나를 보고 있지는 않았고, 그렇게 우리 단둘이 있을 때면, 아버지

는 범포를 씌운 야외용 의자에 털썩 주저앉아서, 입가와 턱으로 주르륵 흘러내린 위스키가 셔츠 단추 위로 뚝뚝 떨어지는데도 아랑곳하지 않고, 꼼짝도 없이, 마치 잠든 사람이 꿈속에서 중얼거리듯이 혼잣말로

"양떼와 구름만큼 느린 것들은 세상에 다시 없을 거야"

저택 뒤편 에리세이라나 마프라로 향하는 길 위에는 길게 줄지어 이동하는 양떼, 주름진 산맥 위로 무리를 지어 흘러가다가 전나무 숲에 걸리곤 하는 구름, 위스키 잔과 병을 손에서 절대로 놓지 않으려고 술병 입구를 가슴팍에 꽉 끌어안은 아버지를 침실로 데리고 가느라 내 걸음걸이도 비틀거렸고

"양떼와 구름만큼 느린 것들은 세상에 다시 없을 거야"

아버지는 벽지의 퇴색한 꽃무늬 쪽으로 빙그르르 몸을 돌리더니, 훌쩍이는 아이처럼 어깨를 들썩였고, 그 바람에 술병이 이빨에 부딪히자 나는 걱정이 되어

"아버지"

양팔로 이불을 짚고, 아버지를 향해 몸을 구부리니, 그제야 알아차린 사실은, 아버지가 웃고 있다는 것, 유리잔과 술병을 부여잡고 웃고 있다는 것, 그가 군복 차림으로 신트라에 오던 날 아침처럼, 말 한마디 없이, 입맞춤 한번 없이, 모자와 말 채찍을 소파에 던져놓고, 곧장 알코올을 향해서, 술병이 있는 콘솔로 똑바로 걸어가던 날 아침처럼 웃고 있다는 것, 피부 아래서 덫에 걸린 생쥐가 미친 듯이 발광을 하는 것처럼, 그의 목 연골이 오르락내리락 뛰었고, 영문을 모르는 나는

"아버지 왜 그러세요?"

베란다에 선 아버지는, 정원의 담장을 응시했고, 하지만 담장을

다섯 번째 비망록

보고 있지는 않았고, 나무들을 응시했고, 하지만 나무들을 보고 있지는 않았고, 불그스름해진 눈자위로 나를 응시했고, 하지만 나를 보고 있지는 않았고, 텅 빈 하늘과 아드라가 해변의 성난 바다를 조사하듯이 살피며

"양떼와 구름만큼 느린 것들은 세상에 다시 없을 거야"

그날 이후 아버지는 두 번 다시는 군복을 입지 않았고, 두 번 다시는 병영으로 돌아가지 않았고, 일주일이 지나자 처음 보는 두 명의 남자가 초인종도 누르지 않고 무작정 집 안으로 불쑥 들어오더니, 계급 명칭도 생략한 채, 아버지를 불러 경고하고는

"아무 짓도 하지 않는 게 좋을 거야"

아버지와 함께 거실에 틀어박혀서, 몇 마디 협박을 내뱉으며, 아버지의 장교용 검과 서류 더미, 훈장 케이스들을 챙겼고, 돌아가는 길에 둘 중 상급자로 보이는 남자는 열린 자동차 창밖으로 집게손가락을 내밀어 우리를 가리키며

"아무 짓도 하지 않는 게 좋을 거야"

그들의 자동차는 흙받이로 화분을 쳐서 쓰러뜨렸고, 타이어로 화단 가장자리를 둘러친 벽돌을 부서뜨린 다음, 자갈을 회오리바람처럼 튀기며 사라지는 동안에도, 여전히 집게손가락은 자욱한 먼지 구름 사이로 튀어나온 채 우리를 가리키면서, 경고의 의미로 흔들거리고 있었고

"아무 짓도 하지 않는 게 좋을 거야"

그들은 서랍이란 서랍은 모조리 열어젖혀, 물건들을 전부 뒤죽박죽으로 만들었고, 사진들을 찢었고, 편지들을 파기해버렸으니, 아버지는 베란다 범포 의자에 쪼그리고 앉아, 한 손에는 유리잔, 다른 손에는 술병을 들고, 아버지는 웃고 있었고, 웃음을 도저히 멈출 수

가 없었고, 아버지는 흐느끼는 사람처럼 어깨를 들썩였고, 아버지는 재미있어 어쩔 줄을 모르며

"그 미친놈들이 나를 군대에서 쫓아내버렸지 뭐냐 이자벨 그래서 나는 이제 민간인이다"

어머니의 편지가 갈기갈기 찢긴 채 바닥에 흩어져 있고, 고운 분홍색 리본이 찢겨 있고, 조부모님의 편지도 찢겨 있고, 해군 조종사였지만 그가 몰던 비행기가 테주 강 합류점에서 추락하고 말았던, 내 아버지 동생의 편지도 찢겨 있고, 아버지는 자신의 동생에 대해서 한마디도 이야기한 적이 없으므로, 사람들은 아버지가 원래 외아들인 줄로 생각했지만, 그래도 아버지는 결혼반지뿐 아니라 동생의 반지도 함께 끼고 다녔으며, 나는 종종 아버지가, 새끼손가락의 그 반지를, 마치 쓰다듬는 것처럼, 문지르고 있는 것을 목격했고, 아버지는 재미있어 어쩔 줄을 모르며

"그 미친놈들이 나를 군대에서 쫓아내버렸지 뭐냐 이자벨 그래서 나는 이제 민간인이다"

나는 아버지가 행복해한다는 사실이 행복했고, 아버지가 웃는 것을 볼 수 있다는 기쁨으로 함께 웃었고, 아버지의 웃음에 따라 술병이 유리잔 가장자리에 부딪혔으므로, 유리잔을 깰까 봐 겁이 난 나는

"아버지"

아버지는 편지 조각들을 탁자 위에 올려놓고 맞춰보려고 시도했다가, 결국 포기하고는, 어깨를 들썩이며 웃기를 멈추지 않은 채, 다시 더 작게 갈기갈기 찢어버렸고, 한창 웃어대면서 머리를 들어 나를 향해

"그 미친놈들이 그 미친놈들이"

아버지는, 일 년 내내 베란다에서 정원의 담장을 응시했고, 하

지만 담장을 보고 있지는 않았고, 나무들을 응시했고, 하지만 나무들을 보고 있지는 않았고, 나를 응시했고, 하지만 나를 보고 있지는 않았고, 그러다 밤이 되면, 어둠 속에서 잔이 부딪히는 소리와 희미한 유리의 반짝임 때문에, 아버지를 알아볼 수가 있는데

"양떼와 구름만큼 느린 것들은 세상에 다시 없을 거야"

사복 차림의 경찰들, 상급자인 남자와 그 누구의 상급자도 아닌 부하 한 명은, 이후에도 종종 우리 집을 찾아와서, 초인종도 누르지 않고 불쑥 집 안으로 들어왔고, 흙받이로 화분을 쓰러뜨리고 타이어로 화단 가장자리 벽돌을 부서뜨리고, 내 팔을 잡아 부엌으로 밀어넣었고

"여기서 기다려요 아가씨는 여기서 기다려요"

아버지를 비난하는 이유가 무엇인지, 무엇 때문에 아버지를 위협하는지 나는 전혀 알지 못하는 채로, 그들은 아버지를 차에 태워 갔고, 하루나 이틀이 지난 후에, 면도도 못한 몰골로, 손목에는 붕대가 감기고 이마에는 상처가 난 아버지를 다시 신트라의 집으로 데려왔고, 그러면 또다시 자갈이 회오리치며 날아오르는 먼지바람 속에서, 차창 밖으로 집게손가락이 나타나

"아무 짓도 하지 않는 게 좋을 거야"

바지의 솔기가 다 뜯어진 아버지는, 모양이 변한 듯 보이는 코에 젖은 수건을 올리고, 콘솔 위의 술병에서 위로를 찾았고, 술을 이마의 상처를 닦는 소독제와 면도용 애프터셰이브로 사용했으며, 아래쪽, 내가 어린 시절에 늘 놀던 장소에는, 용설란 사이로 바람이 불고, 용설란 뒤편에는, 우물로 이어지는 홈처럼 파인 작은 길, 양치류 식물 위에서 춤추는 물줄기, 그 길 위에 서 있던 한 명의 경찰관은, 내가 창가에 나타날 때마다 인사를 건네고, 입으로 키스 모양을 만들어 날

리는가 하면, 내 다리를 쳐다보면서 휘파람을 불어댔고, 그래서 나는 아버지에게 하소연했으나

"아버지"

경찰관은 아버지의 면전에서 내게 싱글거렸고, 낯 간지러운 말을 속삭이고, 나와 함께 한 시간을 보내는 데 특별할인가를 적용해줄 수 없느냐고 아버지에게 물어오기까지 했으며, 그렇지만 아버지는 아무런 대꾸 없이, 한 손에 위스키 병을 들고 다른 손에는 술잔을 들고, 복권 판매인처럼, 줄무늬 하나 없는 제복 차림에, 용설란 사이로 바람이 불었고, 태양을 닮은 어떤 것이, 나무들 우듬지에서 번쩍였고, 경찰관 때문에 화가 머리끝까지 난 나는

"아버지"

웃음이 터져나온 아버지는 어깨를 심하게 들썩이며, 엄습하는 중력에 저항하여 몸을 똑바로 지탱해보려고 안간힘을 썼고, 경찰관은 담배꽁초를 아버지의 몸에 집어던진 후, 아버지에게서 관심을 거두고는 우물을 향하는 길로 돌아가버렸고

"불쌍한 놈"

그리고, 사복경찰을 태운 차가 다시 온 어느 날 저녁, 정원의 대문을 거리낌없이 통과하여, 화분을 엎고 화단 가장자리 벽돌을 부서뜨린 그들은, 이번에는 상급자인 남자와 그 누구의 상급자도 아닌 부하 한 명이 아니라, 상급자인 남자와 그의 상급자인 남자였는데, 상급자의 상급자는 상급자보다도 더 젊었으며, 머리에는 모자를, 이빨 사이에는 시가를 물었고, 물방울 무늬가 있는 고무 멜빵, 처음에는 운전석에 앉아 있던 상급자는, 터덜터덜 걸어나와 자동차의 반대편 문을 열었고, 수선화를 망가뜨리면서 상급자의 상급자를 현관 앞까지 안내했고, 아버지와 내가 마치 거기 있는 미장이나 배관공인 듯이

다섯 번째 비망록

"이쪽입니다 국무부차관님"

국무부차관은 손으로 바지 멜빵을 튕기면서 내 앞에 서서, 자기 부하가 하는 말은 듣지도 않은 채, 담배 연기 때문에 기침을 하면서, 자기 부하의 존재는 까맣게 잊었고, 아버지를 까맣게 잊었고, 거실로 들어가 아버지를 욕하고 협박하는 일을 까맣게 잊었고, 나는 그의 바지 멜빵에 있는 물방울 무늬에 매료되었으며, 고무가 늘어나거나 줄어들 때마다 커졌다가 다시 작아지는 무늬, 우물로 가는 길 나무 뒤에 숨은 경찰관은, 내게 한번도 수작을 건 적이 없고 한번도 내 다리를 보고 휘파람을 분 적이 없었다면 얼마나 좋았을까 간절히 바라고 있었고

지빠귀는 소나무에서 소나무로 날아다니는데, 관절염의 고통을 호소하는 물 펌프, 눈앞이 보이지 않는 시가 연기가 가득한 세상, 그 안에서 바지 멜빵이 튕기며 파열했고, 상급자는 마치 부끄러운 물건인 양, 손님이 방문했을 때 가장자리가 너덜너덜하고 구멍이 난 식탁보를 치우듯이, 어딘가로 숨겨버리고 싶은 태도로, 내 팔을 붙잡고 국무부차관에게 보고하기를

"이 여자가 딸입니다"

그러자 국무부차관은, 송아지를 끌 듯이 나를 잡아당기고 있는 상급자에게

"잠깐만 기다려봐 카밀루"

그는 우리와 함께 산을 향한 베란다에 자리를 잡았고, 아버지에게 큰 세심함을 보였으며, 쓰러진 화분을 일으켜 세웠고, 부서진 벽돌을 다시 화단 가장자리에 가지런히 놓았고, 요원들이 불쾌하게 군 것과 짓밟힌 수선화에 대해서 용서를 구했고, 덕분에 상급자는 화가 나서 자동차 안에서 안절부절못하며, 자신의 감독관에게 좌절에 가

득 찬 보고서를 썼고, 그동안 국무부차관은 지극히 예의바른 태도로 화장대 위 어머니의 사진을 가리키며

"이분이 중령님 부인인가요?"

마치 아버지가 아직도 장교 신분이고, 복권판매인이나 입는 제복 따위는 걸치지 않았다는 듯이, 단번에 어머니의 사진을 치워버린 아버지는 어깨를 들썩이며 웃음을 터뜨렸으며, 국무부차관은 감송향과 초콜릿, 향수를 들고 나를 찾아오기 시작했고

"그냥 프란시스쿠라고 불러줘요 이자벨"

나를 팔멜라로 데려가, 개구리로 까맣게 뒤덮인 진흙의 지평선을 가리켜 보이며

"이곳이 우리 땅이야 이자벨"

그렇게 하여 나는, 그로부터 일 년 뒤에, 천사 석상들이 재주를 넘다가 레몬나무에 부딪히는 소리에 잠에서 깨어나게 되었고, 한밤중에는 내 뺨을 태울 듯이 가까이 와닿는 시가 때문에 잠에서 깨어나게 되었으니

"나를 사랑하는 거 맞지 이자벨, 그렇지?"

그렇게 하여 나는, 그로부터 일 년 후에, 까치와 까마귀들 때문에 걷다가도 비틀거릴 지경인 이곳, 일 년 내내 상복만 입고 있는 고용인 여자 한 명이, 하녀들, 요리사, 트랙터 기사, 내 아들까지도 좌지우지하는 이곳에서, 나는 너도밤나무의 소리, 저택의 주춧돌을 갉아먹는 팔월의 벌레들 소리를 들었으며, 셰퍼드들과 고독, 그리고 풍차에 진력이 난 나머지, 다른 삶을 사는 다른 여인으로 변신하고자 머리를 염색하고 손톱을 칠했고, 제발 오늘 밤만은, 걱정이 많은 시가가 내 뺨을 태우지 않기를 기원하면서 잠자리에 들었으나

"나를 사랑하는 거 맞지 이자벨, 그렇지?"

다섯 번째 비망록

나는 단 한번도 사랑이 무엇인지 깊이 생각해본 적이 없었고, 아버지를 사랑한다는 것, 남편을 사랑한다는 것, 아들을 사랑한다는 것, 그것이 그토록 중요하고, 그토록 불가피한지, 사랑하기만 하면 삶이 덜 슬프거나 덜 힘들어지는지, 침실의 그림자들이 놀라서 벌떡 잠에서 깨어난 가운데 점점 커다랗게 가까이 다가오는 시가에게 나는 정말로 묻고 싶었는데

"도대체 사랑이 뭔데요 프란시스쿠?"

그래야 한밤중, 공포와 불안에 떨면서 잠에서 깨어난 내가 그의 질문에 대답을 할 수 있을 테니까, 신트라의 집 베란다에서 양떼와 구름을 세다가, 의자에서 미끄러지는 바람에 유리잔이 술병에 쟁그랑거리며 부딪히게 하던 아버지는 나에게 그런 질문을 한 적이 한번도 없었고

"나를 사랑하는 거 맞지 이자벨, 그렇지?"

거실 양탄자 위에 앉아 장난감을 해부하고 노는 내 아들 역시 마찬가지였고

"나를 사랑하는 거 맞지 이자벨, 그렇지?"

나는 대답을 망설였고

"그래요 당신을 사랑해요"

다른 대답 역시 하기를 망설였고

"아뇨 당신을 사랑하지 않아요"

왜냐하면 당신을 사랑하거나 사랑하지 않는 것은 둘 다 동일한 무의 양면에 불과했기 때문에, 무의 벌레들, 사면의 벽이 완전히 무너질 때까지, 혹은 수평의 그림자와 수직의 그림자만이 남고, 그 안으로 들어서는 우리 두 사람의 그림자만이 남게 될 때까지 집의 주춧돌을 파먹는 벌레들, 내 어머니는 단 한번도 우리를 사랑한다고 말하

지 않은 채로 죽었고, 우리에게 자신을 사랑한다 말하라고 시키지도 않았으며, 장례식을 마친 우리가 신트라로 돌아왔을 때, 집 안의 자질구레한 사물들은 변함이 없었고, 가구들의 위치가 바뀐 것도 아니고, 빛의 색조가 달라지지도 않았고, 어머니의 부재는 사물의 불변이라는 사실 속에 깃든 채로, 전날부터 내리던 비는 여전히 계속해서 내렸으며, 일주일 내내 그치지 않을 기세였고, 어머니의 죽음 이후에도 비는, 어머니가 살아 있을 때와 조금도 다르지 않은 같은 비였고, 술렁이는 용설란의 목소리 속에는, 어머니가 살아 있을 때와 다름없는 무관심이, 사랑이든 사랑이 아니든 상관하지 않는 느슨한 무관심이, 사랑과 사랑 아닌 것을 넘어서는 무관심이 고여 있었으니, 왜냐하면 사랑과 사랑 아님은 사람의 외부에 있는 것이고, 사람보다 먼저 있는 것이지, 사람과 사람 사이에 있지 않고, 사람의 뒤를 따라서 오는 것도 아니므로, 그것은 밖으로 표출된 포장지, 속을 감싸는 껍질, 말라서 바스러진 표피 조각에 불과하므로, 그래서 나는 그날 저녁 페드루가, 내 아버지나 아들과 마찬가지로, 굳이 필요가 없기 때문에 그동안 한번도 하지 않았던 질문을 했을 때

　　"나를 사랑하는 거 맞지 이자벨, 그렇지?"

대답하기로 결심했고

　　"그래요 당신을 사랑해요"

　　그가 내민 손을 받아들이기로 결심했고, 그가 내 핸드백에 사랑의 메모를 슬쩍 집어넣는 것을 모르는 척하기로 결심했는데, 비록 내 눈에는 그가 좀 우습고 이상하며 연극적으로 보이기는 했지만, 행동뿐만이 아니라 바라보는 시선이나 목소리, 과장하는 표현까지도, 하지만 나는 그와 전화 통화를 하기로, 그의 편지를 읽기로 결심했는데, 그의 편지는 수화기를 통해서 듣는 그의 말과 똑같았으며, 단지

다섯 번째 비망록

목소리가 잉크로 대체되었고, 덕분에 똑같은 거짓말이 더욱 감동적으로 들린다는 것뿐, 나는 광장의 느릅나무 아래서 그와 만났고, 그의 팔꿈치가 내 팔꿈치에 닿았고, 그의 손은 내 다리를 만졌으며, 그의 숨결이 내 목덜미에

"이자벨"

나는 아무런 느낌이 없었으며, 뭔가를 느끼고는 싶었으나 아무것도 느낄 수 없었고, 단지 어느 극장의 이 층 관람석에 앉아서 참을 수 없이 짜증나는 대사를 듣고 있는 것이 분명하다는 확신뿐, 광장을 떠난 우리가 세심브라의 한 호텔로 가는 동안에도, 그의 손은 내 옷자락을 구겨뜨렸고, 얼굴에 일그러진 미소를 짓는 바람에 나는 웃음을 터뜨릴 수밖에 없었고, 어부들이 고깃배에서 그물을 던지고 있는 해변 언덕 위 세심브라 호텔, 대여섯 척의 고깃배, 그릇 가게에서 파는 싸구려 그림처럼, 우리는 그런 그림을 결코 사지 않으니, 너무도 촌스럽고 유치하기 때문에, 페드루는 숙박 명부를 작성했고, 예절 바르게 미소 짓는 종업원을 향해 윙크를 날렸고, 종업원은 그에게

"편히 쉬십시오 사장님"

그동안 나는 너울대는 파도를 바라보면서 생각하기를

"이런 것이 사랑일까 바로 이런 것이 사랑일까?"

그런데 실제로 페드루에게 사랑이란 이보다 더 대단한 일은 아니었으니, 헝겊 인형이 늘어선 진열장, 나자레의 남녀 어부들, 미뉴 전통의상을 걸친 여자들, 책이 꽂힌 책장, 지도와 엽서, 바에 앉아 있는 반바지 차림의 외국인들, 머리를 말꼬리처럼 묶어 늘어뜨린 피아니스트, 육 층으로 올라가는 엘리베이터, 해변이 내려다보이는, 발코니 딸린 방, 해변은

왜인지는 알 수 없지만

소름 끼치게 흉해 보였고, 어부들과 다섯 척의 어선, 조금 전에 보았던 바로 그 해변인데도, 호텔방에 들어온 다음에야 나는 페드루에게 사랑이란 머리맡에 그림이 걸린 침대와 동의어라는 것을 알게 되었고, 그 그림의 화가는 해변이란 것을 발명한 당사자가 분명하며, 나는 침대에 누웠고, 그리고 페드루도 내 곁에 누워, 내가 생전처음 들어보는 말들을 속삭였으니, 내 추측으로는 아마도 사랑에 관한 말 같긴 하지만, 그에게 사랑이란 원칙적으로 침대를 의미하고, 그다음은 축축하게 벗겨진 천장의 장식물만 마냥 뚫어지게 바라보고 있다가, 마침내 내 몸에서 떨어지면서 당황한 척 말하는 것

"어이쿠 시간이 이렇게 늦어버렸네"

따지고 보면 그의 사랑이란 것은 프란시스쿠의 사랑과 크게 다를 것이 없었고, 단지 차이라면 좀 더 빠르고, 좀 더 이기적이며, 덜 다정하다는 것, 페드루에게 사랑은 우리가 황급히 옷을 주워들고 서둘러 입는 일과 다르지 않았으며, 페드루는 거울 앞에서 초조한 듯 머리를 빗었고, 나를 아예 모르는 사람인 듯, 혹은 너무 잘 아는 사람인 듯 취급하며

"여기서 나가자 여기서 나가자 늦어서 큰일났어"

따지고 보면 그의 사랑이란 것은 팔멜라의 광장에 자동차를 세우고 한쪽 뺨에 입 맞추면서 다른 쪽 뺨을 살짝 쓰다듬으며

"이제 내려 여기서 집까지는 택시를 타고 가 너무 늦어서 말이야 내가 전화할게 여기서 내려 꼭 전화한다고 약속할게"

나는 그에게 그 무엇도 해달라고 매달리지 않았고, 아무것도 원하지 않았고, 내 소망은 오직 나 홀로 있고 싶었고, 혼자가 되고 싶었을 뿐, 무의미한 질문으로 취조하고 고문하는 남자들을 벗어나

"나를 사랑하는 거 맞지 이자벨, 그렇지?"

다섯 번째 비망록

나 홀로 신트라의 베란다에 앉아서, 용설란 위로 번져가는 석양을, 숲 속으로 가라앉는 석양을 온몸으로 느끼고 싶었을 뿐, 완벽하게 홀로인 나로 거기 앉아서, 불쾌한 중량을 견딜 필요도 없고, 나를 사랑한다고 주장하는 말을 들어줄 필요도 없고, 한밤중에 나를 깨워서 난데없이 퍼붓는 질문에 대답할 필요도 없이

　　"이자벨"

　　홀로, 정원의 천사상들이 없는 곳에, 호텔방에 걸린 그림이 없는 곳에, 생의 마지막 날까지 홀로, 양떼가 부재하는 베란다에, 구름이 부재하는 베란다에 앉아, 왜냐하면 나는 오직 완벽하게 홀로이고 싶으니까, 그들로부터 멀리 떨어져, 그들의 두려움과 조바심으로부터 멀리 떨어져, 처음에는 미친 듯이 안달을 하다가, 나중에는 하찮은 듯 경멸하는 그들로부터 멀리 떨어져

　　"이제 내려 여기서 집까지는 택시를 타고 가 너무 늦어서 말이야 늦어서 큰일났어 여기서"

　　왜냐하면 나는 오직 홀로이기를 원했으므로, 리스본에 아파트를 구했고, 거실 하나에 유리 발코니가 있는 집, 아무도 나를 방해할 수 없고, 나를 지겹게 하지 않고, 나를 찾아오지도 못하고, 나를 건드리지도 않으며, 나에게 아무런 질문도 하지 못할 곳, 내가 조용히 살 수 있는 곳, 그 누구도 나만의 정적을 파괴하지 못할 곳, 한두 번 페드루가 찾아왔고, 한두 번 프란시스쿠가 찾아온 것만 제외한다면 완벽한 정적, 눈물을 흘리는 방문자들, 그들의 눈물은 나를 사랑하다는 주장이었고, 침묵의 창가에 앉아, 언젠가는 맞은편 건물들이 사라져 버리고 그 자리에 신트라의 양떼와 신트라의 구름이 나타나리라고, 그 자리에 바다가 나타나리라고, 하염없이 기다리는 내 소망을 사랑하지 않는다는 주장이었다.

진술

내가 떠나기 전에, 당신에게 부탁이 하나 있는데, 내 멍청이 아들녀석에서 말을 좀 전해달라는 것, 오늘 밤, 병원 경비원이 잠들자마자, 수액 호스를 빼고 팔을 묶은 붕대를 풀어버리고, 침대에서 일어나, 사람들이 옷장 속에 넣어둔 내 옷을 꺼내 입고, 셔츠와 재킷, 바지, 구두, 그리고 모자, 고무 멜빵의 길이도 몸에 맞게 새로 조절해야겠지, 그사이 나는 분명 좀 말랐을 테니까, 발끝으로 걸어 복도를 통과하여, 병원 옆 작은 광장에서 처음 눈에 들어온 택시를 불러세우고, 팔멜라로 가는 것은 조금도 어렵지 않으니, 이자벨과 티티나가 나를 기다리는 팔멜라로, 나 때문에 이미 오래전부터 걱정을 많이 하면서, 내 행방을 문의하려고 장관실에 전화를 걸고 병원과 경찰서마다 전화를 걸었을 이자벨과 티티나, 그들이 얼마나 초조해하고 있을지, 눈에 보이듯 선하니, 테라스에서 왔다갔다하며, 혹시 내가 오지 않을까 펠라르고늄 꽃 사이로 끊임없이 대문 쪽을 힐끔거리고, 그러다 사이프러스 가로수길을 올라오는 자동차 엔진 소리가 아주 희미하게 들린다고 느끼면, 이자벨과 티티나는, 두 눈에 눈물을 머금은 채 무지갯빛 미소를 띤 환한 얼굴로 나를 향해 달려올 것이니, 그들은 내 멋진 모습을 보게 되리라, 얼굴색도 아주 좋고, 눈 아래 그늘도 없고, 피곤의 기색도 하나 없는, 티티나는 부엌에서 내게 줄 저녁을 데우고, 이자벨은 소파 위 내 옆에 앉아, 무슨 일이 있었던 것인지 질문을 퍼붓고, 나는 그들에게 설명을 해주겠지만, 너무 놀라지 않도록, 알발라드의 요양원이나 노인들, 요강에 대한 것은 생략할 것이고

"쉬야 프란시스쿠 아이구 착해요 이렇게 착한 쉬야라니"

그들이 나를 상이군인이나 병자처럼 취급하여, 수프나 야채죽

을 강제로 떠먹이려고 내 목에 둘렀던 턱받이 냅킨도 생략할 것이고, 내가 지금 이곳에서 겪은 일들은 전혀 말하지 않을 것이니, 당신 또한 지금 들은 이야기를 아무에게도 말해서는 안 되며, 나는 예상치 못한 긴 시간 동안 집을 비웠던 것에 대해 사과하고, 몇몇 장군들과 배은망덕한 몇몇 민간인들이 엘바스나 브라가에서 살라자르에 반대하는 음모를 꾸몄다고, 그 일을 해결하고 사태를 정상으로 돌려놓느라 정신이 없었고, 회유와 협박으로 군대를 되돌려 보내고, 징역판결도 내려야 해서 시간이 걸렸다고 설명할 것이며, 그사이 저녁식사는 식탁에서 차갑게 식어가고, 하지만 나는 티티나가 그것을 다시 데우지 못하게 할 것이니, 셰퍼드들의 기침소리를 들으며, 맛없게 식은 고기경단에 차가운 소스를 올려서 먹고, 거실에서 이자벨과 나란히 앉아, 시가에 불을 붙이고, 너도밤나무 숲을 휘도는 바람소리에 귀를 기울이며, 나는 행복하니, 이해하겠는가, 나는 행복하다고, 그러니 부탁인데 내 멍청이 아들녀석에게, 그 녀석이 이번주 토요일에, 멀찌 감치 떨어져서 나를 한번 흘낏 보고 갈 생각으로, 아무짝에도 쓸모없는 과자상자를 덜렁이면서 다시 여기 나타나, 내 상태를 염탐하고, 재차 확인을 위해 직원에게 다짐을 받듯이

"아버지는 사람들이 하는 말을 전혀 못 알아듣는 것이 맞죠?"

그때 아들녀석에게 말해주기를 부탁하니, 나는 떠났다고, 팔멜라로 갔다고, 세상의 모든 돈을 다 준다고 해도 두 번 다시는 이곳에 돌아오지 않는다고, 내일 아침 아홉시면 나는 이미 테헤이루 두 파수 정부청사에 앉아서 서류에 서명하고 있을 것이고, 심장이 조여드는 이 압박감도 더 이상 느끼지 않을 것이고, 호흡 곤란도 사라질 것이라고, 부탁이니 멍청이 아들녀석에게 이렇게 말해주기를, 나는 다시 서른 살로 되돌아간 것만 같다고, 이해하시는지, 나는 지금 머리털

다섯 번째 비망록

도 온전히 다 갖고 있고, 주름살은 하나도 없고, 배에도 군살 하나 없으니, 서른 살로, 이자벨이 나를 떠나기 이전으로 되돌아간 것만 같다고, 나는 일생 동안 확신하고 있었는데, 그녀가 다른 남자를 좋아하게 된 것은 순전히 변덕 탓이고, 변덕으로 인한 착각일 뿐, 대단치 않은 감정이라고, 나는 일생 동안 확신하고 있었는데, 이자벨은 나를 필요로 하고, 나를 좋아하고, 결국은 나와 함께 늙어갈 거라고, 정원의 정자에 나란히 앉은 우리는, 서로 말을 나눌 필요도 없이, 다정함을 굳이 표현할 필요도 없이, 감상적인 표정을 지을 필요도 없이, 이자벨은 팔멜라로 돌아왔고, 너무도 당연히 가방을 들고 팔멜라 저택으로 돌아왔고, 아무 일도 없었다는 듯이, 그리고 실제로 아무 일이 없기도 했고, 내가 테라스에서 신문을 읽을 때, 티티나 대신 나에게 차를 따라주는 이자벨은, 장미 정원 앞에 자리를 잡고, 그냥 앉아서, 기껏해야 더위에 대해서 한마디 정도 할 뿐이고, 바람 한점 없는 날씨에 대해서 한마디 정도 할 뿐이고, 마른 가지를 잘라내지 않고 온실을 황폐하게 내버려둔 정원사에 대한 불평 한마디 정도, 내 삶은 다시 있어야 할 자리로, 내가 원하는 본래의 모습으로 돌아오고, 그러니 내가 할 일은, 오늘 밤 경비가 잠들기를 기다리는 것뿐, 그때까지는 그들에게 몸을 맡기고, 그들이 씻겨주는 대로, 파자마를 입혀주는 대로, 면도를 시키고 수면제를 먹이는 대로, 젖은 빗으로 내 머리칼을 귀 뒤로 빗겨주는 대로, 얌전히 있는 것뿐, 내가 주의할 것은, 소령의 비밀경찰이, 혹은 카에타누의 부하들이 병원 옆 광장에서 나를 감시하는지, 예전의 경위가, 예전의 여단장이, 나를 보면 넥타이를 바로하고 웃옷의 단추를 채우며 서둘러 부동자세로 인사를 올리던 예전의 요원들이 나를 감시하는지 확인하는 일, 나는 장담할 수 있는데, 그들은 당시에, 내가 궁정으로 들어가지 못하도록 나를 체포하여 그대로 사살하라는 명령을 받았을 것이 분명하고, 하지만 나는 당당하게 궁정으로 들어설 권리가 있으니, 거기서 침해당한 질서를 바로잡고, 군대의 위계를 세우며, 돼지우리를 청소하고, 똥무더기 나라를 통솔하여, 필요한 곳마다 따귀를 후려치고, 몇몇 신문을 쥐죽은 듯이 조용하게 만들고, 인민을 쥐죽은 듯이 조용하게 만들어야 하니까, 어차피 인민은, 그렇게 쥐죽은 듯이 입 다물고 살기를 원하므로, 이건 정말이니, 인민이 사랑하는 것은 바로 그렇게 쥐죽은 듯 입 다무는 삶, 어쨌든 우리가 하던 얘기로 돌아가서, 이 나라에서 나를 따르는 누군가가 있을 것이므로, 나를 기억하고 나를 존경하는 사람이 한 명이라도 있을 것이므로, 당신이 내 팔의 붕대를 풀어주기만 한다면, 내 이야기를 듣는 일은 이제 그만두고 대신에 내 팔에 꽂힌 수액 호스들을 떼어주기만 한다면 좋겠는데, 당신도 보다시피, 그들이 나를 단단히 묶어놓아서, 나는 왼팔 하나만 자유로운 상태니까, 당신도 보다시피 이걸 풀려면 일이 복잡하므로, 당신이 뭔가 핑계를 대서 내 곁에 머물 수민 있다면 좋겠는데, 예를 들어서 내가 당신 대부이고, 당신은 나를 보려고 멀리 시골에서 왔다고, 혹은 당신은 이민자라서, 두 시간 후에 캐나다로 돌아가야 한다고, 그래서 당신이 내 곁에 머물면서, 내가 일어서는 것을 도와준다면 좋을 텐데, 내 몸은 그사이에 많이 쇠약해졌을 테니까, 비록 내 저항력이 강하다고는 해도, 그동안 침대에만 누워서 보낸 오랜 세월이, 수프와 복숭아 통조림 식사가 나를 어느 정도는 녹슬게 했을 것이 분명하니, 그렇다고 당신이 나를 둘러업어야 하는 건 아니고, 단지 처음 몇 발자국만, 여기서 저 장롱까지 걸음을 옮길 때만 약간 부축이 필요할 뿐, 몸이 걷는 것에 익숙해지고, 근육이 기력을 회복할 때까지만, 그리고 옷 입는 것을 조금만 도와주고, 내가 늙은이들의 한숨으로 가득한 복도를 걸어

다섯 번째 비망록

갈 때, 불을 켜지 말고, 바깥 광장에 나간 다음에야 나는 한숨 돌릴 것이고, 당신은 걱정할 필요가 조금도 없으니, 일 마일 떨어진 거리에서도 나는 비밀경찰을 알아볼 수가 있으므로, 당신이 지금 대화를 나누는 상대가 누구인지를 생각해보기를, 경찰들의 속임수, 경찰들의 습성, 그들의 변장술이라면 나는 모르는 것이 없으므로, 단지 경찰들이 미리 숨어서 나를 기다리고 있을 경우에 대비한다는 의미일 뿐, 내가 장관직에서 물러난 이후, 고양이가 나가버린 집 안에서 생쥐들이 식탁 위까지 돌아다니는 판국이니, 온 나라가 난장판이고, 온 나라가 썩어빠졌고, 일하는 자는 아무도 없고, 손가락 하나 까딱하는 자는 아무도 없고, 나라야 어떻게 되든지 말든지 아무도 관심이 없고, 하지만 다행히도 나는 아직 죽지 않았으니, 아직은 이 나라가 외국의 수중에 넘어가버릴 재앙을 막아낼 힘이 나에게 있으니, 이 나라를, 지저분한 바다와 대성당으로 이루어진 이 코딱지만 한 나라를 구출할 힘이 있으니, 그리고 당신은 이자벨이 팔멜라에 없다고 했는데, 그건 사실이 아니야, 이자벨은 돌아왔으니까, 내 며느리의 가족들이 팔멜라 땅을 차지했다는 말도 사실이 아니야, 나는 그런 일을 결코 허용하지 않을 테니까, 내가 고용인들을 모두 해고해버렸다니, 그건 사실이 아니야, 나는 그 정도로 어리석지 않으니까, 비록 내가 이 세상의 온갖 너절한 면을 모두 갖고 있을지는 몰라도, 그래도 어리석지는 않아, 나는 팔멜라 땅을 결코 포기하지 않을 것이고, 한 남자가 혼자서 필사적으로 땅을 지키고 있다면, 사냥총과 허리의 실탄 벨트로 무장한 한 남자가 탱크와 대포에 대항하여 홀로 땅을 지키고 있다면, 그 어떤 경우라도 그는 쉽게 포기하지 않아, 만약 그래야 한다면 대대 병력이라 할지라도 혼자서 막아내겠지, 외부인이 침입하면, 일단 가장 먼저 까마귀들이 경고를 보낼 것이고

"까욱까욱"

저택의 대문을 통과한 침입자가 일 미터만 더 안으로 들어오면, 까마귀들이 경고를 보낼 것이고

"까욱까욱"

이 미터를 더 안으로 들어오면

"까욱까욱"

당신에게 묻고 싶은데, 누가 늪지에서, 키 큰 수풀에서 우리를 발견할 것인가, 내가 당신에게 권총을 한 자루 빌려줄 테고, 우리는 이자벨과 티티나도 데리고 갈 것이니, 창밖을 한번 살펴봐달라, 병원 옆 광장에 혹시 누가 있지는 않은지, 미끄럼틀과 그네 사이에 자동차가 서 있지는 않은지, 오후마다 여기 이 자리에 꽁꽁 결박당한 채, 나는 줄곧 미끄럼틀과 그네만 바라보고 있었으며, 만약 내가

"안 돼"

라고 외치기라도 하면, 직원들이 달려와서 내 등에 쿠션을 받치고, 동정의 손길로 내 머리를 쓰다듬으며

"불쌍하게도 고통을 호소하지도 못하고 얼마나 답답하겠어"

내 외침소리를 못 들은 척했고, 내가 말을 못한다고 믿는 척했고, 멍청이 내 아들은, 평생 단 이 그램의 이해력도 가져본 적이 없는 녀석, 단 한푼어치의 가치도 없는 그놈은, 우연히도 정말로 똑똑한 여자를 만나게 되자마자, 당장 내빼듯이 달아나버렸고, 멍청이 내 아들녀석은, 남자 간호사가 간호 도구를 가방에 넣기가 무섭게, 무능한 자의 넘치는 진지함으로, 당밀 처방과 주사액을 제안했고, 멍청이 내 아들녀석은, 내가 아무 소리도 낼 수 없는 몸이라고 믿으면서, 한심하게도

"늑막에 무슨 문제가 늑막에 무슨 문제가 있나요 늑막에 왜 문

제가 생긴 겁니까 아버지는 늘 방에만 있었는데 어떻게 늑막에 문제가 생길 수 있죠?"

푸른 잔디 위로 뜬 달은, 박쥐들이 갓처럼 둘러싸서 마치 가로등처럼 보이고, 정말로 가로등처럼, 손가락 얼룩이 남아 있는 주석 달, 만약 티티나가 저 달이 손에 닿는다면, 얼룩을 닦아내려고 필사적으로 문지르겠지, 달빛이 꺼지도록 나사를 돌리는 것을 잊은 직원들 때문에, 나는 눈이 부셔서 고요한 밤의 안식을 맞을 수 없었고, 입을 다물라고 명령했음에도 불구하고, 남자 간호사는 내 멍청이 아들과, 오늘 밤 내가 나가서 붙잡기만 하면 한번 크게 혼을 내줘야 할 그 녀석과, 아무것도 모르는 병신스러운 대화를 나누었고

"환자의 열만 내릴 수 있다면 정말 다행스러운 일이죠 엔지니어 선생님"

이제는 내가 왜 그렇게 서둘러서 이곳을 빠져나가려는지 당신도 이해를 했으리라, 카에타누의 명령을 받은 자들이, 혹은 비밀경찰이 지시를 내려, 당밀과 주사액으로 나를 고문하게 될 것이므로, 그 다음에는 소령이 직접 전화하여, 밤에 내가 자고 있을 때 베개로 질식시키라고 할 것이 분명하므로, 이제는 내가 왜 그렇게 서둘러서 이곳에서 나가야 하는지 당신도 이해를 했으리라, 당신이 자꾸만 이자벨은 돌아오지 않았다고 고집을 피운다면, 팔멜라는 그냥 잊어달라, 그곳의 내 땅이 모두 도둑놈들의 손에 넘어갔다고 주장할 생각이라면, 팔멜라의 땅과 저택은 머릿속에서 지워버리기 바란다, 리스본의 어디라도 내게는 상관이 없고, 어딘가의 조그만 모퉁이, 지하철, 계단 아래의 틈새 공간, 공원의 벤치라도 괜찮으니, 어디든 당신이 원하는 곳으로 나를 데려다달라, 그리고 그냥 작별하면 된다, 어느 누가 나처럼 무력한 늙은이에게 신경이나 쓰겠는가, 몸도 제대로 못 움

직이고 눈도 거의 안 보여서, 허수아비처럼 계단에 쭈그리고 앉은 늙은이, 비실비실하는 뼈다귀만 남았을 뿐, 양복을 채울 피부도 살도 없는 육체, 리스본의 어디라도 내게는 상관이 없고, 어딘가의 조그만 모퉁이, 지하철, 계단 아래의 틈새 공간, 공원의 벤치라도 괜찮으니, 중요한 것은 내 아들은 몰라야 하고, 남자 간호사도 몰라야 하고, 병원 직원들도 몰라야 하고, 중요한 것은, 카에타누와 소령은 당연히 몰라야 하니, 이자벨이 나를 버리고 다른 남자를 선택한 이후로

"울지 마요 프란시스쿠 울어도 아무 소용 없어요 그러니 소란 피우지 마요 제발 부탁이니 소란은 안 돼요 울지 마요"

나는 아무도 기다리지 않는 팔멜라 저택으로 돌아가는 대신에, 점점 더 자주 테헤이루 두 파수 정부청사에 오래 머물게 되었고, 경위와 함께 누구를 카보베르데로 유배 보내서 빨리 죽게 할 것인가, 누구를 페니체 감옥으로 보내서 천천히 죽게 할 것인가를 결정했고, 이 아홉 사람은 섬으로, 이 여섯 사람은 요새로, 그리고 그들의 동료는 카시아스에서 기다리고 있다가, 다음 달이면 가족에게 관이 인도될 것이니, 이자가 혈전증이 있었다고, 나는 경위와 작별한 다음

"잘 가게 카르발류"

거리로 내려왔고, 아래쪽 아케이드에는 더 이상 거지도, 불구자도 없고, 통로를 가득 채우던 색소폰 소리도 들리지 않고, 오직 내 발자국의 메아리, 석조 벽에 부딪히며 증폭되는 발자국소리, 엄청나게 기다란 내 그림자, 몽유병자의 그림자, 조그만 모자를 쓰고 그 위로 해바라기 같은 시가가 올라앉은 광대의 그림자, 나와 함께 걸으며, 내 구두소리와 똑같은 리듬으로 발 맞추어 포석을 디디는 광대, 하지만 그의 걸음은 초라한 샌들의 소리, 슬리퍼의 소리를 울리니, 내 존재의 절반은 내가 자신이라고 믿는 것, 그리고 다른 이들이 나라고

다섯 번째 비망록

생각하는 것이었고, 다른 절반은 진짜 나의 모습, 나는 모자를 손에 들고 열린 자동차 문 앞에서 대기하는 운전수를 돌려보냈고, 손짓 한 번으로 그를 물리쳤는데, 그것은 단순한 신호라기보다는 거부의 포즈에 가까웠으며, 나는 넵튠과 왕들의 석상이 늘어선 호숫가를 걸었고, 기둥과 나무의 수의로 감싸인 죽은 도시를 관통하여 걸었고, 거리들이 부르르 전율하며 바다달팽이의 나선형 문양을 끝없이 만들어나가는 도시, 공원의 짙은 어둠 속에 서 있는 어느 아파트, 내가 스스로 임대하고 실내를 꾸미고 모든 비용을 내고 있는 그곳에 들어가면, 나는 거기가 정말로 내 집인 양 행동했고, 현관에서 나를 맞아주는 여자, 이자벨처럼 차려입고 이자벨과 같은 머리 모양을 하고 이자벨과 같은 향수를 사용하는 그 여자가, 정말로 이자벨인 것처럼 상대했고, 우리가 헤어지던 당시의 이자벨이 아니라, 우리가 처음 사귀던 무렵의 이자벨인 것처럼, 이 아파트와 마찬가지로 내가 임대하고 꾸미고 비용을 지불한 여자, 무대장치처럼 면밀하게 재현하고, 시계장인처럼 세심하게 신경 써서, 이곳의 침실은 이자벨과 내가 사용하던 침실과 머리카락 한 올의 오차도 없이 똑같았고, 우리의 거실과 머리카락 한 올의 오차도 없이 똑같은 거실, 똑같은 사진과 똑같은 꽃, 그녀가 나를 받아들이고 거부하는 모습을 비추었던 똑같은 거울, 정원에 서 있는 너도밤나무들과 새들의 일루전을 형성하는 초록 커튼, 나는 그 여자를 통해서 이자벨을 어루만지니, 내가 이자벨이라고 부르고 이자벨처럼 옷을 입고 머리 모양을 하고 이자벨의 향기가 나는 여자

"나를 사랑해?"

그 젊은 여자는 뻣뻣하고, 겁을 먹었고, 귀걸이 때문에, 작은 구두 때문에 불편해하며, 무릎에는 시든 감송향 한 송이, 여자는 희미

한 한숨처럼

　"네 장관님"

　그사이 그녀의 어머니는, 딸에게 손가락으로 정신없이 비밀 사인을 보내며, 흥분해서 날뛰는 한 마리 흉측한 새처럼, 쉴 새 없이 내 주위를 팔짝거리고 다니면서

　"장관님에게 얼른 사랑한다고 말해라 밀라"

　여자의 어머니는 이곳에서도, 내가 방심하기만 하면 어느샌가 불쑥 나타나서, 궤짝에서 꺼내온 좀이 슨 망사 모자, 침대 밑에서 찾아낸 굽이 떨어져나간 악어가죽 구두를 내 부탁으로 걸치고 있는 딸을 보고는, 주저하는 딸의 손목을 잡아 끌어당기고, 딸은 매번 그런 어머니를 뿌리치면서

　"가만히 좀 내버려둬요"

　여자의 어머니는 군인처럼 확고한 걸음걸이로 복도를 걸어 내려오면서, 노인들과 직원들을 소스라치게 하며, 젊은 여자를 잡고 내기 늘 푸른 잔디와 그네와 미끄럼틀을 내다보는 소파까지 끌고와서, 감송향 채찍을 쳐들고, 딸의 얼굴을 감송향으로 갈기며, 딸에게 허리를 굽혀 내게로 몸을 수그리라고 강요하고, 딸의 코가 내 코에 거의 닿을 정도까지

　"장관님에게 얼른 사랑한다고 말해라 밀라"

　딸은 오래되어 누레진 단추가 달린 공단 장갑을 팔꿈치까지 힘겹게 끌어올리고, 축축한 곰팡이 냄새와 묵은 향수 냄새를 진동하며, 맞지 않는 귀걸이 때문에 염증이 생긴 귓바퀴, 머리는 닭벼슬처럼 높이 틀어올리고, 마스카라는 녹아 한 줄기 검은 눈물이 되어 뺨을 타고 흘러내리며

　"네 당신을 사랑해요 장관님"

다섯 번째 비망록

그렇기 때문에 당신은 나를 여기서 얼른 데리고 나가야 하는 것이니, 또다시 그 모녀가 내 눈앞에 나타나기 전에, 사람들 눈에 띄면 얼마나 흉측할지 한번 상상해보기를, 십자군 시대의 귀부인처럼 차려입은 딸과, 서커스 사회자처럼 그 딸을 소개하는 어머니, 생각만 해도 끔찍하니, 늑막염이 있지만, 기침이 있지만, 열이 나지만, 덜덜 떨리게 추운 저녁이지만, 그래도 당신은 나를 여기서 얼른 데리고 나가야 하고, 그런데 당신은 반팔 셔츠에 외투도 목도리도 따뜻한 스웨터도 하나 없이 어떻게 견디고 있는지, 그리고 여기 직원들은 난방을 껐는데도 어떻게 양말도 신지 않고 돌아다니는지, 병원 앞 광장의 사람들은 왜 여름옷을 입고 있는지, 이해할 수가 없고, 내 의식 속에서 늘 떠오르는 어떤 이름을 나는 이해할 수가 없으니, 내 혀끝에서 계속해서 맴도는 이름, 그 이름을 가진 누군가에 대한 기억, 점차 희미해져만 가는 이 기억을 이해할 수가 없고

이자벨

이 이름을 당신은 기록해두어야 하니

이자벨

이렇게 적어두면 혹시 내가 나중에 생각이 날지도 모르니까, 당신의 비망록에 대문자로 적어놓고, 나에게 철자 하나하나를 보여준다면 좋겠는데

이자벨

나중에라도 그 이름의 의미를 기억해낼지도 모르니까, 미소를 생각해내고, 표정을, 몸짓을 기억해낼지도 모르니까, 그러나 지금 떠오르는 것은 오직 까마귀들, 까치들, 과수원을 피처럼 물들이며 불타오르는 오렌지들, 누구인지 알 길이 없는 맨발의 소녀가, 양손에 우유가 가득한 양동이를 들고 축사에서 나오고, 저택의 계단 위에는 사

냥총을 든 남자, 개들이 요란하게 짖는 가운데, 하녀들, 정원사, 트랙터 기사, 가정부를 쫓아내고 있으니, 이미 가방과 궤짝들이 가로수길의 사이프러스나무 사이로 어지럽게 굴러떨어지고 있는 중이며

아니 잠깐만

티티나, 가정부, 그래 티티나는 내 곁에 머물렀고

가방과 궤짝들이 가로수길의 사이프러스나무 사이로 어지럽게 굴러떨어지고 있는 중이며, 그 남자는 사진과 서류들을 불태우고, 폐허가 된 거실에, 머리칼은 헝클어지고 면도도 하지 않은 채로, 피아노 곁에 앉아서, 계란처럼 똑같이 생긴 남자, 당신이 오늘 밤 지하철에, 층계 밑에, 보급처의 트럭 안에, 공원의 벤치에 내려놓게 될 남자와 똑같이 생긴 남자, 직원들이 붕대로 손목을 묶어놓은 나, 직원들이 식이요법 식사로 형편없이 나약하게 만들어놓는 바람에 혼자서는 옷을 입지도 못하는 나, 아프리카에서 전쟁이 발발하던 해, 1961년, 검둥이들이 루안다의 백인들을 학살했던 해, 잘린 머리통들이 꼬챙이에 꽂혀 있고, 아들들은 자기 아버지의 성기를 입에 물 것을 강요당하고, 사지가 잘려나간 아이들, 배 속에서 터져나온 태아는 성 안토니우스 축일의 풍선처럼 나뭇가지에 주렁주렁 매달려 있으며, 집과 집 사이 기둥에는 끄집어낸 내장이 축제 마당의 종이 테이프처럼 흔들리고, 1961년, 백인들이 검둥이들을 학살했던 해, 잘린 머리통들이 꼬챙이에 꽂혀 있고, 아들들은 자기 아버지의 성기를 입에 물 것을 강요당하고, 사지가 잘려나간 아이들, 배 속에서 터져나온 태아는 성 안토니우스 축일의 풍선처럼 나뭇가지에 주렁주렁 매달려 있으며, 집과 집 사이 기둥에는 끄집어낸 내장이 축제 마당의 종이 테이프처럼 흔들리고, 그해 살라자르는 나를 소령과 같이 앙골라로 보냈는데, 만에 도착하자마자, 앙상하게 긴 다리를 가진 이름없는 물새

들이 피에 굶주린 눈빛으로 잔인한 희열에 겨워 고깃배들을 공격하는 만에 도착하자마자, 진흙 냄새에 섞여 시체 썩는 냄새가 진동하고 있었으니, 달콤하면서 곤궁하고 미적지근한 밤의 숨결, 썩어가는 개의 시체는 구토가 날 만큼 역겨운 악취를 풍겼고, 무릎을 굽히면 미적지근한 밤의 숨결, 머리를 수그리면 구토물처럼 끈적끈적한 습기, 구토물처럼 우중충한 회색 하늘, 구토물처럼 내리는 비, 나는 당장에라도 배에 올라타고 리스본으로 되돌아가고 싶었고, 밤새도록 쉬지 않고 날아다니는 포탄소리로부터 최대한 멀리 떨어지고 싶었고, 드러난 내장으로부터, 황폐한 도시로부터 달아나고 싶었고, 소령은 그런 나를 무릎으로 치면서

"겁쟁이처럼 굴지 마세요 장관님"

그는 나를 경멸했으니, 이곳의 직원들이 오줌으로 축축한 침대 시트를 갈 때, 젖은 잠옷을 갈아입힐 때, 그리고 화난 얼굴로 나에게 부글부글 발효하는 매트리스 속 지푸라기를 보이면서, 자신들이 버스를 놓친 책임을 나에게 뒤집어씌울 때 나를 경멸하듯이

"짜증나는 늙은이"

소령은 나를 포성이 난무하는 흐릿한 초록의 침묵에게, 만을 어슬렁거리는 긴 다리의 물새들에게, 배수로에 잠긴 거무스름한 내장들에게, 전지가위로 잘라낸 손가락들에게 밀어넣었고

"겁쟁이처럼 굴지 마세요 장관님"

소령과 나는 폭우가 쏟아지는 새벽 시체 냄새가 속을 뒤집는 가운데, 정찰대의 지프를 타고, 흔들리는 헤드라이트 속에서 담장들과 건물 모퉁이, 경사진 제방들, 진흙 가옥들, 빠르게 휙휙 사라지는 그림자들이 보였고, 이윽고 어느 마을에 도착하니, 시체의 산, 개들, 송아지들, 노새들, 인간의, 사물의 시체, 의자와 냄비, 양동이, 서랍, 주

방용 화덕, 사지가 잘려나간 주방용 화덕의 소름 끼치는 시체, 우리 측의 총격, 그리고 결국은 우리 측의 것인 상대 측의 총격, 나는 소령의 어깨 뒤쪽 내 자리에 숨어서, 매에거리는 양처럼 터지는 눈물을 억지로 참고 있었고, 내 살갗과 바지 사이에는 어느새 축축하고 걸쭉한 것이 고였고, 소령은 내 몸을 똑바로 세우더니 성난 손길로 셔츠 자락을 움켜잡고

"정신 좀 차려요 장관님 모범을 보이란 말입니다 남자답게 굴어요 장관님을 때릴 수밖에 없는 상황을 만들지 말란 말입니다"

어느 골목길 교차로, 전쟁으로 무너진 오두막 안에서, 축음기에서 흘러나오는 음악소리, 전쟁과 폭우로 무너진 오두막들 한가운데서 소령은 권총을 손에 들고 지프에서 내렸고, 나도 지프에서 내려 그의 뒤를 따랐고, 썩은 쓰레기와 진흙이 무릎까지 차오르는 길에서, 총알이 날아오는 방향을 가늠해보려고 했고, 누군가가 음악이 흘러나오는 오두막으로 다가가, 잠금 고리도 없는 문짝을, 바람이 부는 내로 딜렁거리며 간신히 문 역할을 하는 판자를 총 개머리판으로 열어젖히고, 더러운 방 안으로 들어서니, 식기와 그릇들이 바닥에 내팽개쳐졌고, 빨랫줄에 걸린 옷가지들, 오두막 내부를 차지하는 유일한 공간인 그 방 한가운데에, 낡은 전축과 낡은 레코드판, 나무상자에 울퉁불퉁해진 나팔 스피커가 달린 축음기, 천사의 트럼펫을 연상시키는 스피커에서는, 레코드 판 위에서 튀는 바늘의 흐름에 따라, 〈인터내셔널〉가가 흘러나왔으며, 소령은 권총으로 음악을 쏘았고, 그러자 나무상자 축음기는 실린더용수철범벅덩어리로, 실린더와 용수철이 범벅이 된 기묘한 내부 메커니즘을 드러낸 덩어리로 변해버렸고, 소령은 요원들에게, 진흙과 넝마, 종이 쪼가리를 뭉쳐 쌓은 벽을 가리키며, 집 안에 돋아난 풀을 가리키며, 천장을 이루는 기와 조각과

재활용 타이어를 가리키며

　천장을 천장을

　다른 오두막들과 종려나무, 바람 폭우, 사물의 시체, 사지가 잘려나간 주방용 화덕의 소름 끼치는 시체를 가리키며, 소령은 냄비와 의자를, 양동이와 서랍을 가리키듯이 나를 가리키며, 다른 무엇보다도 특히 나를 가리키며, 소령은, 어느새 전축 따위는 잊어버리고, 오직 나만을 가리키며

　"이 똥 같은 것들을 모조리 태워버려"

　헤드라이트의 불빛이 비치는 각도에 따라서 커다랗게 보이기도 하고 조그맣게 보이기도 하는 요원들은, 지프에서 양철통을 꺼내왔고, 코르크 마개를 뽑은 후 내 몸에 휘발유를 부었고, 성냥에 불을 붙여 내 몸에 갖다대었으니, 나는 불타기 시작했고, 정말로, 나는 불타기 시작했고, 실제로, 나는 불타기 시작했고, 그러므로 이제 여기서 빠져나가기에는 이미 너무 늦었고, 당신이 내 팔을 묶은 붕대를 풀어주고 나를 일으켜 세워 장롱까지 걸어가게 부축해주기에는 너무 늦었고, 옷장에 걸린 옷을 꺼내 입히고, 당신의 팔에 거의 매달리다시피 비틀거리는 나를 부축하여, 경비원을 깨우지 않도록 조심조심, 나를 끌고 복도를 통과하기에는 너무 늦었고, 팔멜라의 저택으로 나를 데려가기에는 너무 늦었고, 아무도 나를 기다리고 있지 않은 팔멜라, 손톱에 매니큐어를 칠하거나 탁자에 카드를 벌여놓고, 혹은 잡지를 읽는 이자벨도 없고, 부엌에서 내 저녁을 준비하느라 분주하게 움직이는 티티나도 없고, 가스 맛이 나는 수프도, 맛없게 식은 고기경단도, 굳어버린 소스도 없고, 온실도 없고, 곡물창고도 없고, 과수원도 없는 팔멜라 저택, 유칼립투스나무들의 광란, 앙상하게 뼈만 남은 풍차의 날개, 까마귀들의 울음, 그러니 이제 나를 당신의 차에

신고, 도시의 어느 모퉁이에, 지하철에, 계단 아래에, 공원의 벤치에, 보급처의 트럭 옆에 내려주기에는 너무 늦었고, 집으로 돌아가기에도 너무 늦었으니, 왜냐하면 요원들이 양철통을 지프에서 꺼내와 코르크 마개를 뽑고, 내 몸에 휘발유를 부었고 성냥에 불을 붙여 내 몸에 갖다대었으므로, 나는 불타기 시작했고, 나는 실제로 불타기 시작했고, 진흙과 넝마, 종이 쪼가리를 뭉쳐 쌓은 벽이, 밀짚과 기와 조각, 재활용 타이어로 만든 지붕이 불탔고, 종려나무와 폭우와 바람, 사물의 시체들이 불탔고, 사지가 잘려나간 주방용 화덕의 소름 끼치는 시체가 불탔고, 냄비와 양동이, 서랍들이 불탔고, 그러므로 나는 당신에게 부탁하니, 멍청이 내 아들이 토요일에 오면, 멍청이 내 아들, 혼자서는 아무것도 제대로 할 줄 모르고 자신을 스스로 챙길 줄도 모르는 낙오자, 불쌍하고 한심한 인간, 어둠이 무섭고 집시가 무섭고 늑대가 무섭고 도둑이 무섭기만 한 어린아이, 그 멍청이 내 아들이 오면

어떻게 말해야 당신이 이해할 수 있을까, 어떻게 말해야 당신이 명확하게 알아들을 수 있을까, 멍청이 내 아들이 나를 만나러 오면 이 말을 전해주었으면 하는데, 아마도 나는, 그런 것이 아니었다고, 그런 게 아니라, 아마도 내가 실수를 했을 수도 있다고, 그러니까 그게 아니라고, 이 말을, 멍청이 내 아들에게 좀 전해주었으면 좋겠는데

당신에게 부탁하니, 멍청이 내 아들에게 이 말을 잊지 말고 전해주기를 부탁하니, 이 모든 것에도 불구하고, 나는 그를

옮긴이의 글
목소리 대 목소리의 대위법

안토니우 로부 안투네스라는 이름은, 이 책을 읽는 거의 모든 독자들에게 생소할 것이다. 나 또한 2년 전만 해도 마찬가지였다. 그 무렵 나는 포르투갈 작가 페르난두 페소아의 《불안의 서》를 독일어 중역하고 리스본 여행을 마친 다음이었다. 리스본 여행은 나에게, 문학이 하나의 언어뿐만 아니라 어떤 특정한 공간을 필요로 한다는 강한 인상을 주었다. 더 정확히 말하자면, 어떤 특정한 공간과 필연적인 관계를 맺는다고 말이다. 하나의 도시는 물과 햇빛과 색채와 냄새, 그리고 환한 거리로 향한 흰 창문을 가지며, 그 모두가 작가의 언어로 흘러들어가게 된다는 것, 그 도시 특유의 내면과 독백과 목소리로 나타나게 된다는 것. 나에게 리스본은 그런 곳이었다. 나는 포르투갈 작가의 다른 작품을 읽고자 원했고, 항상 나에게 최고의 작품들을 추천해주는 열광적인 독서가이자 까다로운 심미안을 가진 신뢰할 수 있는 친구로부터, '안토니우 로부 안투네스'라는 이름을 처음 듣게 되었다. 나는 그가 권해주는 작품을 읽었다. 그리고 반드시 번역하고 싶다는 욕망에 휩싸였다. 그 결과물이 바로 지금 여러분들이 손에 들고 있는 이 책,《대심문관의 비망록》이다.

그런데 이 작품은, 일단 본격적인 독서가 시작되기도 전에 여러 가지 의미로 당황스러움을 던져주었는데, 그중의 하나가 제목에 들어간 단어, 대심문관Inquisitor이었다. 이 작품의 원제는 '대심문관의 매뉴얼'이다. ('매뉴얼'이 풍기는 뉘앙스 때문에, 번역서 제목은 편집부와 상의하여 '대심문관의 비망록'으로 바꾸었다.) 덧붙이자면, 안투네스의 소설은 내용을 추측할 수 없는 수수께끼 같은 제목을 가진 것들이 많다. 가톨릭 교회에서 대심문관이란, 주로 이단 심사와 관련한 '종교재판관'을 의미한다. 또한 우리는, 도스토예프스키의 소설《카라마조프 가의 형제들》에 등장하는 이반의 극시를 통하여 이 단어에 어느 정도 익숙하기도 하다. 하지만 이런 단어가 제목에 들어간 소설을, 과연 어떤 한국 독자가 읽고 싶어 할까? 또한 매뉴얼manual(handbook)이란 단어도 독자들의 심상에 어떤 이미지를 만들어주기에는 지나치게 낯설었다. 그래서 나는 책을 읽기도 전에, 이런 제목의 소설을 한국의 출판사에게 출간 추천하는 것이 과연 바람직할까 하는 의혹을 완전히 버리지 못하고 있었다. 역사적으로 '대심문관의 매뉴얼'이라는 책이 존재하기는 했다. 1376년 종교재판관이었던 니콜라스 에이머리히가 쓴 *Directorium inquisitorum*이 그것이다. 처벌 가능한 이단 행위의 실례, 고문의 장점과 단점, 그리고 심문을 위한 실제적인 몇몇 요령 등을 수록한 그 책은 나중에《대심문관의 매뉴얼*manual de Inquisidores*》이라는 제목으로 종교재판관들의 실무 지침서로 사용되었다. 안투네스는 그 책의 제목을 그대로 빌려왔을 가능성이 있다. 에이머리히는 책에서, 대심문관은 능란한 말솜씨로 혐의자를 궁지에 몰아넣어, 마침내 그가 스스로 유죄를 인정하도록 만들어야 한다고 했다. 그런 대심문관들의 대화의 기술은, 정신과 의사이자 소설가인 안투네스의 관심사와 밀접하게 닿아 있을 것이 분명하다.

제목과 마찬가지로 당혹스러웠던 것은 첫 문단부터 펼쳐지는 안투네스 특유의 문체였다. 불완전한 형태로 끊임없이 이어지며, 처음 한두 개이던 구두점은 어느새 영영 자취를 감추어버리고, 불완전한 형체로 꼬리에 꼬리를 무는 문장들, 전체를 이루는 하나의 단락 내부에서 뒤섞이는 목소리와 시점들, 마치 하나의 문장처럼 보이는 기나긴 모놀로그 안에 혼재하는 과거와 현재, 아니 더욱 정확히 말해서, 현실의 독백 중간중간에, 예고나 설명 없이 불쑥 끼어들어 떠돌다가 다시 사라져버리는 과거의 그림자들, 사실 이것은, 당혹스러움이라기보다는 일생에 걸친 독서 경험에도 불구하고 예전에는 거의 접해보지 못한 독특한 유형의 매혹이었지만, 한국어 독자를 위한 번역을 염두에 두고 작품을 읽고 있는 나로서는 예상치 못한 까마득한 절벽 앞에 난데없이 놓인 바로 그런 느낌이었음을 고백한다. 평자들이 말하는 대로, 그는 "글을 쓰는 것이 아니라, 언어의 음표를 활용하여 시적 산문이라는 다성多聲의 멜로디를 작곡한다."

한국에는 아직 소개되지 않았지만, 주제 사라마구와 더불어 안토니우 로부 안투네스는 포르투갈을 대표하는 작가 중의 한 명이며, 그의 작품은 해외에서도 매우 비중있게 다루어진다. 지금에 와서야 그의 작품이 처음으로 한국에 소개되는 것은 사실 늦은 감이 있다고 생각한다. 아마도 그건 포르투갈과 브라질, 모잠비크 등의 포르투갈어권 문학이 우리에게 낯설고, 활발하게 활동하는 포르투갈 문학 번역자가 많지 않은 탓일 것이다.

안토니우 로부 안투네스는 1942년 리스본에서 태어났다. 그는 아래로 다섯 명의 형제가 있다. 대대로 부유한 계층에 속한 그의 집

안 조상 중에는 군대의 고위 장성을 비롯하여 대규모 브라질 고무 무역상 등이 있으며, 그의 아버지는 리스본의 미구엘 봄바르다 정신과 병원의 의사였다. 장남인 안토니우도 아버지처럼 리스본 의과대학에서 공부한 정신과 의사이며, 그의 형제 중 주앙과 누우 역시 의사이다. 안토니우는 이미 열세 살이란 어린 나이에 작가가 되기로 마음을 굳혔으며, 그가 정신과를 전공으로 선택한 것도 그것이 문학과 유사하리라고 기대했기 때문이라고 밝힌 적이 있다. 대학을 마친 그는 군의관으로 입대하여 1971년부터 1973년까지 27개월 동안, 당시 "포르투갈의 베트남"이라고 불리던 앙골라의 식민지 전쟁에 참전한다. 잔인한 식민지 전쟁의 체험은 그의 문학에도 큰 영향을 미쳤으며, 1979년에 발표한 그의 첫 소설 《코끼리의 기억》은 "리스본과 앙골라 사이에서 자신을 잃어버린" 한 젊은 정신과 의사의 이야기이다. 그는 "전쟁이 자신의 정치적 눈을 열어주었다"고 밝힌 적이 있다. 또한 이 소설 《대심문관의 비망록》은, 에르네스투 멜루 안투네스에게 헌성되었는데, 멜루 안투네스는 앙골라에서 그의 직속 상관이었던 대위로, 좌파 성향 장교들이 주도한 쿠데타인 카네이션 혁명에서 중요한 역할을 담당했고 이후 포르투갈의 외무부장관을 지냈다. 안투네스는 그가 1999년 사망할 때까지 평생 우정을 지속했다. 고국으로 돌아온 안투네스는 전업작가의 길을 걷게 되는 1985년까지는, 한때 아버지가 재직했던 미구엘 봄바르다 정신병원에 근무한다. 포르투갈의 독재자 살라자르가 집권하던 시기에 안투네스는 공산당에 입당했고, 그 이유로 감옥에 투옥되기도 했다. 그러나 그의 소설에서 작가의 정치의식을 직접적으로 읽어내는 일은 불가능해 보인다. 안투네스의 비판자들이 주로 지적하는 점도, 공산주의자로서의 경력이 그토록 오랜 작가의 작품치고는 놀랍게도, "소설의 근원이 정치

적 분석이 아니라 인간 본성에 관한 멜랑콜리한 격앙"에 있다는 것
이다. 작가 자신의 출신 환경이 반드시 문학작품에 그대로 영향을 미
치는 것은 아니겠지만, 그럼에도 이런 점에서 안투네스는 종종 같은
포르투갈 작가이며 같은 좌파이지만 출신 배경은 판이한 사라마구
와 비교되곤 한다.

안토니우 로부 안투네스의 작품들은 거의 예외없이 포르투갈
의 과거와 현재를 다루고 있다. 물론 그의 소설을 통해서 우리에게
다가오는 나라 포르투갈은 기괴하고, 비틀렸으며, 음울하고, 전근대
적이고, 슬프고, 풍자 속에 갇혔으며, 파국과 재앙을 향해 치닫는 꿈
의 장면을 연상시킨다. 그가 그리는 포르투갈은 불행의 모든 초현실
적 얼굴이다.

오직 문학의 시선을 통해서 한 나라를 알게 되는 일은 신비하다.
성숙한 독자들은 그것이 사실과 얼마나 부합하는가, 얼마나 객관적
인가 하는 문제에는 관심 두지 않는 법을 안다. 문학은 저널리즘이
아니기 때문이다. 나는 실제로 방문하여 내 눈으로 직접 본 오스트리
아의 빈보다 페터 한트케, 엘프리데 옐리네크, 토마스 베른하르트를
통해서 알게 된 낯선 도시 빈이 더욱 강렬하게 다가왔던 기억이 있
다. 그 세 사람의 작가가 빈을 묘사하고 재현하고, 각자의 '문학'이 일
어나도록 허용한 방식이 다들 다름에도 불구하고 말이다. 아마도 문
학은 평행하는 실제일 것이다.

우리는 안토니우 로부 안투네스가 포르투갈을 묘사하는 방식
에 매혹된다. 믿을 수 없을 만큼 정교한 디테일에 기대며 독자를 괴
롭히듯이 기나긴 문장의 파편을 펼쳐놓는 그의 스타일이지만, 그 너
머에서 우리를 응시하는 작가의 따뜻한 시선이 인간 운명의 보편성
이라는 바탕을 결코 잃지 않기 때문이다. 그리고 어쩌면, 그의 소설

을 읽는 독자들 중에는, 자신도 모르는 사이, 한번도 가보지 못한 나라 포르투갈에 매혹되어버리는 경우가 생길지도 모른다. 리스본에 사로잡혀버리게 될지도 모른다. 묘한 것은, 안투네스의 이 소설에는 근사한 영웅도, 낭만적인 사랑도, 존경하고 감탄할 만할 매혹적인 주인공은 거의 나오지 않는다는 점이다. 그렇다면 무엇이 우리를 매혹시키는 것일까. 나는 리스본을 여행하면서, 그곳이 내가 가본 그 어떤 도시보다도 여성적이라는 인상을 지울 수가 없었다. 색채, 공기, 풍경, 사람들, 그리고 그들의 목소리와 몸짓과 태도. 이 소설《대심문관의 비망록》에서도 특히 나를 사로잡은 것은 여성 화자들의 모놀로그였다. 안투네스의 여주인공들의 목소리는 다른 남성 작가들의 그것보다 더욱 섬세하고 내밀하게 울린다는 느낌이다. 종종 그 목소리들은, 오직 신만이 귀 기울이는 어두운 고해실 안에서 들려오는 듯하다. 안투네스의 또 다른 소설《악어에게 지시함》(1999)은, 네 명의 여주인공의 독백만으로 이루어진 작품이다. 그의 소설에서 느껴지는 이러한 독특한 여성성은, 즉각 나에게 도시 리스본의 기억을 환기시켰다.

2000년에서 2001년 사이, 2주마다 한 번씩 리스본의 안투네스를 방문하여 장기 인터뷰를 이어나간 스페인의 문학전문 저널리스트 마리아 루이사 블랑코는, 이후 발간한 인터뷰집《안토니우 로부 안투네스와의 대화》에서 이렇게 밝힌다.

리스본은 매우 멜랑콜리한 도시이다. 비록 이 도시 스스로는 그것을 원하지 않겠지만, 그래도 리스본이 갖는 특유의 느낌을 다르게 표현할 방법이 없다. 심지어 리스본 사람들조차, 도시의 이런 인상에 기여하고 있다. 포르투갈인들은 운명에 저항하지 않는다. 그들은 체

넘의 몸짓으로, 운명이 자신들을 위해 마련해놓은 것을 받아들인다. 그들은 대개 이런 속성을 갖는다. 과묵하고, 조심성이 있고, 그 어떤 경우에도 새된 소리로 악쓰지 않고, 커다랗게 웃어젖히는 대신에 미소를 지으며, 예의와 점잖음이 있다. …… 도시의 어디서나 올려다보이는 일곱 개의 언덕 …… 백열세 가지의 말린 대구 요리법까지 …… 안토니우 로부 안투네스가 노벨상 후보로 물망에 올랐을 때, 그의 적들은 자신들이 생각하기에 포르투갈을 부정적으로 묘사하고 있는 이 작가에게 노벨상이 정말로 수상될까 봐 두려워했다. …… 하지만 그 생각은 틀렸다. 로부 안투네스의 작품은 분명 시공을 초월한 보편적인 것이지만, 글의 분위기, 시간의 무자비함, 인간사의 허망함을 다루는 전체적인 정조에는 포르투갈식의 멜랑콜리가 짙게 스며 있다.

멜랑콜리. 이것은 안투네스의 소설을 대할 때 아마도 가장 먼저 떠오르는 인상 중의 하나일 것이다. 그러나 멜랑콜리는 동시에 통속적 염세주의와 밀접하여 작품을 위험에 노출시키기도 한다는 것을 우리는 잘 알고 있다. 또한 안투네스의 소설은 스토리가 복잡하게 얽혀 있지 않으며, 길이에 비해서 줄거리는 단순한 느낌을 주기 때문에, 작가의 서술기법이 충분히 발휘되지 않으면 분위기가 모노톤으로 흘러가기 쉬운 구조이다. 안투네스는 이것을 독창적이고 고집스러운 스타일, 평자들에 의해 "목소리의 대위법"으로 칭해진 스타일과 연출로 피해갔다는 생각이다. 가능하다면 여기서 독자들에게 소설의 한 단락을 예로 들어보이고 싶다. 하지만 딱히 어느 부분이라고 고를 필요도 없이, 이 소설은 전체가 오묘한 대위법의 복합 화음으로 넘쳐흐르는 실정인데다 거의 모든 문장이 불완전한 형태로 계속 이어지기 때문에, 이 소설만큼 한두 문장을 떼어서 인용하기 불가능한 작품도 없으리라. 하지만 그럼에도 불구하고, 시도를 해본다면, 예를 들어 요리사의 아래의 모놀로그에서, 임신한 그녀의 진술 속에는, 시제의 변화조차 없이, 현재의 임신 상태로 인한 현기증, 그녀의 임신을 알아차린 주인어른, 다음날 아침의 호출, 오래전 그녀를 속인 돼지 상인, 현재의 불가능한 사랑, 그럼에도 불구하고 운명을 받아들이는 고요한 절망, 소녀 시절 금귀걸이에 대한 소망, 매춘, 그리움과 굴욕감 등이 서로 분리되지 않은 채 한꺼번에 뒤섞여 있는데, 여러 층위의 현재와 과거들의 중첩, 감정과 감정, 목소리와 목소리들이 혼재된 이러한 진술은 마치 합창단원들이 서로 다른 가사의 노래를 동시에 부르는 듯한 효과를 불러일으키며, 한편으로는 원근이 철저하게 배제된 평면적인 풍경화, 시간의 여러 층위를 이루는 사건들을 동시에, 시제를 전혀 구분하지 않고 병렬시키는 방식으로, 비현실적으로 고요하며 비극적인 한 폭의 풍경화를 보는 듯하다.

주인어른은 내 머리카락을 움켜쥐더니 손으로 내 배를 만졌고, 다른 존재 때문에 약간 부풀어오른 배를, 닭이 든 그릇 속으로 시가를 던져넣으며

"이게 뭐지?"

나는 그를 마주 보았고, 그러나 내가 본 것은 그가 아니라 돼지 상인, 주석그릇과 점토그릇을 파는 가판대 뒤편으로, 야생무화과나무가 우거진 학교 운동장 뒤로 나를 데리고 갔던 돼지 상인, 돼지를 모는 회초리로 내 엉덩이를 때리면서 자기 앞쪽으로 몰고 갔던 돼지 상인, 바람이 불지도 않았는데 무화과나무들은 두런두런 이야기를 나누었고, 혹은 그가 중얼거리며 돼지에 관한 말을 했고, 혹은 말하는 것은 내 목소리였으니, 목구멍에서 아무런 소리도 나오지 않았음에도 불구하고

"이러지 마세요"

주인어른은 마치 내가 새끼 밴 암말이나 암양인 듯이, 그렇게 내 배를 만졌고

"이게 뭐지?"

그날 밤, 철조망에 다리를 다친 셰퍼드가, 개집 안에서 그칠 줄 모르고 계속 소리 높여 울었으며, 그리고, 옅은 새벽 안개가 물러간 다음, 추위 때문에 깃털을 곤두세운 첫 번째 까마귀들이 나타났으니, 양동이를 손에 든 관리인의 딸은 우물가를 돌아 내려갔고, 운전수는 세차를 위해 호스를 마당으로 끌고 왔고, 나는 현기증이 나면서 속이 울렁거렸고, 도나 티티나는 내 방문 앞에 서서

"주인어른이 서재로 부르셔"

도나 티티나야 자기 좋은 대로 말할 수 있고, 그녀가 뭐라고 하건 그건 내 알 바 아니니, 왜냐하면 어차피 그건 진실이 아니기 때문에, 나는 옷을 입었고, 그사이에도 현기증은 더욱 심해져서, 장롱에 몸을 지탱하고 간신히 신발을 찾았는데, 그 와중에도 벽에 걸린 성화가 연말 장터 마당의 놀이기구처럼 빙글빙글 돌았고

(나의 가장 큰 소원은, 보석가게에서 미뉴산 금귀걸이 한 쌍을 사는 것, 그러나 나는 돈이 없었고, 돼지 상인은 내게 돈을 주겠다고 약속했는데, 일이 끝난 후에 그는 약속을 지키지 않았으니, 돼지 상인은 나에게 말하기를

"나와 함께 가면 돈을 줄게"

나는 치마에 묻은 흙을 털어내며

"준다던 돈은 어디 있어 이 나쁜놈"

죽을 만큼 수치스러운 기분으로, 나는 치마의 흙을 털어냈고, 돼지 상인은 돼지몰이 회초리로 나를 치면서

"돈이라니 무슨 돈?"

그런 일은 그때 단 한번뿐, 나는 죽은 어머니를 걸고 맹세할 수도 있으니, 정말로 그것 한번뿐이었다고)

이제 이 '역자 후기'의 마지막으로, 《대심문관의 비망록》 줄거리를 잠시 설명할 필요가 있을 것 같다. 이 소설은 포르투갈의 현대사와 밀접한 연관이 있는데, 그것은 "이스타두 노부Estado Novo"(신국가)로 알려진 살라자르 독재이다. 코임브라 대학의 정치경제학 교수였던 안토니우 드 올리베이라 살라자르는 쿠데타로 들어선 군사정부에서 재무부장관을 맡았고, 경제위기를 해결하는 데 공을 세운 덕분에 1932년 내각책임제인 포르투갈의 총리가 되었다. 그후 독재체제를 구축하여 36년간 포르투갈의 일인자로 군림했다. 이 소설이 시작되는 배경이 바로 그런 시대이다. 살라자르와 친한 사이이며 장관인 프란시스쿠는 살라자르의 오른팔로 불릴 정도로 절대적인 권력을 누리지만, 그의 아내 이지벨은 그를 배신하고 부유한 사업가인 정부에게로 떠나버린다. 프란시스쿠는 아내를 빼앗아간 사업가에게 정치적으로 복수를 가하고자 했으나 그의 동료인 비밀경찰이나 다른 정치가들이 예외적으로 그의 부탁을 들어주지 않는다. 이자벨의 정부인 사업가는 거대한 자금을 주무르는 자로, 정치적 입장에서 결코 적으로 돌릴 수 없는 중요한 존재였기 때문이다. 상처입고 좌절한 프란시스쿠는 이후 대농장이 딸린 팔멜라의 대저택에서 하녀들을 유린하면서, 품위없는 여자들을 애인으로 거느리면서, "그런 소름끼치는 물건들을 골라서 사귀고 다니는 이유는, 아마도 다른 소름 끼치는 물건과 관련하여 대단히 크게 상처를 받은 적이 있어서, 그래서 또다시 도시 전체의 조롱거리가 된다 해도 이제는 더 이상 크게 신경 쓰이지 않는 지경에 이른 듯이", 그 누구 앞에서도 모자를 벗지 않고, 짐승 같은 독재자로 살아간다. 마치 팔멜라 농장이 축소된 포르투갈이며, 그 안에서 프란시스쿠는 곧 살라자르이며 공포의 대상인 비밀경찰인 듯이. 그의 아들 주앙은 프란시스쿠와는 완전히 반대인, 그다지 영리하지 못하고 심약한 젊은이인데, 부유한 사업가의 조카딸과 결혼하지만 그 조카딸의 삼촌인 사업가가 자신의 어머니를 가출하게 만든 정부라는 사실은 끝내 알지 못하며, 결혼 생활 내내 아내의 가족들로부터 정치가를 등에 업고 벼락출세한 시골뜨기 집안 출신이라고 경멸을 당한다. 1968년, 뇌졸중으로 의식불명이 된 살라자르가 총리직에서 물러나자 프란시스쿠는 자신이 총리로 임명될 것을 기대했으나, 경쟁자인 카에타누가 총리직에 앉게 되자 정계를 떠나 버린다. 그리고 퇴물 정치인들을 모아 팔멜라 저택에서 카에타누 정부를 전복할 음모를 꾸민다. 하지만 시대를 거스르는 그들의 비현실적인 반동 음모는, 1974년 일어난 사회주의 성향의 카네이션 혁명 때문에 무산되고 만다. 좌절한 프란시스쿠는, 공산주의자들이 자신의 재산을 빼앗으러 올 것을 두려워하면서 팔멜라의 모든 고용인들을 총으로 내쫓아버리고 폐허가 된 저택에서 홀로 지내다가, 뇌혈관 발작을 일으켜 아들 주앙에 의해 병원으로 실려 간다. 그리고 그곳에서 식물인간 상태로 말년을 보낸다.

아이러니하게도 이후 팔멜라 농장을 차지한 것은 공산주의자들이 아니라, 주앙의 아내의 삼촌인 부유한 자본가이다. 그는 카네이션 혁명 당시 친척들과 함께 투옥되었으나 혁명 세력이 약화되면서 일 년여 만에 풀려나와 사업체를 다시 일으키고, 서류를 위조하여 주앙을 회사 공금횡령자로 만든 다음 조카딸과 이혼시키고 손해배상으로 그가 상속받은 팔멜라 농장을 차지한 것이다. 그는 외국과 결탁

한 자본의 힘으로 포르투갈을 실질적으로 지배하는 몇몇 세력이 집안의 상징처럼 보인다. 하루아침에 아내와 자식들과 결별당하고 무일푼으로 쫓겨난 주앙은, 그의 아내가 가톨릭 신부의 주도하에 다른 부유층 여인들과 함께 활동하는 빈민구제사업의 대상으로 전락한다. 프란시스쿠가 집안의 요리사 여자를 임신시켜 얻은 사생아 파울라는 우울증인 양어머니 밑에서 자란다. 그녀는 배다른 오빠인 주앙이 아버지의 재산을 가로챘을 거라고 끈질기게 믿고 있다. 소도시의 변호사 사무실에서 일하며 노처녀로 나이를 먹어가는 그녀는 유부남 택시 운전수와 같은 사무실의 동료 정신지체인인 호메우를 통해서 외로움을 해소하려고 한다. 그리고 프란시스쿠의 집에서 오랫동안 충실한 가정부로 일해온 티티나가 있다. 이자벨이 집을 나가버린 뒤에도 티티나는 헌신적으로 프란시스쿠 부자를 돌보며 집안의 모든 흥망성쇠를 목격하지만, 카네이션 혁명이 일어나자마자 프란시스쿠에게 냉혹하게 쫓겨나고 만다. 시에서 운영하는 자선원에서 말년을 보내는 티티나는 언젠가 프란시스쿠 부자가 다시 자신을 데려가리라고 굳게 믿는다. 왜냐하면 그들 부자는 자신의 도움 없이는 아무것도 할 줄 모르니까. 그러나 그녀의 믿음이 얼마나 헛된 것인지 독자들은 똑똑히 보게 된다. 어머니와 함께 작은 상점을 운영하는 밀라, 어느 날 우연히 길가에서 그녀를 발견한 프란시스쿠는 젊은 날의 이자벨과 놀랄 만큼 흡사하게 생긴 그녀를 자신의 것으로 만들고, 이자벨의 의상과 구두와 향수를 가져다주며 이자벨과 똑같이 꾸미게 하고, 그녀를 이자벨이라고 부르며 사랑의 맹세를 강요한다. 그러나 이자벨이 배신했듯이 밀라도 자신을 배신하리라고 상상한 프란시스쿠는 그녀를 다시 본래의 가난으로 되돌려 보낸다. 프란시스쿠와 같은 요양병원에는 한때 전 국민을 공포로 몰아넣던 비밀경찰의 수장도 빈신불수의 환자로 입원해 있다. 주인공들이 한때 누리던 사랑도 영광도 권력도 모두 시간의 뒤편으로 사라진다. 살아남는 자는 오직 외국 세력과 결탁한 자본가와 그 집안뿐이고, 유일하게 불변하는 것은 오직 냉혹하고 비정한 돈, 그리고 세상 어디에도 없는 새파란 빛으로 파도치는 포르투갈의 바다, 모사메데스 감옥의 죄수들이 고문실에 끌려와서도 하염없이 바라보곤 하던, 그 바다뿐이다.

안투네스라는 '낯선' 작가

김용재 한국·브라질소사이어티 사무총장

1. 안투네스와 포르투갈 현대 소설

20세기 후반의 포르투갈 역사를 살펴보면 우리는 이 시대를 구분할수 있는 세 가지 특징, 즉 서로 다른 특징을 확연하게 보여주는 시대적 경계를 쉽게 만나볼 수 있다. 첫 번째는 40여 년간 지속된 살라자르 독재정권을 무너뜨린 '카네이션 혁명'이 일어난 시기로, 사회적으로는 수많은 혼란과 갈등을 겪으나 정치적으로는 독재를 타파하고새로운 민주사회를 만들어가기 위해 노력한 1974년 4월 25일 혁명발발부터 70년대 말까지의 시기이다. 문화적으로는 엄격한 검열과억압을 통한 폐쇄정책을 펼쳤던 독재정권이 붕괴됨으로써 서구 유럽과 미국 문화가 갑작스레 한꺼번에 유입되어 크나큰 충격을 경험한 시기이다. 두 번째 시기는 70년대의 정치적·사회적인 혼란을 벗어나 어느 정도 안정을 되찾으며, 유럽공동체(EC)에 가입을 하고 경제 발전의 토대가 형성되는 80년대이다. 문화적으로는 혁명 이후 직시하게 된 포르투갈과 포르투갈 국민의 진정한 모습을 새롭게 해석하는 시기로, 혁명의 충격에서 벗어나 그것이 가져다준 사회 각 분야의 변화를 검토하는 시기이다. 마지막 시기는 정치적으로 안정을 되찾고 의회민주주의가 완전히 정착하며, 경제적으로는 유럽공동체 가입의 혜택을 보며 발전해가는 90년대이다. 문화적으로는 혁명이 가져다준 변화를 곱씹으며 국가와 민족의 정체성을 찾으려는 작업이 활발하게 진행된 시기이다.

안토니우 로부 안투네스는 바로 이런 복잡다단한 시기, 즉 포르투갈 현대사에 분수령이 된 카네이션 혁명 이후에 등장하여, 혁명 과정의 여러 단면을 고발하고 혁명의 결과를 되새기는 작품을 발표한 작가들, 세칭 '혁명작가 세대'에 속한다. 이들의 공통된 특징은 문학을 역사를 다시 기술하는 새로운 담론, 또 민족적 정체성을 다시 찾는 하나의 수단으로 보고 있다는 점이다. 독재정권이 내세웠던 화려했던 과거에 비해 보잘것없는 냉정한 현실을 직면한 작가들에게 정체성의 문제는 당연히 하나의 화두를 넘어서 시대적 요구로 떠올랐을 것이다. 그렇기 때문에 이들 혁명세대 작가들은 4대양 6대주를 넘나들었던 화려한 과거와 이베리아반도 한구석에 자리 잡고 있는 보잘것없는 조국의 현재를 재조명하고, 이를 통해 혼란스러워진 정체성을 확립할 뿐 아니라 조국의 미래에 대한 방향을 제시하는 담론을 만들기 위해 노력해왔다. 1998년 노벨문학상을 수상한 주제 사라마구나 안토니우 로부 안투네스, 리디아 조르즈 등과 같은 작가들이 그 대표적인 예로, 포르투갈의 과거, 즉 해양 진출, 살라자르 독재정권, 혁명 전후의 포르투갈 등과 같은 역사적 사건을 빌려 정체성을 새롭게 확립하는 작업을 하고 있다.

안토니우 로부 안투네스는 사라마구와 마찬가지로 역사를 재해석하는 작품을 발표하며 포르투갈의 정체성에 대한 문제를 심도 있게 다루고 있는 대표적인 작가이다. 39세가 되던 해인 1979년 앙골라에서 의무장교로 참전했던 경험을 다룬 소설《코끼리의 기억》을 발표하며 등단했는데, 현대 포르투갈 역사에 큰 상처를 남겨주었던 아프리카 식민지 전쟁을 국가적 차원이 아닌 '정신적 전쟁'이란 개인적 차원을 통해 자아의 상실과 파괴를 그린 이 작품은 발표되자마자 큰 주목을 받았다. 이와 관련해 안투네스는 당시 한 신문과 가진 인터뷰에서 "내게 있어서 아프리카 전쟁은 동 세대의 수많은 사람들과 마찬가지로 매우 중요한 사건이다. 마치 우리가 어릴 때 어부들이 바닷가에서 문어를 뒤집는 걸 볼 때 가졌던 그런 느낌을 받았다. 1973년부터 그전까지 알지 못했거나 위험하다고 여겼던 것, 아니면 일신의 불이익을 가져올 수 있다고 사람들이 말했던 것들에 대해 인식하기 시작했고, 동시에 반체제 운동에 직접 참여하거나 그러한 모임을 가졌던 사람들과 접촉하기 시작했다. 나이가 들어 더 많은 인생의 경험을 갖게 되고, 아프리카에서 군복무를 한 후 귀국해 이런 사람들과 접촉하게 되면서 나는 조금씩 사물에 대해 전과는 다른 새로운 의식을 갖게 되었다. 특히 내 자신의 급격한 내적 변화를 느낄 수 있었다. 다시 말해 사물에 대해 의문을 갖게 되었고, 머뭇거리게 되었고, 과거를 되돌아보게 되었다"고 했는데, 이 인터뷰에서 보듯 식민지 전쟁의 모순과 불합리는 그의 인생, 특히 문학 인생에 큰 영향을 미쳤다. 실제《코끼리의 기억》과 같은 해에 발표한《유다의 엉덩이》, 이어 1980년에 발표한《지옥의 이해》등 식민지 전쟁의 참여 경험을 바탕으로 한 초기작들은 독재정권이 택한 잘못된 식민정책과 이에 대한 저항의식을 드러낼 뿐만 아니라, 모순된 현실에 참여해 저항하지 못하고 주저하는 지식인의 갈등과 모순 또한 보여준다.

'식민 전쟁 3부작'이라고 불리는 이들 초기작들은 플롯과 내러 티브가 단순함에도 불구하고 국내외에서 큰 성공을 거두었다. 그러 나 이들 작품이 안투네스의 문학에서 중요한 건 의사로서의 삶, 혁명 과 혁명의 결과에 대한 불만, 새로운 포르투갈에 대한 회의, 사랑의 실패, 잃어버린 낙원으로서의 어린 시절 등, 안투네스가 이후 다루고 있는 주제나 문제의식, 대도시 중산층을 중심으로 하는 인물 세계뿐 만 아니라 문법을 파괴하는 새로운 안투네스식 글쓰기를 엿볼 수 있 기 때문이다.

　1985년부터 안투네스는 의사의 길을 포기하고, 거의 매해 작품 을 발표하는 활발한 활동을 통해 포르투갈의 과거와 현재를 조명하 며, 포르투갈의 정체성, 특히 역사를 다시 해석하는 메타픽션적 작업 을 해오고 있다. 40년 가까운 이러한 안투네스의 문학 세계는 평자나 연구자마다 조금씩 다르지만 크게 세 시기로 나눌 수 있다. 첫 번째 시기는 1979년 등단 이후부터 80년대까지로, 식민 전쟁이라는 주제 와 자전적 텍스트가 주를 이룬다. 두 번째 시기는 현대인의 삶에 대한 불편함과 16세기 포르투갈 제국의 몰락을 다룬 작품이 주를 이루는 90년대이다. 세 번째 시기는 2000년대 이후로, 문체와 형식의 파괴, 줄거리와 화자의 부재 등 새로운 글쓰기가 돋보이는 작품이 주를 이 룬다. 각 시기에 따른 작품을 보면 그 근간에는 세 개의 축, 즉 본인이 직접 참가한 아프리카 식민지 전쟁과 1974년의 카네이션 혁명에 대 한 성찰, 혁명이 가져다준 정체성의 혼란을 해결하고 극복하기 위한 역사 읽기, 마지막으로 정신과 의사로서의 경험을 바탕으로 한 내면 의 여행을 통한 인간 분석이 있다.

　안투네스는 이를 바탕으로 한편으로는 자유로우면서도 상상력 으로 가득 차 있고, 다른 한편으로는 문법을 파괴하고 새롭게 만들어

가는 실험적인 글쓰기를 통해 과거와 현재의 포르투갈이 놓인 혼란
스러운 상황을 분석할 뿐만 아니라 인간의 내면을 되짚어보고 뒤집
어보는 성찰을 하고 있다. 특히 정신과 의사라는 독특한 시각을 바탕
으로 담론과 언술에 대한 끊임없는 분석과 해체, 조립 작업을 통해
시공을 넘나드는 새로운 글쓰기를 시도한다. 현재와 과거를, 포르투
갈과 아프리카 등 시공을 넘나드는 '오모 비아투르(Homo Viatur)'로서
담론, 언술에 대한 끊임없는 분석과 해체를 하며, 포르투갈 국민들이
겪고 있는 다양한 상황에 대해 의문을 던지고, 그 의문을 통해 새로
운 방향을 제시하는 노력을 지금까지 해오고 있다. 이런 쉼없는 작업
을 통해 포르투갈 현대 사회가 겪었던 문제뿐만 아니라 현대 사회에
서 억압받는 인간을 더욱 깊이 직시하도록 우리를 유도하며, 세계가
인간에 의해 계속 피폐되고 있다는 묵시론적 세계관을 제시한다. 그
렇기 때문에 안투네스는 현존 포르투갈 작가 중 가장 부조화적이며
읽기가 쉽지 않은 작가로 인식되고 있는데, 이는 그의 첫 작품인《코
끼리의 기억》이후 보여준 지속적이면서 체계적으로 문체를 변화시
켜온 언어작업에서도 기인한다.《대심문관의 비망록》에서 보듯 안
투네스는 다성적 화자의 도입, 상호중첩되는 시간과 공간, 과거의 텍
스트와의 상호텍스트성 등, 이미지와 사유가 서로 스며들며 태어나
는 새로운 방식의 내러티브를 만들어왔다. 어느 평자가 말하듯 "신
비화된 이미지에 의해 수세기 동안 감추어진 포르투갈의 진정한 얼
굴을 드러내려고 시도하는 모든 세대의 경향 속에 담겨져 있는 프로
젝트"를 수행하며 역사를 다시 읽고 성찰하는 기회를 제공하고, 공
식적인 이데올로기로써 감추어졌던 포르투갈의 진정한 모습, 나아
가 인간의 내면을 그대로 보여주기 위해 혼신의 노력을 다하고 있다.
아직 그 작업은 끝나지 않은 진행형이지만 안투네스의 '글쓰기'가 새

로운 미래를 위한 현재의 '거울보기'라는 점에는 누구나 의견을 같이 한다.

현재의 포르투갈에 대하여 쓴다는 것은 많은 위험이 따르는 어려운 작업이지만 안투네스는 이를 잘 극복하고 있어 수많은 국내외 독자들로부터 사랑을 받고 그 문학성을 인정받고 있다. 실제로 안투네스는 전 세계적으로 가장 널리 읽히는 포르투갈 작가로, 그의 작품은 영어·프랑스어·독일어·스페인어 등 대부분의 유럽어로 번역되었다. 다소 늦은 감은 있지만 이제라도 한국 독자들이 《대심문관의 비망록》을 통해 포르투갈 현대 문학을 대표하는 안투네스를 접할 수 있게 되어 다행이다.

2. 파시즘과 권력에 대한 우화

《대심문관의 비망록》은 파시즘과, 사람과, 권력에 대한 이야기이다. 안투네스는 소설 출간 후 가진 인터뷰에서 《대심문관의 비망록》은 "폭력, 억압, 공포, 불안 등이 만연한 사회 분위기 속에서 50년 이상 포르투갈 국민의 일상을 변화시킨 권력의 모습에 대한 책"이라고 직접 밝히고 있을 정도로, 권력과 폭력을 고발하는 이야기이다. 그 중심에는 혁명 직전 본의 아니게 장관직에서 물러나 리스본을 가로지르는 테주 강 건너편의 소도시 팔멜라 인근에 자리 잡은 농장에 은거한 가부장적인 인물 프란시스쿠가 있다.

살라자르 신국가 체제에서 강력한 권력을 지닌 장관이었던 프란시스쿠와 그 주변 인물들을 통해 1974년 4월 25일 혁명 이전과 이후의 포르투갈을 보여주는 《대심문관의 비망록》은 크게 5부, 즉 프란시스쿠의 아들인 무기력한 주앙의 첫 번째 진술, 주앙에 대한 연정을 품고 있는 가정부 티티나의 두 번째 진술, 프란시스쿠의 혼외자인 파울라의 세 번째 진술, 프란시스쿠의 정부인 밀라의 네 번째 진술, 그리고 부인에게 버림받고, 가정부인 티티나를 제외하고는 그 누구로부터도 애정의 대상이 된 적이 없이 쓸쓸히 알발라드의 요양병원에 입원해 있는 프란시스쿠의 다섯 번째 진술로 이루어져 있다. 두 명의 인물이 '추가 진술'하는 프란시스쿠의 진술 부분을 제외하고는 각 진술마다 세 명의 '추가 진술'이 있어, 소설 전체로는 총 열아홉 명의 '진술'과 '추가 진술'이 다층적으로 전개되며 가부장적 독재자인 프란시스쿠 개인과 그 가족의 몰락, 나아가 독재정권의 몰락을 그리고 있다. 직간접적으로 프란시스쿠와 연관 있는 인물들의 '진술'과 '추가 진술'은 그리 멀지 않은 포르투갈의 과거에 대한 회상으로, 당시 포르투갈 사회와 그 사회를 구성하는 여러 계층을 재현하고 있을 뿐만 아니라 20세기 후반의 포르투갈 현대사에 대한 파노라마적인 시각을 제공한다. 특히 신국가 시대를 살아온 인물들의 삶과 숨겨진 모습, 독재정권의 몰락에 따른 고통과 무기력, 권력과 금력, 섹스와 폭력, 거짓말과 위선 등 감추고 싶은 인간과 사회에 대한 고통스러운 진술이자 비판적인 증언이다. 이러한 '진술'과 '추가 진술'들은 중세 종교재판 지침서를 연상시키는 소설의 원제목('대심문관의 매뉴얼')이 암시하고 있듯, 마치 재판을 받기 위해 법정에 출두해 있는 듯한 인물들이 내뱉는 말과 이야기를 통해 이루어진다. 이들은 순서에 따라 번갈아, 연속적으로 나타나며, 보이지 않는 화자인 심문관이 진행하는 심문에 따라 증언을 하듯 말하고 있고, 드러나지 않는 화자는 하이퍼텍스트 방식의 글쓰기를 통해 이들 증언자들의 분절된 말과 이야기를 이어준다.

오데트, 소피아, 페드루, 루이스, 리나, 알리스, 세자르, 레안드루, 토마스, 마르팅스, 이자벨 등 차례대로 등장하는 각각의 인물들은 서로 다른 진술, 어떤 때는 앞의 얘기를 부인하고, 어떤 때는 보완하며 각자의 시선에 따른 진술을 한다. 이렇게 다른 시선으로 평행되는 이야기를 하는 다양한 목소리는 다성적으로 서로 얽히고 설키면서 과거와 현재의 삶은 해체되고 분석되고 새롭게 구성되어 포르투갈 사회를 지배하고 있던 당시의 권력 담론이 분석되고 해체되는 듯한 느낌을 준다. 총을 들어 새(와 농장 사람)들을 쫓아버리는 프란시스쿠는 이렇게 해체되고 있는 권력 담론의 중심으로, 그를 통해 우리는 정치·경제·사회·성적 권력이 어떻게 억압의 형태로 표출되는지를 관찰할 수 있다. 소설 전체에 걸쳐 반복적으로 나타나는, "여자들이 원하는 건 뭐든지 다 해줄 수는 있긴 하지만 무슨 일이 있어도 모자는 벗으면 안 돼 그래야 누가 주인인지 알 테니까"라는 프란시스쿠의 말은, 전제적이고 무한한 그의 권력을 잘 보여준다. 남자의 생식력 표출에 장애가 되는 어떠한 도덕적 규범도 따르지 않고 있음을 보여주는 이 말은 신국가 독재 담론과 상통한다. 그러나 아이러니하게도 살라자르 정권의 상징인 프란시스쿠는 정권이 내세웠던 도덕과 종교관을 무시하며 어떠한 도덕적·종교적 규칙도 따르지 않는 압제 정치와 권력을 보여준다. 프란시스쿠의 권력 앞에 무기력하게 보이는 여러 인물들은 그 대척점에서 1974년 혁명 이후 포르투갈 사회를 지배하고 있던 침묵과 비겁함을 상징한다고 볼 수 있다. 그렇기 때문에 프란시스쿠의 작은 세계인 팔멜라 농장은 표면적으로는 사회와 분리된 공간으로 보이지만 실제로는 살라자르나 카에타누 교수가 방문하며 프란시스쿠의 권력이 국가를 구성하는 또 다른 권력과 중첩되는 공간으로 나타나 마치 포르투갈 사회를 암시하는 듯하다.

해설

이러한 권력과 폭력이 난무하는 팔멜라 농장, 아니 독재정권의 몰락은 이미 그 시작부터 예견되어 있었다. 소설 첫 페이지의 "그때 리스본의 법원에 들어서면서, 나는 팔멜라의 저택을 떠올렸다. 부서진 석상이 정원에 뒹굴고 (……) 알루미늄 침대를 떠올린 것도 아니며"라는, 예전의 농장을 회상하는 주앙의 진술을 통해 독재정권의 몰락을 미리 짐작할 수 있다. 그리고 그 몰락은 '진술'과 '추가 진술'이 거듭될수록 확연하게 드러난다. 그중에서도 요양병원은 프란시스쿠가 지니고 있던 권력의 쇠퇴, 나아가 살라자르 독재정권이라는 늙고 병든 체제의 몰락을 상징한다. 특히 요양병원에서 죽지 못해 살아가는 프란시스쿠에 대해 비인간적인 간호사들이 어린애를 대하는 듯한 말투, 그것도 적나라한 "쉬야……"라는 말투는 권력의 상실, 나아가 권력 회복의 불가능을 나타내며 프란시스쿠가 대표하고 있던 지배계층의 절망적인 모습을 보여준다. 소설은 이렇게 무너져가는 권력과 권력 앞에서의 다양한 인물 군상을 나타낼 뿐 아니라 권력의 허망함에 대한 메시지를 강하게 전달해준다.

권력이 상실되어가는 과정은 다른 두 개의 시간 프레임 속에서 두 개의 현실을 서로 비춰주며 오랫동안 파시즘과 권력에 짓눌려 무의식적으로 자신을 감추어왔던 포르투갈과 포르투갈 국민의 실체를 보여준다. 각각의 인물들은 비록 자신의 시선을 바탕으로 한 '진술'이나 '추가 진술'을 통해 자신만의 진실을 드러내고 있지만, 이는 사실에 대해 하나의 담론만 규정했던 제도와 규범을, 즉 살라자르 정권이 내세웠던 독재 담론이나 공식 역사 담론에 대한 의문을 제기한다. 다른 사회적 배경을 지닌 다양한 인물들, 소피아, 페드루, 루이스와 같은, 사회적 우위를 차지하고 보수 우익적인 시각을 지닌 인물들과 티티나, 밀라, 알리스, 호메우, 세자르와 같은 사회적 약자나 무지한 인물 또는 주앙, 파울라와 같이 이쪽도 저쪽도 아닌, 정치적·사회적으로 무관심하고 무지한 인물들의 기억을 통해 권력을 비판하며 아직도 과거에 얽매인 포르투갈 사회와 국민들에게 만연한 무기력과 굴종으로부터 뛰쳐나오도록 이끄는 듯하다. 앞에서 언급했듯이, 재판 과정에서 감추어져 있던 진실이 공식 역사 담론에 결코 참여하지 못하고 침묵하고 있던 사람들의 진솔한 담론을 유도하고 있는 듯하다. 이러한 내러티브를 통한 진실 읽기는 과거의 기억에서 스며나오는 사실을 각 인물들의 현재 시선을 통해 보여주며 권력에 의해 강제된 질서를 우회적으로 비판하는 이야기로, 때로는 씁쓸하고, 때로는 웃기며, 때로는 빈정거리고, 때로는 폭력적인 증언을 통해 파시즘을, 살라자르 독재시대뿐만 아니라 74혁명 이후의 무기력한 포르투갈 사회를 고발하는 한 편의 우화로 다가온다. 그리고 이 우화는 시공을 뛰어넘어 현대인의 자화상을, 현대인의 내면을 자세하게 보게 만들며, 과거의 시선과 '능동적' 읽기를 통해 왜곡된 현실을 직시하고 진실을 보라고 끊임없이 독자를 초대한다. 그러기에 《대심문관의 비망록》은 단순히 파시즘과 권력의 우화라기보다는 사회를 갈기갈기 파헤쳐가는 해부학 지침서로, 오만, 폭력, 타락, 부도덕, 추함, 섹스, 비굴, 사기, 온갖 추악한 인간의 내면을 낱낱이 보여주는 작품이다.

이 해부를 하는 도구가 다성적 화자, 상호중첩되는 시간과 공간, 과거의 텍스트와의 상호텍스트성, 복수시점을 바탕으로 중의적 의미를 지닌 문장 구조, 다양한 화자의 개입과 문장부호의 생략, 불완전한 문장의 연속, 쉼표나 마침표의 빈번한 생략, 예상치 못한 문단 전환 등과 같은 안투네스식 내러티브이다. 안투네스는 이렇게 화자의 목소리가 갑자기 끊어지거나 이어지고, 스며들거나 튀어오르며 이미지와 사유가 서로 얽히고 설키는 새로운 방식의 내러티브를 통해 독자들을 쉴 틈 없이 작품 속으로 끌어들인다. 그를 통해 포르투갈 사회가 겪었던 문제뿐만 아니라 현대 사회에서 억압받는 인간의 모습을 들추어내며 묵시론적 세계관을 우리에게 제시한다. 그러나 이 모두에도 불구하고 책을 덮을 때 끝내지 못한 프란시스쿠의 말은 무언가 희망을 암시한다.

"당신에게 부탁하니, 멍청이 내 아들에게 이 말을 잊지 말고 전해주기를 부탁하니, 이 모든 것에도 불구하고, 나는 그를"이라는 마지막 구절, 아들을 부탁하는 프란시스쿠의 마지막 진술은 다른 네 개의 진술과는 달리 마침표가 없다. 즉 하나의 전체로서의 책을 끝내는 마지막이 아니다. 소설의 내러티브는 끝났으나, 결말을 보여주지 않는 영화의 마지막 장면처럼, 죽어가는 프란시스쿠의 말을 채우는 건 관객, 바로 독자의 몫이다. 그래서 소설은 프란시스쿠의 죽음으로 끝나는 것이 아니라 단지 죽음의 경험을 제공하고 있을 뿐이며, 이 죽음은 의미의 부재가 아니라 의미의 중지로, 안투네스는 독자가 그 의미를 이어가도록 공간을 열어놓고 초대하고 있다. 책을 덮을 때 끝내지 못한 프란시스쿠의 말은 계속 우리를 초대하고 있다. 가끔은 우리를 혼란스럽게 하고, 가끔은 웃음 짓게 만드는 안투네스 문학 여행에 대한 초대를 받아들이는 건 오롯이 독자의 몫이다.

대심문관의 비망록

초판 1쇄 발행 2016년 4월 25일
초판 3쇄 발행 2021년 12월 30일
지은이 안토니우 로부 안투네스
옮긴이 배수아

발행인 박지홍
발행처 봄날의책
등록 제311-2012-000076호 (2012년 12월 26일)
주소 서울 종로구 창덕궁4길 4-1 401호 (원서동 4층)
전화 070-4090-2193, E-mail springdaysbook@gmail.com

기획·편집 박지홍
디자인 공미경
인쇄·제책 한영문화사

ISBN 979-11-86372-06-7 03870

이 도서의 국립중앙도서관 출판시도서목록(CIP)은
서지정보유통지원시스템 홈페이지(http://seoji.nl.go.kr)와
국가자료공동목록시스템(http://www.nl.go.kr/kolisnet)에서
이용하실 수 있습니다.(CIP제어번호: CIP2016008735)

북펀드에 참여해주신 분들

강경이 강부원 강석여 강영미 강영애 강은희 강재웅 강주한 강태진 강학구 김기남 김기태 김도형 김병희 김봉원 김상득 김상수 김새누리 김석민 김성기 김수린 김수민 김수영 김수진 김용재 김인겸 김재철 김재철 김정민 김정환 김주연 김주영 김주현 김중기 김지수 김지희 김진성 김태수 김푸름 김현 김현승 김현철 김형수 김혜원 김혜정 김희경 김희곤 나준영 남다영 남승민 남요안나 노승영 노원회 노진석 도종화 라순현 박경진 박근하 박기자 박나윤 박무자 박수정 박숙희 박순배 박연옥 박영미 박재영 박재휘 박준겸 박준일 박지숙 박진순 박진영 박진영 박혁규 박혜미 박효숙 박희철 방세영 서효경 설진철 송덕영 송수정 송화미 신민영 신승준 신정훈 안보경 안서현 안진경 안진영 안현주 오경철 원성운 원준 원혜령 유성환 유승안 유인환 유지영 윤정훈 이건희 이경례 이경희 이나나 이만길 이분아 이상훈 이성욱 이수진 이수한 이승빈 이연희 이연희 이옥란 이은경 이지은 이지혜 이하나 장경훈 장원종 전미혜 정다운 정두현 정민수 정영근 정영미 정원택 정원혁 정윤희 정율이 정진우 조민희 조세영 조승주 조은수 조정우 조진석 최경호 최광식 최성환 최순영 최영기 최윤경 최진영 최헌영 탁안나 하나윤 하상우 한민용 한성구 한승훈 함기령 허민선 현동우 (외 85명, 총 241명 참여)